LA FLOR TRAS EL CRISTAL

MARIE J. CISA

Para quienes algún día creyeron que no eran suficiente y se olvidaron de descubrir su propia luz.

PARTE UNO

CAPÍTULO I

Sophia dejó caer el teléfono y dio varios pasos hacia atrás, como si así pudiera poner distancia entre ella y el destino. La pantalla del móvil permanecía iluminada, desvelando el mensaje que sesgaba su vida en dos.

Miró a su alrededor buscando una respuesta, pero en la soledad de su apartamento no iba a encontrar más que silencio. El sonido de las gotas de lluvia sobre los cristales no le valía como respuesta. Aterrada, miró de nuevo la pantalla; releyó el mensaje con auténtico temor.

> **Papá:**
> «Tu padre ha muerto. Pasado mañana a las 10:00 am, en la capilla del North Shore Memorial Park, se hará la despedida. Pensé que querrías saberlo. Saludos, Rebeca».

Procesar aquella información era asimilable a alcanzar la luna con las manos. Sophia vivía a miles de kilómetros de su familia y aceptar que su padre había fallecido, le resultaba simplemente imposible. Ningún sentimiento brotaba de su interior, asimilándose más bien a un yermo desolado. No obstante, en el horizonte, en su alma más recóndita, sabía que se avecinaba una tormenta.

Supuso que ese mensaje había sido escrito por su madre, Rebeca. Podía reconocer sus corrosivas intenciones en cada una de las palabras. De hecho, si ese mensaje lo hubiera recibido desde el teléfono de ella, podría incluso creer que se trataba de otra de sus artimañas, de sus estúpidos juegos mentales para desequilibrarla. No era la primera vez que hacía cosas así. Hacía años, apenas había dejado Auckland, su madre no dudó en atosigarla día y noche afirmando que se encontraba muy enferma y que, con toda probabilidad, estaba siendo víctima de una enfermedad desconocida. Fue el padre de Sophia el que le dijo que su madre estaba perfectamente. «Ya sabes cómo es», fue su manera de excusar a su esposa, cosa que siempre hacía. Sin embargo, la noticia del fallecimiento de su padre le llegó desde su propio teléfono, desde donde la llamaba todas las semanas, lo que significaba que era cierto: él había muerto.

Fue después de esa reflexión cuando las piernas comenzaron a fallarle, sin más remedio que apoyar sus manos en el suelo para evitar derrumbarse. Su padre había muerto. Las lágrimas irrumpieron en sus ojos, desbordados por esa explosión de sentimientos que se negaban a aceptar la realidad.

Poco a poco fue dejándose vencer hasta que quedó tendida en el suelo, bocarriba, mirando el techo mientras las lágrimas caían por sus pómulos. A ratos se estremecía, en otros lloraba con rabia o se quedaba completamente quieta, como una estatua. La expresión de su cuerpo era un reflejo de los pensamientos que pasaban por su cabeza. Hubo momentos en los que estaba decidida a telefonear a su madre y pedirle explicaciones, pese a que sabía que era una estupidez, asimilable a sujetar un cuchillo por la hoja, mientras que, segundos después, su enfado se reblandecía con el cariño que siempre le dedicó su padre. Él fue el único que siempre se preocupó por ella y le dio todo el amor que necesitaba. Cuando

Sophia dejó Nueva Zelanda, diez años atrás, no se le pasó por la cabeza que no lo volvería a ver. Esos no eran los planes, ni por asomo.

Perdió la noción del tiempo. Su única referencia era la menor claridad que iba entrando por la ventana, la cual no era mucha de por sí. En el cielo de Londres predominaba el gris y aquel día estaba especialmente cubierto. Pero ni el cálido sol del trópico hubiera sido capaz de iluminar su corazón.

Cogió aire y se incorporó, aunque estuvo a punto de caer al sentir una punzada en la mano derecha, donde arrastraba una vieja lesión, una molestia caprichosa que aparecía siempre en los momentos menos oportunos. No obstante, ante la posibilidad de caerse, soportó el repentino dolor y pudo levantarse sin mayores problemas. La idea de llamar a su madre no era recomendable. Necesitaba saber qué le había ocurrido a su padre por otra fuente. Su hermano también quedaba descartado, ya que era la prolongación masculina de su madre. Dos víboras que se retroalimentaban con el veneno de la otra.

Recogió el teléfono móvil del suelo y lo desbloqueó con cierto temor. Al hacerlo vio de nuevo el mensaje, como si el propio muerto le hubiera avisado de su fallecimiento. El poder de esas palabras era tremendo e incrementó su desconcierto.

Deslizó rápidamente el dedo y quitó el mensaje de la pantalla. Después buscó el número de Daphne. Era su mejor amiga y uno de los pocos contactos que mantenía en Auckland. No hablaba con ella muy a menudo, pero cuando lo hacía, ella la ponía al día de las últimas noticias de su familia. El que no la hubiera llamado para darle la triste noticia le hacía albergar esperanzas.

—¿Daphne? —dijo en cuanto el pitido de la llamada se interrumpió. En ese momento, una oleada de recuerdos invadió su cerebro. Londres la había mantenido alejada de todo, pero aquello de lo que huyó en su día estaba regresando poco a poco, arrastrado por la marea del pasado.

—Oh, Sophia —respondió su amiga. Sophia no necesitó escuchar ni una palabra más para saber que era cierto, que su padre había fallecido y que ella se había enterado por un frío mensaje de su madre. El tono de voz empleado por Daphne no dejaba lugar a dudas.

—¿Así que es cierto? Mi padre…

—Lo siento mucho, Sophia. Apenas tuvimos noticia de su enfermedad horas antes de su fallecimiento —dijo Daphne.

—¿De qué enfermedad estás hablando? —El mundo cayó sobre ella.

Daphne guardó silencio durante unos segundos. Acababa de descubrir que su amiga no tenía la menor idea del estado de salud de su padre. Conociendo a su familia no le extrañó en absoluto.

—Hasta donde sé, a Archie le diagnosticaron un cáncer de páncreas hace cosa de dos meses. Tu familia lo mantuvo en secreto, no sé el porqué. El caso es que no hubo nada que hacer desde el principio. Cuando tuvimos noticia de su muerte, nos sorprendimos y más cuando supimos el motivo de su fallecimiento. Quería hablar contigo, pero no sabía si conocías la noticia. Lo siento mucho, Sophia. ¿Cómo estás?

Esta tragó saliva para contener el llanto. En ese momento la rabia se equiparaba a la pena, se daban la mano y gritaban con todas sus fuerzas. Visualizar el final de su padre era demoledor. Buscaba explicaciones que sabía que jamás encontraría.

—Mi madre me envió un mensaje hace un par de horas para darme la noticia. Eres la primera con la que he hablado desde entonces. No sé nada más.

Daphne guardó silencio. Conocía a Rebeca, pero nunca pensó que su bajeza alcanzara esos niveles tan sórdidos. Pensó en lo mucho que debía estar sufriendo Sophia y se lamentó de que medio mundo se interpusiera entre ellas.

—Creo que nada de lo que te diga puede consolarte en este momento.

—Mentiría si dijera lo contrario.

—En fin, ¿y qué vas a hacer? Tengo entendido que el funeral es pasado mañana.

Sophia asintió con una mueca en los labios. Lloraba en silencio, aunque se mostraba entera a través de la voz. Había aprendido a interiorizar el dolor; a que la estructura se derrumbara, pero la fachada siguiera siendo espléndida.

—También lo sé. Esa mujer ni siquiera ha tenido la decencia de consultarme, pero no pienso darle el placer de no estar allí. Tengo dinero ahorrado y pienso emplear hasta la última libra en conseguir los pasajes que sean necesarios, no me importa lo que tenga que pagar, pero te aseguro, Daphne, que voy a estar en el funeral de mi padre.

Sophia procuraba mantenerse despierta. Había tomado el primer vuelo disponible que hacía escala en el Aeropuerto de Los Ángeles y el sueño la vencía. Se concentró en el ajetreo de personas, en el sonido monótono de las maletas, prestaba atención a los anuncios de megafonía o trataba de entretenerse con algún video en Facebook, aunque no era muy de redes sociales. En una tienda del aeropuerto había adquirido la última novela de Ken Follet, pero apenas había podido leer un par de páginas; el libro era bueno, pero su cabeza divagaba y le era imposible concentrarse. No obstante, su vuelo con destino a Auckland salía en un par de horas; necesitaba entretenerse. Sacó su ordenador portátil de la mochila y comenzó a revisar un par de piezas que le habían enviado para su aprobación. Bridget le había pedido que desconectara por completo del trabajo, pero Sophia creyó que podría venirle bien. Observó las obras sin interés alguno antes de quedar ensimismada, con la mirada perdida en algún punto de la terminal. Trabajar quedaba descartado.

La verdad era que todo había transcurrido muy deprisa desde que recibió la noticia del fallecimiento de su padre. Había comprado los billetes a toda velocidad, sin importarle en absoluto lo que iba a pagar por ellos. Después buscó una mochila y llamó al trabajo para informar de su repentina marcha. Afortunadamente, no tenía problemas en ese aspecto.

—¿Cuándo vas a volver? —le preguntó Bridget, la directora de la galería donde trabajaba. La línea entre su relación profesional y su amistad era muy fina.

—No lo sé, Bridget. No pienso estar muchos días en Auckland, pero con todo esto de los vuelos estaré ausente una semana al menos. ¿Podrás apañártelas sin mí? Sabes que puedo trabajar desde allí.

—Y aunque no pudiera apañarme, el convenio no me deja otra opción —bromeó—. Date todo el tiempo que necesites, ¿lo harás? No te preocupes por nada más que superar este difícil momento.

—Te lo agradezco.

—No tienes nada que agradecerme. En los últimos años, tu olfato nos ha mantenido a flote.

Esas palabras fueron un bálsamo para Sophia. Su trabajo en la galería era uno de los pilares de su vida y puede que la última gran oportunidad de mantenerse ligada al mundo del arte.

—Estaremos en contacto —dijo.

—Mi teléfono siempre estará disponible, Sophia. Llámame para lo que necesites… menos para cosas del trabajo… Siento mucho lo de tu padre.

Cuando colgó sintió que las fuerzas le abandonaban. Conocía a Bridget desde hacía muchos años, al poco de llegar a Inglaterra. Por entonces trabajaba como niñera y hacía cursos de cualquier cosa relacionada con el arte. Más tarde, empleó sus ahorros para ingresar a la *Royal College of Arts* para una maestría en pintura.

Conoció a Bridget porque era tía de Harry, el bebé que cuidaba. Y después de muchas conversaciones, le ofreció un puesto de becaria en su galería. Ella estaba sorprendida de su profundo conocimiento del arte y si bien al principio realizaba tareas de todo tipo, pronto se convirtió en una pieza fundamental de su negocio. Al poco tiempo, Sophia destacó por tener una especie de intuición especial acerca de qué piezas debían exponerse y cuáles no, lo que convenció a Bridget para contratarla definitivamente como curadora de su galería. Eso la mantenía feliz, ya que sabía que nunca más volvería a pintar. Era el trabajo soñado para alguien que amaba la pintura, pero que sabía que jamás llegaría a vivir de ello.

Las lágrimas que comenzaron tímidas terminaron por convertirse en un angustioso llanto al encontrar una vieja fotografía en la que su padre la sostenía en brazos.

—Las cosas no tenían que ir así —susurraba. En la fotografía los dos sonreían, ignorando por completo que sus vidas iban a separarse drásticamente.

Habían pasado diez años desde que abandonó Auckland y dejó su vida. Era cierto que pensó en volver en varias ocasiones, pero su madre acababa por hacerle desestimar la idea. Rebeca era la antítesis de su padre. Era una persona ajena para ella y de salud mental fácilmente cuestionable. Sus preferencias estaban por encima de todo y de todos, y era una feroz defensora de la célebre cita: «El fin justifica los medios». Esto se sumaba a una falta de escrúpulos y la incapacidad de empatizar con otro ser humano. Sophia no encontraba otras palabras para definirla mejor.

Su hermano David cerraba el núcleo familiar. Si Sophia estuvo siempre más apegada a su padre, su hermano eligió el otro bando. Emulaba a Rebeca y hasta de alguna manera pensaba de la misma forma que ella, como un esbirro o algo así.

«Pero hay alguien más, ¿verdad? Vas a volver a tu pasado, vas a volver a verlo a él», pensó.

Sophia se masajeó la mano derecha para diluir el repentino dolor que había experimentado de nuevo.

Su mente regresó al aeropuerto de Los Ángeles. Se incorporó rápidamente y se echó a la espalda la mochila, como si el llevar pocas cosas consigo fuera a influir en su idea de estar poco tiempo en Nueva Zelanda.

En unas cuantas horas, si todo salía bien, estaría en Auckland.

Fue un vuelo tranquilo, aunque el cansancio que había experimentado en la terminal se había convertido en un nerviosismo incómodo que le hacía revolverse en el asiento. Afortunadamente, no tenía a nadie al lado.

—¿Se encuentra bien? —le preguntó la azafata cuando pasó junto a ella.

—No encuentro la postura idónea —contestó Sophia con una sonrisa hueca, carente de expresividad.

Las horas de viaje comenzaban a acumularse y los sentimientos que le ocasionaba la muerte de su padre acababan por mermar su entereza. Vivía un duelo extraño, atípico. La distancia, tanto temporal como física, no hacían más que complicarlo todo.

No obstante, a las pocas horas consiguió conciliar un frágil sueño. En aquel duermevela, las imágenes de su pasado se mezclaban con las del presente para dar lugar a una realidad deformada y hasta en cierto punto, terrorífica. Agradeció que su sueño fuera interrumpido por el aviso de megafonía del comandante que anunciaba el pronto aterrizaje en el aeropuerto de Auckland.

Una parte de los pasajeros aplaudió. Aquel ruido repentino la sobresaltó como una alarma que hubiera comenzado a sonar en ese preciso momento dentro de su cabeza. *En casa.* Tardó varios segundos en recordar el propósito de su viaje: la muerte de su padre. Pese a que esta era cierta —Daphne se lo había confirmado—, para ella la cuestión residía en un mensaje de texto frío y carente de sensibilidad por parte de su madre.

Se dirigió a la salida del aeropuerto lo más rápido posible. Cuando puso los pies en la calle y la envolvió una brisa lejana, pero familiar, se quedó varios minutos mirando a su alrededor, observando el paso del tiempo en aquel lugar que había pisado por última vez hacía diez años. No era algo estético. La verdad era que no recordaba si el aeropuerto había cambiado mucho o no, lo que realmente habían cambiado eran sus ojos, su manera de ver el mundo. «Todo será diferente», pensó. Esa conclusión englobaba un gran cambio que ni ella misma podía anticipar.

Sacó el teléfono móvil y avisó a Daphne de que ya había aterrizado. Esta le contestó al momento y le dijo que la esperaban en el estacionamiento del cementerio. Se ofreció a recogerla en el aeropuerto, pero Sophia dijo que lo más cómodo era ir en taxi. En parte, necesitaba unos minutos a solas para adaptarse.

—Puedo hacerlo —dijo para sí. Después respiró con fuerza, llenando sus pulmones, y dejó escapar el aire lentamente entre sus labios. El ajetreo a su alrededor no le ayudaba a calmarse. Miró la hora. No podía retrasarse mucho más si quería llegar a la ceremonia. Sin embargo, no era fácil. Apenas había tenido tiempo para poner los pies en el país y ya debía enfrentarse a su madre y a su hermano. Debía enfrentarse a su pasado.

Se acercó a la cola de taxis y se montó en el primero como un autómata. Lo hizo con un movimiento tan brusco que el taxista le dedicó una mirada inquisitiva.

—Buenos días. ¿Dónde vamos? —preguntó el hombre.

—Lléveme al North Shore Memorial Park —respondió Sophia.

El taxista asintió con solemnidad antes de ponerse en marcha. El destino justificaba la actitud de la joven y eso le cambió la expresión.

Sophia guardó silencio y se limitó a contemplar la que había sido su ciudad, donde había vivido antes de tener que huir. Con el paso de los años, la perspectiva de lo sucedido por entonces le parecía distinta. No dejaba de sorprenderle el poder del tiempo para cambiarlo todo.

El taxista le dedicó una sonrisa mientras la observaba por el espejo retrovisor.

—¿Es de aquí? ¿De Auckland? —preguntó el taxista.

—Así es —contestó Sophia sin retirar la mirada de la ventana, fascinada por cómo había cambiado la ciudad. De repente pensó que diez años podían significar un mundo—. Pero me fui a trabajar al extranjero.

—¿Qué me dice? ¿Puedo preguntarle dónde? Mi hija quiere estudiar un par de años fuera del país, pero poco puedo aconsejarle. Llegué de Pakistán y no me he movido de este lugar… para mí es un excelente lugar para vivir, pero ella quiere conocer otros países. Cosas de jóvenes.

Sophia le contestó que vivía en Inglaterra. A partir de entonces, el taxista se adueñó de la conversación e hizo del trayecto un monólogo acerca de su vida.

—Lo siento mucho, señorita —dijo el taxista al detenerse en el estacionamiento del cementerio, esta vez poniéndose la mano en el pecho.

Sophia solo atinó a sonreír y abrir la puerta con urgencia. Cuando el taxi se alejó y se vio sola en el estacionamiento, el corazón le comenzó a latir más deprisa. Realmente estaba allí, a muy poca distancia de donde iba a celebrarse el funeral de su padre. Ya no estaba en Londres tratando de revitalizar el mercado artístico británico con el próximo Banksy, ni trabajando en sus pinturas en su silencioso apartamento de Kensington. Todo eso se había quedado al otro lado del océano. Ahora estaba en Auckland para despedirse de su padre. De repente, quizás en consonancia por la última vez que se vieron, se sintió como una niña indefensa y perdida. Tuvo que apretar los labios para no romper a llorar.

—¡Sophia!

La voz provino de su espalda. Se giró y reconoció a Daphne.

Ambas corrieron hasta el encuentro de la otra y se estrecharon en un sentido abrazo.

—No puedo creer que haya pasado tanto tiempo, ¿cómo estás? —preguntó Daphne mientras miraba a su amiga.

—No me lo creo todavía. Mika, ven aquí —dijo Sophia abrazando a Mika, la pareja de Daphne.

Mika había llegado de Japón hacía unos diez años y en cuanto conoció a Daphne no se separaron nunca más. Hacía un año habían logrado adoptar un niño que llegó a completar la pequeña familia que habían formado.

—¿Cómo está el pequeño? Debo ser la peor tía del mundo.

—Está muy bien. Crece por momentos —contestó Daphne sonriente.

—Guardaré tu equipaje en el coche —dijo Mika. Sophia aceptó, aunque a medida que ella se alejaba con la mochila comprendió cuál era el próximo paso: tendrían que entrar al funeral de su padre.

Sin embargo, lo que se le hacía realmente difícil era enfrentarse a su madre, a su hermano, a su pasado; a todo lo que le hizo irse de allí. Todos, como si un álbum familiar antiguo hubiese cobrado vida, la esperaban en esa capilla. Daphne, con un simple vistazo, intuyó lo que pasaba por su cabeza y trató de darle ánimo.

—¿Estás preparada? —preguntó.

—No creo que nada me pueda preparar para esto —respondió Sophia—, pero tengo que hacerlo, por mi padre.

—Archie te adoraba. Siempre estará contigo.

Sophia sintió un estallido de dolor en el pecho que le torció el gesto. Después, experimentó una sensación incómoda en la mano derecha.

—¿Sabes si él está ahí? —preguntó Sophia.

Daphne miró hacia el edificio y después volvió a mirar a su amiga. Mika ya regresaba del auto.

—No lo sé. Oye, no tienes por qué pasar por esto. Puedo hablar con tu madre o no sé, intentar que las cosas se hagan de otra manera. Te mereces despedirte de tu padre sin tener que preocuparte de nada más.

—Tranquila, Daphne. Estaré bien. Son muchos años y me es difícil regresar así, pero estoy bien. Nada ni nadie me impedirá despedirme de mi padre.

—Estaremos contigo, ¿de acuerdo?

Sophia asintió. Le costaba asimilar el hecho de no estar sola. Daphne y Mika resultaban una extraña, pero muy agradable compañía. Eran sus amigas, especialmente Daphne, pero a pesar de que habían mantenido el contacto, había pasado mucho tiempo desde la última vez que se vieron.

Las tres, en silencio, se dirigieron hacia la sala. Daphne y Mika custodiaban a Sophia, pues ellas, mejor que nadie, sabían lo mucho que había sufrido y, sobre todo, conocían las razones que la hicieron dejar el país cuando apenas tenía veinte años.

La llegada de Sophia a la capilla originó expectación, más de lo que ella esperaba. El lugar estaba repleto de familiares y amigos que le mostraron su cariño a la vez que alegría por verla después de tanto tiempo. A Daphne y Mika no les quedó más remedio que apartarse para evitar verse en medio de aquella multitud. Sophia se mostró con bastante entereza, encajando miradas de lástima cómo buenamente podía. Sin embargo, Daphne se fijó en que, al otro lado de la sala, se encontraban Rebeca, David y Terry. Su familia observaba hacia donde se encontraba Sophia con desdén, aunque Terry parecía albergar un poco más de empatía hacia ella.

—No puedo creerlo —dijo Daphne con indignación—. Terry es la última persona en el mundo que debería estar aquí.

—Es repugnante —dijo Mika—. No sé qué pretende.

Al fin, Sophia pudo dar un par de pasos y situarse en frente de su familia. Fue un segundo, apenas un suspiro. Observó a su madre y a su hermano, y después a Terry. El cúmulo de sentimientos que le provocó el peculiar trío fue como si alguien la abofeteara con todas sus fuerzas o le arrojara un cubo de agua helada. Estaba aturdida, sin saber qué hacer. Un poco más allá, flanqueado por coronas de flores, estaba el ataúd de su padre. Sophia se encaminó hacia el lugar, despacio, casi arrastrando sus pies. Se detuvo frente a la caja y la miró en silencio, incapaz de retirar sus ojos de ella. Todo lo que la rodeaba dejó de existir. Ni siquiera pudo despedirse de él.

—Pensaba que no ibas a venir. —La voz de su madre entró como un veneno por sus oídos. Estaba a su lado, con sus dos manos en torno a un pequeño bolso. Tenía el rostro serio y tenso. No era la reacción de una madre que volvía a ver a su hija después de diez años. David, su hermano, estaba justo detrás.

—Por mi padre haría lo que sea —contestó Sophia sin girarse siquiera. Temía que Terry también estuviese ahí, junto a ella.

—Un poco tarde, ¿no te parece? —le recriminó David. Esa vez, Sophia se giró y le dedicó una mirada intensa, pero por suerte Daphne llegó a tiempo de evitar el desastre. Saludó con un leve movimiento de cabeza a Rebeca y consiguió alejar a Sophia de allí.

—No merece la pena, Sophia.

—Ya lo sé, Daphne. Pero no puedo entender la actitud que tienen hacia mí y más en un día como este. En cuanto a Terry…

—Él es el pasado y el pasado solo existe si nosotros queremos que exista, ¿de acuerdo? Lo único que importa hoy, es que te despidas de tu padre.

Mika se unió a ellas y se movieron a un lado donde podían estar

18

más tranquilas. Daphne observó con una ligera preocupación como Sophia miraba de manera recurrente a Terry. La conocía demasiado bien y le preocupaba lo que podría llegar a hacer, temía que en ese momento de dolor volviese a caer bajo su nociva influencia. Confiaba en ella, pero no podía olvidar que había sido él, el principal motivo por el cual Sophia se había tenido que marchar a Inglaterra. Daphne no comprendía mucho de psicología, pero siempre pensó que una parte de Sophia, un pequeño trozo de su carácter tendía a la autodestrucción. Nunca había compartido ese pensamiento con nadie, pero al ver a su amiga mirar una y otra vez hacia donde se encontraba su exnovio se le encendieron todas las alarmas. Por las circunstancias, Sophia era vulnerable y ella estaba convencida de que Terry, tarde o temprano, intentaría acercarse. Bajo su punto de vista, él era un depredador y ella una presa herida y renqueante en un mundo hostil.

—Aquí estaremos más tranquilas. ¿Quieres un poco de agua? —preguntó Mika—. Creo que en la entrada he visto una máquina expendedora.

Mika era médico y desde que Sophia llegó no le había quitado ojo para adelantarse ante cualquier ataque de ansiedad o mareo provocado por el estrés. El choque emocional podía ser traumático.

—Estoy bien. ¿Todavía fumas, Daphne? —preguntó Sophia con leve desesperación.

Su amiga negó con una orgullosa sonrisa.

—Fumar y vivir con un médico es casi imposible. Estaba cansada de sus discursos, así que lo terminé dejando —respondió Daphne encogiendo los hombros.

—Fumar no trae nada bueno, aumenta la tensión arterial, incrementa el riesgo de infarto, por no hablar de la capacidad pulmonar. Hay estudios que…

—Tranquila, doctora. Lo he pillado —dijo Sophia.

Las tres se rieron, aunque lo de Sophia fue más bien una mueca animada. Después las envolvió un silencio casi obligado, como una muestra de duelo después de la alegría expresada. Fue Sophia quien, pasándose las manos por el rostro, lo rompió.

—Esto no puede estar pasando.

—¿Cuándo fue la última vez que hablaste con tu padre? —preguntó Daphne.

—Hablábamos casi todas las semanas —dijo Sophia, perdida en la nostalgia—. Me llamaba a escondidas y conversábamos un buen rato. Nos poníamos al día, como solía decirme. Todos se creen que simplemente me marché sin más, que me fui a Inglaterra sin mirar atrás y que he regresado por pura cortesía, pero no es así. Hablaba con papá… lo echaba de menos.

Las primeras lágrimas se derramaron sobre el rostro de Sophia.

—Insistía mucho en que era él quien tenía que llamar. A mi madre no le hacía mucha gracia que mantuviera contacto con la hija prófuga —dijo Sophia de forma apresurada, como un intento de soltar todo lo que estaba dentro de su cabeza—. En estas dos últimas semanas no me llamó, por primera vez en diez años. Supe que estaba ocurriendo algo, aunque me esforcé por pensar que quizás estaba ocupado o que mi madre le había reprendido. Una estupidez. Esas dos últimas semanas que no me llamó seguramente estaría en el hospital, demasiado enfermo para contestar.

Sophia rompió a llorar amargamente, consolada por Daphne y Mika, que también tenían los ojos brillosos.

—Pero si Archie no te dijo nada, es porque tendría alguna razón —dijo Daphne.

—Él siempre me pedía que yo no lo llamara; yo no le obedecí y llamé; la última semana le llamé cinco o seis veces y nunca contestó. Estoy segura de que era mi madre la que tenía el teléfono. No contestó ni me contó lo que estaba ocurriendo; no me permitió despedirme de él —Sophia miró el suelo, abatida, pues se dio cuenta de que su madre se estaba tomando una pequeña revancha—. Cuando mi madre me envió el mensaje, seguro que fue porque no tuvo más opción…

Conocían bien a Rebeca como para saber que Sophia no exageraba ni había perdido el contacto con la realidad. Rebeca podía ser muy cruel, pero lo realmente terrible era que no tenía escrúpulos para serlo.

—¿Has dicho que te llamaba a escondidas? —preguntó Daphne pese al llanto de Sophia. Aunque era su mejor amiga, la distancia y el tiempo había acabado por separarlas.

Sophia cabeceó señalando hacia el interior de la sala.

—Mi madre no quería que hablara conmigo. Le decía constantemente que los había abandonado sin pensar en mi futuro ni el de ellos. Pero las tres que estamos aquí sabemos por qué me fui. Demonios, hasta mi madre estaba al tanto, pero ya ven lo que le importa.

Mika y Daphne asintieron.

—Por supuesto que lo sabemos. Jamás olvidaremos todo lo que pasaste —dijo Mika.

—Pues mi madre ha hecho todo lo contrario en estos años. Ni siquiera puede comportarse en el funeral de mi padre.

Daphne estrechó con fuerza las manos de Sophia.

—Sé que es complicado, pero no estás sola. Estamos aquí contigo y no vamos a permitir que te pase nada malo, ¿de acuerdo?

CAPÍTULO 2

La ceremonia transcurrió con normalidad, en parte porque la gran mayoría de los asistentes desconocía la paupérrima situación sentimental de la familia. El padre era el nexo que mantenía unida por un hilo muy fino a Sophia con el resto de sus integrantes. Sin embargo, también eran conscientes de que ese momento era el final, pues pasados un par de días Sophia se marcharía de nuevo y no volverían a tener contacto.

En ese momento, Rebeca se acercó a su hija para que estuviera junto a ellos durante la última despedida. Sophia agachó el rostro y se dejó llevar por su madre, ya que no quería formar un espectáculo; estaba dispuesta a sacrificarse, una penitencia que la redimiera del dolor.

Una vez terminó todo, sin despedirse, Sophia se dio la vuelta y fue en busca de Mika y Daphne, que se habían quedado atrás del grupo. Estaba pálida, como si le faltara el aire o fuera a desmayarse de un momento a otro.

—Sophia, ¿estás bien? —preguntó Mika. Daphne salió a su encuentro y la sujetó por el brazo.

—Quiero largarme de aquí —respondió.

Sin embargo, Rebeca había salido tras ella, ya que la marcha apresurada de Sophia no había pasado inadvertida para el resto de los asistentes.

—¿De nuevo huyes? ¿Así es como piensas pasarte toda la vida? —dijo Rebeca.

—No es momento de discutir —interrumpió Daphne, que trataba de sacar a Sophia de allí.

—¡Tú menos que nadie vas a decirme lo que tengo que hacer!

Esa vez fue Mika la que evitó que Daphne perdiera el control, era el último dique antes de que todo se descontrolase. David se situó detrás de su madre e intentó alejarla. Llevaba la indignación impresa en el rostro, pero sabía que no era de recibo un escándalo en el funeral de su padre.

—¡Déjame en paz! Solo he venido a decirle a esta desagradecida que su padre le dejó una caja antes de morir. Está en la casa, si es que se acuerda de dónde vivía su familia.

Sophia se recompuso y le pidió a Daphne que la soltara.

—Ahora mismo iré a por ella —respondió.

—Bien. Avisaré a la secretaria de tu padre, que vaya hasta la casa y te la entregue. Así no tendremos que volver a vernos. Cuídate.

Sophia observó a su madre como si se tratara de una completa desconocida. No podía entender la razón de su animadversión hacia ella. Ya en sus primeros recuerdos su madre aparecía como una figura hostil, pero con el paso de los años, la cosa había ido a peor. Incluso cuando ocurrió lo de Terry, su madre se puso de parte de él.

Caminaron hasta el coche y Mika condujo hasta el área de Browns Bay, donde se ubicaba la antigua casa de Sophia. Esta miraba con una mezcla de nostalgia y sorpresa cómo había cambiado todo.

—Solo han pasado diez años —dijo como si no fueran más que un par de segundos.

—Eso es mucho tiempo, Sophia. Las cosas cambian.

—Pues mi madre no ha cambiado y si lo ha hecho, ha sido para peor.

—Lo hemos hecho bien en no seguirle la corriente. Tu padre estará orgulloso de ti —dijo Daphne.

—Seguro… —contestó Sophia arrastrando la mirada más allá del cristal de la ventanilla.

—Por cierto, ¿qué dice Rebeca que te ha dejado tu padre? —preguntó Mika.

—Dijo que una caja, ¿no?

—Así es —reafirmó Daphne—. Por suerte hemos salido antes del cementerio y no tendrás que volver a verlos. Después iremos a casa y podrás descansar todo el tiempo que necesites.

—Si Ren la deja. Es muy juguetón —añadió Mika.

—Eso suena bien —dijo Sophia recuperando un poco el ánimo.

Transcurridos unos quince minutos, llegaron a la casa. Daphne insistió en acompañarla, pero Sophia quiso ir sola. Nada más abrir la puerta, la asistente de su padre le entregó la mencionada caja de cartón y Sophia regresó al auto. Cuando se subió vieron que estaba llorando, rota de nuevo.

—¿Qué ha ocurrido? —preguntó Daphne.

—Nada. Es solo que… cuando se ha abierto la puerta he tenido la sensación de que mi padre iba a aparecer ahí, que lo iba a ver sentado en el sofá o leyendo en su butacón. Pero no está… se ha ido.

Daphne se compadeció de su amiga. La pérdida de un padre era ya suficiente desgracia, pero Sophia tenía que añadirle a eso el hecho de no poder entrar ni a su propia casa, ni encontrar calor de nadie más de su familia. Si lo pensaba fríamente, era como si su amiga cargara con una extraña maldición sobre los hombros, una maldición que la condenaba a vivir en soledad. Además, estaba convencida de que gran parte de los problemas de Sophia eran a causa de su relación con Terry. Por entonces sufrió heridas que todavía no había sanado y Rebeca, después de todo lo que ocurrió, no dudaba en seguir defendiéndolo. Ese hecho fue demoledor para Sophia no solo en el aspecto emocional, sino también en lo racional, ya que le provocó muchas dudas respecto a la realidad que percibía. Todo ese torbellino tuvo que superarlo en soledad fuera de su país, en Inglaterra.

Con el paso de los años, Sophia tuvo un renacer, pero había aspectos de su vida que aún arrastraban los dolores y miedos del pasado. La prueba fehaciente era que en todo el tiempo que llevaba en Londres no había tenido ninguna relación seria que durara más de un par de horas. No quería generar ningún vínculo.

Cuando Sophia le comunicó a Daphne acerca de su regreso a Auckland, de inmediato preparó una habitación para que su amiga pudiera quedarse todo el tiempo que necesitara. Se trataba de la habitación de Ren. Estas habían decidido que su hijo durmiera con ellas mientras Sophia estuviese en casa.

—Puedes quedarte todo el tiempo que necesites —dijo Daphne mostrándole su habitación. Sophia continuaba con la caja en sus brazos. Mika había ido a recoger al niño a casa de sus suegros—. También puedes jugar con los juguetes de Ren si te apetece.

Sophia encajó la broma con una sonrisa.

—No tenías que haberte molestado. Podría haber dormido en el sofá. Serán solo un par de días: no tengo muchas ganas de quedarme en Auckland.

—Te entiendo —dijo Daphne antes de señalar la caja—. ¿Qué crees que hay dentro?

—Debería abrirla, sí. Supongo que serán recuerdos. Dolerá, ¿verdad?

—Un poco, pero es normal, Sophia. El dolor que sientes en este momento no es extraño, es más, te diría que debes sentirlo, aceptar el duelo. No hay nada malo en ello. Y si necesitas parar o un abrazo, aquí estoy. Haz lo que quieras hacer.

Fueron a la sala y pusieron la caja sobre la mesa. Después, con delicadeza, Sophia retiró los pliegues y la abrió. En el interior había un montón desparramado de fotografías antiguas, la gran mayoría de Sophia con su padre, un pequeño trozo de madera y una carta con el membrete de un bufete de abogados. En la solapa rezaba:

PROPIEDAD DE SOPHIA WATSON.

SI LA PROPIETARIA DE ESTA CARTA ENCONTRARA SIGNOS DE MANIPULACIÓN, FALSIFICACIÓN O EL CONTENIDO EN MAL ESTADO DE LO QUE HAY EN SU INTERIOR, SE APLICARÁN CARGOS CONTRA LA

POSEEDORA DE LA CARTA HASTA EL MOMENTO DE SU ENTREGA:
REBECA WATSON.

ESTA ÚLTIMA, REBECA WATSON, NO TIENE DERECHO NI OBLIGACIÓN NI
DISPOSICIÓN PARA MANIPULAR ESTA CARTA NI PARA ENTREGARLA A
NADIE QUE NO SEA SOPHIA WATSON. SOPHIA WATSON ESTÁ OBLIGADA A
COMUNICAR QUE TIENE LA CARTA EN SU PODER EN IMPECABLE ESTADO
PARA INICIAR EL PROCESO TESTAMENTARIO DEL FALLECIDO ARCHIE
WATSON.

—Eso explica que tu madre no tocara la carta y te diera la caja
sin más. Tu padre dejó claras las cosas para que todo se hiciera según
su voluntad.

—Es curioso. Mi padre no hacía nada sin el consentimiento de
mi madre. Hasta ese límite estaba enamorado de ella. Todo un
desafío por su parte. —Sophia asintió orgullosa, no por la carta en sí,
sino porque era el único que siempre estaba ahí e incluso mientras el
cáncer le arrebataba la vida de las manos, él pensó en ella. Estaba a
punto de abrir la carta cuando se fijó con más detalle en la pieza de
madera que había en la caja.

—Oh, Dios mío.

—¿Qué ocurre? —preguntó Daphne. Por respeto, no había
querido coger nada de la caja.

Sophia estiró la mano y cogió la pequeña pieza de madera. Un
pequeño pájaro.

—Es una gaviota que talló mi padre para mí cuando yo era una
niña. No sé cuánto tiempo hace que no lo veía. Creía que lo había
perdido.

Daphne le dedicó una tierna sonrisa.

—Es bonita.

—De pequeña me gustaban mucho los pájaros… todos. Mi padre
me contaba historias de los pingüinos de ojos amarillos y los
Albatros de la isla Sur, donde vivió de niño. Pero nunca pude
conocerlos, ya que mi madre se negaba a viajar hasta ahí. Mi padre
me la talló en un trozo de madera que encontró.

—Si eso te ha sorprendido, deberías leer la carta. Estoy segura de que tu padre te guardará alguna que otra sorpresa.

Sophia se secó las lágrimas y rompió la solapa del sobre con sumo cuidado, como si la advertencia legal recayera sobre ella en vez de sobre su madre. En cuanto abrió el papel reconoció la letra de su padre.

Mi amada Sophia,

Nunca pensé que fuera a escribir algo así. He empezado esta carta muchas veces y aún no sé si esta será la definitiva. Tengo mucho que decir y no sé cómo hacerlo. No sé expresar cuánto te quiero y cuánto me hubiese gustado recuperar todo el tiempo que hemos perdido, pero la vida tiene sus propios planes.

Diez años desde que te marchaste. Soy consciente de lo mucho que sufriste y de que tu madre no estuvo a la altura.

Te pido que no se lo tengas en cuenta. Es buena persona, aunque a veces se empeñe en demostrar lo contrario. Hay personas en las que el amor y la bondad se destilan a pequeñas gotas que dan lugar a un perfume maravilloso, pero extraño.

Perdónala como yo la he perdonado.

Imagino que tendrás muchas preguntas. ¿Por qué no te dijimos nada de mi enfermedad? ¿Por qué, si vivo mis últimas horas en este mundo, no te llamo para que estés conmigo? Poco a poco me desvanezco, Sophia. Tu padre, el que quiero que recuerdes, hace semanas que se ha ido. El cáncer ha ganado la batalla y solo queda un moribundo que desea no despertar la próxima vez que cierre los ojos. Soy consciente de mi egoísmo, pero cuando la muerte te lleva de la mano puedes permitirte ciertas cosas.

Esta carta es una de ellas. Sé que tu madre no estará de acuerdo, pero para cuando sepa de su existencia, el sobre estará protegido por las leyes y te pertenecerá a ti.

Mi niña. No hay palabras que puedan describir lo orgulloso que estoy de ti, de cómo luchaste por vivir tu vida, por perseguir tus sueños. Ahora que veo el final, siento envidia de no haber sido ni la mitad de valiente que tú.

No puedo extenderme mucho más. El esfuerzo que me conlleva escribir estas líneas me está dejando extenuado, por lo que seré claro. Hay una casa, en Los Catlins, que te pertenecerá dentro de poco, ya sabes a qué momento me refiero. Es una casa especial que alberga un gran tesoro. Tendrás que descubrir cuál es.

Cuando todo acabe, contacta con el abogado que reza aquí, en el sobre. Él tiene las instrucciones para ejecutar la herencia a mi voluntad. Tu madre y tu hermano no saben nada, por lo que tendrás que pelear un poco, pero eres fuerte, mucho más que yo. Insisto, la casa de mi abuela ha de ser para ti.

Busca las gaviotas y sabrás de qué hablo.

Te quiero, Sophia.

Estaré siempre contigo.

Tu padre,

Archie.

Mientras Sophia leía la carta, Mika llegó a casa con Ren. Sophia hizo un esfuerzo por contener el llanto y saludó al pequeño con una extensa sonrisa, cogiéndolo entre sus brazos y disimulando sus sentimientos. Daphne observó la escena con el corazón encogido.

—Es increíble lo grande que está. Debo ser la peor tía del mundo —dijo Sophia. El pequeño, que no conocía a la mujer que lo sujetaba, comenzó a llorar.

—Oh, Ren, no llores —dijo Daphne—. Algún día Sophia nos llevará a Londres de vacaciones.

Sophia bajó al pequeño al suelo y este se alejó lo más rápido que pudo. Mika le tendió la mano y Ren se lanzó a ella como un gato.

—Hay que bañarse. ¡Vamos! —Por el gesto que hizo Mika, Sophia supo que había advertido su estado de ánimo y se llevaba a Ren para darles la intimidad que necesitaban. Volvieron a quedarse solas; Sophia le tendió la carta para que la leyera, cosa que hizo en menos de un minuto.

—¿En Los Catlins? No sabía que tuvieran una casa allí. Eso es cerca de Otago, en la isla Sur. De solo pensarlo muero de frío.

—Yo tampoco sabía que tuviera una casa en el lugar. Mi padre era de esa zona, pero se marchó muy joven —dijo Sophia mientras sus lágrimas retomaban su cauce.

—¿A qué tesoro se referirá? —preguntó Daphne, ceñuda. Sus palabras no eran morbosas ni nada que se asemejara, sino una manera de hacer que Sophia continuara hacia delante—. Nunca pensé en Archie como un hombre que hiciera ese tipo de cosas. De tener casas escondidas.

—No tengo la menor idea. Sea lo que sea, tengo que resolverlo rápido, en los próximos días. He de volver a Inglaterra cuanto antes. No puedo demorarme mucho más de esta semana.

Daphne miró fijamente a su amiga. Esta se sujetaba la mano derecha con firmeza, como si quisiera protegerla frente a una amenaza.

—¿Todavía duele?

Sophia asintió.

—De vez en cuando. Me ha dolido más estas horas en Auckland que los últimos diez años en Londres. Será por el cambio de clima.

Las dos sabían que el clima no tenía nada que ver.

—Creo que leí algo de eso. Se le denomina dolor reflejo: la mente provoca el dolor como una reacción ante una situación estresante. Se supone que es un método de protección, pero no me hagas mucho caso.

—¿Eso significa que estoy loca? —preguntó Sophia con una mueca en los labios.

—Lo que quiere decir que hay cosas que no has superado y que todo esto no hace más que reabrir las heridas.

—Podré soportarlo.

—No tienes por qué hacerlo. Estamos contigo, Sophia. Cuando me dijiste que regresabas, pedí un par de días en el trabajo. Podré acompañarte al mismo infierno si es necesario.

Sophia rio y agradeció las palabras de su amiga. Pese a que insistía en que podía hacerse cargo de todo, en su interior se sentía vulnerable e incapaz de enfrentarse a su pasado; en especial a Terry. Pensó en si era cierto que la línea que separaba el amor del odio era tan fina como decían; si realmente esos dos mundos antagónicos estaban a un paso de distancia.

—No sabes cuánto te lo agradezco.

—No tienes nada que agradecer —dijo Daphne abrazando a su amiga—. Pongámonos manos a la obra.

—Sí. Voy a llamar a ese abogado. Espero que sea simpático.

CAPÍTULO 3

A Sophia le sorprendió la presteza con la que el abogado le dio las instrucciones respecto a cómo se desarrollarían los hechos en los siguientes días. Por su tono de voz y por su reacción estaba segura de que estaba esperando su llamada. Edmund, que era como se llamaba el jurista, le comentó que su padre había dejado todos los pasos establecidos, sin resquicios legales que pudieran entorpecer el proceso. Él, personalmente, se había encargado de armonizar todo el entramado legal.

—Mañana podemos zanjar el asunto —le aseguró—. Su padre no dejó ningún cabo suelto, por lo que no tiene que preocuparse de nada.

«¿Preocuparme de qué?», pensó.

Edmund le contó que, poco antes de morir, lo llamó para que lo visitara en el hospital. En ese momento se las arregló para quedarse solo e hizo cambios en el testamento. Sophia quiso saber más, pero el abogado le dijo que tendría que esperar a la reunión con el resto de los herederos.

Esa misma tarde. Edmund la llamó para comunicarle que, tanto su madre como su hermano habían aceptado reunirse al día siguiente, al mediodía, para la lectura del acta testamentaria. Sophia le preguntó si podía acudir acompañada de una amiga. El abogado no vio inconveniente.

Al día siguiente, a la hora concertada, se vieron las caras en el despacho del abogado. Sophia y Daphne fueron las últimas en llegar, por lo que vieron de primera mano el rostro de indignación de Rebeca.

—¿Qué hace ella aquí? —preguntó al abogado, refiriéndose a Daphne.

El abogado la miró ligeramente sorprendido.

—Es la acompañante de su hija. No hay razón legal para que no pueda estar presente, ya que no influye en el trámite que va a desarrollarse.

—¡Esto es increíble! Acaso ahora te convenció para que te conviertas en lesbiana. ¡No voy a firmar nada con esta desviada aquí presente!

Sophia y Daphne miraron fríamente a Rebeca, que se mostraba desafiante. El abogado, consciente de que se trataba de una cuestión familiar, guardó silencio y confió en que fueran ellas quienes se pusieran de acuerdo.

—No es de la familia —añadió David. Sophia clavó sus ojos en él.

—Ya has escuchado al abogado —indicó Sophia—. Pueden perder todo el tiempo que quieran.

El joven agachó el rostro azorado por la contundencia de las palabras de su hermana. No la recordaba así: decidida.

—Insisto —dijo Rebeca—. Me marcharé si esta mujer no…

—Estamos aquí para cumplir la última voluntad de mi padre. ¿Lo entienden? —expuso Sophia sosegada, pero con autoridad—. Mi padre acaba de morir, no ha pasado ni un día desde que le dimos el último adiós y ya están creando problemas. Por favor, maduren de una vez.

Sophia se dejó caer en la silla. El silencio era absoluto. Incluso Daphne estaba sorprendida por las palabras de su amiga, aunque se fijó en que las manos le temblaban bajo la mesa.

El abogado, tras una rápida mirada a los allí presentes, comenzó a leer el documento testamentario con una voz monótona. Después de varios párrafos legales y el reconocimiento de los herederos, llegó el momento del reparto. Lo escucharon en silencio, pero los rostros de Rebeca y David iban enrojeciendo de ira poco a poco. El testamento hacía el siguiente reparto: cincuenta por ciento a manos de Rebeca y el otro cincuenta a cargo de los hijos. Pero a esto había que añadir el anexo de la casa de Los Catlins, de la que ni Rebeca ni David conocían su existencia. Era una gota más en el vaso de su indignación.

—¡Tiene que ser una broma! —exclamó David, que se sentía ninguneado. No podía comprender cómo su hermana, que había estado fuera diez años, se quedaba con esa casa de la que ni siquiera conocía su existencia segundos antes.

—Esta es la última voluntad de su padre, Archie Watson, con validez legal y rúbrica notarial. Si no está de acuerdo, puede presentar un recurso, aunque le recomiendo que no pierda el tiempo. La legalidad de la herencia es total, por lo que ningún juez intervendrá en su contra.

—¿De dónde ha salido esa casa de Los Catlins? —preguntó Rebeca desesperada. Su ira le había enrojecido el rostro. La propiedad en sí le importaba poco, lo que realmente le dolía era que la sorpresa era nula por parte de Sophia: esa información debía estar en el sobre precintado de la caja, el que no pudo abrir para evitar meterse en problemas.

—¿Acaso no es ilegal que no supiéramos nada de esa casa? —cuestionó David. El abogado levantó las manos para pedir calma.

—Como ya he dicho, no hay atisbo de ilegalidad en todo el proceso y esto se lo puedo decir de primera mano, ya que me he encargado personalmente de su elaboración. En cuanto a la casa, pasó a propiedad del difunto hace más de veintiocho años, tras el fallecimiento de Emily Smith, abuela de Archie Watson por parte materna.

—¿Emily Smith? Tiene que ser una broma —espetó Rebeca. Sabía a quién se refería, era la persona que había criado a su marido. Tomó aire para serenarse, pues si la casa le perteneció a ella, no le interesaba nada, en absoluto—. Nunca quise acompañar a Archie donde esa mujer.

Sophia se quedó boquiabierta. Emily Smith era su bisabuela, la cual falleció poco después de que ella naciera. Su padre le había hablado de ella, pues fue su figura materna. Su madre, Joanna, la hija de Emily, había fallecido en un accidente cuando él era pequeño.

—Igualmente, ¿qué es todo eso del anexo? ¿No forma parte de la totalidad de la herencia de mi padre? —preguntó David.

El abogado cabeceó mientras repasaba los documentos. La situación era cuando menos curiosa.

—Sí y no, me explico, porque veo que están al tanto de menos de lo que pensaba. Cuando falleció Emily Smith, la propiedad de Los Catlins pertenecía a una sociedad en la que Emily rezaba como única integrante, por tanto, su padre, Archie Watson, heredó la sociedad, no la casa. Atendiendo a los estatutos de dicha sociedad, los cuales puedo hacerles llegar una copia si lo desean, estos decretaban que la sociedad era de carácter personal e indivisible. Para que me entiendan, en este caso, la propiedad se considera como un activo indivisible y ajeno a la herencia. El fallecido tenía plenos poderes para determinar el sucesor en dicha sociedad, cosa que hizo poco antes de su fallecimiento. En resumen, el fallecido Archie Watson heredó en su día una empresa, pero él la legó antes de su muerte a Sophia Watson, aquí presente.

Rebeca y David se miraron confusos. Daphne y Sophia tampoco entendían nada de lo que acababa de decir el abogado, pero sí entendían que la conclusión les era favorable, lo que era suficiente.

—No pienso firmar nada en tales condiciones —dijo Rebeca entre dientes. El abogado, que debía tener otras reuniones a la que asistir, miró el reloj y encogió los hombros.

—¿Renuncian a la herencia? De ser así, el cómputo total iría para Sophia, a excepción del porcentaje mínimo que como viuda le corresponde.

—¡Jamás! —gritó David—. Puedes quedarte esa maldita casa o lo que sea. Conocemos a buenos abogados, mamá. Ellos pondrán las cosas en su sitio.

Rebeca asintió en silencio sin retirar la mirada de Sophia, a la que desafiaba continuamente. El abogado aprovechó el conato de consenso para poner sobre los documentos que tenían que firmar para cerrar de una vez el asunto. Sophia, en silencio, alcanzó la hoja y estampó la firma. Su madre la observaba casi enloquecida. David también expresaba su desacuerdo, pero no debía confiar tanto en sus opciones, ya que firmó el documento casi a la par que su hermana.

—¿Rebeca? —dijo el abogado. La madre de Sophia, herida en su orgullo, firmó con tanta fuerza que retorció el papel bajo el bolígrafo.

—No quiero volver a verte más, ¿me has escuchado? Y disfruta de esa estúpida casa todo el tiempo que puedas, porque mis abogados y yo no vamos a parar hasta quitarte lo que nos pertenece.

Daphne observó a Sophia y el temblor nervioso que se había adueñado de su cuerpo. Sabía que estaba haciendo un gran esfuerzo por contenerse o por no caer desplomada. Cualquiera de las dos situaciones podía darse.

—¿Hemos terminado? —preguntó Sophia con fingida frialdad.

El abogado la miró con cara de circunstancia.

—Sí, hemos terminado. Tengo en mi poder las llaves y los documentos pertenecientes a la propiedad de Los Catlins. Deme un par de minutos y le haré entrega de ello.

—Bien.

Rebeca y David se incorporaron y se dirigieron hacia la puerta. Se marcharon sin decir nada, en un silencio orgulloso y seguramente herido. Cuando al fin se quedaron a solas, Sophia abrazó a Daphne entre lágrimas.

—Ya ha pasado, Sophia. Ya ha pasado.

Una vez Edmund les entregó las llaves y los documentos, regresaron a casa de Daphne, un oasis de paz en el que necesitaba refugiarse. Sophia respiraba aliviada, se había quitado un gran peso de encima, aunque intuía que algo —no sabía bien el qué— acababa de comenzar.

—No puedo creer que todo esto se haya terminado —dijo Sophia.

—¿No crees que Rebeca intentará recurrir a la justicia? Ya la has escuchado —comentó Daphne. No obstante, Sophia se mostró extrañamente tranquila.

—Ella no me preocupa en absoluto. Confío en mi padre y sé que hizo las cosas bien. Mi madre lo tenía cegado, pero jamás permitiría que me pasara nada malo. No. Confía en mí. Mi madre no tiene nada que hacer. Malgastará dinero en abogados y estos acabarán por negarse a representarla.

Daphne decidió no insistir en sus dudas al respecto. Su amiga se encontraba serena después de superar un duro escollo. Si ella decía que todo estaba bien, así debía ser.

—¿Qué piensas hacer ahora? Después de todo tienes una casa en Los Catlins. Un buen sitio para pasar unas vacaciones… supongo, la verdad es que no sé mucho de ese lugar.

—Tienes razón. Además, está lo que mencionó mi padre, respecto a buscar algo. Lo mínimo que puedo hacer es ir allí. Estoy obligada a ello; se lo debo. ¿Podrás acompañarme? No quiero causarte problemas con Mika, pero me vendría bien un poco de compañía.

Daphne frunció el ceño.

—Te aseguro que no es el caso. Solicité una semana libre para estar contigo: aquí, en Dunedin o en Los Catlins. Por no mencionar que me muero de curiosidad por saber más de qué va todo esto. ¿Tú no? No lo niegues.

Sophia sonrió.

—No he pensado mucho en ello. Quiero decir, ¿qué puede ser? No me imagino un cofre repleto de joyas ni nada así, pero, la verdad, no sé de qué se trata.

—Siempre se ha dicho que algunos piratas escondían tesoros —dijo Daphne en tono de broma—. Ya escuchaste al abogado. La casa perteneció a tu bisabuela. Al menos sabemos que es antigua. Quizás ese tesoro —hizo las comillas con los dedos— perteneciera a ella.

—Es posible.

Tal y como Daphne previno, Mika no solo no les puso inconveniente, sino que les ayudó a preparar las maletas, aunque

Sophia solo contaba con una mochila en la que llevaba un par de mudas y su computadora.

—¿Cómo puedes cruzar el océano solo con una mochila? No tienes ropa más que para un par de días.

—No esperaba nada de esto. Compraré lo que me vaya haciendo falta. Me vendrá bien para renovar el armario. Además, seguro que tendré que hacerme con ropa más abrigada.

—Cuando era pequeña, mis padres insistían con ir a Los Catlins recorriendo la ruta costera de la isla Sur, pero al final siempre lo pospusimos. Era un viaje largo —dijo Daphne.

—Busca algo de información si puedes. He estado tantos años fuera que estoy un poco desconectada del país —añadió Sophia.

Mika sacó el móvil y comenzó a navegar de una página a otra.

Daphne y Sophia la rodearon y comenzaron a ver las imágenes de Los Catlins. Había acantilados, bosques, playas y cascadas.

Las tres se miraron asombradas. Los Catlins era una pequeña localidad donde no había muchos habitantes, pero era un destino turístico por excelencia.

—Es increíble que desconozcamos tantos lugares del país donde vivimos —dijo Mika—. Siempre pensé que en la isla Sur solo valía la pena conocer Queenstown o Christchurch. Creía que más al sur solo había ovejas y lecherías.

—Veamos si podemos echarle un vistazo. Quizás tienes una linda casa frente al mar y eso valdría millones —dijo Daphne agrandando una foto—. Aquí dice que las grandes olas atraen muchos surfistas. Además, desde ahí tienes la mejor vista de la Aurora Austral. ¿Tienes la dirección?

Sophia sacó la carpeta repleta de documentos que le había dado el abogado y rebuscó en los papeles. Cuando encontró una hoja con los datos, se la mostró; esta introdujo la dirección en el buscador y torció el gesto.

—Vaya. Es en un pequeño lugar llamado Owaca. Creo que está alejado de la zona turística. Según lo que veo en *Google Maps* está ubicada en la zona boscosa de Los Catlins.

Sophia observó las imágenes de una casa antigua y modesta. No tenía la certeza de que se tratara de esa en concreto, pero lo poco que sabía le daba alas a esa posibilidad. Parecía que nadie viviera allí desde hacía mucho tiempo.

—¿Estás segura de que es esa la dirección? —preguntó Daphne. Mika miró el papel e introdujo de nuevo la ubicación, pero la imagen de la pantalla del teléfono no cambió. Las posibilidades se incrementaban.

—Estoy segura de que mi padre tenía sus motivos para dejarme esa casa. Puede que sea más por un tema sentimental, quizás ahí fue donde se crio con su abuela. No pienso desistir simplemente porque tenga aspecto ruinoso. No sabemos cuándo se tomaron esas imágenes.

—No quería decir eso, Sophia. No me malinterpretes —dijo Daphne un poco azorada y sorprendida por su reacción—. Pero es raro mantener una casa en un lugar donde hay menos de cuatrocientos habitantes.

Sophia asintió a la vez que se ocultaba el rostro con las manos.

—Lo sé, lo sé. Perdona, estoy un poco en shock. No me termino de creer todo esto —se disculpó Sophia dándole un apretón en los hombros a Daphne.

—No te preocupes. Lo extraño es que te muestres tan entera —dijo Mika—. Bueno, ya está casi todo listo. ¿Tienen hambre? Se me ha antojado *Fish and Chips*, ¿qué dicen? ¿Les apetece?

—No suena mal —respondió Daphne—. Después recogeremos a Ren de la guardería y lo podemos llevar al parque.

—Es un buen plan. Me vendrá bien despejarme un poco —dijo Sophia.

—Es justo lo que necesitas. Mientras, puedes ir buscando los pasajes a Dunedin. No creo que sea muy entretenido manejar mil quinientos kilómetros y más de veinte horas. —Rio Daphne.

CAPÍTULO 4

A la mañana siguiente tomaron el vuelo a Dunedin. Habían conseguido un pasaje a primera hora, ya que querían aprovechar el día para conocer la zona e intentar averiguar algo más respecto a lo que su padre se refería en la carta. Las dudas y los interrogantes eran demasiadas y la curiosidad comenzaba a crecer en Sophia de manera arrolladora. Sentía que quizás todo lo que estaba por vivir sería la forma en que podría superar sus miedos.

La pérdida de su padre era muy reciente, pero la carta póstuma que había leído había cicatrizado parte de ese sufrimiento primario y profundo. Sentía paz o un preludio de ella. Tener constancia de que Archie estaba orgulloso de ella y que la hubiera tenido en sus pensamientos hasta sus últimos momentos, transformaba la pena por la pérdida en una nostalgia más llevadera. Pensarlo le sacaba una sonrisa que era capaz de arrinconar los malos momentos que había vivido en el cementerio. Su madre, su hermano y Terry se desvanecían y regresaban al pasado.

Habían decidido quedarse en un hotel en la zona de Los Catlins, ya que no sabían las condiciones en que se encontraba la casa. Alquilaron un coche y fueron directo a la dirección que les marcaba el GPS.

La ruta que unía los dos puntos demoraba un poco más de una hora, aunque condujeron lento para admirar el paisaje. Cada cierto tiempo veían desvíos hacia la costa donde se anunciaban atractivos turísticos. El sol iba coronando lentamente el horizonte, salpicado de nubes que eran atravesadas por los rayos del astro de manera curiosa. Sophia observó aquel fenómeno, fascinada, dando rienda suelta a su imaginación y viendo aquellos gigantescos halos de luces como el reflejo de su padre en el cielo. Algunas líneas brotaron de su interior, como susurros de su alma.

—¿Crees que lloverá? —preguntó Daphne mirando a las nubes, desprovista de toda mística. Sophia arqueó los labios.

—Si estuviésemos en Londres, te diría que sí. Pero no conozco el clima de acá, aunque por la humedad y el barro acumulado, me hace pensar que es algo recurrente. Es curioso, pero me acostumbré al paisaje sombrío de Londres y esto para mí es demasiado verde.

Daphne sonrió irónica.

—Vaya con la señorita Thatcher, ¿acaso ahora eres inglesa? —dijo Daphne, provocando que Sophia se riera a carcajadas. Era la primera vez desde que puso los pies en Auckland, que se reía de una manera auténtica.

El trayecto fue ameno, en parte porque las dos siempre encontraron tema de conversación, ya fuera ponerse al día, asombrarse por el paisaje que destacaba por la gran cantidad de ovejas o discutir qué podía hacer con la casa que acababa de heredar.

—No sería una mala opción alquilarla —comentó Daphne—. Mika y yo podemos gestionarlo si te parece bien. Puedes conseguir un poco de dinero extra y al mismo tiempo tener tu propia casa para visitarnos de vez en cuando.

—Oh, sería una responsabilidad injusta para ustedes. Además, si Mika introdujo bien la dirección, pienso que no será de las más demandadas por los turistas. Demasiado lejos de la costa… y de todo en general.

—Entonces, ¿la vas a vender? —insistió Daphne.

—Es posible. Una vez que descubra a qué se refería mi padre con todo este misterio, puede que me deshaga de ella. ¿Tú qué crees? He estado dándole vueltas, pero, la verdad, no sé qué hacer.

—Es tu casa y tu decisión. Lo que hagas bien está. Pero ¿y si no encontramos nada? Después de todo, no sabemos a qué se refería tu padre.

Sophia encogió los hombros.

—Confío en mi padre. Además, llevo el amuleto que me hizo cuando tenía cinco años —dijo palpándose el bolsillo del pantalón y tocando la pequeña gaviota de madera—. La suerte está de mi lado, estoy convencida.

A Daphne le fascinó la seguridad con la que Sophia se refería a su padre, pero al mismo tiempo le preocupó, pues cuando creía en algo se cerraba en banda con el traicionero pretexto de que las cosas iban a salir bien sí o sí. Eso la convertía en una persona altamente inestable.

Una vez se encontraban a poca distancia de Owaca, vieron que comenzaban a verse más casas. El destino era casi a la salida sur de la pequeña localidad. Esto provocó un ligero desánimo a Sophia.

—¿Para qué queremos vivir cerca de la playa y los acantilados? Somos más de bosques, Sophia —expuso Daphne intentando añadir un toque de humor. Esta se lo agradeció con una media sonrisa—. Además, la costa está llena de lobos marinos, ¿a quién le gusta que te persiga un bicho de esos?

Siguiendo el indicador, las extensas planicies verdes se mostraban al fondo como un manto extendido al amparo de los árboles que se veían a lo lejos. Todo eso regado por pequeños puntos blancos que debían ser ovejas.

—Vaya con las ovejas —dijo Sophia, cada vez más decepcionada ante la realidad—. Me gustan, pero al parecer hay más de estas que habitantes en la zona.

—Seguro que es el lugar idóneo para que una artista pase una temporada. Así tendrás tiempo para pensar y volver a pintar. Como una especie de refugio. Puede que las ovejas sean tu inspiración.

Sophia sonrió ante la idea de su amiga y pensó automáticamente en su apartamento de Kensington y la carrera de gotas por el cristal de la ventana. Las horas pasaban y el lienzo permanecía inmaculado. ¿Cambiaría eso allí, en esa casa que su padre escondía con recelo? ¿Sería ese el tesoro al que se refería su padre? La verdad era que no le apetecía mucho pintar. El que había sido su sueño desde adolescente, ser artista y vivir de su arte, acabó diluyéndose en la realidad de su vida, en todo lo sucedido hasta ese mismo momento en el que trataba de llegar a la misteriosa casa que había heredado.

—Ya veremos —dijo Sophia con voz queda. Daphne comprendió que no quería hablar más del asunto.

Unos diez minutos después llegaron hasta su destino; el cual, por otra parte, estaba bastante por debajo de sus expectativas. Sin embargo, Mika se había confundido; la casa no era la que se mostraba en *Google*, sino la que se encontraba justo en el terreno de al lado.

—Parece un pueblo fantasma —dijo Daphne. Había estacionado el coche frente a la casa, pero tenía sus dudas al respecto. El cielo nublado añadió más pesadez al ambiente, como si el ocaso se hubiera adelantado. Las dos, en silencio, miraron la pantalla del móvil para después centrarse en la casa.

—¿Así que es esta? ¿Estás segura? —preguntó Daphne tras cerrar la puerta del coche y quedarse con los brazos en jarra frente a la cochambrosa valla que cercaba el jardín. Sophia bajó los ojos hacia el papel donde había anotado la dirección exacta.

—Eso es lo que pone aquí. Es el número diez, ¿verdad? —dijo Sophia.

Daphne asintió en silencio mientras observaba los restos de un número diez que habían pintado con pintura blanca sobre el buzón, totalmente destrozado y a poco de caerse. En el interior se apreciaban los restos de un papel desecho y ennegrecido.

—Eso parece. ¿Se puede saber qué sitio es este?

—Tal vez podamos averiguarlo —dijo Sophia señalando hacia la placa que estaba en el buzón de entrada. Debía ser antiguo, porque el metal que le daba forma estaba desgastado como un caramelo chupado.

—Manos a la obra —dijo Daphne caminando hacia el lugar.

Sophia guardó el papel y la siguió con las manos en los bolsillos. El viento que se levantaba era fresco.

—Esto debe tener muchos años. Fíjate en el pedestal y en la inscripción —señaló Daphne, retirando el musgo de la base con el zapato.

—La inscripción está totalmente borrada. —Dicho esto, se alejó un par de pasos para observarlo con otra perspectiva.

La miraron un par de segundos hasta que Daphne rompió el silencio.

—Creo que se trata de un inglés.

Sophia arqueó las cejas.

—¿Cómo lo sabes?

—Fíjate bien en la inscripción. Si la miras con atención puedes adivinar algunas letras. No estoy del todo segura.

Sophia ladeó la cabeza y estudió con atención la inscripción. Se apreciaban un par de *M*, una *h* y un par de vocales.

—Puede que tengas razón. Pero, eso sería lo más lógico. El país fue colonizado por los ingleses.

—Ya lo sé —dijo Daphne mirándola con cara de que eso era obvio—. Eran colonos o algo así, pero me refería a que no era un nombre en maorí.

—Emily Smith… —susurró.

—Mi bisabuela estuvo casada con un inglés, sí. Creo que él murió en la Primera Guerra Mundial, no lo sé. Ella vivió en Inglaterra unos años y regresó. O eso es lo que tengo entendido.

Cerrado, más o menos, el misterio de la placa, se enfocaron nuevamente en la casa. La única certeza que podían aplicar a sus razonamientos era la antigüedad de la mayoría de las edificaciones de la zona y perfecta tranquilidad que reinaba en el lugar.

—Vayamos a por el tesoro —bromeó Daphne. Sophia se mostró más calmada, aunque miraba a un lado y a otro como un felino.

No hizo falta ninguna llave para abrir la puerta de la verja exterior, ya que estaba completamente devorada por la herrumbre y la cerradura no era más que un agujero en la estructura metálica de la puerta, que chirrió de manera desconcertante al abrirse. Sin embargo, observaron extrañadas que el jardín, si bien no lucía exquisito, había sido cortado recientemente; incluso quedaban pequeños montones de briznas. «¿Mi padre vino a cortar el césped?», pensó Sophia, aunque descartó esa posibilidad rápidamente. Ese césped lo habían cortado hacía tan solo un par de días, puede incluso que hasta el mismo día que él falleció.

Se acercaron cautelosas a la puerta. Sophia, con un pequeño manojo de llaves en sus manos, comenzó a probar en la cerradura hasta que dio con la correcta. La cerradura chirrió, pero tras un leve esfuerzo, el mecanismo corrió y la puerta cedió. Sophia y Daphne, quietas en el umbral, la empujaron hasta abrirla por completo.

Dentro estaba oscuro. Casi todas las cortinas estaban echadas y dejaban atravesar una luz débil y tímida que no se adentraba en la oscuridad de la estancia.

—Bueno, definitivamente es aquí. Esta es la casa —dijo Daphne. Sophia asintió en silencio mientras trataba de deducir el interior.

—Pues adelante.

Sophia acompañó sus palabras con un par de pequeños pasos cortos que la llevaron a un par de metros más allá de la puerta. Daphne iba tras ella con la linterna del teléfono encendida.

—¿No hay luz? —preguntó. Sophia miró a su alrededor y accionó un interruptor, pero no sucedió nada.

—Estará la corriente cortada. Es algo normal si aquí no vive nadie —contestó Sophia.

—¿Y el césped? ¿Se ha cortado solo? —Sophia se giró hacia Daphne. Pensaba que su amiga no se había fijado en ese detalle. Ambas se dieron la vuelta y miraron hacia el césped con el ceño fruncido.

—Sé lo mismo que tú, Daphne. Busquemos el tablero de la luz. Normalmente, suele estar detrás de la puerta principal. Alumbra ahí.

Las dos se giraron torpemente y enfocaron el teléfono hacia esa dirección. Sophia tenía razón. Tras la puerta había un agujero rectangular en la pared del que sobresalían un lío de cables y un par de interruptores cubiertos de polvo.

—¡Ahí tiene que ser! —dijo Sophia.

—¿Es que has trabajado como electricista en Londres?

—Lo normal es saber esas cosas, Daphne. ¿A cuál habrá que darle?

Daphne miró a su amiga y al hacerlo la deslumbró con la linterna del móvil.

—¡Mis ojos!

—¡Fue sin querer! Estoy nerviosa, no me gusta estar a oscuras en una casa extraña. Así comienzan las películas de terror.

—Pues dale al interruptor —dijo Sophia.

—¡Tampoco me gusta electrocutarme! —exclamó Daphne.

—Está bien. Lo haré yo.

Decidida, Sophia estiró la mano hasta el manojo de cables y accionó uno de los interruptores. Se trataba de una pequeña palanca de plástico negra. Nada más hacerlo, retiró la mano por miedo a que todo saltara por los aires. Pero la casa permanecía a oscuras.

—¿Qué estás haciendo?

—Tenía miedo, ya sabes, de que explotara o algo así —explicó Sophia.

—Probaré yo —dijo Daphne dándole el teléfono a Sophia. Estiró igualmente el brazo, mantuvo la mano frente a los cables un par de segundos y después accionó el otro interruptor. Nada más hacerlo, un susurro emanó del interior de la pared y casi al instante, se encendieron las bombillas que colgaban del techo.

—¡Lo hemos conseguido! —gritó Daphne abrazando a Sophia. Dieron un par de saltitos hasta que se detuvieron y miraron a su alrededor.

—Supongo que también podríamos haber abierto las cortinas —dijo Sophia, señalando hacia ellas ahora que las veía con claridad. Sin embargo, Daphne había visto algo que había llamado la atención mucho más que las ventanas y los pocos muebles que rellenaban la casa.

—Hay una carta, Sophia. Justo ahí.

CAPÍTULO 5

No se trataba de una carta, sino de una hoja doblada por la mitad, que descansaba sobre una mesa. Sophia se fijó en que apenas había polvo sobre la superficie. Era reciente; demasiado reciente.

—Esto han debido de limpiarlo hace poco, igual que el jardín —dijo Sophia.

—Pero no por tu padre. Seguramente tenía a una persona contratada para que se encargara de estas cosas, ¿no? ¿El abogado no te comentó nada al respecto?

Sophia movió la cabeza de un lado a otro con un gesto de preocupación.

Estiró el brazo y los dedos para abrir la hoja y que las dos pudieran leerla al mismo tiempo. A diferencia de la que le dejó su padre en la caja, esta tenía tan solo un par de líneas escritas con una caligrafía difícil de entender. Los trazos eran temblorosos.

En la hoja, una mujer llamada Kora le daba el pésame por la muerte de su padre y les informaba que había estado contratada por él para llevar a cabo el mantenimiento de la casa. Estaría a su disposición lo antes posible.

—¿Habías oído hablar antes de esa mujer? —preguntó Daphne.

—Jamás. Vivirá cerca, ¿no? Lo mismo ella puede contarme algo de mi padre y de por qué lo mantuvo todo en secreto. Esto no me da buena espina.

—¿A qué te refieres? —preguntó Daphne. A Sophia no le había gustado en absoluto la carta de esa tal Kora.

—Pues a todo esto. Sé que no tengo derecho a quejarme, me marché hace diez años y dejé todo atrás, pero tengo la sensación de que mi padre no era quien decía ser. Esta casa, la mujer de la carta, ¿qué significa todo esto? ¿Por qué tengo que enfrentarme yo a esto? Lo normal sería que mi hermano estuviera aquí.

Daphne levantó las manos para tranquilizar a su amiga.

—Sus razones tendría, Sophia. Antes me has dicho que confiabas en tu padre, ¿verdad? Comprendo lo complicado que te debe de resultar todo esto, pero te pido que no te precipites.

Sophia asintió.

—Todo tendrá una explicación, estoy segura. Miremos qué podemos encontrar.

Dejaron la hoja y se volvieron para terminar de registrar la casa. Los muebles eran pocos y viejos, de tosca madera y con el barniz muy desgastado. Había varios cuadros antiguos decorando las paredes. Sophia se detuvo ante ellos y los observó con atención, algo innato en ella. En la mayoría de las piezas predominaba un ambiente oscuro y pesado. Le gustó mucho una pintura en la que se representaba un tren antiguo detenido en una estación y envuelto por su propio vapor. Aquella estampa la transportó a principios del siglo XX, cuando las grandes máquinas comenzaban a inmiscuirse en la vida de las personas. Era la época de las revoluciones, el progreso desmedido y el carbón.

—Es bonito —dijo Daphne.

—¿Eso es todo lo que se te ocurre? —preguntó Sophia con ironía.

—No todos somos tan profundos como tú.

Continuaron registrando la estancia. Casi todos los cajones y armarios estaban vacíos. Subieron hasta la planta superior, pisando los escalones con cuidado, ya que la madera crujía bajo sus pies de una manera amenazadora. En esa planta había dos habitaciones con camas cubiertas al completo con sábanas. Estas estancias parecían estar más limpias que el resto de la casa.

—Las debe haber puesto así para que no se llenen de polvo —dijo Sophia señalando una de las sábanas.

Daphne levantó una de ellas y comprobó con sorpresa que las sábanas desprendían un agradable olor a suavizante.

—Estas sábanas las han puesto hace poco tiempo. Lo más seguro que ayer. ¿Tu padre quería que nos quedásemos a dormir?

La reflexión de Daphne les causó inquietud. Bajaron a la primera planta y, al no encontrar nada, echaron otro vistazo.

—¿Ves algo? —preguntó Sophia.

—En la despensa hay café, varios paquetes de macarrones y dos o tres botellas de agua. He comprobado la fecha de caducidad. Los han debido comprar hace poco.

—Eso significa que esa Kora ha estado aquí recientemente —concluyó Sophia.

—Estoy de acuerdo. Creo que está preparando la casa para ser habitada: las sábanas, la comida… Las cosas más básicas. En la sala había una chimenea, ¿verdad? Seguro que ha dejado leña.

Sin perder tiempo, se dirigieron a la sala y estudiaron la veintena de troncos amontonados que había en un gran cesto. Daphne pasó el dedo por ellos y alcanzó una rápida conclusión.

—Mira, todavía queda savia en los troncos.

—¿Mi padre quería que nos quedásemos aquí? —preguntó Sophia.

—Eso parece.

Sophia, ceñuda y con los brazos en jarra, comenzó a girar sobre sí misma. En la sala había otros cuadros antiguos: en algunos la pintura se había desprendido por completo, asimilándose a espejos oscuros con figuras incompletas; pero otros lucían en un perfecto estado de conservación. Más allá, en una esquina, había una estantería con las baldas caídas, donde descansaban varios libros polvorientos. Sophia volvió a centrarse en las pinturas.

Sin embargo, Daphne se dirigió hasta la estantería. Los libros le llamaban más la atención que las pinturas, principalmente porque un libro podía leerlo y descifrarlo, mientras que un cuadro podía albergar centenares de mensajes reservados a los ojos de los expertos. En cuanto a los libros, eran muy antiguos. Al abrir uno de ellos, el libro crujió y muchas páginas se rajaron debido a su mal estado, lo que provocó que Daphne volviera a cerrar el libro de inmediato. La tinta había desaparecido casi por completo de las páginas y resultaban ilegibles.

—¿Has encontrado algo? —preguntó Sophia.

—Solo libros viejos. Casi se deshacen en las manos —dijo Daphne dejando el libro sobre la estantería. Deslizó sus dedos por los otros ejemplares hasta que el tacto de uno de ellos le llamó la atención. Confundida, arrastró de nuevo sus dedos hasta él: era de madera y no era un libro, sino una caja. La extrajo con cuidado y sufrió un vuelco en el corazón cuando reconoció el dibujo que había sobre la tapa.

—¡Mira, ven acá! —exclamó—. Tienes que ver esto.

—¿Qué ocurre?

—Creo que he encontrado algo. Una caja.

Sophia se acercó de inmediato.

—¿Otra caja?

—Así es y me apuesto lo que sea a que dentro hay otra carta —apuntilló Daphne.

Sin embargo, Sophia no reaccionó a la ocurrencia de su amiga. En vez de eso, se fijó en el dibujo de la tapa y corrió a la estantería para ver de dónde lo había sacado. Vio el agujero que había dejado la caja y justo al lado estaba el libro *Juan Salvador Gaviota,* de Richard Bach. Su corazón comenzó a latir. Tomó el ejemplar y se transportó a su niñez, cuando su padre le leía ese libro y ella se imaginaba esa gaviota siendo libre y capaz de cumplir sus sueños.

Volvió con el libro en las manos y se lo mostró a Daphne que aún estaba junto a la caja. Ambas sonrieron, porque sabían la importancia de ese libro en Sophia. Representaba el sueño de la libertad, de tomar riesgos para seguir tus sueños.

—¿Eso es...? —Daphne interrumpió el momento apuntando la tapa de la caja.

—Es una gaviota, un dibujo del amuleto que encontramos. El que mi padre me hizo cuando yo era niña.

—¿A qué esperas para abrirla? —dijo Daphne ofreciéndole la caja.

Sophia asintió. La humedad había hinchado la madera y la tapa apenas giraba, aunque consiguió abrirla después de unos minutos. La unión de la tapa con el resto de la caja se quebró.

—Tendría que haber apostado diez dólares —dijo Daphne cuando un trozo de papel cayó al suelo al abrirla. De inmediato, Sophia se agachó y lo recogió. Su amiga la imitó y así, juntas y en el suelo, leyeron lo que había escrito su padre hacía casi treinta años.

10 de noviembre de 1985

Hola, Sophia del futuro.

No sé cuándo leerás esto, pero espero estar junto a ti para compartir lo que tu bisabuela Emily te tenía deparado. Todo tiene su momento, estoy seguro de que lo entenderás.

Todavía no sé cómo voy a hacerte llegar hasta aquí, pero tenemos mucho tiempo y ya se me ocurrirá algo ingenioso para que solo tú, sí, tú, llegues a estas líneas. Es muy importante, por algún motivo que desconozco por el momento.

Hace poco falleció tu bisabuela, Emily Smith; ella es la responsable de todo esto. En los últimos meses, pero especialmente cuando naciste, se obsesionó con que debería contar todo y que nada había sido justo (no sabemos a qué se refiere), e incluso quería visitarte a cada momento, a lo que tu madre se opuso rotundamente. Nunca se llevaron muy bien.

Poco antes de que Emily falleciera, me hizo prometer que cuando fueras mayor debías regresar a Los Catlins y también ir a la casa de la familia Clark (está un poco lejos de aquí).

A su vez me ha dejado la otra carta que está en la caja (no te

*quiero mentir, y sí, la he leído), pero si te soy sincero no
entiendo nada. Creo que ya por el final de sus días se le
confundían las ideas. Sin embargo, cumplo con entregártela.*

*Cuando me dio la carta y me comentó todo esto de la familia
Clark no le vi sentido, pero a los pocos días de su muerte supe
que nunca había vendido la casa de Owaca. Cuando crecí y me
vine a Auckland a estudiar, Emily se quedó sola, por lo que al
poco tiempo se trasladó a un pequeño apartamento en el centro
para estar cerca de mí.*

*Ella me aseguró haber vendido la propiedad, y aunque
siempre viajaba a la isla Sur, yo nunca dudé de sus palabras.
Imagínate mi sorpresa cuando me ha llamado el procurador
para decirme que no había sido así.*

*Lo más curioso es que tu bisabuela, mediante no sé qué
triquiñuela legal, ha conseguido dejarte la casa a ti, para que
dispusieras de ella (no sé por qué no incluyó a tu hermano en
esto). Además, según sus instrucciones, primero la heredaría yo,
pero con la cláusula de que no podría venderla. Creo que no se
fiaba de la influencia que tu madre tiene sobre mí.*

*Otra cosa importante, y de la que poco más sé, es que mi
abuela me mencionó un diario. Me dijo que tú sabrías dónde
buscarlo, otra rareza y no sé hasta qué punto esto es real. No sé
cuánta credibilidad deberíamos otorgarle, ya que estaba en sus
últimas horas y podía estar delirando.*

*En fin, no quiero extenderme mucho. Aunque no lo creas,
mientras escribo esto, tú estás dormida en el sofá, justo a mi
lado.*

*En los próximos días viajaré hasta Owaca y dejaré esta
carta escondida en algún lugar de la casa que todavía no tengo
pensado. También buscaré a esa familia Clark que mencionó
Emily. Añadiré otra carta si descubro algo más.*

Te quiere, tu padre,
Archie.

Sophia no pudo contener las lágrimas, pero al mismo tiempo sonreía por la emoción. Mientras leía había sentido, con una certeza inexplicable, que su padre la acompañaba, que estaba esperando a su lado a que descubriera la carta que le había escrito hacía casi treinta años. Daphne también estaba emocionada.

—Esto es… no tengo palabras —dijo con la voz compungida.

—Yo tampoco sé qué decir.

—¿Crees que este es el tesoro al que se refería tu padre?

Sophia encogió los hombros.

—Es posible. Puede que quisiera asegurarse de que viniera hasta aquí —dijo Sophia mientras con la mirada parecía deducir algo más—. Quizás sus planes era traerme él mismo hasta Los Catlins y descubrir juntos lo que escondían las palabras de Emily, o quizás quería que volviera a leer este libro —finalizó extendiéndole el libro de *Juan Salvador Gaviota*.

Daphne tomó el libro y comprendió lo que su amiga quería decir. Sophia se marchó a Inglaterra cuando era muy joven, con veinte años. Fue él quien le dio el último empujón para que ella emprendiera el vuelo. Lo más seguro y por cómo transcurrieron los hechos, era que a su padre no le diera tiempo a contarle todo esto de la casa. Hacerla venir de Londres, para recuperar unos diarios, le parecería muy complicado. Sin contar con que hacía todo por mantener feliz a Rebeca y ella renegaba del pasado de su marido en Los Catlins.

—Esa carta dice que tu abuela te dejo otra carta —dijo Daphne tomando la caja nuevamente. Sophia se acercó para mirar dentro.

—¡Ahí está!, no la vimos porque está envuelta en un papel café. —Sophia la tomó con cuidado y comenzó a abrirla, no fue difícil, ya que su padre la abrió antes para leerla.

—Mira qué bonita letra. —Daphne destacó la impecable caligrafía que ahí se veía.

Sophia sonrió.

Querida Sophia,
Te parecerá extraño que te escriba una carta que no podrás

leer hasta dentro de varios años. Todavía tu tiempo en este mundo puede contarse con días y puede que me esté precipitando, pero intuyo que me queda poco tiempo y he de asegurarme que algún día puedas conocer la verdad.

Tengo la certeza de que cumplí a cabalidad mi promesa y gracias a esto fui muy feliz. Pensé que nunca volvería a hablar de este tema, pero cuando naciste algo se removió en mi interior.

Al tomarte en mis brazos, vi tu pequeña carita y me sonreíste. Me fijé que eras igual a ella. Incluso tienes el mismo lunar sobre la ceja izquierda. Todas esas señales me dieron la fuerza que dejé dormida por casi setenta años. ¿Puedes creerlo? Me demoré siete décadas en volver a tener la fuerza y la necesidad de que todos supieran la verdad.

Me imagino que no entiendes nada de esto, pensarás que estoy un poco loca. No te miento, algo de eso hay también, pues ¿a quién se le ocurre desenterrar un pasado que ya se cree olvidado?

Puede que nunca llegues a leer esta carta. Ojalá tu padre logre hacértela llegar. Pues solo tú podrás sacar a la luz la verdad. No me preguntes cómo lo sé, pero tengo esa certeza en mi corazón. Casi nunca me equivoco.

Si al fin esta carta llegó a tus manos, es porque vamos por buen camino y reafirma mi teoría de que serías la indicada.

Te preguntarás por qué no lo hice yo, por qué dejarte esta misión, pero todo está explicado en el diario que he dejado en el peinador de caoba. No estará a simple vista, pues no me fío de tu madre (lo siento). Sin embargo, estoy segura de que si comienzas esto sabrás dónde encontrarlo.

Ahora solo puedo confiar en ti. Ya verás que en el diario te explico qué pasó con mis hijos y las razones que tuve para guardar este secreto por tanto tiempo. Espero que con ello no te queden dudas y puedas reclamar lo que te pertenece.

Cuando termines de leer el diario, y ya conozcas la verdad, te pido que vayas a la casa de los Clark, si es que aún existe.

Hasta hace poco la habían convertido en una casa museo con un lindo parque botánico. Ahí está tu pasado, y con un breve recorrido podrás hacerte una idea de lo que te comento en el diario.

Si todo va bien y las cosas funcionan, obtendrás las respuestas y la información para revelar todo.

Me despido, esperando que todo salga bien. Confío en que así será.

Te quiero,
Emily.

P.D: Si tienes suerte y vas a la casa de los Clark, intenta buscar otro diario que escribí cuando era casi una niña. Te ayudará a comprender la historia. Yo no tuve suerte cuando fui.

Siempre me gustó escribir y recordar los momentos importantes de mi vida. Incluso escribí otro más, pero ese se quedó en una cabaña de los bosques de Cheshire en 1914. Es imposible que des con él. Por eso intenté recopilar la información en el último, el que está en el peinador de caoba.

La carta era confusa, pero al menos les daba algunos datos. No sabían qué pasaba por la cabeza de una mujer que superaba los noventa años.

—Lo importante es que ahora tenemos algo que buscar y un sitio al que ir —dijo Daphne—. Un diario en un peinador de caoba e ir a la casa de la familia Clark, que había un parque o jardín. Lo buscaré en *Google*.

—¿A un parque? ¿La familia Clark? Si se apellidaran Smith o Brown, al menos podría relacionarla con mi bisabuela.

—Es solo mi opinión, pero tu bisabuela Emily debía ser una mujer muy interesante. Por lo poco que conozco de ella, diría que se parecía bastante a ti; al menos en cuanto a su relación con Rebeca.

—Y que lo digas. ¿No dicen que los genes se transmiten de abuelos a nietos? Parece que a mí me han tocado los de mi bisabuela.

—Desde luego —dijo Daphne mientras deslizaba sus dedos por la pantalla del teléfono.

—¿Has encontrado algo? —preguntó Sophia.

Daphne le mostró el teléfono.

—A unos veinte kilómetros hay un parque-museo que perteneció en su día, hace como cien años o así, a la familia Clark. Debe ser ahí.

Sophia asintió, los datos correspondían a lo que expresaba la carta, al menos la casa aun existía y eso le daba la sensación de que Emily estaba en lo correcto en decir que las cosas saldrían bien. Luego se levantó y repasó la sala nuevamente. Era bastante probable que hubiera algo más escondido por alguna parte.

—Vayamos a ese parque, pero antes registremos todo esto. No quiero que pasemos nada por alto. Quizás mi padre recuperó ese diario y está escondido por aquí —dijo Sophia tomando la mano de Daphne para levantarla.

Fueron a un lado y otro de la casa, escrutándolo todo con la mirada. El amuleto —una gaviota tallada— era la señal que deseaban encontrar, la misma que se encontraba en la tapa de la caja de madera en la que encontraron la carta de su padre. Pero después de unos minutos coincidieron en que no había nada relevante. Salieron al jardín, aunque en esta ocasión lo hicieron por la puerta trasera. Un gran árbol de flores rojas dotaba de sombra a casi toda esa extensión y actuaba como una barrera natural con la parte trasera de otra casa que había un poco más allá. Una valla baja metálica, que incluso un niño de cuatro años podría sortear, definía la separación de ambas propiedades.

—Esto es más grande de lo que parece. Todo está un poco antiguo, pero con una reforma podrías tener una casa preciosa. El lugar parece tranquilo —dijo Daphne acercándose al árbol.

Sophia lo observaba todo en silencio, convencida de que había algo más ahí.

—Hay un sendero —dijo de repente.

—¿Cómo?

—En el césped. ¡Mira! —Sophia señaló un claro de tierra que iba desde la puerta trasera de la casa y se perdía en la otra propiedad.

Había llovido no hacía mucho y en la tierra estaban impregnadas fragmentos de huellas de unas zapatillas.

—Deben ser de esa mujer, de Kora —dijo Daphne—. No hay de qué preocuparse.

La última huella estaba junto a la valla.

—Puede que viva ahí —dijo Sophia señalando hacia la casa.

—No se ve muy bien.

Daphne tenía razón. La casa a donde se dirigían las huellas era más nueva, pero con una construcción mucho más precaria. Todas las ventanas tenían las persianas echadas y no estaba pintada.

—Espera —dijo Sophia—. Le hice una fotografía a la parte del documento donde aparecían las características de la propiedad.

Aparte de la dirección, se reflejaba también los metros cuadrados de la edificación y los del terreno. Estos últimos estaban muy por encima de lo que habían visto hasta ahora. Sophia observó la valla que separaba las dos casas y comprobó cómo estas no eran las mismas que las que rodeaban el perímetro exterior. Estaban en mal estado, pero no coincidían.

—¿Piensas que se han adueñado de una parte? —preguntó Daphne.

—Comprueba los metros. Está claro que el jardín de esta casa no es del tamaño que indica el documento. Además, la valla no coincide. Es otra, como si alguien la hubiera puesto ahí para dividir la propiedad.

Daphne comprobó la teoría de su amiga. No era nada disparatado, pero no se le ocurría cuál era el siguiente paso.

—Vale, y si es así, ¿qué hacemos? ¿Quieres ir ahí y tocar en la puerta para reclamarlo?

Sophia miró a Daphne confusa.

—Pero ¿y si han aprovechado todo este tiempo para ocupar una parte? —planteó—. De ser así tendría que hacer algo, ¿no?

—Lo que dices tiene sentido, pero deberíamos asegurarnos. Puede que la documentación no esté actualizada o que esa casa sea otro de los secretos de tu bisabuela. Tal y como se la gastaba la señora Brown, deberíamos tomarnos las cosas con calma para no cometer errores.

Las dos miraron de nuevo hacia la otra casa, la cual de repente había cobrado un nuevo significado para ellas.

—¿Qué propones que hagamos? —preguntó Sophia.

—Bueno, lo que sí sabemos seguro es que tu bisabuela quería que buscaras el diario en el peinador caoba y visitaras ese parque de los Clark. Podríamos empezar por ahí. Después podrías llamar al abogado y solicitarle más información al respecto de la propiedad. Lo último que quiero es tener que enfrentarme a quien sea que viva ahí, si es que vive alguien.

—Puede que descubramos más cosas en ese parque —dijo Sophia corroborando la opinión de Daphne.

—Es lo más inteligente. Si el abogado no nos dice nada nuevo, podemos intentar localizar a Kora para que nos ponga al día.

—Me parece bien. Cerremos todas las puertas y vayamos a ese parque.

CAPÍTULO 6

Se cercioraron de que todas las puertas estaban bien cerradas y se dirigieron hacia el lugar que aparecía en *Google*, que quedaba en las afueras de la zona urbana más cerca de la costa. Al llegar se dieron cuenta de que ya no podrían seguir avanzando con el coche y se estacionaron lo más cerca de lo que asumían debía ser la entrada, pues había un letrero con indicaciones de que se podía entrar solo a pie. Sin embargo, había un largo trecho a través de un campo. A los pocos pasos vieron que la entrada estaba por el otro extremo del lugar.

—Este sitio es… raro —dijo Daphne.

Lo decía porque después de caminar unos cuantos metros, no habían visto a nadie más. Los árboles crecían salvajes e inclinados, seguramente por los fuertes vientos y el rumor de las hojas al son de la brisa, que era lo único que podían escuchar.

Sin embargo, cuando estaban a punto de aceptar que se habían quedado solas en el universo, vieron una pequeña tienda en lo que antes debía haber sido una casa. Junto a la fachada había varias cajas agolpadas, además de varias sillas y mesas. Sin decir palabra, se encaminaron hacia allí para obtener algo más de información. Al atravesar el umbral, vieron a una mujer muy mayor tejiendo tras un mostrador abarrotado de productos, desde paquetes de arroz a caramelos, latas de refresco y pilas alcalinas.

—Buenos días, jovencitas. ¿En qué puedo ayudarlas?

Sophia y Daphne se miraron. Esa parte del plan no la tenían pensada.

—Queríamos dos gaseosas —dijo Daphne.

—Oh, claro, pueden cogerlas del refrigerador. Está justo ahí —dijo la anciana señalando con la aguja, sin perder la sonrisa. Daphne se dirigió hacia allí y cogió los refrescos. Mientras tanto, Sophia trataba de encontrar la pregunta idónea para saber más de aquel lugar, pero, por suerte para ella, la anciana se adelantó—. ¿Qué les trae por aquí? Si no es molestia. No suelo tener muchos clientes.

—Venimos a visitar el parque de los Clark. ¿Lo conoce?

La anciana arqueó las cejas. No fue un gesto rudo, sino más bien de extrañeza.

—¿El parque de los Clark? —Las observó con atención—. ¿Acaso son descendientes de la familia?

—Nos gusta conocer la historia de los lugares que visitamos. Estamos de vacaciones. Nuestros maridos van a pasarse el día pescando y queremos hacer algo provechoso.

Sophia se sorprendió de la elaborada mentira de su amiga, aunque comprendió que para esa anciana sería mucho más fácil tratar con dos jóvenes esposas que disfrutan de su tiempo libre, que con dos amigas que se dedican a resolver misterios familiares.

—Pues sí que son curiosas, lo digo con todo respeto. Son dos dólares.

—Claro —dijo Sophia—. Aquí tiene. ¿Por qué nos ha preguntado si somos parientes? ¿Tan extraño es que visiten el parque?

Daphne conocía la respuesta. En *Google Maps*, el museo de los Clark no tenía registrada ni una sola visita. Estaba, pero al mismo tiempo no estaba. Como todo lo que habían descubierto hasta ahora, estaba cubierto de un halo de misterio. La anciana, mientras introducía los billetes en una cajita de madera, sonrió irónica.

—No suelen tener muchas visitas —dijo—. Además, el

mantenimiento del parque está a cargo de una mujer que, con todos mis respetos, no destaca por su simpatía.

—¿Ella sí es pariente de los Clark? —preguntó Sophia.

La anciana negó con vehemencia.

—Todo lo relacionado con esa familia es confuso. Los Clark no tuvieron un buen final. Esa mujer, de la que soy incapaz de recordar el nombre, y si no me equivoco, desciende de una de las familias que servían a los Clark. Ya saben que, por esa época, los ingleses llegaron en masa por aquí. El caso es que esta mujer se cree la reina de Inglaterra y trata a los demás como si realmente lo fuera.

Sophia y Daphne rieron ante la ocurrencia de la anciana, aunque el rostro de Sophia se tornó serio de inmediato.

—¿Qué les sucedió a los Clark?

—Aunque les parezca curioso, yo no había nacido por entonces. Todo lo que ha llegado a mis oídos ha sido por mis padres o por vecinos que fueron testigos de los hechos. Tengan en cuenta que esto ha cambiado mucho desde entonces y ya no queda nadie que haya vivido esos años. Por lo que tengo entendido, tuvieron una trágica pérdida que terminó con aquella familia. En el transcurso de muy pocos años, todos fallecieron o se fueron. No sé bien qué ocurrió esos años con la propiedad, ni cómo pasó a manos de esa mujer.

Sophia estaba perpleja. Si eso fue lo que ocurrió, si las palabras de la anciana eran ciertas, ¿qué tenía ella que ver con los Clark? ¿Y su bisabuela Emily? Ella había vivido unos años en Inglaterra, pero regresó a Nueva Zelanda después de la muerte de su marido.

—Le agradecemos sus palabras. Intentaremos que esa mujer nos reciba —dijo Sophia.

—Les deseo toda la suerte del mundo. Quizás si el museo ganara un poco de relevancia, tendríamos más visitas por aquí —dijo la anciana—, pero eso es pedirle demasiado a esa mujer.

—La zona es muy tranquila, ¿verdad? Nos ha sorprendido —añadió Daphne.

La anciana señaló hacia la puerta.

—Ya ven lo poco que hay para hacer aquí. Nuestros hijos viven en los campos o se han ido a Dunedin. No les culpo. Si yo hubiese sido más joven, habría hecho lo mismo. Pero no me quejo, con lo que vendo en la temporada alta, me da para sobrevivir. Mi marido trabaja en la pesca. Vivimos bien y llenamos el estómago todos los días.

—Nos alegramos por ello —dijo Sophia—. Quizás volvamos a comprar algo antes de regresar.

—Las puertas están abiertas siempre que quieran —añadió la anciana, incorporándose lentamente—. Incluso pasaré por alto que me hayan mentido.

Sophia y Daphne se miraron, pálidas.

—¿A qué se refiere?

La anciana se rio. Su rostro se arrugó como una pasa.

—A ese museo o parque no viene nadie, no es un lugar turístico. La entrada de dos forasteras no pasa inadvertida. Han venido a comprar una casa, ¿verdad? Todos ahora quieren tener casas por aquí y rentarlas para turismo.

Llegados a ese punto, las dos coincidieron en que no tenía sentido mentir de nuevo. Sophia le contó que había heredado la casa de su padre, que había fallecido recientemente y que este, a su vez, la había heredado de su abuela, Emily Smith. Habían venido a comprobar que todo estuviera bien. El nombrar a su bisabuela agradó a la anciana.

—Eso está mejor. No conocí personalmente a Emily, pero sí que sé de quién se trata. Era una buena mujer. ¿Han conocido ya a Kora?

Sophia y Daphne negaron al unísono.

—Estará ocupada en sus tareas. Sean buenas con ella; es una buena chica. A fin de cuentas, todos cometemos errores, ¿no?

Las dos amigas no entendían el porqué de las palabras de la anciana, pero le aseguraron que así lo harían. Se despidieron nuevamente de ella, aunque esta vez con la promesa de regresar.

—Si van a pasar varios días aquí, me encantaría tenerlas de vuelta —dijo la anciana—. Además, si no es molestia, me gustaría que me contaran un poco del parque de los Clark y de esa mujer; es por simple curiosidad.

—Eso está hecho —contestó Daphne.

Salieron de la tienda y, nada más hacerlo, rompieron a reír como locas. La risa de una alimentaba a la otra.

—Hemos hecho el ridículo, es lo único que tengo claro hasta el momento —dijo Daphne.

—¿Quién nos habrá visto? No parecía haber nadie.

—Pues fíjate, un poco más y saben hasta nuestros nombres —sacó su móvil y lo desbloqueó—. Por este camino debemos ir para llegar a la entrada. ¿Estás preparada?

—La verdad que no; quién sabe lo que nos podemos encontrar ahí —dijo Sophia antes de dar un trago a su gaseosa.

Cuando llegaron al lugar, una fila de árboles doblados, que casi tocaban el suelo, daba paso a un muro alto que bordeaba una inmensa propiedad. Desde ahí la vista al mar debería ser extraordinaria. Por el aspecto del muro, construido con toscos trozos de piedra y argamasa, concluyeron que debía ser antiguo, lo cual encajaba con toda la información que habían recopilado hasta el momento.

—¿Acaso no hay entrada? —preguntó Daphne.

—Quizás por eso no lo visite mucha gente —bromeó Sophia.

Avanzaron siguiendo el perímetro del muro hasta que, tras tomar la esquina, vieron por donde ingresar. Un arco, también de piedra, que daba acceso al parque. Sophia aceleró el ritmo de sus pasos sin advertirlo.

Al llegar a la entrada vieron un lugar de exuberante vegetación, con árboles exóticos que crecían alrededor de un sendero que conducía hasta una casa. A un lado de este había un pequeño lago donde nadaban unos patos y desde donde también croaban algunas ranas. Repartidos de forma azarosa había bancos de piedra totalmente devorados por el paso del tiempo.

—Menudo vergel —dijo Daphne.

—¿Crees que podremos entrar sin más? —preguntó Sophia.

—No hay ningún cartel que prohíba el paso. En internet afirma que el museo es privado, pero que está abierto al público.

Dicho esto, Daphne se adentró en el parque y Sophia le siguió. El aroma que saturaba el ambiente de aquel lugar era característico, dentro de aquellos muros había una atmósfera diferente. Un enorme jazmín que cubría toda una pared era el que expulsaba ese olor.

—Estas especies de árboles no son muy comunes por aquí, ¿no te parece? —dijo Sophia.

—La verdad es que no entiendo mucho de plantas, pero sé que el jardín botánico más antiguo de Nueva Zelanda está en Dunedin. Allí se recolectaron muchas semillas exóticas de distintas partes del mundo.

—Yo tampoco, pero con observarlos es suficiente. Junto al suelo hay carteles que indican la procedencia de los árboles. No era tan difícil.

Daphne hizo un mohín con los labios. En cuanto a los carteles, apenas podían descifrarse. El paso del tiempo los había corrompido.

Observaron el parque en silencio. Aparte de la vegetación, poco más había.

—¿En internet no se menciona nada de su historia? —preguntó Sophia.

—No mucho. Lo único que he encontrado es que fue construido por un botánico inglés a principios del siglo XX —explicó Daphne.

—¿Aquí? —preguntó Sophia.

Daphne encogió los hombros.

Poco a poco fueron adentrándose en el parque, avanzando por el sendero que tenía como fin la casa que había al otro lado de los árboles. Sophia miró asombrada cómo la construcción era similar a las que había en Dunedin, llena de detalles, con un estilo barroco eduardiano. La vegetación iba perdiendo altura hasta llegar a la entrada, donde se convertía en un cuidado jardín.

—¿Estará aquí esa mujer? La que nos ha dicho la anciana —preguntó Daphne. Esta vez fue Sophia la que tomó la iniciativa. Asintió y se dirigió directamente hacia la puerta, la cual golpeó suavemente. El corazón le latía cada vez más deprisa.

CAPÍTULO 7

S onaron varios pasos al otro lado de la puerta y el ruido de alguien que las observaba a través de la mirilla. A este sonido se siguió el de varios cerrojos abriéndose.

—¿Qué desean? —La voz de una mujer atravesó el espacio dejado por la puerta ligeramente abierta. Sophia y Daphne se miraron.

—Perdone la molestia, ¿es este el museo de la familia Clark? —preguntó Sophia.

—Sí, es este —contestó sin más, escrutándolas con la mirada.

Las dos amigas se miraron de nuevo. Era normal que las visitas escasearan con ese recibimiento. Si no tuvieran sus motivos para entrar, ya se habrían dado media vuelta.

—¿Podríamos visitarlo? —preguntó Daphne.

Hubo unos segundos de silencio, como si la mujer reflexionara acerca de la respuesta.

—Son solo dos, ¿es cierto?

—Así es.

—Bien. Un momento, por favor.

La puerta volvió a cerrarse.

Sophia y Daphne optaron por quedarse en silencio para no

complicar la situación. Por lo poco que habían podido ver, la anciana del negocio se había quedado corta. No pasó mucho más tiempo cuando la puerta, esta vez sí, se abrió por completo. Al otro lado del umbral había una mujer de unos cincuenta años, muy delgada, con el pelo cano y rostro aguileño en el que sus ojos destacaban como dos zafiros. Sus labios, extremadamente finos, estaban apretados y blanquecinos, cerrando por completo su boca.

—La entrada son diez dólares... por persona —dijo la mujer extendiendo su mano. Daphne, que se esperaba algo similar, sacó su cartera y le puso sobre la mano la cantidad solicitada—. Pueden pasar. La zona del museo es exclusivamente la de la planta baja. No pueden tocar nada ni fotografiar nada sin mi consentimiento, ¿entendido? Hay piezas muy delicadas que exigen el máximo cuidado.

Sophia y Daphne asintieron.

»Y, por supuesto —continuó la mujer con aires de indignada—, no pueden entrar aquí bebiendo refrescos, así que deshágalense de las bebidas de inmediato. Los objetos que hay en el interior tienen un valor incalculable. Ahí mismo tienen una papelera.

Sin levantar protesta, fueron hasta la papelera y tiraron sus latas. En cuanto lo hicieron, la mujer asintió correcta y les hizo un gesto con la mano dándoles a entender que ya se encontraban en disposición de entrar al museo.

Cuando Sophia cruzó el umbral y visualizó el interior, volvió a experimentar el latigazo de la decepción sobre su alma. Aquello, más que museo, era una casa antigua decorada con muebles de época, algunas fotografías y numerosos cuadros. Era como hacer un viaje en el tiempo y retrotraerse cincuenta o cien años atrás.

—Así que esto es el museo —susurró Daphne.

—Donde mi bisabuela quería que yo viniera. Tiene que haber algo. Abramos bien los ojos. Esperemos que esta mujer nos eche un cable —dijo Sophia.

—¿Y qué pasa si no encontramos nada? ¿Volvemos mañana?

—Es una opción.

La mujer que las había recibido había desaparecido

momentáneamente. Caminaba rápido, dando la sensación de que se deslizaba sobre el suelo como un fantasma. No obstante, sus pasos eran silenciosos y delicados: una auténtica presencia. Por ello, Daphne y Sophia se sobresaltaron cuando advirtieron que se encontraba justo detrás de ellas.

—Lamento el sobresalto —dijo con un tono tranquilo, con una mueca con la que pretendía transmitir amabilidad, pero cuyo resultado era bien distinto—. ¿Quieren conocer algo en concreto de la familia Clark?

—Ahora que lo dice, nos gustaría conocer todo lo posible —respondió Sophia. Aunque sabía que su fin era encontrar un diario.

La mujer las observó en silencio.

—¿Son turistas? —preguntó afinando la mirada. Desconfiaba.

—Ojalá, señora. Mi padre falleció recientemente y he heredado una casa que no se encuentra muy lejos de aquí. Por eso me gustaría conocer un poco la historia del lugar. Puede que finalmente me instale aquí. Me gusta mucho la tranquilidad que se respira en esta zona.

—¿Su padre tenía una casa aquí? —La mujer mostró más interés. Sophia supo que iba por el buen camino.

—La heredó de su abuela, que emigró de Inglaterra a causa de la Primera Guerra Mundial. —Sophia no estaba segura de eso, pero era lo menos importante en ese momento.

—¡Oh! Así que corre sangre inglesa de verdad por tus venas. En tal caso tienes que saber que durante muchos años estas tierras fueron muy requeridas por los ingleses. Promovieron la industria, la ganadería y el comercio, fueron clave en el desarrollo del país.

—Qué interesante —dijo Daphne, aunque en su cabeza conocía la historia del país, pero por cómo hablaba Mildred parecía propaganda de una chiflada.

La mujer le dedicó una leve reverencia.

—Lamento no haberme presentado como es debido. Mi nombre es Mildred Stone. Un placer.

Daphne y Sophia se presentaron y la tensión en el ambiente disminuyó un poco.

—Bien, ¿en qué puedo ayudar? ¿Qué desean saber? —dijo Mildred.

—¿Quién diseñó el parque? —preguntó Sophia. Ardía en deseos de averiguar dónde estaba el famoso peinador de caoba o en su defecto el otro diario, pero consideraba que necesitaba ganarse antes la confianza de Mildred si quería obtener una respuesta sincera. Agradeció en silencio los consejos de la anciana.

—Fue diseñado por Nicholas Clifford, un polivalente caballero que visitó estas tierras hace un siglo.

El cerebro de Sophia hizo *clic*, como si se hubiera accionado un mecanismo que llevara mucho tiempo esperando las palabras correctas. No era la primera vez que escuchaba el nombre de Nicholas Clifford, pero tampoco podía recordar mucho más. Era como una diminuta bombilla encendida en mitad de la noche. Necesitaba más información.

—Fue un hombre adelantado a su tiempo, un auténtico genio —continuó Mildred—. Realizó numerosos viajes por el mundo, era un experto botánico y, sobre todo, un excelente pintor que combinó de manera espléndida las distintas corrientes de la época. Su nombre debería estar junto al de Gauguin o Edvard Münch. Aun así, hoy en día es considerado un artista de culto. Obtuvo reconocimiento en su época, pero su trágica muerte, aún joven, le cerró las puertas de la gloria. Una gran injusticia que trato de paliar, en parte, en este museo.

Sophia y Daphne se quedaron sorprendidas por la solemnidad del discurso de Mildred.

—¿Vivió aquí? —preguntó Sophia.

—Entre estas paredes vivió durante un tiempo, pero regresó a Inglaterra después de la muerte de su hermano, ya que debía hacer frente a sus obligaciones nobiliarias.

—¿Nobiliarias? —dijo Sophia—. ¿Su hermano pertenecía a la nobleza o algo por el estilo?

Mildred asintió con los ojos cerrados, expresando una solemnidad exagerada por un fallecido de hacía aproximadamente un siglo. Su intensidad alcanzaba lo ridículo.

—Sí, su hermano, Eugene Clifford, era el conde de Warrington y Lord Clifford tuvo que asumir el título tras su fallecimiento, cosa que hizo con gran orgullo.

Sin embargo, a Sophia le interesaba otro aspecto de Nicholas Clifford. Ya sabía por qué le resultaba familiar. Había oído su nombre en un simposio sobre la pintura inglesa prebélica. Una densa conferencia de cuatro horas en la que se discutió acerca de la influencia de las grandes corrientes artísticas en los años previos a la Gran Guerra. Sus obras eran muy preciadas en Europa, ya que se le consideraba un precursor, un adelantado a su tiempo.

—¿Tiene alguna obra de Lord Clifford? Trabajo en Londres, en una galería de arte, y me haría mucha ilusión poder contemplar una obra inédita de él. Sería todo un privilegio.

A Mildred no le agradó mucho la idea, al menos en un primer momento, pero Sophia había sabido jugar bien sus cartas al mencionar que trabajaba en Londres. No sabía el porqué, pero esa mujer estaba obsesionada con lo británico —«se cree la reina de Inglaterra», había dicho la anciana—, lo que consideraba superior a cualquier otra cosa.

—Pese a que no están firmados, es probable que algunos cuadros que cuelgan de estas paredes sean de su autoría. El estilo es común en todos ellos.

Sophia miró hacia la pared y se fijó en el cuadro de una mujer. Si no recordaba mal, esa misma mujer estaba retratada en la casa que le había dejado su padre. Para Daphne, aquel detalle pasó inadvertido.

—Se rumorea que su carrera artística comenzó aquí, inspirado por los exóticos paisajes de Nueva Zelanda. Eso explicaría la presencia de obras suyas sin firmar. Es posible que no estuviera del todo contento con ellas, lo que muestra su obsesión por lo perfecto.

Daphne asentía a las explicaciones de Mildred, sin embargo, Sophia estaba perdida en sus propios pensamientos. Si realmente la mujer del retrato era la misma, ¿había obras de Lord Clifford en la antigua casa de su bisabuela Emily?

—¿Sophia? —dijo Daphne. Mildred le había preguntado algo. La cuidadora del museo mostraba una mueca de disgusto tras el despiste de Sophia.

—Perdone. Estar tan cerca de piezas tan valoradas como esta es como un sueño —se excusó Sophia. Mildred relajó el gesto.

—¿Así que no había tenido el honor?

—Muy pocas veces se ha expuesto una pieza de Nicholas Clifford. Como bien ha dicho, se le considera un autor de culto.

—Me ha caído bien. Es posible que guarde en los archivos cuadernos de bocetos de Lord Clifford. Estoy segura de que le gustaría echarle un vistazo.

—¡Eso sería fantástico! —exclamó Sophia. Miró a Daphne, pues pensó que probablemente esos cuadernos fueran el diario que debían buscar.

—Están en la planta de arriba. Si me disculpan…

Sophia y Daphne asintieron mientras Mildred se marchaba escaleras arriba. Cuando se aseguró de que ya no podía oírlas, Daphne dejó escapar su risa como si se tratara de un globo desinflándose.

—¿Acaso hemos entrado en la Inglaterra de la regencia? Esta mujer no está bien de la azotea —dijo Daphne agitando los dedos sobre sus sienes. Sophia se tapó la boca con las manos para evitar que sus carcajadas sonaran por toda la casa.

—Es demasiado. Estoy segura de que, si la mujer de la tienda no nos hubiera advertido, no habríamos conseguido entrar. Espero que los dichosos cuadernos con apuntes sean lo que Emily quería que rescatásemos.

—Silencio, que vuelve.

Sophia cogió aire y trató de serenarse. Si se le escapaba una sonrisa delante de esa mujer estaba segura de que se acabaría la visita. Poco a poco las ganas de reírse se fueron diluyendo. Recordó también el peinador de caoba que Emily mencionó. Esto le hizo mirar a su alrededor para tratar de ver si lo veía por alguna parte. Debía concentrarse y no pasar por alto ningún detalle.

—Lamentablemente, no encuentro las anotaciones. Pensé que estarían más a mano, pero seguramente estén al fondo del archivo.

Sophia y Daphne se lamentaron, aunque percibieron un gesto de duda en Mildred. Posiblemente, tenía fácil acceso a los cuadernos, pero había preferido no mostrárselos por algún motivo.

—Si les parece bien, puedo guiarles en un recorrido por el museo. Más allá de lo que les he mencionado, esta fue la residencia de los Clark, como realmente se conoce más allá de los muros. Fueron una familia notable en la región y quedan numerosos vestigios de la vida de entonces.

—Sería fantástico —contestó Sophia resignada, ya vería la forma de llegar a esos cuadernos. Mildred asintió y se dirigió a una pared repleta de fotografías antiguas y muy borrosas.

—Disculpen por la calidad de las fotografías, tengan en cuenta que tiene más de un siglo y muchas no se han conservado de la mejor manera. El clima de la zona no ayuda tampoco a su conservación. Hago todo lo que puedo, pero el paso del tiempo es inexorable.

—¿Estos son los Clark? —preguntó Daphne señalando a una fotografía en concreto en la que aparecían unos padres junto a lo que parecían dos niñas. La imagen era muy borrosa.

—En efecto, eso son los Clark poco después de instalarse en esta misma residencia en la que nos encontramos.

Sophia y Daphne se acercaron para ver la imagen con más detalle. Era una familia, de otro tiempo, pero una familia. Sophia trató de deducir qué tendría que ver su bisabuela Emily con todo eso.

—Por lo general, los Clark estaban bien posicionados en la sociedad de entonces, si bien no podemos decir que se tratase de la aristocracia de primer orden. El cabeza de familia, Gilbert Clark, era un buen empresario, con olfato para las oportunidades, pero su origen era el de una familia inglesa de clase trabajadora. Ese es, el de la fotografía. Un poco más adelante hay otra en la que puede apreciarse con más detalle. Sigamos.

Sophia analizaba cada detalle, sin olvidar el motivo original de su visita.

—¿Vinieron directamente desde Inglaterra hasta aquí? —preguntó Daphne. Sophia volvió a la realidad.

—Se trasladaron a Los Catlins en 1906. Antes vivían en

Dunedin, pero el auge de los aserraderos y la exportación de carnes, comenzaron a ser un mejor negocio, por lo que se mudaron hasta acá. Mi información acerca de la familia Clark durante esos días es limitada. La cuestión es que Gilbert Clark optó por vender sus propiedades, rentar otras y trasladarse aquí, donde se dedicó al negocio de la madera y la ganadería.

—Perdone que le insista de nuevo por Nicholas Clifford, señora, ¿acaso eran parientes de los Clark? ¿Por qué pasó tanto tiempo aquí? —preguntó Sophia intentando mostrar interés y así que Mildred quisiese mostrarle los cuadernos.

Mildred dibujó una tímida sonrisa en sus labios. Lord Clifford era su héroe caído y ella la única cronista que podía dar fe a sus hazañas. Estaba orgullosa por ello, aunque se esforzara en aparentar indiferencia.

—No, no eran parientes. Como he mencionado antes, el hermano de Lord Clifford era el conde de Warrington. Este le dio carta blanca a su hermano para que emprendiera su propia vida, lo que fue muy inteligente por su parte. El muchacho tenía un espíritu aventurero indomable y una sed de conocimientos que habría secado océanos de saber, pero todo se terminó con su muerte. Era demasiado joven para reunirse con el Creador —dijo Mildred poniéndose la mano en el pecho con gran sentimiento.

—¿Cómo falleció? —preguntó Sophia.

—Lord Clifford dejó de existir en un incendio en su residencia de Willesbury, Cheshire. Perecieron su esposa y su hijo junto a él. El propio rey de Inglaterra, Jorge V, se hizo eco de aquellos hechos tan trágicos e intervino para salvar el título que ostentaba.

Esa vez fue Daphne la que intervino.

—¿El rey Jorge V? —Mildred asintió orgullosa, casi imperial.

—No había herederos para el título, ni estaban muy claras las líneas parentales para designar a un nuevo sucesor. Por ello, el rey puso el título en dormancia, si es que ese es el término indicado. Mientras tanto, buscaban una línea sucesoria. Sin embargo, la Gran Guerra detuvo el proceso, que se retomó de nuevo en 1919. A principios de los años veinte, pudieron demostrar el parentesco, lejano por otra parte, de los Clifford con la noble familia de los Baskerville. Una rama de ellos heredó el título y continúan en su posesión hasta el día de hoy.

Sophia y Daphne estaban impresionadas por la historia que acababan de escuchar. Continuaron avanzando por la casa mientras Mildred les contaba todo lo relativo a las fotografías o los objetos de la vida de entonces. Sin embargo, el tiempo pasaba, y Sophia no podía ver nada relevante para su historia.

Llegaron a lo que debió ser la sala principal. Destacaba en una de las paredes un gran cuadro en el que mostraba un extenso mapa de las islas del Pacífico Sur. Era muy antiguo, lo que explicaba los numerosos fallos en el cálculo de las distancias, la línea de costa o la disposición de las cordilleras.

—Fue un regalo de Lord Clifford. Era uno de los mapas que utilizaba en sus viajes. Cuando hubo de regresar a Inglaterra, lo dejó en manos de Gilbert. Todavía puede apreciarse algunas anotaciones.

Sophia lo contempló durante unos segundos antes de que otro objeto llamase su atención. Se trataba de un libro antiguo que estaba encima de un mueble, apoyado sobre la pared. No había ningún otro libro a su alrededor.

—¿Puedo preguntarle de qué libro se trata? —dijo Sophia señalándolo.

Mildred, sintiéndose interrumpida sin motivo, se giró hacia donde apuntaba Sophia.

—Oh, eso de ahí es un diario de una de las empleadas de la familia Clark. Se quedó a buen recaudo, por lo que se conservó bastante bien teniendo en cuenta todo el tiempo transcurrido desde entonces.

—¡Qué interesante! —dijo Daphne, pegándole un codazo a Sophia.

—Es curioso, pensaba que en esa época el servicio no sabría leer ni escribir. No lo digo desde un punto de vista peyorativo, sino coyuntural —dijo Sophia, queriendo mantenerse en todo momento en un equilibrio perfecto.

—Le he entendido perfectamente. —El tono de Mildred había

cambiado: era áspero. Si durante toda la conversación anterior fue mostrándose ligeramente más simpática, todo ese proceso, Sophia lo acababa de tirar por la borda preguntando por el diario—. Su pensamiento no es erróneo, pero aquí tenemos la excepción que confirma la regla. La hija de la criada principal, que también servía a los Clark, era íntima amiga de la hija menor de la familia. Eso le permitió a esa muchacha a acceder a conocimientos que en otra circunstancia le hubiesen sido vetados. De todas formas, parece ser que la joven era más inteligente de lo que cabría esperar respecto a la clase que pertenecía.

—Esta historia tiene de todo —bromeó Daphne. Ni Sophia ni Mildred se rieron.

—¿Podríamos echarle un vistazo al diario? —preguntó Sophia.

Mildred la miró fijamente y después se giró hacia el diario. No lo tenía muy claro, pero al cabo de unos segundos, encogió los hombros y se acercó al lugar donde estaba expuesto.

—Supongo que el valor de este diario es ínfimo. ¿A quién puede interesarle los escritos de una sirvienta? Incluso lo he incluido hace poco en la muestra, ya que estaba escondido bajo una pila de papeles —dijo Mildred abriendo el diario y retirándole el polvo. Las páginas crujían como si se desperezaran después de un largo sueño—. Emily Brown era su nombre.

Sophia y Daphne se miraron repentinamente, de una manera tan brusca que hasta Mildred se percató. Habían cometido un error.

—¿Sucede algo? —preguntó. Sophia estaba tan alterada que era incapaz de articular palabra.

—La posibilidad de conocer el pasado de mano de un testigo directo nos parece increíble. Mi amiga es una apasionada de la historia y para ella esto es como un parque de atracciones, no sé si me entiende —explicó Daphne con suma naturalidad.

—Por supuesto. Pero no puedo arriesgarme a que lo manoseen sin más. Pese a ser las vivencias de una simple criada, el diario es muy antiguo y las páginas están en un estado que exige máxima delicadeza.

—¿Podemos tomar unas fotografías con el móvil? Así no las dañaríamos. Trataremos el diario con todo el cuidado.

Mildred torció el gesto. No le gustaba en absoluto que las visitantes mostrasen tanto interés por los escritos de una sirvienta. No lo veía lógico.

—Supongo que pueden tomar un par de fotografías, aunque les aviso que la visita ha de acabar en pocos minutos. Tengo que atender asuntos muy importantes.

Sophia y Daphne no pusieron impedimento y aprovecharon el escaso tiempo que les concedió para fotografiar el mayor número de hojas posibles. Mildred las observaba con los brazos cruzados, murmurando por lo bajo, enojada por el excesivo protagonismo de la sirvienta. ¿Acaso no habían tenido suficiente con la apasionante y trágica historia del conde? ¿Con la intromisión de Jorge V? ¿Realmente las anotaciones de esa Emily Brown era lo más destacado? No, ni mucho menos.

—El tiempo se ha terminado —dijo Mildred, mientras Sophia y Daphne, inclinadas sobre una mesa, fotografiaban las páginas a toda velocidad.

—Unos segundos más —dijo Sophia.

—¡He dicho que es suficiente! —exclamó Mildred interponiéndose entre las dos y llevándose el diario consigo—. Ahora las acompañaré hasta la salida. Espero que me disculpen, pero me es imposible alargar la visita por más tiempo.

Las dos amigas no insistieron más. Se sintieron satisfechas por toda la información que habían conseguido, la cual no era poca y tenía un valor incalculable.

—Le agradecemos su tiempo —dijo Sophia. Mildred le dedicó una sonrisa forzada. Mientras se dirigían a la puerta, Daphne activó la cámara del móvil y grabó todo el recorrido hasta la puerta de una manera disimulada.

—Un placer que hayan disfrutado del museo.

Mildred se detuvo en la puerta y las dos jóvenes salieron de la casa. Una brisa fría las recibió.

CAPÍTULO 8

Caminaron en silencio hasta asegurarse de que se habían alejado lo suficiente de la estirada celadora del museo de la familia Clark.

—Es el diario que no pudo recuperar Emily —siseó Sophia, como si se tratara de una olla a presión a punto de estallar.

—Por supuesto que lo es. ¡Mira esto! —Daphne le mostró la grabación que había realizado mientras se dirigían a la puerta. Detuvo el video en un momento en concreto, justo cuando aparecía una fotografía de dos jóvenes en lo que parecía ser la fachada de la casa. Sophia afinó la mirada: una le resultaba totalmente desconocida, pero la otra desprendía un aire familiar.

—¿Es mi bisabuela? Es ella. ¡Es ella! —exclamó.

—Esto es increíble —señaló Daphne—. Emily Brown, la hija de la sirvienta, la que escribió el diario, es tu bisabuela. Por eso te escribió sobre esta casa. Aquí hay algo que ella quería que saliese a la luz.

—No me lo puedo creer —dijo Sophia con lágrimas de emoción.

Estaban tan entusiasmadas que no se habían dado cuenta siquiera que ya habían salido del recinto del parque.

—Al menos hemos fotografiado unas cuantas páginas del diario.

—Sophia le entregó el móvil a Daphne para que viera las fotos—. Aunque todavía no encontramos el que está en un peinador caoba, según ella, ese es el que nos dará la información.

—Mira el lado bueno, Sophia. No deja de ser importante recuperar este diario, ya que Emily lo había dado por perdido, quizá haya información importante en él.

—Tienes razón, lo que pasa es que siento que esto cada vez se me escapa más de las manos. Pensé que iba a encontrar el peinador, leer un diario, enterarme de los chismes de unos cien años y que después podría volver a mi vida —respondió Sophia desanimada mientras caminaba de forma acelerada hacia el coche.

Daphne corrió hasta situarse a su lado. Quería darle ánimo, pero ella también estaba bastante confundida respecto a los últimos acontecimientos.

—Igual con este diario nos podemos enterar de algunos chismes y saber al menos cómo fue la vida de Emily en la casa de los Clark —dijo Daphne ampliando la imagen en la pantalla del teléfono. La letra era clara, pero el papel estaba en tan mal estado que resultaba complicado descifrar ciertas palabras.

Daphne le devolvió el móvil y comenzaron a leer las primeras líneas cuando la notificación de un mensaje irrumpió en la pantalla. Se trataba de un número que Sophia no tenía guardado en la agenda, pero que supo de quién era en cuanto deslizó el dedo y mostró el contenido del mensaje:

«Hola, Sophia. Soy Terry, tu madre me ha facilitado tu número de teléfono. Te escribía para saber de ti, para darte todo mi apoyo y para pedirte que nos veamos antes de que te marches de nuevo a Inglaterra. Espero tu respuesta, T».

El móvil comenzó a temblar en la mano de Sophia, tanto que Daphne tuvo que sujetarlo para evitar que cayera al suelo.

—No es más que un cretino, Sophia. No te molestes ni en contestarle. Prométemelo.

Su amiga comenzó a caminar a un lado y a otro, expresando un nerviosismo que iba incrementando por segundos, mientras se masajeaba la mano derecha.

—Creo que lo idóneo es hacer todo lo contrario, ¿no? Si le contesto le demostraré que lo he superado y que es cosa del pasado.

—Tu reacción no es la de haberlo superado. No te lo tomes mal, sabes que quiero lo mejor para ti. Por eso no quiero que cometas ningún error del que puedas arrepentirte. Ya sabes cómo es Terry. Huele la debilidad y se aprovecha de ella.

Sophia miró a Daphne y cogió aire. Daphne tenía razón: gracias a ella había escapado de una relación tóxica con Terry, que pese a lo encantador que podía llegar a ser, era capaz de ir asfixiándola poco a poco; cercando su vida para dominarla por completo. En ese momento regresaron a su cabeza ideas confusas, planteamientos sin sentido que conseguían darle la vuelta a la realidad y justificaban todo lo que Terry le hizo: «Lo hacía porque te quería»; «Él solo quería sacar lo mejor de ti»; «Le debes quién eres a Terry»; «Terry es la única persona en el mundo capaz de soportarte». Esta última frase era cortesía de su madre, se lo dijo poco antes de que ella tomara la decisión de marcharse a Londres. Fue ese recuerdo el que le hizo desechar las estúpidas ideas que pasaban por su cabeza. Estar en concordancia con su madre era señal inequívoca de que algo estaba haciendo mal.

—Tienes razón, Daphne. No merece la pena que le dedique ni un solo segundo de mi vida.

—¡Esa es la actitud! —dijo Daphne abrazando a su amiga—. Ahora vayamos a algún sitio para leer tranquilamente las páginas del diario. ¿Crees que habrá una cafetería por aquí?

—Puedes preguntarle a Mildred —dijo Sophia. Daphne le miró con horror.

—Me cobraría cincuenta dólares por ello. Buscaré en *Google*.

Movió sus dedos por la pantalla con agilidad, pero su expresión indicaba que la búsqueda no estaba transcurriendo del todo bien.

—Aquí no me aparece nada. Ni siquiera la tienda de la anciana.

—En la tienda había apiladas mesas y sillas. Tal vez ella nos permita sentarnos allí si le compramos algo —dijo Sophia.

—No suena mal.

Regresaron a la tienda con paso apresurado. El cielo estaba cada vez más cerrado, aunque el viento soplaba con menos fuerza. La mujer las recibió como si ya las conociera de toda la vida. Estaba en la misma postura que antes, tejiendo con sorprendente habilidad.

—Mis mentirosas preferidas, ¿qué necesitan? —dijo con una sonrisa.

—Estábamos buscando una cafetería o algo parecido, pero no encontramos nada. Entonces recordamos que ahí tiene mesas y sillas, ¿podríamos utilizarlas? —preguntó Daphne.

La anciana se incorporó lentamente.

—Por supuesto. Pero antes pásenle un trapo, porque estarán sucias. En verano suelo sentarme ahí fuera, pero este frío es muy malo para mis huesos.

—Muchas gracias, señora. Cogeremos algo de beber, si nos lo permite.

—Lo que quieran. Ya ajustaremos cuentas cuando se marchen. Me gusta ver a juventud por aquí, me reconforta. Consideren esta humilde tienda como su casa.

Sophia y Daphne sacaron una de las mesas y dos sillas. Le pasaron un trapo que les dio la anciana y se sentaron; la primera con una gaseosa y la segunda con una cerveza. Sophia puso el móvil encima de la mesa, con la primera fotografía del diario.

—Ahora sí que ha llegado el momento. Tengo la sensación de que todo lo que hemos descubierto hasta ahora no ha sido más que una introducción, ¿sabes a lo que me refiero? Como una prueba inicial antes de enfrentarnos al verdadero desafío —dijo Daphne. Sophia la miró con cara de resignación.

—Es posible, por cómo se han desarrollado los acontecimientos —respondió Sophia acomodándose en la silla con un ánimo renovado. En los últimos minutos había decidido ver el lado bueno a las cosas—. Además, hemos de reconocer que la suerte ha estado de nuestro lado. Si no hubiésemos visto el diario, habríamos salido del museo sin saber qué hacer.

—Tienes razón, Sophia. La suerte está de tu parte. ¿Estás preparada?

—Creo que sí. Sea lo que sea lo que Emily quisiera, estoy dispuesta a conseguirlo.

—Comienza en 1908, ¿no era esa la fecha en la que los Clark se mudaron a Los Catlins? —preguntó Daphne.

Sophia cabeceó.

—Te equivocas. Según Mildred, los Clark se trasladaron en 1906.

—Tienes razón —dijo Daphne. Las dos amigas conversaban sin levantar la mirada de la pantalla.

—¿Cuántas fotografías hemos podido sacar? —preguntó Daphne.

—¿Veinte páginas a lo sumo? No estoy segura. Por suerte la letra es pequeña y ha de haber bastante información —dijo Sophia—. Resulta un poco complicado de leer.

—Más o menos, Emily mantenía una buena relación con los Clark. Solo estoy leyendo las frases más claras, pero creo entender eso.

—¿Te ha llamado la atención algo más? —preguntó Daphne.

—Uno de los retratos del museo.

—No me refiero al excelentísimo Lord Clifford —dijo Daphne con ironía.

—No, no está relacionado con él. Es el retrato en sí. Había una mujer, creo que la misma que representa el cuadro de la casa de mi padre. No estoy segura del todo, la luz no era buena y no he podido observarlo tanto, pero a simple vista, tengo esa sensación.

Daphne trató de recordar alguno de los retratos, pero no lo consiguió. No les había prestado la suficiente atención.

—Quién sabe. Lo mismo se la pasó pintando como un loco y regalando los lienzos que no le gustaban. Tú mejor que nadie debes saber lo extraño que pueden llegar a ser los artistas.

—Es posible. Puede que pensara que no tenían valor. Pero esa mujer, la del cuadro, debía ser cercana a él. Sin embargo, los rasgos no son los de Emily.

—Mi opinión, Sophia, es que nos centremos en lo que tenemos.

Sophia miró hacia el teléfono.

—¡Exacto! Tenemos varias páginas del diario.

—Comienza en 1908, por lo que Emily debía tener, qué sé yo, catorce o quince años. Murió en 1985 y en ese entonces tenía más de noventa años.

Daphne se acercó al teléfono.

—Parece que narra el día a día en casa de los Clark. Tengo la sensación de que obtendremos más información en estas páginas que en todo el museo. Obviamente, mucho más que lo que esa estirada de Mildred pueda o quiera contarnos.

CAPÍTULO 9

Diario N°1 Emily Brown

Hoy ha comenzado el mes de marzo y por fin me atrevo a escribir este diario. No creo que lo haga muy bien, pero Violet me ha dicho que es un buen ejercicio para mejorar y, sobre todo, para no olvidar. Mi idea es anotar lo que hago cada día, las reglas de la casa y todo lo que crea que es importante.

Mi madre se llama Betsy y yo, Emily. Nuestro día comienza a las 5:30 am, es una buena hora para tenerlo todo dispuesto. Procuramos no hacer mucho ruido, no queremos interrumpir el sueño de los dueños de la casa. Hervimos el agua, preparamos el café, hacemos el pan y hacemos todo lo necesario para cumplir por lo exigido por Míster Clark.

El desayuno se sirve a las siete de la mañana en los meses de verano y media hora más tarde en los meses de invierno. Así lo establecieron para amoldarse a las horas de sol y así debe hacerse.

Mientras mi mamá organiza a las chicas del servicio para que dejen todo bien dispuesto en la mesa, yo voy habitación por habitación llamando a las puertas y avisando a la familia de

*que su día está por comenzar. Tres golpes en cada puerta son
más que suficientes.*

    *La esposa de Míster Clark se llama Elizabeth Percy, ella es
una dama de la nobleza británica, es muy hermosa. Tienen dos
hijas: la mayor, Lauren, y la menor, Violet.*

    Son buenas personas.

Residencia Clark, Los Catlins, 1908

La familia Clark desayunaba en un pulcro silencio que solo
rompía las cucharillas al menearlas dentro de la taza. Al cabo
de unos minutos, alrededor de las siete y cuarto, un mozo traía hasta
la puerta de la residencia las primeras ediciones del diario *Otago
Daily Times*. Emily los recogía y los situaba en la mesa, junto a
Gilbert. Este los leía siempre siguiendo un estricto protocolo que
demostraba su gusto por el orden. Gilbert tenía inclinación por lo
clásico y las costumbres, pero, al mismo tiempo, en un difícil
equilibrio que solo él podía manejar, incorporaba en la vida familiar
todo aquello que considerara beneficioso, lo que Elizabeth le
recriminaba cada vez que tenía ocasión. Para ella la tradición y el
linaje eran pilares fundamentales que no debían ser revisados bajo
ningún concepto.

    —Hay un bonito día —dijo Gilbert. Elizabeth asintió en silencio.

    —Eso parece.

    La escueta revisión del tiempo, así como la respuesta de
Elizabeth, daba paso a un nuevo silencio en el que la atención de
Gilbert se centraba en los diarios.

    En primer lugar, los observaba con cierto desdén, como si
quisiera demostrar que ninguna de las noticias que pudieran
incorporar eran lo suficientemente importantes como para ocupar su
tiempo. A medida que apuraba el café de la taza, su interés iba en
aumento. Cogía el primero de los boletines y lo expandía para
observar la portada. Su expresión se amoldaba a los titulares, los
cuales nunca eran de su agrado.

    —En Portugal sigue cundiendo el caos —se refería al atentado que había acabado con la vida del rey portugués y su hijo. Lo sucedido en el país luso seguía colmando la atención de los diarios. La paz de Europa se resquebrajaba poco a poco.

Elizabeth, su esposa, después de dar un delicado sorbo a la taza de té, intervino:

—¿Tenemos que preocuparnos por esas revoluciones? —dijo con voz queda. Desde la isla, Europa y sus eternos problemas quedaban muy lejos.

—El problema de las revoluciones es que se extienden como la peste. Llenan el oído del pobre con promesas celestiales y endemonian a los aristócratas —dijo Gilbert. En ese momento ya sujetaba el periódico entre sus manos y leía los artículos concienzudamente.

—¿Qué podemos hacer ante una situación como esa?

—Salarios justos y reformas, pero no caer en la indignación y la violencia. Es una calle sin salida. La llave del progreso se basa en el acuerdo y en superar los errores del pasado.

—¿Ocurrirá una revolución aquí? —preguntó Violet con una vocecilla que apenas se elevó más allá de la mesa. Su padre la miró sorprendida. La más pequeña de los Clark era tímida y callada. Podían pasar largas horas antes de que la escucharan pronunciar una sola palabra.

—Eres muy joven para entender de política, hija, pero no tienes de qué preocuparte. Aquí, sin ir más lejos, estamos viendo cómo los maoríes cada cierto tiempo intentan recuperar su territorio. Según dicen los engañaron con el tratado de Waitangi —dijo Gilbert dejando el periódico en la mesa—. El problema es que debemos aprender a coexistir, pues nosotros hemos llegado como representantes de Inglaterra y en estos más de cincuenta años que somos una colonia británica, el país ha crecido de forma exponencial. Esta tierra ahora es tan nuestra como de ellos.

—Pero también es cierto que la impronta de nuestra nación en este país es inmensa. Basta echar la mirada atrás y ver quién fue quien descubrió las islas, quiénes trajeron la modernidad y crearon un territorio próspero —aportó Elizabeth.

—El capitán James Cook —dijo Lauren orgullosa de recordar ese dato.

Gilbert asintió, pero alzó su mano derecha para indicar que deseaba realizar un apunte.

—Muy bien, hija, pero hay que matizar ese dato. James Cook descubrió las islas del Pacífico sur, incluida esta, hace cerca de 130 años, pero también debemos mucho al capitán William Hobson que fue quien hizo el tratado para que la isla sea una colonia británica, si no hubiese sido por él, los franceses la habrían reclamado para ellos.

—Ya sé eso, solo era un dato. Yo sé que la isla nos pertenece, sin nosotros no sería más que un lugar lleno de tribus. Somos británicos y eso es lo importante —finalizó Lauren.

Elizabeth levantó las cejas, como una forma de respaldar lo que su hija decía. Ella no soportaba, según su parecer, ese entorno tan salvaje. Violet solo miraba cómo cada uno daba su punto de vista, como si se hubiese vuelto invisible de un momento a otro.

—Lauren, debes saber que ellos estaban primero, y eso es lo que muchos británicos no entienden. Debemos encontrar el equilibrio para vivir en paz. No queremos que nuevamente se provoque una matanza como en las guerras de los mosquetes —dijo Gilbert intentando generar algo de empatía en su hija mayor—. Además, ustedes nacieron aquí.

Lauren miró a su madre buscando que rebatiera la información aportada por su padre. En la mayor de los Clark persistía el orgullo británico, la tradición y el deseo de una vida aristocrática por encima de todo. De esos pilares, que conformaban la base de su pensamiento crítico, surgían tentáculos que se extendían por todos los aspectos de su vida.

—Sea como sea, por sus venas corre sangre británica, aunque hayan nacido aquí —determinó Elizabeth con un mal gesto—. Hay personas para las que supone un orgullo alardear de las bondades de su tierra.

Gilbert desistió de la conversación, mostrando un rostro serio y reflexivo.

—Estoy muy orgulloso de ser británico, querida. Mis disculpas si mis palabras te han hecho pensar lo contrario. Solo he especificado un hecho, nada más. ¿Te he ofendido, Lauren?

—Estoy bien, papá.

Gilbert le dedicó una sonrisa y tomó el periódico nuevamente.

—Y tú, Elizabeth, ¿te sientes bien? Te he visto un poco desanimada.

—No es nada. Llevo varios días sin dormir bien y eso me tiene un poco irritable. En cuanto a lo que comentamos hace unos días, ¿cuál es tu previsión?

La pregunta de Elizabeth pilló desprevenido a Gilbert, que trató de ganar tiempo doblando el diario correctamente, con excesivo cuidado. Cuando se trasladaron a Los Catlins, Gilbert le insistió a su esposa que era algo temporal, lo que no era del todo cierto. Sus intenciones eran ingresar al negocio de la madera y la ganadería y Los Catlins gozaba de una prosperidad destacada en ese ámbito. Sin embargo, no existía nada más que prados, animales y bosques en unos cien kilómetros.

Gilbert estaba convencido de que era el lugar idóneo para retomar el rumbo y recuperar lo perdido. Elizabeth y Gilbert llegaron desde Inglaterra a los pocos meses de haberse casado. Él, que era un próspero empresario, decidió que seguiría su instinto y se haría eco de la bonanza económica que se vivía en la isla Sur de Nueva Zelanda, donde hacía unos años se habían descubierto yacimientos de oro. Dejó todo en Inglaterra para establecerse en Dunedin, que por ese tiempo era la ciudad más grande y próspera del país. Poco le importaba que hubiese sido fundada por escoceses, ya que los avances y la calidad arquitectónica de la ciudad le recordaban a Gran Bretaña, lo cual pensaba que haría feliz a su esposa.

Sin embargo, cuando se establecieron en la ciudad, la fiebre del oro no era tan beneficiosa como les habían planteado. Además, Elizabeth cada vez se encontraba más desanimada porque extrañaba la elegancia y las buenas costumbres de Inglaterra. Ambos pensaron que con la llegada de los hijos la relación entre ellos mejoraría, pero eso solo hizo que Elizabeth se fuera apagando más cada día. Ella tenía intenciones de volver, pero sus sueños se iban alejando. Luego de un par de años y sin encontrar un negocio próspero, Gilbert estaba decidido a no darse por vencido. Tomó todo lo que le quedaba en Dunedin y lo invirtió en Los Catlins, un lugar rico en bosques donde la madera era lo más demandado para la construcción de casas. Además, el negocio del ganado cobraba fuerza, desde que se habían comenzado a enviar barcos refrigerados con carne hacia Inglaterra. Era un buen negocio por donde lo mirase. Talaban el bosque, vendían la madera y ese terreno quedaba disponible para la cría de ovejas y vacas. Después podían hacer negocios con la lana y la carne que enviaban a Inglaterra.

Todo esto, evidentemente, se lo ocultaba a su esposa con el fin de no ocasionarle más preocupaciones. Elizabeth provenía de una estirpe de abolengo. Los Percy eran una de las familias aristocráticas más antiguas de Inglaterra. Sin embargo, estaban arruinados; su situación económica era paupérrima. Tal era así, que el padre de Elizabeth aceptó que su hija se casara con el joven y destacado empresario, Gilbert Clark, a cambio de una cuantiosa suma que los liberaría de la miseria. Elizabeth, que al igual que Lauren tenía sueños de alta alcurnia, nunca aceptó el matrimonio y pese a que llegó a desarrollar cierto cariño por Gilbert, la esencia misma de su alma iba en contra de la realidad que le había tocado vivir. Lo curioso era que Gilbert sí estaba locamente enamorado de ella y se esforzaba por verla feliz. Era consciente de que Elizabeth deseaba regresar cuanto antes a Dunedin, una urbe que se podía comparar en algunas cosas con Inglaterra. En Los Catlins vivían aislados en una residencia que, según su percepción, se asimilaba a una vida de granjeros.

—Estoy consiguiendo un buen margen con la venta de la madera y la carne, pero hay que valorar otras opciones. Estoy buscando los socios adecuados para ello, necesito generar más volumen para estar a la altura de los grandes exportadores.

—¿Eso qué significa exactamente? —insistió Elizabeth.

Gilbert encogió los hombros.

—Hay que ser pacientes. No nos iremos de aquí por un tiempo.

A estas palabras les siguió un silencio absoluto. Betsy hizo acto de presencia para poner en la mesa una bandeja de galletas que acababan de salir del horno. Lauren se mostró impaciente.

—¡Cuidado, señorita! Aún están muy calientes —dijo Betsy. En cuanto esta se retiró, Gilbert retomó la conversación.

—Pero, querida, vivimos bien aquí. Disfrutamos de una linda residencia y nuestras hijas son felices. ¿Qué prisa tienes por regresar a Dunedin?

Elizabeth apoyó la taza con fuerza sobre el platillo de porcelana.

—No soy cualquier persona, Gilbert.

Su marido bajó la mirada.

—A mí me gustaría vivir en Londres —dijo Lauren.

Gilbert respondió a su hija con una media sonrisa.

—¿Y a ti, Violet? ¿Dónde te gustaría vivir? —preguntó intentando desviar el tema de conversación.

Las miradas de los tres se centraron en ella. No era común en Violet que esta mantuviera una conversación. La joven, con la mirada intensa, reflexionó durante unos segundos.

—No es una pregunta tan difícil —intervino Lauren.

—¡Lauren! Tu padre le ha preguntado a ella. Déjala que conteste —dijo Elizabeth—. Adelante, Violet.

—No lo había pensado hasta ahora —contestó tímida la muchacha, echándose hacia un lado la melena rizada que le cubría parte del rostro.

A diferencia de su hermana, Violet destacaba por su pelo ondulado y caoba, más parecida a Gilbert. Nunca le había importado su aspecto, pero desde hacía unos pocos meses, había comenzado a fijarse en la suavidad de las facciones de Lauren, en los destellos de su pelo liso de color rojizo y en el azul de sus ojos. Una parte de ella comenzaba a preguntarse por qué eran tan diferentes. Eso agrandó la natural inseguridad de su persona, la hizo encerrarse más en su mundo.

—¿Necesitas más tiempo? —insistió Lauren.

—Supongo que me gustaría conocer Inglaterra y vivir allí. Aunque también me llama la atención París.

La respuesta de Violet sorprendió a Gilbert y Elizabeth.

—Tu buen gusto es evidente. París es una de las ciudades más bonitas del mundo y cuna del arte. Supongo que la segunda opción pesa más en tus intereses —indicó Gilbert con una sonrisa.

—Es por esos cuadros, ¿verdad? Mi hermana está obsesionada —dijo Lauren.

Elizabeth, ceñuda, miró fijamente a Violet.

—Sé a lo que te refieres. Esos modernistas. Sus piezas son una tortura para los ojos de quienes amamos el arte clásico. Todo lo que surge ahora de los pinceles de esos aspirantes a artistas no son más que modas absurdas. Es ridículo. Cada artista hace su propio garabato y se atreve a darle nombre. Como afición está bien, Gilbert, pero no podemos dejar que se obsesione.

Gilbert asintió mientras procuraba encontrar una salida ante la nueva situación a la que lo habían llevado las palabras de su hija pequeña. Él no veía inconveniente en que Violet disfrutara de la vanguardia artística que se estaba gestando en Europa. Entraba dentro de lo que él denominaba «progreso natural», pero no estaba dispuesto a contrariar más a Elizabeth esa mañana. Su hija encajaría mejor el golpe.

—Hay que tener como referencia siempre a los clásicos, hija. Podrás aprender mucho más de ellos. Te conseguiré algunos manuales al respecto.

—Gracias, papá —dijo Violet agachando el rostro. Estaba en desacuerdo, pero no disponía de las palabras necesarias para argumentar una discusión.

Gilbert, orgulloso de cómo había salvado la situación, apuró el desayuno y se marchó a atender sus negocios. Cada día era una oportunidad para hacer feliz a Elizabeth.

Ese mismo día, después del almuerzo, Violet fue en busca de Emily. Ambas tenían la misma edad y habían congeniado desde el primer momento, cuando se conocieron, en 1906. Las dos muchachas tenían mucho en común; eran calladas y timoratas, optaban por el refugio de la soledad y la seguridad de la observación antes que dejarse ver o ser activas en el aspecto social. De hecho, durante las primeras semanas de servicio de Betsy. Emily y Violet se observaban con la extrañeza de haber encontrado a otro ser semejante. La curiosidad y la vergüenza fluía a partes iguales.

Una tarde, mientras Violet dibujaba en su cuaderno aprovechando los últimos rayos de sol, Emily dio los primeros pasos de lo que sería una amistad inquebrantable. La atención de la joven fue más allá de sus bocetos y vio cómo Emily se entretenía haciendo dibujos en la tierra con un palo. Volvió a sus esbozos, pero de vez en cuando levantaba la mirada y preguntaba qué es lo que estaba haciendo la hija de la sirvienta. Sin advertirlo, la siguiente vez que alzó el rostro se encontró con Emily a un escaso metro de ella.

—No quiero molestarla, señorita, pero me gustaría hacerle una pregunta —dijo Emily con gran dificultad.

—Claro —contestó Violet con la cara roja como un tomate.

—Sabe leer, ¿verdad?

Violet asintió en silencio.

—Yo no sé leer ni escribir, pero quiero aprender. Solo sé escribir algunas letras.

Emily señaló al punto donde se encontraba antes con el palo.

—¿Las estabas escribiendo en el suelo? —preguntó Violet. Emily asintió avergonzada.

Violet se incorporó y fueron juntas hasta allí. Había como una docena de letras grabadas formando un semicírculo.

—¿Estas puedes leerlas? —preguntó.

—Sé que esta es la *a*, esta la *e*, la *i* y la *be*.

—Las escribiste muy bien. Yo puedo enseñarte si quieres. Es muy fácil.

El rostro de Emily se iluminó.

—No quiero molestarla. Mi madre me daría una buena si se enterara.

—¡Me encantaría enseñarte a leer!

Fue la primera vez que Violet expresó su voluntad con decisión, como una fuerza incontrolable que emanaba de su interior. Sin miedo al rechazo de la otra parte.

—¿De verdad?

—Claro. Soy Violet —dijo ofreciéndole la mano.

—Yo soy Emily.

Ignoraron el hecho de que ambas ya conocieran el nombre de la otra y se estrecharon la mano. Justo después, se sentaron bajo un árbol y Violet comenzó a escribir el abecedario, indicándole cómo se leía cada una de las letras. Después escribió palabras cortas y fáciles para que aplicara lo aprendido. Al cabo de veinte minutos las dos muchachas conversaban sin rubor alguno. Fue entonces, en el pasar de las páginas, cuando Emily vio por primera vez los dibujos de Violet.

—¿Tú has hecho todo esto? Son muy bonitos.

Violet asintió azorada. Hasta ese momento, sus dibujos habían sido algo privado, un refugio infinito y secreto donde todo era posible.

—Me gusta dibujar.

—Pues lo haces de maravilla —dijo Emily—. ¿Quién te ha enseñado?

—He aprendido sola. Dibujo desde que era pequeña.

Durante las siguientes semanas Violet enseñó a Emily, que aprendía rápido y esta, a cambio, le conseguía pequeños tarros de tinta con los que Violet fue ampliando su repertorio, adentrándose en cuanto su habilidad le permitía. Pronto Emily le pidió un libro para leerlo por su cuenta y la enseñanza dio paso a una amistad sincera que no trataban de ocultar. Cuando Betsy lo supo, fue a toda prisa a pedir disculpas a Míster Clark, pero la respuesta que le dio el padre de Violet fue categórica.

—No hay nada más bonito que la amistad, Betsy. No podemos privarles a nuestras hijas de ese regalo. No me complica que sea su hija y si gusta, podemos incluirla en las clases de la señorita Chesterfield, solo le enseña a Lauren y Violet.

Betsy agradeció de todo corazón a Gilbert sus palabras, aunque intuía que Elizabeth no opinaría de la misma manera. No obstante, y pese a su reticencia inicial, la amistad entre Emily y Violet acabó consolidándose, por lo que era común que compartieran tiempo juntas. Casi siempre solía ser después del té, cuando el sol de la tarde se perdía en el horizonte. La menor de los Clark buscaba a Emily, la que normalmente se encontraba en la cocina, fregando los platos mientras canturreaba una canción.

—¡Buh!

—¡Violet! —exclamó Emily mientras se le escapaba de las manos los cubiertos que estaba fregando. La pequeña de los Clark se retorcía de risa.

—Menudo susto te has llevado.

A Emily le fue imposible disimular la sonrisa.

—Me debes una.

—No me das miedo —dijo Violet haciendo una mueca con los labios—. Vamos a mi habitación, ¿te queda mucho?

—Si termino con los platos antes de que regrese mi madre, podré escaparme —afirmó Emily señalando hacia la ventana. Fuera estaba Betsy recogiendo las sábanas y luchando con el viento al mismo tiempo.

—Te ayudo. Dame un trapo y voy secando los platos.

Así, ellas formaban un tándem coordinado que les permitía acabar con la tarea en pocos minutos y dirigirse a toda velocidad a la habitación. Ese día Violet le dio una hoja.

—¿Qué es esto? —preguntó Emily.

Violet encogió los hombros azorada.

—La señora Chesterfield me está enseñando Bellas Artes. Me pidió que pintara un autorretrato.

Emily tomó la hoja y contempló el dibujo. Era un retrato de una chica, que al parecer era Violet. Aparecía de lado, con la mitad del rostro encarando una ventana donde se apreciaba un paisaje bucólico y la otra mitad oculta bajo su tupida melena rizada. Pese a su disposición, los rasgos eran idénticos a los de su amiga.

—Está… quiero decir, ¡es magnífico! —dijo Emily.

—¿De verdad? A la señora Chesterfield no le ha gustado mucho. Dice que no sigue las reglas del retrato clásico.

—¿Qué es lo que se ve más allá de la ventana? —preguntó Emily absorta en la composición. Violet esbozó una mueca.

—Me da vergüenza —respondió cabizbaja.

—Por favor, Violet. No tienes nada de lo que avergonzarte. Es fabuloso. Cuéntame más de la ventana. Me tiene intrigada.

Violet obedeció a su amiga. Comenzó a describir la complejidad de los trazos que se vislumbraban más allá de la ventana. La Violet del retrato parecía observar con pesar aquel paisaje indómito, rebosante de colores y formas imposibles que componían una realidad única.

—Es una ilusión —aclaró—. Lo que tú puedes ver a través de la ventana es lo que la chica de la pintura puede ver.

—Pero esa eres tú —dijo Emily exaltada—. ¿Qué es ese lugar?

Violet encogió los hombros. Para ella pintar actuaba como un catalizador de sus emociones, podía sentir sus sentimientos fluir a través de las cerdas del pincel, reflejándose en la pintura fresca que se eternizaba sobre el lienzo. Cuando pintaba todo dejaba de existir y, al mismo tiempo, cobraba vida en una realidad reservada a ella, postrada en sus manos. La ventana en cuestión mostraba vivos colores que se mezclaban para dar forma a un paisaje vital, rebosante de energía y contrastes. Pero aquello iba mucho más allá de lo colorido; de ahí emanaban sentimientos, una fuerza silenciosa que brotaba al sentir la mirada atenta de quien la observaba. La pintura inerte respiraba y todos los colores parecían bullir de ánimo.

—A veces me gusta imaginar que el mundo no está hecho de cosas, sino de colores y que son esos tonos los que conforman la realidad —dijo Violet. Emily se quedó perpleja.

—¿Así es como ves las cosas? —preguntó.

—No todo el tiempo, pero si me concentro puedo ver todo distinto.

Emily asintió a la par que le devolvía la hoja a su amiga.

—No le hagas caso a la señorita Chesterfield. Es todo lo que puedo decirte.

—¿De verdad te gusta?

—No sé qué más puedo decirte. Me encantaría colgarlo en mi habitación.

Violet se sonrojó más si cabía.

—Eres una exagerada, Emily. Me preocupa que a la señorita Chesterfield no le gustó. Ya sabes cómo son de exigentes mis padres. Puedo meterme en problemas.

—No te preocupes por eso. Siempre puedes pintar exactamente lo que te pide la señorita Chesterfield.

Violet sonrió cabizbaja.

—¿No crees que sea un bicho raro? Imagina que mi futuro pretendiente viera que pinto estas cosas tan extrañas. Así no conseguiré casarme nunca.

—Te conozco muy bien, Violet. ¿Eso es lo que quieres? Tú no eres como Lauren. Ella está obsesionada con esas cosas, en contraer matrimonio con un aristócrata e irse a vivir a Inglaterra. Te lo vuelvo a preguntar, ¿es eso lo que quieres?

Violet cogió aire con fuerza y tragó saliva.

—No estoy segura…

—Eso me vale como respuesta. Tienes mucho talento y nadie debería privar al mundo de conocerlo.

—Pero tendré que casarme algún día, supongo.

—Claro, pero con un hombre que te quiera y te acepte por cómo eres. No puedes supeditar tu vida a lo que tu futuro esposo quiera. Es ridículo si lo piensas. ¿Acaso dejarías de pintar por un muchacho?

Violet sonrió. Lo que más le gustaba de su amiga es que pensaba de una manera totalmente diferente a ella y eso le permitía contemplar otras opciones que por sí sola no sería capaz de imaginar. Había sido Emily quien, meses atrás, la había animado a seguir pintando después de que su madre la regañara por manchar de pintura uno de sus vestidos. Violet amaba a su familia, a su padre por encima de todos, pero con Emily había establecido una relación única que le hacía confiar en ella sin trabas.

CAPÍTULO 10

L a residencia de los Clark era peculiar. En parte, gran culpa de ello eran los intentos de Gilbert de transformar lo que era una residencia agreste en una finca señorial propia de la campiña inglesa. Cuando llegaron al lugar en 1906, la propiedad consistía tan solo en una casa rodeada de amplios terrenos que se extendían hasta las laderas circundantes. Aquel paisaje vasto y descarnado causó una gran impresión a Elizabeth, que permaneció encerrada durante días con una profunda depresión.

Sin embargo, Gilbert había invertido parte de su patrimonio en la adquisición del terreno, por lo que no se podía permitir un cambio de propiedad. Su negocio tenía que comenzar a dar frutos cuanto antes y debía procurar beneficios en un corto plazo. Contactó con un arquitecto inglés que vivía en Christchurch y le pidió expresamente un proyecto que asemejase la propiedad a una de la nobleza. El arquitecto estudió todas las opciones posibles, de acuerdo con la orografía del lugar, y fue concluyente:

—Si se rodeara parte de la finca con un muro grueso de piedra y añadiera árboles aquí y aquí —dijo marcando sobre un plano de la finca—, se podría conseguir un paisaje más acorde a lo que me solicita. Conseguirá una buena sombra y se retendrá más humedad para conseguir una vegetación más verdosa. Sin contar con la vista a la costa que tendría desde los balcones. Pero le aviso que será muy caro. Un muro de tales dimensiones requerirá piedras de un tamaño considerable, además del transporte y la mano de obra. Los caminos de esta región dejan mucho que desear. ¿Es vital para usted?

Gilbert le dijo que lo dispusiera todo para comenzar a levantar el muro cuanto antes y que no reparara en gastos. Así, en menos tiempo de lo que creía, estuvo montado. La nueva construcción rodeaba la propiedad por tres de sus lados, mientras que, en el fondo, que era totalmente plano, podría plantar lo que quisiera. La obra destacó en la zona, ya que tenía aspecto de fortaleza.

En cuanto a Elizabeth, supo valorar el esfuerzo y el interés de su marido por su felicidad, pero para ella aquello seguía siendo un lugar desangelado con un grotesco muro rodeándola, como si se encontrara en una prisión. En bastantes ocasiones se la escuchaba lamentarse de su condena. Gilbert hacía oídos sordos y procuraba agasajarla más todavía, pero el resultado era igualmente desalentador.

La frustración y el desánimo fueron mermando a Elizabeth día tras día. Gilbert se esperanzaba en que sus dos hijas pudieran devolverle el ánimo a su madre, y pese a que ella las quería con todo su corazón, su indeleble condición no encontraba consuelo en aquel lugar apartado. Aquel pozo oscuro de resignación en el que iba cayendo la llevó a abusar de alcohol en los días festivos. Encontraba un calor agradable tras varios tragos. A Elizabeth no le importaba el estatus del alcohol que ingería. Sin embargo, aquella paz vana y temporal se convirtió en una necesidad para ella, y en cuanto sus hijas alcanzaron una independencia más holgada, se lanzó a la bebida como único remedio para sobrellevar su pesada carga. Gilbert era consciente de ello y en varias ocasiones trató de retirarle aquel hábito tan nefasto, pero lo único que consiguió fue que Elizabeth lo despreciara más todavía. Le decía que intentara juntarse con otras esposas de británicos, que se fuera unos días a Dunedin para visitar los comercios, pero en el corazón de su esposa brotaron, como malas hierbas, el rencor por haber tenido que casarse con él y la culpa de ser consciente de su actitud y de todo lo que acarreaban sus excesos.

Todos en la casa sabían que Elizabeth se propasaba con el alcohol cada vez que tenía ocasión, pero en torno a ello existía un silencio absoluto, tan solo roto en ocasiones por miradas de súplica o preocupación.

No obstante, nadie era tan consciente de los problemas de Elizabeth como Betsy y Emily, quienes algunas veces tenían que llevarla en volandas hasta la cama o levantarla de ella con gran insistencia. Betsy intentó ayudarla en multitud de ocasiones y hasta hubo momentos en los que Elizabeth se mostró solícita, pero su fuerza de voluntad era inexistente y sus promesas se diluían en cuando vislumbraba una botella y olía el aroma del vino al ser vertido en la copa.

Por ello, casi como costumbre, Betsy y Emily acudían a la habitación de Elizabeth por petición de Gilbert, quien sin levantar la mirada les pedía que despertaran a su esposa y la sacaran al jardín para que le diera el aire.

—Le vendrá bien despejarse —había dicho mientras se alejaba con los hombros caídos, saboreando la amarga derrota en la que se había convertido su matrimonio.

Ese día, Betsy y Emily acudieron a toda velocidad a la habitación y entraron sin esperar el permiso de Elizabeth. Esta dormitaba sobre la cama con los ojos entornados y con un vaso y una botella medio vacía sobre la mesita de noche. Su rostro estaba pálido y al mismo tiempo reluciente por el sudor.

—Por el amor de Dios, señora —dijo Betsy mientras corría hacia el lecho.

—Déjenme sola —musitó Elizabeth con dificultad.

Betsy posó su mano sobre la frente empapada de sudor frío y le puso una almohada bajo la cabeza.

—Es suficiente por hoy. Su marido la reclama en el jardín.

—¿Qué más quiere de mí? —dijo—. Betsy se dio la vuelta y encaró a Emily.

—Trae un barreño con agua caliente. Todavía deben quedar brasas en la cocina. ¡Apresúrate!

Emily salió corriendo de la habitación, aunque aminoró el paso cuando llegó a la cocina por si Lauren o Violet se encontraban allí. Era consciente de lo que sucedía, pero no por ello podía actuar como si la presencia de las hijas de Elizabeth fuese inocua. Su madre se lo había dejado claro las primeras veces que la señora abusó del alcohol: el respeto por los señores de la casa nunca debía perderse.

Cuando Emily regresó a la habitación, Elizabeth estaba sentada en el borde de la cama, procurando alcanzar el equilibrio con sus brazos.

—Estoy bien, Betsy. Solo necesito un par de minutos.

Betsy no contestó. Agarró el barreño e introdujo un paño que escurrió con esmero antes de situarlo en la frente de Elizabeth. Por el olor agrio de la habitación, Emily intuyó que debía haber vomitado.

—Hace un día precioso, señora. El sol le vendrá bien.

Elizabeth asintió en silencio.

—Emily, ve al armario y busca una enagua. La temperatura es agradable, pero quizás la señora necesite un baño. La brisa puede ser traicionera —dijo Betsy.

Su hija asintió y sacó del armario la prenda más próxima a lo que su madre le había pedido. Después, entre las dos, acompañaron a Elizabeth al servicio y la asearon con paños de agua caliente. La señora, por el influjo del alcohol y el contraste con el agua, comenzó a temblar. Su fino cuerpo se sacudía de manera nerviosa, escapando a su control.

—¿Quiere beber un poco de agua, señora? —preguntó Emily.

Elizabeth se giró con dificultad hacia ella.

—Un poco de agua con azúcar estaría bien —dijo.

Emily fue a la cocina y regresó con el vaso de agua azucarada en apenas un minuto. La terminaron de vestir. Pese a que no era la primera vez que Emily vivía una situación como esa, la vergüenza típica de su juventud le hacía retirar la mirada del cuerpo de Elizabeth. Violet era su mejor amiga y consideraba que ella no tenía por qué ver a su madre en esas condiciones. Si la situación fuera al revés, si fuera su madre la que estuviera en ese lamentable estado y fuera Violet la que tuviera que desvestirla, se moriría de la vergüenza. Sin embargo, pese a la buena relación que mantenían, nunca habían conversado acerca de los problemas de Elizabeth. Emily supuso que sería por ese motivo.

Una vez terminaron de vestirla, la acompañaron hacia un esplendoroso peinador de caoba que había al otro extremo de la habitación. La sentaron con sumo cuidado, atentas a cada uno de sus vaivenes.

—Alcánzame el peine, Emily.

Esta obedeció y le dio a su madre. Betsy observó la imagen pálida y desfigurada de Elizabeth y pensó cuál era la mejor manera de adecentarla.

—¿El pelo recogido? —preguntó. Elizabeth asintió. Para ella el pelo recogido era sinónimo de alcurnia, razón por la cual no valoraba otra opción que no fuera recoger su cabello bajo un lujoso broche. Le encantaba esa pieza y disponía de una amplia colección que Gilbert le había regalado en su mayoría.

—El maquillaje.

Aunque esta vez Emily se había adelantado y lo tenía todo dispuesto sobre el peinador. Emily espolvoreó la brocha y cubrió la tez de Elizabeth. Después deslizó un poco de carmín sobre sus labios. Llevaba a su servicio el tiempo suficiente como para conocer a la perfección los gustos de su señora.

—Ya he terminado. Luce preciosa —dijo Emily. Elizabeth, más recuperada, le dedicó una media sonrisa. La ayudaron a levantarse y la acompañaron hasta el jardín, aunque Emily las dejó que caminaran a solas una vez llegaron a la puerta trasera. La razón no era otra que no preocupar en exceso a Lauren y a Violet, pues sabían que la imagen de Betsy y ella acompañando a Elizabeth podía ser impactante. Así, desde la ventana, Emily observó cómo su madre acompañaba a Elizabeth hasta el punto donde se encontraba Gilbert, que fumaba una pipa mientras observaba el horizonte. Cuando tuvo a su esposa al lado intercambiaron unas pocas palabras.

Lauren y Violet, ajenas a lo que había ocurrido, caminaban por la parte silvestre de la propiedad, donde crecían coloridas flores que no se podían encontrar en ninguna otra parte de la finca. Ambas habían acordado rellenar un jarrón vacío con todo un despliegue de colores, aunque la intención de Violet era otra distinta. Sin que su hermana lo advirtiese, guardaba en el bolsillo coloridos pétalos para intentar extraer de ellos un poco de tinte. Había leído que era una técnica de los pintores antiguos para conseguir colores nuevos, pigmentos que solo ellos pudieran tener. No tenía la menor idea de cómo iba a conseguir extraer los colores de las hojas, pero confiaba en su curiosidad para obtener el resultado. Estaba tan concentrada en buscar las flores de color más intenso que incluso hacía rato que había dejado de escuchar a su hermana, la cual insistía en su monotemático tema de conversación: regresar a Inglaterra.

—¿Qué opinas? —preguntó Lauren mientras olía una margarita que sujetaba entre sus dedos. Violet la miró sonrojada. No sabía acerca de qué le estaba preguntando.

—Es complicado —dijo sabiendo la ambigüedad de su respuesta. Lauren la miró ceñuda.

—¿Eso qué quiere decir? —insistió.

Violet miró hacia el suelo e inclinó la cabeza a un lado. Su ondulada melena bailaba al son del viento.

—No me has estado escuchando, ¿verdad? —dijo Lauren tirando la flor al suelo.

—Estaba…

—No me importa, Violet. No quiero malgastar más palabras contigo por el momento —dijo Lauren mientras se dirigía a donde se encontraban sus padres. Gilbert la contempló al acercarse y después su vista se centró en el mal estado del jardín. Durante los meses anteriores habían tenido problemas con los vientos que acabaron con cualquier brote, convirtiendo aquella parte en una extensión casi descampada.

—Tendríamos que arreglar esto —propuso Gilbert, preocupándose por el menor de sus problemas, o al menos, el único que podía remediar—. ¿Cuál es tu opinión, querida?

Elizabeth giró la cabeza lentamente hacia su marido. Sus ojos vidriosos atestiguaban su malestar. No dijo nada.

—La familia Byrne tiene un espléndido jardín en Dunedin. ¿Los recuerdas? —preguntó Gilbert.

—Sí, los recuerdo. Se marcharán a Inglaterra en los próximos meses —dijo Elizabeth arrastrando cada una de sus palabras, al igual que el siseo de una serpiente. Gilbert dio una intensa calada a la pipa para digerir mejor su error. Satisfacer a su mujer se había convertido en una ardua tarea que solo le procuraba momentos amargos. Pero, aun así, tras cada desplante, sentía la imperiosa necesidad de volverlo a intentar, de luchar una vez más por su sonrisa.

—Tendremos un jardín precioso. Será cuestión de semanas, quizá de meses, pero lo tendremos —afirmó Gilbert como si así diera continuidad a las palabras de Elizabeth.

Después de dejar a Elizabeth junto a su marido, Betsy se marchó en dirección a la cocina, donde le esperaba su hija. Emily había comenzado a pelar patatas, dejándolas caer sobre una olla.

—Veo que te has adelantado —comentó Betsy.

—No tenía nada que hacer —respondió Emily.

Su madre asintió.

—Las patatas serán una estupenda guarnición para la carne. Medallones de ternera. Espero que esto recomponga a la señora Elizabeth.

—Tu ternera guisada podría resucitar a un muerto, mamá.

Las dos rieron. Después, Betsy sacó la carne de la alacena y la dispuso sobre la tabla. Puso un paño por encima y acto seguido comenzó a golpearla con una maza de madera.

—Quiero que la carne esté blanda. Es mucho más deliciosa.

Emily observó la maña con la que su madre golpeaba la ternera hasta que uno de los golpes se confundió con otro que provino de la ventana. Las dos miraron hacia allí, donde Violet les hacía señales con las manos. Ambas se sobresaltaron.

—Violet, ¿ocurre algo? —preguntó pensando en el delicado estado de Elizabeth.

No obstante, el rostro de la muchacha era de absoluta calma.

—Su hermano Isaac la espera en la entrada. Acaba de llegar —

respondió Violet. Betsy observó a Emily y las dos miraron más allá de la ventana, desde donde un hombre escueto, vestido con un traje desgastado y holgado, las observaba con una ramita en los labios. Fue al enlazar los ojos de Betsy con los de Isaac cuando este se sacó la rama de la boca y escupió al suelo.

—Ahora mismo lo despacho —dijo Betsy saliendo de la cocina. Violet la observó y después se centró en su amiga. Tenía el rostro contrariado y los labios apretados de tal manera que parecían dos filos de mármol blanco.

—Nunca te he preguntado por tu tío Isaac —expuso Violet—. Es su familia, ¿por qué no viven con él?

Emily se mantuvo en silencio durante unos segundos, absorta.

—Aquí estamos bien y podemos brindar un mejor servicio —dijo Emily.

—¿Y no lo echan de menos?

Emily pensó que su amiga podía ver la realidad transformada en una fantasía de colores, pero era incapaz de ver otras cosas que, bajo su punto de vista, resultaban evidentes.

CAPÍTULO 11

Días después, la suerte pareció confabularse con Gilbert. A su casa llegó una misiva procedente de Dunedin, donde se le informaba que dos nobles ingleses viajaban hacia Invercargill. Estos le solicitaban, si era posible, la estancia en su residencia durante un par de jornadas, ya que uno de ellos estaba muy interesado en la flora y fauna de la zona. Gilbert no pertenecía a la nobleza, pero su buena labor en los negocios le había granjeado cierta fama entre los hombres de finanzas del país. Su cercanía y su predisposición para aceptar que lo tradicional no era siempre la mejor opción, le daban una imagen cercana.

Por ello, cuando los nobles mostraron interés por conocer Invercargill, así como la región de Los Catlins, un antiguo socio de Gilbert les habló de él, dándoles excelentes referencias de su persona. Estos le escribieron y en cuanto terminó de leer la carta, Gilbert se precipitó a contestarles y a prepararlo todo para la llegada de los invitados.

Para Gilbert no se trataba de una mera visita o la oportunidad de cerrar un buen trato; eso era secundario. La visita de aquellos hombres le daba la ocasión de mostrar a su esposa la imagen de un hombre próximo a la nobleza, con influencia suficiente para codearse con la aristocracia británica. El simple hecho de imaginar a su esposa sonreír, le producía una súbita alegría y una emoción que le era complicado contener. Apenas escribió la misiva de respuesta, fue corriendo a avisarle.

Elizabeth se encontraba en el salón principal de la residencia, junto con sus dos hijas. Las tres leían en silencio, aunque Elizabeth mantenía la mirada perdida mientras el libro descansaba sobre sus rodillas. Gilbert entró apresurado en la estancia y les dio la noticia con gran celebridad, agitando sus brazos con exaltación.

—¿Unos nobles ingleses? ¡No me lo puedo creer! —dijo Lauren.

—¿A qué debemos ese honor? —preguntó Elizabeth sin apenas inmutarse. Gilbert se sintió como si hubiera caído de bruces. Violet se mantenía expectante, pero en silencio.

—Quieren conocer Los Catlins y los negocios que se desarrollan, se dirigen a Invercargill. Se quedarán aquí, en nuestra casa, unos días, para luego seguir su viaje.

—Una noticia esperanzadora… al fin —dijo Elizabeth.

Lauren, mientras tanto, caminaba histérica de un lado a otro. Agitaba las manos y dejaba claro que para ella se trataba de un suceso trascendental.

—Unos nobles en nuestra residencia. ¿Acaso son un regalo caído del cielo? ¿Cuándo llegan?

Gilbert le pidió calma a Lauren. Sabía que en la mente de su hija se habían puesto en marcha todo tipo de cavilaciones acerca de sus posibilidades con algunos de ellos. Era algo innato en ella, de la misma manera que su esposa Elizabeth deseaba salir de allí cuanto antes.

—Depende de cómo transcurra su viaje, pero lo más seguro es que estén aquí aproximadamente en una semana. Me lo confirmarán cuando se encuentren a un par de jornadas de distancia.

—¡Estoy emocionada! —exclamó Lauren.

—¿Y tú, Violet? ¿No te hace ilusión? —preguntó Gilbert. Le gustaba sentir un equilibrio en su atención, gesto que consideraba de los más admirable de su persona. Su hija menor encogió los hombros.

—Suena interesante —dijo con un hilo de voz.

Su hermana la miró de reojo.

—¿Interesante? Oh, Violet, es mucho más que eso, es un soplo de aire fresco en un lugar anquilosado como este.

—Naciste en Nueva Zelanda, Lauren. No faltes el respeto a tu tierra —añadió Violet.

Ella miró a su padre de súbito.

—Mi ascendencia británica se remonta al reinado de Jorge I.

Lauren hizo referencia al inicio de la estirpe de los Percy, allá por el siglo XVIII, cuando la familia adquirió rango de nobleza y se instauró como una de las grandes familias. Para Gilbert eso fue un golpe inesperado, para el que no tenía las armas adecuadas. Podía decirle a su hija que ese linaje del que estaba tan orgullosa, hacía bastante tiempo que vivía de las rentas del pasado o de la generosidad de parientes que les entregaban limosnas a cambio de los despojos de un patrimonio venido a menos. Pero para Gilbert, lo más lamentable de todo, era que esa decadencia había sido la misma que le había permitido casarse con Elizabeth. Fue por ella que decidió guardar silencio y hacer oídos sordos a las palabras de su hija. La noticia de la visita de los nobles era motivo de festejo y lo último que quería era convertirlo en una discusión generalizada.

—Ahora lo importante es disponerlo todo para que estos señores se encuentren como en casa. Hablaré con Betsy y me encargaré de que no falte absolutamente nada. Espero de su parte el mismo compromiso para que nuestros invitados encuentren un ambiente confortable.

Betsy escuchó con atención todas las peticiones y exigencias de Gilbert, quien insistía en no escatimar en gastos con tal de agasajar a los invitados. Desde una limpieza exhaustiva de la residencia, adecuación de las habitaciones de invitados o la compra de todo tipo de licores para satisfacer en lo posible sus exquisitos paladares.

—Tendrá todo lo que solicita, señor. No tenga ninguna duda.

—Confío en usted plenamente, Betsy, ya lo sabe. Estoy seguro de que la visita de estos señores puede ser un punto de inflexión en nuestras vidas.

Las palabras de Gilbert dieron paso a un silencio incómodo. No obstante, Betsy comprendía el mensaje que se escondía tras sus palabras. Esa inflexión a la que se refería Gilbert no era otra que conseguir colmar en cierta medida las aspiraciones de Elizabeth. Por esto todo tenía que transcurrir a la perfección.

—Haré todo lo que esté en mi mano. Emily y yo nos encargaremos de que todo esté preparado para cuando lleguen los señores.

Gilbert asintió con intensidad, agradeciendo su predisposición. Cuando se quedó a solas, Betsy pensó lo mucho que debía sufrir Gilbert al ver el estado de su esposa. Su dedicación a ella le parecía encomiable.

—Ya lo has escuchado, Emily. Tenemos trabajo que hacer.

—¿Quiénes son esos señores, mamá? —preguntó Emily. Betsy encogió los hombros.

—No sé mucho más que tú, pero parece que son invitados muy importantes para Míster Clark. Él se ha portado muy bien con nosotras, por lo que hemos de estar a la altura. Tenemos aproximadamente una semana, así que pongámonos manos a la obra porque hay muchas cosas por hacer.

—Por supuesto —dijo Emily atándose el mandil alrededor de la cintura.

Lo primero que hicieron fue revisar la residencia al completo: la planta baja, la planta superior y el sótano. Betsy era perfeccionista en su trabajo, condición que se incrementaba de manera exponencial cuando sobre ella recaía el peso de la responsabilidad. Todo debía estar perfecto. Pues, aunque había más personal de servicio, Betsy era quien dirigía todo. Se había ganado su lugar con esfuerzo y fidelidad.

Por ello, Emily y Violet apenas pudieron pasar tiempo juntas esa semana. Cuando Emily tenía tiempo libre solía ser muy tarde o estaba demasiado cansada, por lo que prefería dormir un poco. Una tarde, tumbada sobre su cama, luchando por no quedarse dormida, trataba de averiguar de dónde sacaba su madre toda esa energía. Betsy se levantaba por las mañanas un par de horas antes que ella y se acostaba rato después. Era tal su dedicación que incluso Gilbert le había aconsejado descansar un poco, a lo que ella se negaba rotundamente.

Violet, por su parte, pasó más tiempo con su hermana Lauren, que vivía en un estado de nervios permanente. Era incapaz de concentrarse en ninguna tarea y pasaba largos ratos ensimismada, mirando hacia cualquier parte, perdida en sus pensamientos, divagando en sus esperanzas respecto a la visita. En su deseo más profundo imaginaba que uno de esos caballeros era un apuesto duque que se enamoraba perdidamente de ella. Ella se enamoraría igualmente y se casarían a las pocas semanas, trasladándose más tarde a Inglaterra, donde pasaría el resto de los días viviendo en una elegante mansión a las afueras de Londres. Sus hijos, perfectos y preciosos, correrían por el jardín y se casarían también con bellas nobles, que haría que su familia ganase más relevancia si cabía, hasta convertirse en una de las aristócratas más importantes de la corona. Todo ello emanaba de la mente de Lauren. Sin embargo, cuando la ilusión se rompía, como si se tratara de un coloso derruido por su propio peso, Lauren guardaba silencio y se pasaba un rato ceñuda, enfadada con el mundo, consciente de que sus aspiraciones no eran más que ilusiones con pocas probabilidades de hacerse realidad.

—¿Te encuentras bien? —preguntó Violet al ver como la frustración y el rencor fue adueñándose de la expresión de su hermana.

—Sí —contestó escueta.

Sus delicadas facciones no escondían su verdadero parecer, su preocupación en torno a un hecho que todavía no se había producido. Sin embargo, todo eso formaba parte de un proceso alterno e irregular, donde la ilusión y la decepción se daban la mano y se mezclaban. Tan pronto como sus ilusiones caían por el abismo de la desesperación, una luz radiante revivía sus esperanzas de que un joven y apuesto noble la sacara de aquel lugar apartado de la civilización.

Violet buscó las palabras idóneas para continuar la conversación, pero no le resultaba sencillo llevar la iniciativa. Miró a su hermana y después se centró en el dibujo que estaba realizando en el margen de un manual de arte gótico.

—¿Es que no te cansas? —preguntó Lauren de repente.

Violet levantó el rostro de la hoja.

—¿Cómo dices?

—Pintar, el arte. Si pudieras no dormirías, ni comerías, ni harías nada que no fuera pintar.

—Es lo que me gusta —contestó Violet encogiendo los hombros.

—Pues te lo advierto, hermanita. Procura mantener tu obsesión a buen recaudo durante la visita de esos caballeros. No quiero imaginar el humor de papá si te comportas como una loca.

Violet agachó el rostro una vez más. El egoísmo de su hermana iba mucho más allá. Estaba segura de que Lauren no era consciente del daño que hacían sus palabras, aunque eso no la disculpaba del sufrimiento que le ocasionaba.

—Por cierto, hermana, ¿vas a hacer algo con tu pelo?

—¿Qué le ocurre? Lo tengo como siempre —dijo Violet pasando sus dedos entre sus mechones encrespados.

—Razón de más para prestar atención a tu aspecto, ¿no crees? Tenemos sangre británica corriendo por nuestras venas, hay que dar prueba de ello.

Violet miró de reojo a la ventana para verse reflejada. La imagen de su cuerpo sobre la superficie de cristal le causó una repentina incomodidad. Ella era diferente, en el amplio sentido de la palabra, tanto de su hermana como de su madre. Ambas tenían un aspecto con rasgos británicos, tez clara y cabello ligeramente rojizo. Sin embargo, Violet era una excepción. Su piel era blanca, pero su pelo era ondulado y oscuro. La finura del rostro de su hermana se convertía en ella en una expresión más marcada. Fue en ese momento cuando supo que aquellos hombres jamás se fijarían en una joven como ella, si es que alguno era relativamente joven o tenía intención de comprometerse. No estaba tan obsesionada como su hermana Lauren, pero había valorado esa opción con cierta ilusión.

El ambiente en la residencia de los Clark se turbó definitivamente cuando recibieron una misiva de Edward Campbell, avisando que la llegada a la residencia tendría lugar para el día siguiente. Gilbert leyó la carta a su familia, Betsy y Emily incluidas, para comunicar la noticia. A partir de entonces, los nervios se apoderaron de todos.

Lauren se encerró en su habitación para preparar sus mejores vestidos y adecentarse de la mejor manera posible. Violet, aunque no con el mismo ímpetu, también se retiró para tratar de disponerlo todo. Gilbert también cayó preso de los nervios, pese a sus intentos por mostrarse sereno. En los últimos días, había pasado largas horas estudiando las últimas noticias acerca de Inglaterra, así como también hizo un repaso a la actualidad internacional y la cultura del momento, alimentando con ello su dosis de conversación para tratar de manera correcta con los dos caballeros.

Incapaz de quedarse sentado, pasó el resto de la tarde revisando el trabajo realizado por Betsy. Comprobó por sí mismo las habitaciones que habrían de ocupar sus invitados. Tan obsesionado estaba por los detalles que deslizó su pañuelo por muebles y esquinas para cerciorarse de que no había ni una sola mota de polvo.

—Un trabajo excelente —alabó Gilbert mientras Betsy esperaba en la puerta de la habitación, paño en mano, para acudir allá donde fuera necesario.

—Gracias —respondió ella con una sonrisa tensa.

Después Gilbert, en cuclillas, miró debajo de la cama para asegurarse que hasta un lugar tan recóndito como ese estaba en perfectas condiciones.

—Sencillamente espléndido. Todo está perfecto, Betsy —dijo Gilbert incorporándose—. En cuanto a la comida de los próximos días, ¿lo tiene todo controlado?

—Por supuesto, señor. La alacena está a rebosar y contamos una reserva de licores nunca vista en esta casa.

—¿Los frescos?

Betsy asintió con convicción.

—La carne llegará a primera hora a partir de mañana. Encargué a

Norton que eligiera los mejores animales para faenar, tal y como me dijo. También traerán leche, huevos y frutas del mercado.

La revisión tan solo fue interrumpida por la cena, aunque los Clark no se mostraron con mucho apetito esa noche. Los cuatro se retiraron pronto a sus habitaciones con la intención de descansar bien y mostrarse radiantes al día siguiente. Sin embargo, Elizabeth se mostraba más comedida. Era consciente de que la visita de aquellos caballeros tendría un nulo efecto en su vida. De alguna manera tenía la certeza de que jamás saldría de Nueva Zelanda, y que, por supuesto, no volvería a poner sus pies en Inglaterra. Aquella aplastante seguridad conseguía ahogar cualquier brote de entusiasmo, empujándola hacia los aspectos más oscuros de su existencia. Desde que Gilbert les comunicó la visita de esos hombres, Elizabeth hizo un esfuerzo por mantenerse sobria y pasados los primeros momentos experimentó cierta mejoría espiritual, como si su alma comprendiera que el alcohol no era la solución a sus problemas. No obstante, en la víspera mantuvo una interesante conversación con su hija mayor que le había permitido tomarse la visita de los caballeros con un poco de ilusión.

A la mañana siguiente todos se levantaron temprano, rato antes de que Emily golpeara las puertas de sus habitaciones. Desayunaron cuando aún no había amanecido y estaban perfectamente vestidos, apenas los primeros rayos de sol deslumbraron por el horizonte. Betsy y Emily, también por encargo de Gilbert, vestían unos vestidos más acordes a la situación.

Era demasiado temprano para esperar la llegada de la visita, pero eso no era motivo para que Gilbert paseara de un lado al otro de jardín, con el reloj en la mano, y suspirando a medida que los minutos transcurrían sin novedad alguna. Con amargura se acercaba a la puerta principal de la propiedad y miraba el camino hasta que este se bifurcaba y desaparecía tras un cerro. «Por ahí deben venir», pensaba. Mientras tanto, Elizabeth, Lauren y Violet aguardaban en el salón principal, vestidas de manera elegante.

—Hace un poco de frío —dijo Violet. El salón principal estaba reservado a ocasiones especiales o a recepción de invitados. Era una estancia demasiado grande como para ser ocupada por cuatro o cinco personas.

—Puedo encender la chimenea si lo desean —dijo Betsy desde la puerta. No obstante, Elizabeth lo descartó con un gesto de mano.

—Es la temperatura idónea para mantenernos despiertas. El calor de la chimenea aletarga y eso es lo último que queremos en este momento.

Violet tuvo que conformarse con el calor que sus manos se daban la una a la otra al frotarlas. Lauren, mucho más alterada, observaba a través de la ventana.

—¿Cuándo estarán aquí? —preguntó.

—Todavía pueden tardar un par de horas —dijo Elizabeth con suma tranquilidad.

Betsy hizo una señal a Emily y esta salió, atravesó el jardín y se situó junto con Gilbert en la puerta principal. El viento racheaba con fuerza, levantando el polvo del camino.

—Aún no hay rastro de ellos —dijo claramente decepcionado—. Supongo que no es lo correcto que el señor de la casa espere en la puerta. Volveré dentro. Emily, quédate aquí y avisa cuando veas venir a una diligencia. No pasan muchas por aquí, por lo que las probabilidades de error son mínimas.

—Así lo haré, Míster Clark.

Satisfecho de haber reparado a tiempo en su actitud, Gilbert llegó a la estancia donde aguardaban su mujer y sus hijas, convertido en la personificación del sosiego más absoluto. Se esforzaba en fingir que dominaba completamente la situación.

—Se me ocurre una excelente manera de amenizar la espera —dijo Gilbert abriendo un cajón y sacando una baraja de cartas—. ¿Qué me dicen?

—¿Pretendes que juguemos al *whist*? —preguntó Elizabeth, colérica. Gilbert se amedrentó ante la inesperada reacción de su esposa y guardó silencio mientras la miraba temeroso. La abstinencia sacaba a la luz su irascibilidad en el momento menos esperado.

—Al menos estaremos haciendo algo —dijo Violet, provocando a su vez la reacción de Lauren.

—¿Cómo pueden pensar en jugar a las cartas en un momento así? ¿Qué pensarán esos caballeros si llegan a nuestra casa y nos encuentran jugando a estas horas?

Gilbert tragó saliva. No había contemplado esa opción.

—La sensatez es lo último que puede perderse —añadió Elizabeth.

—Sería una falta de respeto. Distraídos en juegos de naipes. ¿Qué imagen les daríamos? —exclamó Lauren, conmovida ante tal posibilidad.

Gilbert introdujo de nuevo la baraja en el cajón, procurando terminar cuanto antes con aquella turbación que había causado sin saber todavía cómo. Elizabeth movía la cabeza de un lado a otro, sutilmente, mientras su mirada divagaba por algún rincón de la habitación. Lo único que podía pensar era que un hombre de la nobleza, de alta cuna, jamás habría propuesto siquiera algo semejante. Eso ahondó en su sentir respecto a Gilbert y la vida que le había tocado vivir, tan radicalmente opuesta a lo que ella siempre había soñado. Su marido, que conocía a la perfección los males que la asolaban, se lamentó en silencio de no haber pensado fríamente acerca de su propuesta de jugar al *whist*. Lo hacía con el rostro serio, dándole gran gravedad al asunto y arrepintiéndose de su iniciativa.

Elizabeth y Lauren, muy interesadas en la imagen que iban a ofrecer a los caballeros, miraban a su alrededor dando a entender que todo quedaba bajo su control. Entre ellas se había producido una conversación la noche anterior en la que Lauren reveló sus pretensiones de comprometerse con alguno de los hombres si las circunstancias se prestaban a ello. En un primer momento, Elizabeth lo tomó por desvíos inocentes de una pobre niña, aunque a medida que Lauren le contaba sus aspiraciones, la madre fue viendo la idea con buenos ojos. Era cierto que sabían muy poco acerca de ellos, ni siquiera conocían la edad, pero sí sabían que pertenecían a la nobleza y eso era suficiente para barajar cualquier posibilidad. Además, Elizabeth llegó a la conclusión de que, si alguna de sus hijas establecía una relación con alguno de ellos, sus posibilidades de marcharse de Nueva Zelanda se incrementaban. Acordaron, por tanto, que Elizabeth haría todo lo posible por conseguir que los caballeros pasaran el mayor número de días en la residencia. Esto último, pensó, sería beneficioso para todos.

Amparados por el silencio de la espera, los minutos transcurrieron eternos hasta que la imagen de Emily acercándose a toda velocidad hacia la puerta de la casa les hizo saltar de sus asientos.

—¡Se acerca una diligencia! —dijo la joven.

Gilbert, frotando sus manos, se acercó a la ventana seguido del resto de su familia.

—¿Eran ellos? —preguntó Lauren.

—Eso no lo sé. Su padre me pidió que le avisara ante la llegada de cualquier diligencia.

—Diantres, Gilbert. ¿Acaso piensas tener a la muchacha corriendo toda la mañana? —señaló Elizabeth.

Gilbert agachó el rostro. Había cometido un nuevo error. Su objetivo de agradar a su esposa se alejaba por momentos. Torció el gesto y guardó silencio para no empeorar la situación.

—Descansa, Emily y disculpa a Gilbert. Es evidente que los nervios le están jugando una mala pasada —añadió Elizabeth.

Gilbert no dijo nada. No era el momento de disputas, ni de reproches.

Sin embargo, justo en ese momento, la diligencia que había visto Emily cruzó la puerta principal y se detuvo a pocos metros, ya en el interior de la propiedad de los Clark. El cochero, sentado en el pescante, vestía un sombrero encajado casi hasta las cejas, de manera que la mitad de su rostro quedaba totalmente a oscuras. En sus labios llevaba un grueso cigarro al que daba caladas sin valerse de las manos.

—¡Quieto, quieto! —dijo tirando de las riendas. Los caballos obedecieron y se detuvieron.

Después, aquel hombre levantó la mirada y analizó el lugar.

—Creo que hemos llegado al destino —dijo con el cuerpo ligeramente inclinado hacia atrás, dirigiendo sus palabras a las personas que había en la parte trasera. Los Clark, vigilantes, observaban desde la ventana tensos y en silencio.

—Deben ser ellos —dijo Elizabeth.

—Es lo más seguro. Betsy, ve a recibir al cochero. Seguramente quiera asegurarse de que se encuentra en la residencia de los Clark.

Betsy asintió inclinando su cabeza y se dirigió a la puerta con paso acelerado, llegando al mismo tiempo que el hombre sujetaba la aldaba y la golpeaba con fuerza. Acorde al protocolo, Betsy esperó que transcurrieran un par de segundos para no transmitir una sensación de ansiedad o impaciencia por parte de sus señores.

—Bienvenido a la residencia de los Clark, ¿en qué puedo ayudarle? —dijo nada más abrir la puerta.

Al escuchar a Betsy, el cochero asintió con satisfacción.

—Ya lo ha hecho, señora. Traigo dos invitados de Míster Clark. Edward Campbell y Nicholas Clifford, nobles señores.

—Aguarde, voy a avisar a Míster Clark —dijo Betsy retirándose de la puerta y desapareciendo de la vista del cochero. Este, creyendo que la mujer había ido a otra estancia, sacó sus cerillas del bolsillo y encendió de nuevo el cigarro. Sin embargo, y pese a que el cochero no podía verla, Betsy solo había dado un par de pasos hasta acercarse a Gilbert, que había escuchado la breve conversación entre ambos.

—¡Son ellos! —exclamó conteniendo la voz—. Dígale que saldremos a recibirlos. ¡Rápido!

Betsy regresó con el cochero y le dio la noticia. Este le mostró sus ennegrecidos dientes con una amable sonrisa y regresó a la diligencia caminando tranquilamente, más como si paseara. En cuanto llegó a la diligencia y le dio la noticia a los dos caballeros, los Clark cruzaron el umbral y salieron en una perfecta procesión que incluso habían ensayado los días previos. Gilbert y Elizabeth iban en primera posición, con la cabeza alta y el porte distinguido. Justo detrás de ellos, Lauren y Violet debían seguirles, una junto a otra, pero en el último segundo Lauren se adelantó y salió por delante de su hermana, igualmente queriendo dejar claro toda su elegancia. Violet iba rezagada en último lugar. Emily se quedó junto a la puerta en compañía del resto del servicio de la casa.

De la diligencia bajaron dos hombres, uno mayor y otro joven, cuyos diferentes rasgos indicaban que no debían ser parientes.

El mayor tenía ligeras canas sobre sus sienes y llevaba el cabello de un color anaranjado, peinado hacia atrás. Era alto y le sobresalía una pequeña barriga. En general se mantenía bien, ya que debía bordear los cuarenta años. Más atrás, se abría paso el más joven de los dos, también contaba con gran porte, pero era más delgado. Su rostro blanco, el cabello extremadamente rubio y los ojos de un celeste demasiado claro le agregaban un aspecto fantasmal e infantil al mismo tiempo. No obstante, sus rasgos eran delicados, como los de un niño que hubiera crecido repentinamente.

—Es un honor tenerlos aquí —afirmó Gilbert inclinando levemente la cabeza—. Sean bienvenidos a Los Catlins.

Los recién llegados imitaron su gesto para devolverle el saludo. Elizabeth sonreía orgullosa.

—El honor es nuestro. Estamos infinitamente agradecidos de que nos abra las puertas de su casa —dijo el mayor—. Mi nombre es Edward Campbell y este joven de aquí es Lord Nicholas Clifford. La sed de aventuras y conocimientos corre por sus venas.

El muchacho, ligeramente sonrojado, estrechó la mano a Gilbert e hizo una reverencia a las mujeres. Edward hizo lo mismo, aunque con mucha más seguridad en sus gestos e incluso se permitió besar con exquisita educación la mano de Elizabeth.

—Estas de aquí son mis hijas: Lauren y Violet.

Las dos jóvenes, embelesadas por el joven Nicholas, inclinaron la cabeza a modo de saludo.

—Veo que la belleza y el buen gusto se estila por aquí. Tiene una familia para estar orgulloso, Míster Clark —dijo Campbell.

—Oh, muchas gracias. Pero, por favor, Lord Campbell, llámeme Gilbert. No soy merecedor de tanto respeto.

Edward asintió con vehemencia.

—En ese caso, y debido a que ha tenido la inmensa generosidad de acogernos en su casa, a partir de ahora yo seré Edward y él, Nicholas.

—Así será, Lord Campbell —respondió Gilbert sin caer en la cuenta de sus propias palabras—. Oh, Edward, sí.

—Eso está mucho mejor. En cuanto a Nicholas, disculpen la timidez del chico, pero no suele ser muy hablador. No se lo tomen a mal.

Nicholas asintió casi sin levantar la mirada del suelo, pero mostrando una sonrisa en sus labios.

—Supongo que querrán descansar un poco, tienen a su disposición todo lo que puedan necesitar —dijo Elizabeth.

—Agradezco sus palabras. En ese caso, creo que no nos vendría nada mal un poco de brandy para templar el cuerpo. Llevamos en el camino desde antes de la primera luz del día y la humedad nos ha calado hasta los huesos.

—¡Faltaría más!

Así, todos se dirigieron hacia el interior de la casa mientras el cochero, con la ayuda del servicio y la atenta mirada de Betsy, descargaba las maletas y las llevaban hasta la entrada de la casa. El equipaje era mucho mayor de lo que parecía en un primer momento.

CAPÍTULO 12

M ientras Betsy se encargaba de las maletas, Emily atendió a los invitados y dispuso toda clase de bebidas y aperitivos para colmar las necesidades de los recién llegados. Gilbert y Elizabeth disfrutaban con cada gesto de satisfacción de Edward, que se mostraba mucho más expresivo que el joven, que se limitaba a sonreír de manera correcta para reafirmar las palabras de Edward.

—No sé qué decir ante un recibimiento como este —comentó Edward—. Tienen mi más profundo agradecimiento.

—Es lo mínimo que podríamos hacer por unos invitados tan distinguidos —dijo Gilbert. De reojo miraba a su esposa, la cual se había servido una pequeña copa de licor. Sus grandes excesos siempre comenzaban así, con un pequeño trago.

—En tal caso, sería justo por nuestra parte aclarar que los distinguidos son nuestros respectivos hermanos, ¿verdad, Nicholas? —preguntó Campbell.

Por primera vez escucharon hablar al joven. Lauren y Violet lo miraban fijamente. Era poco mayor que ellas, pero la inocencia que desprendía causaba gran ternura en las dos jóvenes.

—Sus palabras no han podido ser más exactas, Edward.

Gilbert no comprendía nada, pese a que albergaba una exagerada sonrisa en los labios.

—¿Puedo preguntarle por qué?

—¡Elizabeth! —exclamó Gilbert, temeroso de que la curiosidad de su esposa ofendiera a los invitados. Claramente, su estado de tensión no le permitía mostrarse tal y como era.

—No se preocupe, Gilbert. Aquí todos somos libres de realizar las preguntas que consideremos oportunas —contestó Edward con un tono simpático—. Mi hermano es Rupert Campbell, conde de Ross, quien tiene dos hijos varones. Yo soy el tercer hermano, así es que estoy muy lejos de heredar el título.

—Todo un orgullo —dijo Elizabeth.

—Es un hombre un poco terco, pero reconozco que es un gran honor —dijo Campbell, provocando una carcajada general—. Y volviendo con el hombre de pocas palabras, el hermano de Nicholas es Eugene Clifford, conde de Warrington.

—No puedo hacer más que recalcar nuestro honor por albergar a personalidades de tan alto nivel —añadió Gilbert emocionado al presentir la felicidad de su esposa.

—No nos merecemos tanta ceremonia, Gilbert —agradeció Edward—. Hoy en día no somos más que dos viajeros intrépidos que desean conocer tanto cuanto nos sea posible.

—También eso es algo loable —insistió Gilbert.

Edward hizo justicia de su copa de coñac y la levantó para que Emily se la rellenara, lo que hizo en cuestión de segundos.

—Diría más bien que es un estilo de vida. Este joven y yo tenemos mucho en común. Tememos más a la quietud de un silencioso despacho que a una ruidosa estampida de búfalos.

—¿Han estado cerca de una estampida de búfalos? —preguntó Lauren de repente.

—¡Lauren!

—Relájese, Gilbert. La curiosidad es lo que mueve al mundo. —Después Edward se inclinó hacia donde se encontraba Lauren—. Vimos una estampida muy de cerca en los Estados Unidos, cuando recorrimos el oeste del país.

—¿Es tan salvaje como dicen? —preguntó Elizabeth.

—Mi opinión es la siguiente; doscientos o trescientos búfalos corriendo como locos no es algo tan peligroso, si lo comparamos con el carácter de los americanos.

—Así que es cierto. —Sonrió Gilbert—. Por estos lados tampoco estamos muy lejos de eso. Los maoríes tienen mal carácter.

Edward alzó las manos.

—No me cabe duda, hemos visitado Australia y otras islas —respondió terminándose la copa—. Por respeto a estas pequeñas damas no voy a dar detalles de todo lo que vimos en nuestro viaje. Aunque mi recomendación es no causar altercados ni confiar en desconocidos. Tienen la mano rápida y las armas abundan por doquier. Una mezcla fatal, como entenderán.

Durante la siguiente hora, la conversación giró en torno a las andadas de Edward y Nicholas a lo largo de su viaje. Habían desembarcado en Boston y desde allí cruzaron todo Estados Unidos antes de comenzar su camino hacia el Pacífico sur.

—Conozco a los Clifford desde hace décadas y considero a este joven como algo más que un simple amigo. Es un apasionado de la botánica, de las artes y ardía en deseos de viajar por el mundo, ¿verdad?

Nicholas asintió. Durante unos segundos sus labios temblaron.

—Así es. Estudié ciencias naturales en la Universidad de Oxford, pero todavía queda mucho por descubrir. Eso, entre otras cosas, me animó a emprender el viaje, me gustaría seguir la ruta de Darwin.

—Admirable, si me lo permite —dijo Gilbert.

—Gracias —respondió Nicholas con un susurro.

—Sin embargo —intervino Edward—, su hermano consideraba que era demasiado joven e inexperto como para aventurarse solo por el mundo, por lo que me solicitó que lo acompañara. Como ya les he dicho, me resulta muy complicado quedarme sentado en un despacho. De inmediato hice las maletas y embarcamos.

—¿Ha viajado mucho? —preguntó Elizabeth.

—Desde muy joven. Ingresé en el ejército cuando apenas contaba dieciséis años. He servido en África y Australia. Me las he visto en todo tipo de situaciones y puedo decir sin que ello resulte prepotente por mi parte, que sé distinguir los problemas y evitarlos, si se diera el caso. Después de tanto tiempo, sé analizar a la gente y anticiparme a sus intenciones. Aunque, por supuesto, no crean que es algo que haya hecho con ustedes. Sería irrespetuoso por mi parte.

Justo en ese momento, Betsy entró al salón.

—¿Está todo correcto? —preguntó.

—Esta jovencita debe ser su hija, puede estar orgullosa de ella —dijo Edward queriendo hacer gala de sus instintos. Gilbert, Elizabeth y Lauren expresaron su admiración. Para Violet, en cambio, no era nada extraordinario. Emily y Betsy eran muy parecidas.

—Muchas gracias por sus palabras —dijo Betsy haciendo una leve inclinación.

—Es lo menos que puedo hacer. Por cierto, ¿todo correcto con el cochero?

Betsy asintió.

—Sí, señor. Ya está descargado todo el equipaje.

—¡Espléndido! Es un buen hombre. Lo supe en cuanto lo vi. Su grandeza reside en su sinceridad. No dudó en pedirnos unos pesos de más para aliviar la situación de familia.

La conversación se alargó durante varias horas y prácticamente apenas tuvieron tiempo de levantarse, antes de que Betsy los invitara a sentarse en la mesa para el almuerzo. A medida que se iban conociendo, el joven Nicholas fue ganando confianza y participando en las conversaciones, aunque siempre lo hacía aprovechando el silencio entre uno y otro.

Gilbert lo trataba con una exquisita delicadeza, enfocando toda su atención en él cuando hablaba y dándole la razón fuera cual fuera su opinión al respecto del tema que estaban hablando en ese momento. Nicholas, con sus tímidas palabras y rostro ligeramente infantil, emanaba ternura. Así, si en un primer momento la conversación fue acaparada por Edward, poco a poco el interés se fue desplazando hacia la figura de Nicholas.

La principal instigadora de este cambio de atención no fue otra que

Elizabeth, ayudada por Lauren, que añadía preguntas o cuestiones para mostrar su interés. Sin dirigirse ni una sola palabra, madre e hija habían comprendido que ese joven podía convertirse en un regalo caído del cielo, si jugaban bien sus cartas. Nicholas mostraba una belleza insólita que conjugaba extrañamente bien con su timidez. Violet también estaba fascinada con el semblante del joven, pero comenzaba a aburrirse de aquella prolongada conversación en la que apenas participaba.

Fue ya cuando se encontraban almorzando, que Gilbert les preguntó cuál era su próximo destino.

—Oh, pues por el momento creo que nos vendría bien descansar un poco. No obstante, mañana a primera hora hemos de partir hacia Invercargill. He de arreglar unos asuntos y no quiero demorarlo más —contestó Edward—. Nos llevará un par de días.

—Les conseguiré una diligencia —señaló Gilbert—. La tendrán a su disposición.

—No queremos causar molestias ni alterar sus costumbres, Gilbert. El hecho de abrirnos las puertas de su casa ya dice mucho de usted.

—Es una cuestión en la que no existe discusión posible. Tienen esta casa a su disposición todo el tiempo que necesiten.

Edward y Nicholas se miraron.

—Agradecemos su hospitalidad, Gilbert. Pero no queremos abusar. Llevamos muchos días sin descansar debidamente y nuestros cuerpos comienzan a resentirse. La necesidad nos puede hacer abusar de su generosidad.

—Nada más lejos de la realidad, Edward.

—¡Aquí podrán descansar! —dijo Elizabeth. Edward le respondió con una sonrisa—. Los esperaremos con los brazos abiertos una vez terminen sus obligaciones en Invercargill.

—No nos causan ninguna molestia —dijo Lauren dedicándole una sonrisa al joven.

—No tengo palabras para describir la bondad de esta familia. ¡Brindo por ello!

Edward alzó la copa levemente.

—Igualmente, Nicholas está muy interesado en conocer la flora y fauna de Los Catlins, ¿verdad, Nicholas?

El muchacho asintió antes de tomar la palabra.

—Soy un apasionado de la botánica y estar aquí es una gran oportunidad para conocer nuevas especies. Hay muchas que solo conozco por los manuales —dijo Nicholas con cierta dificultad, como si no hubiera encontrado las palabras exactas que quería pronunciar. Edward intervino para apoyarle.

—Lo que el chico quiere decir es que desea pasar varias jornadas aquí. La ubicación es excelente para sus investigaciones. A decir verdad, nuestra intención en un primer momento era incordiarles durante dos noches, a lo sumo, pero Nicholas está seguro de que no será suficiente para completar su investigación —añadió Edward intentando realzar las labores de Nicholas—. Pasamos por la península de Otago y quedamos asombrados, aunque las especies que hay en este sector serían de gran aporte en su investigación.

—Este es su hogar el tiempo que deseen —concluyó Gilbert.

El almuerzo transcurrió en la misma tendencia, aunque con la cada vez mayor presión de Elizabeth hacia Nicholas. Por primera vez en mucho tiempo, se sintió reconfortada al poder conversar con alguien de su misma condición.

—¿Qué puede contarme de los Clifford, Nicholas?

El chico arqueó los labios como si no supiera por donde comenzar.

—Bueno, el origen de mi familia es muy antiguo. Mi lejano predecesor, Gerard Clifford, fue ordenado conde por el rey Enrique VII, como recompensa a su servicio en la Guerra de las Dos Rosas.

Elizabeth se quedó impresionada.

—Una estirpe legendaria, sin lugar a duda. Fascinante.

—Durante muchos años los Clifford estuvieron muy relacionados con los monarcas, especialmente en la cuestión militar. Muchos de mis antepasados fueron grandes guerreros que lucharon por la gloria de Inglaterra.

—Pongo la mano en el pecho como muestra de mi agradecimiento —dijo Elizabeth.

—Es imposible sentirse más orgulloso de acogerle, Nicholas. Todo un honor. ¡Un privilegio! —añadió Gilbert.

—Se lo agradezco. Sin embargo, la agitada vida militar de la familia fue contraproducente en otros aspectos, ya que muchos de los hombres de mi familia murieron jóvenes y sin descendencia. Eso provocó que la influencia de mi familia fuera desvaneciéndose con el paso del tiempo —comentó Nicholas.

—Un loable sacrificio. Los héroes siempre viven a la sombra, pero son tan necesarios como el aire que respiramos.

—Dígame, Nicholas, ¿cuántos hermanos son? —El interés de Elizabeth crecía a gran velocidad.

—Solo estamos mi hermano Eugene y yo. Mi madre falleció hace diez años y mi padre nos dejó el año pasado.

Los Clark se conmovieron ante el dramático relato del joven.

—Lamentamos mucho la pérdida —dijo Gilbert.

Después de almorzar, los invitados se retiraron a sus habitaciones, ya que estaban visiblemente cansados del largo viaje, lo que permitió a los Clark valorar cómo había transcurrido la jornada. Gilbert y Elizabeth se vieron en el despacho, disfrutando de una complicidad que no sentían hacía mucho tiempo. La conclusión general fue que habían causado una gran impresión a los invitados y que estos se sentían realmente cómodos. Después, Gilbert le comentó a Elizabeth su intención de estrechar lazos con Edward, ya que estaba convencido de que podría ser un impulso para sus negocios. A Elizabeth le pareció una buena idea, sin embargo, sus intenciones iban encaminadas en otra dirección.

—¿Estás segura? —preguntó Gilbert mientras se tocaba la barbilla.

Elizabeth, segura de su teoría, asintió como si lo que le acababa de contar fuera lo más evidente del mundo.

—Es una gran oportunidad para nuestra hija. Ese joven pertenece a una buena familia y ha mostrado una educación exquisita.

Gilbert la miró reflexivo.

—¿Qué opina Lauren de todo esto?

—Conociéndola, no pondrá impedimento —mintió Elizabeth,

que ya sabía las intenciones de su hija. La conversación de la pasada noche, donde las dos prometieron actuar en consonancia si aparecía un posible pretendiente, era desconocida para Gilbert.

—En ese caso, tendremos que esperar a que regresen de Invercargill y ser precavidos. Lo último que queremos es aburrirlos con nuestra insistencia.

Por primera vez en mucho tiempo, Elizabeth sonrió. Una llama de esperanza se encendió en su interior.

Emily y Violet hicieron lo propio respecto a los invitados. La primera se encontraba en la terraza trasera tendiendo las sábanas. Mientras tanto, Violet observaba el horizonte.

—Son dos hombres apuestos —indicó Emily—. No me los esperaba así.

Violet asintió.

—Tienen que ser muy valientes para realizar un viaje tan largo.

—Y que lo digas —dijo Emily mientras se esforzaba en estirar las sábanas. La suave brisa que soplaba le estaba poniendo las cosas difíciles—. ¿Puedes ayudarme, Violet?

Violet se acercó y tomó la sábana para que Emily pudiera sujetarla por la parte superior. La tela desprendía un agradable olor a jabón. Por unos instantes, la luz de sol incidió en la sábana y Violet vislumbró un panorama translúcido que su mente no tardó en convertir en el boceto de un futuro lienzo. Emily se adivinaba al otro lado de la tela, convertida en una silueta blanca.

«Siluetas blancas en un mundo oscuro», pensó totalmente abstraída.

A raíz de esa idea se dio cuenta de que no importaría cuán blancas fueran esas siluetas, ya que en un mundo oscuro todo sería negro. Esta reflexión, sin sentido aparente, robó toda su atención. Emily continuaba hablando de los invitados, pero Violet solo se preocupaba de añadir colores a ese primer boceto que había surgido al observar la sábana. De pronto, como si un pensamiento ajeno hubiera penetrado en su mente, la imagen de Nicholas la sorprendió, turbándole, sorprendida.

—No me estás escuchando, ¿verdad? —preguntó Emily mientras

terminaba de sujetar la sábana. La ausencia de respuesta por parte de su amiga le confirmó sus sospechas.

—Estaba… —Violet no supo cómo continuar la frase. «¿En qué estaba pensando exactamente?».

—En tu mundo, como de costumbre.

—Disculpa —respondió Violet cabizbaja.

—No tienes que disculparte, pero quisiera saber qué te preocupa.

De nuevo, el rostro de Nicholas le sorprendió, como si una luz surgiera en la oscuridad de la noche. Un faro que alumbraba una costa ignota para Violet.

—Nada, ¿por qué lo dices?

—Estás pálida.

Violet se sonrojó. La imagen de aquel joven se había hecho fuerte en su cabeza causando, además, pensamientos que eran totalmente nuevos para ella. De repente sentía la necesidad de saber más de él, de conocer hasta el último detalle de su vida y, sobre todo, quería saber cuándo iba a volver a verlo. La marcha de los invitados, sin saber por qué, le provocaba una ligera angustia. Esta amalgama de sentimientos, desconocida para Violet, la hicieron avergonzarse.

—¡Violet! ¿Estás bien?

—Sí, es solo que estaba pensando en nuestros invitados. Prácticamente han recorrido medio mundo. Es toda una hazaña.

—Ah, en eso sí tienes razón. De hecho, ese hombre, Edward, me parece muy valiente, ¿a ti no? Incluso estuvo en el ejército. Es como un caballero.

Violet dejó escapar una risa nerviosa. Las mejillas le ardían.

—El más joven es apuesto —murmuró, arrepintiéndose al instante de su atrevimiento. Sin embargo, al mismo tiempo experimentó un agradable calor alrededor del estómago. Nicholas Clifford. El nombre le evocaba una sensación extraña pero poderosa que se propagó rápidamente por todo su cuerpo.

En ese momento, Lauren apareció en el otro lado de la terraza. Parecía muy agitada.

—¡Violet! Te he estado buscando por todas partes. Tengo que hablar contigo.

—Claro, ¿de qué se trata? —dijo preocupada.

Lauren miró de reojo a Emily. Aunque estaba al corriente de la buena relación que mantenía con su hermana, para ella seguía siendo una empleada del servicio y como tal la seguía tratando. Emily lo sabía y aceptaba aquel trato sin resignarse. Después de todo, lo extraordinario era la relación que mantenía con Violet. Alegó que su madre la esperaba en la cocina y se alejó para darles intimidad. En cambio, Violet, turbada por los extraños sentimientos que habían brotado en ella, se tomó a mal la reacción de su hermana. Aunque la realidad, escondida bajo esa pueril excusa, ocultaba un temor mucho más profundo por su parte. Esta era consciente de que su hermana clamaba a los cielos por poder casarse con un noble inglés y que ese sueño se había hecho medio realidad con la aparición de Nicholas en sus vidas. Estaba segura de que Lauren no dejaría pasar la oportunidad y haría cualquier cosa por conseguir su propósito. No le molestaba en absoluto su obstinación, sino que Nicholas fuese aquello que tanto ambicionaba.

Violet esperó que Emily se marchara para cargar sobre su hermana.

—¿A qué viene tu comportamiento con Emily?

Lauren se quedó perpleja por la reacción de Violet, que rara vez elevaba el tono.

—¿Cómo?

—Emily es mi amiga, pero a ti eso no te importa —exclamó.

—Está claro que no he venido en buen momento. ¿Qué te ocurre, Violet?

—¿Me tiene que ocurrir algo para defender a mi amiga?

Llevada por la excitación de sus propios planes, Lauren encaró a su hermana. La visita había alterado el equilibrio entre ellas.

—Es imposible hablar contigo, Violet, a no ser que se trate de tus horribles dibujos.

—¿De qué quieres hablar conmigo? ¿Vas a repetirme tus ganas de casarte? —dijo Violet—. Es eso, ¿verdad? Con el joven, con Nicholas. Puedo ver tus intenciones.

Lauren se sonrojó. Violet ya intuía lo que le quería hablar; quería pedirle ayuda con su cometido, que la ayudara a estar a solas con Nicholas. Pero al ver su reacción, pensó en que quizás su hermana estaba interesada igualmente en el joven.

—Tú ni te lo plantees porque ningún inglés se casaría con una pelo de paja como tú. Te pareces a uno de esos aborígenes que abundan en este país. Ningún hombre te querrá jamás.

No era la primera vez que Violet escuchaba esas palabras salir de la boca de su hermana, pero en esa ocasión, le resultó tremendamente doloroso.

Por algún motivo, esas palabras se convirtieron en puñales que la devastaron, provocando que las primeras lágrimas comenzaran a deslizarse por sus mejillas. Las manos le temblaban de rabia. Sin decir nada, apartó a su hermana de un empujón y bajó las escaleras a toda prisa, apoyándose en la pared para no perder el equilibrio. Tuvo fortuna de que sus padres no la vieron cruzar llorando los pasillos de la planta superior. Cuando pasó frente a la puerta de la habitación de Nicholas se detuvo de súbito. Continuaba llorando, pero entonces era la imagen del joven la que le provocaba ese dolor. Las palabras de Lauren habían cobrado vida de alguna forma en su interior, causándole un pavor intenso y descontrolado.

Tenía las mismas ganas de abrir la puerta que desaparecer de allí.

Un pequeño ruido proveniente del interior la hizo reaccionar y retomar el paso hacia su habitación. Apenas ella y cerraba su puerta, Nicholas se asomaba al pasillo tras haber creído escuchar a alguien llorar.

CAPÍTULO 13

D urante el resto de la estancia de los invitados antes de su marcha a Invercargill, nada hizo sospechar a Gilbert y a Elizabeth la discusión que habían mantenido sus hijas. Violet se mantuvo callada y aunque Lauren se mostró más reservada en un principio, pronto demostró su interés por el joven Nicholas, aunque siempre con el debido recato.

No obstante, los Clark advirtieron —cada uno desde su subjetiva visión— que el joven no expresaba interés alguno por Lauren y que no había ninguna señal de complicidad. Se limitaba a contestar educadamente y luego cedía la palabra a Edward, que sí desprendía cierta galantería hacia Lauren. En cambio, Violet se mantuvo ausente todo el tiempo. Apenas podía mirar a Nicholas sin ruborizarse. Casi se le detuvo el corazón cuando, en unas de las fugaces miradas que le dedicaba, los ojos de ambos se encontraron. Rápidamente, Violet agachó la mirada y la mantuvo fija en el suelo.

Al día siguiente, tal y como tenían acordado, los invitados partieron hacia Invercargill. Edward Campbell aseguró que su estancia podría prolongarse durante una semana, por lo que seguiría el método ya empleado y enviaría una misiva avisando a los Clark de su regreso.

Una dicha anómala se extendió por la residencia de los Clark en los días venideros. Gilbert estaba contento por haber causado tan buena impresión a sus invitados y ya estudiaba la forma de obtener algún beneficio. Elizabeth y Lauren tenían un objetivo en común, sin embargo, la primera se había fijado en que el interés de Nicholas en su hija mayor no era el que esperaba. Violet, por otro lado, mataba las horas pintando sin parar. Cuando se dibujaba a ella misma, algo que era recurrente, añadía una nueva figura a su composición, una silueta desconocida para los que no fueran sus ojos, puesto que se trataba de Nicholas.

Sin embargo, la alegría distendida que se vivía era frágil y todo se desmoronó cuando, a unos pocos días de marcharse los invitados, les llegó una carta de Edward Campbell en la que se lamentaba de no estar en condiciones de asegurar que regresaran a la residencia de los Clark. Las razones que exponían estaban enfocadas en la posibilidad de cruzar a la isla Stewart. Aun así, recibirían una respuesta en los próximos días acerca de su decisión. Edward alegaba que, pese a que les vendría muy bien descansar, la oportunidad de visitar esa isla era irrechazable.

Así, el regocijo dejó paso un decaimiento generalizado, empeorado por la tensión de la incertidumbre. El silencio se instauró entre los Clark, que vieron como pasaban los días sin obtener respuesta de Edward Campbell.

—Tenemos que ser pacientes —decía Gilbert a su esposa, aunque la convicción no destacaba en sus palabras. La autoestima de Elizabeth, en exceso frágil, fue desmoronándose hasta que finalmente acabó por buscar consuelo en el vino y el anís, primero con un par de tragos, pero finalmente bebiendo hasta caer inconsciente. Gilbert conocía los demonios de su esposa, pero su decepción respecto a las circunstancias era tan inmensa que no se sentía con fuerzas para enfrentarse a sus excesos. En el fondo se sentía culpable, como si no hubiera hecho lo suficiente para que Edward y Nicholas prolongaran su estancia.

En cuanto a Lauren, su resignación la llevó a estar en un estado de ira permanente, presa de sus propias circunstancias. Si su hermana pasaba las horas pintando, ella se quedaba encerrada en su habitación, sin hacer otra cosa que esperar que llegara una carta, como una bestia enjaulada.

La esperada misiva llegó a los nueve días después de la marcha de Edward y Nicholas. Escrita por el primero, ponía en aviso a Gilbert de que finalmente declinaban tomar parte en la expedición que iba en dirección a la isla Stewart, por lo que regresarían a su residencia al próximo día. Gilbert apenas tardó un par de segundos en dar la noticia a sus hijas. Después buscó a Betsy con presteza:

—Mañana estarán aquí, posiblemente temprano —dijo Gilbert con urgencia. Su rostro expresaba lo crucial de dicho acontecimiento —. Quiero que se encargue de ella. Tal vez la noticia le levante el ánimo. Por el bien de todos, espero que así sea.

Betsy asintió y no realizó preguntas. Gilbert se refería a Elizabeth, la cual dormitaba a causa de una borrachera continuada de varios días. Pese a que lo intentaron, no hubo manera de mantenerla sobria. Sin embargo, su cuerpo se resentía debido a los repetidos excesos.

—Todavía tiene un día para recuperarse —expresó Gilbert cabizbajo. La adicción de su mujer era una cuestión que lo superaba por completo.

Las primeras veces que su esposa se propasó con el alcohol no le dio importancia, confiaba en que todo fuera un despiste por parte de Elizabeth o un intento de evadirse. Pero poco a poco la situación fue a peor y cuando intentó hablar con ella respecto a sus, cada vez más recurrentes, excesos, solo consiguió una desmesurada reacción por su parte. Entonces pensó que, si procuraba colmarla hasta en su deseo más recóndito, quizás así podría alejarla de la bebida, pero todo lo que consiguió fue ahondar más en el hecho que atormentaba a Elizabeth: no estaba viviendo la vida que merecía y la voluntad de Gilbert por agasajarla simbolizaba su fracaso.

Así, Betsy avisó a Emily y entre ambas fueron a su habitación para sacarla de su letargo. Fue complicado. Estaba débil, febril y con náuseas. Emily se preguntaba cómo podía dañarse de esa manera, qué sentido tenía todo aquel sufrimiento.

—Necesita algo caliente que le asiente el estómago. Emily, ve a la cocina y prepara una infusión. Pon un poco de miel, le vendrá bien —solicitó Betsy.

—Sí, mamá.

Emily salió deprisa de la habitación, sin aminorar el ritmo en esa ocasión. Sabía que Violet y Lauren estaban en sus respectivos dormitorios, por lo que no había tiempo que perder. Mientras tanto, Betsy consiguió que Elizabeth se metiera en la bañera. Su cuerpo agradeció el agua caliente y su rostro recuperó un poco de color. Completamente desnuda, Elizabeth parecía una niña en manos de Betsy.

—Estoy cansada, Betsy. Muy cansada —balbuceó.

—Ha de controlarse, señora. Debe hacerlo por su salud y por sus hijas. —Betsy dejó al margen a Gilbert a propósito. Su mensaje quedaba claro.

—El arrepentimiento es lo que acabará por matarme. Soy consciente de todos y cada uno de mis actos, lo que convierte mi vida en una tortura —dijo Elizabeth con la mirada perdida—. Sé que lo acabaré pagando…

Emily interrumpió la conversación. Había llegado con una taza humeante que tamborileaba en sus manos y el rostro pálido. Su madre supo nada más verla que había ocurrido algo.

—¿Qué sucede? —preguntó.

Emily tragó saliva antes de contestar.

—Isaac te espera junto al granero.

El cuerpo de Betsy se tensó de inmediato.

—Encárgate de la señora. Lo despacharé cuanto antes.

Sin perder ni un segundo más, Betsy se dirigió a la cocina, salió por la puerta y se dirigió apresurada hacia el granero, que se encontraba en la parte trasera de la propiedad, allá donde el muro se quedaba abierto y se guardaba parte del rebaño. Aunque el camino principal discurría al otro lado, entre los cerros había un antiguo camino que era utilizado por pastores y lugareños, entre ellos Isaac, el hermano de Betsy.

—¿Qué haces aquí? —preguntó ella deteniéndose a pocos metros de él.

—Vengo a por lo que me pertenece —dijo Isaac con una sonrisa. Estaba sentado sobre el carro, con las piernas abiertas y un sombrero que le ocultaba la mirada. En sus labios descansaba una brizna de paja.

—Pues aquí lo tienes —respondió Betsy arrojándole un fajo de billetes que sacó del sostén—. ¡Ahora vete!

Isaac lo cogió al vuelo.

—Acércate a saludar a tu hermanito. Emily es más educada... y más bella.

Betsy apretó los puños e hizo un esfuerzo por no perder los nervios.

—Márchate, Isaac.

Este encogió los hombros.

—¿Por qué no vivimos juntos como familia que somos? ¿Por qué tienen que vivir con unos extraños?

—Antes muerta que vivir bajo el mismo techo.

Isaac comenzó a reírse.

—En fin, no te molesto más. Menudo recibimiento. Dale saludos a Emily. Es toda una mujer.

Betsy se mantuvo en su sitio hasta que su hermano se alejó. Solo después regresó sobre sus pasos y volvió a la habitación de Elizabeth mientras se secaba las lágrimas. Nada más entrar, Emily la interrogó con la mirada.

—Todo bien —musitó Betsy, que se mostraba entera. Por su parte, Elizabeth había terminado su baño y se estaba vistiendo lentamente con la ayuda de Emily. La infusión que le había preparado le había hecho bien, aunque todavía se encontraba muy débil.

Al cabo de unos minutos, Elizabeth salió de la habitación acompañada por Betsy, mientras Emily recogía la ropa sucia, limpiaba el cuarto y cambiaba las sábanas. Una vez llegaron al jardín, Elizabeth insistió en que se encontraba bien y que deseaba pasear sola bajo el sol agradable de la mañana. Betsy no estaba muy convencida, pero poco podía hacer ante la insistencia de la señora. La dejó a solas y se fue a la cocina, desde donde la observó para asegurarse que no se desvaneciera. Al poco, Lauren apareció, dirigiéndose a su madre con paso decidido.

—Tenemos una nueva oportunidad —dijo Lauren con una sonrisa. Elizabeth tardó unos segundos en averiguar de qué hablaba su hija. Hacía un par de horas Gilbert le había mencionado que Edward Campbell le había hecho llegar una carta donde le avisaba de su regreso.

—Es cierto, hija. Sin embargo, no podemos pecar de insistencia. Una mujer que va detrás de un hombre ofrece una imagen indecorosa.

Lauren torció el gesto, desanimada por las palabras de su madre. En ese momento fue consciente de que el ímpetu de su juventud le estaba jugando una mala pasada.

—¿Qué podemos hacer? —preguntó cabizbaja.

Elizabeth se giró hacia ella.

—Lo primero de todo, ¿cuáles son tus sentimientos al respecto? Sé sincera, hija.

La pregunta de su madre le pilló desprevenida. ¿Cuándo habían hablado de sentimientos? ¿Qué importancia tenían?

—Yo… Son dos hombres muy apuestos y de buena familia.

—¿A qué te refieres con eso?

Lauren apretó los labios y señaló a su alrededor.

—Mira este lugar, madre. ¿Cuántas oportunidades más tendré de conocer a un hombre que me saque de aquí? Desde que tengo memoria es la primera vez que nos visitan personas así y puede que sea la última. Además, el amor no brota de la nada, hay que cuidarlo para que crezca, ¿no es así? Una vez me lo dijiste.

Elizabeth asintió, pero no pudo reprochar nada a su hija. Se reconocía en cada gesto. Las aspiraciones de Lauren eran las suyas. Edward o Nicholas. En otras condiciones habría reprendido la actitud de su hija, pero las circunstancias la justificaban.

—En ese caso, lo único que está en nuestras manos es procurar que se queden el máximo tiempo posible. Solo así tendrás más opciones.

Al día siguiente, Edward y Nicholas llegaron a media mañana. Violet apareció en el salón y llamó la atención de todos en un primer momento. Hasta entonces nunca se había preocupado de su aspecto, lo consideraba algo secundario. Pero desde que Nicholas se instaurara en el centro de su pensamiento, Violet sentía la necesidad de verse y sentirse bella. Para ello se cepilló el cabello como nunca lo había hecho, luchando contra su encrespamiento y lo fijó con un moño del que no se escapaba ni un solo pelo. También utilizó maquillaje que le pidió a su madre y un poco de perfume. Su repentino cambio no pasó inadvertido. Sus rasgos marcados aportaban intensidad a su mirada. Era bella, pero de manera radicalmente distinta a Lauren.

Nerviosa, mientras aguardaba la llegada de los invitados, se observaba en el reflejo de la ventana, contemplando un rostro que era nuevo para ella, como si una nueva Violet hubiera brotado de su interior. Una Violet mucho más poderosa que la anterior.

—Sigues siendo una pelo de estropajo —le susurró Lauren. Violet no se inmutó. Tomó las palabras de su hermana como una muestra de preocupación por su parte. Ambas intentaban obtener toda la atención de los invitados. Sin embargo, la decepción las colmó a partes iguales, ya que sus expectativas no se vieron cumplidas.

Durante el almuerzo, la conversación giró en torno a los negocios y los conocimientos de botánica que Nicholas pretendía incrementar. Violet no se atrevió a intervenir en la conversación, mientras que Lauren lo hizo sin conseguir nada a cambio.

—¿Ha realizado algún descubrimiento interesante, Nicholas? —preguntó Gilbert. El joven, por su parte, se mostraba cada vez menos timorato. Su fina voz fue ganando aplomo.

—Supongo que todos los descubrimientos son interesantes —dijo Nicholas con una sonrisa.

—Faltaría más —añadió Gilbert.

—Estos días en Invercargill no han sido tan prolíficos como

esperábamos —intervino Edward—. Nicholas estaba muy interesado en ir a la isla Stewart, dicen que hay flora endémica que no puede verse en otros sitios. Por lo que tengo entendido, su hermano Eugene está interesado en construir un exótico jardín en sus tierras y sería muy interesante tener alguna especie del lugar.

Gilbert dio un respingo en el asiento.

—¿Un jardín? —preguntó. Nicholas asintió.

—Así es. Mi hermano ha sido el primero en apoyar mi pasión por la botánica y quiere aprovechar mis conocimientos para embellecer las propiedades de la familia.

—Todo un reto —comentó Gilbert sin fijarse en la agudeza que iba tomando el rostro de Elizabeth.

—¿Conocen a los Byrne? —preguntó Elizabeth de repente.

Los tres hombres se giraron hacia ella. Solo Gilbert conocía el motivo.

—No tengo el placer —respondió Nicholas.

—La memoria no entra en mi ramillete de virtudes —dijo Edward con falsa modestia. Gilbert se mantuvo en silencio y Lauren ocultó con las manos la sonrisa de sus labios, aunque de tal manera que el gesto no llamara la atención de los invitados.

—Son una familia de Dunedin. Pronto regresarán a Gran Bretaña para hacer efectiva la herencia al condado de Byrne —respondió Elizabeth. Gilbert endureció el rostro.

—Desconocía su existencia —expresó Edward encogiendo los hombros, quitándole importancia al asunto.

—La cuestión es la siguiente: los Byrne son igualmente amantes de la botánica. Hablar de sus jardines es hablar de los mismos jardines de Dionisio.

—¿Eso es cierto? —dijo Nicholas—. ¿Cómo no he oído hablar de ese lugar?

Gilbert asintió.

—No son muy sociables que digamos. Son escoceses del norte —contestó.

—¿Escoceses? —preguntó Edward haciendo un gesto de disgusto.

—Empuñarían la espada de William Wallace si tuvieran valentía para ello —concluyó Gilbert. Nicholas se rio ante su ocurrencia.

—Huyen de los prejuicios y palabras como esas no hacen más que reafirmar su parecer —dijo Elizabeth clavando su mirada en su marido. Obviamente, a diferencia de Gilbert, los Byrne sí pertenecían a la alta nobleza pese a que fueran escoceses.

A continuación, se produjo un silencio incómodo que Lauren se encargó de romper.

—Me encantaría visitar ese jardín.

—Puedo intentar hablar con los Byrne, pero es complicado —indicó Gilbert.

—No se molesten —dijo Nicholas—. Somos forasteros en estas tierras, por lo que supongo que podríamos aprovechar el contexto y acercarnos hasta allí para presentarnos. Además, tengo entendido que David Tannok, un jardinero formado en el real Jardín Botánico de Kew, vive en Dunedin —continuó demostrando que el tema le apasionaba—. Entiendo que tiene una colección viva de plantas con valor educativo y también intercambia semillas exóticas. Me encantaría poder conocerlo. Tengo varias especies que he recolectado.

—Excelente idea. Escribiré una carta de presentación esta misma tarde —dijo Edward—. Propondré una visita el día de nuestra partida.

En ese momento, Lauren miró a su madre como si se encontrara al borde de un precipicio. Violet también estaba horrorizada ante la marcha de los invitados, pero su timidez y su inseguridad enmudecían su garganta. Elizabeth vio la expresión de su hija y asintió para tranquilizarla. Pese a lo que pudiera parecer, había conducido la conversación justo a donde quería.

—Espero que no se ofenda por el lamentable estado de nuestro jardín, Nicholas —se disculpó Elizabeth—. A diferencia de usted, mi marido no es hábil en la botánica.

El repentino cambio en la conversación pilló por sorpresa a todos, especialmente a Gilbert. Había estado tan concentrado en agasajar a sus invitados que no había valorado la opción de que su esposa utilizara el jardín. Detrás de cada palabra que pronunciaba Elizabeth veía un puñal dirigido a su persona. Sin embargo, los justificaba alegando que ella necesitaba mucho más, que se merecía todo aquello que él pudiera brindarle, aunque no tuviera los medios para alcanzarlo.

—Como bien dice mi esposa, la culpa del descuido es mía —dijo Gilbert intentando enmendar las palabras de Elizabeth—. Todavía he de terminar la construcción de la parte trasera de la propiedad, pero no ocultaré que en mi mente está el levantar un precioso jardín. Un paraje que perdure durante muchos años.

—Siendo eso así, puede decirse que la presencia de Nicholas es una gran casualidad —dijo Edward.

—¿Qué tenías pensado, Gilbert? —A Elizabeth no se le borraba la sonrisa de los labios. Su esposo había caído en la trampa. Lauren y Violet seguían la conversación en tensión.

—Bueno, era un proyecto a largo plazo, pero me gustaría disponer de un precioso jardín, un vergel con especies exóticas que se convierta en la envidia del jardín botánico de Dunedin

Edward y Nicholas se miraron sorprendidos.

—Un hombre exigente, Gilbert —dijo Edward—. Por otra parte, la exigencia es uno de los ingredientes necesarios para el éxito.

—Soy de los que opinan que hay que aspirar a las estrellas para poder tener el cielo —afirmó Gilbert.

Edward asintió para corroborar sus palabras.

—No quiero ser indiscreta, pero ¿qué mejor momento para iniciar el proyecto que con la presencia aquí de este noble caballero? Su conocimiento puede ser de gran ayuda.

Las palabras de Elizabeth arrinconaron aún más a Gilbert.

—Es nuestro invitado. Lo último que quiero es ponerle en un compromiso.

Nicholas asintió para expresar su gratitud.

—No me parece ninguna osadía por su parte, Gilbert. Después de todo, nos ha abierto las puertas de su casa.

—Estoy de acuerdo, Nicholas —dijo Edward.

Gilbert miró a Elizabeth sin comprender muy bien qué estaba ocurriendo.

—¿Eso significa…?

—No tenía pensado prolongar mucho mi estancia en Nueva Zelanda, pero me encantaría ayudarle en su proyecto. Sobre todo, con la idea de quedarme unos meses y poder recolectar nuevas especies o visitar a Tannok, que entiendo que tiene semillas de Asia. —Nicholas estaba entusiasmado—. Desde mi humilde conocimiento puedo expresarle que hay que saber elegir las distintas especies y maximizar sus cuidados para que las plantas crezcan saludables. Es mucho más complejo de lo que parece y requiere su tiempo.

—Sus palabras llenan mi corazón —dijo Elizabeth.

—Entonces… —Gilbert continuaba un poco perdido.

—Nos quedaremos todo el tiempo que Nicholas considere necesario, Gilbert —sentenció Edward—. Escribiré otra carta para enviarla a Inglaterra y actualizar nuestro plan de ruta. No deberían surgir inconvenientes. En cuanto a mí, aprovecharé el tiempo para realizar negocios por la zona. Puede ser interesante. —Edward miró a Lauren de soslayo. Nadie más, excepto ella, lo advirtió.

—Mi hermano estará orgulloso con que inicie mi primer jardín y después lo replique en Inglaterra —indicó Nicholas.

—Oh, tenga por seguro que el apellido Clifford estará asociado al jardín. Su obra no pasará inadvertida —dijo Elizabeth.

—No es necesario, pero se lo agradezco.

Elizabeth sonrió y desvió su mirada hacia Lauren, cuya alegría desbordaba la sonrisa de sus labios. En ese preciso momento hubiera bailado y cantado para expresar lo feliz que se sentía. Violet, inadvertida como acostumbraba, observó cómo su padre ponía fin al trato con un apretón de manos con los respectivos invitados. La llama de la esperanza continuaba ardiendo en su interior.

CAPÍTULO 14

Los Catlins, 2014

Tras leer cada una de las páginas que habían fotografiado del diario, se quedaron un buen rato en silencio. Había algo extraño en adentrarse de esa manera tan íntima a unos hechos que tuvieron lugar hacía tanto tiempo. Era como si les hubieran contado un secreto que no debían haber escuchado.

Un poco agobiadas por el exceso de información, ajustaron la cuenta de lo que habían consumido y se marcharon hacia el coche.

Caminaban en silencio. Sophia, ceñuda, intentaba descifrar las intenciones de su bisabuela, ya que todavía no habían conseguido averiguar nada. Levantó la mirada y se fijó en el extenso manto verde que se extendía más allá de las casas. El viento parecía manosear la hierba para moverla de un lado a otro.

—¿Qué hacemos? —preguntó.

—¿A qué te refieres?

Sophia se detuvo y señaló el lugar de donde venían.

—Quiero regresar al museo, pero es bastante probable que Mildred ni siquiera nos abra la puerta. Lo más aconsejable sería esperar a mañana.

Decididas a retomar su investigación, al día siguiente se subieron al coche para llegar al hospedaje que habían reservado con anticipación a conocer la casa.

—No pensé que hubiéramos tomado tantas fotografías —dijo Daphne mientras aguardaba a que el semáforo cambiara de color.

—Yo tampoco. Al menos sabemos que parte de lo que nos ha contado Mildred de Nicholas Clifford es cierto. Realmente estuvo en casa de los Clark una temporada.

Daphne asintió pensativa.

—Entonces, si no me equivoco, fue en la casa de los Clark donde ese Nicholas comenzó a pintar. Quizás Violet tuvo algo que ver. Según tu bisabuela, pintaba muy bien. Puede que le enseñara.

—¿Estás segura? Por lo que hemos podido saber esa chica era un poco rara. Casi no hablaba.

—Pero en lo poco que hemos podido leer, Emily deja claro que Violet se estaba obsesionando con Nicholas —dijo Daphne. Sophia se pasó las manos por el rostro.

—Es posible, o no, ¿quién sabe? La verdad es que estoy un poco cansada. La cabeza me da vueltas.

Llegaron al lugar que habían alquilado, que era una pequeña casa sobre un acantilado. Les habían asegurado que desde ahí tendrían la mejor vista de los pingüinos de ojos amarillos, únicos en la zona, y que Daphne fotografió en cuanto tuvo ocasión.

—A Ren le encantará.

Sophia observó los animales desde la ventana, aunque no tardó mucho en dejarse caer sobre la cama, hundiendo su cabeza en la almohada. Mientras tanto, Daphne contemplaba las vistas de Los Catlins bañada por el sol de la tarde.

—Lo cierto es que el tiempo pasa rápido. Apenas pasó un segundo desde que recibí tu llamada y ahora estamos aquí —apuntó Daphne.

—Investigando los secretos de mi bisabuela —añadió Sophia antes de que las dos comenzaran a reír.

Conversaron unos minutos más antes de que el teléfono de

Sophia les interrumpiera. Daphne miró la pantalla sin ocultar su curiosidad. Había recibido varios mensajes a la vez.

—¿Todo bien? —preguntó.

—Sí —contestó Sophia—. Mi familia me envía recuerdos.

En ese momento, el teléfono de Daphne comenzó a sonar. Esta se lamentó, pero era Mika y debía contestar. Hacía rato que no hablaba con ella y quería saber cómo estaba el pequeño.

—No tardo —dijo Daphne mientras abría la puerta que daba a la terraza. Sophia la observó hasta que salió y después se concentró en la pantalla del teléfono. Había recibido tres mensajes. Los dos primeros habían sido enviados hacía un par de horas, pero al poner el teléfono en silencio en el museo no los escuchó. Más tarde, con las fotografías, quedaron en un segundo plano. Sin embargo, al poco de entrar al hotel había vuelto a poner el móvil en sonido, siendo entonces cuando oyó el aviso del tercer mensaje.

El remitente del último era Terry. En su mensaje podía leerse: *Una vez fuimos felices,* acompañado de una fotografía antigua en la que aparecían los dos abrazados. Sophia observó la imagen con seriedad, procurando no revelar sus sentimientos como si Terry pudiera verla a través de la fotografía. Su mano derecha comenzó a palpitar. El odio que sentía hacia Terry se destilaba en su interior dando lugar a sentimientos extraños que la confundían. Terry había sido el principal motivo por el que había tenido que dejar su hogar hacía ya más de diez años. Desde un punto de vista racional, sus sentimientos respecto a él debían reflejar todo el sufrimiento que le ocasionó, sin embargo, la imagen de los dos juntos y felices le evocaba una nostalgia que no podía comprender. Un pinchazo en la mano derecha la hizo salir del embrujo y cerrar el mensaje. Después respiró profundamente.

Acto seguido, lo abrió de nuevo y le contestó:

Sophia:
«Prefiero lo que somos ahora: ¡NADA!».

Terminó de escribir el mensaje con las manos temblorosas y pulsó el botón de enviar antes de que su conciencia le hiciera dar marcha atrás. En cuanto el mensaje se envió, sintió un gran alivio e incluso comenzó a reírse. Todos esos sentimientos que había brotado en su interior al ver la fotografía le parecían absurdos. Decidida a avanzar, atendió a los otros dos mensajes. Uno era de Rebeca, que mostraba un tímido interés en saber qué había sido de ella después de la reunión de ejecutar la herencia.

Sin embargo, Sophia la conocía demasiado bien y sabía las intenciones que se escondían tras su aparente simpatía. La figura maternal había cobrado en ella un significado trágico y amenazante, y como tal, así lo representaba en sus dibujos. Cuando en la academia de arte en Londres le pidieron que realizara una composición donde se reflejara el sentimiento materno, su composición se alejó bastante de lo realizado por el resto de sus compañeros. Las imágenes de ternura, los colores cálidos y símbolos de protección dominaban todas las piezas, excepto la de Sophia. El profesor incluso supuso, en un primer momento, que quizás se había confundido, pero Sophia le dejó claro que lo había entendido a la perfección y que lo que había pintado se correspondía a con su percepción de lo materno. Su lienzo mostraba una calle a oscuras donde una única farola regalaba una luz deprimente. Bajo ese halo de claridad, un payaso de sonrisa desquiciada y ojos brillantes le ofrecía a un niño un globo medio inflado que apenas se elevaba en el aire. Cuando todas las obras fueron expuestas, solo la de Sophia fue adquirida por trescientas libras.

Desde su punto de vista, nada mejor representaba a su madre que un terrorífico payaso que utiliza la falsa sonrisa para atraer a un niño inocente. En el fondo pensaba que su hermano no era más que una víctima asustada e incapaz de enfrentarse a ella; una extraña variante del síndrome de Estocolmo.

Respondió a su madre que se encontraba bien y que pronto regresaría a Londres. Fue escueta en sus palabras, aunque eso no le preocupaba. Después miró el último de los mensajes: era de su hermano David, seguramente instigado por su madre. Este le recriminaba su actitud y le instaba a reunirse de nuevo con ellos. La respuesta de Sophia fue tajante:

«¡*Vete a la mierda!*»

Tras atravesar este altibajo de emociones, se dejó caer nuevamente sobre la cama, igual que si hubiera corrido una maratón. Aunque pensó que lo vivido las últimas horas podía llegar a ser mucho más agotador. Fue en ese momento cuando advirtió lo mucho que había cambiado desde la última vez que estuvo en Nueva Zelanda. Diez años atrás no habría sido capaz de enfrentarse así a Terry y a su madre, por entonces habría agachado la cabeza sin más. No podía evitar el sentirse orgullosa. Por primera vez en mucho tiempo experimentaba el control total de su destino, aunque el vértigo que experimentaba la acongojaba.

—¿Te encuentras bien? —preguntó Daphne. Estaba de pie junto a la puerta que conducía a la terraza con el teléfono en la mano. Sophia se incorporó y se apartó el pelo del rostro.

—Perfectamente —contestó con una media sonrisa.

Daphne asintió incómoda. Había escuchado la notificación de mensaje del teléfono de Sophia, pero no sabía hasta qué punto debía entrometerse en sus asuntos. Había pasado mucho tiempo desde la última vez.

—No debes preocuparte por Terry —dijo Sophia mostrándole el móvil a su amiga. Daphne leyó el mensaje que Sophia le había escrito a Terry, sintiéndose estúpida por haber desconfiado de su amiga.

—Lo siento, Sophia. Es solo que… No quiero que vuelva a hacerte daño.

—Puedes estar tranquila. Es posible que, después de todo, haya madurado estos últimos años en Inglaterra. El trabajo como niñera endurece a cualquiera.

Daphne sonrió.

—Sí, eso parece.

Se levantaron temprano a la mañana siguiente. Pasar una noche en Los Catlins no era problema, pero Sophia era consciente de que

Daphne tenía una familia y de que no podía exigirle todo su tiempo. De hecho, cuando sonó el despertador, pensó en qué sentido tenía todo aquello. El trámite legal que era la herencia de su padre había finalizado, por lo que podía regresar a Inglaterra para continuar con su vida. Pero ¿iba a dejar de nuevo su pasado atrás?

Pensó incluso en escribirle a Bridget para avisarle de que estaría de vuelta en uno o dos días a lo sumo, pero finalmente optó por esperar acontecimientos. Estaba convencida de que su bisabuela no formó todo aquel entramado legal solo para que ella encontrara el viejo diario.

Desayunaron en la cafetería del lugar y después pusieron rumbo de nuevo al museo de la familia Clark. En esta ocasión, mientras se dirigían hacia allí, experimentaba la extraña sensación de regresar a un lugar familiar; una sensación absurda si lo pensaba fríamente. Las descripciones y la manera de escribir de su bisabuela habían conseguido transmitir infinidad de detalles. Incluso cuando cerraba los ojos podía imaginarse el día a día en casa de los Clark: el rostro serio de Gilbert, la frustración de Elizabeth, la belleza de Lauren y la mirada soñadora de Violet. No sabía por qué se imaginaba a esta última con un aura bucólica en torno a su figura, pero de alguna manera sabía que no iba muy desencaminada. El hecho de que fuese una apasionada de la pintura le hacía empatizar con ella.

—Vamos a ver qué tiene que contarnos la reina de Inglaterra —dijo Daphne mientras estacionaba el coche.

—Seamos todo lo educadas que podamos. Tenemos que conseguir que nos deje acceder al diario otra vez y mirar bien si vemos el peinador caoba —añadió Sophia.

Bajaron del coche y se acercaron a la puerta metálica de entrada. Sophia la empujó convencida de que iba a abrirse, pero para su sorpresa se encontró con que la puerta no retrocedió ni un solo centímetro.

—¿Qué ocurre? —preguntó Daphne.

—¡Está cerrada! —exclamó Sophia empujando la puerta con todas sus fuerzas.

—No puede ser. Son las once de la mañana. Según el horario, el museo está abierto.

—Inténtalo tú.

Sophia se echó a un lado y Daphne arremetió contra la puerta, pero lo único que consiguió fue un ruido seco y metálico que retumbó en el silencio de la calle.

—Tienes razón. Está cerrada —afirmó con desconcierto. No habían valorado esa posibilidad.

—¿Crees que lo ha hecho adrede?

—Apostaría por ello, Sophia.

Intentaron de nuevo empujar la puerta, pero finalmente se convencieron de que era inútil.

—No puedo creer que esa mujer haya cerrado el museo —bramó Sophia. Estaba decepcionada y furiosa a partes iguales.

—¿Hola? —gritó Daphne con la cabeza metida entre los barrotes de la puerta.

Las dos miraron esperanzadas hacia el vergel que se alzaba delante de la casa.

—Creo que he oído algo —dijo Daphne.

Al cabo de unos segundos, la figura de Mildred surgió por uno de los lados de la vegetación. Caminaba despacio, calmada, como si no ocurriese nada extraordinario.

—Buenos días. ¿Qué desean? —El tono de su voz era el de una persona que se dirige a dos desconocidos, lo cual era absurdo. ¿Quién más iba a visitar aquel museo perdido?

—¡Mildred! ¿Se acuerda de nosotras? Ayer visitamos el museo —dijo Sophia.

Sin cambiar su gesto, Mildred se acercó lentamente a la puerta. Tenía los brazos cruzados y su mirada dejaba claro lo que pensaba acerca de la presencia de las dos jóvenes al otro lado de la puerta.

—El museo está cerrado. Vuelvan otro día.

Daphne y Sophia se miraron sin comprender nada.

—¿Cómo que está cerrado? —preguntó Daphne.

Mildred la miró de arriba abajo.

—Faltaría más que tuviera que dar explicaciones a dos desconocidas.

Sophia, consciente de lo mucho que dependían de ella, intentó calmar los ánimos.

—Está bien. Está bien. ¿Cuándo abrirá? Nos gustaría volver a visitarlo.

—Tal vez mañana.

—¿Tal vez?

—¡Daphne! —le reprendió Sophia. Su amiga apretó los labios y se retiró de la puerta dispuesta a mantenerse al margen.

—Volveremos mañana.

—Hagan lo que quieran.

Dicho esto, Mildred se retiró con su paso acelerado pero correcto. Sophia la observó hasta que desapareció al otro lado de los árboles.

—Esa mujer nos desprecia porque no somos inglesas, Sophia. Es evidente.

—No digas tonterías, Daphne. Tendrá sus razones, pero no creo que sea por eso.

—¿Es que no has visto lo que acaba de ocurrir? Es mucha casualidad que cierre el museo el día siguiente de nuestra visita. Además, ya escuchaste a la anciana de la tienda.

—Me niego a aceptar que Mildred pueda tener un papel determinante en todo esto. Regresaremos mañana y si no ya pensaremos qué hacer. Pero no pienso renunciar a ese diario tan fácilmente.

Daphne, con los brazos en jarra, miró a su amiga sorprendida.

—¿Qué se supone que podemos hacer si no nos deja entrar? ¿Acaso pretendes saltar el muro y colarte en la casa?

—Es una posibilidad.

—Pues sí que has cambiado.

La frustración dio paso a la risa en Sophia y Daphne. Montaron de nuevo en el coche y pusieron rumbo a la casa heredada. No quedaban muchas más opciones.

—¿Has pensado ya qué vas a hacer con la casa?

Sophia ladeó la cabeza.

—Me la quedaré hasta que averigüe lo que deba averiguar. Después, no lo sé; no lo he pensado. Confío en que el tiempo me diga qué hacer. Suena un poco desesperado, pero no se me ocurre nada mejor. Muy filosófica, lo sé —bromeó Sophia.

—Siempre has sido muy filosófica —respondió Daphne sonriendo—. Por cierto, acabo de recordar a Kora. Estaría fantástico si pudiéramos encontrarla y hablar con ella. Estoy segura de que nos será útil.

—¿Tú crees? Quizás no quiero averiguarlo —dijo Sophia.

—No tenemos otra cosa que hacer. ¿Se te ocurre algo?

Sophia encogió los hombros.

—No mucho. La única opción que se me ocurre es que viva en la casa que hay al otro lado del jardín.

—Sigues con esa teoría, ¿verdad?

—Tú viste la valla que separaba las dos propiedades. Simplemente, no encaja en el lugar. Es como si la hubieran puesto ahí de cualquier manera —dijo Sophia.

—Bueno, aunque estés en lo cierto, la mujer de la tienda dijo que era una buena chica. Seguramente solo se encargaba del cuidado de la casa.

Sophia frunció el ceño.

—¿A qué te refieres? —preguntó.

—Oh, vamos. Te volviste loca ante la idea de que esa Kora mantuviese una relación íntima con tu padre, ¿acaso me equivoco?

—No, en eso tienes razón. Me dejé llevar, pero no es algo que me preocupe en este momento. Mi padre idolatraba a mi madre, quizás hasta demasiado. Sé que nunca habría sido capaz de serle infiel. Pero, aun así, no puedes negarme que resulta extraño que tu padre tenga una empleada de la que nadie más en el mundo conoce su existencia. Cuanto menos te hace reflexionar.

—En eso estás en lo cierto. Lo extraño es que no hayas enloquecido con todo eso. Yo no paro de darle vueltas —finalizó Daphne.

CAPÍTULO 15

K ora se asomó a la ventana en cuanto escuchó a un coche detenerse frente a la casa de Archie. El día anterior había visto merodear a dos jóvenes en el jardín y mirar fijamente hacia su casa. Habían regresado y el no saber exactamente qué las traía hasta allí la mantenía al borde de un ataque de nervios. Archie le había dejado todas las instrucciones a seguir tras su muerte y estaba dispuesta a seguirlas a rajatabla, pero de lo que no tenía ni idea era cómo iba a comportarse la hija ni cómo iba a reaccionar cuando la conociera.

Cogió aire y lo expulsó lentamente. Sabía lo que tenía que hacer, por lo que intentó mentalizarse de que sus nervios carecían de sentido. Se aseguró de cerrar la cortina lo máximo posible para que no pudieran advertir su presencia y se mantuvo quieta, como una estatua, sin apenas respirar. Esperó unos minutos que le resultaron eternos, pero finalmente vio cómo las dos jóvenes del día anterior estaban de nuevo en la parte trasera del jardín y señalaban hacia su casa. Su nerviosismo se tradujo en un temblor que la hizo alejarse de la ventana para evitar revelar su posición antes de tiempo. Si por algún motivo las jóvenes optaban por alejarse otra vez, ella no se opondría; no tenía inconveniente alguno en retrasar el encuentro. Tenía que estar preparada.

Amparada por la oscuridad del interior, afinó la mirada. Las dos jóvenes parecían estar hablando de su casa, a la cual no cesaban de señalar. Una estaba convencida de dirigirse hacia allí, mientras que la otra no parecía tenerlas todas consigo. Sin embargo, prevaleció la opinión de la primera para desagrado de Kora. Atravesaron la valla y se acercó hacia la puerta. Kora las observó hasta que se encontraban tan cerca que escaparon de su ángulo de visión.

—Maldita sea —susurró.

Mientras tanto, las dos jóvenes comenzaron a hablar. Podía escucharlas perfectamente. Seguían sin estar de acuerdo.

—No es buena idea, Sophia. No sabemos quién vive aquí.

Kora escuchó el nombre de Sophia y sintió cómo los latidos de su corazón se aceleraban. Era la hija de Archie, a quien estaba esperando desde que tuviera noticia de su fallecimiento. Poco antes de eso, Archie se puso en contacto con ella para explicarle cómo debía actuar tras su muerte. Por ello, su luto se tiñó de tristeza e incertidumbre al mismo tiempo. Los temblores de su cuerpo se incrementaron. Realmente estaba a punto de conocerla. Estaba nerviosa de lo que pensaría de ella.

—Tenemos que arriesgarnos, Daphne. Debo hacerlo. Lo peor que puede pasar es que tengamos que disculparnos o salir corriendo.

—Eres la mejor animadora que conozco. Salir corriendo, ¿acaso puede ir mal?

Justo entonces sonaron varios golpes en la puerta. Kora miró hacia allí con terror. Después, miró hacia el interior y comprobó que todo estuviera más o menos en orden. Había ropa sobre las sillas, un par de platos sucios sobre la mesa y su guitarra en el piso, pero nada alarmante. En los últimos meses, había aprendido a ser un poco más ordenada. Además, Archie había sido tajante y ella debía cumplir su promesa; no había excusas.

Se ajustó el gorro, que moría casi a la altura de sus cejas, y se acercó a la puerta. Las manos le temblaban ligeramente. Desde el otro lado provenían susurros confusos.

Llegaba el momento que tanto había temido.

En cuanto la puerta comenzó a abrirse, lentamente, las dos amigas se pusieron en tensión. Al otro lado, fundiéndose con la oscuridad del interior, había una joven menuda y con rostro asustadizo. En su cuello lucía un gran tatuaje negro de un helecho. Para nada la imagen que ellas tenían en mente.

—¿Qué desean? —preguntó Kora. Una simple mirada le fue suficiente para reconocer rasgos de Archie en la mujer que tenía enfrente: sin duda, era su hija.

—Perdona que te molestemos. Me llamo Sophia y soy la hija de Archie Watson. El propietario de la casa que hay al otro lado. —Tragó saliva—. Mi padre falleció hace poco y recibí la casa en herencia.

Kora asintió sin retirar la mirada de Sophia. Se fijó en que tenía los ojos vidriosos. No había dudas.

—Lo sé. Lo lamento mucho.

—Te lo agradezco —dijo Sophia—. Verás, estamos buscando a una mujer llamada Kora, ¿la conoces?

Esta movió la cabeza de arriba abajo y dijo:

—Soy yo.

Daphne y Sophia se miraron.

—¿Tú eres Kora? ¿La mujer que se encarga del mantenimiento de la casa?

—Así es.

Sophia no daba crédito. La joven que tenía frente a sí no contaba más de veintipocos años, aunque su aspecto sin duda le añadía más edad de la que realmente tenía. La delgadez remarcaba sus facciones añadiendo profundidad a su mirada y su piel blanquecina revelaba que no solía darle mucho el sol, remarcando su aspecto lechoso. El tatuaje de su cuello era maorí, lo que era una contradicción a su pequeño cuerpo y los cabellos casi blancos que sobresalían de su gorro. A todo ello se sumaba la ropa que vestía: unos pantalones vaqueros repletos de agujeros y una sudadera, varias tallas por encima de la que le correspondería. Pero, aparte del aspecto, lo que más desconcertaba a Sophia era por qué su padre le confió el cuidado de la casa a esa joven de aspecto tan peculiar.

—Sé que no te servirá de consuelo, pero tu padre era una gran persona —dijo Kora con la mirada clavada en el suelo.

—Y también una caja de sorpresas. Soy Daphne, por cierto.

Ambas se estrecharon la mano.

—Ella es…

—¡Sophia! —interrumpió Kora—. Lo he sabido nada más verla. Te pareces mucho a tu padre.

Sophia hizo un gesto de orgullo y después se giró para mirar hacia la casa.

—Así que te encargas de cuidar todo esto.

—Así es. Procuro mantenerlo todo limpio y en buen estado.

—No quiero resultar impertinente, pero ¿cuánto tiempo has trabajado para mi padre? —insistió Sophia.

—No te preocupes. Un par de años, no soy muy buena con las fechas. Aunque no te lo creas, soy pariente de tu padre. Estaba en un mal momento y el destino quiso que nos encontráramos.

—¿Parientes? —preguntó Daphne obviando todo lo demás.

—La casa pertenecía a mi bisabuela Emily —dijo Kora.

Sophia estaba boquiabierta.

—¿Tu bisabuela Emily? ¿Emily Brown?

Kora asintió con suma tranquilidad, ajena a la sorpresa que expresaba Sophia.

—Mi abuelo era Joseph Smith, hijo de Emily —añadió Kora.

—Ese es… Joseph era mi tío abuelo. Murió muy joven —dijo Sophia—. ¿Por qué nunca he sabido nada de ti?

Kora encogió los hombros.

—Después de la muerte de mi abuelo, mi abuela Audrey se fue a vivir con su familia, y perdimos todo contacto con la otra parte. Y bueno, me enteré hace poco quién era mi padre. Pero eso es otra historia.

—Esto es un poco complicado —expuso Daphne. Kora sonrió

por primera vez en presencia de ellas. Al hacerlo, Sophia advirtió que era más joven de lo que parecía.

—Es complejo, sí.

Sophia no paraba de darle vueltas a la cabeza.

—Lo siento, pero no entiendo nada. Si prácticamente no sabíamos nada de ti, ¿cómo acabaste trabajando para mi padre?

Kora, consciente de lo mucho que se estaba enredando la conversación, decidió poner un poco de calma. Archie Watson le había dado unas instrucciones que debía seguir tras su fallecimiento. Sabía lo que tenía que hacer, por lo que se ciñó a seguir cada una de sus indicaciones. Las invitó a pasar al interior y les ofreció algo de beber, aunque tanto Daphne como Sophia declinaron amablemente la oferta.

Ambas se sorprendieron de las pocas cosas que había en el interior de la casa, cuya temperatura era igual o menor a la del exterior. Además, como se adivinaba desde fuera, las cortinas estaban echadas y reinaba un ambiente oscuro que Kora trató de contrarrestar levantando rápidamente una de las persianas.

—Lamento mucho cómo está todo, pero no suelo recibir muchas visitas.

Daphne le quitó importancia.

—No te preocupes. Cuando tienes un niño te olvidas de lo que es el orden.

—¿Esta casa…?

—También es de tu padre —interrumpió Kora a Sophia. Esta asintió y se fijó en los cuadros que decoraban las paredes. Eran muy parecidos a los que habían visto en la otra casa y en el museo.

—Esos cuadros, ¿de quién son? —preguntó Sophia.

—Me los dio tu padre cuando llegué. Pero por lo que me dijo, pertenecían a un tal Nicholas Clifford, un pintor que está muy valorado hoy en día. Emily los tenía en gran estima, y como yo también era su bisnieta, decidió que me quedara con algunos.

Daphne y Sophia se miraron con complicidad.

—Sí, sabemos quién es ese Lord Clifford —dijo Daphne.

Kora se quedó observándolos.

—Tuve problemas con tu padre cuando vendí uno de los cuadros. No fue hace mucho tiempo. Por esa época estaba necesitada de dinero y puse un anuncio en internet. Un hombre me ofreció cinco mil dólares. Jamás había visto semejante cantidad de dinero, por lo que acepté de inmediato. Cuando tu padre se enteró me reprendió duramente y me dijo que si necesitaba dinero se lo pidiese a él.

—No tenía ni idea. ¿Para qué necesitabas tanto dinero? —preguntó Sophia. Casi al mismo tiempo, Daphne le daba un ligero codazo, pero no pudo evitar que formulara la pregunta. A diferencia de su amiga, Daphne sí que había podido deducir cuáles eran esos problemas a los que se había referido Kora.

Esta agachó el rostro y se quedó unos segundos mirando hacia el suelo, como si estuviera buscando las palabras adecuadas. La realidad era que Kora se avergonzaba de su pasado y consideraba que su vida no era más que una rama torcida a raíz de esos malos tiempos. Pensaba que sus años de adicción le mantendrían atada, que la gente con solo mirarla podría reconocer su oscuro pasado. Esto le había imprimido un carácter austero y en cierta medida incisivo, una manera de protegerse del resto del mundo.

—Tuve problemas con las drogas hace muchos años. Prácticamente desde los diecisiete. Por eso vendí el cuadro. Tenía muchas deudas y solo pensaba en largarme de aquí, así que creí que a tu padre no le importaría. Pero no fue así. Nunca lo vi tan enojado como aquel día. Me hizo jurar que no volvería a fallarle y desde entonces he cumplido mi promesa. Sé que al contarte esto puedes desconfiar de mí, pero lo justo es que sepas toda la verdad.

Sophia observó el temblor generalizado que dominaba el cuerpo de Kora. Su delgadez y su aparente fragilidad encajaban a la perfección con el pasado que acababa de describir. Sin embargo, la desconfianza mencionada por Kora no se despertó en Sophia, sino todo lo contrario.

—No tienes que justificarte ante nosotras, Kora —dijo Sophia. Daphne reafirmó las palabras de su amiga.

—Por supuesto. No estamos aquí para juzgarte ni mucho menos. Estamos aquí porque a su bisabuela le gustaba jugar a los acertijos.

Kora y Sophia rieron al unísono, aunque la primera no comprendía bien a qué se refería. Además, pronto su mueca de alegría se transformó en una seria. Su repentino cambio de humor no pasó desapercibido. Pudieron percibir el temor que acechaba a Kora desde hacía días.

—¿Sucede algo? —preguntó Sophia.

—No, es solo que… Me gusta vivir aquí. Es muy tranquilo y los vecinos son bondadosos conmigo. Lo echaré de menos.

Sophia negó con la cabeza. No había tomado una decisión definitiva al respecto, pero la presencia de Kora era suficiente para no desprenderse de la propiedad por el momento. Lo último que quería era dejar en la calle a esa joven que, además, era pariente suya.

—Seguirás viviendo aquí, Kora. No hemos venido a echarte de tu casa.

El rostro de Kora se iluminó.

—¿De verdad? Yo creía…

—Creías mal —dijo Daphne con una sonrisa.

Kora no pudo evitar sonreír. Al hacerlo, su rostro transmitía una alegría desbordante, de igual manera que una pequeña bombilla podía alumbrar una estancia a oscuras.

—Me han alegrado el día. Archie no me aclaró que sería de mí después de... ya sabes.

—¿Tú sabías que estaba enfermo? —preguntó Sophia. La joven asintió.

—Me lo contó unas semanas antes del final. También me aseguró que su hija Sophia vendría en mi busca. No sé cómo se las ingenió, pero acertó de pleno.

Daphne y Sophia volvieron a mirarse. Pese a que andaban a ciegas, sus pasos parecían seguir una ruta preestablecida con un fin que todavía desconocían.

—¿Te contó algo más? —preguntó Sophia esperanzada.

Kora encogió los hombros.

—Que te ayudara en todo lo posible. Me dijo que probablemente vendrías con muchas preguntas y que necesitarías ayuda. No sé cómo puedo ayudarte, pero él insistió mucho en ello.

—Más piezas para el puzzle. ¿Es que esto no se va a acabar nunca? —dijo Daphne.

—¿A qué te refieres? —preguntó Kora.

—¿No sabes nada? —intervino Sophia.

—¿De qué?

Sophia y Daphne se miraron. El secretismo que rodeaba todo lo relacionado con Emily comenzaba a pesarles.

Archie le había pedido a Kora que las ayudara, pero no le había especificado el cómo. La idea inicial de su padre era que conociera la casa y leyera las cartas que le dejó antes de morir, cumpliendo la promesa que le había hecho a su abuela y no que se viera envuelta en una historia con muchos secretos y cabos sueltos.

Sophia pensó que tal vez Kora tuviera información sin ni siquiera ser consciente de ello. Supuso que, por las pocas palabras que habían cruzado, ella no conocía nada de su familia paterna, por lo que decidió ponerla al día. No era fácil de explicar, pero no les quedaba más remedio. Paso a paso, le relató todo lo ocurrido después del funeral de su padre: la caja, la carta que albergaba en su interior, la desconocida casa de Los Catlins y en definitiva todo hasta esa misma mañana en la que se habían conocido.

—¿Sabías algo de todo esto? —preguntó Daphne.

—Lo siento, pero jamás había escuchado hablar de toda esta historia —respondió Kora—. Aunque les parezca sorprendente, me alegra conocer una parte de mi historia familiar, incluso si era una historia a la que no debía pertenecer.

Sophia la miró con cara de querer preguntar más, pero se detuvo para no ser imprudente.

Kora suspiró al darse cuenta de que estaba siendo ambigua, aunque tampoco quería alargarse mucho con su historia familiar.

—Sé que es raro todo esto, pero les haré una versión corta para que se hagan una idea —dijo Kora levantándose para rellenar su taza—. La parte de la muerte de mi abuelo Joseph la conocí hace unos años por Archie, que tampoco es que supiera mucho. Lo único que yo sabía al momento de llegar a Los Catlins era que quería averiguar de dónde venía. De alguna manera pensé que el origen de todos mis problemas era no haber encontrado mi lugar en el mundo.

—¿Cuántos años llevas aquí? —preguntó Daphne.

—Unos tres años. La verdad que me he mantenido bastante bien con lo poco que he sabido de mi vida. Encontrar a Archie fue una salvación, pues hacía un tiempo que me sentía perdida. Mi padre, el que me crio, había muerto hacía unos cinco años y yo no supe qué hacer. Por entonces comencé a buscar a mi padre biológico, lo que fue aún peor.

—Eso quiere decir que tú no supiste quién era tu padre biológico hasta hace muy poco —dijo Sophia.

—Te daré un resumen porque no quiero perder toda la tarde con mis temas. Ya habrá tiempo de profundizar si es necesario.

Sophia y Daphne asintieron. Los Catlins parecían estar repletos de historias interesantes esperando ser oídas. ¿Acaso estaba todo relacionado en torno a la figura de Emily?

—Hasta los dos años me crie con mi madre soltera en Wellington. Luego ella se casó con el hombre que fue mi figura paterna hasta los quince; mi madre había fallecido también un par de años atrás. —Kora tomó aire y continuó—: Cuando él falleció mi mundo se vino abajo y yo no supe qué hacer, por lo que me metí en cosas que no debía.

Sophia y Daphne se miraron cuando Kora se volteó a buscar su bolsa, ya que intuían qué podía ser. Kora sacó una foto y se la mostró, donde aparecían los tres. El hombre sonreía y era moreno muy grande; pensaron que seguramente era maorí. Una mujer estaba a su lado y una pequeña niña de cabellos casi blancos que debía ser Kora sonreía junto a ellos.

—Después de un par de años de andar de aquí y allá, pensé en buscar a mi padre biológico. Mi madre me contó alguna vez cómo se llamaba, pero nunca me interesó saber de él, no lo necesitaba. —Kora guardó la foto con cuidado—. Lo encontré, no me creyó. Hicimos una prueba de ADN y efectivamente era mi padre. Él dijo que no creía en esas pruebas. Al final lo dejé estar, no me interesaba estar donde no me quisieran.

»Lo poco que averigüé, es que mi familia paterna antes había vivido en Los Catlins. Me trasladé, estuve haciendo preguntas, pero no quedaba nadie de esta familia. Después me quedé aquí porque me sentía bien. Fue algo que en parte me ayudó a mantenerme en paz. Podría decirse que este lugar me acogió.

—¿Cómo diste con mi papá? —preguntó Sophia—. Él vivía en Auckland.

—Otra casualidad. Como llevaba mucho tiempo por aquí, algunas personas me conocían y sabían que tu papá venía unas dos veces al año para ver la casa.

Sophia y Daphne se miraron, pues ni sospechaban que Archie hiciera esas cosas a escondidas de Rebeca.

—Así es que la señora del negocio un día me avisó que él estaba aquí. Vine, me presenté y no dudó ni un segundo de lo que yo le contaba —narró Kora con lágrimas en los ojos—. Dijo que no necesitaba demostrar nada, porque yo le recordaba mucho a su hija.

Sophia se emocionó, pero intentó disimular. Miró a Kora y aunque no había parecido físico, quizás su padre vio algo en ella.

—Ahora que te veo, no sé de qué hablaba Archie. —Kora sonrió —. Pero siempre me decía que quería que nos conociéramos. Estaba convencido de que nos llevaríamos bien.

Daphne miraba a la una y a la otra y no sabía qué decir. Se levantó y fue a la cocina.

—¿Puedo sacar agua? —preguntó Daphne. Kora asintió.

—Después de eso he estado aquí y todo ha marchado relativamente bien —finalizó Kora.

—Lamento lo que has tenido que pasar —dijo Sophia—. Pero me alegro de que te hayas encontrado con mi padre.

—¿Te llamas Kora? ¿Ese nombre es maorí? —preguntó Daphne. Kora sonrió.

—Cuando mi padre me adoptó decidieron cambiar también mi nombre. Antes me llamaba Coraline —dijo Kora tomándose la frente y meneando la cabeza—. Pero a los cinco años pasé a ser Kora Kaipara, hija de Rongo Kaipara. Es lo mejor que me ha pasado.

Las tres sonrieron. Daphne le apuntó el cuello.

—¿Y esos tatuajes? ¿También son maorí?

Kora se tomó el cuello y asintió.

—Son dos hojas del helecho Koru, que representa el crecimiento personal, la evolución y el despertar de la conciencia.

—Es muy bonito —dijo Sophia observándolos más de cerca—. Nunca me atreví a hacerme un tatuaje.

Kora sonrió y se quedó mirando la guitarra que había al otro lado del salón. Sophia se percató.

—¿Es tuya? —preguntó.

Kora asintió.

—Podría decirse que es lo único que me gusta. Me encanta tocar el ukelele, la guitarra y cantar. Mi música preferida es el rock, y más aún si es de los noventa.

Sophia le dedicó una sonrisa y Daphne se acercó hasta la guitarra.

—Yo trabajo en decoración, tengo una pareja y un hijo de tres años llamado Ren —finalizó Daphne—. Pero volvamos a la misteriosa señora Emily Smith, su bisabuela, y tratemos de entender todo esto que hemos conocido. ¿Conoces a Mildred, Kora?

Kora asintió con un mal gesto.

—Claro. Intenté visitar el museo en un par de ocasiones cuando me trasladé aquí, pero no me permitió la entrada.

—¡Menuda arpía! —dijo Daphne. Las tres se rieron.

—¿Tú sabes si mi padre visitó el museo? —preguntó Sophia.

—No puedo asegurarlo, pero al menos sabía de su existencia.

Sophia se quedó boquiabierta mientras intentaba asimilar la información que llegaba a sus oídos. Le parecía extraño que si su padre realmente visitó el museo, no dejara testimonio alguno de ello, lo que le habría facilitado mucho las cosas. Por mucho que avanzara, lo único que conseguía era multiplicar las preguntas y las dudas. Por otra parte, Kora también estaba un poco confusa, ya que no entendía bien cuál era la intención de Daphne y Sophia. Entre las tres se instauró un silencio incómodo que Daphne se encargó de romper.

—Entonces, si todos estos cuadros pertenecen a Nicholas Clifford y son tan valiosos, hay una pequeña fortuna, ¿no es así?

—Más bien una gran fortuna. Archie me dijo que cinco mil dólares era un precio irrisorio por el cuadro. Le seguí el rastro y tenía razón: acabó subastándose por más de cien mil libras.

—¡Madre mía! —exclamó Daphne.

—¿Has dicho libras? ¿Se subastó en Inglaterra? —preguntó Sophia.

—Así es.

Sin embargo, a Sophia el aspecto económico le importaba bien poco. Lo que hacía arder las entrañas era que el cuadro se había subastado durante su estancia en Inglaterra. Puede que incluso hubiera tenido noticias al respecto.

—¿Quién te compró la pintura?

—Un inglés. Hablamos poco y no me facilitó su nombre, pero estaba muy interesado. Puse un anuncio en internet y a las pocas horas me ofreció los cinco mil dólares. Me envió la mitad del dinero nada más acordar la venta y la otra mitad cuando le llegó el lienzo a Inglaterra. Quiso saber si tenía más obras de Nicholas Clifford, pero fue entonces cuando tu padre lo descubrió y me reprendió por ello. No volví a contestarle.

—Lo más probable es que fuera un coleccionista sin escrúpulos. Sé de lo que hablo —dijo Sophia—. Ese hombre sabía que no conocías el valor de la obra y trató de aprovecharse. Es algo muy típico en el mundo del arte.

—Pero ¿tú eres artista? —preguntó Kora.

Sophia movió la cabeza de un lado a otro. Daphne se fijó en su reacción.

—Me gusta pintar. Trabajo en una galería de arte, en Londres.

Kora se sorprendió.

—Menuda casualidad.

—Y que lo digas —dijo Sophia.

—La cabeza me da vueltas —comentó Daphne. Sophia la miró con media sonrisa.

—¿Y dónde estará el famoso peinador de caoba? Si encontramos el último diario, ahí se resolverá todo este misterio —indicó Sophia —. Venimos del museo de los Clark, pero no hemos tenido mucha suerte con Mildred.

—Es una mujer interesante —añadió Daphne con sarcasmo.

—Sí, pese a no tratar con casi nadie de por aquí, Mildred es conocida en el lugar por su simpatía —dijo Kora—. En cuanto al siguiente paso, como te dije, tu padre me dio instrucciones para que te ayudara en todo lo posible, pero no fue concreto.

—¿Qué harías si estuvieras en nuestro lugar?

La pregunta de Daphne pilló por sorpresa a Kora. De repente fue consciente de que la estaban tratando como a una persona normal: no la juzgaban, ni infravaloraban sus palabras, ni cuestionaban su aspecto, y lo mejor, no la habían corrido de la casa. Aquello que tanto había temido mientras esperaba a que llegara la hija de Archie no había ocurrido.

—¿Yo? Pues, yo le insistiría a Mildred.

Sophia asintió.

—No tenemos otra opción.

CAPÍTULO 16

Una vez acordaron que debían regresar al museo, Sophia dijo que quería partir lo antes posible, siendo Daphne la que añadió un poco de calma.

—No nos conviene alterar a esa mujer, Sophia. Esperemos un par de horas al menos.

Sophia escuchó a su amiga con el gesto torcido, pero sabía que tenía razón. Era consciente que presionar a Mildred tenía sus riesgos, entre los que se encontraba el que les cerrara las puertas definitivamente.

—Tengo un par de latas de refresco en la nevera —dijo Kora con suma molestia. Resultaba evidente que le avergonzaba no tener nada más que ofrecer.

—No te preocupes, Kora. Iremos a comprar algo a la tienda que hay justo al lado del museo y haremos tiempo.

—¿Te refieres a la tienda de Theresa? —preguntó Kora.

Sophia y Daphne se miraron. Contestó la segunda.

—¿Theresa es una anciana?

Kora se rio.

—Sí, la misma. Además, no hay otra tienda por ahí.

—Pues salgamos ya —dijo Sophia, más alterada que el resto—. ¿Te esperamos, Kora?

La joven la miró atónita. ¿Había escuchado bien?

—¿Cómo?

—Que si quieres venir con nosotras.

Kora las observó, pero para ellas aquello no tenía nada de extraordinario.

—Sí, solo… las llaves. Cogeré las llaves y estoy lista.

Cuando llegaron a la tienda encontraron a la anciana en la misma postura, agujas en mano. Cuando entraron al establecimiento, Theresa sonrió al instante al reconocer, en último lugar, a Kora.

—¿Ya se conocieron? ¡Qué lindo! —exclamó.

Kora estaba sonrojada y con la mirada clavada en el suelo. Algunos vecinos —entre los que se encontraba Theresa— conocían sus problemas con las adicciones e incluso la habían ayudado. Pese a la actitud reservada de la joven, le tenían afecto y sabían que no era más que una muchacha a la que la vida no le había sonreído.

—Mucho más que eso. Estas dos jovencitas son parientes, ¿qué le parece? —dijo Daphne señalando a Kora y a Sophia.

—¿Qué me dicen…?

—Emily era nuestra bisabuela —aclaró Sophia.

—Me alegro mucho por ustedes —afirmó la anciana poniéndose las manos sobre el pecho, con los ojos ligeramente brillosos. Ver a Kora así le causaba una gran emoción.

—Vamos a tomar unos refrescos ahí fuera —dijo Daphne.

Cuando ya estaban sentadas y después de que Kora les hablara un poco más del lugar, la conversación volvió a centrarse en Mildred. Sophia insistía en encontrar las palabras adecuadas para que esta les abriera las puertas. Sin embargo, la complicada personalidad de la mujer hacía difícil cualquier estrategia.

—Yo debo mantenerme al margen —dijo Kora.

—¿Y eso por qué? —preguntó Sophia.

—Mildred jamás me permitirá entrar al museo. —Kora tragó saliva—. Considera que no soy más que una vagabunda.

La dureza de sus palabras sorprendió a Sophia y Daphne.

—No permitiremos que te trate mal —dijo Sophia.

—No se trata de eso. Lo que esa mujer piense me importa poco. Quieres conseguir más información, ¿verdad?

Sophia asintió en silencio.

—Pues para ello lo mejor es que esa mujer no me vea con ustedes.

Estuvieron hablando unos minutos más hasta que Sophia consideró que había transcurrido el tiempo justo para intentarlo de nuevo. La insistencia de Daphne para que aguardaran un rato más fue en vano. Estaba impaciente.

—Espéranos aquí, Kora. Tengo la sensación de que, pase lo que pase, no tardaremos mucho —dijo Sophia.

—Descuida. Me quedaré hablando con Theresa.

Daphne y Sophia se dirigieron al museo. Lo hacían en silencio, concentradas, rebuscando en su cabeza las palabras adecuadas para conseguir que Mildred les abriera las puertas. Llegaron de nuevo hasta allí, pero en esta ocasión golpearon uno de los barrotes, provocando un ondulante sonido metálico. Pasados unos minutos apareció Mildred, aunque se quedó a cierta distancia de la puerta. Su expresión era mucho más dura.

—Su insistencia roza lo obsesivo.

Sophia cogió aire. Todo dependía de lo que ocurriera en ese momento.

—Solo quiero conocer la verdad.

Mildred arqueó las cejas. Estaba molesta, pero se apreciaba en sus gestos cierta curiosidad.

—¿De qué está hablando?

Sophia supo que sus primeras palabras habían dado en la diana.

—Soy una comerciante de arte en Inglaterra y para mí es muy importante conocer la obra de Nicholas Clifford en Nueva Zelanda, se dice que aquí fue donde conoció personas que lo inspiraron —dijo Sophia con la intención de que su mentira ablandara el corazón de la mujer.

—¿La obra de Lord Clifford? —preguntó Mildred—. ¿Piensa que soy estúpida?

—Déjeme contarle. He venido desde Inglaterra, porque se habla mucho de las obras perdidas de Nicholas Clifford y que podrían valer una fortuna. No le miento, señora. Puedo mostrarle toda la documentación que considere necesaria. Tengo un trabajo en *Lambert Art Gallery en Southbank*. Si es cierto lo que dicen en Inglaterra, usted tendría una gran fortuna y con eso podría mantener el museo.

Esa verdad a medias impregnaba las palabras de Sophia, en las que se percibía también cierta desesperación. Daphne quería ayudarle, pero no encontraba nada más que añadir. Mildred, quizás sin advertirlo, dio un par de pasos hacia la puerta.

—¿Por qué no mencionó eso antes?

—No creí que fuera necesario.

—¿Necesario para qué? —preguntó Mildred.

Sophia cogió aire.

—Para conseguir que nos dejara entrar de nuevo al museo. Pensábamos que no habría problema con visitarlo las veces que quisiéramos. Solo quiero comprobar ciertas cosas de las pinturas para transmitir la información en la galería. Después no la molestaremos más.

Mildred las observó en silencio, todavía con los brazos cruzados. Al menos, pensó Sophia, estaba dudando, por lo que tenían alguna posibilidad de conseguir entrar. Daphne, más negativa, observaba el muro que rodeaba la propiedad en busca de algún punto débil.

—Supongo que su insistencia justifica su historia —dijo Mildred mientras ponía sus manos sobre el candado que mantenía la puerta cerrada—. Pueden pasar.

Sophia y Daphne expresaron su alegría con una sonrisa e incluso estuvieron a punto de abrazarse, pero se contuvieron por lo que podía llegar a pensar Mildred. Lo realmente importante era que habían conseguido acceder nuevamente al museo. Ya tendrían tiempo de celebrarlo después.

—No sabe cuánto le agradezco todo esto, Mildred. Los descendientes del conde estarán muy agradecidos con usted.

—No es necesario —respondió con un deje de orgullo en su mirada—. ¿Por cuáles cuadros quiere empezar?

Daphne le dio un ligero empujón a Sophia.

—Los cuadros de la sala con la chimenea —dijo Sophia, pues en ese lugar estaba el diario.

—Lo imaginaba.

Sophia comenzó a mirar las pinturas y se fijó que el estilo era muy similar respecto a los que se encontraban en la antigua casa de Emily. Lo más probable es que fueran realizados por la misma persona.

—No están firmados —afirmó Sophia.

—¿Cómo dice? —preguntó Mildred.

—Los cuadros. Digo que no están firmados.

Mildred hizo un gesto de desprecio.

—Ya les dije que estas piezas se corresponden a la época inicial de Lord Clifford como artista. Pese a que nos puedan parecer obras de un genio, apenas firmó un par de ellas, mientras que otras se las llevó a Inglaterra.

—¿Podríamos ver las que están en el comedor? —preguntó Sophia.

Mildred, de mala gana, caminó hacia la puerta, pero antes se dio la vuelta al ver que Daphne no la seguía.

—Yo no sé nada de arte, ella es la experta —dijo Daphne. Mildred la miró con desprecio—. ¿Puedo quedarme aquí y mirar el diario de la sirvienta?

A Mildred no le gustó la idea, sin embargo, ese diario era lo menos valioso de la casa, así es que poco le importaba lo que hicieran con él.

—Está bien, pero no toques ni saques nada de su sitio. ¿Entendido?

Daphne caminó rápido hacia el lugar, abrió el diario y comenzó a fotografiar página por página, asegurándose de que las imágenes fueran lo más nítidas posible.

Sophia, consciente de que debía otorgarle tiempo a Daphne, enaltecía las bondades de la aristocracia de Inglaterra e incluso le contó de una vista que hizo al palacio de Buckingham. Mildred estaba pletórica con tanta información. De pronto, Daphne apareció tras ellas y le hizo un gesto a Sophia indicándole que ya había terminado.

—Ya he terminado con el diario, Mildred. Creo que no había nada muy interesante —dijo Daphne.

—Ya me parecía —respondió Mildred, volviendo a centrar su atención en Sophia.

Sophia miró su reloj y se tomó la cabeza.

—He olvidado llamar a la dueña de la galería. Le prometí que le haría un reporte de lo encontrado sobre Nicholas Clifford —mintió Sophia, esperando que Mildred entendiera la urgencia del asunto.

—Si tiene asuntos que resolver, puede venir otro día sin problema —dijo Mildred con una amabilidad inusitada en ella.

—Muchas gracias —respondió Sophia con la idea de no perder esa oportunidad de que las volviera a recibir—. Ya le contaré cómo me fue con todo esto. Sería algo muy importante en el mundo del arte.

Mildred sonrió satisfecha.

Mientras caminaban hacia la salida, al ver a Mildred visiblemente emocionada, decidió darle unos minutos a la mujer.

—¿Puedo preguntarle cuál era su relación con los Clark?

—Por supuesto, para mí es un orgullo estar relacionada con esta familia —respondió Mildred—. Mi abuela, nacida en Galway, sirvió a los Clark hasta el final de sus días, fue el ama de llaves desde 1920, ella estaba a cargo de la servidumbre. Cuando la señora Elizabeth se fue de Nueva Zelanda, la dejó a cargo de sus posesiones, hasta que ella volviera a vender todo.

—Pero eso no sucedió, ¿verdad? —preguntó Daphne. Mildred clavó su mirada en ella, aunque se contuvo.

—Pues no, no volvió y nadie reclamó la herencia de los Clark.

—¿Ni siquiera sus hijas? —se interesó Sophia. En ciertos momentos lamentaba no anotar toda la información. Todos los nombres, fechas y datos pululaban por su cabeza y la estaban volviendo loca. Mildred negó con su acostumbrada solemnidad.

—Ya se pueden figurar que eso tampoco ocurrió. La hija mayor de los Clark, Lauren, se casó con un importante empresario y se trasladó a Inglaterra. Nunca volvió. Después la propiedad pasó a manos del Estado y decidieron establecer un museo que conservara la presencia británica de principios del siglo XX. Se acudió entonces al documento en el que Lady Elizabeth declaraba albacea a mi abuela, pero ya era demasiado mayor para ocuparse del museo, por lo que durante años todo esto estuvo abandonado, hasta que mi madre reclamó la dirección del lugar. En cuanto a la hija menor, Violet, puso fin a su vida arrojándose al mar. De hecho, fue su muerte lo que marcó el declive de los Clark: no superaron la trágica pérdida.

Daphne y Sophia se miraron. Tener esas noticias después de haber leído las primeras páginas del diario de Emily era como ver una película donde el protagonista fallece en el final. Les dejaba con un mal sabor de boca. Finalmente, Daphne y Sophia aceptaron que ya habían extraído la máxima información posible y dieron la visita por concluida.

En cuanto dejaron atrás la puerta metálica, Mildred la cerró bruscamente y se marchó hacia el interior de la casa.

—Es solo una suposición, pero no creo que volvamos a entrar en el museo de los Clark —dijo Daphne mirando cómo Mildred se alejaba.

—Estoy contigo. Pero lo importante es que conseguiste fotografiar todas las páginas del diario, ¿cierto? —preguntó Sophia con temor.

—¿Qué crees? —Sonrió Daphne, devolviéndole su teléfono. Sophia la abrazó—. ¿Qué hacemos ahora? Empieza a oscurecer.

—Lo mejor será que regresemos al hotel. Así podremos echar un vistazo a las fotografías.

—No es mal plan. Pero ¿no deberíamos contarle a Kora lo ocurrido?

Sophia se golpeó la frente.

—¡Tienes razón! Se me había olvidado por completo. Tengo muchas cosas en la cabeza.

Con la idea de hacer partícipe a Kora de la información, regresaron a la tienda, donde la encontraron ayudando a Theresa a realizar el inventario.

—Si no fuera por esta joven, no tendría la menor idea de lo que ofrezco en estas estanterías.

Daphne y Sophia decidieron sumarse a la tarea antes de partir.

—No es necesario —dijo la anciana.

—Nos hemos sentido como en casa. Es lo mínimo que podemos hacer —respondió Daphne. Mientras tanto, Kora se interesó por cómo había transcurrido la visita al museo de los Clark.

—Hemos conseguido fotografiar todas las páginas del diario. No creo que pudiéramos obtener mucha más información.

Una vez terminaron, se despidieron de Theresa y las tres regresaron a la casa de Kora, donde le mostraron las fotografías. Sin embargo, como era tarde, acordaron verse al día siguiente. Luego fueron a la casa que heredó Sophia, ya quería llevarse el libro de *Juan Salvador Gaviota*.

—Quedamos para desayunar, ¿te parece? —preguntó Sophia. Kora asintió entusiasmada. Llevaba tanto tiempo en soledad que aquella invitación le pareció una increíble novedad.

—¡Por supuesto! Vayan que yo dejo todo cerrado y apagado.

Se despidieron con un abrazo y se subieron al coche. El trayecto al hotel duraba lo suficiente como para leer un par de páginas, por lo que Sophia sacó su móvil y se dispuso a continuar con la lectura del diario. Sin embargo, apenas había empezado a leer cuando entró una llamada de Mika.

—¡Mika! ¡Qué bueno saber de ti! —respondió Sophia. Daphne frunció el ceño.

—Hola, Sophia. Perdona que te llame, pero llevo un rato intentando contactar con Daphne, ¿estás con ella?

Sophia activó el altavoz del móvil.

—Estoy aquí, cariño —dijo Daphne.

—¡Ah! ¿Por qué no contestas al teléfono?

—¿Yo? No lo he oído. Sophia, mira en el bolso —pidió Daphne.

Su amiga registró su bolso, pero al cabo de unos segundos sacó las manos vacías y encogió los hombros.

—Aquí no está.

—¿No está el móvil? —dijo Daphne.

—¿Lo has perdido? —preguntó Mika.

—Eso parece. ¿Seguro que no está?

—Aquí no hay rastro de tu móvil, Daphne.

—¡Maldita sea! Quizás lo olvidé en la casa, cuando pasamos por el libro.

—Bueno, eso no es lo importante. Siento darles esta noticia, pero me han cambiado el turno en el hospital y no tengo con quién dejar a Ren. Necesito que regreses, Daphne.

Daphne se lamentó en silencio. No le molestaba en absoluto regresar a casa, lo que le dolía es no poder acompañar a Sophia.

—No hay problema, Mika. ¿Cuándo necesitas que esté allí?

—A media tarde. Ojalá encuentres un vuelo en la mañana —dijo Mika.

—De acuerdo. Regresaremos a por el móvil y mañana a primera hora partiré hacia Auckland. ¿Cómo está el pequeño?

—Tiene la mitad de la cama para él, así que muy contento.

—¡Eso se acaba mañana! —indicó Daphne con una sonrisa.

Tras despedirse, cuando Sophia colgó, Daphne se quedó en silencio mientras buscaba un trozo de arcén lo suficientemente ancho para dar la vuelta y regresar a por el teléfono.

—¿Estás bien? —preguntó Sophia. Daphne ladeó la cabeza.

—Sí, claro. Es solo que quería acompañarte en todo momento, ya sabes.

—No te preocupes por eso. Estaré bien. Además, puede que en un par de días puedas volver a acompañarme.

—Seguro. Buscaré la manera de hacerlo, de eso que no te quepa duda.

A esa hora el sol se había puesto por completo y las escasas farolas del lugar se habían encendido, alargando las sombras. En Los

Catlins la oscuridad parecía brotar de cada resquicio, adueñándose del paisaje. Tan solo los focos del coche alumbraban con cierta claridad. Ambas observaron aquello en silencio hasta que Daphne se detuvo frente a la casa.

—Están todas las luces apagadas —dijo Sophia.

—Kora dijo que apagaría todo. Quizás haya bajado el interruptor del tablero.

Cuando se acercaron a la puerta, el reflejo de la luna les permitió localizar las huellas de sus pasos en la oscuridad del jardín. Las farolas de la calle parecían haber sido puestas sin consideración alguna y la mayoría de ellas no alumbraban más que los matorrales que crecían al otro lado de la calle.

—¿Dónde habré puesto las llaves? —dijo Sophia mientras se palpaba los bolsillos.

—No has tenido tiempo para perderlas —añadió Daphne.

—¡Aquí están!

Sophia abrió la puerta, pero cuando accionó el interruptor, las luces continuaron apagadas.

—Kora debe haber desconectado otra vez la corriente. Iré a avisarla para que no se asuste. Con tan poca luz no podemos hacer nada —dijo Sophia dirigiéndose hacia el lateral del jardín.

—Espera, Sophia, debes ayudarme con la luz de tu teléfono para subir los interruptores —pidió Daphne sin respuesta, por lo que, sin más remedio, decidió adentrarse en la casa a oscuras para comenzar a buscar su móvil.

—Será mejor que nos ayude Kora. Ella seguro que se conoce bien esos cables —gritó Sophia desde la distancia.

Daphne asintió a la vez que entraba en la casa, confiando en que sus ojos se adaptaran pronto a la penumbra para poder ver con más nitidez. Pasó junto a los interruptores que daban corriente a la casa, pero optó por seguir el consejo de Sophia. Torpemente, con los brazos extendidos y arrastrando sus pasos para no tropezar, avanzó hacia la sala contigua. No había pasado el tiempo suficiente en esa casa como para recordar todas sus particularidades. Por ejemplo, no recordaba que uno de los muebles que había a la entrada de la sala posterior al vestíbulo sobresalía levemente del marco de la puerta, por lo que no pudo evitar chocar con él y después contra el marco, confusa ante el inesperado obstáculo.

Dejó atrás el mueble y entró en la sala, aquella donde habían estado la mayor parte del tiempo cuando buscaron el libro hacía un rato. Para sus ojos, la negrura de la oscuridad se había transformado en un azul oscuro. Por una de las ventanas entraba un ligero resplandor que le facilitaba las cosas. Sobre la repisa pudo distinguir su teléfono, caminó hasta ahí y cuando lo tuvo en sus manos se encendió la luz de la casa, teniendo Daphne que entornar levemente los ojos en un primer momento.

—¿Sophia? —dijo dándose la vuelta rápidamente.

Nadie contestó, no obstante, Sophia y Kora se encontraban junto al interruptor principal de la luz. Ambas miraban atónitas hacia el mueble con el que se había golpeado Daphne.

—¿Qué sucede? —preguntó esta al ver la expresión de las otras dos.

—¿Qué le has hecho al mueble? —cuestionó Sophia. Daphne no comprendía nada y avanzó para ver a qué se refería su amiga.

—He tropezado con él y lo he echado a un lado. ¿Se puede saber qué ocurre?

Kora y Sophia se acercaron al mueble mientras Daphne, con los brazos en jarra, las observaba desde el otro lado. Cuando esta tropezó con el mueble, una especie de mesa alta con cajones, lo separó de la pared, dejando al descubierto la parte de atrás. Finalmente, al empujarlo lo apartó más todavía, de manera que desde la puerta principal podían ver perfectamente la parte trasera.

—En serio, ¿qué le sucede al mueble? —insistió Daphne—. No puedo verlo desde aquí.

—Hay algo detrás —dijo Sophia entusiasmada.

—No lo había visto antes. ¡Lo juro! —dijo Kora.

Daphne, impaciente, pasó al otro lado para ver con sus propios ojos a qué se referían. Al hacerlo, comprobó que parte de la estructura del mueble era falsa. Los cajones se encontraban bajo el tablero, lo que era normal, pero lo curioso estaba en que las dos gruesas patas de la mesa estaban completamente huecas y dispuestas en su interior como una improvisada y pequeña estantería. En la pared se podía ver cómo la humedad había inflado gran parte de la pintura.

—A veces retiré la mesa para limpiar, pero nunca me fijé —dijo Kora para recalcar su ignorancia al respecto—. ¿Qué hay en el fondo? Abajo del todo.

De la parte inferior de las patas sobresalía lo que parecía ser una caja. Sophia sacó su móvil, encendió la linterna y alumbró el interior. En efecto, se trataba de un paquete; quien lo hubiera dejado allí se había empeñado en que sobresaliera de la madera levemente. Quizás, habían encontrado lo que tanto buscaban.

CAPÍTULO 17

Sophia tomó el paquete con cuidado. Se veían algunas manchas en la superficie.

—Quizás es el otro diario —dijo Kora. Por la forma y el grosor parecía un libro forrado por un papel en el que no rezaba ni una sola letra. Sophia lo estudió con detenimiento, sin embargo, sus pensamientos tenían como destino otra conclusión. Levantó la mirada y observó el mueble. Era muy antiguo y su disposición era cuanto menos curiosa.

—¿Para qué creen que sirve un mueble como este? —preguntó de repente.

Kora y Daphne miraron a Sophia ceñudas.

—No te entiendo. ¿A qué te refieres? —preguntó Kora.

—Este mueble parece un escritorio, pero es demasiado alto y el tablón no es lo suficientemente grande como para escribir. ¿Lo ven?

Las otras dos miraron al mueble y asintieron, aunque seguían sin encontrar el sentido a las palabras de Sophia y su repentino interés por el mueble.

—Un mueble antiguo, ¿qué más da? —dijo Daphne.

Sin contestar, Sophia se acercó al mueble y palpó con la mano la parte superior. Percibió el tacto rugoso de la madera rasgada, como si hubieran arrancado un trozo. Dio un paso hacia atrás y observó los cajones. No eran lo suficientemente grandes como para guardar hojas o documentos. Finalmente, se acercó de nuevo al mueble y lo levantó varios centímetros del suelo. Era pesado, lo que significaba que era madera de calidad.

—¿Este mueble siempre ha sido así? —preguntó Sophia.

Kora, confusa, asintió.

—Cuando entré aquí por primera vez ya era así —contestó—. Es antiguo, como todos los demás.

Sophia comenzó a reírse. Primero era una risa floja, pero después se convirtió en una sonora carcajada. Daphne miró a Kora y ambas se entendieron sin intercambiar ni una sola palabra: «Se ha vuelto loca».

—¿Estás bien? —preguntó Daphne.

—¿Es que no lo ven? —exclamó—. ¡Este es el peinador de caoba al que se refería Emily! ¡Es este!

—¿Cómo puedes estar tan segura? —dijo Kora.

—Pues por los cajones, la madera, su disposición, no sé, pero estoy segura de ello. Además, hay señales de que han arrancado la parte superior del mueble, la parte del espejo. Emily lo conseguiría de alguna forma cuando regresó de Inglaterra —expuso Sophia—. En cuanto al libro, está forrado de papel para protegerlo de la humedad. Quiten la primera capa con cuidado.

Kora y Daphne estaban sorprendidas por la velocidad a la que iba la cabeza de Sophia, pero tras retirar el papel comprobaron que tenía razón. Aquello era un diario, pero el papel que lo envolvía no había cumplido su función.

—La tinta está corrida —dijo Sophia decepcionada pasando las páginas. La parte inferior del cuaderno estaba inflado como si alguna vez se mojara y volviera a secarse con el tiempo—. Pero solo en la parte de abajo, al menos podemos ver las fechas y el inicio de cada página.

—Mira en las últimas páginas —propuso Kora señalando una punta que sobresalía—. Hay unas fotos. Quizás están en mejor estado que el diario.

Ninguna de las tres daba crédito. Sacaron las fotografías y se las pasaron entre ellas. Estas estaban mejor conservadas.

—Deben ser de Emily. Todo coincide —respondió Sophia.

—Mira la joven de esta fotografía debe ser Emily —dijo Kora—. En el reverso pone: *Inglaterra, 1910.*

—En esta también aparece Emily, pero acompañada de otra joven. Está fechada en la misma época —añadió Sophia.

—Tal vez sea alguien que conoció allá.

Kora y Sophia encogieron los hombros. Las tres se intercambiaban las fotografías como autómatas.

—¡Este debe ser su bisabuelo Robert Smith! —gritó Daphne señalando a la fotografía que tenía entre las manos. Sophia y Kora se acercaron a ella.

—Aun en una fotografía tan antigua parece un hombre guapo —dijo Sophia. Luego miró al diario y vio el encabezado de la primera página—. Este diario comienza en 1915 —avanzó las páginas confundida—. Luego se salta hasta 1919, 1925, 1932, 1940, 1943, 1948, 1955 y así hasta el año 1985 cuando nací.

—Entonces lo escribió para ti.

—No lo sé, la verdad, pero el primer párrafo que comienza en 1915, al parecer solo son apuntes para ella. Dice: *He decidido escribir nuevamente, me doy cuenta de que la memoria es frágil y quizás olvidamos lo importante. Violet tenía razón al decir que me gustaba plasmar en el papel todo lo que veía y sentía. Después de todo lo que pasé, creo que me había negado a hacer algo que Violet tanto admiraba. Ahora con los niños no tengo tanto tiempo, pero quiero ir dejando en palabras los recuerdos, y quizás, algún día, este diario servirá para que se conozca la verdad. Aún me duele y puede que esta sea una forma de sacar lo que llevo dentro.* Luego está borroso. En algún momento debió correrse la tinta, pero algo podemos dilucidar con los primeros párrafos de cada hoja —dijo Sophia mostrándoles el diario. Kora lo tomó para verlo más de cerca.

—A ver, déjame evaluar el daño —pidió Daphne. Kora se lo entregó—. Está bastante borroso, pero creo que podemos recurrir a alguien para que intente restaurarlo, ahora hay tecnología que puede rescatar textos muy antiguos o dañados.

—¡Tienes razón! ¿Mantuviste contacto con Peter? —preguntó Sophia a Daphne.

Daphne movió la cabeza de forma afirmativa. Peter era un amigo que ambas tuvieron en su época estudiantil y los unía el gusto por el arte. Él se había especializado en restauración.

—Peter trabaja en el Museo Te Papa Tongarewa, en Wellington. Se dedica específicamente a restaurar reliquias históricas. Pero debe conocer a alguien que se especialice en manuscritos —informó Daphne tomando su teléfono—. Le escribiré un mensaje por la mañana.

Pese a las buenas noticias. Sophia se puso seria. Estaba confundida.

—No sé qué decir. No le veo mucho sentido a todo esto. Siento que en un par de días me he metido en una historia que no tiene ni pies ni cabeza. No sé si debo seguir averiguando. En fin, ¿para qué?

Daphne agachó la cabeza y la movió de un lado a otro.

—Sophia, cariño, no te molestes, pero como le busquemos el sentido a toda esta historia acabaremos encerradas en un manicomio.

Las tres rieron a carcajadas. Luego Kora se puso seria. Todo esto para ella estaba siendo una gran aventura y quería saber más. Además, se sentía temerosa de que Sophia no quisiera seguir investigando, lo cual era justo lo contrario de lo que deseaba Archie.

—Sophia, no sé si esto es importante para ti, pero imagínate todo lo que significa esto para mí —dijo Kora—. Hasta hace un mes solo tenía a Archie como familia, averigüé algunas cosas, pero nadie me ha podido responder. Estoy viviendo algo que nunca imaginé. Yo no sabía nada sobre mi familia y con esto me doy cuenta de que pertenezco a un lugar. Que soy parte de algo.

Sophia la escuchó y se dio cuenta de la importancia de las palabras de Kora. Ella misma se sintió tan sola los últimos años en Inglaterra, que no imaginaba como lo hizo ella. Con eso en mente decidió que haría todo para conocer su propia historia, la que también era la historia de Kora. La historia que Emily necesitaba contar.

—Tienes razón. Aunque este diario me lo heredó a mí, también es parte de tu historia. Creo que somos las indicadas para saber la verdad que Emily necesitaba contar —dijo Sophia. Kora miró hacia otro lado, visiblemente emocionada—. Seguro que, si ella te hubiese conocido, no te habría dejado sola y nos habría encomendado la tarea a las dos.

—Mañana me contacto con Peter. Yo me llevo este para que intenten restaurarlo… es imposible leerlo —dijo Daphne metiendo en una bolsa el diario que habían encontrado en el peinador de caoba —. Pero, aún nos quedan páginas por leer del que fotografiamos en el museo, ¿no?

—Claro, enfoquémonos en el primer diario. Faltará por leer más o menos la mitad —contestó Sophia.

Daphne tomó el teléfono de Sophia y comenzó a pasar las fotografías para saber cuánto quedaba.

—Aquí Emily sigue hablando de lo que vivió en la casa de los Clark y aunque no sea el diario que ella quería que leyesen, tiene mucha información interesante… Vamos a leerlo ahora.

—¿Qué dices, Daphne? Mañana tienes que tomar un vuelo a Auckland.

Esta miró a su amiga como si la hubiera ofendido.

—Si tengo que pasarme toda la noche leyendo uno de los diarios de tu bisabuela, lo haré, Sophia. Buscaré un pasaje de inmediato, para irme en la mañana. Lo siento, pero creo que soy adicta a esta historia.

Rieron de nuevo.

Kora, con cierta timidez, dijo:

—Podemos ir a mi casa, estaremos más cómodas. Puedo preparar café.

—¿Seguro que no te molestamos? Es tarde, Kora —preguntó Sophia.

Kora cabeceó con vehemencia.

—No, en absoluto. Están en su casa.

Sophia asintió y las tres se miraron con complicidad, como si quisieran insuflarse fuerzas para la larga noche que les esperaba.

—¿A qué esperamos?

Las tres se organizaron para no perder ni un segundo. Daphne, después de recuperar su móvil, se encargó de guardar las fotografías en una bolsa de plástico. Sophia repasó nuevamente la casa y Kora se adelantó para ir preparando el café.

Sentadas en la alfombra formaban un triángulo. Además, Sophia le había pedido a Kora una libreta para ir realizando anotaciones y así no dejar atrás ningún detalle. Sin embargo, cuando se la entregó, se ruborizó al instante. Para Daphne pasó inadvertido, pero Sophia, además de darse cuenta, lo comprendió cuando abrió la libreta y leyó sin querer algunas de las cosas que había escritas. Se trataban de poemas y canciones que Kora debía haber escrito. No obstante, para tranquilizarla hizo un leve gesto y esta respiró aliviada. Ya hablarían después de ello.

—Bueno, tenemos mucho que hacer. ¿Por dónde comenzamos? —demandó Daphne.

—¿Les importa que fume? —preguntó Kora con un hilo de voz.

—Es tu casa, no tienes que pedir permiso para nada —dijo Daphne guiñando un ojo. Ella sonrió y sacó el paquete de cigarrillos del bolsillo. Mientras tanto, Sophia comenzó a leer el diario.

CAPÍTULO 18

Diario N° 1 de Emily Brown

Siempre he creído que todo comienza con una pequeña semilla que crece en silencio, ignorando que sus diminutas raíces son el origen del bosque. En la vida es igual, nuestro destino comienza a brotar casi sin que te des cuenta y supongo que esa carta que llegó avisando la llegada de los dos caballeros, fue la semilla que comenzó a crecer sin control.

Espero que el bosque que se forme sea uno hermoso y donde se pueda buscar refugio en las noches de tormenta, y no uno lleno de espinas y seres horribles.

Por el momento todo va bien, pero hay cosas que no me gustan. Ojalá que solo sean ideas sin sentido.

RESIDENCIA CLARK, LOS CATLINS, 1909

Después de que Nicholas aceptara encabezar el proyecto propuesto por Gilbert, la vida en la residencia de los Clark se había transformado hasta hacer desaparecer los vestigios de la rutina previa a la visita de los dos hombres.

Gilbert y Elizabeth se quedaron impresionados por la entrega y dedicación de Nicholas, que al día siguiente de aceptar el trabajo comenzó a elaborar las primeras fases como si le fuera la vida en ello. Se levantaba poco antes del amanecer e iba al jardín con los primeros rayos de luz. Gilbert le había comentado su idea a grandes rasgos, que consistía en un exuberante jardín que rodeara toda la propiedad, tanto por su parte delantera como sus flancos. No obstante, en los primeros días de mediciones, Nicholas advirtió que los muros otorgaban demasiada sombra en los laterales, por lo que rápidamente descartó la posibilidad, hecho que Gilbert aceptó sin discutir.

—En cuanto al jardín se refiere, tienes mi total confianza, muchacho.

Nicholas estuvo cerca de una semana realizando mediciones del terreno, probando la tierra y los diferentes sustratos que se encontraban en ella. Toda esta información la apuntaba en un cuaderno. Sin embargo, no solo el matrimonio Clark observaba su meticulosidad. Lauren se paseaba continuamente por el jardín cuando él se sentaba en la mesa del porche para trabajar en sus apuntes. La mayor de los Clark procuraba en todo momento darle conversación, pero este respondía siempre de manera escueta o con frases que no permitían ir mucho más allá. Tal era la actitud del joven, que un día Lauren se levantó airada de la silla y se marchó a su habitación entre lágrimas. Emily la vio y fue detrás de ella:

—¿Qué le ocurre, señorita? —le preguntó justo antes de que Lauren llegara a su habitación.

—¡Déjame en paz! —contestó Lauren cerrando la puerta bruscamente. Emily se quedó en el pasillo sin saber qué hacer, dudando de comentar lo ocurrido con Elizabeth o dejarlo correr. No obstante, el ruido de la puerta llamó la atención de Violet, que se encontraba igualmente en su habitación.

—¿Qué sucede? —dijo asomando su cabeza por el marco de la puerta. Emily encogió los hombros.

—Tu hermana está enfadada.

Violet frunció el ceño y miró hacia la puerta cerrada de la habitación de Lauren.

—Es una inmadura. Se le pasará.

Emily asintió mientras trataba de comprender lo que acababa de ocurrir. No era extraño que Lauren tuviera alguna rabieta de vez en cuando, lo que realmente le chirriaba era la actitud apática de Violet. Pocas veces la había visto así. Hacía tiempo que percibía que las cosas habían cambiado en la residencia de los Clark, especialmente desde que Edward y Nicholas se instalaron de manera más o menos permanente. Lo primero que advirtió que había cambiado fue su relación con Violet; ya no pasaban tanto tiempo juntas y aunque seguían tratándose como amigas, se había instaurado un halo frío entre ellas que había transformado su relación en algo distinto a lo que era antes. A esto sumó la turbación que sufrió su madre en las últimas semanas, justo desde una visita de Isaac, en la que Betsy y él discutieron.

Desde entonces Betsy se mostraba ausente la mayor parte del tiempo o sumida en una insoportable tensión; tales extremos los alcanzaba con una facilidad pasmosa. Emily le había preguntado muchas veces qué le ocurría, pero su madre le respondía con silencio o con palabras que no significaban nada. Todo esto provocó que, por primera vez en mucho tiempo, Emily se sintiera sola en la residencia de los Clark.

—Seguro que se le pasará. —Los labios de Emily se apagaron con la duda en ellos. Violet mantenía la puerta a medio abrir. En otras circunstancias le habría invitado a entrar, pero en esa ocasión se mantuvo a la espera—. ¿Necesitas algo?

Violet negó en silencio.

—Estoy bien.

—Estaré abajo. Estoy arreglando una de las sillas del porche.

De repente, el rostro de Violet se transformó. Sus ojos se abrieron de par en par.

—¿En el porche? ¿No es allí donde está trabajando Nicholas?

Un recuerdo cruzó ante Emily. Desde una de las ventanas de la habitación de Violet podía vislumbrarse parte del porche.

—Así es. Tan solo remiendo el zurcido de la silla. Me ha dicho que no le molesto.

Violet agachó la mirada como si le diera vueltas a una idea.

—No tengo mucho que hacer, ¿puedo acompañarte?

—Claro.

Cuando llegaron al porche, tal y como dijo Emily, se encontraron con Nicholas. Sobre la mesa tenía desparramada una docena de hojas, así como un cuaderno. El joven levantó la cabeza y les dedicó una sonrisa a las recién llegadas.

—Vuelvo a mi tarea —comentó Emily. Nicholas señaló con el lápiz a la silla.

—Cuando te has ido le he echado un vistazo —apuntó Nicholas con evidente timidez. Mantenía su mirada fija en la silla—. La madera del borde del asiento es gruesa, por lo que te será más fácil si clavas unos clavos para fijar las tiras.

Emily observó la silla.

—Tienes razón. Creo que en la bodega podré encontrar unos clavos. ¿Vienes conmigo, Violet?

—Te esperaré aquí si no te importa. Últimamente, el polvo me ha provocado un poco de alergia.

Emily la miró extrañada, pues ella no era alérgica, pero decidió no insistir. Se dio la vuelta y se dirigió a la bodega. Por su parte, Violet se quedó de pie junto a la silla, con las manos juntas y la mirada fija en los papeles que había sobre la mesa. El joven había vuelto a centrarse en sus apuntes, aunque de vez en cuando lanzaba una mirada de reojo a Violet. Esta hizo varios amagos de iniciar una conversación, pero era incapaz de controlar los nervios que se arremolinaban en torno a su garganta. En algunos de los folios rezaban dibujos del perímetro del jardín, así como mediciones y representaciones gráficas de las plantas que Nicholas planeaba plantar. Violet quería preguntarle acerca de los dibujos, pero experimentaba una turbación que atenazaba todos sus músculos a la vez que una extraña sensación de calor le ascendía por su estómago. Por el rabillo del ojo veía cómo Emily llegaba a la bodega, lo que para Violet se trataba de una cuenta atrás angustiosa.

—No son muy buenos, ¿verdad?

Las palabras de Nicholas sorprendieron a Violet, que no pudo más que asentir sin mover los labios. Sin embargo, consciente de lo que significaba su gesto, rápidamente intentó remediarlo.

—No quería decir… Los dibujos están muy bien hechos.

Nicholas esbozó una sonrisa que estuvo a punto de parar el corazón de la joven.

—No te preocupes. Soy bastante torpe con las manos, pero he escuchado que a ti se te da bastante bien el arte de la pintura.

Violet asintió de nuevo. El rubor había encendido su rostro.

—Mis pinturas son inútiles —dijo ella con molestia.

—Estaré encantado de ver una de tus obras. Pintar es una tarea pendiente para mí, así es que por el momento disfruto mucho viendo las de otros artistas. ¿Tienes alguna a mano?

—Ahora mismo no —mintió. En su habitación tenía más de una treintena de piezas guardadas. Casi al instante se arrepintió de haber pronunciado esas palabras.

—Oh, es una lástima. Tu padre me había comentado tu afición por la pintura. Espero que no te haya ofendido —dicho esto, Nicholas enterró de nuevo su cabeza en los papeles en los que trabajaba. Durante unos segundos se instauró un incómodo silencio entre ambos.

—Puedo mostrarte alguna esta tarde —declaró Violet.

—¿De verdad? Lo último que quiero es molestar.

—No, de verdad; es un orgullo para mí.

Nicholas dedicó una sonrisa a Violet.

—Entonces, dime la verdad, ¿qué opinas de estos dibujos? He tomado muchas referencias, pero son bastante inexactas. Prácticamente tengo que rehacerlas cada día —dijo Nicholas arrastrando un par de hojas hasta Violet. La joven se acercó lentamente hacia la mesa y las estudió durante unos segundos.

—¿Cuál es el fin? —preguntó.

—Quiero representar toda la extensión del jardín desde un punto de vista horizontal, pero también quiero hacerlo verticalmente. Me sería muy útil para determinar las zonas en las que debo disponer las plantas. ¿Ves? Así y así —explicó Nicholas mientras su dedo índice señalaba a un punto y a otro.

—No estoy segura, pero diría que tienes más problemas en el trazado vertical.

El joven se puso las manos sobre el rostro.

—¡Soy un desastre! Lo reconozco.

Violet dejó escapar una sonrisilla, aunque rápidamente selló sus labios.

—Bueno, ¿y qué puedo hacer? Las perspectivas no son lo mío. ¿Te importaría ayudarme?

Violet asintió sin dudarlo.

—Claro, aunque en algunos dibujos casi lo habías conseguido. Te sería mucho más fácil si observaras el terreno desde un punto elevado.

Nicholas frunció el ceño y miró a su alrededor. A cierta distancia vio cómo Emily se dirigía de nuevo hacia ellos.

—¿Desde lo alto del muro? —preguntó Nicholas.

Violet sonrió de nuevo.

—Tal vez no sea necesario correr tanto riesgo. Sería mucho más fácil desde una de las ventanas de la segunda planta.

Justo en ese momento que Nicholas comenzaba a reírse, llegó Emily con un martillo y varios clavos en la mano. Igualmente, como si el destino se hubiera empeñado en interrumpir aquel encuentro entre Violet y Nicholas, por el otro lado del jardín se asomaron Gilbert y Edward, que charlaban animados de algún asunto que les preocupaba.

—Bonita e inesperada reunión —manifestó Edward mientras transformaba su gesto agrio en una media sonrisa. Gilbert, en cambio, se estiró las solapas de la chaqueta con solemnidad—. ¿Un brandi?

—No veo motivo para negarme —dijo Gilbert—. Emily, ¿nos ayudas?

Emily hizo una pequeña reverencia y se marchó a la cocina para servir las bebidas. No obstante, para ella no había pasado inadvertida la preocupación tanto de Gilbert como de Edward. En la cocina, su madre sazonaba varios filetes con especias y mantequilla.

—¿Sucede algo, madre?

Betsy la miró sorprendida.

—¿A qué te refieres? —preguntó. Emily le comentó la actitud anómala de los dos señores. Mientras lo hacía, Betsy agachaba el rostro y continuaba con su tarea—. No es asunto nuestro, pero supongo que una no puede volverse sorda a capricho de lo que sucede a su alrededor. Los dos han estado conversando no muy lejos de la ventana. No estoy segura, pero creo que han llegado malas noticias de Inglaterra: alguien que está enfermo.

—Parecían muy preocupados —dijo Emily mientras rebuscaba entre las botellas.

—Si es grave, tarde o temprano lo sabremos.

Emily miró a su madre. Betsy se mostraba esquiva, como si su mente estuviera muy lejos de la cocina de los Clark.

Sirvió las copas y regresó con ellas al porche, donde no quedaba rastro de la preocupación que habían mostrado antes. Violet se había retirado a su habitación y los tres hombres conversaban acerca de la posibilidad de adelantar el inicio de las obras. Nicholas no parecía muy convencido.

—Es importante estudiar bien el terreno y conocer la extensión de las especies que vamos a plantar. Si no es así, dentro de un par de años, podemos tener un resultado que no sea agradable a la vista: un puñado de árboles apiñados sin más.

Edward dio un largo trago a la copa.

—Sé que ya habíamos hablado antes de esto, pero ¿cuánto tiempo calculas?

Nicholas lo miró confuso e hizo un cálculo rápido.

—Todavía tengo meses de trabajo por delante. En ese tiempo podré reubicar las plantas y asegurarme de que crezcan como es debido. No me gusta hacer las cosas a medias. Además, quiero visitar a David Tannok y ver qué semillas tiene para intercambiar.

Edward y Gilbert se miraron. Después este se fijó en Emily, que permanecía junto a la mesa.

—Puedes retirarte, Emily.

—Me llevaré la silla si no les importa. Estaba terminando de repararla.

—Por supuesto —contestó Gilbert.

Edward continuó.

—La cuestión, Nicholas, es que quizás hemos sido muy positivos a la hora de presuponer cuánto tiempo podríamos quedarnos aquí. De momento, es probable que haya asuntos en Inglaterra que reclamen mi atención y tenga que partir. Si es así, deberás venir conmigo.

Nicholas miró con gravedad a Edward. Lo conocía lo suficiente como para saber que le estaba ocultando algo.

Luego de unos días el asunto de la carta pasó a segundo plano, sin embargo, Nicholas decidió que debía avanzar rápido en el jardín por si tuviera que volver a Inglaterra antes de lo previsto.

En ese momento se sentía un poco perdido. Tenía un papel en la mano y no sabía cómo solucionar el problema que se le presentaba. Frunció el ceño y miró el dibujo. Repitió el gesto una docena de veces.

Violet, que siempre estaba cerca, decidió hablarle para saber qué le preocupaba.

—¿Qué sucede? —preguntó Violet. Nicholas la miró aún confuso y suspiró.

—No lo tengo muy claro. La distancia del muro respecto a la señal que he colocado parece mucho mayor en el papel —dijo ofuscado. Violet observó atentamente la hoja. Ambos se encontraban en la segunda planta de la casa, asomados en una de las ventanas que daba a la parte del jardín donde Nicholas lo pretendía establecer. Pese a que el cielo estaba ligeramente cubierto de nubes, el sol se encontraba en todo lo alto y las sombras se reducían a lo mínimo.

—Ya te he explicado que eso es debido a la perspectiva —explicó ella con una sonrisa—. Lo importante es que las medidas sean las correctas.

En esa ocasión, la joven señaló a una cuerda con nudos que había extendida desde el centro del jardín hasta la base del muro. La utilizaban de referencia para que Nicholas pudiera trazar bien todas las líneas. Sin embargo, pese a todas las ayudas que recibía por parte de Violet, el joven no quedaba satisfecho con los planos y le pedía a ella que los reelaborase.

En ese mismo momento, Emily cruzaba el jardín y se fijó en la animada discusión que mantenían ambos. Una parte de ella se alegró de que Violet hubiera salido de la coraza que la encerraba. Estaba sorprendida de que Nicholas hubiera encontrado más afinidad con Violet que con Lauren, sobe todo debido a la predisposición de la segunda por acercarse a él. No obstante, lo cierto era que Violet, aunque tímida, era una persona más agradable y culta que su hermana. Lauren solo tenía una única obsesión, que era contraer matrimonio, mientras que Violet iba más allá de eso. Sin embargo, Emily rumiaba una duda constantemente: ¿podría haber una relación entre Violet y Nicholas? A Emily le hubiera encantado preguntarle directamente a su amiga, pero la relación entre ambas se había vuelto más distante en las últimas semanas. Tenía la sensación de que Nicholas la había desplazado, lo cual era comprensible, pero no por ello dejaba de sentir cierto recelo hacia él.

La afinidad entre Violet y Nicholas fue consolidando su amistad. Este seguía trabajando en el jardín, pero también empleaba parte de su tiempo recibir lecciones de pintura por parte de Violet. Ambos, aprovechando la luz de la tarde, solían situar los caballetes en el jardín, donde acordaban un concepto, el cual servía como origen para el desarrollo de la pieza. Nicholas se quedaba asombrado al ver el desparpajo de Violet, ya no con el pincel, sino a la hora de preparar los colores y bosquejar el dibujo. En cuestión de minutos podía visualizar una composición increíble que convertía en realidad en poco más de una hora.

—Jamás podré pintar algo igual, Violet. ¿Cómo lo haces? — preguntaba Nicholas con una mezcla de admiración y enojo, cada vez que comparaba su lienzo pintorreado, con el dibujo estilizado de ella.

La vergüenza había desaparecido de los gestos de Violet. Esta rio y trató de animar a Nicholas, el cual tenía los dedos llenos de pintura y parte de su frente, lo que hacía su expresión todavía más cómica.

—Tienes que conseguir conectar tu mente con tus manos. Tan solo eso y podrás crear todo lo que te propongas —aseguró Violet.

Nicholas asintió y se centró de nuevo en su lienzo. Este representaba un árbol que dominaba una pradera que se fundía con el horizonte. La idea que Violet había propuesto era dibujar un paisaje en el que el día y la noche se fundiera, quedando a los ojos del que le viera decidir qué representaba. La idea era que cada uno observara el lienzo del otro y dieran sus conclusiones. Pero mientras la pieza de Violet evocaba un momento del día inexistente y que daba pie a todo tipo de reflexiones, la composición de Nicholas era una amalgama de colores sin sentido.

—Es cuestión de práctica. Has de seguir intentándolo —lo animaba Violet.

Desde la ventana de su despacho, Gilbert observaba también con agradable sorpresa el desparpajo de su hija con Nicholas. Esto le hizo replantearse si permanecer en aquel recóndito lugar no los condenaba a todos a vivir una vida que no les correspondía. ¿Quién iba a decirle que Violet iba a mostrarse tan sociable? Aquella reflexión se convirtió en una preocupación más. ¿Tenía Elizabeth razón? ¿Debían marcharse de allí?

Edward, que se encontraba igualmente en el despacho atendiendo unos documentos, levantó la mirada hacia su anfitrión.

—Lo veo preocupado, Gilbert.

Este dio la espalda a la ventana y regresó a su asiento.

—Pensaba solamente.

Sin embargo, Edward miró más allá de la ventana y vio la estampa de Nicholas y Violet.

—Han hecho buena amistad. ¿Es eso lo que le preocupa? —preguntó Edward.

—¡En absoluto! No quiero que piense por un momento que dudo de sus intenciones o de las del muchacho.

—Hable con claridad, Gilbert. Lo escucho.

—No merece la pena que malgastemos el tiempo —soltó para salir del paso—. ¿Ha recibido noticias de Inglaterra?

—No hay novedades por el momento. Toca esperar.

Gilbert asintió con preocupación. Pensar en lo que podía ocurrir en un futuro cercano le acongojaba.

Elizabeth observó seriamente a Betsy, que se acercaba apresurada por el pasillo. El almuerzo iba a ser servido en apenas veinte minutos, aunque eso no era lo que preocupaba a la señora de la casa.

—¿Cómo está? —preguntó.

Betsy encogió los hombros y puso los brazos en jarra.

—Dice que le duele el estómago. Me ha pedido una infusión.

—¿Otra vez? —exclamó Elizabeth—. ¿Cuántas veces ha estado indispuesta los últimos días? ¿Qué van a pensar nuestros invitados?

—¿Qué hago entonces, señora? —preguntó Betsy. En ese instante, Emily se detuvo detrás de su madre. Elizabeth le dedicó una mirada fría y breve.

—Iré yo a hablar con ella. No puedo tolerar este comportamiento por su parte. Pese a todo, no le montes su cubierto. Será la última vez que falte a la mesa.

Dicho esto, Elizabeth se marchó apresurada hacia la habitación de Lauren.

—¿Qué sucede? —preguntó Emily en voz baja cuando Elizabeth se alejó lo suficiente para que nadie más pudiera escuchar sus palabras.

—La señorita Lauren vuelve a sufrir del estómago. No los acompañará en el almuerzo. —Betsy hizo un aspaviento—. Ahora vayamos a la cocina. Hay trabajo que hacer.

Emily obedeció a su madre, aunque no se quitó de la cabeza los extraños males que aquejaban a la hija mayor de los Clark. De la emoción más absoluta por la llegada de los dos caballeros había pasado a la irascibilidad y la frustración, encerrando todos aquellos sentimientos en sí misma. Emily intuía que el motivo de todo aquello no era otra cosa que la inesperada relación que había surgido entre Nicholas y Violet. Lauren tenía sus expectativas, pero la realidad de los acontecimientos la había dejado por los suelos.

Después del almuerzo, en el que Lauren no estuvo presente, Gilbert se preocupó por el estado de su hija, al igual que Edward, que justificaba su preocupación con las extrañas enfermedades que había visto en sus viajes alrededor del globo.

—Lo correcto sería avisar a un médico, Gilbert. Sé que en Dunedin hay uno que se desplaza por estas tierras —dijo Edward. Sin embargo, por primera vez, Gilbert siguió su propio instinto.

—Hablaré antes con mi esposa. Entre mujeres, ya sabe, se entienden mejor.

—Aun así, le enviaré una misiva, si me lo permite. Solo para pedirle consejo.

—Me parece correcto —dijo Gilbert.

Esa misma tarde, Gilbert mantuvo una conversación con su esposa mientras paseaban por los alrededores de la finca. La abstinencia de Elizabeth lo hacía todo mucho más fácil y Gilbert se mostraba más relajado. Nada más mencionarle su preocupación, Elizabeth asintió dejando claro que estaba al tanto.

—Precisamente hoy he hablado con ella —comentó Elizabeth—. Lauren tenía muchas ilusiones puestas en Lord Clifford. Desde el primer momento en el que lo vio, creyó firmemente que el destino lo había puesto en sus manos, pero la realidad es otra bien distinta.

Gilbert cogió aire y se frotó la barbilla.

—Sé a lo que te refieres. A mí también me ha sorprendido el cambio de Violet. Le está enseñando a pintar.

Elizabeth asintió.

—Sí, se han hecho muy amigos —susurró.

—¿Insinúas algo? —preguntó Gilbert.

—Quizás debamos apostar por ambos; apoyar a Violet. ¿Quién nos lo iba a decir a principios de este año? Un aristócrata inglés pretendiendo a Violet. Sin duda es una oportunidad que no podemos dejar pasar.

—En eso tienes razón —indicó Gilbert. Aún se preguntaba si

hacía bien en vivir con su familia en un lugar tan apartado, pero optó por no comentarle nada a su esposa. Estaba feliz y eso era lo único que le importaba.

—Tenemos que apoyarla. Quién sabe qué beneficios podría depararnos en un futuro.

Gilbert asintió. Una rápida conversación bastaba para definir el futuro a medio de plazo de una de sus hijas; un futuro en el que todos saldrían ganando y en el que serían felices de una vez por todas. En cuanto a Lauren, era una joven bella que no tendría problema en encontrar otro pretendiente. Era cuestión de tiempo.

No obstante, pese a lo positivo de conversación, el rostro de Gilbert se turbó de inmediato.

—Esperemos que nuestros invitados estén aquí el tiempo suficiente.

—Eso es lo que debemos hacer, Gilbert. A cualquier precio.

CAPÍTULO 19

Violet caminaba de un lado a otro. Estaba nerviosa, histérica. Hacía un par de días que Nicholas le había pedido contemplar todas sus obras y, tras insistir mucho, finalmente ella había accedido a mostrarle la mayoría de los lienzos que tenía escondidos por su habitación. Sin embargo, como eran tantos, Nicholas le pidió que se los entregara durante unos días para que pudiera observarlos tranquilamente.

Apenas un rato antes, mientras desayunaban, Nicholas le había dicho que iba a devolverle las pinturas esa misma mañana. No le había comentado nada más, razón por la cual los nervios de Violet estaban a flor de piel. Habían acordado reunirse en uno de los salones de la planta baja y allí era donde llevaba aguardando un buen rato.

Al mismo tiempo, y sin que su hermana lo advirtiera, Lauren había pasado varias veces por delante de la ventana, ansiosa por ver con sus propios ojos el encuentro entre Nicholas y Violet. Pese al sufrimiento que le ocasionaba, cada poco necesitaba corroborar que la relación entre ellos era real, pues no podía acabar de creérselo. Sin embargo, en una de las veces que pasó frente a la ventana, vio que

Nicholas ya había llegado y que ambos discutían entre risas acerca de los cuadros. Rota de dolor, se retiró a su habitación.

—¿De verdad te han gustado? —preguntó Violet con un leve sonrojo.

Nicholas señaló a los lienzos.

—Habría que estar ciego para no alabar estas piezas. Eres toda una artista, Violet. Puedes estar segura de que lo digo con la mano en el corazón.

—No creo que sea para tanto —dijo humilde.

—Es típico de los genios menospreciar sus propias creaciones. Ah, otra cosa, ¿quién es la joven que aparece en muchas de tus obras? En ninguna de las piezas puede apreciarse su rostro.

Violet tragó saliva. Su primera intención fue decirle que se trataba de Lauren o Emily, pero la idea de que Nicholas dedicara una mínima parte de su atención a ellas le hacía hervir las entrañas. Sin más, no le quedó más remedio que decir la verdad:

—Soy yo.

Nicholas contempló uno de las pinturas y después miró a Violet.

—Tan solo la belleza de tu rostro podría mejorar estos lienzos —declaró Nicholas—. ¿Por qué nunca te has retratado?

Violet agachó la mirada. Sus inseguridades habían desaparecido a medida que la relación con Nicholas iba creciendo, pero la pregunta del joven le hizo recordar su propia imagen en el espejo; aquella que tanto despreciaba.

—Alguna vez lo he hecho, pero no es algo que me entusiasme. —Rápidamente, Violet intentó cambiar de tema para superar aquel trance—. Además, con esas máquinas fotográficas no tiene sentido emplear el tiempo en los retratos.

—Las fotografías no transmiten nada, Violet, pero tus composiciones hablan por sí solas. Tienen ese poder. Un poder del que me estás haciendo partícipe.

—Yo no diría tanto —respondió Violet nerviosa. Nicholas la miró con intensidad y se acercó a la joven.

—¿Qué poder albergaría un retrato tuyo? ¿Quién podría dejar de contemplarlo?

La cercanía de Nicholas provocó que a Violet se le erizara la piel. Centímetro a centímetro, la distancia se iba reduciendo. Todo lo demás dejó de existir para ellos y durante unos segundos ninguno fue capaz de refrenar el impulso que brotaba de su interior. Sin embargo, el ruido de una puerta al cerrarse les trajo de vuelta a la realidad.

Aquel conato de pasión quedó en el secreto de los dos jóvenes, pero marcó un precedente mediante el cual la relación de ambos se intensificó más todavía. Era extraño el día que no pasaban un rato juntos, a solas pero vigilados desde la distancia por Betsy o por Elizabeth, la cual quería asegurarse de que su hija no cometía ninguna imprudencia.

En uno de esos días idílicos, Violet se encontró con Emily en el jardín. El tiempo había pasado desde la última vez que se habían parado a hablar. En el transcurso de los últimos meses, habían dejado de ser niñas y habían forjado cada una su propio carácter.

Cuando se encontraron, Emily cargaba un cesto repleto de verduras y sudaba por el esfuerzo. Al principio, dudó de cómo actuar y dejó que Violet tomara la iniciativa.

—Qué bueno verte, Emily.

Esta dejó el cesto en el suelo y sacudió el polvo de sus manos.

—El gusto es también mío. Parece que vivimos en residencias distintas.

Violet asintió.

—La verdad que sí. Últimamente, he estado muy ocupada, ya sabes… —Violet señaló al caballete que había bajo la sombra de uno de los árboles del jardín. Un poco más allá, Nicholas trabajaba la tierra con la ayuda de dos mozos.

—Claro. Nicholas parece un buen hombre —dijo Emily.

—Tenemos muchos gustos en común. Nunca había hablado tanto de arte con nadie.

Las palabras de Violet no gustaron a Emily, aunque esta no expresó su molestia, sino que se limitó a recoger la cesta del suelo.

—No sabes cuánto me alegro. Ahora tengo que seguir, Violet. Estoy atareada.

—Claro. Perdona por molestarte —dicho esto, Violet se dio la vuelta y regresó donde Nicholas. Por su parte, Emily siguió su camino recordando con nostalgia las tardes que ambas pasaban juntas, jugando y riendo como amigas que eran. ¿Adónde había ido todo eso?

La soledad de Emily iba creciendo, sentía que cada día su amistad se diluía como agua entre los dedos. Sin embargo, luego pensaba que le alegraba que Violet dejara esa actitud tan negativa hacia sí misma, por lo que decidió que, si Nicholas la hacía sentir bien, ella la apoyaría. Por fin, Violet mostraba todo su potencial y no escondía sus gustos. Dejaba de ser la sombra de su familia. Dejaba de ser una chica escondida tras los cristales de la casa.

Esa misma tarde, Gilbert y Elizabeth llamaron a Emily y su madre para comunicarles algo. Sus invitados estaban muy interesados en conocer algunos puntos de Los Catlins, específicamente el sector de Curio Bay. Por lo que vieron como una excelente idea que sus hijas los acompañaran. Esto porque ambos querían que Nicholas y Violet tuvieran más instancias de conocerse, pero por supuesto bajo la vigilancia de alguien más. Ambas, delegaron sus deberes y vieron como una gran muestra de confianza que les asignaran esa tarea.

Al otro día temprano las pasaría a buscar una diligencia que los acercaría al lugar, pues el acceso era difícil. Emily iba perdida en sus pensamientos, cuando se cruzó con Violet.

—¡Vas a ir con nosotros! —gritó Violet de emoción. Emily sonrió, pues le gustaba mucho ver que su amiga aún quería su compañía.

—Sí, vamos mamá y yo, además de Conrad, el cochero —respondió Emily mirando a un lado y otro. Luego se acercó al oído de Violet—. Será una gran oportunidad para que te conozcas mejor con Nicholas, yo intentaré ayudarlos.

Violet estaba eufórica y tomó las manos de su amiga.

—Gracias, gracias de todo corazón. La verdad es que no he

salido de estas paredes y me gustaría acompañar a Nicholas. Además, podré tener más inspiración para mis obras.

Emily sonrió.

—Eso tú no lo necesitas, con esa cabecita —afirmó Emily tocando su sien—. No necesitas nada más para imaginar mundos perfectos. Quizás Nicholas necesite más inspiración.

Ambas rieron.

—Sabes, creo que en un par de meses será muy bueno. Te lo digo con sinceridad y no porque tenga un interés evidente por él —dijo Violet. Emily la miró confusa, pues no encontraba tan buenas sus pinturas y eso que ella no sabía nada de arte—. Aprende muy rápido y conoce mucho de técnicas modernas.

Emily no quiso seguir hablando del talento de Nicholas, quería aprovechar ese momento de complicidad, para demostrarle que la iba a apoyar en todo lo que le hiciera bien.

Esa noche conversaron como lo hacían antes y Emily comprendió que su actitud también había alejado a Violet, quizás si ella dejaba de lado su egoísmo y compartía la felicidad de su amiga, su amistad volvería a ser la de antes.

A la mañana siguiente, salieron hacia la zona de la bahía, Nicholas tenía especial interés en conocer un bosque fosilizado, que cuando bajaba la marea se podía ver en todo su esplendor, y por esa razón esa era la primera parada. Llevaba un cuaderno para hacer anotaciones y sacar el máximo de información. Violet iba sentada al lado de Emily y ambas se miraban de soslayo con complicidad. Lauren tenía los ojos puestos en la ventana y Edward leía unas anotaciones. Betsy acompañaba a Conrad, el cochero, en la parte delantera. Cada uno en su mundo donde sus anhelos, preocupaciones y miedos cobraban fuerza. Ante el silencio reinante, Emily decidió iniciar la conversación.

—Han visto los árboles de este sector, es como si todos estuvieran a punto de caer.

Emily tenía razón, ese sector era en extremo ventoso, por lo que todos los árboles parecían tocar el suelo con sus ramas. Todos los arbustos y plantas estaban inclinados en una dirección.

—Sí, me ha llamado la atención la última vez que fuimos a Invercargill —dijo Nicholas mirando a Violet—. Sería un gran paisaje para inmortalizar, Violet. ¿Qué me dices?

Violet se sonrojó al ver todos los ojos puestos sobre ella, pero había aprendido que la timidez y el tratar de ocultarse no servía para nada.

—Creo que es una excelente idea, pediré que al regreso nos detengamos para poder observarlo mejor —respondió Violet.

—Tus obras son muy buenas —aportó Edward—. Creo que Nicholas tiene razón y deberías mostrarlas en Europa.

Violet miró a Nicholas, este le sonrió y movió su cabeza alentándola a que se decidiera de una vez.

—Me parece una idea estupenda, espero algún día llevarlas personalmente —respondió Violet. Nicholas no dejaba de mirarla.

—Yo creo que debería mostrar su talento al mundo, les voy a contar algo. Hace unos días, Violet me mostró todas sus pinturas y había una de un kiwi en la oscuridad, en medio de un bosque y sus ojos se veían tan reales que yo creía que saldría de la tela —dijo Nicholas con entusiasmo. Emily estaba orgullosa de Violet y le apretó la mano para que ella supiera que todos creían lo mismo—. Ese retrato del kiwi se lo pediré como un regalo personal, pues tiene todas las cosas que me interesan en este mundo, la fauna local, los bosques y la pintura… sobre todo las manos tras la pintura.

Todos se quedaron en silencio, pues esa declaración había sido demasiado explícita para la situación. Estaban incómodos, hasta que Edward decidió romper el hielo.

—Y también esa fruta nueva que ha llegado, ¿no le han puesto kiwi?

Todos rieron ante el comentario de Edward, pues hacía unos años habían introducido una fruta que, por el parecido al pájaro local, llamaron kiwi.

—Tienes toda la razón, querido amigo —dijo Nicholas entusiasmado—. Creo que fue una mujer llamada Isabel Fraser quien trajo las semillas desde China y se han adaptado muy bien a estas tierras.

—No entiendo tu fascinación por todo esto. Me parece anecdótico lo que cuentas —respondió Edward riendo.

—A mí me parece fascinante, ver un pájaro como el kiwi, sin alas y sin cola y que las plumas parezcan pelo. —Rio Nicholas—. Estas especies solo las podemos ver aquí.

Las chicas rieron, pues no sabían que fuera de la isla no existieran estas pequeñas aves nocturnas.

—Igual son como una gallina, las gallinas no vuelan —dijo Lauren hablando por primera vez. Todos se voltearon a verla.

—Así es, son de la misma familia, pero tiene sus diferencias, por ejemplo, el tamaño de sus huevos, son hasta seis veces más grandes —detalló Nicholas. Violet y Emily se miraron extrañadas—. Además, ese pájaro es muy importante por aquí, está presente en las insignias del regimiento de Nueva Zelanda desde hace unos veinte años.

Lauren hizo un gesto desinteresado y volvió a mirar por la ventana. Edward la interrumpió.

—¿Qué te parece, Lauren? Seguimos hablando de pájaros y plantas o te cuento algo que quieras saber de Londres.

—Prefiero hablar de Inglaterra —respondió animada—. Cuénteme de los bailes, quiero saber cómo son.

Lauren y Edward continuaron su conversación, mientras que el resto continuó el viaje hablando de los paisajes y la fauna local.

Pasado un tiempo, la diligencia se detuvo y Betsy apareció en la puerta.

—Hasta acá puede llegar, el resto debemos hacerlo caminando —dijo indicándoles un extenso prado.

Efectivamente, tuvieron que caminar más de media hora, hasta que llegaron a un gran acantilado erosionado que caía hasta el mar.

—Por aquí se puede bajar, pero deben hacerlo con mucho cuidado. Es difícil, pero valdrá la pena —informó el cochero apuntando hacia el costado del acantilado.

Bajaron con cuidado y lo primero que se encontraron fue con una colonia de pingüinos de ojos amarillos.

—Manténganse alejados, no les gusta que se acerquen —indicó Conrad.

Nicholas comenzó a hacer anotaciones y Violet no podía dejar de mirarlo. Emily le dio un codazo.

—Ya, no demuestres tanto interés, eso no se ve bien —le reprendió Emily.

—Tienes razón —dijo Violet mientras le daba la espalda y se ponía frente a Emily—. ¿Escuchaste lo que dijo?

Emily movió afirmativamente la cabeza y sonrió.

—Eso fue casi una declaración, fue incómodo, pero creo que todo va bien —respondió Emily.

—No te había contado, pero hace unos días casi nos besamos —susurró Violet cerca del oído de su amiga. Emily abrió la boca con sorpresa. Si bien eran chicas que bordeaban los diecisiete años, ninguna había tenido un acercamiento de ese tipo.

—Después me cuentas, que ahí viene —dijo Emily.

—Son fascinantes —afirmó Nicholas mirando a Violet—. Deberías observarlos, quizás puedas sacar ideas para nuevas pinturas.

Violet sonrió, le iba a contestar cuando de pronto escuchó unas risas y gritos. Eran Edward y Lauren que tenían la vista fija en el mar.

—Nicholas no te pierdas este espectáculo —gritó Edward.

Los tres corrieron hasta el lugar donde estaba y pudieron contemplar a lo lejos unos diez delfines nadando.

—He leído sobre este tipo de delfines, los descubrió un escocés llamado James Héctor y por eso se les llama Delfín Héctor, son los más pequeños que se hayan visto.

Violet sonrió al ver como los animales saltaban y caían de costado.

—Se ven amistosos… —comentó Violet. Nicholas cabeceó y la miró sorprendido.

—No te fíes, creo que no les gusta el contacto humano. Además, son carnívoros.

—¿Comen humanos? —preguntó Violet asustada. Nicholas rio.

—No, solo los calamares y peces más pequeños que ellos.

Contemplaron el espectáculo por bastante tiempo y luego decidieron caminar hacia el bosque que quería estudiar Nicholas, bajo la atenta mirada de Betsy y Conrad. Emily iba junto a Violet. Estuvieron casi una hora esperando que hiciera sus anotaciones, cuando Conrad los interrumpió.

—Hay unas cuevas un poco más allá, si quieren verlas aprovechen de ir ahora, pues solo se puede entrar con la marea baja. Nosotros vamos atrás.

Todos caminaron al lugar aprovechando que se podía ingresar sin problema. Ya desde fuera se veía impresionante, como si hubiesen sido talladas por humanos. Era realmente un espectáculo de la naturaleza, mientras todos contemplaban el lugar. Emily le hizo un gesto a Violet para que se adelantase y ella caminó con dificultad hacia su madre.

—Creo que me he doblado el tobillo, ¿me ayudan? —pidió Emily captando la atención de Betsy y Conrad, quien la tomó del brazo para que se sentase en una roca.

Betsy le sacó el zapato y comenzó a inspeccionar el pie de Emily, ella gritó mientras su madre lo doblaba.

—Yo no lo veo hinchado, ¿cuándo te lo hiciste? —indagó Betsy.

—Hace un momento, por eso aún no se nota —contestó Emily mirando cómo Violet y Nicholas se perdían—. No puedo seguir, ¿podría alguien quedarse conmigo?

Betsy miró a Conrad y decidió que ella se quedaría con su hija. No se fiaba de nadie.

—Conrad, ayúdame a llevarla al sol, y después vas con las señoritas Clark —pidió Betsy. Conrad obedeció y levantó a Emily desde un lado.

Mientras, Violet y Nicholas caminaban al interior de la cueva descubriendo un lugar asombroso.

—Estoy encantado, me gustaría que algún día vayamos al faro de Waipapa, el que construyeron tras el naufragio del barco. Violet sabía a qué se refería, pero nunca había ido a conocer el lugar.

—Me encantaría —dijo mientras miraba a un lado y otro—. ¿Y los demás?

Nicholas no se había percatado de que estaban solos y en ese momento tomó de la mano a Violet y la llevó corriendo a un lugar más apartado.

—¿Qué haces? Nos podemos perder —apuntó Violet casi sin aliento tras la carrera.

—Lamento haberte asustado —dijo Nicholas sonriendo—. Fue un impulso al ver que podríamos estar unos minutos a solas. Además... yo no me pierdo.

Violet no sabía qué hacer, su corazón latía tan fuerte que sentía que se le saldría del pecho. De pronto, Nicholas se acercó a ella y le tomó la cintura. Estaba oscuro y lo único que escuchaban era su propia respiración junto al sonido del viento contra las rocas y el agua gotear en algún lugar lejano.

Violet se dio cuenta de que Nicholas estaba nervioso. La tensión era palpable. Él tomó su rostro con ambas manos, inclinándose hacia ella para besarla. Los labios de Violet temblaron ligeramente al principio, pero pronto se relajaron en la suave presión de los labios de Nicholas. Cada uno sintió un hormigueo que les recorría el cuerpo. De pronto escucharon la voz de Conrad a lo lejos, se alejaron lentamente, mirándose el uno al otro con una sensación creciente de amor y deseo. Era una emoción maravillosa, algo que ninguno de los dos había sentido antes. Pero la voz se acercaba cada vez más y era solo cuestión de tiempo antes de que tuvieran que regresar a la realidad y abandonar ese mágico momento.

Nicholas tomó su mano y avanzó hasta la parte más iluminada.

—¡Por aquí, nos hemos perdido! —gritó Nicholas alzando las manos para que Conrad lo viera—. Gracias a Dios que has venido por nosotros, ya nos veíamos con el agua hasta el cuello.

Conrad se sintió satisfecho de haber hecho su buena obra.

—Sí, nos queda menos de una hora, para que esto comience a llenarse de agua. Creo que el paseo terminó, porque la señorita Emily se ha torcido el pie y va a ser muy difícil continuar.

Violet miró de reojo a Nicholas, pues había comprendido que ese maravilloso momento había sido gracias a Emily.

—Entonces salgamos de aquí —dijo Nicholas haciéndose a un lado para que Violet caminase delante.

Fuera de la cueva, Emily estaba sentada en una roca junto a Betsy y Lauren con Edward habían comenzado a subir.

Cuando Violet llegó al lado de Emily sonrió y esta le cerró el ojo. Nicholas inclinó su cabeza y susurró un gracias imperceptible para los demás.

El regreso fue más rápido y ni siquiera pararon a observar los árboles inclinados. Al parecer, esa pequeña salida había hecho mucho para todos. Emily se sintió nuevamente cerca de Violet y estaba feliz de que ella lo fuera. Lauren estaba encantada con todo lo que Edward le contaba sobre Londres y Violet llevaba una sonrisa mientras miraba por la ventana.

Luego de ese día, los paseos se hicieron algo habitual, Gilbert y Elizabeth veían cómo la amistad de Violet y Nicholas iba bien encaminada, por lo que esperaban que dentro de muy poco él pidiera poder cortejarla para casarse con ella. Gilbert sabía que había poco tiempo, por eso aceptaba esas salidas fuera de la residencia, como una forma de acelerar todo, pues las noticias que provenían desde Inglaterra podrían echarlo todo a perder. Rogaba porque sus invitados no tuvieran que emprender su viaje de regreso antes de tiempo.

La relación de Nicholas y Violet fue creciendo y Emily los ayudaba cada vez que podía para que estuvieran tiempo a solas. Emily veía cómo su amiga había logrado florecer, había dejado de ser la chica tras un cristal, la que nunca salía, la que nunca daba su opinión. Solo esperaba que de una vez se diera cuenta de lo valiosa que era.

Por su parte, Nicholas estaba emocionado por su romance clandestino, si bien no pasaba de algunos besos a escondidas, él sabía que podían llegar a algo más. Nunca se había interesado por alguien, pues siempre pensó en casarse cuando terminara de dar vueltas por el mundo y por supuesto se iba a unir con alguien de una familia influyente. Sin embargo, esto que estaba viviendo no estaba en sus planes, lo descolocaba, pues sentía la necesidad de que Violet lo quisiera. No quería perder la atención que ella le prodigaba, lo hacía sentir importante. Nicholas buscaba por todos los medios que ella solo tuviera pensamientos para él y sabía que lo estaba logrando, por lo que cada encuentro terminaba con promesas y sutiles versos, engarzando más su corazón.

La vida de Violet, había cambiado y pensaba que gracias a Nicholas podría lograr todo lo que se propusiera, pues él la eligió sobre Lauren. No dejaría pasar la oportunidad de ser feliz, ya que ni en sus mejores sueños, alguien como él se fijaría en ella. Por lo mismo, pasaba las noches de desvelo pincel en mano, dibujando bucólicos mundos de amor donde poder representar la dicha que sentía por aquellos días y la recompensa era la admiración de Nicholas y la idea de una vida juntos. Todo eso hubiera sucedido, si las noticias provenientes de Inglaterra no hubieran cambiado el destino de todos.

CAPÍTULO 20

Habían pasado un par de meses desde que la amistad de Violet y Nicholas había avanzado, sin embargo, Gilbert comenzaba a desesperarse ante la nula iniciativa del joven y de un posible regreso apresurado a Inglaterra. La gravedad seguía patente, especialmente cuando recibieron una nueva misiva.

—Supongo que esto cambia las cosas —dijo Edward leyendo la carta con desagrado—. Lo más probable es que el chico deba volver y no estoy seguro de que regrese. Un hombre de su posición tiene compromisos que atender. Espero que encuentre una solución para ese jardín. No creo que quede mucho tiempo.

Gilbert suspiró, pensando en cómo acelerar todo, pero era inútil, ya no había nada más que hacer.

—Lo entiendo… —contestó con voz queda. Sabía que la felicidad de su esposa dependía directamente de la presencia de ellos y la posible relación de Violet con Nicholas. Más allá de ese salvavidas, Gilbert no tenía mucho más para conseguir la dicha de Elizabeth.

—¿Qué te preocupa, amigo? —preguntó Edward al observar el rostro pensativo de Gilbert.

—No negaré que su visita ha sido bien recibida por mi familia —

Edward dejó escapar una sonrisa que Gilbert no supo interpretar, aunque no le prestó más atención—, por tanto, temo a lo que pueda ocurrir tras su marcha.

—Tampoco es deseo mío el marcharme. Le sonará extraño viniendo de un hombre como yo, pero he estrechado más lazos de los que esperaba en esta tierra.

Gilbert frunció el ceño.

—¿A qué se refiere?

Edward abrió los labios en un amago, pero se recompuso.

—Nada que deba preocuparte. Los años pasan y los viajes pesan.

—¿Sentar la cabeza? La verdad, me sorprende.

—¡Y a mí! —dijo Edward—. Nunca había pensado tanto en ello como en este tiempo que estoy pasando aquí. Siento una sana envidia por la familia que ha formado.

—Tal vez regresar a Inglaterra sea una oportunidad.

Edward encogió los hombros.

—Quién sabe. Es seguro que debo acompañar al chico hasta Inglaterra, ayudarle a aclarar sus asuntos, ya sabe, pero es posible que regrese después. Siempre que me abra las puertas de su casa.

—Nunca las encontrará cerradas, Edward.

Fuera del despacho, Emily escuchó la conversación mientras barría el pasillo, preguntándose qué habría ocurrido en Inglaterra. Cuando la charla de los hombres se centró en los negocios, continuó su camino y se dirigió a la cocina, donde estaba su madre. Betsy estaba frente a la ventana y parecía mirar mucho más allá, donde se encontraba el viejo sendero.

—Hola, madre —dijo Emily para llamar su atención. Sin embargo, Betsy la saludó con un ademán. Ante esa respuesta, se acercó a la ventana—. Es Isaac. ¿Qué quiere ahora? Le pagaste hace dos días.

Betsy asintió en silencio.

—Dice que esa cantidad de dinero es insuficiente.

—¡Mándalo al diablo!

—¡Emily! Esto es cosa mía —aseveró Betsy señalándole con el dedo.

—Eres mi madre, así que es cosa mía también.

Betsy miró a su hija. Pese a que era joven, se había convertido en una mujer fuerte, capaz de enfrentarse a lo que la vida le deparara. No obstante, ella había sido también así; lo fue antes de que comenzara la pesadilla.

—Iré a hablar con él —dijo Betsy.

—Te acompaño.

—¡No! Quédate. No tardaré.

Emily se quedó junto a la ventana viendo cómo su madre se dirigía hacia el otro lado del jardín. Hacía cosa de un año, Betsy le había contado el maltrato que recibió tanto de su padre como de su hermano, especialmente después de que uno de los jóvenes del pueblo la dejara embarazada. La trataron tan mal que Betsy decidió que no quería vivir bajo su mismo techo.

—No quiero que te pongan la mano encima. —Le había dicho mientras lloraba. Desde entonces, el odio de Emily por Isaac alcanzó cotas inimaginables. Por si no era suficiente el calvario que tuvo que soportar su madre, su abuelo le exigía una parte de su sueldo para los gastos de la casa. El porqué Betsy aceptaba era algo que Emily no podía comprender, convirtiéndose en motivo de numerosas discusiones. Intuía que debía haber algo más que su madre no le había contado.

Así, con una mezcla de intriga e indignación, observó cómo su madre caminaba hacia su tío Isaac, al que le adivinaba una sonrisa en el rostro; siempre miraba a su madre con una sonrisa que le producía escalofríos. No obstante, estaba cansada del silencio de Betsy. Dejó la escoba en la cocina y salió por la puerta principal de la casa. Allí se encontraba Nicholas regando los brotes de la zona externa del jardín. Pasó de largo y alcanzó la calle, dejando tras de sí la residencia. Giró a la izquierda y bordeó el muro hasta llegar a la parte trasera del establo. Escondida entre los arbustos, se acercó a donde se encontraban Isaac y su madre. Estaba dispuesta a averiguar la verdad de una vez por todas.

Betsy tenía los brazos cruzados y temblaba, pese a que el sol de la mañana calentaba bastante. Isaac, montado en el carro, ocultaba sus ojos bajo la sombra de la solapa del sombrero.

—Es todo lo que puedo darles —titubeó Betsy. Emily apretó los puños para contenerse. Su madre estaba suplicando. Isaac negó con la cabeza sin perder la horrible sonrisa.

—Padre dice que no es suficiente. ¿Es que no nos quieres, Betsy?

—Márchate, Isaac.

Sin embargo, su hermano le respondió con una carcajada.

—Se me ocurre otra manera con la que podrías pagarnos. Te echamos de menos.

Los ojos de Betsy brillaron de rabia.

—¿Cómo te atreves? ¡Malnacido!

—Es una forma sencilla de pagar las deudas de los últimos meses. Nos harías muy felices.

Emily no comprendía nada.

—Eres un demonio.

—Un par de horas, Betsy. En cuanto a Emily…

—¡Ni la nombres! ¿Me has oído? ¡Que sea la última vez que su nombre sale de tu boca!

Isaac rio de nuevo.

—Pues ya sabes lo que tienes que hacer. Visítanos mañana por la noche.

Emily se fijó en su madre. Lloraba de frustración, de odio. Cogió aire y miró al cielo. Su cuerpo temblaba.

—¿Por qué me hacen esto?

—Porque te queremos, Betsy. Te queremos mucho y a Emily también.

Betsy se estremeció.

—¿Nos dejarán tranquilas?

Isaac sonrió.

—Por supuesto, durante un tiempo. Todo depende de ti.

—Mañana por la noche —dijo Betsy vencida, como si su alma hubiera abandonado su cuerpo en ese momento.

—Así me gusta. Ahora acércate y dame un beso.

Betsy lo miró con el rostro encendido.

—No tengo todo el día, Betsy. ¡Venga!

Avergonzada y todavía temblorosa, Betsy se acercó lentamente hacia el carro donde estaba Isaac y se detuvo justo al lado. Entonces, Isaac la besó suavemente en la mejilla.

—Echaba de menos tu olor.

Emily no podía reaccionar. Estaba petrificada.

—¿Puedo irme ya? —preguntó ella con los ojos cerrados.

—Te esperamos mañana… Te esperamos.

Dicho esto, Betsy regresó apresurada a la casa e Isaac se alejó lentamente por el camino. Emily continuaba quieta, reflexionando acerca de lo que acababa de ver. Impactada y casi febril, volvió a la puerta principal de la residencia. En esta ocasión se encontró a Violet mostrándole uno de sus últimos lienzos a Nicholas. Pasó junto a ellos sin decir nada, como un fantasma.

—¡Emily! —gritó Violet—. Mira esta pintura.

La joven se giró y miró a su amiga con los ojos vidriosos. Estaba pálida.

—¿Ocurre algo? —preguntó Nicholas.

—Es solo que… una serpiente. Estaba fuera y he visto una serpiente. Me he asustado.

—Dios. ¿Te ha mordido? —preguntó Violet.

—Estoy bien. Solo el susto —dijo Emily retomando el paso. Quería ver a su madre cuanto antes, pero Violet se lo impidió mostrándole la pintura.

—¿Qué te parece? —preguntó Violet con una sonrisa. Emily lo miró por encima y le dijo que estaba bien, aunque apenas le había prestado atención. Quería marcharse de allí.

—Es impresionante —alabó Nicholas. Violet se ruborizó.

—Solo es un cuadro.

—No es solo un cuadro, Violet. Tienes mucho talento. Podrían venderse muy bien en Inglaterra y Europa. Serías una gran artista.

Violet agachó el rostro. Emily permanecía allí como una estatua, digiriendo lo que acababa de suceder entre su tío y su madre.

—No lo dices en serio.

—¡Te lo digo con la mano en el pecho! Tengo la certeza de que, si envío un par de lienzos a Inglaterra, todos se quedarán fascinados.

Emily se disculpó y puso rumbo a la cocina. Se alegraba mucho por Violet porque al fin hubiera alguien que apreciara su arte y la animara a seguir creciendo en ese sentido, pero sentía la imperiosa necesidad de llegar a hasta su madre. Cuando llegó a la cocina, la encontró cortando varias cebollas y con el rostro bañado de lágrimas. De repente se estremeció ante la imagen que tenía ante sí: ¿cuántas veces se había encontrado a su madre llorando con las cebollas? Ella siempre había pensado que el motivo de llanto eran las mismas hortalizas, pero con lo que había ocurrido minutos atrás, supo que no era más que un teatro, una farsa para que ella no se preocupara de nada.

Se quedó muda, sin saber qué decirle. Arrastró ligeramente una silla para que su madre supiera que ella estaba allí y esperó.

—¿Dónde te habías metido? —preguntó Betsy.

Emily señaló tras de sí.

—Violet me estaba enseñando una de sus pinturas. Lord Clifford dice que quizás envíe algunas a Inglaterra —hablaba sin más; le habría dicho cualquier cosa con tal de romper el silencio amargo que reinaba en la cocina.

—Ah, de acuerdo —dijo Betsy—. Hace buen día, es probable que las sábanas estén secas.

—¿Todo bien con Isaac? —preguntó Emily al fin. Nada más hacerlo, vio cómo su madre agarraba el cuchillo con más fuerza, impactando en la tabla con un ruido sordo.

—Solo le importa el dinero. No tienes de qué preocuparte.

En ese momento, Emily recordó las palabras de Isaac. Quería preguntarle por aquello, pero el miedo y la vergüenza la atenazaban.

—Voy a por las sábanas —dijo al fin.

—Si siguen mojadas, vienes y me ayudas con la comida.

Emily caminó lentamente, casi como si su cuerpo fuera a derrumbarse, hasta la zona donde estaban tendidas las sábanas. Pasó entre ellas rozándolas con las yemas de los dedos y cuando se encontraba justo en medio, oculta por las paredes blancas de tela, comenzó a llorar sin consuelo.

Dos días después, el discurrir de los acontecimientos irrumpió con fuerza en la residencia de los Clark. El destino los enzarzó con la misma aguja sin que ellos lo supieran.

Emily, a hurtadillas, había seguido a su madre la noche en la que se había citado con Isaac. Betsy salió de la residencia pasada la medianoche, cuando todos dormían; excepto su hija. Lo que sus ojos vieron la dejaron al borde del colapso, no era capaz de reflejar, bajo ningún medio existente, lo que había sentido esa noche. Aguardó a que todo hubiera terminado y siguió a su madre de vuelta como si de una procesión fúnebre se tratara.

Llegaron a la residencia de los Clark cuando el frío amanecer se vislumbraba en el horizonte. Por suerte, Betsy no fue a la habitación que compartía con su hija, sino que pasó por la cocina, llenó unos cubos de agua y se encerró en el baño. Al otro lado de la puerta, Emily escuchó, en una perfecta y decadente sintonía, el llanto de su madre junto con el correr del agua vertiéndose en algún lugar. Cuando el agua cesó, sonó su ropa rasgarse con furia, de la misma manera que se quitaría de encima algo que le abrasara la piel. Emily lo escuchaba todo en silencio, con la cabeza apoyada sobre la puerta mientras se preguntaba cómo podía existir en el mundo tal degeneración; tanta maldad. Deseaba abrir la puerta y consolar a su madre, aunque sabía que ni todo el cariño del mundo podría acallar un ápice del dolor que sentiría en ese momento.

Cabizbaja, fue hasta su habitación y se metió en la cama para que Betsy creyera que aún dormía y que no había sido testigo de lo que vio. Cerró los ojos con fuerza, pero la nitidez de las imágenes asaltaba su mente como la más cruel de las tormentas: fue Isaac la que la desnudó mientras reía y se propasaba con ella de todas las maneras posibles mientras Betsy se dejaba hacer. En ese momento, Emily sintió que su corazón dejaba de palpitar, el sufrimiento la invadió. Aún en el silencio, podía escuchar sus carcajadas y los gritos de su madre.

Minutos después, cuando Betsy abrió la puerta de la habitación, Emily cerró los ojos y se dio la vuelta para que su madre no viese sus lágrimas.

—Es hora de levantarse, Emily —dijo con un hilo de voz.

—Ahora mismo, madre.

—No tardes.

Emily se giró y observó el rostro pétreo de su madre, que esquivaba cualquier expresión de dolor. Sin embargo, su mirada estaba perdida. En ese instante, Emily juró que se vengaría de ellos, aunque le costase la vida.

CAPÍTULO 21

Tan solo unos días después, llegó una nueva misiva desde Inglaterra. Gilbert la recogió con urgencia y se la entregó Edward Campbell. Ambos se levantaron de la mesa donde estaba servido el desayuno.

—Las peores previsiones se han cumplido. El hermano de Nicholas, el conde de Warrington está grave —leyó Edward con solemnidad.

Gilbert agachó el rostro en señal de preocupación.

—El muchacho debe regresar a Inglaterra, pues si sucede lo peor tiene que heredar el título.

—¿Cómo se tomará la noticia? —preguntó Gilbert.

—Es un chico sensible. Espero que comprenda las directrices de su hermano de mantener su mal estado de salud en secreto. Hemos cumplido con nuestra obligación después de todo.

Los dos hombres se llevaron a Nicholas al despacho y le comunicaron la noticia. Eugene Clifford estaba aquejado por la tos y problemas respiratorios desde hacía meses. Habían acudido doctores de toda Inglaterra para tratarlo, pero no consiguieron mucho. Sin embargo, dejó claro que no quería que su hermano interrumpiese su viaje hasta que fuera inevitable, razón por la cual Nicholas no supo de la enfermedad hasta ese momento. El joven encajó la noticia con fortaleza, aunque no pudo evitar derrumbarse.

—¿Cuándo regresamos a Inglaterra, Edward?

—Partiremos en cuanto zarpe el primer barco. Debemos acercarnos al puerto, así es que saldremos esta misma noche. Será un viaje largo, aunque ya he enviado una respuesta de que estaremos de regreso.

Nicholas asintió en silencio y así se quedó durante unos segundos. Gilbert estaba asombrado por la entereza del joven, pero a la vez se preguntaba qué repercusiones tendría la marcha de los caballeros. No tuvo que esperar mucho para descubrirlo. Nicholas se retiró a su habitación, ya que deseaba estar a solas, y Edward y él le dieron la noticia al resto.

Enseguida, Elizabeth se retiró a rezar, mientras que las dos jóvenes se quedaron petrificadas.

—¿Los dos se marchan? —preguntó Lauren, aunque nada más terminar la pregunta lanzó una mirada a su alrededor como si hubiera sucedido algo que solo ella hubiera advertido.

—Me temo que sí, señorita Lauren. El joven Nicholas está bajo mi protección. Pero volveré en cuanto el nuevo conde de Warrington se haya hecho cargo de la herencia.

Violet se mantuvo en silencio. Su relación con Nicholas había alcanzado cotas que ella ni se había atrevido a imaginar. El joven no solo la comprendía y la animaba a pintar, sino que se había convertido en su confesor, en la persona en la que podía encontrar refugio con tan solo una mirada. El arte solo había sido el precursor de una relación profunda donde Violet se había enamorado perdidamente, convenciéndose de que su futuro estaba ligado al del joven. La cortesía con la que Nicholas le había tratado, su sonrisa, el roce de su piel cuando trabajaban en los lienzos; para Violet todo aquello era señal inequívoca de que era el hombre de su vida.

Pasada la turbación de aquellos momentos, Violet se desesperó por no poder hablar con Nicholas, debido a la insistencia del joven de estar a solas. Angustiada, buscó a la única persona con la que podía hablar abiertamente. Encontró a Emily al otro lado del jardín trasero, allí donde la propiedad finalizaba y comenzaba el bosque.

—Se marcha esta misma noche —dijo Violet esperando que su amiga la consolara de inmediato. Sin embargo, de ella no obtuvo más que un extraño silencio—. ¡Emily! ¿Me has escuchado?

La joven se giró y observó a Violet con los ojos repletos de lágrimas.

—¿Qué te ocurre? —preguntó Violet. Emily no dijo nada, simplemente se abrazó a su amiga. Al cabo de unos minutos encontró fuerzas para contestar.

—No es nada. Tengo un mal día.

Violet la miró ceñuda, pero ni se planteó el cruel mordisco que desgarraba el corazón de Emily.

—Nicholas se va. Él...

—Lo sé, Violet. Pero es su obligación —dijo secándose las últimas lágrimas.

—No puede irse, Emily. Lo quiero. Nunca podré querer a nadie cómo lo quiero a él —expuso con desesperación.

Emily experimentó un acceso de rabia.

—¡Es lo que hay, Violet! ¡Deja de lamentarte por ello! —exclamó Emily mientras se alejaba. Violet no podía creerse la reacción de su amiga y se quedó allí sola. Aunque no lo estaría por mucho tiempo. Nicholas caminaba hacia allí.

El joven se detuvo junto a ella en silencio.

—Lo siento mucho, Nicholas.

Este asintió serio.

—Lo que más me duele de todo esto es separarme de ti.

Cuando Violet escuchó esas palabras sintió cómo su corazón se encabritaba. Una agradable sensación de calor ascendió por su estómago y acongojó su respiración.

—Nicholas...

—Escúchame, Violet, déjame hablar. No me queda mucho tiempo. —El joven tragó saliva—. Quiero que sepas que estos meses aquí han sido los mejores días de mi vida y que no quiero marcharme sin llevarme un recuerdo tuyo.

—Oh, Nicholas. Te entregaría mi vida si fuera preciso. —Nada más decirlo, Violet se percató de lo inapropiado de sus palabras—. Lo siento, no quería decir…

—Tranquila —dijo el joven estrechando sus manos entre las suyas. Violet se estremeció—. Si pudiera te llevaría conmigo, pero no sería bien visto que me lleve a una señorita soltera sin compañía de sus padres. Eso solo nos causaría problemas.

Violet comenzó a llorar.

—Regresa a por mí, Nicholas. Arregla todo lo que tengas que arreglar y vuelve a por mí. Te esperaré todo el tiempo que sea necesario. Contaré los segundos, los días, no me importa esperar una eternidad si me prometes que vas a volver.

—Volveré a por ti, Violet. Te escribiré siempre que pueda y volveré a por ti.

—Te quiero, Nicholas.

—Te quiero, Violet.

Los labios del joven se posaron sobre su frente.

—¿No te olvidarás de mí? —preguntó Nicholas con un ligero temblor en la voz.

—¡Jamás! Eres mi vida. Iría a nado hasta Inglaterra si me lo pidieses.

Otro beso calmó a Violet.

—¿Recuerdas lo que te dije de tus obras, aquello de que serías una gran artista? Déjame llevarme algunas, Violet. Sé que puedo concederte todo el reconocimiento que mereces.

—Te daré lo que me pidas.

—Las pinturas de mi amada. Contemplarlas me transportará hasta aquí y me hará más fácil la espera de volver a verte. Te convertiré en una estrella Violet, cuando vengas conmigo a Inglaterra, todos te alabarán.

Violet sonrió mientras sentía su alma surcar por los más bellos parajes.

—Son tuyos, Nicholas.

La marcha de Edward Campbell y Nicholas Clifford tuvo repercusiones inmediatas en la familia Clark. Gilbert trató por todos los medios de mantener el entusiasmo en torno al jardín —que estaba sin terminar— y en el casi seguro regreso de Edward, que le aseguró que tenía que dedicarse a ciertos negocios que le habían surgido por la región.

Sin embargo, sus palabras y sus promesas cayeron en oídos sordos. La primera en resentirse fue Elizabeth, que regresó al silencio y a acompañar sus horas de desvelo con crecientes cantidades de alcohol que mermaban su salud. Por este motivo, Gilbert se centró por completo en su esposa y descuidó a sus hijas, las cuales sobrellevaron la marcha de las visitas de manera curiosamente parecida.

Violet pasaba la mayor parte del tiempo paseando en torno al jardín de Nicholas, caminando entre los brotes de las plantas que un futuro próximo formarían parte de un cuadro vivo, una composición que ella misma había ayudado a componer, aconsejando a Nicholas donde situar cada planta según el verdor de sus hojas o el color de sus flores.

—Pero no estaré aquí cuando florezcan. Para entonces, viviré con Nicholas en Inglaterra. Será mi esposo —se repetía cada vez que atravesaba el incipiente jardín.

No obstante, los días fueron pasando y los brotes se convirtieron en pequeñas plantas que, para angustia de Violet, amenazaban con florecer. Mientras ella se marchitaba cada día.

Por su parte, Lauren lucía también una preocupación constante, pero en ocasiones translucía en ella una felicidad extraña y evocadora que la convertía en el miembro más risueño de la familia. Incluso hasta se percibía cierta madurez en ella.

Por otro lado, la relación entre Emily y Violet se mantuvo cercana, aunque en esta ocasión era Violet la que solía mostrarse más locuaz. Emily escuchaba a su amiga, opinaba cuando la otra se lo pedía y guardaba silencio el resto del tiempo.

—Hoy ha llegado una carta de Nicholas —dijo Violet nerviosa frotándose las manos—. Su hermano ha muerto y ha heredado el título, por esa razón no ha podido volver. Aun así, me ha asegurado que pronto regresará y que pedirá a mi padre permiso para casarse conmigo.

Emily sonrió. Una mueca por cortesía a su amiga. Ya habían pasado tres meses desde que Nicholas se había marchado y Violet se mantenía en un estado permanente de desesperación.

—¿No te alegras? —insistió.

—Oh, sí, Violet. No creo que haya mejor hombre para ti en el mundo que Nicholas —respondió sincera, pues los había visto juntos y sabía que su amiga era feliz a su lado.

Violet sonrió de orgullo y vergüenza al mismo tiempo. Su discurso y su pensamiento estaban centrados únicamente en Nicholas, razón por la cual no era capaz de ver el estado de su amiga. Emily se había quedado muy delgada, su rostro estaba lastrado por las ojeras y en sus ojos relucía el brillo del odio. Además, cuando caminaba a solas, siempre parecía estar murmurando palabras que solo ella entendía.

—Estoy deseando que regrese. Puede ser en cualquier momento.

El entusiasmo de Violet cuando recibía una carta de Nicholas alcanzaba cotas de gozo indescriptibles, pero, a medida que pasaban las semanas sin que el joven regresara a por ella, crecía en su pecho una desesperación cuyo único remedio era la próxima carta de Nicholas. La siguiente llegó de manos de Edward Campbell, que regresó a Nueva Zelanda para ocuparse de los negocios que tanto le preocupaban.

Su llegada fue tomada con júbilo por parte de los Clark, a excepción de Violet que cayó en una profunda depresión al leer la carta traída por Edward. En ella, Nicholas le informaba de que por el momento le era bastante complicado viajar hasta allá, ya que sus asuntos en Inglaterra eran de obligado cumplimiento. Violet sintió cómo todo a su alrededor se derrumbaba; su vida carecía de sentido en ese momento.

Acostumbrados a su personalidad cerrada e impermeable, nadie reparó en las muchas horas que pasaba Violet encerrada en su habitación, pintando un lienzo tras otro, tratando de extraer el dolor que sentía. Sus obras se tornaron oscuras y despiadadas, formando surrealistas paisajes que eran capaces de acongojar a quien los contemplaba.

Fue Emily, quien al advertir el cambio de actitud de Violet, fue en su búsqueda. Cuando le preguntó qué le ocurría, la respuesta de su amiga la dejó sorprendida.

—Nicholas no puede venir. Supongo que al ser conde debe atender muchos asuntos. Por tanto, seré yo quien viaje hasta allá. En la última carta dice que los lienzos que se llevó fueron muy alabados, así que le pediré a Edward que le envíe estos para que los venda. Con ese dinero me pagaré el viaje hasta Inglaterra.

Emily observó el pintar frenético de su amiga. Había algo en ella que le asustaba.

—Tu padre nunca lo permitirá, Violet. Lo sabes, ¿verdad?

La joven no contestó, sino que siguió dando pinceladas, cada vez más rápidas, más furiosas.

—¿Violet? —insistió Emily.

En ese momento, la tensión y la velocidad a la que movía el pincel rasgó el lienzo de un extremo a otro. Emily se sobresaltó y dio un paso hacia atrás, pero Violet no se movió, se quedó con el pincel en la mano.

—No puedo vivir sin él, Emily. Haré lo que tenga que hacer.

Emily apretó los labios y buscó las palabras correctas. Sabía que por nada del mundo Gilbert permitiría a su hija viajar sola hasta Inglaterra y mucho menos para ir tras un hombre. Tardó tanto en responder, que Violet continuó.

—¿Qué sentido tiene mi vida si la única persona que me ha entendido no está junto a mí? Es él, Emily. Sé que mi futuro está ligado a él.

—Apenas han pasado unos meses desde su marcha, Violet. No debes precipitarte. Quizás dentro de poco Nicholas pueda regresar a Nueva Zelanda y hacer las cosas como es debido.

—Moriría antes de quedarme aquí, Emily. Me asfixia. Todo me asfixia. Estas paredes, los paisajes, el olor del mar que colma la casa en los días ventosos, la actitud de mi padre, el lento suicidio de mi madre, ¿creían que no lo sabía? Mi madre no es feliz, nunca lo ha sido y que me castigue Dios, pero yo no quiero acabar como ella. Nicholas es el único que puede hacerme feliz en este mundo y si no puedo estar con él, dime: ¿qué sentido tiene vivir?

Emily miró fijamente los ojos de su amiga. De ellos rebosaban una sinceridad fría y determinante. Quería contestar, pero era consciente de que no podría hacerla reaccionar. Al menos no en ese momento, por lo que agachó la cabeza y se marchó sin más. Desde que fuera testigo del horror que tuvo que soportar su madre, todas sus fuerzas radicaban en ella. No le había confesado a Betsy lo que había visto, pues temía que aquello le provocara más dolor. Simplemente, la miraba con pena y guardaba silencio.

Ayudó bastante que Isaac no apareciera por allí, pues Emily pensó en muchas ocasiones que no podría controlarse si lo veía de nuevo. No obstante, sabía que ese momento se produciría tarde o temprano.

Había oído que, más al norte, en dirección a las montañas, había un grupo de bandidos que prestaban sus servicios para resolver cualquier disputa. Curiosamente eran forasteros australianos, igual que ellas, descendientes de los presidiarios que habían llegado a poblar la isla hacía muchos años. Al parecer persistía en ellos el malvivir, a diferencia de Emily y su madre, que solo querían trabajar honradamente.

Quienes querían contratarlos solo tenían que acercarse con una buena cantidad y decirles el nombre de la persona que debía desaparecer.

Emily estuvo reuniendo todo el dinero que pudo y cuando consideró que tenía suficiente, se fue en busca del bandido. Desechó la idea a las dos semanas, ya que no lo encontró. Pero eso no mermó sus ansias de venganza. Su agotamiento era fruto de la búsqueda constante del modo de vengar el sufrimiento de su madre. Dormir se le antojaba imposible y muchas noches se la podía ver caminando por los pasillos de la residencia, buscando una solución imposible.

CAPÍTULO 22

Sophia detuvo su lectura y miró a las demás.

—¿Por qué te detienes? —preguntó Daphne. Kora reafirmó sus palabras con un gesto.

—Es la última página —dijo Sophia pasando de una fotografía a otra—. ¡No hay más!

Daphne se incorporó de un salto.

—¿Cómo es posible? Es evidente que debió escribir más —exclamó.

—Quizás sacaste las fotografías tan rápido que no te fijaste en que no se trataba de la última página del diario —apuntó Sophia mostrándoles la fotografía.

—Espera —dijo Daphne—. Yo saqué fotos a todas las páginas, no las leí, pero después había solo hojas en blanco, lo revisé todo.

Sophia cabeceó de un lado a otro.

—La historia de la madre es aterradora. Su propio padre y hermano abusaban de ella —expresó Kora. Daphne y Sophia asintieron con una mueca de disgusto.

—Por eso vivían con los Clark. Creo que era la forma de Betsy de proteger a Emily —añadió Sophia. Tras esto, las tres se quedaron en silencio durante unos minutos.

—Debemos suponer que sucedió algo alguna de esas noches, ¿no? —planteó Daphne—. No volvemos a saber de ella hasta el diario que hemos encontrado. Aunque está borroso, podemos ver que inicia en 1915.

—Tal vez esa fue la noche en la que se suicidó Violet. La pobre estaba obsesionada con Nicholas.

—¿Qué pasó con las pinturas? —preguntó Kora de repente, como si una idea hubiera brotado en su cerebro.

—¿A qué te refieres?

—¿Y si las pinturas de Clifford no pertenecían a él sino a Violet? En el diario dice que no se le daba bien el dibujo —señaló Kora.

—Eso tendría sentido si la obra de Nicholas Clifford se hubiera detenido entonces, pero continuó pintando los años posteriores al suicidio de Violet —dijo Sophia—. Lo que sí veo bastante probable es que imitara el estilo de la pequeña de los Clark.

—Tienes razón.

Daphne levantó la mano como si pidiera permiso para hablar.

—Entonces pongamos un poco de orden, porque estoy a pocos segundos del colapso cerebral. El primer diario termina en 1909 o 1910, pero el último comienza en 1915. Esto significa que hay algunos años de por medio de los que no se sabe nada, ¿no?

Sophia asintió concentrada. Se sentía atrapada en un laberinto que crecía y se enrevesaba a cada paso. Mientras tanto, Daphne continuó con su particular síntesis.

—Sabemos también que Emily se marchó a Inglaterra y que allí conoció a Robert Smith, quien fue su marido y allá tuvo dos hijos.

—Así es. Lo que no sabemos es dónde estuvo Emily exactamente. Me sorprende que en ninguna parte se haga referencia a esos años que pasó en Inglaterra —dijo Sophia.

—Lo más probable es que no haya escrito nada, estaba recién casada y con hijos. Es comprensible —comentó Kora.

Daphne se rascó la cabeza reflexionando acerca del nuevo dilema que planteaba Kora. De pronto, Sophia se levantó para buscar la carta que le escribió Emily cuando nació.

—Escuchen esto: *Sí, hay otro diario, me gustaba mucho escribir y recordar los momentos importantes de mi vida. Incluso escribí otro más, pero ese se quedó en una cabaña de los bosques de Cheshire en 1914. Es imposible que des con él. Por eso intenté recopilar la información en el último que está en el peinador de caoba.*

Las tres se miraron, pues se les había olvidado esa última parte. Ya habían recuperado el primer diario, que Emily daba por perdido, y el último, que era el más importante y que revelaría lo que Emily necesitaba contar. Pero además existía otro, del periodo que vivió en Inglaterra.

—Saben que ese diario nunca va a aparecer. Lo dejó hace cien años en una cabaña de Cheshire —dijo Daphne.

Sophia y Kora asintieron resignadas. Sabían que era imposible.

—Estoy frustrada y enojada —dijo Sophia—. Si el diario que estaba en el peinador no estuviese ilegible en gran parte, ya sabríamos a qué se refiere Emily. No estaríamos intentando armar un puzzle sin sentido.

—La idea de Emily no era que recuperes los diarios perdidos. Ella se había encargado de aclarar todo en el que estaba en el peinador. Pero lleva escondido desde que naciste y acá hay bastante humedad. Mira las paredes —explicó Kora, mostrando como la pintura se desprendía de la pared.

Las tres miraron el muro con desgana. Incluso podían considerarse con suerte de que el diario no se hubiese desintegrado. No les quedaba más opción que esperar a que lo pudieran restaurar o rescatar al menos algunas partes.

—Igual ya sabemos muchos más detalles que quizás Emily no puso en el último diario —indicó Daphne intentando ver el lado positivo—. Sabemos lo que acongojaba a Emily en esos días. Poco después se fue a Inglaterra, se casó y tuvo hijos. Todo da que pensar que fueron años felices para Emily, ¿no es así?

Kora encogió los hombros. Sophia tomó el diario que estaba ilegible.

—Mira a Elizabeth. Casada, con hijos y no hacía más que beber para sobrellevar el día a día.

—Aquí, en lo que puedo leer del fragmento inicial, habla con mucho cariño de su marido, Robert Smith. Eso significa que realmente lo quería.

—Aunque así fuera, eso no cambiaría nada. Seguiríamos sin conocer qué pasó esos años. Ah, se me había olvidado. ¿No fue también en 1910 cuando se casó Lauren?

—Así es, Sophia —dijo Daphne.

—Vale. En 1910 tenemos la boda de Lauren, la marcha de Emily a Inglaterra y el suicidio de Violet.

—Un año movido para los Clark, sin duda —declaró Kora—. ¿Con quién se casó Lauren?

Daphne y Sophia se miraron.

—En el diario dice que Edward Campbell deseaba sentar cabeza. Además, después de acompañar a Nicholas hasta Inglaterra para que heredara el título de conde, regresó a Los Catlins. Es bastante probable que se casara con él —dijo Daphne.

—Tienes razón. Si te fijas, en un primer momento Lauren intentó acercarse a Nicholas, pero este no le prestó mucha atención, seguramente porque ya estaba enamorado de Violet. Todo esto le sentó muy mal a Lauren, pero, al poco tiempo, volvió a ser feliz, aunque Emily no especifica por qué.

Kora se llevó la mano a la frente.

—¡Claro! ¿Cómo hemos estado tan ciegas? Emily le dijo a Violet que sus padres jamás le permitirían viajar hasta Inglaterra para ir tras un hombre. Seguro que Violet, al tener la negativa por parte de sus padres, decidió que no tenía otra opción que acabar con su vida.

Las tres se quedaron calladas durante unos segundos, como si la muerte de Violet se hubiera producido en ese momento, como si hubieran escuchado el último grito de la vida de la joven.

—Estremece, ¿verdad? —dijo Sophia.

—Un poco, la verdad. Es como si la historia cobrara vida en algunos momentos.

En ese instante, el cansancio hizo mella en las tres, que

comenzaron a bostezar y a mirar cada vez más el reloj. Sin decir nada, consideraron que era el momento oportuno para tomar un descanso y despejarse. Sophia señaló con preocupación lo tarde que era.

—Mañana tienes que tomar un vuelo a Auckland, Daphne. Tal vez deberías descansar un poco.

—¿Mañana? Dirás dentro de un par de horas.

Sophia y Kora se rieron.

—Más a mi favor —afirmó Sophia.

—A esta hora dormir o no dormir es lo mismo —manifestó Daphne.

Kora, de pie junto a ellas, se estiró y se encendió un cigarrillo.

—Bueno, ¿qué toca hora? Seguimos igual.

Daphne miró a Sophia expectante. La joven tenía razón. ¿Qué perseguían exactamente? ¿Cuál era la intención de Emily dejando ese reguero de pistas? ¿A dónde quería que llegara Sophia?

Kora se acercó a ella y puso su mano sobre la de Sophia.

—Te ayudaré en todo lo que pueda.

—¡Y yo! —dijo Daphne añadiendo su mano.

—Las tres de la madrugada —informó Kora rompiendo el encanto—. A esta hora suelo irme a dormir.

—A esta hora suele levantarse Ren para pasarse a nuestra cama, por lo que yo también —dijo Daphne.

—¿Sienten una enorme presión en la cabeza? —preguntó Sophia—. Siento que me va a estallar —insistió Sophia masajeándose las sienes. Kora, de pie y con los brazos en jarra, lucía una expresión de desconcierto. Se había quedado sin cigarrillos.

—Al menos sabemos que Mildred nos contó la verdad, lo cual no es poco teniendo en cuenta la actitud de esa mujer —dijo Daphne.

—Todo esto resulta increíble —intervino Kora—. Es como si viajáramos al pasado. Como la película esa de los años ochenta que viajaba al futuro.

—¿*Regreso al futuro*? —preguntó Daphne—. Eres muy joven, ¿cómo sabes de esa película?

—En la otra casa hay un reproductor de video y una veintena de películas. La mayoría son de esa época. No están mal.

Era de madrugada y el sueño, poco a poco, añadía peso a sus párpados y embarullaba sus pensamientos.

—Estoy preocupada por ti, Daphne. En apenas unas horas tienes que conducir hacia el aeropuerto —explicó Sophia poniendo su mano sobre su hombro. Daphne tenía los ojos enrojecidos y bajo ellos se extendían dos grandes ojeras.

—Confío en el poder del café —dijo levantando el puño.

—Te has tomado cuatro tazas y sigues bostezando —apuntó Sophia.

Kora entró en el salón.

—¡Café recién hecho! —dijo exultante.

Sophia se giró hacia ella.

—No lo entiendo, Kora —comentó Sophia luchando contra el bostezo—. Tenemos más café que sangre en las venas y estamos cayéndonos de sueño. ¿Cómo puedes estar tú tan fresca?

Kora encogió los hombros.

—El insomnio es una de las secuelas que me han quedado de los últimos años. Para mí es más fácil mantenerme despierta que dormir, aunque sé que no es lo mejor para mi salud.

Kora agachó la mirada, pero Sophia la animó con una palmada en la espalda.

—Alguien tiene que asegurarse que no nos quedemos dormidas —bromeó Daphne. Kora asintió con una media sonrisa.

Sophia aprovechó para incorporarse y dar un pequeño paseo por el salón para espabilarse un poco. Estiró los brazos y bostezó mientras trataba de aclarar sus ideas, todo ese caudal de información les resultaba apabullante. Sophia comenzó a hablar como si diera un discurso.

—Vayamos por partes. Emily tuvo dos hijos: Joanna y Joseph. ¿Hasta ahí todo bien?

Kora y Daphne asintieron. Sophia continuó:

—Bien. Pásame la libreta, Kora. No quiero olvidar nada:

cualquier detalle puede ser relevante. Según Emily, sus hijos crecieron en Los Catlins.

—Sí, y nadie está vivo, ni los hijos ni los nietos. Además, todos tenían un solo hijo y morían jóvenes. Nada alentador, es como una maldición —explicó Daphne.

—No podemos generalizar —acotó Kora—. Archie tenía sesenta y cinco. Mi padre biológico murió hace unos años y tenía casi setenta, aunque nunca se casó y murió solo.

—Lo siento. No lo sabíamos —dijo Daphne, confusa por el tono frío que había empleado Kora.

—No se preocupen. Es solo que lo que conocí de él no me gustó, no fue amable y no me provoca nada —señaló Kora—. Pero con eso podemos ver que tampoco murieron jóvenes... tenemos esperanza.

Sophia esbozó una mueca y guardó silencio mientras profundizaba en la reflexión de Daphne. ¿Acaso existía esa especie de maldición que caía sobre todos aquellos que tuvieran algún tipo de nexo con Emily? Sin ir más lejos, su propia vida podía ser un ejemplo idóneo: la enemistad perpetua con Rebeca; todo lo que sufrió con Terry; el tener que marcharse de Nueva Zelanda cuando todavía era muy joven; la repentina pérdida de su padre... ¿Eran sucesos corrientes de una vida común o existía un trasfondo, un hálito funesto que envolvía su vida? En cuanto a Kora, su vida tampoco había sido un camino de rosas.

—Esperemos que no tengamos la misma suerte de todos nuestros antepasados —dijo Sophia.

—Oh, vamos. Estoy de acuerdo en que la mala suerte se ha cebado con su familia, pero de ahí a decir que exista una maldición familiar...

—Para ti es fácil decirlo. Tú no llevas su sangre —afirmó Kora.

Las tres se mantuvieron serias durante unos segundos antes de comenzar a reírse a carcajadas.

CAPÍTULO 23

No tuvieron que esperar mucho más para que los primeros rayos del sol brotaran desde el horizonte y tiñeran la oscuridad del cielo con tonos anaranjados. A esa primera luz respondieron los pájaros con sus primeros cantos, así como una fresca brisa que arrastraba la humedad del océano hacia el interior.

—Empieza un nuevo día —indicó Sophia desde la ventana.

Daphne sacó su móvil y miró el reloj.

—Yo debería ir recogiendo mis cosas. Tengo que regresar a Auckland dentro de poco.

—¡Es cierto! Vas a conducir hasta Dunedin sin haber pegado ojo —se preocupó Sophia—. Seguro que Mika se enfada conmigo.

—Estaré bien. Tengo bastante en lo que pensar mientras conduzco. De hecho, no puedo creer que tenga que marcharme ahora. Intentaré regresar lo antes posible.

—No te preocupes —dijo Sophia—. Posiblemente ahora durmamos un poco. Estoy rendida.

—No es una mala idea —secundó Kora.

—¡Vaya! ¿Por fin tienes sueño? —preguntó Sophia sorprendida.

Kora esbozó una sonrisa que acabó diluyéndose en un bostezo.

—La verdad es que sí —contestó estirando los brazos.

—Bueno, antes de marcharme quiero hacer una breve recopilación. Ustedes ven por dónde van a seguir investigando y yo me llevo el diario para intentar restaurarlo.

Sophia asintió y dio un par de pasos hacia su amiga.

—Pese a todo lo que hemos averiguado, todavía quedan puntos que no están muy claros. No sé si hay algo más por conocer. Creo que estamos en tus manos hasta que podamos leer algo del diario que te llevas.

Daphne asintió y se dirigió hacia la puerta.

—Será mejor que me vaya. ¡Maldita sea! Estoy convencida de que ahora viene lo mejor. No quiero marcharme.

—¿Tienes que trabajar? —preguntó Kora con su acostumbrada vocecilla.

—Si fuera eso dimitiría hoy mismo —dijo Daphne—. Mika trabaja y he de quedarme con mi hijo. Supongo que podría recogerlo y traerlo aquí, pero entonces correremos el riesgo de sufrir un ataque de nervios.

Las tres rieron de nuevo.

—No seas tan exagerada. Ren es un niño muy bueno.

—Cuando todo esto acabe te lo dejaré un fin de semana. Estoy segura de que tu opinión cambiará.

—Acepto —dijo Sophia.

Después de muchas horas sumidas de lleno en todo el asunto de Emily y sus diarios, agradecieron el tener la oportunidad de pensar en otra cosa. Fue un soplo de aire fresco para sus cabezas.

Se dirigieron a la puerta trasera de la casa de Kora y salieron al jardín. El coche de Daphne se encontraba en el otro lado.

—Avísame en cuanto llegues a Auckland —pidió Sophia—. ¿Lo llevas todo?

—No traje muchas cosas. ¿Me mantendrán informada de todo?

—Descuida, Daphne.

—No importa la hora que sea. Mi teléfono estará disponible las veinticuatro horas. Llámame, envíame un mensaje, ¡lo que sea!

—Creo que me ha quedado claro.

—¿Estás segura?

—Oh, vamos, Daphne. Lo último que necesitas es tener prisa. No pierdas más tiempo. Sufro por ti.

—De acuerdo, ya me voy. Ven aquí —dicho esto, Daphne y Sophia se dieron un fuerte abrazo—. Mucha suerte y ten cuidado, ¿vale?

—Lo tendré.

—Así me gusta. Bueno, Kora, ha sido un placer.

Kora no supo lo que hacer en un primer momento. No estaba acostumbrada a recibir gestos de afecto. Sus años de adicción le habían privado del cariño de cuantos le rodeaban, lo que había provocado que se convirtiera en una persona fría. Por eso, cuando se vio entre los brazos de Daphne se sintió muy extraña. En un principio quiso separarse de ella de inmediato, pero entonces comenzó a sentir una calidez agradable, acogedora y que la hacía sentirse mucho mejor.

—Te dejo en buenas manos —dijo Daphne señalando a Kora.

—Cuidaremos la una de la otra —respondió Sophia. Daphne asintió y caminó hacia su coche, pero nada más abrir la puerta se giró y las miró.

—No saben cuánta envidia me dan. Intentaré volver, pero no creo que me sea posible. Es curioso, después de todo lo que le sucedió a Emily, las descendientes de Joanna y Joseph vuelven a estar juntas.

Kora y Sophia se miraron. No se habían dado cuenta de ese detalle.

—¡Tienes razón! —afirmó Sophia entusiasmada. Kora sonrió—. Te informaremos de cualquier cosa que suceda. Puedes contar con ello.

Daphne asintió y se montó en el coche. Mientras se alejaba, Sophia recapacitó acerca de lo que le había dicho su amiga: «las descendientes de Joanna y Joseph vuelven a estar juntas». Habían pasado cien años desde que Emily regresara a Nueva Zelanda, apenas quedaba nada de ese tiempo, aparte de algunas cartas, unos diarios y fotografías; la muerte también había hecho su particular criba como si quisiera borrar sus huellas de la faz de la tierra. Todo, la suerte, el destino o lo que fuera que rigiera el universo se había dispuesto para sepultar el pasado, y puede que hasta que lo consiguieran con esos cuatro años que Emily pasó en Inglaterra. Sophia estaba convencida: ahí estaría la clave de todo. ¿De qué exactamente? No tenía ni idea. El sendero por el que caminaban era de final incierto, pero debían llegar hasta él. Miró de nuevo a Kora; la familia volvía a unirse, aunque hubieran pasado muchos años y apenas se conocieran, eran familia. Eran las descendientes de Emily.

Después de que se marchara Daphne, regresaron a casa de Kora para recoger las anotaciones que Sophia había ido realizando a lo largo de la noche.

—¿Estás contenta? —preguntó Kora—. Hemos averiguado muchas cosas.

—Más o menos. Pero sigo preguntándome qué ocurrió durante la estancia de Emily en Inglaterra. Tampoco puedo quitarme a Betsy de la cabeza. Era nuestra tatarabuela, ¿no es así?

Kora asintió con pesar.

—¿Qué haremos ahora? —indagó Kora.

Sophia encogió los hombros y se frotó el rostro con las manos.

—En este momento creo que mi cabeza no da para más. Me vendría bien descansar un poco.

Kora corroboró sus palabras con un bostezo.

—Puede que tengas razón. La verdad es que también tengo un poco de sueño.

—Pues no se hable más. Me macharé a la otra casa para no molestarte.

—¡No es necesario! Puedo dejarte mi cama, yo dormiré en el sofá —dijo Kora.

—¡De eso nada! Esta es tu casa. Si quieres me quedo, pero yo dormiré en el sofá.

—No es muy cómodo —informó Kora.

—No te preocupes. Será solo un rato. ¿Qué te parece si nos

despertamos dentro de un par de horas y vamos a desayunar a la zona turística? Nos vendrá bien la brisa para despejar las ideas.

Kora asintió.

—Pondré el despertador en el móvil. ¿A las once te parece bien?

—Perfecto.

Dicho esto, Sophia se tumbó en el sofá y se acomodó con la cara mirando hacia el techo. Sus pensamientos continuaban a un ritmo frenético. Nunca se había sentido tan próxima a Emily; de alguna manera que no podía explicar la conocía y hasta la entendía. Pero esa empatía se extendía también hacia Kora. No sabía si el hecho de que fueran parientes tenía algo que ver, pero sí estaba segura de sus sentimientos. Así, casi sin advertirlo, fue cerrando los ojos hasta que cayó en un profundo sueño.

Contra lo que ella esperaba, no soñó nada o no lo recordó cuando el sonido de su teléfono la despertó. Sobresaltada, estiró la mano y buscó el móvil a tientas. En un primer momento, creyó que se trataba de un mensaje de Daphne avisándole que había llegado a Auckland, pero no tardó en llevarse una decepción. En la pantalla del teléfono vio que había recibido un mensaje, pero no era de Daphne, sino de Terry:

> «Solo quiero tomar un café contigo antes
> de que te marches. T».

Durante unos segundos, Sophia lo sujetó con fuerza. Sus manos temblaban fruto de la tensión.

—¡Buenos días! —saludó Kora desde el otro lado del salón.

—Oh, perdona —dijo Sophia escondiendo el móvil. Lo hizo de una manera tan evidente que no pasó inadvertida para Kora—. ¿Te he despertado?

—No, en absoluto. Fui al baño y justo escuché sonar el teléfono. ¿Estás bien?

Sophia se incorporó.

—Sí, es solo que estoy cansada.

Kora dibujó una mueca en el rostro.

—¿Por qué has escondido el teléfono? —La pregunta de Kora

pilló por sorpresa a Sophia, que se vio acorralada. Sin advertirlo, se masajeaba la mano derecha con la izquierda.

—¿Cómo dices?

—Tu móvil. Lo has escondido. —Kora afinó la mirada—. ¿Qué te ocurre en la mano?

Sophia abrió la boca para contestar, pero se quedó muda. Estaba cada vez más alterada y no sabía cómo salir de aquella situación.

—¡No he hecho nada malo! —exclamó. Esperaba que aquel medio grito fuese suficiente para que Kora no se interesara más por ella.

—¿Quién ha dicho que hayas hecho algo malo? —inquirió Kora acercándose hacia Sophia—. Puede que me esté metiendo en asuntos que no son de mi incumbencia, pero me he visto reflejada en ti, con miedo. Es como caminar por una cuerda floja; estás aterrada, sabes que acabarás cayéndote, pero, aun así, continúas. ¿Qué te sucede, Sophia?

Sus ojos se llenaron de lágrimas. La mano derecha le temblaba en exceso.

—Me avergüenza contarlo —dijo Sophia. Kora se sentó junto a ella.

—¿Qué te parece si empiezo yo contándote mis problemas? Puede que después de escucharlos, veas las cosas de otra manera.

Sophia miró con ternura a Kora. Se había equivocado con ella. Parecía débil, pero albergaba una gran fortaleza en su interior. Había pasado por malos momentos, de eso no cabía duda, pero había resurgido de ellos.

—Probé las drogas cuando murió Rongo, mi padre, el que me crio —comenzó Kora—. Era una persona muy especial para mí, que siempre buscaba mi felicidad. Mi madre era muy buena pero no muy afectuosa. La quería, pero nada se comparaba con él. Cuando murió, sentí que no encajaba en ninguna parte, ya que apenas tenía amigos. Me sentía un ser de otro planeta. Puede decirse que contaba con todos los ingredientes para cometer una estupidez. Todo empezó cuando comencé a frecuentar bares en la zona de la bahía. La droga era recurrente en el lugar, pero no la cocaína o la marihuana. Acá tú sabes que creamos nuestras propias drogas y es legal consumir sustancias psicoactivas sintéticas. El problema es que no piensas en el monstruo que estás a punto de despertar. Piensas que vas a poder elegir cuándo consumir y cuándo no, pero esa ilusión se termina pronto y antes de que te puedas dar cuenta estás robando dinero para conseguir en cualquier lugar lo que te hace sentir tan bien.

Sophia conocía muy bien que en el país había numerosos narcóticos legales a la venta que eran altamente peligrosos. Incluso había comercios que obtenían licencias de venta aprobados antes de que se conociera su riesgo.

—Con diecinueve años ya estaba viviendo en la calle —continuó Kora—. Robaba para poder comer, pero, sobre todo, para comprar más droga. Como cabía esperar, me busqué problemas y tuve que marcharme de Wellington. Estaba en eso cuando decidí buscar a mi padre biológico, como un intento de sentirme que pertenecía a un lugar. Necesitaba algo que me impulsara a abandonar esa vida.

—Ahí fuiste en busca del hijo de Joseph. Todavía ni sé cómo se llamaba —dijo Sophia.

—Se llamaba Randall Smith. Mi madre siempre me contó que ese era el nombre de mi padre biológico, pero que se desentendió en cuanto supo de su embarazo. Ella decidió seguir sola conmigo hasta que conoció a Rongo y todo cambió para bien. Sin embargo, como te dije, su muerte me afectó e intenté buscar afecto en la única persona que me quedaba. Como te conté anteriormente, lo ubiqué, no me creyó. Accedió a una prueba de ADN, siguió sin creer y me alejé.

—Después te viniste a Los Catlins —aportó Sophia.

—Sí. Lo único que obtuve de Randall fue esa información, pero no sé por qué me lo contó. Yo quería encontrar un sitio al que pertenecer y pensé que aquí podría conseguirlo y quizás hasta descubrir alguna parte de mi familia que no conocía.

Sophia estaba boquiabierta.

—¿Cómo fue el encuentro con mi padre?

Kora sonrió.

—Es curioso, puede que todo eso del destino sea cierto. Cuando llegué estuve dando vueltas por las calles. Algunos vecinos me daban un poco de comida y yo se lo agradecía haciendo tareas, lo que me pidiesen. Por entonces, mi aspecto era terrible, apenas pesaba cuarenta kilos. No eran pocos los que creían que quería robarles o conseguir dinero para seguir consumiendo. Pero no era así; yo quería tener una vida normal y estaba dispuesta a luchar por ello. Poco a poco, fui ganándome la confianza de los vecinos, en especial de Theresa. A ella le pregunté si sabía de una familia Smith en la zona, fue quien me habló de Emily, y que tenía un nieto que a veces se aparecía por aquí. Luego, un día que tu padre vino, ella me avisó.

—¿Cómo? Cuando yo le pregunté no me dijo nada.

—Yo me presenté aquí y para ver cómo era y le dije que podía hacerme cargo de los cuidados de la casa. Me dio confianza el que no me juzgara y me tratara con respeto. Así es que le conté mi historia —continuó Kora con un tono de voz más bajo—. Desde el primer momento me ayudó a superar mis problemas. Le debo mucho. Cuando supe que había fallecido quise viajar a Auckland, pero… me faltó valor. Vivo aquí, aislada del mundo porque sé que así no sufriré. La gente no suele aceptarme. Me juzga por mi aspecto y por mi pasado.

Las primeras lágrimas cayeron por el rostro de Sophia. La molestia persistía en su mano derecha, pero poco a poco el dolor se iba diluyendo.

—Me acabas de demostrar que eres más valiente que yo —dijo Sophia.

Kora frunció el ceño.

—¿A qué te refieres?

Sophia sujetó sus manos.

—Contarme todo eso, tu historia; abrirte de esa manera.

—¿De qué vale ocultar quiénes somos? Llevo mucho tiempo viviendo en las sombras y te aseguro que no hay nada bueno ahí. Solo sufrimiento. Pero salir de ahí es complicado.

Sophia no daba crédito ante la actitud de Kora. Le parecía una joven totalmente distinta a la que había conocido.

—Puede que tengas razón —afirmó Sophia abriendo y cerrando la mano derecha. Kora se percató de aquel gesto.

—¿Qué te pasa en la mano?

—Es difícil de explicar.

—Inténtalo. Tu padre solía decirme que la verdad habla por sí sola.

Sophia esbozó una mueca nerviosa. Sin embargo, la mirada convencida de Kora le insufló fuerzas.

—Sucedió hace mucho tiempo —comenzó Sophia—. Por entonces tenía una pareja. Se llamaba Terry y durante muchos años estuve locamente enamorada de él. No es ningún cliché ni nada por el estilo. Literalmente, ese hombre se convirtió en el centro de mi vida. El sol salía por él. No sé si me entiendes.

Kora asintió en silencio.

—Nos conocimos, de hecho, en una exposición de arte en Auckland y congeniamos desde el primer momento. Los dos queríamos ser artistas, vivir de nuestras creaciones. Ahora reconozco que éramos dos ilusos, pero también soñar es necesario.

Kora se acercó a Sophia poniendo más atención.

—Él era de una familia muy acomodada e influyente. A mi madre le encantaba, por lo que me dejaba estar con él a pesar de que yo solo tenía dieciocho años y él veintiocho. Pasábamos muchas horas encerrados en su estudio, pintando o creando cualquier cosa que se nos pasara por la cabeza. Para mí aquello era el paraíso. Él alababa mis obras, decía que tenía mucho talento y que podría llegar lejos. Sin embargo, un día todo cambió. Le mostré un cuadro en el que había trabajado durante más de un mes y me dijo que no valía absolutamente nada, que dejara de perder el tiempo y que si hacía todo aquello para humillarlo. No entendía nada. Él siempre me había apoyado e incluso me había animado a pintar.

—¿Para humillarlo? —preguntó Kora. Sophia encogió los hombros.

—Él se definía como un artista, pero la verdad es que sus obras eran basura —dijo Sophia a media voz como si Terry pudiera escuchar sus palabras—. Casi todas las galerías de arte a las que había ofrecido sus obras se negaron a exponerlas y lo que lograba era por sus contactos. Su frustración fue en aumento y lo pagó conmigo.

Rompía mis cuadros, se disculpaba, me prometía que no lo volvería a hacer y comenzaba de nuevo todo el proceso. Cada vez era más violento.

—¿Y tú seguías con él?

—Estaba cegada. Lo justificaba convenciéndome de que todo lo hacía porque me quería mucho y que solo buscaba que yo mejorase como artista; creía que me amaba con locura y que yo no hacía más que fallarle continuamente —dijo Sophia con la voz temblorosa. Estaba hurgando en heridas que creía cerradas hacía tiempo y le resultaba terriblemente doloroso.

—¿Él te hizo lo de la mano?

Sophia movió la cabeza de un lado a otro.

—¿Te has dado cuenta? —preguntó sonrojada. Kora asintió—. No. Es posible que Terry no se comportara conmigo de la mejor manera, pero tampoco quiero culparlo de cosas en las que él no ha tenido nada que ver. Atacaba tanto mi arte que perdí la ilusión y dejé de pintar. Entonces, en una de sus muchas contradicciones, comenzó a atosigarme para que retomara la pintura. Poco a poco mi relación con él se convirtió en una especie de laberinto de donde no podía escapar. Todo estaba mal, tanto si lo hacía, como si no, por lo que comencé a detestarlo todo. Un día yo me encontraba en su estudio, viendo la televisión. Cuando él llegó y me vio sin hacer nada, comenzó a gritarme. Me decía que estaba empeñada en desaprovechar mi talento y que no era más que una desagradecida. Cogió un lienzo y me lo tiró: «¿Por qué no haces algo de provecho?». Lo odiaba, Kora, pero al mismo tiempo era capaz de dar mi vida por él, casi me sentía obligada a ello. Por entonces, Daphne ya se daba cuenta de que sucedía algo entre nosotros y se mostraba muy preocupada, pero yo le insistía en que todo estaba bien.

—¿Qué ocurrió esa tarde, Sophia? —preguntó Kora con voz queda, intrigada por lo que estaba escuchando.

Sophia tragó saliva y cogió aire.

—Me negué a pintar —dijo con gran esfuerzo—. Él insistió. Era consciente de que como artista jamás conseguiría nada, mientras que yo sí podía y eso le enfadaba: que yo decidiese no pintar aun teniendo más talento que él le sacaba de sus casillas. Le tiré el lienzo a los pies y me encerré en la habitación. Él intentó entrar, pero se lo impedí y luego de unos minutos desistió. Estuve apoyada sobre la puerta, llorando, muchas horas. Él regresó y desde el otro lado me dijo que un verdadero artista plasmaría todos esos pensamientos sobre el lienzo. No pude soportarlo más. Abrí la puerta y coloqué la mano derecha en la parte interior del marco; después cerré con todas mis fuerzas. Me partí varios huesos de la mano y tuve que ir al hospital.

—¿Por qué hiciste algo así?

Sophia lloraba sin consuelo. El cansancio hacía mella también.

—No quería volver a pintar jamás. Lo detestaba y pensé que si me hería la mano ya no pintaría bien, por lo que Terry no se sentiría menos frente a mí. Suena estúpido, lo sé, pero por entonces apenas tenía veinte años y estaba cegada por ese amor enfermizo.

»Después de aquel suceso, Terry cambió y se convirtió en el hombre más dulce y agradable que puedas imaginar; supongo que se asustó. Intentaba agasajarme a todas horas, pero al mismo tiempo quería controlar cada segundo de mi vida. Poco después le conté a Daphne lo sucedido y esta entró en cólera. Se enfrentó a Terry y fue a hablar con mi familia, pero lo único que consiguió fue que mi madre dijera que todo era culpa mía y que tenía suerte de que Terry se fijase en mí. No sé cómo, pero también llegué a pensar eso.

—Y cuando decidiste marcharte, ¿cómo lo hiciste? —preguntó Kora.

—Daphne intentó ayudarme muchas veces, pero yo era una estúpida y me dejaba engañar por las promesas de Terry y por las manipulaciones de mi madre que solo quería que me casara con él. Finalmente, Daphne consiguió abrirme los ojos y hacerme ver la monstruosidad en que se había convertido mi relación con Terry. «Debes marcharte de Nueva Zelanda. ¡Vete lejos!», me decía. Pero la decisión final, la tomé cuando mi padre me hizo llegar un sobre con dinero. Con eso entendí que él también quería que me marchara lejos de Terry. Así fue como acabé en Londres, donde he estado los últimos diez años hasta que hace poco mi madre me envió un mensaje para anunciarme que mi padre había fallecido: el resto ya lo sabes.

Terminada la explicación de Sophia, ambas se quedaron en silencio, buscando las palabras idóneas para continuar.

—¿Por eso te duele la mano? —preguntó Kora.

—Solo a veces. Daphne dice que es un dolor reflejo, una sensación vinculada a mis sentimientos. La verdad es que solo molesta cuando pienso en Terry. De lo contrario, el dolor desaparece.

Kora lució una media sonrisa.

—Si tuviera alguna de las drogas, podrías olvidarte del dolor y no seguir pensando en ese cretino.

Casi al instante, Sophia dejó escapar una carcajada que enseguida contagió a Kora.

—No estaría mal.

—O podríamos partirle la mano, quizás así pinte mejor —dijo Kora, provocando que Sophia se revolcase en el sofá. Las carcajadas fueron en aumento hasta que ambas tuvieron que sujetarse la barriga.

—Podrían hacer una telenovela con nuestras vidas —bromeó Sophia.

—¿Crees que tendría audiencia?

De nuevo, las dos rompieron a reír como jamás lo habían hecho. Sophia nunca se había reído abiertamente de su problemática relación con Terry, la que siempre estaba teñida de una seriedad asfixiante. Por otra parte, Kora jamás había experimentado una conversación tan profunda y sincera en la que todo lo malo no recayera sobre ella.

—Me duele la barriga de tanto reírme —dijo Sophia—. Volver a dormir queda descartado.

—Conozco un lugar donde preparan el mejor desayuno del lugar. Podemos ir allí, si te apetece —propuso Kora.

—No suena nada mal. Acabo de recordar que no podemos ir a Los Catlins.

—¿Y eso por qué? —preguntó Kora mientras Sophia cogía aire.

—Porque Daphne se ha llevado el coche.

Se rieron hasta caer al suelo.

CAPÍTULO 24

Minutos después, ambas caminaban por el lugar. Sophia, más alta, caminaba con las manos en los bolsillos de un abrigo de corte moderno, que le llegaba casi a la altura de las rodillas, su pelo cobrizo y ondulado se movía con el viento. Por el contrario, Kora lucía como una adolescente de los años noventa: vestía un gorro, una sudadera holgada de un grupo de rock, cuyo emblema estaba casi borrado, y unos tejanos rasgados, según Sophia, en exceso.

—Me gustan así —había dicho Kora.

—Se te van a congelar las piernas.

Mientras caminaban, Kora decidió sincerarse aún más.

—Pensé que me sacarías de la casa. Estaba horrorizada de volver a lo mismo —expuso Kora. Sophia se detuvo y se puso frente a ella.

—No soy capaz de dejar a nadie en la calle. Todavía ni sé qué voy a hacer con la herencia de mi padre, pero en ese sentido puedes estar tranquila —explicó Sophia—. Además, ahora mismo me preocupa mucho más averiguar qué ocurrió durante esos cuatro años en Inglaterra o poder leer el diario que se llevó Daphne.

—¿Se te ha ocurrido qué podemos hacer?

Sophia negó con la cabeza.

—Puede que Mildred no lo haya contado todo. No me extrañaría de esa mujer —dijo Kora con un mal gesto.

—Tampoco me sorprendería. Pero esa mujer, aparte de los Clark, solo está interesada en Lord Clifford, el pintor. De hecho, no creo que sepa que tenemos tantos cuadros de él. Le daría un ataque.

Kora dio un trago al café. Sophia había dicho *tenemos*.

—No había caído en eso, pero tienes razón. Me encantaría darle la noticia para ver su reacción.

—Sería divertido, pero no creo que sea lo más conveniente.

De repente, Sophia guardó silencio y se quedó mirando hacia el infinito.

—¿Qué ocurre? —preguntó Kora.

—Se me había olvidado. Vendiste uno de los cuadros.

—Sí y tu padre entró en cólera. Jamás lo había visto así.

—¿Cuánto dijiste que pagaron por él? —curioseó Sophia.

—Cinco mil dólares —respondió Kora—. Tu padre me pidió el correo electrónico para intentar recuperarlo, pero fue imposible.

Sophia guardó silencio a la par que recordaba los cuadros que había visto en la casa. Era un planteamiento arriesgado, pero creía recordar que los cuadros de la casa y los que se encontraban en la residencia de los Clark eran muy parecidos. Debían pertenecer a Lord Clifford.

—¿Quién lo compró? —preguntó Sophia.

Kora hizo una mueca.

—No estoy segura. Nunca nos vimos en persona. Puse un anuncio por internet y ese hombre contactó conmigo. Me ofreció el dinero, la mitad por adelantado si aceptaba en ese momento. Conseguir esa cantidad ya era mucho para mí, así que me arriesgué y acepté. Envié el lienzo y la semana siguiente recibí el resto del dinero más los gastos de envío. Me insistió mucho en que estaba dispuesto a comprar más pinturas, pero tu padre se entrometió y no contacté más con él.

—¿Cómo te descubrió?

—Al parecer se trataba de una pieza inédita. Quién me lo compró lo subastó enseguida por una enorme cantidad de dinero. Salió en muchos periódicos. La cosa es que Archie reconoció el cuadro y vino enseguida a confirmar su sospecha. Con ese dinero tuve suficiente para pagar mis deudas, además, sabía que no había obrado del todo bien. El caso es que no quise vender otro, al menos durante un tiempo. Ahí fue cuando tu padre se enteró.

Sophia reflexionó en silencio. Ella sabía que las piezas de Nicholas Clifford eran muy valoradas por los coleccionistas. Se encontraba en Londres cuando saltó a la luz la aparición de una nueva obra del artista inglés; lo último que podía imaginarse por entonces era que años después estaría hablando cara a cara con la persona que puso esa pieza en circulación.

—¿Quién compró la pintura? —insistió—. Tuvo que facilitarte un nombre o una dirección.

—No me facilitó sus datos personales, tan solo un correo electrónico de contacto.

—Pero tuviste que enviar el lienzo a alguna parte, ¿no te dio ninguna dirección?

Kora respondió que no. Al parecer, esa persona se había puesto en contacto personalmente con la oficina de transporte donde Kora dejó el lienzo. Cuando esta lo llevó, en la oficina ya sabían lo que tenían que hacer. Además, le transfirieron el dinero a esa oficina.

—Tan solo insistió en que compraría más obras, pero poco más sé.

—Eso quiere decir que quien sea, no quiere revelar su identidad —dijo Sophia.

—Antes dijiste que no era tan raro. En el fondo sabía que me estaba engañando. El cuadro valía mucho más —manifestó Kora.

—Es una posibilidad —dijo Sophia—. Ahora vayámonos.

—¿Qué? ¿A dónde?

—Quiero que regresemos a la casa. Necesito ver los cuadros.

—Pero ¿por qué?

Sophia se giró rápidamente. El razonamiento al que había llegado era tan esperanzador como inexplicable.

—No lo sé, Kora. ¿Por qué hay cuadros de Nicholas Clifford en casa de Emily? Ella no lo menciona o quizás sí en el diario que se ha llevado Daphne.

Kora se agitó el gorro.

—No sé a dónde quieres llegar.

—Yo tampoco —respondió Sophia con una sonrisa—, pero tengo una corazonada. Necesito ver esas pinturas ahora mismo.

Cuando llegaron a la casa, intentaron recuperar el aliento, habían caminado demasiado rápido. Sophia abrió la puerta y entró acelerada, mirando hacia un lado y otro como si buscara algo en concreto. Sin embargo, después de unos pocos pasos se acercó a la ventana.

—Levanta las persianas. Necesito luz para estudiar bien los cuadros.

Kora obedeció y se dirigió a otra ventana. Al cabo de un minuto, la claridad iluminaba el interior y Sophia observaba los cuadros como si estuviera en un museo. Uno por uno, se acercó a ellos hasta detener su rostro a escasos centímetros del lienzo. Con su dedo índice, sin tocar la pintura, iba siguiendo las líneas del dibujo.

—Entonces, ¿qué estamos buscando exactamente? —preguntó Kora.

—Puede que encontremos información: una fecha, un nombre, lo que sea que nos permita continuar averiguando cosas.

Así, las dos se acercaron a los cuadros, alumbrándolos con la linterna del teléfono para observar hasta los más pequeños detalles. La mayoría representaban paisajes o retratos de los que era casi imposible extraer una identidad. No obstante, había uno de ellos que sí llamo la atención de Sophia. Se trataba del retrato de una joven con el pelo oscuro y ligeramente encrespado. El paso del tiempo y la humedad había afectado a la conservación de la pintura, pero en líneas generales podía percibirse bien el motivo. En la esquina inferior derecha, en pintura blanca, rezaba: *1908.*

—Es el año en el que comienza el diario —informó Kora—, pero no veo que sea relevante.

Sophia, sin retirar la mirada del cuadro, sacó su teléfono móvil y comenzó a rebuscar entre las fotografías que había tomado de las instantáneas de Emily. Las había tomado por el sencillo motivo de tener toda la información a mano. Pasó de una a otra hasta que llegó a la que aparecía Emily con otra joven.

—Es ella. ¿Tú qué opinas? —dijo Sophia mostrándole el teléfono a Kora.

—Te refieres a la otra chica, ¿verdad? ¿La hija de los Clark? ¿Cómo se llamaba?

—Violet Clark. Este cuadro está muy mal conservado, pero es bastante probable que se trate de ella.

Kora se centró de nuevo en la pintura.

—No es nada extraño teniendo en cuenta la amistad que mantenían. Tal vez lo pintó, se lo regaló a Violet y esta, a Emily. Siempre y cuando la chica del cuadro se trate de Violet.

Sophia arqueó los labios. No las tenía todas consigo, pero percibía que estaba cerca de algo; un dato que podía ser crucial en su investigación.

—Dices que mi padre supo del cuadro por la prensa. ¿Recuerdas el día exacto?

Kora hizo memoria y pese a que no pudo recordar la fecha exacta en la que salió en los medios la aparición de una obra inédita de Nicholas Clifford, sí pudo aproximarse. De esta manera, Sophia comenzó a buscar en internet artículos relacionados con la venta.

—Si la noticia se publicó hace pocos años, debe estar en internet.

Sophia continuó indagando mientras miraba de reojo el retrato de la joven. De repente, su rostro palideció.

—Creo que lo he encontrado —dijo Sophia casi sin poder hablar. Kora se situó junto a ella—. El cuadro fue subastado por el conde de Warrington, Henry Baskerville, último en heredar el título. Mildred tenía razón.

—¿Cómo dices? —preguntó Kora, que no se encendió un cigarrillo al recordar su angustiosa carrera hasta la casa.

—Mildred nos contó que Lord Clifford falleció joven y sin herederos, pero tras la primera Guerra Mundial consiguieron hallar una rama familiar: los Baskerville.

Kora tenía los ojos abiertos de par en par. No obstante, se encontraba un poco perdida.

—Ningún conde ni ningún Baskerville habló conmigo para comprarme el cuadro. ¿Qué significa esto? —preguntó.

—El descendiente del pintor no ha facilitado el origen de la ya mencionada obra —leyó Sophia—, aunque confía en recuperar más pinturas inéditas de Nicholas Clifford y sacarlas a la luz para que el público pueda conocer el arte de su antepasado. Hay una foto del cuadro, Kora. ¿Es este?

Kora observó la pantalla y asintió.

—¿Un conde me compró el cuadro? ¿Por esa miseria? El muy cerdo lo subastó por más de cien mil libras —exclamó—. ¿Cuánto es eso al cambio?

—Es más del doble en dólares neozelandeses —contestó Sophia —. Antes me dijiste que contactaste por email. ¿Todavía lo tienes?

—¡Doscientos mil dólares! —exclamó Kora. Sophia abrió los ojos y le mostró el teléfono para que se centrase—. Ah, sí, el correo… seguramente lo tendré, pero fue hace mucho tiempo. Voy a buscarlo.

—Encuéntralo.

—¿Quieres venderle otro cuadro al conde? —preguntó Kora.

—Eso vamos a hacerle creer, pero lo único que quiero es obtener más información.

Kora le dijo que podría conseguirlo, pero que necesitaría un par de minutos. Sophia le dijo que no había problema y continuó estudiando las pinturas.

—Realmente se adelantó a su época, son composiciones únicas, combinaba corrientes como el expresionismo alemán con el romanticismo —aportó Sophia—. Los colores no se han conservado bien, pero, aun así, la paleta es exquisita. Mira esta combinación de figuras geométricas. A simple vista no parecen representar nada, pero si te fijas puedes ver una casa en un valle.

—No he entendido nada de lo que has dicho —dijo Kora mientras rebuscaba en su móvil. Sophia sonrió.

—Quiero decir que el estilo general de las obras se encuadra en los movimientos de la época, pero desde un punto de vista muy personal. Él consiguió llevárselo todo a su terreno e incluso se permitió innovar. ¡Fíjate! —exclamó Sophia señalando hacia otro cuadro donde se representaba un paisaje conformado por figuras geométricas—. Este está fechado en 1908, coetáneo del cubismo, pero con una técnica mucho más avanzada.

Sophia estaba maravillada. Hasta ese momento no se había detenido a observar los cuadros con atención.

—Como si hablaras japonés, Sophia. Traduce.

—Nicholas Clifford fue uno de los pintores más enigmáticos de la época. Se conservan muy pocas obras de él y nunca se ha sabido a ciencia cierta cuáles fueron sus principales influencias. Por eso estos cuadros son tan valiosos. Si comenzó a pintar en su estancia en Nueva Zelanda, estas obras reflejarían el nacimiento de su arte. Podríamos estar hablando de millones de dólares.

Kora la miró boquiabierta.

—¿Has dicho millones de dólares?

—Así es. ¿Cuántos cuadros tenemos en total? ¿Unos veinte? Haz números.

Kora retornó a la búsqueda sin poder controlar el temblor de sus manos. Sophia continuaba estudiando las obras cuando sonó su teléfono.

—¡Es Daphne! —dijo antes de responder.

—Hola, Sophia. Perdona por no haber llamado antes, ¿cómo van por allí?

Sophia miró a Kora.

—No podemos quejarnos. Estamos un poco cansadas, pero aquí seguimos. ¿Cómo está Ren?

—Está genial. Yo le doy más caprichos que Mika, así que imagínate. ¿Han hecho algún avance? —preguntó Daphne.

—No estamos seguras. En breve lo sabremos.

—Avísame en cuanto sepas algo. Ahora te debo dejar que Ren me está pidiendo más fruta. ¡No te olvides de mí!

Se despidieron y Sophia colgó con una sonrisa en los labios.

—Mira esto, prima —dijo Kora mostrándole a Sophia la pantalla del móvil—. Este es el correo del comprador del cuadro.

Fueron hasta la casa de Kora y se sentaron junto a la mesa del salón. Sin embargo, el punto que se llevaba la atención de ambas era el móvil de Kora con la dirección de correo electrónico del comprador del cuadro.

—Aquí tenemos al conde —dijo Kora con cierta ironía. Sophia comprendió que no soportaba que la engañasen. No solo estaba molesta, sino que percibía como Kora se lamía el orgullo herido.

—Vamos a escribirle. He tomado una fotografía del retrato; te la voy a enviar. Después quiero que le escribas y le digas que lo estás vendiendo. Menciona que hay varias personas interesadas, pero que se lo quieres ofrecer también a él por cortesía por la otra vez que se lo vendiste.

Kora asintió.

—¿Lo trato de su majestad? —preguntó irónica. Sophia rompió a reír.

—Actúa como si no supieras nada, ¿de acuerdo?

—No te preocupes.

Dicho esto, Kora comenzó a escribir el mensaje y le adjuntó la imagen de la pintura. Lo hizo en un tono informal, como si nada hubiera cambiado desde la última vez.

—¿Qué te parece? —dijo mostrándole el mensaje a Sophia.

—¡Perfecto!

Kora asintió y pulsó el botón de enviar.

—Ahora toca esperar. Puede, incluso, que utilizara una dirección falsa en su día y ni siquiera reciba el mensaje —expuso Kora.

—No lo creo. No hay muchas personas en el mundo que tengan en su poder obras de Nicholas Clifford. Sea quien sea que esté detrás de este correo, se ganó una buena cantidad, por lo que te aseguro que contestará tarde o temprano —apuntó Sophia.

—Pareces muy segura.

—Tampoco tenemos nada más. Esto tiene que salir bien; debe salir bien, porque si no es así no sé qué más podemos hacer.

Kora cogió las manos de Sophia y las apretó con fuerza, sin embargo, no dijo nada.

—Funcionará, Sophia. Funcionará —afirmó sin estar muy convencida de ello. Era cierto que el cuadro que aparecía en los diarios digitales era el mismo que ella había vendido y enviado por correo, pero habían pasado años de eso. Lo último que quería era dar falsas esperanzas a Sophia y que esta sufriera por ello. En parte, se sentía responsable de que todo aquello saliera bien.

Durante un rato se quedaron sentadas junto a la mesa, atentas al teléfono, pese a que sabían que era bastante probable que nadie contestase a ese correo. Sin embargo, ambas se quedaron estupefactas cuando sonó una notificación en el móvil. De inmediato, Sophia clavó su mirada en Kora.

—¿Qué es eso? —En esta ocasión era Sophia la que estrujaba las manos de Kora. Lo hacía con tanta fuerza que la mano de la joven se tornó de un color rojizo.

—Podremos saberlo si no me partes la mano antes.

—Disculpa —dijo Sophia soltándola de inmediato.

Kora cogió el móvil y lo desbloqueó.

—Oh, Dios mío. Ha contestado, Sophia.

—¿De verdad? No me mientas.

—¿Para qué iba a mentirte? ¡Mira!

Kora le mostró el teléfono.

«Envíeme otra fotografía de la obra…»

—Un poco escueto, ¿no te parece?

—Es lo último que me importa en este momento. Envíale lo que quiere —contestó Sophia histérica. Kora le obedeció, hizo una nueva fotografía y la envió.

—Toca esperar de nuevo —dijo Kora.

Sin moverse, la dos permanecieron sentadas sin quitar sus ojos del móvil, como si temieran que este pudiera escaparse de un momento a otro. Al cabo de unos minutos llegó otro mensaje.

—¿Qué dice? —preguntó Sophia incorporándose de un salto.

—Hay un número de teléfono. Prefiere que hablemos por mensaje.

Rápidamente, Kora guardó el número en la memoria del móvil y se lo envió a Sophia para que hiciera lo mismo. Estaba tan nerviosa que los dedos le temblaban sobre la pantalla.

—¡Háblale!

—Escribe tú mejor. Me estás poniendo histérica —dijo Kora.

No obstante, Sophia negó con la cabeza.

—Eres la única que ha hablado con él. Ya le vendiste un cuadro antes y sabes lo que necesitamos ahora. ¡Información!

Kora asintió y tragó saliva. Nunca había sentido el peso de la responsabilidad sobre sus hombros. Nadie había confiado en ella de esa manera. No podía fallar.

CAPÍTULO 25

Durante las siguientes horas, Kora estuvo conversando con el misterioso comprador. Este quiso saber de dónde sacaba los cuadros o cuántos podría conseguir en el plazo de un año. Sophia, mientras tanto, en silencio, leía la conversación y anotaba aquello que consideraba necesario.

—Insinúale que tienes más pinturas —dijo Sophia. Kora asintió y así lo dejó caer en la conversación, como si para ella fuera un hecho irrelevante. Sin embargo, el comprador, cuyo nombre no sabían, aumentaba su entusiasmo. En un principio, Kora se las ingenió para responder a todas sus preguntas, pero poco a poco el cerco se iba cerrando sobre el lienzo en cuestión. Según Sophia, el comprador mostraba un interés inaudito.

—Esto es muy raro, Kora. Trabajo en una galería de arte y he tratado tanto con coleccionistas, mecenas y artistas, y ninguno de ellos acepta una compraventa si el proceso no está acompañado de la documentación correspondiente. Esta persona no tiene más que una fotografía y quiere cerrar el acuerdo lo antes posible.

—Ahora sabemos que la obra vale una fortuna. No hay que buscar más explicaciones —contestó Kora sin levantar la mirada de la pantalla.

—Pero no tiene nada que certifique que sea auténtico. A eso me refiero.

No obstante, Kora no estaba del todo de acuerdo.

—En eso te equivocas. Su garantía es que el primer cuadro era bueno, era auténtico y se lucró con ello.

Sophia reflexionó tras escuchar las palabras de Kora, pero como profesional, seguía sin encontrarle sentido.

—Aun así, es una inversión muy arriesgada. Pregúntale por qué desea tanto el cuadro.

Kora frunció el ceño.

—¿Crees que nos va a decir la verdad?

—Obviamente no, pero quiero conocer su versión.

Kora asintió e introdujo la pregunta en la conversación en cuanto le fue posible. Tal y como esperaban, aquella pregunta debió desconcertar al comprador, ya que tardó más de la cuenta en contestar.

—Está tardando demasiado. ¡Se lo está inventando! —dijo Kora. Sophia asintió y le pidió calma. Al fin, el comprador contestó.

—Dice que es muy importante para su familia —leyó Kora.

—¿Su familia? ¿Entonces es el conde?

Kora soltó una exclamación.

—¡Sabía que fue el conde! Cinco mil dólares por un cuadro que después vendió por más de cien mil libras. Para ser rico solo hay que robar, tal y como dice Theresa.

—Tranquila, Kora. Él no sabe que lo sabemos.

No obstante, ninguna de las dos se esperaba el siguiente mensaje del comprador.

> **Número desconocido:**
> «Disculpe mis modales, ya que debería haberme presentado antes. Mi nombre es Arthur Seymour y trabajo en el departamento de conservación de la familia Baskerville».

Kora apretó los labios.

—Ahora tendré que decirle mi nombre.

—Dile el mío —pidió Sophia—. ¿Departamento de conservación? Pregúntale por la familia Baskerville.

Kora:
«Yo soy Sophia Watson. ¿Me podría decir algo más de la familia Baskerville?»

Arthur Seymour:
«Es una de las familias más antiguas de Inglaterra. Puede que no esté al corriente, pero tanto este cuadro como el anterior fueron obra de un antepasado y tienen un gran valor sentimental para la familia».

—¡Será mentiroso! —exclamó Kora. Sophia le pidió calma de nuevo.

—No lo presiones. Muestra interés por ese antepasado que menciona. Tenemos que recopilar toda la información que podamos.

Kora intentó centrarse en el antepasado mencionado por Arthur Seymour, pero este parecía reticente a revelar su nombre. Para Kora y Sophia se trataba de una señal inequívoca de que ese antepasado que había mencionado no era otro que Nicholas Clifford, al que procuraba mantener en secreto.

—Cambia de conversación constantemente. Quiere que le envíe otra fotografía del cuadro y le diga cuánto quiero por él.

Sophia trató de pensar. Necesitaba algo, una idea para que ese hombre les contara todo lo que quisieran.

—¡Ya sé lo que podemos hacer! —dijo mientras se dirigía a toda velocidad hacia la puerta trasera de la casa—. Distráelo un momento. Creo que se me ha ocurrido una cosa para que ese hombre se muestre más predispuesto a hablar.

Kora quiso preguntar el qué, pero apenas abrió la boca cuando Sophia ya había salido de la casa.

—¿Qué vas a hacer? —gritó.

Arthur Seymour:
«¿Sigues ahí?»

—¡Me va a dar un ataque! —dijo mientras sacaba el paquete de cigarrillos del bolsillo. Desesperada, cada segundo se convirtió en un siglo para Kora, que repartía su atención entre el móvil y la puerta abierta de la casa.

Arthur Seymour:
«Estoy dispuesto a ofrecer más que la última vez».

Arthur Seymour:
«¿Hola?»

Unos minutos después Sophia regresó corriendo, con la respiración acelerada y el rostro encendido.

—¿Se puede saber a dónde has ido? —preguntó Kora.

—Voy a enviarte una foto —dijo Sophia con dificultad—. En cuanto la recibas, envíasela a ese tal Arthur.

Kora no comprendía nada, pero entendió las intenciones de Sophia en cuanto vio la fotografía.

—Esto le hará la boca agua —afirmó Kora con una sonrisa. Envió la imagen y esperaron la respuesta.

Arthur Seymour:
«¿Quién eres?»

—Ahora mandamos nosotras —murmuró Sophia.

—Desde luego.

Sophia era consciente de que era la última oportunidad para descubrir la verdad acerca de la vida de Emily. Ese tal Arthur Seymour era todo lo que tenían. Dejando de lado eso que les había contado acerca del departamento de conservación de la familia Baskerville, la realidad era que había sacado un gran beneficio con la compra de la primera obra. Por tanto, la cabeza de ese Arthur estallaría si viera una fotografía con al menos diez pinturas que podían pertenecer a Nicholas Clifford y eso era precisamente lo que había hecho. Había ido corriendo hasta la otra casa y había dispuesto casi todos los cuadros que allí había de tal manera que cupieran en una fotografía.

—Dile que se lo dirás, si te dice quién es el autor de los cuadros —pidió Sophia.

De nuevo, Arthur tardó en contestar.

Arthur Seymour:
«Las obras fueron realizadas por Nicholas Clifford, como ya he dicho, un antepasado de la familia Baskerville, cuyo cabeza de familia es el conde Henry Baskerville. Para él los cuadros tienen un valor sentimental inmenso y desea, por encima de todo, que cuelguen de las paredes de la residencia familiar».

—Sigue mintiendo, Sophia. Vimos la noticia; vendieron el cuadro por una fortuna.

—Lo sé, Kora, pero vayamos paso a paso. Pregúntale por qué las pinturas son tan importantes.

Arthur Seymour:
«Nicholas Clifford murió joven en un desafortunado incendio junto con su esposa y su hijo. Tal desgracia privó al mundo de uno de los mejores artistas de su tiempo. Para Henry Baskerville, exponer las obras sería un sueño hecho realidad. No hay mejor manera para rememorar la vida y el arte de Nicholas Clifford. La colección de piezas que me ha mostrado es sencillamente impresionante, pero para efectuar la compraventa necesito que pasen por las manos de un experto, ya que hablamos de una cantidad de dinero considerable. ¿Está de acuerdo?»

—Un cuento chino —recalcó Kora—. Quieren vender los cuadros.

—Dile que sí. Haremos lo que haga falta.

—Pero ¿vas a vender las pinturas? —preguntó Kora confundida.

Sophia cabeceó.

—Este hombre sabe más de lo que está contando. Es bastante probable que Emily estuviese en contacto con Nicholas durante su estancia en Inglaterra.

> **Kora:**
> «Me parece bien».

> **Arthur Seymour:**
> «Le agradezco enormemente su predisposición. Me encantaría trasladarme a su país, pero no dispongo de tiempo para ello. Por ello, le invito a pasar unos días en Inglaterra para que nos conozcamos y el experto pueda estudiar las obras con detenimiento. El costo del viaje, tanto vuelo como alojamiento, será añadido al precio final de la venta. ¿Le parece?»

—¡Ahora quiere que viajes con las pinturas hasta Inglaterra! ¡Y qué encima corras con los gastos! —exclamó Kora al borde de la indignación.

—Hay que sacrificarse por la familia —dijo Sophia—. Estoy dispuesta a ir hasta el final. Acepta.

Kora la miró con una mueca extraña.

—¿Estás segura?

—Completamente.

> **Kora:**
> «Perfecto, le avisaremos cuando estemos en Inglaterra».

Arthur Seymour:
«Ha hecho al conde de Warrington el hombre más feliz del mundo. Este es mi teléfono personal, así que no dude en ponerse en contacto una vez esté en Inglaterra. Tendrán que llegar al aeropuerto de Manchester y luego tomar un bus al pueblo más cercano de la residencia de los Baskerville en Willesbury. Allí encontrará alojamiento, restaurantes, tiendas y todo lo que pueda necesitar. Esperamos ansiosos su mensaje, señorita Watson».

Kora tiró el móvil encima de la mesa.

—Vas a regresar a Inglaterra antes de tiempo —dijo.

—¿Voy? ¿Es que piensas que voy a hacer esto sola?

Kora levantó las manos.

—Ah, claro. No me acordaba de Daphne. Tendrás que avisarla para que prepare las maletas.

Sophia sonrió.

—Dudo que Daphne pueda acompañarme, aunque se lo ofreceré de todas formas, pero no hablaba de ella.

Kora dio un respingo y se señaló con el dedo índice.

—¿Yo?

—Tú.

—Pero yo… Sophia… Quiero decir, te agradezco mucho que pienses en mí, pero ¿qué hago yo en Inglaterra?

Sophia cruzó los brazos.

—Veamos, ¿por dónde empezar? Eres bisnieta de Emily, como yo. Has cuidado de esta casa durante años; gracias a ti hemos podido localizar a los descendientes de Nicholas Clifford y… ¿Necesitas más razones? Sin ti todo esto no hubiera sido posible, Kora. Te mereces más que nadie viajar a Inglaterra.

De un salto, Kora se lanzó a los brazos de Sophia y hasta la levantó unos centímetros del suelo.

—Pero, Sophia, dices que no vas a vender las pinturas y ese

estirado dice que pagará los costes del viaje en la compraventa. Yo no tengo dinero para costearme un viaje de esta envergadura.

—¡Olvídate del dinero y vamos a preparar el equipaje! Nos llevaremos varios lienzos en la maleta para que esté entretenido y trataremos de averiguar todo lo que podamos.

Kora se puso las manos sobre la cabeza.

—No puedo creerme que vaya a salir de este lugar. No me malinterpretes, pero siempre había soñado con viajar lejos.

—¿Nunca has viajado? —preguntó Sophia seria, Kora la miró un poco avergonzada y negó con la cabeza.

—Hace un tiempo me quería largar de aquí, pensaba en eso cuando vendí el cuadro, pero después de lo que hice, me sentí en deuda con tu padre y desistí del viaje.

—Pues estás a pocas horas de subirte a un avión. Voy a buscar los billetes ahora mismo —dijo Sophia mientras manejaba el móvil para llamar a Daphne y ponerle al día.

Kora, histérica, caminaba de un lado a otro.

—¡Ni siquiera sé si tengo maleta!

Daphne respondió rápidamente y Sophia le contó todo lo que había ocurrido en los últimos minutos: la conversación con Arthur Seymour, sus mentiras acerca de las pinturas y, sobre todo, su invitación para acudir a Inglaterra.

—Es increíble, Sophia. ¿Cuándo parten para Inglaterra?

—Ahora mismo voy a… —Sophia asimiló ese *parten*—. ¿Tú no vienes?

—Es lo que más deseo en este momento, pero es imposible. No puedo dejar a Mika sola con Ren. Además, en el trabajo no tienen que estar muy contentos conmigo.

Los ojos de Sophia se humedecieron.

—Tengo que ir, Daphne. Puede que sea la última oportunidad para descubrir todo, además que ese Arthur me da mala espina… le quiero ver la cara.

—Por supuesto, Sophia. Ve allí y sácale toda la información que puedas a esos mentirosos. ¿Kora va contigo?

—Sí, claro. Los últimos descubrimientos han sido gracias a ella. Además, es de la familia.

—Te das cuenta de que quizás ya encontraste el tesoro que tu padre mencionaba, las pinturas y... a Kora —comentó Daphne. Sophia reflexionó y se dio cuenta de que su amiga tenía razón. Los cuadros sin duda eran muy valiosos y ella mejor que nadie podría apreciarlos, pero encontrar a Kora también había sido un regalo de su padre—. Me alegro mucho y sé que cuidaran la una de la otra. Entonces, ¿cuándo se marchan?

Sophia esbozó una sonrisa. La última vez que viajó a Inglaterra, Daphne la llevó hasta el aeropuerto, compró el billete y esperó con ella en la terminal hasta que llegara la hora. Recordó cómo temblaba el billete en sus manos, el vuelco de su corazón cuando escuchó que se abría el embarque de su vuelo a Londres y cómo su vida se rasgó definitivamente cuando el avión despegó. Habían pasado diez años desde entonces y todo, aunque de una manera distinta, volvía a repetirse.

—Lo antes posible. Si podemos partiremos directo desde Dunedin.

—Estoy segura de que en esta ocasión podrás encontrar tu puerta de embarque —bromeó Daphne.

—Sí, seguro. ¿Se puede utilizar *Google Maps*?

Las dos rieron, aunque no podían negar el tono de despedida que había adquirido la conversación de manera repentina. La tristeza volvió a invadir a Sophia.

—Les deseo toda la suerte del mundo y yo estaré trabajando en que apuren la restauración del diario de Emily.

—Gracias, Daphne. Gracias por todo.

—No tienes por qué dármelas. Por cierto, como te olvides de mí y no me mantengas informada, iré a Inglaterra a buscarte.

—Puede que lo haga así —dijo Sophia—. Te echaré de menos.

—No te pases de lista. Avísame cuando hayan aterrizado. Mucha suerte, Sophia.

Cuando colgó, las lágrimas comenzaron a caer por su rostro. No lloraba abiertamente, sino que se trataba de un llanto silencioso y casi reparador.

—¿Te encuentras bien? —preguntó Kora. La joven traía consigo un viejo bolso.

—Sí, no te preocupes. La última vez que volé hasta Inglaterra huía de mi pasado, ahora voy en su búsqueda. Es extraño.

Kora se acercó a ella y le sujetó las manos con fuerza.

—Si necesitas más tiempo...

—¡No! —interrumpió Sophia—. Tenemos que partir cuanto antes. Haz tu bolso, Kora. Nos vamos a Inglaterra.

PARTE DOS

CAPÍTULO 26

S ophia miró el reloj y después lo hizo por la ventanilla del autobús. Sin embargo, la noche cerrada no le permitía ver más allá del borde de la carretera, ya que no había farolas ni luces que iluminaran el paisaje.

«¿Dónde diablos estamos?», se preguntó. A su lado, Kora dormía plácidamente con la cabeza echada hacia un lado y la boca completamente abierta. «Menos mal que le costaba quedarse dormida».

Sacó el móvil y accedió a *Google Maps* para ver cuánto faltaba para llegar a Willesbury. En el mapa pudo ver que, a ese ritmo, el autobús llegaría en poco menos de una hora.

—Más me vale dormir un poco —murmuró mientras guardaba el móvil y buscaba una postura más o menos cómoda. Estaba agotada, exhausta, pero los nervios bullían en su interior y le mantenían en un estado de alerta permanente que le impedían conciliar el sueño. De hecho, no dormía nada desde las pocas horas que se echó en el sofá en casa de Kora.

Después de hablar con Arthur Seymour, el supuesto encargado

del departamento de conservación de la familia Baskerville, Sophia había llamado a una agencia de viajes para buscar el vuelo más próximo hacia Manchester. Tuvieron suerte, más o menos, ya que encontraron uno que partía del aeropuerto de Dunedin al día siguiente, con tres escalas, lo que se tradujo en más de cuarenta horas de viaje. Una vez allí, siguiendo el itinerario que les había hecho llegar Arthur, debían coger un autobús que se demoraría unas dos horas en dirección al norte, a Willesbury.

—¿Hemos llegado? —murmuró Kora sin abrir los ojos.

—Falta poco.

—¿Qué hora es?

—Las nueve y media de la noche —contestó Sophia. Ambas hablaban sin mirarse.

—¿Y por qué tengo la sensación de que debería ser de día?

—Se llama *jet lag*. Es normal. Se te pasará cuando te acostumbres al cambio de horario.

—Eso espero…

En ese momento, Kora abrió los ojos y miró a su alrededor. Se había quedado dormida en cuanto subieron al bus, por lo que lo último que vio fue un mar de luces que se extendía hasta el infinito, todo lo contrario que lo que observaba en aquel momento.

—¿De verdad estamos llegando? —preguntó.

—Sí, lo he visto en el móvil.

—Pues no lo parece. Es como si ahí fuera, no hubiera nada.

Dicho esto, Kora se volteó y comprobó los pocos pasajeros que quedaban en el autobús. Creía recordar que se habían montado muchos más.

—¿Y los demás?

Sophia hizo un gesto con la cabeza.

—Se han ido bajando en las anteriores paradas.

Kora frunció el ceño y miró hacia atrás.

—Willesbury no parece ser muy popular.

—Es un pueblo pequeño —dijo Sophia—. Es normal que no reciba muchos visitantes.

Kora apretó los labios y se giró hacia una mujer mayor que

estaba sentada varias filas más atrás. Su rostro estaba iluminado por la luz del teléfono.

—Perdone, ¿se dirige a Willesbury? —preguntó Kora.

La mujer, sorprendida, bloqueó el móvil y su rostro se oscureció.

—Es posible —contestó la mujer.

—Oh, es que vamos a pasar unos días allí y queríamos saber un poco más acerca de la zona.

Sophia asomó la cabeza por encima del asiento y miró a la mujer con una sonrisa.

—Es un pueblo muy pequeño. Estoy segura de que les encantará.

—Allí tiene una casa el conde de Warrington, ¿no es cierto? —preguntó Kora.

La mujer torció el gesto.

—¿Henry Baskerville? Sí, vive a pocos kilómetros de Willesbury. Un personaje peculiar.

—¿A qué se refiere? —curioseó Sophia tras el tono que había empleado la mujer.

—No me gusta hablar mal de aquellos que no están presente para defenderse. Sean cautas si Henry Baskerville es el motivo principal de su visita.

Después de esto, la mujer se excusó diciendo que quería descansar un poco, aunque de inmediato centró la atención a su móvil. Kora y Sophia se miraron intrigadas.

—¿Qué habrá querido decir?

Sophia encogió los hombros.

—Empezamos bien —dijo Kora—. Por cierto, ¿has podido contactar con el hotel?

—He llamado varias veces, pero ni siquiera da señal.

—La situación mejora por momentos. Willesbury allá vamos.

Patrick Davies apagó la computadora después de comprobar que eran casi las once de la noche. Había estado haciendo números las últimas horas, calculando cuánto tendría que ganar para cubrir los gastos del hotel y mantener el negocio abierto hasta conseguir una mayor afluencia de turistas. Sin embargo, la previsión no era nada buena. Si no conseguía reflotar el negocio, el próximo mes tendría problemas para pagar las facturas y al siguiente tendría que cerrar sus puertas definitivamente, lo que originaba una presión insoportable en el pecho.

—Todo saldrá bien —se dijo, o más bien se lo dijo a la fotografía de sus padres que descansaba junto a la pantalla de la computadora.

Su madre había fallecido cuando él era pequeño, poco después de que su padre comprara el hotel. Desde entonces, había vivido en una de las habitaciones. Tenía muy claro que abandonaría Willesbury en cuanto tuviera oportunidad, pero la vida tenía otros planes para él. Su padre se esforzó por mantener el negocio a flote durante todo ese tiempo y no le fue mal del todo. La temporada alta suplía los gastos de los meses más flojos y ambos vivían felices. Pero poco a poco la cantidad de clientes fue mermando hasta que las deudas comenzaron a convertirse en un pesado lastre para el padre de Patrick. Este no quería condenar a su hijo a quedarse en el pueblo y por ello rehipotecó el hotel con tal de saldar las deudas y pagar parte de los estudios de su hijo. Sin embargo, el padre de Patrick falleció al poco tiempo y el joven se vio a cargo de un negocio y con una importante deuda que saldar. Intentó llegar a un acuerdo con el banco, pero debido a la última crisis, el valor del hotel había caído en picado y con su venta solo conseguía saldar una parte de la deuda. Por tanto, no le quedó más remedio que ponerse al frente del negocio familiar.

No fue hasta ese momento, cuando se quedó solo y tuvo que luchar por su supervivencia, que comprendió el amor de su padre por aquel lugar. Eso les producía nostalgia y rabia a partes iguales, ya que no quería reconocer que cada vez más compartía la ilusión de su padre por el hotel.

Era un edificio de dos plantas, que fue construido a principios del siglo veinte como punto de descanso para las diligencias que recorrían el condado. Con la llegada del automóvil, perdió su razón de ser y estuvo cerrado hasta que el padre de Patrick lo compró, lo reformó y lo abrió nuevamente. Las paredes estaban repletas de recuerdos de épocas pasadas como látigos, fustas, alforjas o fotografías de las diligencias. A todo esto, se añadía el hecho de que estuviera construido en madera, lo que añadía un carácter acogedor. Sin embargo, Patrick veía cómo todo aquello no era suficiente.

Desde la silla de la recepción contempló en silencio la oscuridad reinante. El casillero de las habitaciones estaba vacío. No había ni un solo cliente en el hotel y no esperaba a ningún otro hasta dentro de diez días. ¿Qué hacía allí? Su lado racional le decía que no tenía otra opción, pero, en el fondo, sabía que luchaba por el sueño de su padre.

Como solía hacer cada noche, puso sus enormes botas sobre la mesa, se agitó de un lado a otro para encontrar la postura correcta, lo que era difícil con su tamaño, medía más de un metro ochenta, su aspecto era el de un leñador. Encendió el televisor: el canal de noticias veinticuatro horas. Solía verlo hasta quedarse dormido, sorprendiéndose de que por más que estuvieran dando información de lo que ocurría por el mundo, todas fueran negativas. Eso, de algún modo, le consolaba.

Estaba a punto de quedarse dormido. El resplandor de la pantalla se había convertido en una tímida luz entre sus pestañas y el rumor de la lluvia lo acunaba cuando, de repente, sonó el timbre.

—Pero ¿qué? —dijo incorporándose de un salto. Se acercó corriendo a la puerta y abrió una pequeña ventanita que había en la parte superior de la misma. Al hacerlo, vio a dos mujeres jóvenes al otro lado. Estaban pegadas a la puerta para refugiarse de la lluvia—. ¿Puedo ayudarles?

—¿Es el hotel Davies? —preguntó Sophia.

—Sí, es aquí —contestó Patrick, todavía un poco adormilado—. ¿Qué desean?

Kora le señaló los bolsos.

—Estoy segura de que puede hacerse una idea.

—Oh, claro, disculpen. ¿Desean una habitación?

—Por favor —dijo Sophia con una sonrisa—. ¿Tiene alguna disponible?

Para Patrick aquella pregunta le pareció tan ridícula que no pudo evitar reírse.

—Disculpen, sí, claro. Pasen.

Enseguida abrió la puerta y fue a por los bolsos que traían sus inesperadas huéspedes. No obstante, Kora no se dio cuenta y fue a por ellos al mismo tiempo, chocando la cabeza de ambos.

—¡Dios mío! ¡Lo siento mucho! —exclamó Patrick.

Sophia no pudo evitar reírse.

—No te preocupes. El gorro ha amortiguado el golpe —dijo Kora con una sonrisa.

De nuevo, los dos fueron a por los bolsos y estuvieron cerca de chocar de nuevo.

—Yo me encargo, no te preocupes —declaró Kora dejando escapar una risilla que no pasó inadvertida para Sophia.

—Les haré el *check-in* en un segundo para que puedan descansar cuanto antes. Tan solo necesito sus identificaciones.

Kora y Sophia se lo entregaron sin más. Deseaban llegar a la habitación lo antes posible.

—No estábamos seguras de que el hotel estuviese abierto. He llamado varias veces, pero ni siquiera daba tono —dijo Sophia. Patrick asintió con total naturalidad mientras trataba de recordar qué día era. «Me han vuelto a cortar el teléfono», pensó.

—Las conexiones son muy antiguas en este pueblo y dan problemas los días de tormenta —dijo Patrick mientras anotaba los datos necesarios—. Esperemos que lo solucionen pronto. ¿Vienen de Nueva Zelanda? Un largo viaje.

—Así es.

—¿Qué les trae a un sitio como Willesbury? Si no les molesta la pregunta.

Kora y Sophia se miraron fugazmente.

—Estamos haciendo una ruta por toda Inglaterra. Ha habido un cambio de planes en nuestro itinerario y hemos tenido que parar aquí —dijo Sophia.

—Entiendo que la estancia será solo de una noche, ¿verdad?

Sophia lo negó de inmediato.

—Aprovecharemos para conocer un poco el lugar —explicó Kora—. Un par quizás, ¿tenemos que decidirlo ya?

—No, por supuesto que no. Pueden quedarse cuanto deseen. Es más, mañana les contaré un poco del lugar y le recomendaré algunos lugares que visitar.

—Eso sería fantástico —dijo Kora con una sonrisa. Durante un par de segundos, ella y Patrick se miraron sonrientes.

—En fin, esta es la llave de la habitación. Está por esa puerta de ahí, al final del pasillo. Yo estaré aquí toda la noche, así que no duden en avisarme si necesitan cualquier cosa.

Con la llave en sus manos, Kora y Sophia se dirigieron a la habitación. Tenían la sensación de que había transcurrido un siglo desde que habían despegado de Dunedin. La habitación en sí tenía el mismo estilo que el resto del hotel, todo antiguo y labrado en madera y pese a que todo estaba limpio, el ambiente estaba un poco cargado, como si hubiera pasado mucho tiempo sin utilizarse.

—Por fin hemos llegado —dijo Kora.

—Estoy tan cansada que podría dormir en una cueva —respondió Sophia.

—No está tan mal. Tiene su encanto.

—¿El hotel o el recepcionista?

La pregunta pilló por sorpresa a Kora, que se ruborizó.

—¿De qué estás hablando?

—Es igual. Descansemos un poco. Mañana avisaré a Arthur para decirle que estamos en Willesbury.

CAPÍTULO 27

P atrick tenía un dilema y no tenía la menor idea de cómo resolverlo. Se había levantado temprano y había ido a comprar lo justo para ofrecer un desayuno decente a sus huéspedes, a las cuales tenía intención de retener el máximo de días posibles, pero cuando estaba llegando de nuevo al hotel comprobó con horror, lo descuidado que tenía el jardín.

No habría sido nada preocupante si hubiera continuado lloviendo como lo venía haciendo desde hacía días, pero en vez de eso, el cielo estaba despejado y lucía un espléndido sol. No podía permitir bajo ningún concepto que sus huéspedes vieran el jardín en ese estado tan lamentable.

—Mi padre tenía razón —murmuró mientras iba en busca del cortacésped. A diferencia de él, su padre era muy organizado y tenía programada toda una serie de tareas para mantener el hotel en perfecto estado. Patrick también se preocupaba, aunque de una manera diferente; esperaba a que el césped estuviera demasiado largo para cortarlo, arreglaba el techo cuando se filtraba el agua de la lluvia o cambiaba las bombillas cuando algún cliente le avisaba de que se había fundido.

Corrió al cobertizo y sacó el cortacésped a tirones. Se trataba de una máquina antigua y oxidada por completo cuyas ruedas apenas giraban. En su intento por sacarlo, tropezó y cayó al césped.

—¡Maldita sea!

Se levantó rápidamente y comenzó a tirar de la cuerda de arranque del motor, provocando un sonido ronco.

—¡Vamos! ¡Arranca de una vez!

Lo intentó una decena de veces más hasta que una voz a su espalda lo asustó:

—¿Quieres que te ayude? —Patrick dio un salto—. ¡Perdona! —se disculpó Kora—. No pretendía asustarte.

—No te preocupes —dijo Patrick recomponiéndose—. Supongo que así estamos en paz por lo del golpe con la cabeza.

Kora asintió.

—Visto así, es posible.

—¿Les hace falta algo? ¿O quieren desayunar? Lo tendré todo preparado en un par de minutos.

—No, no te preocupes —dijo Kora con los brazos en alto—. Solo he salido a fumar un cigarrillo. Mi amiga continúa durmiendo.

Patrick respiró aliviado.

—Perfecto, aunque no vendría nada mal que preparara un poco de café, ¿verdad?

—Claro, pero cuando termines lo que estés haciendo. No tengo prisa.

El joven señaló a la máquina.

—Iba a cortar el césped, pero esta máquina no arranca. Tiene más años que una piedra, pero hasta el momento siempre había funcionado.

—¿Puedo echarle un vistazo? —preguntó Kora. Patrick se sorprendió.

—¿Entiendes de cortacésped?

—Un poco —contestó Kora. Contarle la verdad podía extenderse durante horas.

Patrick cruzó los brazos y la observó.

—Cada vez que tiro de la cuerda suena el motor de arranque, pero no hace nada, ¿tiene sentido?

Kora lo escuchó, se remangó y comenzó a manipular diferentes piezas hasta que dio con el principal problema.

—La verdad que no le vendría mal una mano de aceite, ya que muchas piezas están oxidadas. Una mano de pintura ayudaría a proteger el metal. Pero lo que sí es necesario es la gasolina: el depósito está vacío. —Tras decir esto, Kora golpeó el depósito, que sonó hueco. Patrick se quedó de piedra.

—Soy un estúpido —dijo al fin. Kora no pudo contener la risa.

—Bueno, con un poco de gasolina podrás cortar el césped. ¿Dónde tienes el bidón?

Patrick hizo memoria: el bidón se encontraba junto a la puerta principal. Lo había dejado allí hacía semanas para llevarlo hasta la gasolinera. No obstante, pensó que había hecho el ridículo suficiente.

—Pensándolo bien, creo que sería mejor dejar el césped para otro día. Después de todo, esta máquina hace más ruido que un reactor.

—Como quieras —dijo Kora. Se levantó y después encendió el cigarrillo.

—Sí, lo haré más tarde. Lo mejor es que vaya preparando el desayuno.

—Me parece bien —respondió Kora—. No tardo en entrar.

Patrick le dedicó una sonrisa y se marchó hacia el interior de la casa con un inesperado pensamiento dando vueltas por su cabeza.

Sophia abrió los ojos poco después de que Kora saliera de la habitación. Su cuerpo le pedía dormir de nuevo, pero los rayos de sol que entraban por la ventana le decían que era el momento de ponerse en marcha. Lentamente, adormecida todavía, se incorporó y se sentó en la cama. Miró a su alrededor y no vio a Kora, aunque se quedó más tranquila cuando vio el paquete de cigarrillos abierto sobre la mesilla.

—No me extraña que no tenga sueño. Se ha pasado gran parte del viaje durmiendo.

Buscó la libreta en la que había realizado todas las anotaciones y las repasó durante unos minutos para refrescar la memoria. Poco a poco, todo lo que habían averiguado hasta entonces cobró forma de nuevo. En la última línea de sus escritos rezaba el número de teléfono de Arthur Seymour. Llevaba casi toda la información también en el móvil, pero consideraba que escribirla de su puño y letra le hacía asimilar mejor cada detalle. Pese a que los últimos años había renunciado a su vena artística, Sophia era de las que disfrutaban con cada trazo del pincel sobre el lienzo, con el deslizar de las cerdas empapadas de pintura que dejan tras de sí la composición de un mundo nuevo. La única manera en la que podía expresarse, abrir sus sentimientos sin ningún tipo de freno, era pintando. Por tanto, necesitaba el contacto, lo físico, el fracaso de la creación imperfecta que naufraga en la búsqueda de lo espléndido. Las nuevas tecnologías, las tabletas gráficas y los programas de diseño le parecían una aberración; una puñalada a la creatividad.

Dejó la libreta sobre la cama y fue a por la maleta. Allí, enrollados y cubiertos con papel, se encontraban los tres lienzos que habían traído. No tenía la intención de venderlos, sino que eran el medio por el cual pretendía ganar el tiempo suficiente para descubrir lo que sucedió en la vida de Emily a lo largo de esos cuatro años. Era consciente de que no era una tarea fácil, pero no estaba dispuesta a rendirse.

Extendió un lienzo en cada cama y el tercero en un escritorio. No era recomendable mantenerlos enrollados durante tanto tiempo. En uno de ellos se mostraba la composición de un paisaje peculiar: en el cielo lucía un sol radiante, pero el paisaje que bañaba su luz era tétrico y deforme. El segundo lienzo era el retrato de una joven: comparándolo con las fotografías, Sophia se inclinaba por creer que se trababa de Violet, pero no podía confirmarlo. El tercero y último representaba una especie de fortaleza distópica que ella interpretó como la residencia de los Clark en Los Catlins. Pese a tratarse de diferentes composiciones, las tres albergaban un mismo estilo del que se presuponía una misma mano: fueron pintadas por la misma persona.

Sophia los observaba en silencio cuando la puerta de la habitación se abrió lentamente: era Kora.

—¡Estás despierta! —exclamó.

—Sí, tenía pensado despertarme un poco más tarde, pero no he podido seguir durmiendo.

—¿Cuándo vamos a avisar a Arthur, el estafador?

Sophia esbozó una sonrisa.

—Creo que lo mejor será que desayunemos y tratemos de averiguar algo de los Baskerville, ¿no te parece? Esa mujer a la que le preguntaste, la del autobús, no parecía tener muy buena opinión de él.

—Estoy de acuerdo. Es posible que Patrick pueda contarnos algo —dijo Kora señalando hacia el pasillo. Sophia frunció el ceño.

—¿Patrick? Ah, el recepcionista. ¿Por eso te has levantado tan temprano?

Kora dio un respingo.

—¿Otra vez con eso?

—Solo te he preguntado. No pasa nada si te gusta, Kora. Es lindo. Así como un Thor más robusto —dijo Sophia aguantando la risa.

—Pero ¿se puede saber qué te pasa? ¿De dónde has sacado una cosa así? —preguntó Kora con las mejillas encendidas.

—Vale, disculpa, me habré equivocado —se disculpó Sophia mientras sacaba de la maleta la ropa que habían comprado en el *Duty Free* del aeropuerto. No quería perder tiempo parando en su estudio de Londres.

—Por supuesto que te has equivocado. Simplemente he salido a fumar y lo he encontrado intentando cortar el césped.

—¿Intentando cortar el césped? —preguntó Sophia.

—Estaba intentando arrancar el motor sin gasolina y le he ofrecido mi ayuda. ¿Hay algo de malo en eso? —dijo Kora exaltada.

Sophia apretó los labios para evitar reírse.

—¿Y lo han conseguido?

—¡Vete al cuerno!

—Pero ¿qué sabes tú de máquinas cortacésped? —insistió Sophia entre carcajadas.

—Olvidas que he estado cuidando tu nueva casa durante años. Tiene un jardín bastante extenso que he intentado mantener en el mejor estado posible.

—Eso es cierto.

—Claro que lo es —sentenció Kora.

—Bueno, tampoco hay que ponerse así. Veamos qué nos ha preparado tu novio, ¡digo Patrick!

Kora cogió la almohada y se la lanzó a Sophia, pero esta, esperando una reacción semejante, ya se encontraba en el pasillo riéndose como una loca.

—¡Me las vas a pagar! —gritó Kora mientras le señalaba con el dedo índice.

Cuando alguien entraba al Hotel Davies lo primero que veía, a mano derecha, era la recepción. Justo enfrente, se extendía un recoveco en que había un mostrador y tres mesas de madera que conformaban la pequeña cafetería. Años atrás, cuando había una mayor afluencia de pasajeros, el padre de Patrick se levantaba antes del amanecer para preparar el desayuno. Él mantuvo aquel servicio hasta que la merma de clientes le hizo dejar los desayunos para ahorrar el máximo dinero posible. Desde entonces, tan solo servía café y algunos dulces que compraba en la tienda de Molly, situada en la misma calle. Sin embargo, como pretendía que las dos jóvenes se quedaran el máximo tiempo posible, no reparó en gastos: compró huevos, beicon, masa para tortitas e incluso varios tipos de leche.

Tras su desencuentro con el cortacésped, lo preparó todo rápidamente y terminó, casualmente, cuando las dos huéspedes llegaban al vestíbulo.

—¡Han llegado justo a tiempo! —exclamó.

A Sophia se le hizo la boca agua.

—Todo tiene una pinta deliciosa, Patrick.

Kora, en cambio, se mostró tensa y no dijo nada. No quería que Sophia la molestara.

Rápidamente, se sentaron en la mesa y comenzaron a hacer justicia de las tortitas mientras Patrick les servía el café. Cuando terminó, él se sirvió uno y comenzó también a desayunar.

—No les molesta, ¿verdad? —preguntó con la boca llena de beicon.

—En absoluto —contestó Sophia. Kora permaneció en silencio.

—Cocinar me abre el apetito.

Kora hizo un esfuerzo por no reírse, aunque no pudo evitar que sus labios dibujaran una media sonrisa. Sophia lo advirtió, pero prefirió no decir nada.

—¿Han pensado qué les gustaría conocer de Willesbury? —indagó Patrick.

—Pues hemos mirado en internet y hemos visto que no muy lejos de aquí vive un conde, ¿es así?

Patrick asintió mientras masticaba, después bebió un poco de café y dijo:

—En efecto. Están en los dominios del conde de Warrington. ¡Dios lo guarde por los siglos de los siglos! —dijo Patrick postrándose de manera exagerada. Kora se rio, aunque rápidamente se tornó seria—. Perdona, pero me resulta gracioso eso de *conde*.

Sophia percibió en Patrick algo semejante a la reacción de la mujer del autobús.

—¿Por qué le resulta gracioso? —preguntó.

—Seguro que al imaginarse al conde piensan en un hombre rodeado de lujos, elegante, puede que hasta educado e influyente en la sociedad, ¿verdad que sí? —Las dos asintieron—. Bien, pues Henry Baskerville es todo lo opuesto. No hace mucho tenía propiedades por todo Willesbury, pero las deudas le hicieron desprenderse de casi todo y, aun así, no es capaz de mantener su nivel de vida.

—¿Qué quieres decir? ¿Que está arruinado?

—Completamente. No como cualquier persona de clase media,

ya que dispone de propiedades valoradas en millones de libras, pero, en su mundo digamos, sí, está completamente arruinado.

Kora y Sophia se miraron. Eso le daba sentido al interés por adquirir las pinturas. Con la subasta obtenían un suculento beneficio.

—¿Conoces al conde? —preguntó Kora de repente.

—Lo he visto en un par de ocasiones, aunque no se deja caer mucho por el pueblo. Suele pasarse los días encerrado, en galas benéficas o esquiando en las mejores pistas. Es un fanático del esquí; no me pregunten por qué.

—Pero has dicho que estaba arruinado —dijo Sophia.

—Sí, pero creo que no lo han entendido. Nuestro querido conde es un experto de dilapidar todo el dinero que llega a sus manos. Cobra rentas de las propiedades que le quedan, pero son cantidades ínfimas que no llegan ni de lejos a cubrir sus gastos. Aunque no parece estar muy preocupado por ello.

—Vaya… ¿Qué más puede decirme del conde de Warrington?

Patrick encogió los hombros.

—Poco realmente. Si no recuerdo mal, el título pertenecía antes a otra familia, soy incapaz de recordar el nombre en este momento. La cuestión es que el último miembro de esa familia falleció en un incendio y la herencia pasó a manos de los Baskerville.

—¿Es posible que ese miembro fuera Nicholas Clifford? —preguntó Sophia. Patrick recapacitó durante unos segundos en los que miró fijamente hacia el suelo.

—¡Eso es! ¡Los Clifford! Así se llamaban. Sí, ahora me ha venido a la cabeza, ese tal Nicholas era pintor o algo así. Su muerte fue toda una desgracia en Willesbury. De hecho, si hablan con algunos de los más mayores del pueblo, les dirán que el título está maldito. Por lo visto, los Baskerville fueron a peor desde que lo heredaron hasta llegar a hoy, cuando su patrimonio se ha reducido hasta un punto dramático.

Sophia asimiló todo lo que acababa de escuchar. Después de varios días muy intensos en los que nada parecía tener sentido, las piezas comenzaban a encajar. El estado económico de Henry Baskerville era el motivo de su interés por los cuadros.

—¿En qué año murió Nicholas Clifford? —preguntó.

Patrick se frotó la frente con las manos.

—Pues la verdad no tengo ni idea, pero tuvo que ser hace mucho tiempo. Muchísimo. Si quieren conocer más detalles, le recomiendo que les pregunte a los ancianos del pueblo. Suelen estar deseosos de contar historias. —Sonrió Patrick.

—Muchas gracias por el consejo —dijo Sophia.

—No hay de qué. Jamás había hablado con una huésped que tuviera tanto interés en los Baskerville. No son muy conocidos fuera de estas tierras, o al menos eso creía yo.

—Nos gusta conocer la historia de los lugares que visitamos. ¿Verdad, Kora?

La joven clavó los ojos en Sophia y después miró a Patrick.

—Sí, somos así de especiales.

Por debajo de la mesa, Kora dio una patada a Sophia, que retiró la pierna bruscamente, golpeando la mesa y volcando la taza de café.

—¡Vaya! —exclamó.

—¡Yo lo limpio! No se preocupen —dijo Patrick levantándose de un salto y dirigiéndose al otro lado del vestíbulo. Kora miraba a Sophia con ojos de asesina.

—¿Se puede saber qué estás haciendo?

Sophia se hizo la indignada.

—Eres tú la que me has dado una patada.

—Porque te estás comportando como una niña de quince años.

—Yo no soy la que se pone roja cuando habla con Patrick.

Kora abrió los ojos de par en par, pero tuvo que contener su ímpetu, ya que Patrick había regresado con una fregona y un cubo. Las dos lo miraban con una sonrisa forzada que él no supo interpretar.

—Lamentamos mucho las molestias —dijo Kora. Patrick le sonrió y le quitó importancia al asunto.

—¿A quién no se le ha caído una taza? Cuando era pequeño recuerdo que tiré toda una estantería. No se salvó ni un solo plato. Fue en casa de mi abuela. Me estuvo persiguiendo toda la tarde por el jardín con la paleta de madera.

Sophia se rio simpática, sin embargo, Kora rompió a reír con tal escándalo que hasta Patrick se sorprendió.

—Menuda historia, Patrick —apuntó Kora.

—Ya ves, todos hemos tirado algo de vez en cuando. —Se sentó de nuevo y retomó su desayuno.

Cuando terminaron de desayunar regresaron a la habitación.

—Bueno, ¿avisamos a Arthur? —preguntó Kora mientras se arreglaba los mechones que sobresalían de la parte inferior de su gorro, un gesto que Sophia no había visto antes en ella.

—Tengo mis dudas. Puede que sea mejor antes preguntar por el pueblo o incluso hablar con uno de los ancianos que ha mencionado Patrick. Hay cosas que no encajan.

—Como quieras, pero tendremos que ampliar la estancia, ¿verdad? —expuso Kora.

—Sí, claro. Es lo más seguro.

Kora se acercó a la puerta y señaló con el pulgar hacia el pasillo.

—Yo… Avisaré a Patrick para que lo tenga en cuenta. Quién sabe si tiene más reservas.

—Es una buena idea. Dile que lo más probable es que nos quedemos dos noches más. Es imposible saberlo, pero lo más seguro es que tengamos que permanecer más días en Willesbury.

Una sonrisa de oreja a oreja sesgó el rostro de Kora, que enseguida salió de la habitación en busca de Patrick. Sophia comenzó a organizar sus anotaciones y las metió en una mochila que había comprado en el aeropuerto. Después enrolló uno de los lienzos y lo introdujo en una funda improvisada que había hecho. Era todo lo que necesitaba para salir ahí fuera y descubrir la verdad detrás de las pinturas y su bisabuela Emily. Esta había hecho referencia a un diario que quedó en algún lugar de Inglaterra, justo donde estaban en ese momento, lo más seguro es que hubiese vivido en Willesbury, por lo que era bastante probable que mantuviera contacto con Nicholas.

No obstante, antes de eso, sacó su teléfono y marcó el número de Bridget, la directora de la galería de arte donde trabajaba: necesitaba información.

—¿Sophia? ¿Cómo estás? Perdona por no haberte llamado, soy la peor.

—Hola, Bridget. No te preocupes. ¿Cómo van las cosas por la galería?

—Pues como siempre: caótico. Artistas molestos con su espacio de exposición y agentes que amenazan con demandar hasta los caballetes si no nos plegamos a todas sus exigencias. ¿Recuerdas que te dije que te tomaras todo el tiempo que necesitaras? Sigue en pie, pero se te echa de menos.

Sophia se rio.

—¿Y si te dijera que estoy en Inglaterra?

—Oh, Dios mío. ¿Vuelves? ¿O me has llamado para decirme que no vas a volver? Por favor, Sophia, si es así no me lo digas, yo misma me tiraré por la ventana.

—No, tranquila. Estoy arreglando un asunto familiar. Es probable que después tenga que regresar a Nueva Zelanda, pero volveré a la galería. Te llamaba por otro motivo. ¿Conoces a un tal Arthur Seymour? Trabaja para una familia de la aristocracia británica: los Baskerville.

Hubo unos segundos de silencio al otro lado de la línea.

—¿Los Baskerville? ¿No fueron esos los que subastaron hace años un cuadro de Nicholas Clifford, el pintor mártir?

—Así es. ¿Qué puedes contarme de Arthur Seymour?

—Lo siento, no me suena. ¿De quién se trata?

—No importa. Es una larga historia, ya te pondré al día.

—Como quieras. Estás bien, ¿no?

—Sí, estoy bien. Familia, ya sabes.

—Puedo hacerme una idea. Tengo que colgar, Sophia, pero escríbeme si necesitas cualquier cosa. Indagaré acerca de ese Arthur, puede que averigüe algo.

—Te lo agradezco.

Repasó de nuevo la habitación y salió rumbo al vestíbulo, donde Kora y Patrick hablaban amistosamente.

—Ya me ha dicho Kora que se quedan un par de días más. ¡Fantástica noticia!

—Así es. Ahora vamos a pasear un poco para conocer el pueblo. Hay que aprovechar esta buena mañana —dijo señalando hacia la ventana. Mientras tanto, Kora fue a la habitación a coger una chaqueta y aprovisionarse de cigarrillos.

—Tiene razón, pero, aun así, no te fíes mucho. Enseguida llegan las nubes y comienza a llover. El clima es así de inestable en Willesbury.

Sophia tuvo el amago de contarle que conocía Inglaterra, pero prefirió continuar con su papel de turista. Además, tenía demasiadas cosas en la cabeza. Cuando Kora regresó, se despidieron de Patrick y le dijeron que regresarían en un par de horas.

—Cuando quieran. Esta es su casa.

CAPÍTULO 28

Dejaron atrás el hotel y caminaron hacia lo que parecía el ser el centro del pueblo. Observaron que muchas de las casas y edificios tenían aspecto de tener al menos cien años. No había construcciones modernas y si las había, las habían camuflado perfectamente para que no destacaran sobre las demás. El cielo despejado añadía color y una pizca de calidez que era bien recibida por los habitantes de Willesbury: se percibía que el pueblo estaba animado.

—¿Has avisado a Arthur? —preguntó Kora. Sophia cabeceó.

—Todavía no. Esperaba averiguar algo más de él.

Kora frunció el ceño. «¿Averiguar algo más?».

—Sabremos mucho más de él cuando lo veamos, Sophia. Tú mandas en todo esto, pero si estuviera en mis manos, ya lo habría avisado.

—Tienes razón —dijo Sophia sacando el teléfono del bolsillo. Se encontraban en una calle que conducía hasta una pequeña plaza, donde había varios puestos de frutas, verduras y otros productos, como un mercadillo—. ¡Me ha colgado!

—¿Te ha colgado?

—¡He llamado desde mi teléfono! —expuso Sophia golpeándose la frente con las manos—. El número que tiene guardado es el tuyo.

Kora sacó el teléfono rápidamente y se lo dio Sophia.

—Veamos ahora —dijo activando el altavoz del teléfono. Apenas había ruido que pudiera entorpecer la llamada. Intrigadas y temerosas de que todo aquello no resultase, se miraban mientras iban sonando los tonos de llamada hasta que:

—¿Sí? ¿Hola?

—Hola, Arthur, soy Sophia Watson. Hablamos hace poco acerca de las obras de Nicholas Clifford, ¿lo recuerda?

Kora estaba tan nerviosa que se tapó la boca con las manos mientras esperaba la respuesta de Arthur.

—Por supuesto, Sophia, un placer hablar con usted. Dígame, ¿ya se encuentra en Inglaterra?

Sophia miró a Kora y esta encogió los hombros. La traducción era: «¿Qué le digo?» «¡No tengo ni idea!».

—A decir verdad, me encuentro en Willesbury.

—¿De verdad? Vaya, no ha perdido el tiempo —exclamó Arthur sorprendido—. ¿Ha traído las pinturas consigo? ¿Están a buen recaudo?

—Así es. No se preocupe. Están bien guardados.

—¡Excelente! No le voy a mentir, no esperaba que estuviera aquí tan rápido; pero, aun así, este asunto es de máxima prioridad. Ajustaré mi agenda y esta tarde la recibiré en la residencia de los Baskerville. Le enviaré la ubicación poco antes de nuestra cita.

—Se lo agradezco. Nos vemos después.

Cuando colgó, ambas suspiraron aliviadas. Kora se encendió un cigarrillo.

—Vamos bien, ¿no? Quiero decir, por el momento no podemos hacer más.

Sophia hizo una mueca.

—No estaría mal averiguar algo de los Baskerville por nuestra cuenta. Cuanto más sepamos más fácil sabremos si ese hombre nos está contando la verdad o no.

—Tampoco tenemos otra cosa que hacer —dijo Kora mirando a

su alrededor. Había advertido que algunos vecinos las miraban como las forasteras que eran.

Siguieron caminando y llegaron hasta los puestos donde vendían fruta y verdura. Eran tres o cuatro solamente, pero, alrededor de ellos, se arremolinaban como una treintena de vecinos saludándose y hablando entre ellos. Las únicas que permanecían en silencio eran Kora y Sophia.

—Así que ya conocen Willesbury. Díganme, ¿ha cumplido sus expectativas? —Una voz sonó a sus espaldas. Se giraron rápidamente y comprobaron que se trataba de la mujer del autobús, aunque en esta ocasión no tenía el teléfono entre las manos y se mostraba más simpática.

—Acabamos de salir del hotel; apenas llevamos un par de minutos paseando, pero por ahora solo podemos decir que es un pueblo muy bonito —dijo Sophia.

—Se hospedan en el hotel de los Davies, ¿verdad?

Kora y Sophia rieron incómodas. La mujer comenzó a reírse.

—No se preocupen. Solo hay un hotel en el pueblo, por lo que no me dejaba muchas más opciones.

—Eso cambia las cosas —dijo Sophia más relajada.

—¿Conoce a Patrick? —preguntó Sophia. La mujer la miró y asintió.

—¿Al hijo de los Davies? Por supuesto, se ha criado en el hotel de su padre y lo regenta desde su muerte. Todos lo conocemos y tratamos de ayudarle en cuanto podemos.

—¿Ayudarlo? —indagó Kora.

La mujer asintió con solemnidad.

—No son buenos tiempos para Patrick. Antes había más turismo, incluso en verano se celebraba un festival; montaban atracciones, había espectáculos. Estamos cerca de Liverpool, lo que atraía mucha gente que le gustaba la música. Sí, como lo oyen. Eran buenos tiempos y Willesbury era algo más que un pueblo, no sé explicarlo mejor. Pero poco a poco los jóvenes se fueron marchando y Willesbury perdió su energía y su vitalidad hasta convertirse, con todos mis respetos, en un pueblo de carcamales. Esto que ven aquí, este pequeño mercadillo, es toda la emoción que van a encontrar en veinte kilómetros a la redonda. Pero regresando a Patrick, el pobre está pasando por una mala racha. El hotel apenas tiene clientes y si continúa así me temo que tendrá que cerrar. Es una pena, es de los pocos jóvenes que se ha quedado en Willesbury. Ama este lugar.

Kora se quedó perpleja, con la mirada perdida. A Sophia también le causó pesar. Sin embargo, y pese a la desafortunada situación de Patrick, ella tenía sus propios problemas.

—Perdone que cambie de tema, pero ¿sabe dónde se encuentra la residencia del conde de Warrington?

—Oh, es verdad; la joven me preguntó en el autobús. Está a las afueras del pueblo, aunque no está muy lejos de aquí —dijo señalando hacia el final de la carretera—. Si siguen por ahí, a unos quinientos metros, a la derecha verán una valla metálica alta y muy oxidada, prácticamente se cae a pedazos. Un poco más adelante está la puerta de acceso a la residencia de los Baskerville.

Sophia miró hacia el lugar que señalaba y asintió.

—Se lo agradezco.

La mujer sonrió y la piel en torno a sus ojos se arrugó. Sophia calculó que debía tener más de sesenta años.

—Por cierto, jamás he hablado tanto con una persona sin presentarme, me llamo Adele Hume.

Kora y Sophia se presentaron igualmente.

—Es un placer, Adele.

—Ahora que nos conocemos —dijo Adele—, puedo preguntar por qué tanto interés en el conde de Warrington. ¿Acaso son acreedores?

Sophia buscó la respuesta en su imaginación. La última pregunta de Adele la pasó por alto.

—Soy historiadora y estoy interesada en conocer el pasado de algunas de las grandes familias de Inglaterra. Es un proyecto para la Universidad de Oxford.

—El conde no destaca por su simpatía, ni tampoco se deja ver mucho; no lo tendrá fácil —explicó Adele.

—El no ya lo tengo —contestó Sophia con una sonrisa.

—Eso es cierto. Puede que tenga suerte. —Adele miró el reloj—. Ahora tengo que irme. Espero que nos volvamos a ver. Estoy deseando saber si el conde las recibe y a qué precio.

Sophia frunció el ceño.

—¿Precio?

Adele se rio.

—Se rumorea que la situación económica del conde no es la mejor. De hecho, se ha desprendido de gran parte de sus propiedades en Willesbury, pero para ser honesta, no tengo más información que corrobore mi teoría, así que tampoco tome mis palabras como la verdad absoluta.

—No se preocupe. Lo descubriré por mí misma.

—Eso espero. Cuídense.

Ambas se quedaron de pie viendo cómo se alejaba Adele y se perdía más allá de los puestos de verdura.

—¿Estás bien? —preguntó Sophia.

—Sí, claro, es solo que… lo que ha dicho de Patrick me ha sorprendido. No se le ve muy angustiado.

—La procesión va por dentro.

—Será eso —dijo Kora. Después, de súbito, recuperó su acostumbrada vitalidad—. ¿Por qué le has preguntado a esa mujer dónde está la residencia de los Baskerville? Arthur ha dicho que nos enviará la ubicación en cuanto esté.

—Lo sé, pero he pensado que no nos vendría nada mal investigar un poco por nuestra cuenta. ¿Quién sabe? Puede que nos encontremos al famoso conde.

Kora se rio.

—Tal y como hablan de él, no me extrañaría que nos pidiera un par de libras para almorzar.

Kora y Sophia siguieron las indicaciones dadas por Adele y se fueron alejando del centro de la ciudad. Lentamente, las casas antiguas y los pequeños edificios decimonónicos se fueron quedando atrás. A medida que avanzaban, las casas que había en los bordes del camino se distanciaban más y más hasta que, en un cruce, volvía a formarse un pequeño núcleo de edificaciones.

—¡Mira! —exclamó Kora—. Esa debe ser la valla que dijo la mujer.

En efecto, pocos metros más adelante se alzaba una valla metálica en un estado lamentable. El óxido y la herrumbre la habían convertido en una especie de esqueleto metálico que se extendía al borde del camino y que no suponía ninguna traba a aquel que quisiera salvarla.

—De ahí en adelante debe ser propiedad de los Baskerville —dijo Sophia.

Continuaron por el camino hasta que llegaron al cruce, donde había una decena de edificaciones que conformaban un Willesbury en miniatura. Algunas casas estaban cerradas, con las ventanas tapiadas, mientras que en tres o cuatro había signos de que estaban habitadas.

—¿Qué hacemos ahora? —preguntó Kora—. Arthur todavía no nos ha avisado.

—¿Crees que el conde nos recibirá? —dijo Sophia.

—Mi opinión es que es una mala idea. Puede que se piensen que estamos chifladas o algo así.

—Tienes razón. Lo más inteligente es esperar —dicho esto, Sophia se giró hacia el grupito de casas—. Puede que alguno de los vecinos pueda sernos de ayuda.

Se dirigieron hasta allí llamando la atención de las personas, todas bastante mayores. Aquella estampa le transmitió a Sophia una sensación de tiempo pasado, de personas que viven en un mundo que ha cambiado tanto que ya no pueden reconocer. Una gruesa nube blanca se interpuso bajo el sol, tiñendo todo con una pátina gris.

Sentado en una silla, junto a la puerta de una casa, había un anciano que tenía sus manos apoyadas en un bastón. Vestía una chaqueta y pantalón de pana, y sobre la cabeza llevaba una gorra que le oscurecía el rostro. Pero lo que más llamaba la atención de su aspecto era la pipa de fumar que descansaba en sus labios y le teñía la cara de una tenue luz rojiza en cada calada.

—Buen día —saludó a las dos desconocidas que se acercaban por el camino—. ¿Acaso se han perdido?

—Para nada, caballero. ¿Esa de ahí es la residencia de los Baskerville? —preguntó Kora.

El anciano observó a Kora afinando la mirada, sin disimular su desconfianza.

—Es posible —contestó—. ¿Vienen a cobrar una deuda?

Kora y Sophia se miraron.

—No tiene muy buena fama —dijo Sophia.

—¿Buena fama? Y si la tuviera la vendería por un puñado de libras. Es lo único que sabe hacer —afirmó el anciano antes de escupir—. Si no vienen a cobrar, ¿qué están haciendo aquí?

Ahora fue Sophia la que dio un paso al frente.

—Queríamos saber más del famoso pintor, Nicholas Clifford. Vivió aquí, ¿no es cierto?

El anciano clavó su mirada en ella a la vez que la pipa comenzaba a temblar en sus labios. Parecía asustado o enrabiado. Puede que ambas cosas.

—¿Por qué quieren saber de Clifford? ¿Quiénes son?

Las jóvenes se sorprendieron de la brusquedad del anciano, pero ello no las desanimó a seguir conversando con él.

—No sabemos si sabrá quién es, pero somos descendientes de Emily Brown y Robert Smith. ¿Ha oído hablar de ellos?

El anciano, con una agilidad que no iba acorde a sus años ni a su aspecto, se levantó de la silla y les apuntó con el bastón como si se tratara de un rifle.

—¿Quiénes son? Si esto es una broma, van a salir escaldadas de Willesbury.

Sophia tardó en reaccionar, pero Kora dio un paso al frente y levantó las manos para calmar la situación.

—Eh, viejo, tranquilícese que no queremos problemas, ¿de acuerdo? —dijo Kora.

—¡Craig Smith! Maldito cascarrabias, ¿es qué piensas liarte a golpes con dos jóvenes? —La voz salió de una de las casas. Sophia percibió familiaridad en ella, como si no fuera la primera vez que ocurría una cosa así. Al cabo de unos segundos, una anciana asomó la cabeza por una de las ventanas—. Disculpen a este anciano. Hace ya tiempo que olvidó la cortesía. Pero no se preocupen, pese a sus ladridos, no muerde.

Kora y Sophia miraron boquiabiertas hacia la anciana y después volvieron a centrarse en el anciano.

—¿Su nombre es Craig Smith? ¿Está relacionado con Robert Smith? —preguntó Sophia.

No obstante, Craig comenzó a discutir con la anciana.

—Maldita sea, Molly. ¿Es que no puedes meterte en tus asuntos? —Después se centró de nuevo en las jóvenes—. Esta mujer se tiene que meter en todo lo que hago. No puedo mover una pestaña sin que lo vaya anunciando por ahí.

—Ya lo vemos —dijo Kora.

—En fin, ¿dónde nos habíamos quedado? Ah, sí, me han dicho que son descendientes de Robert Smith. Bueno, no sé si podemos considerarnos familia, pero Robert Smith era mi tío. Mi padre era Daniel Smith, su hermano.

Sophia no podía creerse lo que acababan de descubrir.

—Entonces sabe quién es Emily Brown, ¿verdad? —preguntó con entusiasmo.

—Por supuesto —dijo Craig asintiendo con la cabeza, con un aire solemne que no supieron interpretar. Sus ojos se perdieron en el infinito, como si viajara hacia su pasado y perdiera contacto con el presente.

—¿Vivió aquí? ¿En Willesbury?

Sin embargo, el rostro del anciano se transformó de súbito.

—¿Qué están haciendo aquí? —insistió tosco. Sophia tomó la iniciativa.

—Soy experta en arte. Venimos a conocer la obra de Nicholas Clifford, el famoso pintor que ostentó el título de conde hace más de cien años. ¿Sabe de quién le hablo?

—Clifford… —masculló el anciano de nuevo con la mirada perdida.

—¿Lo conoce? —insistió Sophia.

—Es posible.

Dicho esto, el anciano se giró y se dirigió a la puerta de la casa. Kora y Sophia no daban crédito ante la volátil personalidad del anciano. Kora quiso ir tras él, pero de inmediato Sophia la sujetó del brazo.

—Será mejor no insistir. —Así resumió Sophia su intención de molestar lo menos posible al anciano. En parte porque no sabía si padecía demencia o algún otro trastorno típico de su edad; también era probable que no le gustase hablar con extraños.

—¿Crees que nos ha dicho la verdad? —preguntó Kora.

Sophia encogió los hombros.

—¿Por qué iba a mentirnos? Además, tú has visto su reacción cuando le hemos dicho quiénes somos.

—Sí, eso sí, pero, no sé, tengo la sensación de que ese hombre no está muy bien de la cabeza.

—Es muy mayor, Kora. Eso debemos tenerlo en cuenta.

—Eso es precisamente lo que estoy haciendo. ¿Hasta qué punto deberíamos fiarnos de sus palabras?

No obstante, Sophia estaba convencida.

—No lo sé, Kora. Pero creo en todo eso del destino, ¿sabes? No sé si lo dijiste tú o fue Daphne, pero está claro que parece haber una fuerza superior a nosotros que se encarga de ponernos en el momento y el lugar adecuados. ¿Tú no lo ves así?

—Otros lo llamarían casualidad —dijo Kora.

—No puede ser simple casualidad —exclamó Sophia—. No, me niego a que todo esto sea fruto de la casualidad. Cuando te marchaste, ¿a dónde fuiste? A Los Catlins, y tan solo porque escuchaste que allí vivió tu familia paterna. Allí, por otra oportuna casualidad, conociste a mi padre y, años más tarde, a mí. O cuando Daphne chocó con el peinador de caoba y el diario apareció. ¿Acaso eso fue otra casualidad? Ahora cruzamos el océano y nos encontramos un anciano que dice ser hermano de nuestro bisabuelo.

Kora se quedó mirando a Sophia, que incluso jadeaba después de su discurso.

—Visto así —dijo.

—No puede ser toda una simple casualidad, ¿verdad?

—Tienes razón, Sophia. Pero entonces, ¿qué es todo esto?

—El destino, Kora.

CAPÍTULO 29

C onvencidas de que formaban parte de algo mucho más grande que ellas, Kora y Sophia decidieron continuar su camino. Por una parte, al aceptar que sus actos estaban en manos del destino, experimentaban la extraña tranquilidad de que, tarde o temprano, descubrirían la verdad. Eso las animaba a seguir avanzando, ya que confiaban en que sus pasos las llevarían hasta el lugar idóneo.

Por ello, pese a que Arthur Seymour acordó que les avisaría por la tarde, ambas decidieron acercarse hasta la residencia de los Baskerville. Si ya habían visto antes el lamentable estado de la valla, cuando se acercaron a ella y comprobaron el interior, se sorprendieron del descuido y la dejadez que reinaba. El jardín crecía salvaje y sin control y los árboles debían llevar bastante tiempo sin podar, ya que sus copas lucían densas y sin forma alguna.

—Esto parece *Parque Jurásico* —dijo Kora.

—¿También tenías esa cinta en casa?

—¡Es de mis favoritas!

Sophia le dedicó una sonrisa y después volvió a centrarse en el interior. Más allá de la puerta principal se averiguaba un camino de tierra, casi sepultado por el césped, que conducía hasta una gran casa que se encontraba como a trescientos metros. No obstante, entre donde se encontraban y la casa había multitud de árboles que les impedían verla con claridad.

—Bueno, aquí estamos, Sophia. Tú dirás. ¿Seguimos tentando al destino?

Sophia recapacitó durante unos segundos.

—¿Por qué no?

Sin embargo, el sonido de un claxon a sus espaldas las sobresaltó. Se giraron rápidamente y vieron un coche deportivo con un hombre en su interior. Los cristales estaban tintados, pero este asomó la cabeza por la ventanilla.

—¿Puedo ayudarlas? —preguntó el hombre con una espléndida sonrisa. Kora le dio un codazo a Sophia, que se había quedado boquiabierta.

—Perdone, la verdad es que sí. ¿Por casualidad no conocerá a Henry Baskerville?

Aquella cabeza asomada por la ventanilla frunció el ceño y su sonrisa se esfumó.

—¿Quién las envía?

—¿Perdona? —dijo Kora. El hombre la miró de arriba abajo sin ningún reparo.

—No sé qué les habrán contado, pero Henry Baskerville no se encuentra en Inglaterra en este momento, así que ya pueden marcharse.

—¿Se puede saber qué es lo que le pasa? —masculló Kora encarando a aquel hombre. Sophia se interpuso en su camino.

—Disculpe. Tenemos una cita esta tarde con Arthur Seymour, ¿lo conoce?

El rostro del hombre se transformó. Rápidamente, apagó el motor y bajó del coche.

—¿Sophia Watson? —dijo.

Kora y Sophia se miraron sin saber qué hacer. El hombre, por inercia, fue con su mano extendida hacia Sophia, pero simplemente por su aspecto, ya que Kora parecía una adolescente.

—Lamento mucho el malentendido. Hemos tenido algunos problemas últimamente. Soy Arthur Seymour.

Sophia le estrechó la mano ligeramente sorprendida por la presencia de aquel hombre. Era alto y vestía de manera exquisita, combinando lo clásico con lo vanguardista de tal manera que llamaba la atención. Su pelo rubio, perfectamente peinado, iba a la perfección con sus ojos azules y aunque tenía la nariz algo torcida, no le quitaba atractivo. Kora, por el contrario, lo observaba con desconfianza.

—Kora Kaipara —dijo ofreciendo su mano. Arthur la saludó con una sonrisa forzada.

—¿De dónde es ese apellido?

En esa ocasión fue Sophia la que avisó a Kora dándole un pequeño pisotón. Tenían que mantener su papel de simples vendedoras e ir obteniendo información poco a poco.

—Es un apellido maorí, común en Nueva Zelanda —contestó.

—Ya veo… aunque no tiene rasgos maoríes —dijo Arthur con un deje de desconfianza. Luego se centró en Sophia. Le transmitía más seguridad.

—Bueno, esperaba reunirme con usted esta tarde, pero veo que tiene prisa por cerrar la venta.

—La verdad es que estábamos conociendo un poco la zona.

Arthur frunció el ceño.

—Ya… Se habrán sorprendido de la opinión que tienen los habitantes acerca del conde de Warrington, ¿no es así?

—No estamos aquí para juzgar a nadie —dijo Sophia para restarle importancia a ese asunto.

—¿Quién puede controlar los rumores? En fin, si me permiten, estaré con ustedes en cuestión de minutos. Espérenme junto a la puerta y volveré enseguida.

Arthur subió al coche de nuevo y se adentró en la residencia de los Baskerville.

—Cretino —soltó Kora entre dientes.

—Pero ¿qué te pasa? —preguntó Sophia.

—No me ha caído bien. ¿Has visto cómo me ha mirado? ¿Quién se ha pensado que es?

—Mantén la calma, Kora. Es lógico que sospeche. Nuestro

objetivo es conseguir la máxima información posible. Utilizaremos las pinturas para ganar tiempo, pero lo crucial es saber más de Nicholas.

Kora asintió refunfuñando.

—Lo hago por ti, Sophia.

Al cabo de unos minutos vieron a Arthur acercarse tranquilamente por el camino que cruzaba la propiedad. Llevaba las manos en los bolsillos y el rostro ligeramente contrariado.

—Ahí viene el estirado —susurró Kora.

—Sé simpática, aunque te duela —dijo Sophia.

En cuanto Arthur se acercó a la puerta, cambió el gesto y las invitó a entrar con un aspaviento.

—Pasen. El conde de Warrington está ocupado en un importante proyecto. De no ser así, le encantaría conocerlas.

—¿No había dicho antes que no se encontraba en Inglaterra? —preguntó Kora.

Arthur la miró con una sonrisa tensa.

—Hay que tomar ciertas precauciones, especialmente con desconocidos. Ahora, vengan por aquí, hablaremos de las obras mientras paseamos por la propiedad. Puede que encontremos un poco de barro en según qué zonas, pero no debería ser mucho.

—No hay problema —aseguró Sophia con una sonrisa.

Los tres comenzaron a pasear. En un primer momento siguieron el recorrido de la valla, pero después se viraron a la derecha y se dirigieron al interior de la propiedad. Arthur caminaba con las manos a la espalda, dando grandes zancadas.

—No me han dicho lo que los lugareños le han contado acerca de mi primo Henry.

—¿Es primo del conde? —preguntó Sophia.

—Así es. ¿Les sorprende?

—Creíamos que era el encargado del departamento de conservación de la familia Baskerville.

—Eso también —señaló Arthur—. ¿Puedo tutearlas?

—Por favor, caballero —pidió Kora haciendo una leve reverencia. Sophia le golpeó en el brazo.

—Disculpa a mi... hermana. A su cerebro le falta un poco de cocción.

Arthur le quitó importancia al asunto con una sonrisa.

—No te preocupes. Entiendo que mis modales puedan ser objeto de burla por los más jóvenes. ¿Es así, Kora?

Esto pilló desprevenida a la joven, que de repente se encontró con Arthur detenido frente a ella.

—Ha sido un viaje muy largo —se excusó Kora. Arthur zanjó el asunto con otra sonrisa y siguieron caminando por la propiedad de los Baskerville. A la par que avanzaban, Arthur les iba explicando hasta donde se extendían las propiedades del conde.

—Hace años la propiedad no estaba cercada, pero con las nuevas legislaciones los Baskerville se vieron obligados a ello, al igual que tuvieron que ceder parte de los terrenos.

—¿Y eso por qué? —preguntó Sophia. Arthur se revolvió incómodo.

—Política, ya saben.

Sophia asintió y contempló la enorme extensión de jardines y pradera que tenía ante sus ojos. El terreno era llano en su mayor parte, aunque había ciertas ondulaciones, así como arboledas que salpicaban el paisaje. También había restos de lo que en algún tiempo debieron ser plantaciones. Pero lo que más le llamó la atención fue un espacio que debió pertenecer a una casa, y en el centro había una pequeña capilla. Quiso saber más de aquello —más al recordar la trágica muerte de Nicholas Clifford y su familia en un incendio—, pero Arthur se le adelantó.

—¿Han tenido problemas para traer las piezas hasta Inglaterra? Pese a lo que haya podido escuchar, quiero dejar claro que abonaremos la cantidad íntegra que acordemos por cada uno de los lienzos más los gastos de transporte y alojamiento.

Kora, abstraída en aquel paisaje, se adelantó un poco y dejó a solas a Arthur y a Sophia.

—Se lo agradezco. En cuanto a las pinturas, no hemos tenido ningún problema. Trabajo en una galería de arte en Londres y estoy acostumbrada a viajar con piezas.

—¿Una galería de arte en Londres? Creía que era de Nueva Zelanda —dijo Arthur confuso.

—Soy de ahí, eso es cierto, pero me trasladé a Londres hace algunos años.

La respuesta de Sophia dejó a Arthur con la mosca detrás de la oreja. Miró a Kora y después se fijó en Sophia.

—Perdona que lo pregunte, pero ¿cuál de las dos vendió el lienzo de Nicholas Clifford?

Sophia se sorprendió de la astucia de Arthur.

—Mi hermana —respondió Sophia rápidamente. Kora se dio la vuelta de manera repentina.

—Ya me parecía. Ahora sé por qué no era la primera vez que había oído ese nombre; le transferí el dinero la vez anterior. Aunque algo no me cuadra —dijo Arthur frunciendo el ceño—. Tú te llamas Sophia Watson y tú, Kora Kaipara. Sus apellidos no coinciden.

—Hermanas por parte de madre —dijo Kora—. Cosas de familia, como se suele decir.

Sophia miró a Kora con los ojos muy abiertos.

—Bueno, supongo que lo importante aquí son las pinturas. Están a buen recaudo, ¿no es así?

—Eso sí se lo garantizo —dijo Sophia—. Los lienzos están en Willesbury.

Arthur asintió, aunque por el gesto resultaba evidente que la rocambolesca historia que acababa de escuchar le había despertado la desconfianza.

—En la última fotografía que me envió conté diez pinturas, ¿estoy en lo cierto? —preguntó.

—Así es —dijo Sophia.

—¿Cuánto quiere por ellos?

Kora hizo el amago de intervenir, pero Sophia la contuvo con un gesto.

—¿Cuánto valen para los Baskerville? —preguntó Sophia—. Esas piezas han sido propiedad de mi familia durante más de cien años, por lo que tienen un gran valor sentimental.

—Es una lástima que los sentimientos no puedan valorarse —

dijo Arthur con tono de desafío. Estaba claro que trataría de conseguirlos al mejor precio posible. Sin embargo, pese a ser consciente de que la venta era una farsa, Sophia decidió plantar cara para añadirle realismo a la negociación.

—En eso tienes razón. Por ello he solicitado a un tasador un informe previo del valor de cada una de las piezas, dando por hecho que realmente pertenezcan a Nicholas Clifford.

—¿Y qué le ha respondido su tasador? —indagó Arthur con cierta molestia.

—Nada por ahora. Me responderá entre hoy o mañana.

—En ese caso, ¿qué te parece que esperemos hasta entonces para comenzar a negociar? Es lo justo.

—Me parece bien —dijo Sophia.

Continuaron caminando por la extensa propiedad de los Baskerville, acercándose cada vez más a las ruinas. Arthur carraspeó antes de continuar con sus indicaciones. Sus palabras no resultaban ya tan agradables. No obstante, eso le importaba poco a Sophia.

—¿Qué es ese espacio de ahí? Junto a la capilla —preguntó.

Kora se detuvo y miró hacia el lugar. Lo había visto antes, pero no le habían llamado la atención.

—Eso es todo lo que queda de la residencia donde perecieron el conde junto a su familia. Murieron en un incendio del que no pudieron escapar.

Kora y Sophia se miraron. No podían creerse que estuvieren en ese mismo lugar.

—Ese incendio no solo consumió el linaje de los Clifford, sino que privó al mundo de uno de los artistas más talentosos de su época. Al igual que Picasso o Kandinsky, Nicholas Clifford estaba destinado a ser un genio. —Los tres observaron el lugar en silencio. Una brisa húmeda sopló y azuzó la hierba—. Ocurrió hace cien años más o menos, se decidió hacer la capilla como si de un memorial se tratara. No hay símil mejor que represente la frugalidad de la vida humana, lo grandiosos que podemos ser y la facilidad con la que nos podemos convertir en cenizas. Es lo que nos enseñan esas ruinas. La muerte y la desgracia han de convivir con la vida, no para que lleguemos a despreciarlas con el paso del tiempo, sino para que nos causen el menor dolor posible.

Sophia miraba boquiabierta a Arthur, cuya figura había adquirido un tono melancólico. Kora, ajena a los sentimentalismos, intervino para salir de aquella situación que consideraba ridícula.

—¿Ha visto la mujer de las pinturas, Arthur?

El hombre se giró hacia ella.

—¿En las obras de Nicholas? Sí, es un retrato recurrente.

—¿Esa mujer le resulta familiar? —preguntó Sophia tras volver en sí. Durante unos segundos estuvo preguntándose qué demonios le había ocurrido. Sintió una ligera molestia en su mano derecha.

—No sé quién es. Supongo que ha pasado demasiado tiempo como para que podamos averiguarlo. Casi todas las pertenencias de Lord Clifford desaparecieron en el incendio, añadiendo incertidumbre a su figura. Todos los genios tienen un halo de misterio.

—¿No sobrevivió nadie? —insistió Sophia.

Arthur cabeceó.

—Cuentan que fue un incendio muy voraz. En cuestión de minutos toda la residencia fue pasto de las llamas y no pudieron escapar. Junto a Nicholas fallecieron su esposa y su hijo. Todo el linaje Clifford, tal y como les dije antes.

—¿Cómo se llamaba su esposa? —preguntó Kora con la mirada fija en las ruinas.

—Si mal no recuerdo, Lady Beatrice.

Kora y Sophia se miraron de súbito. El nombre no era conocido para ellas.

—¿Sucede algo? —preguntó.

—Nada, es solo que nos abruma una historia tan trágica.

Sin embargo, aquello fue demasiado para Arthur. No era de naturaleza desconfiada, pero los muchos problemas en los que estaba metido su primo Henry le obligaban a mostrarse cauteloso. Estaba convencido de que aquellas dos mujeres no le estaban diciendo la verdad, por lo que quería desprenderse de ellas cuanto antes.

—Lamentablemente, vamos a tener que despedirnos por el

momento. Tengo una cita muy importante a la que he de acudir en este mismo momento. Las acompaño a la salida.

Kora y Sophia se dieron cuenta de que habían tensado la cuerda demasiado y decidieron no discutir.

—Tranquilo. Somos nosotras las que hemos venido antes de tiempo.

—Si les parece bien, les avisaré a lo largo de la tarde para concertar otra cita y poder tratar más tranquilamente la compraventa de las obras.

CAPÍTULO 30

S alieron de la residencia de los Baskerville cerca del mediodía. Ambas llevaban consigo una sensación agridulce tras la reunión con Arthur Seymour. Por un lado, habían visto el lugar en el que falleció Nicholas Clifford junto a su familia y también habían descubierto que la esposa se llamaba Beatrice, pero en definitiva la visita les había sabido a poco.

—¿Qué opinas de todo esto? —preguntó Kora.

—Percibo algo raro en el ambiente, ¿tú no?

—¿A qué te refieres?

Sophia señaló hacia la residencia de los Baskerville.

—A Arthur, por ejemplo. Al principio era muy simpático, pero se podría decir que ha terminado por echarnos.

Kora ladeó la cabeza.

—Su humor cambió cuando le mencionaste esa historia del tasador. ¿Te recuerdo que solo trajimos tres lienzos? ¿Qué piensas decirle la próxima vez que nos reunamos con él?

—Ya se me ocurrirá algo —dijo Sophia quitándole importancia.

—De eso no tengo dudas.

—¿Qué me dices de la extraña historia de nuestra supuesta madre? Tú también has metido la pata —exclamó Sophia.

—Lo único que está claro es que formamos un equipo fantástico.

Las dos comenzaron a reírse. Justo después, Sophia comenzó a mirar hacia las casas donde habían visto al anciano: a Craig Smith. No había rastro de él.

—No creo que ese hombre tenga muchas ganas de hablar con nosotras —comentó Kora—. La gente de Willesbury es un poco irascible.

—Tal vez no le gusten los forasteros. Pero eso no me importa. Tenemos que volver a hablar con ese hombre —indicó Sophia.

—Se llamaba Craig Smith, ¿no?

—Así es. Según nos dijo, es hijo del hermano de Robert Smith, es decir, sobrino de nuestro bisabuelo. Familia nuestra. Pero lo más importante de todo es que sabe quién es Emily. No se nos puede escapar.

Con este objetivo en mente, Kora y Sophia se acercaron hasta las casas donde antes habían visto al anciano, pero no lo encontraron por ninguna parte. Fueron también hasta la ventana desde donde había aparecido la otra anciana, reprendiéndole por su actitud, pero la encontraron cerrada.

—¿Y si lo buscamos por el pueblo? —dijo Kora. Sophia, decepcionada, aceptó al no tener más opciones en ese momento.

De la misma manera que habían ido, regresaron por el borde del camino hasta internarse en Willesbury con la esperanza de encontrarse con Craig Smith. No era fácil buscar a un anciano en concreto en un lugar donde la mayor parte de la población superaba los sesenta años de media. Por todos los rincones creían ver a Craig Smith. Incluso abordaron a varios ancianos con los que tuvieron que disculparse.

—Creo que esto se nos está yendo de las manos, Sophia. Como sigamos así van a poner carteles nuestros por todo Willesbury.

Sophia escuchó a Kora mientras miraba a su alrededor. Pese a su voluntad de continuar averiguando cosas de Emily, debía reconocer que por el momento no había mucho más que hacer.

—Tienes razón, Kora. Además, tengo un poco de hambre. ¿Tú no?

—Un poco sí. ¿Volvemos al hotel?

Sophia sonrió.

—¿De qué te ríes?

—¿Yo? De nada.

Durante la ausencia de sus huéspedes, Patrick se había esmerado en disponerlo todo de la mejor manera posible antes de que regresaran. Los muchos días sin clientes habían provocado que el polvo se acumulara en algunas zonas, por lo que tuvo que limpiar a fondo la cafetería, el vestíbulo y parte de la recepción. Estaba obsesionado en alargar la estancia de las dos mujeres lo máximo posible y, para ello, cualquier detalle era crucial.

Después de limpiarlo todo, salió al jardín trasero del hotel y cogió un puñado de flores que puso en una lata de conserva que ocultó con un portarretratos, de tal forma que parecía que las flores flotaban encima del mueble como por arte de magia. Comprar un jarrón era un gasto inasumible para Patrick en ese momento.

Cuando consideró que lo había dejado todo listo, se duchó, se cambió de ropa y se sentó en la cafetería con una taza de té y los *Guns'n Roses* de fondo. Fuera, las nubes grises que habían aparecido de la nada hacía unos veinte minutos comenzaban a descargar agua sobre Willesbury, por lo que tendría que encargarse del césped otro día. Decidió que era un buen momento para ajustar las cuentas con el inesperado ingreso que significaba la estancia de las dos mujeres. La situación del hotel continuaba siendo paupérrima, pero esperaba que con esas pocas libras pudiera ganar un poco de tiempo con el banco.

Estaba tan abstraído en las cuentas, que no vio cómo Kora y Sophia pasaban a la carrera frente a la ventana que había justo a su lado y entraban en el vestíbulo del hotel. Al hacerlo, las dos mujeres se detuvieron a observar a Patrick. Este estaba centrado en los papeles que había sobre la mesa y movía la cabeza al ritmo de *Paradise City*. Kora reconoció enseguida la canción.

—¡Vaya! Tienes buen gusto —exclamó.

Al escuchar la voz de Kora, Patrick se levantó de un salto.

—¡Ya están aquí! No las esperaba hasta más tarde —dijo mientras recogía los papeles—. ¿Cómo ha ido la mañana?

—No ha estado mal. Tenías razón con el clima. Estaba soleado y, de repente, ha comenzado a diluviar —soltó Sophia mientras se quitaba la chaqueta.

Patrick sonrió.

—El tiempo es así en Willesbury. No es lo mejor para el turismo. Sé de lo que hablo.

El joven se acercó hasta el reproductor de CD y bajó el volumen al mínimo.

—Buena música —dijo Kora.

—¿Te gusta el rock? —preguntó Patrick con entusiasmo.

—¿Que si me gusta? ¡Es mi música favorita y, definitivamente, la mejor música del mundo! —anunció Kora.

Patrick asintió con vehemencia.

—Tienes toda la razón del mundo.

—Bueno, se han mojado un poco. Les vendrá bien algo caliente. ¿Quieren un poco de té?

—Estaría genial.

Patrick fue corriendo a la cocina y sirvió dos tazas de té que llevó hasta la mesa con velocidad. De repente, no se alegraba únicamente de tener clientes, sino de los clientes que tenía, especialmente de Kora, con la que congeniaba a la perfección. Todos sus amigos y casi todos los jóvenes se habían marchado de Willesbury, no quedándole más remedio que acostumbrarse a la soledad. Era cierto que algunos vecinos lo visitaban o lo invitaban a almorzar o a jugar a las cartas, pero aquello era insuficiente para Patrick. Estaba profundamente agradecido, pero ansiaba relacionarse con gente joven y Kora había suplido repentinamente esa necesidad.

—¿Han encontrado la residencia de los Baskerville? —preguntó Patrick cuando apareció en el vestíbulo con las tazas de té.

—Sí. Hemos estado preguntando por ahí y una mujer muy simpática nos ha indicado cómo llegar —dijo Sophia.

—¿Les ha recibido el conde? —ironizó Patrick.

—No hemos tenido ese honor —respondió Kora.

Patrick se rio.

—Se deja ver muy pocas veces. Puede que tenga algo que ver el hecho de que debe mucho dinero y tiene acreedores por todas partes.

Sophia recordó las palabras de Arthur tomando como meros rumores los problemas económicos de su primo Henry, el famoso conde.

—También hemos estado con un anciano de carácter peculiar —dijo Kora.

Patrick levantó la mano.

—No me lo digan. Con Craig Smith.

—¿Cómo lo sabes? —preguntó la joven.

—Lo de carácter peculiar lo ha delatado. No es un hombre muy agradable. Además, en Willesbury tiene fama de loco; le viene de familia.

Kora y Sophia se miraron.

—¿Qué quiere decir eso de que viene de familia?

—Según tengo entendido, su padre estaba obsesionado con los Baskerville y algo tenía que ver con su hermano y su esposa. Algo así, tampoco me hagan mucho caso.

Sophia se puso en tensión.

—¿Estás hablando del hermano del padre de Craig, Robert y Emily?

Patrick se quedó perplejo con su taza de té a pocos centímetros de sus labios.

—Eso es lo que se dice por aquí —dicho esto se giró lentamente hacia Kora—. Espera, ¿ustedes por qué saben eso?

Kora miró a Sophia sin saber qué responder. Hasta ese momento, para Patrick no eran más que unas turistas normales y corrientes.

—Las dos somos parientes de los Smith —dijo Sophia.

—¿Las dos? ¿Qué les une a Craig Smith? —preguntó Patrick intrigado y sorprendido al mismo tiempo.

Sophia se cansó de andar con rodeos y le contó la verdad a Patrick, aunque lo resumió bastante para no perder mucho rato. Básicamente le dijo que su bisabuela, Emily, estuvo casada en su día con Robert Smith y que, casi con toda seguridad, vivió durante cuatro años en Willesbury. El joven escuchó la historia con atención, pero algo no terminó de encajarle.

—Vale, entiendo lo de su bisabuela, pero ¿por qué quieren conocer entonces la historia de Nicholas Clifford?

Sophia miró a Kora antes de contestar. Le resultaba complicado resumir una historia tan compleja en un puñado de palabras.

—Hasta donde sabemos, Clifford y nuestra bisabuela convivieron durante cierto tiempo en Nueva Zelanda, en la residencia de una familia inglesa. También tenemos constancia de que él regresó a Inglaterra para hacerse cargo del título tras la muerte de su hermano y que, al poco tiempo, Emily se trasladó a Inglaterra.

—Menuda historia, ¿eh? —dijo Kora. Patrick la miró por un segundo, pero pronto su atención fue a parar a otra parte. La historia que acababa de escuchar le había activado algunos recuerdos que permanecían dormidos en su cabeza.

—Espera un poco. Me acabas de decir que esa mujer, Emily, era la esposa de Robert Smith, es decir, el tío de Craig Smith, ¿no es así? —Sophia asintió en silencio—. También me has dicho que Nicholas Clifford convivió con Emily en Nueva Zelanda.

—Sí, en Los Catlins. Precisamente de allí venimos —informó Sophia.

Patrick asintió y sonrió levemente.

—Eso lo explica todo…

—¿El qué explica? —exclamó Kora—. Empiezo a estar cansada de los acertijos de este pueblo. ¿Es que nadie habla claro?

—Cálmate, Kora. ¿Qué sucede, Patrick?

El joven miró a Kora de manera divertida.

—Ese hombre que han conocido, Craig Smith, ha tenido sus más y sus menos con los Baskerville. No sé cuál es origen de la enemistad, pero ahora que me has contado lo de Emily, puede que ella fuera el motivo.

—¿Qué le pasa a Craig con los Baskerville? —preguntó Kora.

Patrick encogió los hombros.

—Henry Baskerville apenas se deja ver y nunca pasea por Willesbury, pero su padre y su abuelo sí lo hacían y temían encontrarse con Craig; este, sin que hubiera ningún detonante, los insultaba e incluso les lanzaba botellas.

—¿Así sin más? —preguntó Sophia.

—Tal y como lo estoy contando. Lo que he escuchado es que el pobre hombre, Daniel Smith, no andaba muy bien de la cabeza. Tal vez sufriera algún tipo de trastorno hereditario que afecta también a Craig.

Sophia pensó en silencio durante unos segundos. Ceñuda, bebió un poco de té y volvió a concentrarse en lo que acababa de escuchar. Había cosas que no encajaban.

—¿Qué tiene que ver Emily con los Baskerville? —preguntó. Kora secundó su pregunta moviendo la cabeza de arriba abajo.

—No lo sé. Tampoco les aconsejo que se fíen de todo lo que les digo, al fin y al cabo, son rumores que han estado viajando de boca en boca durante muchos años.

—La cuestión es que cuando los Baskerville se hicieron de facto con el título, que fue alrededor de 1920, Emily ya había regresado a Nueva Zelanda con sus hijos. Por tanto, ninguna de las partes podía saber la existencia de la otra. Los Baskerville no pudieron ofender, faltar el respeto, ni hacer nada en contra de ella; al menos que yo sepa —dijo Sophia.

—Me temo que eso solo podrá decírnoslo Craig —respondió Patrick.

Continuaron dándole vueltas al asunto durante un largo rato. Ante la inesperada intensidad que había alcanzado la conversación, Patrick preparó más té y unos bocadillos de mantequilla con embutido que fueron devorados en cuestión de minutos. Sin embargo, fueron incapaces de llegar a una conclusión que satisficiera a los tres. Patrick insistió en preguntarle directamente a los implicados si querían conocer la verdad, aunque ni, aun así, tendrían garantías de saber el origen de la rabia que los Smith sentían respecto a los Baskerville.

Poco a poco, el cansancio fue haciendo mella en Sophia, que iba participando menos en una conversación que se alejó miles de kilómetros de Willesbury y fue a aterrizar a los paraísos de los grupos de rock. Kora y Patrick coincidían en que el rock americano era más intenso, pero diferían ciegamente en que el origen del género estuviera en Inglaterra. Sophia los observó en silencio mientras ambos defendían su postura con ahínco, sin ceder en nada. Para ella estaba claro que había algo. Había ocasiones en que el destino sabía jugar sus cartas y convergía la vida de dos personas en un mismo punto para que se unieran como dos moldes elaborados al milímetro. Sophia era consciente de que quizás sus pensamientos iban demasiado lejos, pero tras haber paseado por Willesbury y haber visto aquel hotel, tuvo la certeza de que era el típico lugar donde Kora sería feliz. De alguna manera lo sentía así y no podía evitarlo.

Se despidió de ellos alegando que iba a recostarse un rato y se marchó a la habitación. Estaba un poco cansada, pero lo que realmente le preocupaba era olvidar cualquier detalle antes de poder anotarlo. En una historia tan compleja, un dato insignificante podía marcar la diferencia.

Cuando llegó a su cuarto buscó su cuaderno bajo la almohada y anotó todo lo que había escuchado ese día. No había obtenido respuestas y las preguntas se habían multiplicado, pero procuró no desanimarse. Alzó la vista y ojeó los lienzos extendidos sobre el escritorio. En uno de ellos se representaba el retrato de una mujer desconocida, de una joven. Durante unos minutos se quedó contemplándolo. Los últimos días habían transcurrido tan deprisa que no recordaba nada acerca de esa pieza en concreto. Afortunadamente, la cortina estaba abierta y entraba una tenue claridad que le permitía vislumbrar los detalles. Primero se fijó en la gama cromática; primaban los colores oscuros y pesados, que transmitían una sensación agobiante en torno a los tonos más claros. Después se centró en los ojos de la joven, cuya representación era engañosa. No eran ojos normales, sino que en ellos podía advertirse algunas imágenes en forma de brillo. Sophia creyó ver una especie de edificio en un uno, una iglesia tal vez, pero no estaba segura. Intrigada por cuanto estaba descubriendo, se puso en pie y se acercó al lienzo para observarlo con mayor detalle.

Desde su nueva perspectiva pudo ver cómo el rostro de la mujer escondía un gesto de tristeza. Su leve sonrisa no era más que un efecto óptico que mostraba la habilidad de Lord Clifford con la pintura.

—Adelantado a su tiempo —susurró Sophia. Más allá de la puerta se escucharon las carcajadas de Kora y Patrick. Volvió a la cama y trató de nuevo de obtener respuestas. Otro punto que no le parecía del todo claro era el motivo por el cual Emily se marchó de Inglaterra, y más cuando su marido servía en el ejército británico. Pensó que lo más razonable fuera que ella quisiera estar lo más cerca de él. Además, si llegar a Willesbury era complicado, Sophia pensó que cien años atrás el pueblo debía estar casi aislado del resto del país. ¿Qué llevó a Emily a marcharse sin más? Por otra parte, pensó en lo que le había contado Patrick acerca de la enemistad entre Craig y los Baskerville. ¿Acaso tenía algún sentido? Los segundos eran aristócratas y grandes propietarios, mientras que Craig, por lo que había visto, había sido un hombre humilde toda su vida.

Perdida en un sinfín de teorías que navegaban por su cabeza, el ruido de su teléfono móvil la trajo de vuelta a la realidad.

Terry:
«Quiero verte. Necesito verte».

Sophia sintió como en su mano derecha brotaba una molestia repentina; surgía de la nada o quizás de un todo donde se encontraba ella y su pasado, enfrentándose en una lucha sin fin. Sin embargo, a diferencia de otras veces, y sin saber por qué, comenzó a reírse. De repente, visualizó la imagen de ella misma luchando contra su pasado, tratando de quitarse los pegajosos tentáculos que intentaban arrastrarla de nuevo al abismo. Pero en esta ocasión, su pasado se convirtió en Terry; era él quien intentaba agarrarla de nuevo y llevarla hasta un mundo gris donde él dictaba las normas. Era eso precisamente lo que le provocaba la risa, el hecho de que Terry pensase que tenía alguna posibilidad de que volvieran a estar juntos.

Tirada sobre la cama, Sophia le contestó:

Sophia:
«¡Nos veremos en el infierno! No me escribas más».

Al enviar el mensaje, sintió cómo una parte de ella renacía. Se sentía más liberada y con más energía que nunca. Por ello decidió llamar de inmediato a Daphne para contárselo. Sabía que no había otra persona en el mundo que se alegrara más que ella de la noticia.

—¿Sophia? Qué bien saber de ti. ¿Cómo les va?

—Todo va genial. Estamos en un pequeño hotel en Willesbury. Es un pueblo muy bonito. Tengo algo que contarte.

Daphne se sobresaltó.

—¿Ha ocurrido algo?

—Ya no tienes que preocuparte más por Terry —dijo Sophia. Su amiga guardó silencio durante unos segundos.

—¿Acaso lo asesinaste?

Sophia soltó una carcajada.

—No, claro que no. ¿Por quién me tomas? No, Terry me ha escrito hace unos minutos diciéndome que me echaba de menos. ¿Qué te parece?

—Ese estúpido nunca se da por vencido —dijo Daphne.

—Pero en esta ocasión creo que le habrá quedado claro que no quiero saber de él. Si no empezaré a considerar que su cabeza no funciona tan bien como parece.

—¿Todavía tienes dudas de eso? —Ambas rieron—. Bueno, ¿qué le dijiste?

—Terry dijo que necesitaba verme y le contesté que nos veríamos en el infierno.

—¡Vaya! Espero que le quede claro el mensaje. Estoy orgullosa de ti, Sophia.

—Gracias, Daphne.

—Ahora dime, ¿cómo van las cosas por Inglaterra? ¿Algún inglés apuesto?

Sophia miró hacia la ventana.

—Quizás fueran apuestos hace treinta años. La media de edad de este pueblo es de sesenta y cinco años, aunque Kora puede que tenga suerte.

—¿Kora? ¿Con un señor de sesenta y cinco años? —preguntó Daphne.

—No, por el amor de Dios, no. Me refiero al chico que regenta el hotel, es un joven, ¿cómo decirlo?, de su mismo estilo.

—Me alegro por ella. Por cierto, ¿se han visto con ese Arthur no sé qué? ¿Es joven o es también un vejestorio?

Sophia sonrió y sin darse cuenta comenzó a pasear por la habitación.

—De vejestorio nada, es joven. No sé exactamente qué edad tiene, pero intuyo que es de mi quinta. Es un hombre con estilo —dijo Sophia.

—¿Con estilo? —preguntó Daphne.

—Sí, el típico inglés elegante, un cliché, sí, eso es lo que es. A ver, es guapo, pero es demasiado típico. No sé si me explico.

—¿Guapo y con estilo?

—¿Cómo dices?

—Lo que me has dicho.

—¿Qué he dicho yo?

—No tiene importancia —respondió Daphne para calmar las aguas.

—¡No! ¡Ahora quiero saberlo! ¿Decir que un hombre me parece guapo significa que me gusta? —gritó Sophia. Se avergonzó de haber reaccionado así, de una manera tan impulsiva.

—Vale, tranquilízate. Yo no he dicho nada —dijo Daphne.

—Sí, las dos hemos cometido un error.

Justo en ese momento, alguien llamó a la puerta de la habitación y Sophia se calló de repente. Era Kora.

—Has escuchado los gritos, ¿verdad? Solo son tonterías de Daphne —dijo Sophia con el teléfono todavía pegado a la oreja.

—No son tonterías y lo sabes —aseguró Daphne.

—¡Cállate! —exclamó Sophia. Kora la miraba como si se hubiese vuelto loca.

—No sé lo que estás haciendo, pero solo venía a avisarte de que Arthur Seymour está aquí. Quiere hablar con nosotras.

Los ojos de Sophia se abrieron de par en par.

—¡¿Qué?!

CAPÍTULO 31

S ophia se despidió inmediatamente de Daphne y se fue junto con Kora hacia el vestíbulo. Mientras avanzaban por el pasillo de las habitaciones pudo ver a lo lejos la figura de Arthur, que parecía estar conversando con Patrick. Le asaltaron las dudas y la curiosidad por su inesperada visita.

Cuando llegaron al vestíbulo, se fijó en que Arthur estaba empapado, lo que le sorprendió sobremanera. Por las manchas de barro de sus zapatos intuyó que debió caminar desde la residencia de los Baskerville hasta el hostal. Valoró la posibilidad de que la lluvia le sorprendiera por el camino, pero eso no tenía sentido, ya que llovía desde hacía más de una hora.

Sophia saludó a Arthur con una fingida frialdad. No sabía a ciencia cierta por qué actuaba así, pero quería dejar claro —por si alguien tenía algún tipo de duda— que Arthur Seymour era insignificante para ella, como si la conversación con Daphne hubiera transcendido al resto de los mortales.

—Arthur, ¡qué sorpresa! —dijo Sophia.

El inglés asintió con su particular sonrisa.

—Lamento mucho haberme presentado sin avisar ni nada. Sé que no es lo correcto.

—No te preocupes —respondió Sophia. Kora la miró desconcertada. No entendía qué estaba ocurriendo. Por su parte, Patrick estaba tras el mostrador de la recepción, observando a Arthur.

—¿Cómo nos has encontrado? —preguntó Kora con brusquedad.

—No hay otro hotel en treinta kilómetros a la redonda, así que supuse que estarían aquí.

—Qué inteligente —apuntó Kora—. Creo que todo Willesbury sabe que estamos aquí.

—¿Para qué has venido, Arthur? —indagó Sophia. El inglés asintió en silencio y se pasó la mano por el rostro. Parecía incómodo por estar ahí.

—Estoy aquí por petición expresa de mi primo —dijo—. Quiere que me asegure de que tienen los lienzos aquí, en Inglaterra.

Kora se situó junto a Sophia. Patrick, que no sabía de qué hablaba Arthur, salió también de detrás del mostrador. Se respiraba tensión.

—¿No te parece suficiente que hayamos venido desde Nueva Zelanda? —maldijo Kora—. Podemos pasarte la factura de los billetes de avión. No fueron precisamente baratos.

Arthur alzó las manos para pedir calma. Sophia advirtió conflicto en sus gestos.

—¿Crees que somos estafadoras o algo así? —preguntó.

—Yo no he dicho eso, pero no podrán negarme que por su parte hay cosas que no encajan.

—¿¡Cómo te atreves!? —exclamó Kora.

—Espera un momento, Kora. Terminemos con esto de una vez —dicho esto, Sophia fue a la habitación y cogió el retrato de la mujer y regresó al vestíbulo. Con sumo cuidado lo extendió sobre la mesa y le hizo un gesto a Arthur para que se acercara. Este contempló el lienzo durante unos segundos.

—Es todo lo que necesitaba. No era mi intención ofenderlas.

—La intención era de su primo —dijo Kora—. ¿Crees que somos tontas?

Sophia trató de refrenar a Kora, pero el ímpetu de la joven se lo impidió.

—Yo le vendí el primer cuadro. ¡Me lo compraste por cinco mil dólares!

Arthur asintió sin comprender la intención de sus palabras.

—Eso acordamos. ¿Qué insinúa?

—¿Eso acordamos? —bramó Kora—. Subastaron la obra por casi cien mil libras. Eso tiene nombre, ¿le digo cuál?

—Es suficiente, Kora —dijo Sophia.

—No, Sophia. Nos han mentido desde el primer momento, pero eso se ha terminado. A partir de ahora, Arthur, si quiere estas pinturas, va a tener que sincerarse con nosotras, ¿de acuerdo? —Sophia intentó calmar nuevamente a Kora, pero Arthur se interpuso.

—Tienes razón, Kora. Estoy dispuesto a poner la verdad sobre la mesa, pero a cambio les pido que hagan lo mismo.

Kora y Sophia se miraron.

—Es lo justo —dijo Sophia.

—Estupendo. Las invitaría al Holly Glass, el pub más famoso de Willesbury, pero está diluviando en estos momentos.

Patrick, ceñudo, intervino.

—¿El pub más famoso de Willesbury? ¿Acaso hay otro?

Arthur sonrió.

—Por eso es el más famoso.

Sophia recogió el lienzo y lo puso sobre otra mesa. Después Arthur, Kora y ella se sentaron y Patrick les ofreció un poco de té.

—¿No tienes una cerveza, Patrick? Mi tolerancia al té está al límite en estos momentos —soltó Kora.

—Yo me conformo con un té. Me vendrá bien calentarme —dijo Arthur.

—Yo tomaré otro.

Patrick levantó el pulgar.

—Una jarra de té para dos y dos cervezas. ¿Una pinta inglesa, Kora?

—Suena fantástico —respondió la joven.

—¿Las acompaña alguien más? —preguntó Arthur en cuanto Patrick se retiró.

—Claro; Patrick —afirmó Kora.

—¿Es tu novio? —curioseó el inglés, provocando que Kora se sonrojara y Sophia estallara de risa.

—¿Se puede saber qué les pasa a todos?

—No soy la única —se exculpó Sophia. Arthur no comprendía lo que estaba ocurriendo—. Es una larga historia

Al cabo de unos segundos apareció Patrick con una bandeja y las respectivas bebidas. Las sirvió y después se sentó en la mesa de al lado.

—Como si no estuviera —dijo.

Sophia dio un sorbo al té y se centró en Arthur, que agarraba la taza con las manos e intentaba calentarse.

—¿Por qué has venido andando con esta lluvia? —preguntó.

—Hemos acordado ser sinceros, así que lo seré. No tenía ninguna cita. Lo dije porque me parecía muy extraño que dos jóvenes que decían ser hermanas, pese a que sus apellidos no coincidían, viniesen hasta Willesbury a vender unas pinturas y llegado el momento, tuvieran más interés en Nicholas Clifford que en el propio acuerdo de venta.

»Por otra parte, cuando conversamos me dijiste que tú habías vendido el primer lienzo y yo le transferí el dinero a Kora y por último, también me resultó raro que tú me dijeras que trabajabas en una galería de arte y no mencionases nada de la primera venta ni de la posterior subasta. Eso causó un gran revuelo en el mundillo del arte. Por tanto, en cuanto tuve suficiente información, decidí dar por terminada nuestra cita e investigar un poco.

—¿Has descubierto algo? —preguntó Kora. Sophia se había quedado sin palabras mirando a Arthur.

—Como les dije, casi todas las posesiones de Nicholas Clifford se destruyeron en el incendio, por lo que apenas hay nada en la residencia de los Baskerville de esa época. Entonces, decidí preguntar a los más ancianos, concretamente a uno.

—Craig Smith —dijo Sophia.

—Así es. Me costó bastante que me abriera la puerta de la casa. Tuve que enseñarle mi identificación para demostrarle que no pertenecía al linaje de los Baskerville.

Kora lo señaló.

—Pero nos dijiste que eras primo del conde.

—En la aristocracia es común llamarse primos entre miembros de familias cercanas. Mi familia y los Baskerville emprendieron numerosos negocios juntos. Aparte de eso, Henry y yo estudiamos en el mismo internado, por lo que nuestra amistad se remonta a la infancia.

—¿Ahora trabajas para él? —preguntó Sophia.

—No exactamente. La fortuna no es aliada de los Baskerville. Si mi abuelo o mi padre cerraban un negocio o un acuerdo, se embolsaban una buena cantidad de libras, pero cuando lo hacían los Baskerville, el resultado era un fiasco. Eso, combinado con el alto nivel de vida que han mantenido todos los miembros de la familia, han dejado sus arcas vacías. La mayoría de los rumores que circulan por Willesbury acerca de la ruina de los Baskerville son ciertos.

—Entonces, ¿qué te une a él?

Arthur cogió aire y lo expulsó lentamente.

—El desesperado intento de que en unos años Henry no acabe pidiendo limosna por el pueblo. Sus deudas ascienden a millones, tanto con particulares como al gobierno. Hoy en día su patrimonio es insuficiente para afrontarlas.

Patrick, que se entretenía leyendo el periódico, chasqueó la lengua.

—Menudo pájaro.

—Intentas ayudarlo —dijo Sophia.

—Más bien salvarlo de sí mismo. Afortunadamente, dispongo de tiempo y medios para ello, pero no entra en razón; insiste en vivir como un aristócrata de hace doscientos años. A veces creo que los herederos del título están condenados a desaparecer de la faz de la tierra. Una idea un poco extrema, lo sé, pero lo pienso.

—Eso dice mucho de ti —dijo Sophia.

—Gracias.

Se produjo un silencio que fue interrumpido por Kora.

—¿Por qué fuiste a buscar a Craig Smith?

—Porque lo vieron discutir con ustedes y amenazarlas —aclaró
—. Algo debía haber si se alteró con su presencia. La enemistad de
los Smith contra los Baskerville es legendaria en Willesbury, pero
nadie sabe a ciencia cierta por qué. La teoría más aceptada es que
está como una cabra, lo que no afirmo ni niego. Lo curioso es que
después de hablar con ustedes, recordé una conversación entre mi
padre y el de Henry; hablaban de una mujer que no era inglesa, sino
de una de las colonias británicas y sirvió al conde. Ella estuvo casada
con un Smith. Tiene sentido, ya que la actual casa de los Smith
estaba por esa época dentro de la propiedad del conde. Trabajaban la
tierra. Lo importante aquí es que el padre de Henry estaba
convencido de que los problemas con los Smith surgieron alrededor
de esa sirvienta.

—Emily Brown —dijo Sophia.

—¿Quién es esa mujer? —preguntó Arthur.

—Es la sirvienta a la que se refería el padre de Henry. Nuestra
bisabuela —respondió Kora—. Estuvo casada con el tío de Craig
Smith; por parte de padre.

—¡Son parientes de Craig! —exclamó Arthur.

—¿No te lo dijo cuando hablaste con él?

Arthur frunció el ceño.

—¿Hablar con él? En cuanto mencioné a Nicholas Clifford
agarró el bastón y trató de atizarme. He de reconocer que su agilidad
es envidiable. La cuestión es que me echó de su casa. Después vine
hasta aquí. El resto ya lo saben.

Sophia asimiló lo que había escuchado hasta el momento. Miró
de reojo la pintura y otra duda la asaltó.

—¿Por qué compró el lienzo que Kora subió a internet hace
años? Quiero decir, ¿cómo demonios lo encontraste? —preguntó
Sophia—. Fue un movimiento muy arriesgado.

Arthur encogió los hombros.

—Eso se lo debo en parte a Henry. Un día tuvo noticias del
inmenso valor de las pinturas e insistió en lucrarse de ellos. Estaba

convencido de que debía haber varios inéditos, especialmente en Nueva Zelanda. Sabía que Nicholas Clifford había pasado una etapa de su vida allí. A mí no me entusiasmaba la idea, pero al menos podía conseguir una fuente de ingreso con el que financiar su insostenible nivel de vida.

—Eso no responde mi pregunta, Arthur. Internet es demasiado extenso como para que encontraras la pintura en tan poco tiempo —dijo Sophia.

—Soy el propietario de una empresa tecnológica.

—¿Eres el dueño de *Google*? —preguntó Kora con una mueca en los labios.

—No, pero colaboro con ellos. Mi empresa está especializada en el *Big Data* y en la información de los usuarios. Cuando Henry me comentó lo de las pinturas, simplemente tracé varios recopiladores de datos en torno a un par de términos. Toda esta información era procesada por un programa. Era cuestión de tiempo.

—Como una red en el agua —añadió Sophia. Kora tenía cara de no haber comprendido nada y Patrick parecía estar viendo un complejo puzzle.

—Más o menos. Aunque tengo que reconocer que tuve bastante suerte.

—¿Alguien puede explicarme qué está ocurriendo aquí? —preguntó Patrick de repente llamando la atención del resto—. Por lo que he entendido han venido hasta Willesbury a vender unas pinturas de un señor que murió hace mucho tiempo y que era familia de Henry Baskerville.

—Tienes buen oído —dijo Kora.

En los siguientes minutos Arthur, Kora y Sophia le contaron la historia, o más bien una parte de ella, ya que ellas no habían sido del todo sinceras. Para empezar, Sophia no tenía la mínima intención de vender las pinturas. Lo único que la mantenía en Willesbury era su deseo de conocer lo que sucedió durante aquellos años que su bisabuela estuvo en Inglaterra. Sin embargo, temía que confesar su intención de no vender los lienzos ocasionara el rechazo de Arthur, por lo que debía que seguir fingiendo.

Mientras ponían al día a Patrick, labor de la que Kora se apropió, Sophia se aisló de la conversación y reflexionó acerca de lo que habían descubierto hasta el momento. No sabía explicarlo, pero estaba convencida de que algo sucedió durante esos cuatro años; un hecho que provocó el odio irracional de los Smith hacia cualquier conde de Warrington, sean los Clifford o los Baskerville. No obstante, y pese a que no estaba segura del todo, tenía la sensación de que los últimos eran ajenos a ese hecho en concreto. Es decir, la enemistad surgía del lado de los Smith. Por otra parte, Sophia comenzaba a valorar la opción de que el regreso de Emily a Nueva Zelanda estuviese relacionado con algo más que el inicio de la guerra. ¿El qué? No encontraba la respuesta, pero no pasaba por alto el hecho de que la marcha de Emily tuviera lugar el mismo año que se produjo el fatal incendio que acabó con la vida de Nicholas y su familia.

—Creo que ya lo entiendo —dijo Patrick masajeándose la cabeza. Su pelo estaba enmarañado del todo. Eso y la pinta medio vacía a su lado llamaban la atención de Arthur. Acostumbrado a la rigidez y al protocolo de los negocios, no sentía una inclinación natural por lo espontáneo.

—¿Estás seguro? —preguntó Kora. Le había contado una versión resumida y evidentemente alterada de la historia, pero manteniendo la esencia de la cuestión: averiguar todo lo posible acerca de Emily. Sin embargo, los abusos sufridos por Betsy quedaron en un segundo plano. Eso no parecía tener relevancia con el resto de la historia.

—Mi opinión es que deben hablar de nuevo con Craig Smith —dijo Arthur.

Sophia asintió.

—Parece un hombre testarudo.

—¿Parece? —dijo Kora.

—Tiene que haber alguna manera de convencerlo para que se siente a hablar. Estoy seguro.

Sophia miró la hora en el móvil.

—Es un poco tarde para ir en su busca. No debe tener buen despertar.

—Si les parece bien, puedo recogerlas mañana por la mañana.

El ofrecimiento de Arthur pilló por sorpresa a Kora y Sophia. En cuestión de horas había pasado de despacharlas con rapidez a ofrecerles su ayuda. Las alarmas de Sophia se encendieron.

—¿En su coche? ¿A qué debemos tanta generosidad? —dijo Kora.

—Sigues desconfiando de mí, ¿no es cierto? —señaló Arthur.

—Mucho más desde que has contado que eres el propietario de una importante empresa tecnológica. No sabrás hackear los móviles y esas cosas, ¿verdad?

La tensión desapareció del rostro de Arthur, que rio a carcajadas. Sophia y Patrick le imitaron mientras Kora los miraba sorprendida.

—¿Acaso he dicho alguna tontería?

Arthur levantó las manos para disculparse.

—Perdona, es solo que me ha pillado desprevenido. Puedes estar tranquila, Kora. No voy a intervenir tu móvil ni a robarte tus datos. Simplemente, quiero ayudarlas para compensar la compra del primer cuadro. Soy consciente de que lo adquirimos a un precio muy por debajo de su valor y no se me ocurre otra manera de resarcirme. ¿Aceptan mi ayuda?

Kora miró a Sophia con los ojos entornados, pero esta tenía ya clara la respuesta. Kora intuía que Sophia no iba a negarse.

—¡Toda ayuda es bienvenida!

—¡Genial! Mañana les recogeré sobre las diez. ¿Les parece buena hora?

—Una hora ideal —contestó Sophia—. Ojalá tengamos suerte.

—Seguro que tendremos —dijo Arthur—. Bueno, ahora tengo que marcharme. Henry está ansioso por saber de los lienzos, así que le diré que todo está en orden. En cuanto a eso, seguimos a la espera de la tasación de su conocido, ¿no es así? El que trabaja para su galería.

Sophia asintió a la par que procuraba recordar sus propias palabras. Mentir no se le daba muy bien y recordarlas mucho menos.

—Así es. Espero tener pronto una respuesta.

Arthur se despidió tras intentar abonar la cuenta por los tés que se habían tomado. Patrick insistió con fervor en que eso corría de su cuenta. Fue entonces cuando Kora se percató de una extraña mirada entre Arthur y Patrick. Este se negó de nuevo; Arthur lo aceptó, pero en su lugar dejó una propina de treinta libras. Cuando Arthur se marchó —comenzó a trotar nada más salir debido a la lluvia—, Kora no se contuvo.

—¿Se conocen? —preguntó. Patrick disimuló no haberla oído mientras recogía las tazas de té. Sophia estaba llevando el lienzo de vuelta a la habitación y estaban a solas.

—¿Cómo dices?

—Vamos, Patrick. Sabes a lo que me refiero. Ha dejado treinta libras de propina. —Kora recordó lo que había escuchado acerca de los pocos clientes que tenía el hotel y lo relacionó de inmediato.

—Es un ricachón, Kora. Para él es como si fueran un par de peniques —dijo Patrick.

—Ya… Esta mañana hemos hablado con una vecina del pueblo: Adele Hume. Aunque en realidad la conocimos en el autobús del aeropuerto a Willesbury.

Patrick cerró los ojos y se lamentó en silencio.

—¿Qué les ha contado la señora Hume?

Kora se puso seria.

—Nos dijo que no te van bien las cosas. Tienes pocos clientes.

Patrick apoyó la bandeja sobre la mesa y se dejó caer en la silla. Suspiró. De repente parecía agotado, como si su actitud durante el día y medio antes hubiese sido una mera actuación.

—Una mala racha. Ya remontaré.

—No lo entiendo, Patrick. ¿Por qué no quisiste cobrar a Arthur? ¿De qué se conocen?

—Tampoco es que seamos amigos. Hace tiempo, después de que falleciera mi padre y yo me quedara con el negocio, intenté venderlo. Solo recibí una oferta.

—¿De Arthur?

Patrick movió la cabeza de un lado a otro.

—De Henry, el conde.

—¿No aceptaste?

—Estuve a punto de firmar la venta. Sin embargo, Arthur apareció aquí el día anterior y me dijo que no lo hiciera, que Henry estaba arruinado y no iba a recibir ni la mitad de lo acordado. Pero ¿sabes qué es lo más curioso? Arthur me confesó que su primo había logrado un ingreso puntual por la venta de un famoso cuadro y que, en su fantasía, quería recuperar parte del patrimonio de Willesbury.

—Ese es el cuadro que yo le vendí a Arthur. —En ese momento Kora se quedó en silencio y con la mirada perdida. Todo lo que había hablado con Sophia acerca de destino regresaba a ella y le producía un desconcertante vértigo: su llegada a Los Catlins, conocer a Archie, vender la pintura y estar a punto de cambiar la vida de Patrick…

—Se podría decir que Arthur evitó que me quedara sin el hotel y sin dinero. Por entonces ya había escuchado los problemas económicos del conde, pero me dejé llevar en cuanto me hizo la oferta.

—¿Arthur sabe de tu situación actual? —preguntó Kora.

—Todos en el pueblo lo saben —dijo Patrick con resignación—. Me encantaría que esto funcionara, pero Willesbury no existe para el resto del mundo. ¿Quién querría venir a un sitio como este?

—Oh, vamos. Si antes había clientes, ¿por qué no puede haberlos de nuevo? Fíjate en Sophia y yo.

Patrick sonrió.

—No creo que haya muchas personas dispuestas a cruzar medio mundo para saber de su bisabuela.

—No, claro que no. Pero Willesbury es un pueblo bonito; tiene encanto. Además, eres el único hotel de la zona. Puedes reflotar esto.

—¿Tú crees?

—Sí. Yo te ayudaré. Es el karma; estoy segura. Arthur está dispuesto ayudarnos con nuestra bisabuela y yo te ayudaré con el hotel.

CAPÍTULO 32

Sophia se levantó temprano. La pasada noche, mientras cenaban, Kora le había estado comentando su predisposición para ayudar a Patrick a conseguir clientes. Para ella fue una muy buena noticia, especialmente al ver el entusiasmo que mostraba. Le parecía imposible que se tratara de la joven retraída e insegura que conoció en Los Catlins. Poco después de terminar de cenar, Sophia se fue a la habitación a revisar sus notas y a organizar sus ideas. Kora se quedó con Patrick anotando todo lo que iban a hacer en los próximos días para conseguir nuevos clientes.

Por ello, a Sophia le extrañó no ver a Kora cuando abrió los ojos por la mañana. Eran cerca de las siete. Se puso un abrigo y se dirigió a la recepción. Allí estaban los dos con los rostros pegados a la pantalla de una laptop.

—¿Han dormido?

Los dos levantaron la cabeza como dos conejos recién salidos de la madriguera.

—Por supuesto —respondió Kora—, pero hemos madrugado. ¡Tenemos muchas cosas que hacer!

—¿Quieres café, Sophia? —preguntó Patrick.

—Una taza estaría genial —dijo Sophia mientras se sentaba junto a Kora—. ¿En qué están trabajando?

Kora señaló la pantalla.

—¿Recuerdas la poca información que encontramos acerca de Willesbury en el autobús? Es como si el internet no existiera en este pueblo. Estamos creando una página web para el hotel. Estoy segura de que así conseguiremos más clientes.

Sophia asintió, aunque para ella no pasó por alto ese *conseguiremos*.

—¡Es una idea fantástica! No trato mucho el marketing en la galería, pero puedo pedir a un amigo que le eche un vistazo. Es publicista online.

—¿De verdad? ¡Súper! —celebró Kora.

Patrick sirvió el café a Sophia.

—Eso suena muy caro.

—No te preocupes por el dinero. Me debe un par de favores —explicó Sophia—. Además, estoy pensando en que puedo prepararte algunos diseños. No me costaría nada.

Los tres estuvieron centrados en la página durante un buen rato. Sophia pensó que le vendría bien desconectar un poco y olvidarse de aquella larga historia que se inició tras el fallecimiento de su padre. No había pasado tanto tiempo desde entonces, pero, aun así, era consciente de lo mucho que había cambiado. Cuando llegó a Nueva Zelanda y vio a Terry sintió como su alma se asfixiaba. Después de diez años alejada de su hogar, tuvo la sensación de seguir siendo la joven vulnerable que era por entonces. Sin embargo, mientras discutía con Patrick y Kora en aquel hotel de Willesbury, experimentaba el placer puro de sentirse dueña de su destino. Por primera vez en mucho tiempo no tenía miedo a equivocarse; el fracaso se había convertido en el orgullo de haberlo intentado y el futuro, aunque desconocido, le resultaba esperanzador.

Pasadas las nueve y media llegó Arthur al hotel. Los tres seguían trabajando en la página web y Arthur pidió permiso para ojearla por encima.

—Tienes mano para esto, Kora. ¿Es tu primera página web?

La joven asintió.

—Con *YouTube* se puede hacer cualquier cosa —exclamó.

—Sé de lo que hablo, créeme. Tienes talento para esto —dijo Arthur—. ¿Puedo poner mi granito de arena?

Patrick le dedicó una mirada entre agradecida y confusa.

—¿A qué te refieres?

—Puedo ayudarte a potenciar la página. No te prometo que llenes el hotel, pero sí que tu página reciba más visitas.

—No suena nada mal —dijo Patrick.

—Trato cerrado. —Arthur guiñó un ojo—. En fin, es el momento de hablar con Craig Smith.

Sophia asintió.

—Vamos allá. ¿Sabes dónde encontrarlo?

—Por lo que he oído no suele irse muy lejos de su casa. Afortunadamente, no está lloviendo, así que es posible que lo encontremos tomando el aire.

—Hoy vienes preparado —soltó Sophia señalando hacia el paraguas que sostenía Arthur.

—El clima de Willesbury es complicado de entender. No hay nada igual en toda Inglaterra.

—En eso tienes razón —corroboró Patrick.

Sophia se puso el abrigo y Kora se ajustó el gorro. Daban la sensación de que se trataban de dos soldados que se preparaban para salir al campo de batalla.

—¿Podrías hacer unas fotografías del hotel, Patrick? De Willesbury también. Bueno, esas las puedo hacer yo ahora.

El joven reflexionó durante unos segundos.

—Creo que Stuart Miles tiene una cámara de fotos. Se la pediré.

Los tres salieron del hotel y comenzaron a caminar en dirección a la casa de Craig Smith. Algunos vecinos los observaban sin disimulo, dejando claro su extrañeza por aquellos forasteros.

—Seremos la comidilla de la semana —dijo Sophia.

—Cuando paseo por Willesbury tengo la sensación de viajar al pasado —añadió Arthur.

—No me extraña —continuó Kora—. Me siento como un animal en el zoológico.

Caminaban tranquilamente. Arthur y Sophia se quedaron a solas mientras Kora iba de un lado a otro sacando fotografías con el móvil.

—Henry no tiene familia, ¿verdad? —preguntó Sophia.

—Estuvo cerca de comprometerse hace unos años, pero al final no cuajó. Por el momento, es el último miembro de la familia Baskerville.

Sophia asintió en silencio.

—No quiero que suene mal, pero ¿qué ocurre si fallece sin descendencia? ¿Quién heredará el título?

Arthur ladeó la cabeza.

—De suceder así, Dios no lo quiera, había muchas posibilidades de que el título recayera en mí.

—Me dijiste que no eran parientes.

—Y no lo somos —aclaró—. Pero un hermano de mi padre se casó con una hermana del padre de Henry. Esa mujer o su hijo debería ser el nuevo conde de Warrington si Henry falleciese sin descendencia, pero ellos tampoco tuvieron hijos. Es un poco lioso, pero la cuestión es que puedo convertirme en el conde.

La idea del destino preconcebido volvió a pasar por la cabeza de Sophia. Era similar a lo que ocurrió tras la muerte de Nicholas, cuando el título pasó a manos de los Baskerville.

—No te entusiasma la idea, ¿verdad?

—Dejando de lado el cariño que siento por Henry, no quiero ese título. La muerte de Nicholas, la desgracia de los Baskerville. Es como si este lugar estuviera maldito, no sé si me explico. Además, estoy cansado de Willesbury y de los Baskerville. Quiero salir de aquí de una vez por todas. Siempre he vivido entre Londres y Willesbury y ya estoy aburrido. Me considero un hombre joven, pero el tiempo pasa y no quiero desperdiciar mi vida intentando salvar la de Henry.

La confesión de Arthur se tradujo en una sensación extraña para Sophia. La sinceridad que mostraba le hacía empatizar con él de una manera que no había sentido en muchos años. En silencio, mientras iban en busca de Craig Smith, le dedicó varias miradas de soslayo. En una de ellas, los ojos de ambos se encontraron y Sophia agachó rápidamente la cabeza.

Al cabo de unos minutos dejaron atrás el pueblo y vislumbraron el grupo de casas que había frente a la entrada principal de la propiedad de los Baskerville. La tensión se adueñó de Sophia. Kora guardó su móvil y miró con intensidad, como si se preparara para un desafío.

—Creo que lo mejor será que me mantenga al margen —dijo Arthur—. Al menos en un primer momento.

Sophia asintió y Kora ocupó el lugar dejado por Arthur. Las dos siguieron caminando hasta que vieron, en el mismo lugar que el día anterior, al anciano. Este debió verlas enseguida porque dio un respingo y las señaló con el bastón.

—¿Qué demonios quieren ahora? —gritó. Sophia levantó las manos para pedir calma.

—Solo queremos hablar con usted, Craig.

—No tengo nada que hablar —refunfuñó. Kora quiso intervenir, pero Sophia se lo impidió sujetándole del brazo. Había que tratar el tema con mesura.

—No pretendemos molestarle, Craig. Solo queremos saber de la vida de nuestra bisabuela Emily en el tiempo que estuvo aquí, en Willesbury. ¿Podría ayudarnos?

El viejo las miró ceñudo. Dudaba.

—¿Se creen que tengo memoria de elefante?

—Respóndanos solo lo que sepa. No queremos más —pidió Sophia.

En ese instante una anciana atravesó el umbral de la puerta de la casa.

—¡Craig! ¿No puedes dejar de ladrar como un perro rabioso? Acérquense, señoritas. Me llamo Molly y soy la esposa de este cascarrabias.

Sophia y Kora sonrieron a la anciana y se acercaron. Craig continuaba observándolas con desconfianza.

—No tengo nada que hablar con ellas —insistió.

—Tal vez conmigo sí. ¿En qué puedo ayudarles? —dijo Molly mostrándose agradable.

—Somos bisnietas de Emily —explicó Kora. La expresión de Molly cambió de súbito. Su sonrisa se convirtió en una mueca inexpresiva y sus ojos se tornaron oscuros—. Sabemos que vivió en Willesbury algunos años. Queríamos saber cómo vivió y qué hacía aquí.

Molly no contestó, sino que dio unos pasos y se situó justo delante de Craig.

—¿Dicen la verdad? —preguntó ella.

El anciano encogió los hombros. Kora y Sophia observaban expectantes, al igual que Arthur desde la distancia. Molly se giró y miró fijamente a las jóvenes. Por su reacción quedaba claro que sabía quién era Emily.

—¿Bisnietas? ¿Por qué han venido hasta aquí?

—Es una larga historia —respondió Sophia.

—¿Podrías hacerme un resumen?

Kora bufó con ironía, pero optó por dejar que Sophia llevara las riendas de la conversación. Esta recapacitó durante unos segundos y buscó la mejor manera de contestarle a la anciana.

—Mi padre falleció hace poco. Su madre murió cuando él era pequeño y Emily lo crio. No sabemos por qué, pero Emily quería que conociéramos su pasado y descubriéramos algo que debía salir a la luz. No sabemos a qué se refería.

Kora dio un codazo a Sophia.

—Muéstrale la foto —susurró.

—¿De qué estás hablando? —preguntó Sophia.

—La foto del cuadro —contestó Kora con una sonrisa forzada. Sophia sacó el teléfono apresurada y buscó la imagen del retrato de la joven. Le tendió el teléfono a Molly y esta lo contempló. Después, con cierta solemnidad, acercó el teléfono a Craig. Los ojos de estos se abrieron de par en par. Dejó caer el bastón al suelo y sujetó el teléfono con las manos temblorosas.

Kora y Sophia se miraron.

—¿La conoce? —indagó Sophia. Podía sentir los latidos de su corazón sacudiendo su pecho.

El anciano asintió con lentitud. Mientras tanto, Molly miraba hacia el infinito. Sus ojos estaban vidriosos.

—¿De dónde han sacado este retrato? —preguntó Craig.

—Pertenecían a Emily y ahora a mí —respondió Sophia.

Craig señaló la imagen del teléfono.

—Esa muchacha era Violet, la reconozco por las fotos que sacaba mi tío y después me mostró mi padre.

En esta ocasión fueron Kora y Sophia las que se quedaron estupefactas. Querían hablar, hacer un millón de preguntas, pero eran incapaces de articular palabra.

—¿Está seguro? —preguntó Sophia.

—Completamente —el anciano le devolvió el teléfono—, ya tienen lo que buscaban.

—Pero ¿está seguro? —insistió Kora.

Molly golpeó el hombro del anciano ante su silencio. Este la reprendió con la mirada, pero finalmente habló.

—Vino con Emily desde Nueva Zelanda.

—¿Desde Nueva Zelanda? —gritó Sophia.

—Ahora tengo que irme —dijo el anciano incorporándose.

—No, no puede irse ahora. —Sophia le sujetó por el brazo.

—¿Cómo se atreve? —dijo Craig sacudiendo el brazo. Estaba muy alterado. Comenzó a increparlas, pero estaba en tal estado de tensión que de su boca no salían más que balbuceos.

—¡Váyanse ahora! —pidió Molly—. Se lo suplico, déjenlo tranquilo.

—Pero solo queremos…

—¡Sé lo que quieren! —dijo Molly interponiéndose entre ellas y su marido—. Pero así no conseguirán nada.

—¿Cuándo podemos regresar? —preguntó Kora.

—Olvídenlo por el momento. —La actitud de la anciana había cambiado drásticamente—. Mi marido no está bien del corazón y estos disgustos no hacen más que aumentar el riesgo de que sufra un ataque. ¡Márchense o avisaré a la policía!

Las jóvenes se quedaron de piedra mientras los dos ancianos se metían en la casa y cerraban tras de sí la puerta con estrépito. Kora se adelantó decidida a golpearla, pero Sophia la sujetó a tiempo.

—No, Kora. Así no conseguiremos nada.

—Pero reconoció a Violet.

Arthur, que no había retirado la mirada de allí, se acercó corriendo.

—¿Qué ha sucedido?

Las primeras lágrimas caían por el rostro de Sophia.

—¡Es Violet! La joven de las pinturas es Violet —exclamó.

—No era una idea tan disparatada —dijo Arthur.

—No lo entiendes. Craig nos ha dicho que Violet vino con Emily desde Nueva Zelanda y nosotros creíamos que se había suicidado.

Craig Smith y su esposa guardaban silencio desde hacía un par de horas, prácticamente desde la visita de las dos jóvenes. Estaban perdidos en sus pensamientos, de historias que habían escuchado tantas veces y que creían que jamás volverían a cobrar vida de esa manera.

Violet Clark, ese era el nombre completo de la joven del retrato y sobre sus hombros recayó por entonces el futuro de muchos; incluso era probable que el presente de Willesbury fuera el resultado de lo ocurrido aquellos años. Craig Smith había aceptado hacía mucho que esa historia, la verdad, estaba condenada a quedar sepultada por el paso del tiempo y su fama de desquiciado; la misma fama que recayó sobre su padre tras enfrentarse a los Baskerville.

Dos tazas humeantes de té descansaban en la mesa que se interponía entre el matrimonio. Desde fuera llegaba el rumor creciente de la lluvia. El cielo radiante había dejado paso a una persistente tormenta.

—La historia se repite —susurró Craig sin levantar la mirada del suelo. Se mostraba calmado e incluso con cierto cansancio.

—Esta vez no es lo mismo, Craig. Se merecen conocer la verdad, quizás al fin no nos traten de locos —dijo Molly.

El anciano no se inmutó.

—Tu padre hizo una promesa.

—Le costó caro. Me lo arrebataron.

Molly apretó los labios y se acercó a su marido.

—¿Qué podemos perder tú y yo? Esas jóvenes han venido hasta aquí para conocer la verdad. Quizás ha tenido que pasar todo este tiempo, quién sabe. Pero no podemos ocultársela.

Craig cogió aire y lo soltó lentamente.

—Mi padre cumplió con su promesa —insistió Craig—. ¿Has olvidado lo que ocurrió?

Molly asintió en silencio. Era muy joven cuando sucedió todo; cuando el padre de Craig, Daniel, falleció en un extraño accidente. Sin embargo, no hacer nada no era la solución.

—Por eso precisamente, Craig. Quizás tengas una oportunidad para honrar su memoria. Todos conocerán la verdad. ¿Por qué si no ibas a guardar el diario?

Craig clavó sus ojos en ella, pero no contestó.

—¿Por qué lo haces? ¿Quieres que se deshaga sin más en el armario? Si es así, podemos arrojarlo a la chimenea en este mismo momento —insistió Molly.

—¿Cómo estás tan segura de que no pagaremos un alto precio como lo hizo mi padre?

Molly sonrió.

—Míranos, Craig. Cada día que seguimos en este mundo es un milagro. No hay nada malo en reconocerlo. Es ley de vida. Si quieres que nos olvidemos de esto, destruyamos el diario y disfrutemos el tiempo que nos quede. Pero si no es así, entrégaselo a las jóvenes; dales la oportunidad de conocer la verdad.

El anciano se levantó lentamente y fue hasta la habitación. Al poco, regresó con un viejo diario en sus manos y lo puso sobre la mesa. El cuero de la cubierta estaba reseco y agrietado, así como las hojas lucían amarillentas y quebradizas.

—¿Dónde podemos encontrarlas? —preguntó sin expresar sentimiento alguno.

—Se hospedan en el hotel de Patrick. Esta mañana me han hablado de ellas en la tienda.

Craig asintió.

—Cumplir la promesa... Mi padre me daría una buena tunda si no hiciera nada.

Molly se levantó.

—Yo te la daré por él —dijo con una sonrisa.

—La decisión está tomada, ¿no es cierto?

—¿Qué sentido tendría sino lo que hizo tu padre? Él luchó porque la verdad saliera a la luz y ahora tú tienes la oportunidad de conseguirlo. Honrarás su memoria y limpiarás su nombre.

Craig no parecía estar conforme.

—Eso ya lo veremos. Dependerá de las jóvenes. Guardaré el diario en una bolsa de plástico para que no se moje.

—¿Piensas ir ahora? ¡Está diluviando, Craig!

—No quiero tener tiempo de arrepentirme.

CAPÍTULO 33

La revelación del anciano fue un golpe inesperado para Kora y Sophia. Después de saber que Violet había acompañado a Emily desde Nueva Zelanda, regresaron al hotel y pusieron sobre una de las mesas de la cafetería toda la información que habían recopilado hasta entonces. Patrick se enteró poco a poco del peso de las palabras del anciano y trató de ayudar en todo lo posible. Por su parte, Arthur consideró oportuno quedarse hasta que se arrojara un poco de luz sobre la verdad de las pinturas. Estaba interesado conseguir la venta lo antes posible, pero también empezaba a experimentar un interés inusitado en esa historia.

Desde joven, tras terminar sus estudios, Arthur se dedicó a fondo a sus negocios y sus proyectos. Su trabajo dio sus frutos y en pocos años amasó una considerable fortuna. Al mismo tiempo, actuaba como fiel escudero de Henry Baskerville, pero la persistente actitud de este le había hecho replantearse todo el tiempo que le dedicaba. Su vida no podía oscilar en torno a las excentricidades de Henry y las crecientes deudas que acumulaba día tras día. Por ello, durante un breve periodo de tiempo, mientras Sophia ponía en orden sus apuntes, se extrañó de no querer marcharse.

—No podemos tomar como verdad absoluta las palabras de ese

anciano —decía Kora. En su opinión, Craig Smith no era más que un demente que les había dicho lo que querían oír.

—¿Qué gana engañándonos? Tú viste su cara cuando vio la fotografía del retrato —dijo Sophia—. Si no tomamos por cierta sus palabras, todo esto carece de sentido.

Un trueno sacudió el cielo. La lluvia arreciaba.

—¿Dónde has dejado el coche, Arthur? —preguntó Patrick, que estaba junto a la ventana.

Este se levantó y se acercó también a la ventana.

—En la residencia de los Baskerville. ¿Llueve mucho?

—El término más apropiado sería «diluvio».

Kora y Sophia estaban tan concentradas, que no oyeron la conversación que mantenían ambos.

—Bueno, por suerte estoy en un hotel. ¿Tienes habitaciones libres?

Patrick sonrió.

—Alguna creo que tengo.

Mientras tanto, la discusión entre Sophia y Kora continuaba. La primera creía ciegamente en las palabras de Craig y estaba decidida a averiguar cómo Violet había llegado ahí, y si en realidad era Violet Clark de quien hablaban, quizás era un alcance de nombres.

Arthur y Patrick regresaron a la mesa.

—¿Va todo bien? —preguntó Arthur. Sin advertirlo, había puesto su mano sobre el hombro de Sophia. Esta se dio cuenta de inmediato y aunque su primer impulso fue retirarse, huir de todo afecto, se mantuvo intacta como si aquel hecho fuera insignificante. En silencio y haciendo un esfuerzo por no girarse hacia Arthur, Sophia contestó:

—Es difícil saberlo. Lo último que supimos es que Violet se había suicidado y eso causó el declive de la familia Clark. Si Craig está en lo cierto, significa que ella logró reunirse con Nicholas. Si es así, Mildred, la mujer que nos dio la información, nos mintió.

Arthur frunció el ceño. Patrick, que lo había escuchado todo, detuvo su mirada sobre las anotaciones de Sophia, no sin antes dedicarle una mueca a Kora.

—Necesito un cigarrillo. Esto es demasiado —dijo Kora.

—¿Tú mencionaste que la amiga de Emily, la hija de esa familia a la que servía que se llamaba Violet, se enamoró perdidamente de Nicholas? Lo más lógico es que lo siguiera —expuso Patrick. Sophia lo miró sorprendida de que los secretos de su familia estuvieran en boca de ese joven al que conocía desde hacía un par de días. Aquella experiencia estaba removiendo todas sus ideas preconcebidas. En realidad, si lo pensaba fríamente, estaba rodeada de desconocidos en los que, no sabía por qué, confiaba más de lo que ella misma era capaz de asimilar.

—Así es, pero si mal no recuerdo, Nicholas tenía una esposa con otro nombre. ¿Beatrice? —preguntó Kora, dirigiéndose a Arthur. Este afirmó con la cabeza.

—Quizás no es la misma Violet —exclamó Sophia.

Arthur escuchó con atención a la vez que repasaba las anotaciones de Sophia. Le habían contado toda la historia, pero le resultaba complicado procesar tantos nombres y tanta información.

En ese momento sonó el teléfono de Sophia: era Daphne. Contestó enseguida y se dirigió al pasillo de las habitaciones para hablar más tranquilamente. Sabía que debía haberla llamado antes, pero la revelación de Craig le hizo perder la noción del tiempo.

—Llevo un día de locos, Daphne. Ni te lo imaginas.

—¿Qué ha ocurrido?

Sophia le contó lo que había dicho el anciano acerca de la identidad de la joven del retrato y cómo llevaban varias horas intentando sacar algo en claro.

—¡No me lo puedo creer! Aunque supongo que eso es bueno. Poco a poco van averiguando más cosas.

Sophia levantó la mano que tenía libre hacia el aire como si le suplicara al techo del pasillo.

—Pero no tiene sentido. Se supone que se suicidó, encontraron un cuerpo en un acantilado. Esa fue la información que tuvimos. Me falta muy poco para volverme loca.

—Pues tranquilízate, Sophia. Que yo sepa no hay ninguna cuenta atrás ni nada por el estilo. Tómatelo como unas vacaciones interactivas.

—¿Vacaciones interactivas? ¿Me tomas el pelo? —Sophia soltó una carcajada.

—Eso está mejor. Por cierto, ¿cómo van las cosas con el señor guapo con estilo?

Sophia rio de nuevo, pero poco a poco su sonrisa se fue ensombreciendo. Arthur se había sincerado con ellas en cuanto a los lienzos se refería, pero ella no podía decir lo mismo. Arthur seguía creyendo que Sophia quería venderlos y el trato se cerraría en un corto plazo de tiempo. Tenía una sensación agridulce, no por el mero hecho de engañarle, sino por traicionar su confianza.

—Eres imbécil, ¿lo sabías? No va tan mal del todo. Arthur se está portando muy bien con nosotras. Nos ha contado todo acerca de los problemas económicos del conde, así como lo que pretende hacer con las pinturas.

—Pero tú no quieres venderlos, ¿o has cambiado de idea?

—En absoluto. Supongo que tengo que decírselo, pero, la verdad, no sé cómo.

—En tal caso puedes recurrir a Kora. Estoy segura de que ella no tendrá problemas —dijo Daphne.

—No sabría decirte.

En ese momento, Sophia oyó el ruido lejano de la puerta principal al cerrarse. Miró hacia allí desde el otro extremo del pasillo y lo que vio la dejó confundida.

—No puede ser… —musitó.

—¿De qué hablas? ¿Qué está ocurriendo?

—Es el anciano, Craig Smith. ¡Está aquí! Tengo que colgar.

—Cuéntamelo todo en cuanto puedas —dijo Daphne.

—Descuida.

Dicho esto, Sophia corrió por el pasillo en dirección al vestíbulo. Allí confirmó lo que sus ojos habían visto hacía apenas unos segundos. Junto a la puerta estaba Craig junto a su esposa. Los dos vestían dos largos abrigos de plástico que goteaban hasta el suelo. Patrick estaba junto a ellos.

—¿Qué hacen aquí? —preguntó Sophia. Molly fue la primera en hablar.

—La tarde no está como para pasear, ¿verdad?

Patrick le ayudó a retirarse el abrigo.

—Eso deberían saberlo mejor que nadie.

—Quisiera disculparme por cómo las he tratado —dijo Craig de repente. Arthur y Patrick se miraron atónitos. Sophia se acercó al anciano.

—No tiene de qué disculparse.

—Dejemos la cortesía a un lado. No soy estúpido. Sé cómo soy y cómo trato a ciertas personas. —Craig miró a Arthur. Este bajó instintivamente la mirada hacia el bastón, el cual lucía una punta afilada de metal que servía para evitar resbalar con la lluvia.

—Voy desarmado —dijo Arthur levantando las manos y provocando un conato de sonrisa en el anciano.

—¿Puedo ofrecerles algo de beber? Necesitan calentarse.

—Una taza de té estaría genial —agradeció Molly.

—Yo un vaso de whisky —pidió Craig—. Lo necesitaré.

Molly reprendió a su marido con la mirada.

—Oh, vamos. Me he disculpado. Merezco un premio.

El resto los observaban expectantes. No tenían la menor idea de por qué la pareja de ancianos había ido hasta el hotel en pleno diluvio.

Patrick les sirvió y los ancianos se acomodaron en una de las mesas de la cafetería. No hacía mucho frío, pero, aun así, optó por echar un par de troncos en la chimenea para avivar las llamas y pronto los crujidos de la madera se internaron en el ambiente. En ese intervalo, Kora se fijó en que el anciano llevaba consigo una bolsa de plástico con una especie de libro en su interior. Apreció cierto recelo en sus gestos: lo protegía.

Durante unos segundos todos permanecieron en silencio. Arthur fue el primero en hablar.

—Sophia me ha dicho que ha reconocido a la mujer del retrato.

El anciano bebió de su whisky y asintió.

—Violet.

—¿La conoció? —insistió Arthur.

—No. Por esa época yo no había nacido y mi padre era un niño.

—Entonces, ¿cómo puede estar tan seguro? —preguntó Sophia.

Craig clavó sus ojos en ella y después abrió la bolsa de plástico con sumo cuidado. De ella sacó un viejo cuaderno carcomido por el paso del tiempo. Cuando Sophia lo vio, abrió los ojos sobremanera.

—La verdad quedó escrita... —susurró. Craig puso el cuaderno sobre la mesa y después situó su mano justo encima. En ese momento se produjo un silencio solemne en la cafetería del hotel.

Ese era el diario que mencionaba Emily en la carta, el que había quedado en una cabaña en los bosques de Cheshire. Kora se sobrecogió, era tan poco probable que aún existiera. Sophia volvió a tener esa sensación de que todo estaba encaminado a que la verdad saltara por los aires.

—Antes de entregarles este cuaderno me parece correcto ponerlas en contexto —dijo Craig arrastrando lentamente sus palabras—. Todo lo que yo sé es gracias a estas páginas y a mi padre, Daniel Smith. Él sí conoció a Emily y vio algunas veces a Violet, entablaron una buena relación durante la estancia de las jóvenes en Willesbury, al menos con Emily, que vivió con él durante esos cuatro años. Cuando Emily se marchó, olvidó este diario. Mi tío Robert lo rescató y lo guardó. Pero este partió a la guerra y a su vez se lo cedió a mi padre, pidiéndole que, si él no volvía, contara toda la verdad. Mi padre lo guardó durante meses antes de leerlo. En este diario, Emily cuenta lo ocurrido en sus años en Willesbury.

Sophia y Kora lo observaban embelesadas por sus palabras, sin embargo, Arthur se mostraba más analítico.

—¿Ha reconocido a la joven del cuadro gracias a este cuaderno? —preguntó con una ligera ironía. Para él, Craig Smith, siempre había sido un loco y aquella idea no se diluía tan fácilmente.

El anciano lo miró, le dedicó una mueca y después abrió el cuaderno justo por la página donde había un par de fotografías. Las sujetó con cuidado y acercó una de ellas a Sophia.

—Son Emily y Violet, aunque es probable que ni con esto me

creas, típico de los Baskerville. —Arthur movió la cabeza. No sacaba nada con insistir en que él no era uno de ellos.

Sophia contempló la fotografía y, habiendo advertido de quién se trataba, se tapó la boca con las manos. El gesto de sorpresa de Kora fue similar.

—Es…

Craig asintió.

—La hija menor de los Clark; Violet, tal como sospechábamos —dijo Sophia—. Ahora debemos saber el porqué pensaron que se había suicidado.

—Sé que es complicado de entender, sobre todo si han conocido únicamente la otra versión de la historia —apuntó Craig—, pero todo está en estas páginas.

Dicho esto, el anciano apuró el whisky de un trago y se incorporó.

—Ahora queda en sus manos.

—¿Se van? —preguntó Sophia. Estaba aturdida al igual que un boxeador después de recibir varios golpes.

Craig miró su reloj.

—Es tarde —dijo mirando a Molly—. Ahí encontrarán todas las respuestas.

La anciana recalcó las palabras de su marido.

—Lo comprenderán todo cuando lean el diario. Por supuesto, pueden visitarnos siempre que lo deseen. Les recibiremos con los brazos abiertos. ¿Verdad, Craig?

—Tampoco es que me muera de ganas —soltó el anciano.

Así, tan rápido como habían venido, se despidieron de todos y se marcharon caminando bajo el aguacero que caía en ese momento. Los cuatro los observaron desde la puerta sin comprender bien qué significaba todo aquello y después regresaron a la mesa donde descansaba el diario con las fotografías. Sophia volvió a fijarse en la joven que se suponía era Violet.

—Pero ella se suicidó —dijo—. No tiene sentido todo esto.

Kora se situó junto a ella y observó la fotografía. Pese a que la imagen no era nítida, se fijó en el pelo rizado de la joven y sus facciones marcadas. Las cejas gruesas y el gesto triste llamaban la atención.

—¿Recuerdas lo que leímos en el otro diario de Emily? Violet estuvo acomplejada de su aspecto. Emily contaba que mientras Lauren era rubia y delicada; Violet se asimilaba más a su padre.

Sophia asintió mientras miraba fijamente a la joven. Después dejó la fotografía sobre la mesa y cogió el cuaderno.

—Aquí está la verdad, Kora.

—El último paso. Habrá que preparar un poco de café, ¿no?

Patrick y Arthur las observaban a cierta distancia, como si quisieran mostrar así su respeto.

—De eso puedo encargarme yo —dijo Patrick—. ¿Tú quieres también, Arthur?

Este encogió los hombros. Sophia lo miró. Sabía que su intención última era cerrar la venta y que quizás su actitud respecto a ellas no era más que una manera de asegurar el trato, pero, aun así, quería que se quedara y lo acompañara en lo que fueran a descubrir en las páginas del viejo cuaderno.

—Puedes quedarte si quieres —Sonrió Sophia.

—La verdad es que tengo un poco de intriga por conocer qué ocurrió —manifestó Arthur.

—¡Café para todos! Ni se les ocurra empezar sin mí —pidió Patrick. Los cinco minutos en los que tardó en preparar el café fueron un suplicio para Sophia.

Finalmente, los cuatro se sentaron en la misma mesa, en cuyo centro estaba el cuaderno como si se tratase de un objeto de adoración. Sophia podía sentir los latidos exuberantes de su corazón. Miró a Kora y esta asintió en silencio. Extendió sus manos y abrió el cuaderno. La verdad que tanto había buscado, por fin, se mostró ante ella.

CAPÍTULO 34

Diario Nº2 de Emily Brown

En bastantes ocasiones me he preguntado qué hago aquí. A tantos kilómetros de mi hogar, en un sitio que no es el mío y al que he llegado arrastrada por las circunstancias. Cuando esos sentimientos me sobrecogen, no sé cómo liberar lo que anida en mi pecho y ni las lágrimas derramadas, pueden liberarme de esta angustia. He decidido escribir nuevamente, es lo único que puede mantenerme fuerte y capaz de superar cualquier revés del destino.

No quiero derrumbarme.

BUQUE SOPHOCLES, 1910

Emily ajustó el quinqué y lo acercó todo lo que pudo al cuaderno. La luz era muy tenue, pero los trazos destacaban lo suficiente como para saber lo que estaba escribiendo. Era consciente del riesgo que corría al poner por escrito lo sucedido en las últimas semanas, pero había algo en ella que le impulsaba a coger el lápiz y comenzar a escribir. Necesitaba expresar el dolor que sentía de alguna forma.

Sin embargo, los recuerdos la hicieron estremecerse. Soltó el lápiz y se ocultó el rostro con las manos.

—¿Vuelves a no poder dormir? —dijo una voz que provenía desde el otro lado de la habitación.

—Creía que estabas dormida —respondió Emily—. ¿Te he despertado?

Se secó las lágrimas con rapidez, pese a que la semioscuridad del lugar le ocultaba el rostro.

—No te preocupes. Tengo el sueño ligero últimamente.

Emily asintió. El quinqué quedaba a su espalda y su expresión era un misterio.

—Piensas en ella, ¿verdad? —preguntó la voz que provenía desde el otro lado.

—Constantemente. Intento concentrarme en otra cosa, pero es inútil.

—Es normal, Emily.

Una ráfaga de viento llevó la lluvia hasta la ventana y las gotitas tamborilearon durante unos segundos. La joven del fondo de la habitación se incorporó y se sentó sobre la cama.

—Tenemos que ser fuertes. Es lo que ella querría.

—Lo sé... Violet —susurró Emily. Los recuerdos asaltaron su cabeza con una virulencia desgarradora.

La última vez que había visto a Betsy había sido al zarpar el barco del puerto de Dunedin. Su madre la miraba con orgullo a sabiendas de que estaría a salvo de su propia familia. Aquello era suficiente como para endulzar la marcha de su hija. Sin embargo, en la cubierta del barco, Emily lloraba sin consuelo. Mientras lo hacía negaba con la cabeza; en ese cruel silencio le suplicaba a su madre que no lo hiciese, que recapacitase. Fue inútil. No dejó de observarla hasta que su fina figura desapareció en el horizonte.

Lo que ocurrió fue el resultado de una casualidad, de una primera gota que dio lugar a un caudaloso río que transportó a Emily y Violet hasta Inglaterra, concretamente hasta Willesbury.

Pero hubo un principio.

Casi un año después de que Nicholas Clifford regresara a Inglaterra para heredar el título de su hermano, Edward Campbell volvió a visitar a los Clark con la excusa de unos importantes negocios que debía cerrar en Dunedin. Sin embargo, la realidad era bien distinta y nadie la supo ver hasta que Emily, sin ella saberlo, puso en marcha la rueda de acontecimientos.

Violet había caído en una profunda depresión. El amor de su vida, Nicholas, se había marchado y aunque había prometido regresar, las misivas que llegaban hasta Los Catlins postergaban su visita una y otra vez. La ilusión de Violet se convirtió poco a poco en un pozo de resentimiento y frustración. Ni siquiera Emily podía animar a su amiga. Por su parte, las terribles imágenes de su madre a merced de los monstruos, como ella los llamaba, le habían alterado el carácter. Se pasaba los días reflexiva y en silencio. Cuando su madre salía de la residencia de los Clark, la seguía a hurtadillas para asegurarse de que no iba donde ellos vivían. Emily se hizo una promesa; si volvían a poner la mano sobre su madre, ella misma les cortaría el cuello.

Era de esperar que, por entonces, el ambiente en casa de los Clark estuviera enrarecido. Lauren estaba pletórica y radiante, demasiado para Elizabeth, que no conseguía identificar la razón de la dicha de su hija. Gilbert, por su parte, trataba sin éxito de entablar algún tipo de negocio con Edward, pero este siempre se mostraba esquivo en ese sentido. El hecho es que nadie prestaba atención a Violet, todos creían que había perdido su única oportunidad, por lo que hasta justificaban su actitud. Se pasaba los días encerrada en su habitación, pintando y rompiendo los lienzos casi al mismo tiempo. Solo las cartas enviadas por Nicholas tenían el poder de sacarle una sonrisa. En estas, él alegaba que su deber como conde le mantenía ocupado gran parte del tiempo, pero que tan pronto como le fuera posible la visitaría y la llevaría consigo hasta Inglaterra, donde contraerían matrimonio. Estas palabras ascendían a Violet hasta el cielo y la dejaban en una ensoñación constante. Nicholas la llamaba «mi flor del fin del mundo» y Violet pensaba que estaba cerca de morir de amor. A cambio, Nicholas solo le pedía silencio y discreción.

Pero los días y las semanas dieron lugar a los meses; el tiempo transcurría y la visita de Nicholas nunca se materializaba. Por entonces, Violet le escribía cada semana, pese a que la respuesta por parte de él se reducía a una carta al mes. Vivía en un estado de nervios constante que reflejaba con angustia en sus lienzos. Destruía muchas de sus creaciones, pero otras las guardaba con un fin concreto.

Pero no solo Violet recibía cartas de Nicholas. Otras iban dirigidas a Edward Campbell. La correspondencia entre ellos parecía algo normal, pero los Clark se habrían alertado de conocer el contenido de esas cartas. Por ello, Edward mantuvo especial cuidado con ellas. Lo más común era que las arrojara a la chimenea después de leerlas. Después solía esperar frente a las avivadas llamas que el papel se consumiera. Sin embargo, el mensaje contenido en ellas se quedaba grabado en su cabeza, procurando en todo momento satisfacer la voluntad del nuevo conde.

Pese a que su visita se retrasaba continuamente, el interés del conde por las obras de Violet iba en aumento. A su marcha a Inglaterra se había llevado consigo media docena de lienzos, pero no tardó mucho en pedir a Violet que le enviara más; según él, «para poder sentirla más cerca». En un principio, ella no encontró ánimo para pintar, pero después canalizó todos sus sentimientos en sus dibujos y, sobre todo, en la posibilidad de que Nicholas pudiera contemplar sus obras. La joven halló ahí un punto de unión y la esperanza de que las pinturas terminaran de atar el destino de ambos. Casualmente, Violet encontró en Edward Campbell la persona indicada para hacer que sus lienzos llegaran hasta Londres.

—Nicholas se recreará ante la belleza de tales obras —decía Edward cuando Violet le entregaba las piezas para que fueran enviadas a Inglaterra.

—Espero que pueda regresar lo antes posible —pedía Violet agachando la mirada.

—Tenga por seguro que está haciendo todo lo posible, pero las obligaciones de un conde son muchas. Aun así, le aseguro que la tiene presente en todo momento.

Edward solía acompañar sus afirmaciones de un guiño con el que borraba cualquier atisbo de incredulidad de sus palabras. Violet se sentía la persona más afortunada del mundo cuando las escuchaba. Eran la yesca que mantenía vivo su amor y su esperanza en el regreso de Nicholas. Sin embargo, Emily, cuyo silencio la había convertido en una gran observadora, se estaba percatando de los cambios que se estaban produciendo en el seno de los Clark.

En otra circunstancia se lo habría comentado a su madre, pero desde que fuera testigo del horror, su relación con ella se había convertido en algo extraño. Sentía pena y rabia por aquello, pero al mismo tiempo le resultaba verdaderamente complicado tratar con Betsy. Cuando la miraba a los ojos podía ver el alma de Betsy rota en pedazos y eso le resultaba insoportable. Por ello, optó por no comentarle nada. No obstante, Edward Campbell trajo consigo nuevos aires a la residencia de los Clark. Fue una tarde, mientras hablaba con Violet, que el destino de todos estaba a punto de cambiar.

Era a principios de 1910 y un viento frío castigaba Los Catlins. Violet y Emily charlaban tranquilamente bajo uno de los árboles del jardín que cortaba en parte la brisa. La relación entre ambas distaba mucho de lo que había sido antes. Violet tan solo quería hablar de sus sentimientos hacia Nicholas, de las pinturas y de lo mucho que le gustaría viajar a Inglaterra. Había momentos incluso en los que Emily no la escuchaba y se perdía en sus sentimientos, pero en aquella ocasión estaba centrada en las palabras de su amiga.

—¿Para qué quiere las pinturas? —preguntó Emily de repente. Violet la miró confusa.

—Dice que le recuerdan a mí. Nos queremos, Emily. Sé que en cuanto pueda, él regresará y nos iremos de este lugar. ¿Vendrás conmigo?

Emily asintió en silencio. En varias ocasiones había visto a

Edward hablar a solas con Violet. Siempre tuvo curiosidad de saber de qué hablaban, pero nunca hasta ese momento había tenido la oportunidad de planteárselo.

—Edward Campbell está al tanto, ¿verdad?

Violet asintió.

—Gracias a sus contactos podemos enviar las obras a Inglaterra sin muchos problemas. Es un buen hombre. Me ha asegurado que Nicholas planea venir aquí lo antes posible, pero que sus obligaciones como conde se lo impiden.

Emily aceptó las palabras de su amiga sin más. Percibía en Violet una ceguera que no le permitía ver la realidad. Al poco se excusó y regresó al interior de la casa. En ese momento, tan solo estaban en la casa Violet, Elizabeth, Betsy y ella. Gilbert y Edward habían acudido a una reunión en casa de Rubblecorn; otra familia noble procedente de Inglaterra que vivía en Invercargill. Esto se traducía en que el silencio y la quietud en la casa eran absolutos. Por ello, Emily pensó que era el momento perfecto de dirigirse al despacho improvisado que Gilbert le había cedido a Edward. No sabía por qué iba hacia allí, pero intuía que debía hacerlo. Por suerte, la puerta estaba abierta y pudo entrar sin problemas. Cerró tras de sí y se quedó observando el escritorio. Se acercó a él con cautela.

Sobre él no había apenas nada, por lo que fue directamente a los cajones. La mayoría de los documentos eran hojas de información irrelevante, pero una de ellas le mostró una serie de notas acerca de paquetes enviados a Inglaterra en las últimas semanas.

—Estos deben ser los lienzos de los que hablaba Violet.

Emily estudió los documentos, pero no vio nada relevante en ellos. Salió del despacho, pero, confiando en que no había nadie más allí, no advirtió que Lauren la observaba desde la puerta de su dormitorio. A partir de aquí todo se precipitó.

Lauren debió comentárselo a Edward a su regreso y este actuó en consecuencia. Emily no había sacado ninguna conclusión de lo visto, pero Edward decidió no correr riesgos. Destruyó todos los documentos y escribió a Nicholas para contarle lo que había ocurrido. La contestación llegó a la semana siguiente.

El mismo día que llegó la misiva desde Inglaterra, Edward Campbell le pidió a Gilbert la mano de su hija mayor, Lauren. El cabeza de familia de los Clark aceptó y se acordó celebrar la boda lo antes posible, ya que Edward deseaba llevarse a su futura esposa a Inglaterra en su próximo viaje. El impacto de la noticia sepultó cualquier otro tema de conversación en casa de los Clark. Emily le insinuó varias veces a Violet lo extraño que resultaba que Nicholas le pidiera tantos cuadros, pero en cuanto supo que Edward y Lauren partían hacia Inglaterra, su obsesión fue trasladarse con el matrimonio. Por supuesto, sus padres se negaron rotundamente. En un gesto que Emily no supo descifrar, Edward medió en favor de Violet, pero los Clark se mostraron inflexibles en ese aspecto. Además, Emily también tenía sus propios intereses con el futuro viaje del matrimonio, ya que estos iban a necesitar una dama de servicio durante la travesía. Por eso, le insistió a su madre para que acompañara a Lauren, puesto que conseguiría así alejarla de su familia. No obstante, Betsy se negó y, contra todo pronóstico, abogó porque fuera ella la que los acompañara. Para su sorpresa, los Clark vieron con buenos ojos esta posibilidad y le dieron a Betsy la oportunidad de viajar juntas. La joven vio solucionado sus problemas, ya que creía que ella y su madre comenzarían una nueva vida en Inglaterra. Pero, esa misma noche, en su habitación, Betsy dejó claras sus intenciones:

—No voy a marcharme, Emily. Tú partirás hacia Inglaterra, pero yo me quedaré aquí. Soy muy mayor para tantos viajes.

Emily la miró sin comprender nada. Era la oportunidad perfecta y ella la rechazaba sin más. En ese momento, creyó oportuno confesarle a su madre lo que sabía acerca de ella. No empleó muchas palabras. Un simple «lo sé» fue suficiente para que Betsy agachara la cabeza avergonzada y llorara sin consuelo.

—Es la oportunidad de dejar atrás todo esto —dijo Emily.

Pero Betsy no entró en razón.

—Nunca podré dejarlo atrás, hija. De nada servirán los océanos que interpongamos de por medio.

—¡No voy a dejarte sola! ¡No me marcharé sin ti!

Betsy asintió lentamente mientras reflexionaba una idea al mismo tiempo. Violet llevaba varios días encerrada en su habitación a causa de un ataque de nervios, causado por el hecho de no poder viajar hasta Inglaterra. Betsy sabía que, sin su hija, Violet no soportaría la vida en ese lugar. Betsy y Emily eran los pilares que sostenían a los Clark, y estaba segura de que en cuanto se marcharan, todo acabaría por derrumbarse. Gilbert ya le había expresado que el proyecto de trasladarse a Dunedin se posponía un par de años más; Elizabeth recaía constantemente en sus problemas con el alcohol y su salud comenzaba a resentirse. Los Clark estaban en franca decadencia y Betsy no quería que su hija se viera arrastrada por ella.

—Violet nunca será feliz aquí y tú no puedes quedarte, Emily. Serán las dos quienes se marchen a Inglaterra.

Emily miró a su madre como si hubiera perdido el juicio.

—Los Clark jamás lo permitirían.

Betsy esbozó media sonrisa.

—Ella se cambiará por mí.

—¿Cambiarse por ti? No te entiendo.

—Los Clark aceptarán mi marcha, pero buscaremos la manera de que Violet pueda cambiarse por mí y embarcarse con ustedes. Haremos lo que sea necesario, puede que sea difícil, pero es posible.

—No puedes estar diciendo eso. ¿Qué vas a hacer tú? —preguntó Emily con desesperación.

—Yo… cumpliré con mi deber —dijo Betsy con voz tétrica que provocó un escalofrío en Emily—. Me encargaré también de consolar a los Clark tras la marcha de su hija. Les pondré en aviso cuando el barco haya zarpado.

—¿Cumplir con tu deber? —indagó Emily. Esas palabras no habían pasado inadvertidas.

—La mayoría de las noches Isaac y su padre beben hasta la inconsciencia. Esperaré hasta ese momento y les haré pagar por todo lo que nos han hecho.

Emily no podía creer lo que acababa de escuchar.

—¿Qué vas a hacer, mamá?

—Nada que no se merezcan. Por eso quiero que te vayas lejos de aquí y mucho mejor si Violet te acompaña. Llevo toda mi vida al servicio de los demás, pensando en el bien ajeno, pero ya estoy cansada. Por primera vez en mi vida seré libre y me aseguraré de que tú también lo seas.

—Te arrestarán de inmediato —exclamó Emily. La manera en la que sonrió su madre fue devastadora para ella. Betsy apretó sus manos entre las suyas y las besó.

—Seremos libres, Emily. Estoy dispuesta a darlo todo por tu libertad y la mía. No te preocupes por nada.

Emily se quedó en silencio. No estaba segura de haber comprendido el mensaje que le había dado su madre.

—Mañana a primera hora hablaré con Míster Campbell —dijo Betsy recuperando la calma.

—¿Cómo puedes pensar que Edward Campbell mentiría abiertamente al Míster Clark?

Betsy sonrió de nuevo.

—Lleva haciéndolo mucho tiempo. Su relación con Lauren no es reciente y él sabe que yo lo sé, los he visto. Los hombres como él se mueven por intereses; siempre buscan un beneficio o aceptan tratos cuando no quieren que algo se sepa. Además, insiste mucho en que Violet debiera ir a Inglaterra.

Betsy no se equivocó. Edward dio el visto bueno al recurso de que Violet fuera finalmente la que embarcase. En una reunión en la víspera de la boda, los implicados se reunieron y acordaron cómo deberían desarrollar el plan. Tres días después del enlace partía el barco con destino a Inglaterra. Oficialmente, Betsy y Emily acompañaban al matrimonio en su nueva vida.

Los Clark se despidieron de las mujeres que habían estado a su servicio durante tantos años. Violet estaba con ellos y se ajustó a su papel. Ella partiría más tarde, sin equipaje, ya que Betsy cargaba una bolsa de viaje con ropa de Violet. Cuando los cuatro se alejaron de la residencia, esperaron unos veinte minutos, después de los cuales Violet apareció por el sendero que transcurría por la parte trasera de casa. Fue entonces cuando los cinco pusieron rumbo al puerto. Cuando llegaron, Betsy y Violet se intercambiaron sus vestidos: esta debía hacerse pasar por un miembro del servicio de los Campbell. En cuanto a Betsy, se encargaría de consolar a los Clark; o al menos, eso dijo, pese a que sus intenciones eran radicalmente distintas.

Embarcaron y Betsy las despidió desde el muelle. Fue la última vez que Emily vio a su madre.

CAPÍTULO 35

S ophia soltó el diario sobre la mesa y se incorporó de un salto. Kora, incrédula, no podía hacer otra cosa que mover la cabeza de un lado a otro.

—Así llegó Violet a Inglaterra —dijo Sophia.

Arthur y Patrick, que poco a poco iban asimilando la rocambolesca historia que iban desgranando las dos jóvenes, se miraron.

—¿Qué es lo que hizo Betsy? ¿Asesinó a los granjeros? —preguntó Patrick, que sabía poco del sufrimiento de la madre de Emily. Esa parte de la historia había quedado en un segundo plano y no había entendido bien a qué se refería.

—Esos dos granjeros eran el padre y el hermano de Betsy. Eran dos monstruos que abusaban de ella en cuanto tenían oportunidad. Emily lo descubrió. Pero no podía imaginarme todo esto —explicó Kora.

—Por eso no quiso marcharse a Inglaterra. Quería vengarse de ellos y que Emily quedase al margen. Vio la oportunidad con el matrimonio de Edward y Lauren y la aprovechó —añadió Sophia.

Arthur la miró condescendiente, parecía muy afectada. Pese a que Betsy pareció vivir todo un drama, él estaba más interesado en la relación de Nicholas con Violet y en los lienzos que ella, a través de Edward, le hacía llegar a Inglaterra. Lo poco que habían leído hasta el momento era suficiente para plantear un par de preguntas muy inquietantes. Sin embargo, no quería quedar de frío o desinteresado, por lo que decidió esperar y guardar silencio.

—Todos creyeron que era Violet la que había aparecido muerta en la playa. Oficialmente, estaba muerta —dijo Kora—. En cuanto a las pinturas, creo que ya podemos hacernos una idea de lo que ocurrió.

Sophia se giró hacia Kora y le hizo un gesto para que continuara.

—Era Violet quien pintaba los cuadros, al menos los de los primeros años.

Arthur se vio en la obligación de intervenir.

—Hay indicios, pero no podemos asegurarlo con rotundidad. Tal vez Nicholas utilizara las obras para aprender o mejorar su técnica.

Sophia suspiró. Ambas opciones eran plausibles.

—Además —continuó Arthur—, hasta donde hemos leído, Nicholas estaba enamorado de Violet.

—No te olvides de Lady Beatrice. Esa fue la esposa de Nicholas, tú nos dijiste que murió en el incendio, ¿no es así? —La pregunta planteada por Kora trajo tras de sí un silencio sepulcral que fue roto al cabo de unos segundos por Sophia.

—Por no mencionar el comportamiento de Edward Campbell. Según Emily, él recibía cartas de Nicholas y mantenía una relación secreta con Lauren.

—¡Pero se casó con ella! —argumentó Arthur.

Un relámpago llamó la atención de los cuatro, que se giraron hacia la ventana y vieron cómo el resplandor de luz blanca dejaba paso a un estruendo que hizo temblar las paredes. Patrick se levantó rápidamente y se aseguró de que las rejillas que había junto a la entrada del hotel saneaban el agua de la lluvia.

—A veces las hojas secas obstruyen las rejillas y el agua entra en el vestíbulo. Pero por ahora va todo bien —dijo como si todo lo que acababan de descubrir le importara poco. Sophia y Arthur lo miraron con desdén, pero Kora se acercó hasta la ventana.

—¿Está todo bien?

—Gracias a Dios —respondió Patrick con una sonrisa—. Intuyo que será una noche larga. ¿Quieren que prepare algo de cenar?

Sophia encogió los hombros.

—Preferiría seguir leyendo. Todavía quedan bastantes páginas y estoy deseando saber qué ocurrió.

Patrick, con las manos en los bolsillos, dio un par de pasos hacia delante.

—Bueno, no creo que el diario vaya a ninguna parte. Si me permiten un consejo, no es bueno saturar la cabeza con tanta información. Así, llegará un momento en el que ni siquiera puedan sumar dos más dos. Sé que este tema les toca de lleno, que quieren vender las pinturas y que quieren terminar lo antes posible, pero no les vendría mal un descanso. ¿Qué me dicen? ¿Unos sándwiches?

Kora asintió con vehemencia. La venta de las pinturas seguía siendo la versión oficial; el motivo de la visita.

—No es una mala idea. ¿Qué dices, Sophia?

Esta miró a Arthur de manera innata, pero al segundo revirtió el gesto, azorada. No sabía por qué lo había hecho. Este sonrió.

—Supongo que sí —dijo para salir del paso.

—¡Estupendo! ¿Me echas una mano, Kora?

—Pues claro. Tienes buena mano para cocinar, pero lo supero sin dudas.

Sophia y Arthur observaron el tono desenfadado con el que los dos se marchaban hacia la cocina. Cuando atravesaron la puerta, sus voces se diluyeron a través de las paredes y el silencio regresó a la sala. A los pocos segundos sonaron los primeros acordes de *Come as you are*, de Nirvana.

—Se llevan muy bien —dijo Arthur.

—Sí, eso parece —afirmó Sophia dejándose caer sobre la silla.

—¿Estás bien?

—Supongo que sí. Todo esto sucedió hace más de cien años y sé que es una estupidez que me afecte, pero no puedo evitarlo.

—No es ninguna estupidez —aseveró Arthur—. Se trata de tu familia. Es normal que sientas empatía por la historia. Hay un nombre para eso, pero no lo recuerdo.

Sophia le dedicó una sonrisa. No obstante, al segundo sonó una alarma en su cabeza. Arthur seguía creyendo que un analista estaba valorando las piezas que iba a venderle, lo cual era mentira. Sintió que estaba jugando con él o aprovechándose de su predisposición, lo que añadía más drama a todo el asunto.

—¿Te preocupa que Nicholas Clifford no sea el autor de las pinturas? —preguntó Sophia. Arthur cogió aire y suspiró. Sí le preocupaba.

—Si eso fuera cierto, ¿seguirías adelante con la venta?

Sophia recapacitó. Tenía una oportunidad para contarle la verdad acerca de las obras: no vendería ni una, ya fuera de Nicholas o de Violet.

—En este momento no sé qué pensar, Arthur. Al principio pensé que simplemente descubriría algún secreto familiar a lo sumo. Cuando recogí la herencia de mi padre no esperaba verme a los pocos días en un pequeño pueblo de Inglaterra yendo tras la pista de un conde que falleció hace más de cien años.

—Dime una cosa, Sophia —dijo Arthur serio, pero correcto—. No han venido aquí para vender los lienzos, ¿verdad?

La pregunta pilló por sorpresa a Sophia. En ese momento deseó que Kora estuviera junto a ella para salir de aquella situación lo mejor posible, pero estaba sola. Una ligera molestia recorrió su mano derecha.

—¿Por qué dices eso?

Arthur sonrió.

—Una pregunta es la mejor respuesta cuando no quieres contestar. No soy estúpido, Sophia. En todo el tiempo que hemos estado juntos no has querido hablar de la venta.

Sophia se ocultó el rostro con las manos.

—Lo siento mucho, Arthur. Sé que no está bien lo que hemos hecho, pero no teníamos opción. Entenderé si quieres que te paguemos los costes o el tiempo perdido. No tienes por qué decírmelo ahora, puedes escribirnos un mensaje.

Arthur se levantó y se dirigió hacia la puerta. Sophia, todavía con las manos sobre su rostro, no lo veía, pero sí que escuchaba sus pasos alejarse. Lo que no esperaba es que esos mismos se acercaran de nuevo. Retiró las manos y vio que Arthur había dejado la chaqueta en el perchero y estaba sentado nuevamente junto a ella.

—Yo no gano nada con la compra de las pinturas. Aparte, lo que Henry hará con ellas será subastarlas una tras otra hasta quedarse sin pinturas y sin dinero.

—Entonces, ¿por qué estás aquí? —preguntó Sophia con un hilo de voz.

Arthur la miró fijamente.

—Porque desde hace más de diez años solo hablo con personas que pretenden ganar dinero conmigo o a mi costa. En el teléfono tengo un centenar de conversaciones, pero todas son de proyectos, clientes, inversores… Estoy cansado de ese mundo. Cuando me enviaste un mensaje informándome de que tenías más lienzos de Nicholas Clifford y que querías venderlos, decidí tomarme unas minivacaciones y ayudar a Henry por última vez. Lo último que esperaba era encontrarme con dos mujeres y una historia como esta a sus espaldas. Contigo he conseguido olvidarme de la vorágine que me rodea y te aseguro que eso no me sucede muy a menudo.

—¿No? —preguntó Sophia dejándose llevar.

—Te lo aseguro. Por eso lo de las pinturas me importa poco. No van a hacer cambiar a Henry ni lo convertirán en mejor persona. Como mucho retrasarán lo inevitable. No estoy dispuesto a todo con tal de conseguirle ese tiempo.

Sophia sintió un escalofrío. La molestia que tenía en su mano derecha se diluyó hasta desaparecer. Hubo algo placentero en aquella sensación, similar a una cuerda que se afloja de repente.

—No sé cómo agradecerte todo esto.

—Me doy por satisfecho si puedo quedarme hasta el final de la historia —dijo Arthur. Sophia sonrió y le tendió la mano.

—Creo que te deberé una copa cuando todo esto acabe.

—No suena nada mal. Así podré enseñarte el Holly Glass.

—¿El pub más famoso de Willesbury? —La voz de Patrick les pilló desprevenidos y ambos se sobresaltaron antes de reírse y, por supuesto, soltarse las manos de súbito—. No lo entiendo, Arthur. ¿Has comprado parte del pub o algo así?

Kora, que venía un poco más atrás con una fuente repleta de patatas fritas, se sorprendió de la actitud de Sophia.

—Vaya, vaya...

—¿Qué sucede? —preguntó Sophia con el ceño fruncido. Estaba azorada.

—Nada. Cenemos y continuemos con el diario —dijo Kora guiñándole un ojo. Sophia hizo el amago de contestarle, pero pensó que no sería una buena idea aclarar que no pasaba nada con Arthur con él delante. Además, ¿estaría diciendo la verdad? ¿Por qué se habían dado la mano? Aquel pensamiento la hizo ruborizarse.

Terminaron con los sándwiches y las patatas. Patrick retiró los platos y Sophia volvió a poner el diario sobre la mesa. Junto a él tenía su cuaderno, donde iba realizando todas las anotaciones que consideraba oportunas.

—Estamos preparados —apuntó Kora—. Se entiende que tanto Emily como Violet se encuentran en Willesbury, ¿no?

—O la falsa Betsy —señaló Arthur. Kora se giró hacia él.

—Ya me han entendido —dijo Kora afinando la mirada.

—Claro que sí —respondió Arthur—. Además, es probable que mientras escribía eso aún se encontraran en el camarote del barco y no han mencionado el nombre del lugar al que se dirigían.

Sophia cogió aire y pasó la página del diario. La historia continuaba.

CAPÍTULO 36

Diario N° 2 de Emily Brown

Hace una semana llegamos a Inglaterra y las cosas no han transcurrido tal y como pensábamos. Edward y Lauren se han ido a Londres y a nosotras nos han dejado en una casa de campo en Ufton. Al menos Lauren cumplirá su sueño y verá la ciudad por primera vez.

Por el momento tenemos comida y techo, pero no logro entender por qué no pudimos ir a Londres donde reside Nicholas. Nadie nos responde nada y Violet supone que es porque Nicholas quiere tener todo preparado para su llegada.

Yo no le encuentro lógica, pero ya no quiero discutir con Violet. Solo puedo pensar en lo arrepentida que estoy de haber dejado sola a mi madre.

UFTON, RESIDENCIA DE EDWARD CAMPBELL, 1910

Transcurridas tres semanas, Lauren y Edward regresaron a la residencia de Ufton y convivieron varios días con las jóvenes. Sin embargo, el que hubieran regresado tampoco les dio respuestas respecto a qué sería de ellas y por qué no podían ver a Nicholas todavía. Edward respondía siempre lo mismo:

—Estoy esperando su respuesta. Créanme, nadie tiene más ganas que yo al respecto. Estoy deseando de poder disfrutar tranquilamente con mi esposa.

La brusquedad de las palabras de Edward era ignorada por Lauren, que agachaba la mirada e ignoraba los rostros de perplejidad de Emily y Violet. Sin embargo, esta encontraba la manera de justificar todo lo que consideraba necesario para explicar así su idílica relación con Nicholas.

En los días siguientes, Emily intentó conversar varias veces con Lauren. Nunca se habían llevado especialmente bien, pero esperaba que le ayudara a saber qué iba a ser de ellas en un futuro próximo. Partieron de Dunedin haciéndose pasar sirvientas del matrimonio, pero no habían acordado nada de lo que ocurriría una vez llegaran a Inglaterra. La obsesión de Violet era reencontrarse con Nicholas; no le importaba lo que tuviera que padecer hasta llegar a su objetivo. Por su parte, Edward no parecía oponerse a la idea, guardaba cierto recelo, pero a ojos de Emily eran más dudas al respecto que una oposición clara. Esto la preocupaba, ya que lo único claro que tenía era que no iba a separarse en ningún momento de Violet; la única persona que le quedaba en el mundo, pues miles de kilómetros la separaban de su madre.

Finalmente, casi una semana después de la llegada del matrimonio, Edward anunció que Nicholas había regresado de un importante viaje a Londres y que era el momento de que la joven lo visitara en su residencia. Violet estaba eufórica, mientras que Emily se mantenía expectante. Su futuro no quedaba claro y no estaba dispuesta a que nadie lo decidiese por ella. Ese mismo día, a la tarde, fue a buscar a Míster Campbell.

—¿Cuándo partimos? —preguntó. Edward, que también se mostraba como una persona radicalmente distinta a la que había conocido en Los Catlins, la miró con desdén.

—¿Partimos?

—Así es —dijo Emily sin retirar la mirada.

—Creo que no me he explicado bien. La señorita Clark partirá en una diligencia mañana a primera hora hacia Willesbury. Allí la recibirá el Conde de Warrington con todos los honores. Tal y como se merece.

—Yo la acompañaré —dijo Emily secamente, dejando claro que no existía otra posibilidad.

—¿La acompañarás?

Edward dio un paso adelante e intentó amedrentarla, pero el rostro de Emily no se turbó. Por el contrario, fue el propio Edward el que se mostró incómodo ante la inmovilidad de la joven.

—Aunque tenga que ir andando detrás de la diligencia, Míster Campbell. Nada me va a separar de Violet.

Los ojos de Edward brillaron de rabia. Pocas veces en su vida se había encontrado frente a una mujer que lo desafiara de esa manera y mucho menos ninguna tan joven. Fruto de un impulso que no quiso controlar, sujetó los brazos de Emily con fuerza y la empujó contra la pared.

—Harás lo que yo te diga, ¿me has escuchado? Acordamos que estás a mi servicio.

Pero Emily estaba lejos de sentirse vulnerable. Experimentar tan solo un ápice de lo que pudo sentir su madre la hizo estallar en un arrebato de furia que acabó con Edward tirado en el suelo y con el medio rostro enrojecido por una bofetada.

—Mañana nos iremos Violet y yo, Míster Campbell. Si me vuelve a poner la mano encima, será lo último que haga en esta vida.

No hablaron más.

A la mañana siguiente, Violet y Emily se despidieron del matrimonio y partieron hacia Willesbury en un trayecto que duraría cerca de veinte horas. Lauren prometió a su hermana que volverían a verse pronto, aunque la realidad fue que no volverían a hacerlo jamás. Al poco tiempo supieron que Edward vendió parte de sus propiedades en Inglaterra y se trasladó a Estados Unidos junto con su esposa.

El trayecto en la diligencia se hizo eterno para las jóvenes. Además, los continuos baches y la poca amortiguación de las ruedas hacían el viaje más incómodo. Por suerte, el cochero era un hombre simpático y se mostró predispuesto a conversar siempre que las jóvenes lo desearan. Se trataba de un hombre mayor, entrado en carnes y con un sombrero de copa destartalado y calado hasta las cejas. Lo llevaba inclinado hacia un lado de tal modo que por el otro lado de la cabeza sobresalía el escaso pelo rizado que le quedaba.

—Así que van a Willesbury. Hace tiempo que no paso por allí —decía el viejo al poco de iniciar el viaje.

—Vamos a visitar a Nicholas Clifford —dijo Emily intentando conseguir así un poco más de información al respecto. Desconocía cuál era la fuente de su desconfianza, pero ansiaba conocer cada detalle del lugar al que se dirigían.

—¿Hablan del conde de Warrington? Escuché que había muerto hace poco.

Violet se sobresaltó.

—¿Nicholas Clifford? —preguntó al borde del infarto.

El cochero giró la cabeza y la miró ceñudo.

—No he escuchado ese nombre en mi vida, señorita. Perdone mi ignorancia. Sé de caballos, de ruedas astilladas y de cómo ahorrarse un par de peniques en una taberna. Lo demás lo desconozco.

—Pero ha dicho que conde de Warrington había fallecido —insistió Violet.

—Bueno, tenga en cuenta que me paso la mayoría del tiempo entre caminos, recorriendo este húmedo y frío país. Las noticias van y vienen. ¿Quién sabe hace cuanto sucedió eso? ¿Acaso son parientes del conde?

Emily miró a Violet y vio cómo esta reflexionaba la respuesta. Pensó en intervenir, pero finalmente optó por esperar.

—Así es. Somos parientes del conde —respondió.

—Siendo así, lamento mucho haberles transmitido tales noticias. Espero estar equivocado.

Violet le dedicó una sonrisa, pero enseguida se mostró preocupada y ausente, sin apenas participar en la conversación que mantenían. En la misma, Emily pudo saber que Willesbury era un pueblo bastante aislado, aunque próspero. En esto último tenían gran responsabilidad los Clifford, que siempre fueron promotores de empresas e inversores. Sin embargo, el cochero, que respondía al nombre de Mickey, tenía su propia opinión acerca de ellos. Curiosamente, Violet no pareció escuchar nada de esto último.

—No es oro todo lo que reluce, ¿sabe? Pasa en todas las grandes familias; el transcurso del tiempo no les sienta bien. Antes invertían, después guardaban y ahora gastan más de lo que tienen.

—Le entiendo —contestó Emily esperando algún tipo de reacción por parte de su amiga.

Las horas fueron pasando y el sol fue recostándose sobre el horizonte. Tras una breve parada para que se abrevaran los caballos, Mickey optó por hacer noche en una pensión y enfilar el camino hacia Willesbury a la mañana siguiente, pero Violet se negó.

—Debemos llegar cuanto antes —exclamó. Emily le pidió calma.

—Tal vez no sea mala idea seguir su consejo. Puede que los caminos no sean seguros por la noche.

El cochero se encogió de hombros.

—Nadie atraca a una diligencia humilde como esta —dijo Mickey sin advertir la intención de Emily—. Que conste que lo digo sin ánimo de ofender.

—Entonces no hay más que hablar. Llévenos hasta Willesbury —solicitó Violet. A sabiendas de que no conseguiría que su amiga cambiara de opinión, Emily guardó silencio.

El cansancio se adueñó de las jóvenes, lo que sumado al traqueteo les complicó bastante el mantener los ojos abiertos. La oscuridad del paisaje, con luces solitarias salpicadas allí y allá, les hacía creer que iban navegando por el firmamento. A medida que se acercaban a Willesbury, las luces se distanciaron y el manto negro ganó en intensidad.

—Ahora tenemos que atravesar el bosque. No se alarmen. El camino es bueno —dijo Mickey señalando con el látigo hacia el frente. Emily, mosqueada al no ver más que oscuridad a su alrededor, intervino:

—¿Dónde está Willesbury? No parece que haya nada alrededor.

El cochero levantó el látigo de nuevo.

—Justo detrás de los árboles. Ya les he dicho que es un pueblo pequeño.

La afirmación del cochero revitalizó el ánimo de las jóvenes, que esperaron impacientes a que la diligencia avanzara y el horizonte mostrara Willesbury de una vez por todas.

Poco a poco, a medida que la espesura de los árboles iba quedando atrás, los primeros candiles del pueblo aparecieron como leves destellos. Violet se sobrecogió y sintió cómo su corazón comenzaba a latir con más fuerza.

—¡Ahí lo tienen! ¡Willesbury! —exclamó el cochero.

Tal y como este había afirmado, era un pueblo pequeño con apenas una decena de calles que conformaban el núcleo urbano. Sobre las pequeñas casas destacaba la torre de la iglesia y lo que algún día debió ser un granero, pero que por entonces no era más que una estructura de madera podrida.

—Bueno, me temo que no es horario de visitas, ¿tienen dónde hospedarse? —preguntó Mickey con naturalidad.

—Vamos a casa del conde de Warrington —dijo Violet.

El cochero giró la cabeza rápidamente.

—¿A estas horas?

—¿A usted qué le importa? —exclamó Violet. Emily se sorprendió de la brusquedad de su amiga, algo que pocas veces había visto en ella. Sin embargo, sabía que el cochero tenía razón.

—Lo más recomendable sería no molestarlo a estas horas. Sé que estás impaciente por verlo, pero más nos vale hacer las cosas bien —expuso Emily. Violet clavó sus ojos en ella y por un momento pareció que iba a rebatirle, aunque finalmente se limitó a cruzar los brazos y asentir en silencio.

A su vez, el cochero tiró de las riendas y detuvo la diligencia. Los caballos relincharon en el silencio reinante.

—¿Hay algún lugar donde podamos pasar la noche? —preguntó Emily. Mickey movió el sombrero de un lado a otro de la cabeza y después se pasó las manos por su barba de tres días.

—Si mal no recuerdo, antes había aquí un hospedaje. No sé si seguirá abierto, pero de estarlo no esperen ningún lujo. Un lugar humilde para gente humilde, ya me entienden.

Emily miró a Violet.

—Es lo mejor que podemos hacer. Descansaremos un poco y mañana por la mañana iremos a ver al conde.

—Supongo que puedo esperar un par de horas más —contestó Violet sin apenas mover los labios. Emily se alegró de que hubiera entrado en razón y se dirigió de nuevo al cochero.

—Llévenos hasta ese hospedaje.

—Confiemos en que esté abierto —dicho esto, Mickey sacudió las riendas y los caballos retomaron el paso lentamente—. Debería estar en una de las calles próximas.

Las dos jóvenes asintieron y miraron hacia el lugar donde indicaba Mickey. De repente, aquel sitio se había vuelto desconocido e inhóspito. La diligencia avanzaba lentamente. A ambos lados de la calle se levantaban casas de baja altura y algunos comercios que lucían con sus puertas y ventanas cerradas.

—Tendremos suerte —decía Mickey para sí mismo antes de alzar el tono—. Si no es así, no se preocupen. No pienso dejarlas en cualquier parte.

Ambas se miraron con preocupación, pero no les quedaba más remedio que adaptarse a lo que el destino les deparara. Violet estaba dispuesta a cualquier cosa con tal de llegar hasta Nicholas y Emily había prometido que no se separaría de ella, por lo que el destino de ambas estaba atado. Sin embargo, Emily no podía parar de preguntarse qué estaban haciendo exactamente. Su amiga le había contado en numerosas ocasiones los sentimientos que le procuraba y las promesas de que algún día sería su esposa, pero lo que veía con sus propios ojos era una cosa totalmente distinta. Habían viajado hasta Inglaterra haciéndose pasar por sirvientes de Edward y Lauren, habían vivido en una casa solitaria durante semanas y, por último, se dirigían al encuentro del conde Warrington en una diligencia destartalada, en medio de la noche y sin garantías de nada. Emily no sabía nada del amor, pero no creía que la experiencia de las últimas semanas pudiera achacarse a ese noble sentimiento.

Por suerte, la cosa no fue a peor y cuando cruzaron la esquina vieron varios candiles que avisaban de que el hospedaje al que se refería Mickey se encontraba ahí mismo.

—¡Ah! El Roadside Inn —dijo el cochero—. No me hospedaba aquí desde hacía años. Es una alegría que todavía siga abierto. La gente alaba el ferrocarril, pero ¿y a todos lo que estamos renunciando? ¿Cuántos negocios y buenas familias se van a haber perjudicadas por ese artilugio mecánico? En fin, ha habido suerte; eso es lo importante.

Mickey detuvo la diligencia frente a la puerta del hospedaje y ayudó a bajar a las dos muchachas. Después descargó el equipaje —que se reducía a dos bolsas de tela— y las acompañó hasta el interior.

—Yo me encargaré de todo. No tienen de qué preocuparse —manifestó Mickey mientras empujaba la puerta. Al atravesarla, llegaron hasta un pequeño vestíbulo que conectaba directamente con un salón repleto de mesas y una barra al fondo. En ella bebían varios hombres, muy parecidos al viejo cochero, que se dieron la vuelta y miraron con clara sorpresa a los recién llegados. Las jóvenes se situaron tras el cochero—. ¿Quién atiende aquí?

Uno de los hombres señaló a su vez a otro que jugaba a las cartas en una mesa.

—Eh, Roy. Tienes trabajo —dijo.

Roy era el propietario del Roadside Inn. Dejó las cartas sobre la mesa y se levantó dejando claro que le había interrumpido en su mejor mano de la noche.

—Los tenía justo donde quería. No se debe abandonar a la suerte sin más —murmuró mientras caminaba hasta Mickey—. ¿Qué es lo que quieres?

Mickey se echó a un lado y señaló a las dos jóvenes.

—Estas dos jovencitas necesitan alojamiento. ¿Estamos en el lugar adecuado?

—Lo están —contestó Roy mirándolas de arriba abajo. No había lascivia en sus ojos, sino perplejidad—. ¿Una habitación para las dos? Serán diez peniques.

Mickey hizo un gesto a Emily. Desde el primer momento la había considerado como la más madura de las dos. Esta asintió y puso el dinero sobre el mostrador a la par que el viejo cochero iba contando las monedas.

—Habrá leña en la habitación, ¿no es así? —preguntó—. Hace un frío de perros ahí fuera.

—Mucho me estás pidiendo por diez peniques. —Roy sonrió y estiró su burdo bigote.

—Tú has puesto el precio. ¿Hay o no?

—Sí hay. La habitación está por ese pasillo de ahí, subiendo las escaleras —señaló Roy mientras recogía las monedas.

—Les subiré los bultos.

—Oh, no es necesario, Mickey —dijo Emily.

—No es molestia.

Así, el viejo cochero las acompañó hasta la puerta y dejó las bolsas en el suelo.

—Ahora descansen lo que puedan. Estaré aquí mañana cuando se levanten para llevarlas hasta la residencia del conde.

—Muchas gracias por todo —dijo Emily.

—No tienen por qué darlas. Es mi trabajo. Ahora descansen.

Cuando Mickey se marchó y Emily cerró la puerta, tanto Violet como ella observaron en completo silencio la habitación. Había dos camas frente a un gigantesco armario de madera y en una estancia aledaña un pequeño lavabo. No olía mal, pero el ambiente estaba cargado. Hacía tiempo que nadie paraba por allí.

—Un sitio humilde para gente humilde —replicó Emily las palabras de Mickey.

—Es todo lo que necesitamos. Lo importante es que estoy a pocas horas de reunirme con Nicholas.

CAPÍTULO 37

En esta ocasión todas las miradas se centraron en Patrick. Mientras tanto, la idea del destino volvía a sobrevolar las cabezas de Kora y Sophia.

—Estuvieron aquí —dijo Sophia—. Emily y Violet estuvieron aquí.

—El Roadside Inn. Así se llamaba antes de que lo compraran mis padres —afirmó Patrick. Arthur miró a su alrededor.

—No sabía que el hotel fuera tan antiguo.

—Estuvo cerrado un tiempo —reveló Patrick—. Da un poco de escalofríos la historia, ¿verdad?

—¿A qué te refieres? —preguntó Kora.

—Oh, vamos. ¿Acaso soy yo el único? ¿Cuánto tiempo ha pasado desde entonces? ¿Más de cien años? Dos jóvenes que vienen desde Nueva Zelanda en busca del conde de Warrington. Creo que esa historia me resulta familiar.

Arthur, que había llegado a esa conclusión en ese momento, le dio la razón.

—Es un paralelismo que roza lo sobrenatural —añadió.

—¿Se han vuelto todos locos? —dijo Sophia. Esperaba que Kora la apoyara, pero esta miraba fijamente hacia ninguna parte.

—¿Es que no lo ves? Emily y Violet viajaron hasta Willesbury y se hospedaron entre estas paredes. A esto hay que añadirle el hecho de que Violet estaba obsesionada con Nicholas. Muchos años después, Kora y tú aparecen aquí deseando conocer la historia de Clifford y ¡pam! —dijo Patrick golpeando la mesa—, se hospedan entre las mismas paredes. No están obsesionadas con él, pero el parecido es notorio.

—Tienen razón, Sophia. Todo esto… es como si estuviésemos siguiendo sus pasos.

Sophia, con los ojos brillantes, se incorporó bruscamente. En ese momento, un cúmulo de sentimientos encontrados se hizo presa de ella, zarandeando su alma. ¿Qué se supone que significaba todo aquello? ¿Acaso Emily lo dispuso todo para que Kora y ella la emularan años después? Eso no tenía sentido, pues Kora nunca había tratado directamente con Emily. ¿Qué era entonces? ¿El destino? ¿Esa idea que tanto había defendido ahora se volvía en su contra? Por primera vez pasó por su cabeza el marcharse de Willesbury y continuar con su vida; podría vender los lienzos, embolsarse una fortuna y emplear un par de años a pintar. Todos esos pensamientos, fugaces, debieron ir transformando poco a poco su expresión, porque Patrick, Kora y Arthur la miraban con cierta cautela.

—¿Estás bien, Sophia? —preguntó Arthur acercándose hasta ella.

—No sé muy bien cómo estoy.

Kora se levantó también un poco pálida.

—Necesito fumar un cigarrillo y pensar. Aunque la verdad, no sé muy bien qué pensar. ¿Puedes abrirme, Patrick? Me vendrá bien tomar el aire.

Patrick no contestó, sino que se limitó a girar lentamente y mirar más allá de la ventana. Diluviaba. Kora se exasperó.

—Me pondré bajo la marquesina. Es solo agua —dijo.

Sophia, igualmente en una especie de trance, señaló hacia el pasillo que conducía a su habitación.

—Yo creo que necesito darme una ducha o meter la cabeza en el inodoro durante unos minutos. No estoy muy segura.

—Espero que te decantes por la primera opción —soltó Arthur. Sophia, sin detenerse, levantó el pulgar de su mano derecha para dejar claro que lo había oído. Ante esta respuesta, Arthur buscó a Patrick, que estaba igualmente consternado—. Esto no será fácil.

—De verdad que no. ¿Cómo puede tener tanta importancia para ellas algo que ocurrió hace más de cien años? No tiene sentido, ¿no?

Arthur permaneció reflexivo unos segundos antes de ladear brevemente la cabeza.

—Por una parte, coincido contigo, pero creo, y es solo una opinión, que la estancia de Emily en Willesbury, las consecuencias de esos años recaen directamente sobre Kora y Sophia. No me preguntes cómo, porque no lo sé; pero estoy seguro de ello.

Patrick no lo veía tan claro.

—Según tengo entendido, no se conocieron, ¿no? Emily falleció cuando Sophia era un bebé y Kora nació años después.

Pese a la reflexión de Patrick, Arthur seguía expresando una ligera incomodidad. Era cierto que no tenía más que la palabra de Craig Smith como garantía de que ese diario perteneciera realmente a Emily y que no hubiera sido modificado después de su marcha, pero tenía la certeza de que sus párrafos narraban la verdad. Casi podía sentirla.

Por eso, el hecho de que Nicholas se mostrara tan interesado en las pinturas de Violet le ocasionó una preocupación que fue creciendo a medida que escuchaba el relato. Él mismo había sido testigo de la desgracia de los Baskerville, de la excéntrica personalidad de cada uno de sus integrantes y de la bajeza moral que reinaba en todos ellos. No eran malas personas en el sentido estricto del término, pero sí eran capaces de predisponer sus intereses por encima de los del resto. A todo esto había que sumarle su gusto por la buena vida, el lujo y la apariencia. El cóctel daba lugar a personajes muy peculiares, como todos bien sabían. Sin embargo, Arthur pensaba que esto último era rasgo exclusivo de los Baskerville. La trágica muerte del antiguo conde había dejado caer una pátina sobre su historia, que el paso del tiempo había terminado de desgranar en el olvido. Además, el hecho en sí de la muerte — aquel trágico incendio que supuso el final de los Clifford— tiñó a la extinta familia con palabras de nostalgia y melancolía; la desgracia sepultó la realidad de aquellos años.

—¿En qué piensas? —preguntó Patrick ante el silencio de Arthur.

—Nada en concreto —mintió. Bajo su punto de vista, el asunto de las pinturas era de vital importancia. En ese momento no tenía tan claro que Nicholas Clifford fuera el autor de las obras. De repente, un arrebato de curiosidad le hizo estremecerse—. Creo que tengo que irme.

Patrick no daba crédito.

—¿Irte? ¿Ahora?

—Debo hacerlo —indicó Arthur poniéndose la chaqueta de manera apresurada. Si una persona entrara en ese momento, bien le parecería que Arthur acababa de cometer un robo y pretendía huir con el botín.

—¿No te vas a despedir de Sophia y de Kora?

—Hazlo por mí. Tengo que resolver un asunto cuanto antes — dijo Arthur sin recordar que Kora estaba junto a la puerta, refugiada bajo la marquesina de la fachada. Salió corriendo hacia la puerta y cuando se encontró a la joven, del sobresalto, estuvo cerca de caer sobre el jardín.

—Pero ¿a dónde vas? —gritó Kora. Patrick apareció en ese momento al otro lado del umbral.

—¡Arthur! —vociferó.

—¿Qué le ha pasado? —preguntó Kora.

—No lo sé. Estábamos comentando lo último que leímos del diario y cómo les había afectado cuando de repente se quedó en silencio como dos minutos; parecía un zombi o algo así. Después volvió en sí y dijo que tenía que marcharse. Y ahí está ahora, corriendo como un loco. ¡Arthur, por el amor de Dios!

Pero por mucho que vocearon su nombre, no se detuvo y acabó por desaparecer.

—Nos estamos volviendo locos —dijo Kora cuando entró de nuevo al vestíbulo. Patrick cerró la puerta y corrió el cerrojo.

—¿Qué sucede? —preguntó Sophia, que venía por la mitad del pasillo de las habitaciones.

—Arthur se ha ido —explicó Kora señalando hacia la puerta.

—¡¿Cómo?! ¿Qué ha pasado?

Patrick le contó lo mismo que a Kora segundos antes. A simple vista, no había explicación posible.

—¿Sin más?

—Me gustaría decirte algo más, pero eso fue lo que ocurrió. Se marchó y punto.

—Oh, Dios —dijo Sophia mientras sacaba su teléfono del bolsillo. Al desbloquearlo vio que Terry le había enviado un nuevo mensaje.

> **Terry:**
> «Te quiero. Lo sabes, ¿verdad? Vuelve».

«Justo lo que necesitaba en este momento», pensó. Luego decidió bloquear su número para siempre. Pero antes le mandó un último mensaje.

> **Sophia:**
> «Jamás. No quiero saber más de un fracasado como tú».

La respuesta le salió de lo más profundo de su alma. Fue la primera vez que sintió la imperiosa necesidad de atacar a Terry, de hacerle daño de la misma manera que él se lo hizo; esa frase seguro le heriría el orgullo. Esbozó una mueca al imaginarse su cara al leer el mensaje. Sin embargo, lo más importante pasó inadvertido para Sophia. Era también la primera vez que no sentía dolor alguno en su mano. Luego volvió a concentrarse en lo que Kora hablaba con Patrick.

—Tendrá sus motivos para irse. ¿No es un superempresario? —comentó Kora—. Seguro que tiene que ocuparse de cosas de superempresarios.

Sophia intuía que las palabras de Kora distaban mucho de la realidad. Además, la manera de marcharse no iba a tono con la personalidad de Arthur. Si realmente le hubiera surgido un imprevisto, se habría despedido de ellas; sus motivos tendría para pensar aquello. Pese a que se negaba a aceptarlo, sentía una conexión especial con él; algo que emanaba de ambos. Su apresurada marcha le hacía creer que se había equivocado al respecto, por ello pretendía buscar una explicación lógica que le permitiera mantener con vida aquella ilusión.

—¿Arthur? ¿Me escuchas?

—Sophia… —El ruido de la lluvia saturaba el micrófono—. Lamento mucho marcharme de esta manera.

—¿Ha ocurrido algo? —preguntó Sophia. Kora y Patrick aguardaban expectantes. Sin darse cuenta, él pasaba su brazo por encima de los hombros de ella.

—No… nada de lo que debas preocuparte. Es solo que quiero comprobar una cosa y he de hacerlo en este momento. Continúen con el diario. Regresaré dentro de un rato.

A Sophia le pareció todo muy extraño.

—¿Qué tienes que comprobar? Si todo esto es por la venta, podemos llegar a un acuerdo. Entiendo tu postura respecto a Henry y estoy dispuesta a negociar.

Al otro lado de la línea se escuchó un suspiro.

—No tiene nada que ver con la venta de los lienzos, Sophia. Son tuyos y, por tanto, puedes hacer lo que quieras con ellos. Esto es… otra cosa, ¿de acuerdo? ¡Negocios! Sí, son asuntos de negocios. La han jodido en una de mis empresas y tengo que solucionarlo cuanto antes.

—Pero ¿no has dicho que tenías que comprobar una cosa?

—Nos veremos en un rato, Sophia. Sigan con el diario.

Arthur puso fin a la llamada y Sophia se quedó con el teléfono junto a la oreja sin saber bien qué hacer. No comprendía nada.

—¿Qué ha dicho?

—Que continuemos con el diario —musitó.

—Algo de sus empresas, ¿verdad? —dijo Kora con

convencimiento—. Los empresarios son así. Un número que no cuadra, una gráfica que se sale de sus previsiones y encienden todas las alarmas.

—Me ha dicho que regresará en un rato —informó Sophia fuera de sí, como si fuese un fantasma—. Retomemos el diario.

—¿Están bien? Puede que les venga bien un descanso más largo —dijo Patrick. Kora y Sophia negaron con vehemencia.

—No perdamos más tiempo —inquirió Kora sentándose junto a la mesa. Sophia tenía el diario en las manos, pero su mirada vacía descansaba en el lugar que ocupaba Arthur hasta hacía unos minutos —. ¿Sophia?

—Sí, disculpa. ¿Dónde nos habíamos quedado?

—Estaban en el Roadside Inn, es decir, ¡aquí! Iban a encontrarse con Nicholas —dijo Patrick.

Sophia asintió.

—Bien. Pues veamos que tenía preparado Nicholas Clifford.

CAPÍTULO 38

<u>Diario Nº2 de Emily Brown</u>

No he podido dormir en toda la noche, algo me inquieta.
Creo que Violet también está nerviosa, pero en ella lo entiendo,
por fin cumplirá su sueño de reencontrarse con Nicholas. Yo no
puedo dejar de pensar en mamá. Sin embargo, lo que más me
preocupa es que no tenemos mucho dinero. Se lo he hecho saber
a Violet, pero ella insiste en que Nicholas nos ayudará y no nos
faltará nada. Si no es así, estaremos solas en un país
desconocido, pues escuché que Lauren y Edward se irían a
Estados Unidos.

    Pobre Lauren alcanzó a vivir solamente un mes en
Inglaterra.

ROADSIDE INN. WILLESBURY, **1910**

En cuanto el cielo comenzó a clarear, sin saber siquiera la hora que era, Violet insistió en dejar la habitación y partir hacia la residencia de Nicholas.

—No nos vendría mal comer algo, Violet —dijo Emily intentando calmar su ansiedad.

La joven aceptó la petición de su amiga. Lo cierto era que le dolía el estómago desde hacía horas, aunque creía que era a causa de los nervios. Junto con todas sus pertenencias, bajaron las escaleras con prudencia. Emily iba en primer lugar, mirando intensamente de un lado a otro, como si quisiera cerciorarse de que no hubiera enemigos a la vista. Sin embargo, poco antes de llegar al último peldaño, se encontraron con la grata sorpresa de ver a Mickey sentado, leyendo tranquilamente el periódico y fumando. Sobre la mesa descansaba su sombrero y una taza de té humeante.

—¡Ya se han levantado! —exclamó sacando el reloj de la pechera de la chaqueta—. Diantres, sí que son madrugadoras. ¿Acaso tienen prisa?

—Queremos visitar al conde cuanto antes —explicó Violet.

Mickey se sacó la pipa de los labios y frunció el ceño.

—El conde les recibirá, aunque a horas menos intempestivas. De momento, será mejor que se calienten un poco el estómago. ¿Quieren un poco de té? ¿Café?

Emily miró al cochero como si acabara de descubrir algo de suma importancia.

—¿Va a llevarnos también a la residencia del conde? —preguntó.

Mickey dio una fuerte calada y asintió.

—Míster Campbell contrató mis servicios para que llegaran sanas y salvas a la residencia del conde. No está muy lejos de aquí, pero aunque fuera una pulgada, me aseguraré de cumplir lo pactado. Soy un hombre de palabra.

Esto último lo dijo haciendo una leve reverencia que las jóvenes vieron con un poco de humor. Siguiendo el consejo del cochero, ambas tomaron un té y unas pastas de mantequilla rancias que Roy, el propietario del hospedaje, había sacado de una polvorienta caja metálica. No tenían el mejor aspecto, pero el escaso olor que desprendían fue más que suficiente para despertar en las jóvenes un apetito feroz.

Durante aquel escueto desayuno, Emily se sorprendió de la poca curiosidad de Mickey respecto a ellas. Hablaron del famoso clima de Willesbury, que Roy, que se sumó a la conversación en ese momento, definió como «impredecible e inoportuno»; también del fallecido conde de Warrington, el hermano de Nicholas. Fue entonces cuando Violet escuchó algo que su mente no pudo procesar.

—He estado poniéndome un poco al día de Willesbury. Yo no sabía que había un nuevo conde, lo último que supe fue que había muerto —comentó Mickey.

—Sí, esperemos que sean tiempos mejores y este conde tenga un heredero. No faltará mucho, pues contrajo matrimonio hace poco —contestó Roy.

Este asintió con un gruñido. En ese momento, Violet se quedó petrificada. Emily estaba igualmente perpleja y tardó en articular palabra.

—¿El nuevo conde de Warrington contrajo matrimonio? —preguntó Emily.

—Así es. Su esposa es otra noble, familia de no sé quién y tercera en la línea de sucesión de no sé qué condado. Creo que su familia vive al sur de Londres, pero no me hagan mucho caso —expuso Roy.

Violet, sin pronunciar palabra, comenzó a llorar. Sus lágrimas caían silenciosas por sus pálidas mejillas.

—Creía que el conde estaba soltero —apuntó Emily, aunque rápidamente añadió más palabras para evitar confusiones—. Es la primera noticia que llega hasta nuestros oídos.

Violet se incorporó.

—Necesito tomar un poco el aire.

—Faltaría más —dijo Mickey levantándose rápidamente—. De hecho, voy a ir sacando los caballos y preparando la diligencia. En cuanto les deje en la residencia, partiré hacia Cardiff. Ah, detesto y amo los caminos. ¡Qué castigo más maravilloso me ha puesto Dios!

Emily acompañó a Violet tras abonar lo que debían por el desayuno. Se esperaba encontrarse a su amiga totalmente derrumbada, presa incluso de un ataque de nervios, pero, por el contrario, se mostraba tranquila; algo ausente, pero extrañamente calmada. Emily se puso a su misma altura y la observó. No se le ocurría nada que decirle y hasta el silencio le resultaba molesto.

—Ese matrimonio es una farsa —expresó Violet. Emily sintió un escalofrío ante el convencimiento que percibió en los labios de su amiga—. Nicholas me ama. Se habrá visto obligado a contraer matrimonio para acallar rumores. Estoy segura de que nada más verme me contará toda la verdad. Todo se solucionará pronto.

Mickey apareció por un callejón que colindaba con el Roadside Inn tirando de los caballos y dirigiéndose hacia la diligencia.

—Un poco más y ese Roy me cobra hasta por el aire que han respirado los caballos —espetó antes de escupir al suelo. Estaba tan alterado que no se percató del rostro serio de las dos jóvenes—. En fin, podremos partir en un par de minutos. Más nos vale darnos prisa o ese malnacido nos cobrará el desgaste del suelo.

—¿Estás segura, Violet? —preguntó Emily. Para ella, el matrimonio de Nicholas era suficiente para alterar todos los planes. Podían regresar a Nueva Zelanda, aunque no se atrevió a planteárselo abiertamente.

—Nunca he estado tan segura. Tú has sido testigo del propio interés de Nicholas para que me trasladara hasta Willesbury. Eso es suficiente para mantener mi corazón tranquilo. Nuestro amor es mucho más grande que todo eso.

Emily asintió consciente de que nada haría cambiar de opinión a su amiga. Quedaba claro que el destino las iba a llevar, sí o sí, a la residencia del conde de Warrington.

Se cogieron de la mano y subieron a la diligencia. Mickey terminó de atar a los caballos y subió al pescante.

—Bueno, ha llegado el momento de ponerse en camino. La casa no está muy lejos de aquí. Hace un par de horas que no llueve, por lo que los caminos no deberían estar muy embarrados, aunque ¿quién sabe? El agua a veces brota del suelo, ¿lo sabían? Vaya que sí.

Durante todo el trayecto, que no duró más de diez minutos, Mickey estuvo contando extraños sucesos que había vivido en sus más de treinta años como cochero. Violet estaba totalmente ausente, sin embargo,

Emily escuchaba con atención a la vez que observaba el paisaje. Al poco, las últimas casas de Willesbury quedaron atrás, avanzando la diligencia por un solitario camino que moría a los pies de dos inmensas columnas de estilo clásico que se levantaban a ambos lados del mismo.

Confuso, Mickey tiró de las riendas y detuvo la diligencia, hecho que sacó a Violet de su silencio.

—¿Qué está ocurriendo? ¿Hemos llegado? —preguntó mientras se ajustaba el moño y se estiraba las arrugas del vestido.

—No estoy del todo seguro —respondió Mickey agitando su sombrero de un lado a otro—. ¡Eh, tú! ¡Chiquillo! ¿Dónde se encuentra la residencia del conde de Warrington?

El chiquillo en cuestión era un joven de unos diez años que se encontraba cortando leña junto a una pequeña cabaña. Por su posición, había visto acercarse a la diligencia, pero no le había mostrado atención alguna.

—¿Quién lo pregunta? —dijo el joven justo cuando dejó caer el hacha sobre el tronco.

Mickey sonrió con ironía.

—Conmigo vienen dos parientes del conde, así que muéstrate más respetuoso.

Las palabras del cochero parecieron hacer mella en el joven, que miró con intriga hacia el interior de la diligencia. Emily y Violet lo observaban por el pequeño hueco que dejaba la cortina.

—Ya está en la propiedad —indicó el joven señalando a las columnas—. Justo ahí comienzan sus tierras.

—¡Magnífica noticia! No ha sido tan difícil, ¿verdad?

—La verdad que no —dijo el joven volviendo a su tarea.

—¿Encontraré la residencia del conde siguiendo este camino? —preguntó Mickey.

El joven asintió en silencio y el cochero, que no comprendía su actitud, agitó las riendas y retomaron el paso. Al pasar a su lado, Mickey se puso la mano en la solapa del sombrero e inclinó la cabeza levemente. El joven se limitó a levantar la mano sin muchas ganas, aunque sacó la lengua cuando se fijó en que dos jóvenes lo observaban desde el interior de la diligencia. Nada más verlo, Emily y Violet se troncharon de risa.

Al cabo de unos segundos, Mickey respiró aliviado. La residencia surgió de entre los árboles en una pequeña elevación de terreno.

—Por fin puedo anunciarles que estamos a punto de llegar a nuestro destino.

Emily y Violet volvieron a sacar la cabeza por la ventana y vieron la elegante casa que coronaba el prado. Este parecía ser el patio de un castillo cuyas murallas formaban los numerosos árboles que lo rodeaban. Más allá, se vislumbraba lo que debía ser una granja o un establo. De manera innata, Emily se acordó de Los Catlins, de los Clark y de su madre. Especialmente de ella.

Violet, en cambio, había vuelto a palidecer, consciente de que aquello que tanto había deseado, estaba a punto de hacerse realidad.

Mickey detuvo la diligencia a las puertas de la residencia, que estaba precedida por una gran escalinata de mármol. Al mismo tiempo, un hombre vestido con un traje elegante bajó las escaleras con cierta brevedad. Violet y Emily no pudieron escuchar la conversación que mantuvo con Mickey, pero una vez se alejó, este se dio la vuelta y les dijo:

—Enseguida saldrá el conde a recibirlas.

Violet sonrió y abrió sus ojos de par en par, como si estuviera a punto de sufrir un ataque de nervios.

—¿Estás bien? —preguntó Emily.

—Pocas veces he estado mejor —respondió.

Mickey descargó las bolsas de viaje y abrió la pequeña puerta para que las jóvenes se bajaran. Había cumplido su tarea y estaba feliz por ello.

—Ha sido un placer, señoritas —dijo haciendo una reverencia. Emily, no acostumbrada a ese trato, se ruborizó y no supo cómo reaccionar. Fue Violet la que le agradeció todo lo que había hecho por ellas. A Emily le sorprendió la aparente calma de su amiga, pero todo se derrumbó en cuanto Nicholas apareció en la cima de la escalera.

—Sin duda, uno de los días más felices de mi vida —exclamó Nicholas con los brazos abiertos—. Ha llegado mi flor más preciada.

Violet lo observaba como si el mismo Dios se hubiese hecho persona en la tierra, con auténtica adoración. Emily también estaba fuera de sí, pero más por la reacción de Violet que por la aparición del conde.

—Espero que el viaje haya sido de su agrado —dijo Nicholas mientras bajaba la escalera—. El señor Campbell me comentó los pormenores de su viaje y su deseo de llegar hasta Willesbury. Obviamente, lo mínimo que puedo hacer, es abrir las puertas de mi casa, la cual pueden considerar suya desde este preciso momento.

—Se lo agradecemos de corazón —susurró Violet.

Él se acercó a ella con premura, cogió una de sus manos y la besó dulcemente.

—No puedo expresar la felicidad que siento al tenerte conmigo.

—Seguro nada comparado con lo que yo siento —afirmó Violet.

Mickey y Emily observaron la escena desde cierta distancia. Esta lo miraba con una ligera desconfianza, principalmente porque si era cierto que había contraído matrimonio, no tenía mucho sentido la presencia de Violet. No obstante, al no ver por ninguna parte a la esposa de Nicholas, confió en que la noticia no fueran más que rumores. Realmente deseó que así fuera.

—Deben estar muy cansadas, ¿no es cierto? —preguntó Nicholas, aunque en esta ocasión centró su mirada en Emily. Fue cuestión de un segundo, pero Emily percibió hostilidad en su mirada, como si ella no debiera estar allí.

—Aun así, ha merecido la pena. Todo el cansancio es poco con la dicha que siento en este momento.

Violet dijo esto mirando fijamente a Nicholas, mientras sujetaba con fuerza sus manos. Emily observó con preocupación a su amiga, ya que parecía necesitar de la presencia del conde para que su corazón continuase latiendo. Sabía que Violet estaba enamorada y que con total probabilidad lo había idealizado, pero su actitud en ese momento le resultaba excesiva.

—Eso es fantástico —respondió Nicholas con una sonrisa—.

Pasemos dentro. Ha pasado mucho tiempo desde la última vez que nos vimos y hemos de ponernos al día.

Violet asintió y Emily dio un paso al frente, dispuesta a seguirles.

—Ha sido un placer, señoritas —dijo Mickey de nuevo—. Podrán encontrarme por algún camino de este bello país. ¡Dios les bendiga!

Se subió a la diligencia con agilidad y se marchó rápidamente. No obstante, justo cuando Emily iba por el tramo más alto de escalera, pudo ver cómo Mickey detenía la diligencia e intercambiaba algunas palabras con el joven que cortaba leña cerca de las columnas de la entrada. Este hecho pasó inadvertido para Emily, ya que el presente robó toda su atención.

Nicholas las llevó al interior de la casa, concretamente a un pequeño salón que se asemejaba a un despacho. Las dos jóvenes se acomodaron mientras que él hizo lo propio en un butacón.

—Todavía no puedo creerme todo esto —declaró—. Edward me mantuvo al corriente respecto a la marcha de Nueva Zelanda, su complejidad y la ayuda inestimable de Betsy.

—Así es, siempre estaré agradecida a la madre de Emily. Espero que todo esto no le haya acarreado problemas.

Emily asintió en silencio mientras procuraba contener el llanto. Nicholas se levantó y comenzó a pasear por la habitación. Se mostraba seguro de sí mismo, como si supiera al dedillo lo que tenía que hacer y decir en cada momento. No había mucho del chico tímido que estuvo en Los Catlins.

Emily, desde la terrible experiencia vivida con su madre, se había vuelto observadora y perspicaz. Analizaba los gestos del joven y estos no le gustaban en absoluto. ¿Qué había pasado en este tiempo?

—Estoy dispuesto a mediar con los Clark si fuera necesario.

Violet asintió. Estaba eufórica, pero algo hacía languidecer su sonrisa y Nicholas lo advirtió.

—¿Qué sucede, Violet?

La joven le quitó importancia al asunto, pero apenas él insistió, un temblor nervioso se adueñó del cuerpo de la joven.

—Preguntamos por ti al llegar a Willesbury —comentó Violet—. ¿Es verdad que te has casado?

Nicholas detuvo sus pasos frente a Violet y se agachó para ponerse a su altura. Se había puesto nervioso. Emily, expectante, se preguntaba una vez más qué sentido tenía todo aquello: ¿cuál podría ser el interés de Nicholas con la presencia de Violet? Al menos, estaba a punto de revelar las dudas acerca del matrimonio. Este tragó saliva y asintió como si confirmara la peor de las noticias.

—Solo es culpa mía el no haberte dado la noticia, Violet. Culpa de mi cobardía, de mi miedo por perderte. No quiero excusarme. Comprenderé si quieres marcharte y no volver a verme; estoy dispuesto a soportar la tortura de tu ausencia.

Violet se incorporó de un salto. El conde quedó arrodillado ante ella.

—¡Jamás, Nicholas! Ni el mismo demonio podrá separarme de ti. —Violet se agachó a su lado y lo abrazo.

—¿Qué habré hecho en otra vida para ganarme el favor del destino?

Pese a la conmovedora escena, Emily no expresaba empatía alguna. No sabía cómo describirlo, pero todo aquello le parecía una farsa.

—Entonces, ¿su esposa está aquí? —preguntó Emily. El conde se puso de pie y la miró con dureza.

—En estos momentos está en Londres. —La seriedad se adueñó de su expresión. Violet también se turbó. La pregunta de Emily pareció añadir aires de realidad a toda la cuestión, además de poner sobre la mesa lo inapropiado de la presencia de ambas en la residencia. Nicholas sujetó una de las manos de Violet.

»Sé que las cosas no han ido cómo esperábamos, pero ¿quién puede poner cerco a la vida, a los hechos, a las leyes que rigen nuestra existencia? Quiero que comprendas que, aunque mi corazón te pertenece, debo respetar a mi esposa, ya que no es más que una víctima de las circunstancias —Nicholas bajó la vista—. Ella era la prometida de Eugene, mi hermano, y estaban próximos a casarse, pero… ya saben lo que sucedió y, aparte del título, tuve que hacerme cargo de sus compromisos.

Emily no se sorprendió. Supuso que habría alguna explicación más o menos lógica que haría que Violet no protestara.

—¿Qué podemos hacer, Nicholas? Dime qué está en mi mano y lo haré —suplicó Violet.

El conde recapacitó mientras asentía continuamente con la cabeza.

—Por el momento hemos de ser pacientes y llevar todo esto con suma discreción. Si mi esposa sospechara de nuestros sentimientos, provocaría un gran escándalo. —Después se giró hacia la otra joven —. Emily, estoy en deuda contigo. Comprende que para mí no es fácil esta situación, pero me temo que ya eres parte de ella tanto como Violet o yo. Por eso te suplico nos ayudes.

Emily miró a Violet de hito en hito.

—Cuento contigo, ¿verdad? —pidió Violet. Emily asintió con una sonrisa forzada, sin saber qué significaba todo aquello.

Nicholas recuperó la iniciativa cargando sus palabras de emoción, aunque a medida que hablaba, el tono de su discurso se iba transformando.

—Bien, esto es un comienzo; el principio de nuestra aventura —dijo Nicholas caminando por la sala—. Violet, nada más me gustaría que gritar a los cuatro vientos lo que siento por ti, pero ambos sabemos las inoportunas circunstancias a las que hemos de enfrentarnos. Debemos de ser fuertes y vivir con aras al espléndido futuro que nos espera. Por suerte, mi esposa está al corriente de mi estancia en Nueva Zelanda. Sé que moralmente no fue lo idóneo, pero no han sido pocas las veces las que le hablé de ti, siempre describiendo nuestra bella amistad y tratándote con el máximo respeto. Pero, en fin, la cuestión es que este detalle juega a nuestro favor; para ella eres una amiga y desea conocerte desde hace tiempo, lo que significa que podrás hospedarte en mi residencia sin levantar sospecha alguna. Son buenas noticias después de todo.

Violet asentía con una sonrisa a cada palabra de Nicholas, pero la alegría que desbordaba antes había desaparecido. Algo la preocupaba.

—¿Cuánto tiempo llevas casado con ella? —preguntó Violet sin levantar la mirada del suelo. Emily supo lo mucho que estaba sufriendo su amiga, pero decidió no intervenir por el momento.

Nicholas suspiró con hastío.

—¿Qué importa eso ahora? ¿Acaso importa el pasado cuando el presente nos ha vuelto a unir? Podrás quedarte aquí todo el tiempo que quieras; dispondré todo lo necesario para ello. Cuando llegue el momento, hablaré con mi esposa, daré por finalizado mi matrimonio y nos amaremos sin trabas.

La sonrisa volvió al rostro de Violet, que mostraba la ilusión de una niña. No obstante, Emily seguía sin comprender qué iba a ser de ellas.

—Disculpe, pero en cuanto a Violet y a mí, apenas disponemos de dinero. Si Míster Campbell le relató nuestra marcha de Nueva Zelanda, habrá supuesto que no pudimos realizar los preparativos necesarios. En cuanto a mí, estoy dispuesta a trabajar, por lo que le ofrezco mis servicios.

Nicholas miró a Emily y asintió pensativo, como si una oportunidad se hubiera mostrado ante él en ese preciso instante.

—Aplaudo su predisposición, Emily. Lamentablemente, el servicio en la residencia está completo. Son buenos trabajadores de los que no puedo prescindir sin más.

Emily asintió con preocupación.

—No obstante —continuó Nicholas—, en las propiedades aledañas siempre son bien recibidas manos dispuestas a trabajar.

—¿A qué se refiere? —preguntó la joven.

—Los Smith trabajan parte de mis tierras. A cambio, les retribuyo con un salario y un porcentaje de los beneficios. Estoy seguro de que allí será bien recibida.

Emily miró a Violet.

—¿No estaré con Violet? ¿Se quedará sola acá?

—Comprenda la delicadeza con la que debemos llevar todo este asunto. Mi esposa es una buena mujer y pretendo hacerle el menor daño posible. Puedo convencerla de que Violet se hospedará aquí por un tiempo, pero sospechará si también invito a su sirvienta. Sería muy arriesgado. Aunque no pongo en duda su bondad, no está acostumbrada a ciertas relajaciones del protocolo, por así decirlo. Si sospechara de nuestras intenciones, la situación se tornaría muy complicada.

Violet se alertó ante las palabras de Nicholas. Las percibió como la peor de las amenazas.

—Será temporal, Emily. Te doy mi palabra —manifestó con angustia.

De repente, Emily se halló en una tesitura que no esperaba. Se había prometido no separarse de su amiga por nada del mundo, pero era ella misma la que abogaba por seguir caminos distintos. Desde que Nicholas apareciera en la escalera fue testigo de cómo la voluntad de Violet quedaba en sus manos de manera evidente. Pero lo que más le desconcertaba era que no intuía el motivo por el cual Nicholas quería que Violet estuviera allí, en Willesbury. En torno a esa cuestión todo era una incógnita.

—Si este es tu deseo, Violet.

—Lo es, Emily; bien sabes que lo es…

CAPÍTULO 39

Mientras en el hostal retomaban la lectura del diario, Arthur corría a toda velocidad hacia la residencia del conde. Era tarde, llovía a mares y no había nadie por la calle y una desconcertante idea le daba vueltas por la cabeza que le hacía menospreciar cualquier otra cuestión.

Llegó a la residencia y abrió la puerta con cierta dificultad. Pensó que Henry estaría dormido o lo suficientemente borracho como para no percatarse de su presencia, pero no fue así. Nada más atravesar el umbral, escuchó un grito que le hizo detenerse.

—¡No tengo nada! ¡Lo juro! —Era la voz de Henry. El conde estaba de pie junto a un butacón, con las dos manos levantadas y el rostro pálido.

—¿Es que no me conoces, Henry? —dijo Arthur.

—¿Arthur? —Henry bajó las manos lentamente—. ¿Eres tú?

—El mismo.

—¡Por el amor de Dios! ¿Es que quieres matarme de un susto? ¿Qué te ha ocurrido?

Arthur observó su cuerpo cubierto de barro, se había caído en la entrada. Estaba tan excitado que había olvidado ese detalle.

—Tengo un poco de prisa. Solo eso.

—¿A estas horas? Vamos, Arthur. Date una buena ducha y sírvete una copa. Así hablaremos tranquilamente de todo el tema de los cuadros. Supongo que ya faltará poco para cerrar el trato, ¿verdad?

La mueca estúpida que mostraba Henry en ese momento fue suficiente para que Arthur confirmara que estaba completamente borracho. Además, que mencionara el asunto de los cuadros fue suficiente para volver a sentir una presión en el pecho.

—Ahora no tengo tiempo, Henry.

—Oh, vamos. Me han traído un whisky japonés que deja el de los irlandeses como lejía. Te prepararé una copa. Gibson está durmiendo, pero ¿quieres que lo despierte? ¡Eh, Gibson!

Arthur se exasperó.

—Deja en paz a Gibson. Solo he venido a comprobar una cosa.

Henry, sin comprender nada, arqueó las cejas y se apoyó en el butacón para cesar el balanceo de su cuerpo.

—¿A comprobar el qué?

—Nada importante. Solo quiero comprobar los archivos familiares. Están en tu despacho, ¿no es así?

Henry asintió a la vez que daba un trago. Después se dejó caer en el butacón.

—Son todo tuyos.

Sin perder más tiempo, Arthur se dirigió al despacho; un lugar que permanecía impoluto y en el que Henry no había estado más de un par de horas a lo largo de toda su vida. Las paredes estaban llenas de estanterías repletas de libros. En el centro de la estancia se encontraba una amplia mesa en el que el artilugio más moderno era una calculadora. Respecto a lo demás, bien podía servir de atrezo para una película de época.

No obstante, Arthur tenía un objetivo claro y conciso. Al conocer más acerca del antiguo conde de Warrington, Nicholas Clifford y, sobre todo, con el viaje de Violet hasta Inglaterra, las dudas comenzaron a aflorar por doquier. En toda la historia había algo extraño que le hacía sentirse incómodo, como si desconfiara de todo lo que había conocido hasta entonces. El primer hecho que lo sacó de sus casillas fue el comportamiento de Craig Smith al acudir al hotel con su esposa. Conocía la enemistad de los Baskerville con los Smith desde hacía años, pero nadie pudo darle en todos esos años un motivo concreto. El hecho de que Craig se comportara de esa manera con Sophia y con Kora le había llamado la atención. A todo esto se sumaba el falso suicidio de Violet. No sabía exactamente el cómo, pero intuía que todo debía estar relacionado y que la familia de Henry debía estar al tanto; al menos los que heredaron el título después de la muerte de Nicholas. Por ello, supo que si había algo escrito al respecto, debería estar en el archivo familiar. Pues, como toda buena familia orgullosa de sí misma, sentía una predilección por almacenar todos sus recuerdos. Por ello, Arthur supuso que todo lo ocurrido con los Smith en aquellos años debió quedar reflejado en alguna parte, aunque solo fuese la versión de ellos.

Como un loco comenzó a rebuscar en la estantería familiar, en los gruesos volúmenes donde los anteriores moradores de la casa habían dejado por escrito parte de sus vidas, de la misma manera que si se tratasen de grandes personajes de la historia. Pero a él le interesaba uno en concreto: Las memorias de Gregory Baskerville; abuelo de Henry y quien heredó el título de conde de Warrington, después de que falleciera Nicholas Clifford.

Él fue quien inició el legado de los Baskerville en Willesbury y, por tanto, quien vivió el inicio de la enemistad de los Smith. Rebuscó en sus páginas con fervor. Mientras lo hacía, Henry, tambaleándose, llegó hasta el despacho.

—¿Todo esto es por lo de las pinturas? —preguntó arrastrando su lengua con dificultad. Había curiosidad en sus ojos y cierta urgencia en sus gestos. Arthur no se planteó siquiera que Henry sospechara lo que él estaba buscando en aquellos libros polvorientos; lo único que le importaba era comprar los lienzos y revenderlos al mayor precio posible. Por suerte, la cantidad de alcohol que había ingerido le hacía despreciar ciertos detalles como que Arthur estuviera empapado y cubierto de barro.

Encogió los hombros antes de contestar para quitarle importancia al asunto.

—Las vendedoras quieren conocer más de tu familia. Tenemos que esperar a que valoren los lienzos, así que procuraré ganarme su favor mientras tanto.

Henry levantó la copa.

—Ah, por eso te van tan bien las cosas. Eres inteligente y perspicaz. Donde unos ven problemas, tú ves oportunidad. Sencillamente brillante.

Arthur asintió mientras seguía rebuscando. Pasaba las páginas retrocediendo en el tiempo: 1938, 1932, 1929... Hasta que por fin llegó a la página exacta, aquella en la que Gregory Baskerville explicaba su incidente con un tal Daniel Smith, antiguo trabajador de los Clifford. Leyó la página y confirmó sus sospechas. Aquello fue un golpe tan devastador que las piernas le fallaron, dejándose caer hasta el suelo.

—¿Qué te sucede? Parece que hayas visto un fantasma —dijo Henry. Sin embargo, Arthur no contestó. Se levantó de un salto y sacó unas fotos a las páginas—. ¿A qué ha venido eso, Arthur?

—Te lo explicaré más adelante, Henry. Ahora tengo que irme.

—Eh, pero ¿qué está ocurriendo aquí? Soy el conde de Warrington, ¡exijo una explicación! —exclamó Henry atropellando sus palabras y, por lo tanto, eximiendo cualquier atisbo de autoridad en ellas. Al mismo tiempo quiso avanzar hacia Arthur, pero después de un par de pasos tuvo que regresar a la pared para recuperar el equilibrio—. ¿A dónde vas?

—Oye, Henry, estoy trabajando en la venta, ¿de acuerdo?

A medida que pronunciaba estas palabras, Arthur iba siendo consciente de la trascendencia que podían tener esas dos páginas. Sin embargo, tal y como le había confesado a Sophia, estaba cansado de salvar a Henry una y otra vez de su propia desgracia. Deseaba salir cuanto antes de aquella espiral sin sentido.

De nuevo a la carrera, salió de la residencia y regresó al hotel. Al fin vio la tenue luz amarilla que fluía a través de las ventanas y apretó el paso más todavía. Se había marchado sin dar explicaciones y le preocupaba lo que podían pensar de él. Afortunadamente, sus pensamientos y su carrera hasta la residencia de los Baskerville no habían sido en vano, ya que las fotos que traía justificaban su actitud.

Estaba tan eufórico que olvidó que la puerta del hotel permanecía cerrada. Con un movimiento ágil giró el picaporte sin detenerse, pero la puerta no se movió lo más mínimo, por lo que se dio de bruces contra ella y cayó al suelo.

—¿Qué ha sido eso? —gritó Sophia.

—¡No se muevan! —dijo Patrick levantándose de un salto y alcanzando un viejo bastón que había colgado de la pared. Después se acercó a la puerta lentamente. Kora, cogió una de las sillas y le siguió—. ¿Quién anda ahí?

Al otro lado de la puerta sonó un murmullo. Por la violencia del golpe, creían que le habían dado una fuerte patada a la misma. Sophia, por un momento, pensó incluso en un disparo. «Craig Smith tenía una escopeta».

—Oh, Dios mío —exclamó Sophia.

—Como no se identifique, avisaré a la policía.

—Soy yo. —Los tres escucharon la voz lastimera de Arthur y se miraron extrañados.

—¿Arthur? —preguntó Sophia.

—¿Pueden abrir la puerta?

Patrick abrió la puerta de inmediato y vio a Arthur totalmente empapado, despeinado y con manchas de barro por toda la chaqueta.

—¡Arthur! ¿Qué te ha ocurrido? —preguntó Patrick.

—Es una larga historia —contestó Arthur pasando las manos por el pelo empapado—. ¿Cómo van a entrar clientes si tienes la puerta cerrada, Patrick?

—¿A dónde has ido? —indagó Sophia.

—A la residencia de los Baskerville. Tenía que comprobar una cosa.

—Creo que lo mejor sería no andarse con secretos —soltó Kora dejando la silla en su sitio. Patrick cerró la puerta de nuevo y Sophia encaró a Arthur.

—¿Qué tenías que comprobar? Nos has dado un buen susto.

—Lo sé, Sophia. Sé que no lo he hecho de la mejor manera, pero todo tiene una explicación, ¿de acuerdo?

—Te escuchamos —inquirió Kora.

—Me gustaría asearme un poco. Voy a pillar una pulmonía.

—Puedes ducharte en una de las habitaciones —propuso Arthur —. Te dejaré algo de ropa y pondré la tuya en la secadora.

—Te lo agradezco. Igualmente, iba a quedarme a dormir —afirmó Arthur.

—¿Te ibas a quedar? —preguntó Sophia sorprendida.

—¿Qué remedio? Intuyo que todavía nos queda un buen rato.

Patrick regresó con la llave y se la dio a Arthur.

—Enseguida vuelvo.

Kora y Sophia volvieron a sentarse en la mesa. Sophia mantenía una media sonrisa que llamó la atención de Kora.

—¿De qué te ríes? —preguntó.

La sonrisa de Sophia desapareció.

—¿Yo? No me estoy riendo. Es solo que, no sé, puede que Arthur haya conseguido información sobre el asunto. ¿Por qué si no iba a marcharse y a aparecer a los veinte minutos de esta manera?

Kora le dio la razón. Al cabo de un rato, Arthur reapareció en la cafetería. Vestía un chándal holgado y una camiseta que debía ser varias tallas por encima de la suya.

—Vaya con el empresario —comentó Kora entre carcajadas.

—Te da un aire más juvenil —afirmó Sophia igualmente risueña.

—Parece que vivo en Camden Town —apuntó Arthur alzando sus brazos.

—No está tan mal —dijo Patrick—. Te he preparado una taza de té.

—Gracias. Me vendrá bien.

Sophia lo observó con atención mientras daba un primer sorbo.

—Bueno, ¿qué tienes que contarnos?

Arthur dejó la taza en la mesa y sacó su teléfono, buscó las fotos y las agrandó.

—Por esto me fui corriendo. Después de saber que Violet no se suicidó y se trasladó a Inglaterra, me asaltaron las dudas. Todo lo que sabemos hasta ahora, quiero decir, ¿no se les ha pasado por la cabeza la posibilidad de que no fuera Nicholas Clifford quien pintara los cuadros? ¿Y si fue Violet quién lo hizo?

Kora y Sophia se miraron.

—Mentiría si dijera que no lo he pensado antes —dijo Sophia. Kora reafirmó sus palabras.

—¿Por eso te has ido corriendo? —preguntó Patrick.

Arthur ladeó la cabeza.

—Más o menos. Cuando esa idea comenzó a rondarme por la cabeza, recordé varias conversaciones que escuché a los padres de Henry. Hablaban de que había una tradición entre los Baskerville; escribir sus memorias o algo así. Nunca le presté demasiada atención porque siempre he considerado que sus vidas no podían ser más aburridas, pero entonces…

—¿Entonces qué? —indagó Sophia.

—Pues que, si eso era cierto y los Baskerville dejaron por escrito el relato de sus vidas, pensé que era bastante probable que Gregory Baskerville, el primero que sucedió a los Clifford, dejara su testimonio acerca de lo sucedido con los Smith.

—¿Qué tiene que ver todo eso con las pinturas, Arthur? —preguntó Kora.

Arthur cogió un bolígrafo y una de las hojas en blanco que Sophia había puesto sobre la mesa y comenzó a explicar su teoría.

—Se rumorea que el conflicto entre los Smith y los Baskerville tuvo como origen una de las empleadas de los Clifford. Sé que es un rumor, pero ¿y si fuera cierto? Ahora supongamos que fuera Violet la verdadera autora. De ser así, lo más seguro es que Nicholas Clifford quisiera mantenerlo en secreto, de eso dependía toda su fama. Ahora vayamos un paso más allá. Está claro que Emily era inteligente, ¿qué sucedería si ella descubriera lo que estaba ocurriendo? Nicholas intentaría silenciarla, ¿verdad? Además, ¿con quién estuvo casada Emily?

Sophia se quedó en silencio unos segundos.

—No sé cómo encajar todo lo que acabas de decir, pero mientras has estado fuera leímos que Nicholas le dijo a Emily que no podía vivir en su residencia, sino en otro lugar dentro de su propiedad.

—¡En casa de los Smith! Eso encaja con mi teoría —dijo Arthur—. Una empleada de los Clifford, muy apegada a los Smith y que podía conocer la verdad acerca de las pinturas.

—¿Tu teoría encaja con lo que sea que hayas encontrado en la residencia de los Baskerville? —preguntó Kora.

—Más o menos. Como dije, fui en busca de los escritos de Gregory Baskerville.

—El primero de los Baskerville en Willesbury —añadió Sophia.

—Así es. En estas páginas Gregory menciona que fue Daniel Smith quien acudió a él, increpándole desde el primer momento y acusándole de toda clase de barbaridades de las que él, por supuesto, se decía inocente.

—¿De qué lo acusaba?

Arthur encogió los hombros.

—Eso no queda muy claro. Gregory Baskerville no aborda la cuestión abiertamente. Tan solo se defiende de las acusaciones de un modo genérico.

—No lo entiendo —dijo Sophia—. ¿Qué papel juega Emily en todo esto?

—Bueno, puede que no tenga todos los cabos atados, pero sé que tengo razón. Estoy convencido. Emily tuvo que convivir con los Smith, pues se casó con uno de ellos.

—Así es. Se casó con Robert Smith —expuso Kora—. De hecho, eso le permitió salir del país, ¿no es cierto?

Sophia miró a Kora como para asegurarse de haber comprendido todo el mensaje.

Sophia estaba sorprendida del razonamiento al que había llegado Arthur y, sobre todo, de su implicación. Hasta hacía un par de días Arthur no era más que un simple comprador interesado en unos cuadros. Pero eso había quedado atrás y se había convertido en... «¿en qué se había convertido Arthur?». Esta pregunta pesaba cada vez más en Sophia. Por primera vez desde que lo conociera reconocía un leve interés por él, aunque tal reconocimiento era a título interno. Sin embargo, la actitud de Arthur le hacía pensar que ese sentimiento era recíproco y eso le ponía muy nerviosa.

—¿Sophia? ¿En qué planeta estás? —demandó Kora pasando la mano varias veces frente a su rostro.

—Eh, perdona —dijo. Sus reflexiones la habían alejado de la realidad.

—¿Estás bien? —preguntó Arthur poniendo su mano sobre la de ella.

—Sí. Solo estaba pensando. ¿Qué me estabas diciendo, Kora?

Esta frunció el ceño.

—Estás muy rara. En fin, te estaba comentando que después de lo que nos ha contado Arthur, deberíamos seguir leyendo el diario. Sabemos que Emily estuvo relacionada con los Smith, por lo que una parte de su teoría tiene sentido; ahora toca descubrir la verdad acerca de las pinturas. La verdad debe de encontrarse en estas páginas —dijo Kora señalando al diario.

—Pues sigamos. Al menos ya nadie nos interrumpirá sacudiendo la puerta —indicó Sophia mirando hacia Arthur. Este movía el brazo derecho trazando círculos en el aire y movía el cuello de un lado a otro.

—No creas que ha sido algo agradable. Lo más probable es que tenga una contractura.

—La puerta es de las pocas partes que aún quedan del establecimiento original. Lo raro es que no te hayas partido algún hueso —soltó Patrick.

—No lo descarto —dijo Arthur—. Bueno, ¿quién me informa de lo último que han leído?

Sophia y Kora pusieron al día a Arthur, que las escuchó con atención y fue asimilando toda información. Hasta ese momento, Sophia dudaba todavía de las verdaderas intenciones de Nicholas respecto a Violet; por el contrario, Kora tenía muy claro que este no era trigo limpio y así lo hacía saber en cada intervención.

—Si se fijan, el manos largas de Campbell pretendía que Violet viajara sola hasta Willesbury; quería que Emily se marchara con ellos a Estados Unidos. Seguro que era para asegurarse de que Violet se encontraba totalmente aislada —se justificó Kora.

—¿Siempre eres así de desconfiada? —preguntó Patrick.

—Solo cuando me dan motivos para serlo —contestó a la vez que guiñaba un ojo.

—En mi opinión, exageras —indicó Sophia.

—De eso nada. Para mí está clarísimo. Fíjate en Arthur, antes de siquiera saber todo esto ya desconfiaba de Nicholas —explicó Kora.

—Solo intento ayudar —dijo Arthur.

En ese momento Sophia no pudo evitar ver su vida reflejada en esa conversación. La mayoría afirmaba una realidad que ella ni siquiera era capaz de ver, tal y como le ocurrió con Terry, ella veía lo bueno en las cosas, no desconfiaba. Si echaba la vista atrás y estudiaba las consecuencias de aquel primer y desagradable error, un intenso escalofrío se extendía poco a poco por todo su cuerpo. ¿Estaba cometiendo el mismo error? ¿Alguna vez su punto de vista sería el adecuado? De nuevo lo pasó por alto, pero al recordar a Terry el dolor no se reflejó en su mano derecha. No obstante, sí que experimentó un malestar que le hizo desear salir de aquella situación cuanto antes.

—¿Qué les parece si seguimos leyendo el diario? Puede que tengamos todas las respuestas aquí mismo y no estemos más que perdiendo el tiempo.

Kora, Patrick y Arthur callaron y asintieron ante el tono empleado por Sophia.

Esta señaló el punto exacto por dónde se habían quedado la última vez y comenzaron a leer.

CAPÍTULO 40

Diario Nº2 Emily Brown

Llevo unos meses viviendo con los Smith y la verdad es que son una buena familia, me tratan como una más. Sin embargo, me siento muy sola, echo de menos a mi madre y a Violet, quien está solo a unos metros, pero nunca la había sentido tan lejana. Desde que llegamos vive casi confinada en una de las habitaciones de la residencia de los Clifford, donde mata el tiempo pintando o recreándose en su futuro lleno de fantasía con Nicholas.

A veces la veo mirando a través de la ventana y me saluda, para luego volver a desaparecer. Es como si estuviera cautiva tras el cristal.

Lo bueno es que tengo trabajo y puedo ahorrar un poco, lo que me permite soñar con un futuro en el que tenga, de una vez por todas, las riendas de mi vida,

La opresión en mi pecho se ha hecho permanente.

No puedo dejar de pensar en que he viajado miles de kilómetros, pero sigo en el mismo sitio. Sigo igual, dependiendo de otros y sin poder proteger a mi madre.

Willesbury, 1911

Emily cogió aire y levantó el pesado cesto con todas sus fuerzas. Por un momento pensó que no podría con él, pero finalmente pudo encajarlo entre sus brazos y llevarlo hasta el jardín.

Apenas salió de la casa, Daniel, el pequeño niño que vio cortando leña a su llegada, se le acercó corriendo. El joven había congeniado con Emily desde el primer momento y siempre procuraba ayudarla. Para él, ella se había convertido en parte más de la familia y así se lo demostraba día tras día.

—¿Es que quieres partirte la espalda? —preguntó mientras se echaba el cesto a los hombros. Emily asintió aliviada.

—Es solo ropa mojada.

—Pues pesa como un demonio.

—Ponlo en el suelo. Lo llevaremos entre los dos.

Daniel se negó en un primer momento, pero a los pocos pasos no le quedó más remedio que seguir las indicaciones de Emily. Así, entre los dos, llevaron el pesado cesto de ropa hasta las filas de cuerdas extendidas que había en un lateral de la casa. En esos momentos, el sol brillaba solitario en el cielo azul y soplaba una ligera brisa.

—No deberías fiarte, Emily. Ya sabes que el sol de Willesbury es un mentiroso. En cuestión de minutos se disfraza de tormenta y arroja un diluvio sobre nosotros —apuntó Daniel.

Emily miró al cielo con el ceño fruncido.

—No hay nubes, Daniel.

—Es solo un consejo.

—Ya. Tú y tus consejos. Deberías cortar algo de leña y guardar tus consejos para cuando los necesite.

Daniel puso los brazos en jarra y le dedicó una mueca.

—¡He cortado leña esta mañana! —Señaló la pila de troncos que había al otro lado.

—Lo sé, pero les he dado un par de troncos a los Robinson. Están pasando por una mala racha —comentó Emily.

—Sabes que no podemos hacer eso, ¿verdad? Todo esto es

propiedad de los Clifford. Si se enterasen podrías meterte en problemas —susurró Daniel. Emily asintió y se giró hacia la residencia principal, la cual se encontraba al otro lado del camino, sobre un pequeño cerro desde el cual presidía el terreno.

—No creo que un par de troncos afecten en la economía de los Clifford.

Daniel suspiró con preocupación.

—No hables así de los señores —le recriminó.

Emily asintió con una leve sonrisa en sus labios. Llevaba ya un par de meses viviendo con los Smith y los conocía. Por lo general eran trabajadores, obedientes y muy respetuosos con los Clifford. Emily tenía claro que él era su superior, su patrón, pero ni mucho menos profesaba el servilismo que veía por todas partes. Era correcta, hacía su trabajo y huía de los problemas, lo cual consideraba más que suficiente. Sin embargo, había oído tantas leyendas de los caballeros ingleses cuando vivía en Los Catlins, que los había idealizado en parte. Pero todo ese ensueño se había reducido a cenizas cuando trató más de cerca con Edward Campbell y posteriormente con el propio Nicholas, quien se había convertido en una pésima versión de sí mismo.

—Corta un poco de leña, Daniel. La necesitaré en cuanto termine de tender la ropa —pidió con cierto desánimo.

—Está bien, pero recuerda lo que he dicho.

Emily asintió, se volvió hacia la cesta y retomó su labor en silencio. Habían viajado hasta Inglaterra para que Violet estuviera junto al amor de su vida y también a encontrar una nueva vida, pero a juicio de Emily las cosas habían cambiado muy poco. Nicholas se mostraba distinto, locuaz, seguro y carente de empatía. Quizás siempre fue así y nadie pudo verlo. Emily creía que siempre estuvo actuando, con la maestría de un encantador de serpientes. Quería tener la atención de Violet, pero cuando la tuvo, él perdió el interés.

Después de tender la ropa, dejó el cesto en el interior y caminó hacia la residencia de los Clifford. Algunos días, poco antes de que el sol comenzara a decaer, Violet y ella paseaban por los amplios jardines que rodeaban a la residencia. En esos paseos, el tema de conversación de Violet giraba en torno a Nicholas y su esposa, Beatrice, a la cual odiaba con todas sus fuerzas. Emily se limitaba a escuchar o simplemente fingía hacerlo, ya que su amiga podía enfrascarse en la misma cuestión durante horas. En varias ocasiones había intentado que Violet hablara de otra cosa, quizás de sus cuadros o de lo que fuese, pero tras unas pocas frases, su amiga regresaba a su principal preocupación.

Esa tarde, Violet la estaba esperando junto a la puerta principal de la residencia. Su tez pálida contrastaba con la tela oscura de su vestido. Respecto a su peinado, lo había tensado y recogido en una coleta para luchar contra el encrespamiento, aunque el resultado no había sido muy positivo. También era común que sus manos no lucieran muy cuidadas, pero sí con algunas manchas de pintura en las uñas o entre los dedos. Incluso toda ella desprendía un cierto olor a tinta.

Sin decir nada, Violet y Emily se situaron una junto a la otra y comenzaron a caminar en silencio. El césped crujía bajo sus suelas y el canto de algún pájaro añadía simpatía al paisaje. Emily miró al cielo y comprobó que unas nubes grises se arremolinaban en el horizonte. «¿Por qué nunca me haces caso?», recordó las palabras de Daniel Smith.

—He oído que Robert Smith volvió de la India. Es una magnífica noticia —dijo Violet.

Emily le dio la razón.

—Sí, me lo comentó Bethany hace poco, pero aún no ha llegado a casa. Está muy orgullosa de su hijo. Aunque solo volvió porque tiene una lesión en la pierna.

—Pero eso dice de él que es un gran militar —afirmó Violet.

—¿Cómo lo supiste?

—Fue Nicholas. Lady Beatrice se fue a Londres y Nicholas y yo estuvimos juntos.

—¿Estuvieron juntos? —preguntó Emily deseando que Violet hubiera comprendido la intención de su pregunta. Por la manera en la que Violet asintió supo que no había sido así.

—Como es natural, Beatrice comienza a recelar de mi presencia.

Nicholas me advirtió de que de aquí en adelante debemos tener más cuidado. Me ha asegurado que está gestionando todos los documentos necesarios para el divorcio, pero que estos son complicados de conseguir. Es un proceso complejo.

—Claro… —contestó Emily a la vez que recordaba que Nicholas llevaba «gestionando esos documentos» desde que habían llegado. Le preocupaba que su amiga ni siquiera se planteara la posibilidad de que no todo lo que decía Nicholas era cierto.

—Además, me sigue animando para que desarrolle mi arte. Me consigue lienzos y las mejores pinturas.

Ese tema era otra cuestión que preocupaba Emily, pues era consciente de que su amiga se pasaba la mayor parte del tiempo encerrada en su habitación, pintando un lienzo tras otro. Nicholas insistía en ello.

—A Nicholas le deben faltar paredes para colgar todos tus cuadros —ironizó Emily.

Violet se rio.

—No, por supuesto que no. La mayoría de ellos se los lleva. Está decidido a convertirme en una artista famosa o algo así, ¿te lo puedes imaginar? ¿Yo famosa? El solo hecho de pensarlo me da escalofríos.

Poco a poco, los pasos de las jóvenes las alejaron de la residencia, internándose en el pasto. Las nubes del horizonte iban conquistando el cielo, pero no parecía que fueran a descargar agua. A lo largo de todo el camino, Violet le fue contando todas las promesas de Nicholas respecto a su carrera como pintora. Al parecer, él enviaba los lienzos a unos contactos que tenía en Londres, los cuales se encargaban de exponer las piezas tanto en Inglaterra como en Francia, donde se suponía que estaban cosechando un gran éxito.

Sin embargo, lo relacionado con las pinturas provocaba a Emily una honda preocupación. El supuesto éxito que tenían las obras de Violet no llegaba hasta Willesbury, no se traducía en nada real más allá de las palabras de Nicholas. En torno a la cuestión, a ojos de Emily, se extendía un manto oscuro que no le permitía discernir si aquello era cierto o no.

El paso de las jóvenes se vio interrumpido por un ruido sordo que provenía del horizonte. Violet colocó las manos sobre el pecho y sonrió, Emily torció el gesto. La figura de Nicholas, a lomos de un caballo, surgió de entre las colinas. Su porte era elegante y hasta caballeresco. Galopó hasta las jóvenes y, a escasa distancia de ellas, tiró de las riendas y cambió de dirección, haciendo gala de sus habilidades como jinete. Violet se maravilló.

—Te he buscado, mi flor. Suponía que debían pasear —dijo Nicholas. Emily se mantuvo en silencio y miró hacia otro lado ante lo sobreactuado que había sonado.

—El aire de la tarde nos revitaliza —comentó Violet.

—¿A quién no? —dicho esto, el conde se centró en Emily—. ¿Cómo la tratan los Smith? Hable sin tapujos. Su felicidad es importante para Violet y, por ende, para mí.

Emily dibujó una mueca.

—No tengo queja alguna. Son una buena familia y le aseguro que cuidan bien de sus tierras.

Nicholas asintió orgulloso.

—No tenía dudas. Es por eso por lo que estoy valorando otorgarles un terreno propio para que lo trabajen. He escuchado rumores de que Robert Smith está próximo a volver. Un hombre de su gallaría debe ver recompensado su esfuerzo.

—Es una buena noticia —dijo Emily—. Violet me ha comentado el buen recibimiento que están teniendo sus pinturas. ¿Es así?

En ese instante el rostro del conde se turbó, aunque intentó disimularlo con una media sonrisa. Incluso el caballo, ajeno a cuanto sucedía, relinchó y sacudió la cabeza.

—Por supuesto, Emily. Tenga por seguro que, más pronto que tarde, el nombre de Violet se situará entre los mejores artistas de Europa.

—Nada comparado con tu amor, Nicholas —declaró Violet.

Este sonrió.

—Falta menos para que nuestros sueños se hagan realidad, querida.

Nicholas no se separó de ellas hasta que ambas regresaron a la residencia y Emily se marchó a la casa de los Smith. Tuvo la sensación de que Nicholas no veía con buenos ojos aquellos paseos o, más bien, el hecho de que Violet pasara tiempo a solas con ella.

No tardó mucho en confirmar sus sospechas. En los días siguientes, Violet alegó estar demasiado ocupada para pasear y cuando accedía, la duración no se extendía más de diez minutos en los cuales apenas hablaba.

La preocupación de Emily fue en aumento, pero no sabía qué podía hacer por su amiga, lo que se traducía en desesperación. Al cabo de un mes, los paseos con Violet eran cosa del pasado y apenas la veía. Hubiera hecho cualquier cosa por ella, pero era la propia Violet la que le insistía en que todo estaba bien y que estaba viviendo un sueño. Un sueño que para Emily se traducía al de una princesa encerrada en una torre.

En tal situación, Emily no pudo más que centrarse en su trabajo. Nicholas cumplió su palabra y entregó a los Smith el terreno que había más allá de su casa, así como una letra de cambio como incentivo para que pusieran en marcha sus cultivos. Tiempo después, Emily supo que el conde acordó con Walter, el hermano mayor de los Smith, la devolución del importe de la letra más un porcentaje de intereses, aunque le informó de ese detalle días después de que Walter hiciera efectiva la letra y empleara el dinero en sus nuevas tierras.

—Debemos estar agradecidos por la generosidad del conde —dijo Bethany, la madre de los Smith, mientras almorzaban. Walter no compartía su opinión.

—No soy un desagradecido, pero de haber conocido esas condiciones no hubiera aceptado esa maldita letra de cambio. Hasta que el terreno comience a ser rentable pueden pasar años y mientras tanto tendremos que pagar ese dinero de nuestro propio sueldo.

Emily, que movía la cuchara por la sopa, sin apetito, sentía como su rencor hacia Nicholas crecía inexorablemente.

—Me comentó que era un regalo para Robert —dijo Emily.

—¿Te comentó lo de la letra de cambio? —soltó Walter.

Emily negó con vehemencia.

—Solo me dijo lo de la tierra.

Walter se desanimó y se frotó el rostro con las manos.

—Tenemos un poco de dinero ahorrado, Walter. Podemos emplearlo para pagar hasta que la tierra nos dé beneficios —dijo Bethany con dulzura, aunque todo lo que consiguió fue que su hijo golpease la mesa.

—¡Eso ni hablar! Nos ha costado mucho reunir ese dinero y no pienso regalárselo. En cuanto podamos nos largaremos de aquí.

—Pero él nos ha hecho propietarios. La casa y las tierras que la rodean nos pertenecen.

—No te equivoques, madre. Lo que ese sinvergüenza ha hecho es vendérnoslas a un precio mucho mayor. Ni siquiera hubiéramos valorado la oferta de haberla puesto encima de la mesa. Nos ha engañado, eso es lo que ha hecho.

A Bethany se le acabaron los argumentos. Le dolía ver así a su hijo, pero una parte de ella también estaba en contra de enfrentarse a los Clifford. Su avanzada edad le impedía quebrar el sesgo que llevaba impreso en su mentalidad desde hacía tantos años.

Entre suspiros, continuaron almorzando hasta que el sonido de una diligencia llamó la atención de los tres. El pequeño Daniel fue el primero en levantarse y dirigirse hacia la puerta. Cuando la abrió, comprobó que en efecto había una diligencia detenida frente a la casa. Emily había llegado también al umbral.

CAPÍTULO 41

E mily reconoció al cochero que las había llevado hasta
Willesbury.

—¿Mickey? —le llamó la joven.

Desde el otro lado de la diligencia se asomó una cabeza.

—¡Señorita! ¡Dichosos los ojos! Hubiera venido con una sonrisa
todo el camino de saber que iba a encontrarla aquí.

El viejo cochero bordeó la diligencia y se acercó con los brazos
alzados.

—Ya me acuerdo —señaló Daniel afinando la mirada.

—El muchacho de la leña ha crecido bastante. Eras tú, ¿no es
así? —dijo Mickey señalándose las sienes—. Memoria de elefante y
corazón de león. Les traigo un invitado.

Daniel miró hacia la cabina.

—¿Un invitado?

En ese momento un hombre joven se asomó por la ventana de la
diligencia. Vestía un sombrero militar que se quitó con gran
ceremonia.

—Pero mira quién ha vuelto a casa —exclamó Walter con
orgullo.

Emily supo que se trataba de Robert Smith, el hermano de Daniel y Walter; el destinatario del regalo envenenado de Nicholas.

Había oído mucho acerca de Robert, aunque ni mucho menos tenía la sensación de conocerlo. Ignoraba cuál era su personalidad o si era tan impulsivo y provocador como sus hermanos.

—¿Es que no hay honores para recibirme? —dijo Robert bajando con algo de dificultad. Bethany, exuberante al haber oído a su hijo, fue a recibirlo de inmediato.

Madre e hijo se fundieron en un abrazo, mientras que Daniel bajaba el saco de tela de la diligencia.

—Eh, chico. A mis caballos no les vendría mal beber un poco de agua —pidió Mickey.

Daniel señaló a una acequia ruinosa que había al borde del camino.

—Ahí encontrarán agua fresca.

—Se lo agradezco, caballero. —Mickey hizo una reverencia.

Mientras tanto, la atención de los demás se enfocaba en Robert. Bethany juntaba sus manos e imploraba al cielo sin contener las lágrimas. Walter aguardaba para poder abrazarlo.

—Entonces, ¿te has cansado de ser un soldadito? —cuestionó Walter.

Robert encogió los hombros y le lanzó un paquete, que Walter miró confundido.

—Las probabilidades de promoción son escasas y mi unidad se quedó en la India. Si no me hubiese lesionado, aún estaría por esas tierras —dijo Robert sonriendo—. Por el momento quedaré de reserva y podré aprovechar el tiempo con ustedes.

—¿Qué es esto, hermano? —preguntó Walter.

—Un regalo. Sé cuánto te gusta la fotografía y me la gané en una apuesta en el barco —respondió Robert viendo como su hermano abría el paquete.

—¿Hablas en serio? —Walter miraba la pequeña cajita con asombro, nunca había visto una cámara así.

—No sé de esas cosas, pero me dijeron que se llama *Kodak Brownie*. Se supone que cuando se terminan los disparos puedes enviarlas a un lugar y te devuelven la cámara recargada con otra película y las fotos que sacaste.

Walter estaba eufórico.

—A ti, pequeño, te traje un soldadito de plomo. —Daniel lo miró y se lo agradeció con un sentido abrazo.

Emily se mantenía a cierta distancia, observando cómo la familia Smith sonreía y hablaban atropelladamente. Por un momento, sintió un ligero rencor de no haber tenido esa oportunidad; recordó a su madre, a Betsy, y para sí misma se juró que algún día volvería a verla y disfrutarían de esos momentos. Sin embargo, todos sus pensamientos se congelaron cuando Robert se detuvo delante de ella y la saludó:

—Robert Smith. Mi hermano me ha hablado de ti en sus cartas. Eres Emily, ¿verdad?

Emily salió de su trance y estuvo a poco de asustarse ante la cercanía de Robert.

—Sí, un placer.

Robert sonrió y después miró a la casa con nostalgia. Llevaba fuera de Willesbury cerca de tres años y echaba de menos hasta el detalle más insignificante del lugar.

—Oye, Daniel. ¿Lloverá hoy? —preguntó Robert.

Daniel sonrió y miró al cielo.

—Por el momento hace un día maravilloso, por lo que es probable que llueva.

Enseguida los tres hermanos rieron a carcajadas y hasta Bethany sonrió ante la ocurrencia de sus hijos. Nada la hacía más feliz que estar con su familia. Entraron en la casa, pero Emily se quedó fuera y se acercó a la acequia donde Mickey había dirigido los caballos. Aquel hombre le caía simpático y le apetecía hablar con él.

—¿Necesita algo? —preguntó Emily. Mickey cabeceó con vehemencia.

—Estoy servido. El soldado me ha dado una petaca llena de whisky —dijo golpeándose el pecho—. Con eso tengo más que suficiente.

Emily apretó los labios en una media sonrisa. Se acababa de dar cuenta de que no sabía de qué hablar con ese hombre. No obstante, y sin ella saberlo, el viejo cochero estaba a punto de cambiar su vida.

—Por cierto, estas son las tierras del conde de Warrington, el artista, ¿verdad?

Emily sintió un escalofrío.

—¿El artista?

El viejo se sorprendió por la reacción de la joven.

—Sí, usted y la otra jovencita eran parientes del conde —afirmó Mickey—. Nicholas Clifford es su nombre, ¿no es así?

—Sí… —contestó Emily recordando la mentira que le contaron hacía casi un año, apenas pisaron Willesbury por primera vez.

Mickey dio una calada a su cigarrillo y miró a su alrededor.

—No me extraña que el conde encuentre inspiración en estos paisajes. Son verdaderamente una preciosidad. No me había fijado la última vez.

Emily seguía sin creerse lo que estaba escuchando.

—Su inspiración —musitó.

—Y que lo diga —continuó Mickey—. Estuve en Londres hace pocas semanas y allí realicé un par de viajes. Fíjese la casualidad que en uno de ellos llevé a un marchante de arte. El pobre tenía más prisa que el diablo y me insistía constantemente para que azotara a los caballos con el látigo. Por supuesto, no lo hice. Estas pobres bestias suficiente tienen. El caso es que el hombre, cuyo nombre no recuerdo, me dijo que había una gran agitación porque Nicholas Clifford, el conde de Warrington había presentado nuevas obras en una exposición e iban a subastarse alguna de ellas. Entonces yo dije: «¡Nicholas Clifford! ¿Cuándo he oído yo ese nombre?». Ya se lo comenté, tengo buena memoria, aunque a veces hay que darle tiempo para que ponga todas las cosas en su sitio. En fin, el caso es que recordé el encargo del Míster Campbell respecto a ustedes y caí en la cuenta de que había estado en las tierras de ese famoso artista.

Emily estaba cada vez más alterada.

—¿Dice que el conde de Warrington es un pintor reconocido? —preguntó encarando a Mickey. El viejo incluso retrocedió.

—Por supuesto que sí. Es más, le diré que no es tan reconocido en este país como lo es al otro lado del canal de la Mancha. Había un gran revuelo ese día. Desde luego levanta mucha expectación.

Emily no pudo contestar. Se ocultó la boca con la mano y comenzó a caminar hacia la residencia de los Clifford.

—¡Señorita! ¿Se encuentra bien?

Los gritos de Mickey alertaron a Daniel y Robert, que salieron de inmediato y fueron testigos de cómo Emily se dirigía hacia la casa principal de los Clifford. Por fin había comprendido el interés de Nicholas por Violet. Ahí no existía el amor ni ningún sentimiento parecido, sino un interés egoísta en conseguir más pinturas. Lo único que estaba haciendo Nicholas era aprovecharse de la ceguera de Violet. Para esta eran suficientes las promesas de un futuro juntos para que no fuera capaz de ver la realidad de lo que estaba ocurriendo. Pero no podía culparla sin más, ya que, si todo eso era cierto, si Nicholas realmente se apropiaba de las obras de Violet, si ese era su único interés, todos habían sido engañados. Esto provocó la ira de Emily, empezó a hilar y a comprobar lo ingenua que había sido. Sin embargo, ese tema era lo de menos, porque lo realmente importante era que habían sesgado sus vidas en Nueva Zelanda para viajar hasta Inglaterra, siendo el aire que impulsaba las velas de aquel largo viaje, el idílico amor entre Nicholas y Violet. Pero todo, absolutamente todo, había sido una mentira.

De repente, cuando ya la escalinata principal de la residencia se alzaba ante ella, se detuvo. Estaba furiosa y jadeaba como una bestia acorralada, pero su lado más racional la hizo reflexionar. ¿Qué conseguiría si entraba gritando que Nicholas era un estafador? ¿Cómo reaccionarían? ¿Cómo reaccionaría Violet? Lo más probable sería que la echaran y que perdiera el contacto con su amiga.

Apretando los puños y luchando por controlarse, Emily cerró los ojos y respiró con fuerza.

—¿Se puede saber qué haces ahí?

Reconoció la voz de inmediato. Se trataba de Beatrice, la esposa de Nicholas. Estaba asomada a una de las ventanas, manteniendo una pose erguida y desinteresada al mismo tiempo. Emily había tratado pocas veces con ella, pero en todas las ocasiones le había resultado una mujer desagradable y pedante. En lo físico tenía cierto aire a Lauren. Era rubia, de piel clara y ojos verdes. Sin embargo, a ojos de Emily, su personalidad le hacía perder cualquier encanto que pudiera tener.

—Te he hecho una pregunta. ¿Es que no entiendes mi idioma? —insistió Beatrice.

Emily alzó la cabeza lentamente y miró hacia la ventana en cuestión. Lo de mantener la calma era la única opción que le quedaba en aquel momento.

—Venía a ver a Violet. —Fue lo único que se le ocurrió decir.

Beatrice abrió los ojos de par en par.

—¿Desde cuándo el servicio tiene tiempo de visitas? ¡Márchate ahora mismo!

Emily apretó todavía con más fuerza sus puños, de tal manera que ya sentía sus uñas clavarse en las palmas de las manos.

—Lamento mucho haberla molestado —dijo Emily alejándose sin más. Aquella actitud desquició a Lady Beatrice.

—Esto es inaceptable. ¡Fuera de mi vista! —gritó Beatrice. Su necesidad de imponer su voluntad sobre los demás no encontraba límites.

Emily regresó a la casa de los Smith. Mickey había reemprendido la marcha y se alejaba ya de las columnas que señalaban la entrada a la propiedad de los Clifford. Cuando abrió la puerta, los tres se giraron de inmediato hacia ella.

—¿Va todo bien, Emily? —preguntó Daniel.

—Por supuesto. Simplemente, recordé que tenía que decirle algo a Violet. Disculpen mis maneras. Sé que a veces no son las correctas —dijo Emily con un tono despreocupado que cumplió su cometido. Los Smith volvieron a centrarse en su conversación que les ocupaba y que Emily intuyó que debía estar relacionada con la famosa letra de cambio.

Walter miró a su hermano como si esperara una respuesta. Bethany lucía cabizbaja. Emily se sorprendió de lo mucho que había cambiado el ambiente en cuestión de minutos. Por un momento, dudó de sentarse a la mesa o dejarlos a solas. Un gesto de la anciana le hizo decantarse por la primera opción.

—No lo he entendido bien, Walter. ¿Qué significa todo esto? —preguntó Robert.

—Que debemos una importante suma al conde. —Sacó una hoja del bolsillo de la camisa y la puso sobre la mesa—. Esta es la amortización de la letra de cambio más los intereses. Ese cerdo va a sacar una buena tajada con todo esto.

—¡Walter! —exclamó Bethany.

—¡Es la verdad!

—Pero ¿cómo pudiste aceptar algo así? —preguntó Robert, al que la idea de volver a la India ya no le sonaba tan mala.

Walter enrojeció de cólera y señaló a Emily. Daniel, presente en la reunión y que por primera vez se mantenía en silencio, no dejaba de mirar a uno y otro.

—Ella está de testigo. Primero nos dijo que era un presente por tu labor en la India. Cambió de nombre la titularidad de las tierras a nombre de nuestra madre. No le vi inconveniente. A los pocos días me entregó una letra de cambio y me dijo que madre debía firmar el documento. Me dijo que simplemente era para oficializar la entrega. ¿Cómo no iba a fiarme de él? Pero lo que en realidad firmó madre, fue un acuerdo de devolución con intereses. Yo no sé leer bien ni entender esas cosas, apenas podía escribirte un par de letras en las cartas y madre sabe mucho menos. Luego Emily lo leyó y me ayudó a entender lo que habíamos firmado. Gran parte de nuestros ingresos deberán ir para afrontar los pagos, al menos hasta que la tierra comience a dar beneficio.

Emily observó la reacción de Robert. Este era mucho más reflexivo y calmado que Walter. Transmitía serenidad y una sensación de tenerlo todo bajo control. Robert ojeó el documento mientras su madre y sus hermanos estaban expectantes. Parecían confiar en que Robert pudiera solucionarlo todo, al menos así lo entendió Emily.

—Con un contrato de por medio poco podemos hacer. ¿Dónde está el dinero?

Walter movió la cabeza de un lado a otro.

—Cobré la letra de cambio e invertí el dinero antes de saber nada —señaló hacia el techo—. Arreglamos algunas cosas de la casa e invertí en aperos, abonos...

—Entonces no nos queda más remedio que afrontar las consecuencias y ajustarnos al plan de pago —dijo Robert.

Walter golpeó la mesa.

—¿Esa es la solución? —gritó.

Enseguida comenzó una discusión entre los hermanos, aunque era Walter el que gritaba constantemente mientras Robert permanecía calmado. Daniel observaba todo con los ojos muy abiertos, consciente de que aquello sobre lo que discutían pertenecía al mundo de los adultos. Emily se mantuvo al margen, pero la ira que sentía en su interior abrasaba sus entrañas. Lo que Nicholas les había hecho a los Smith no era muy distinto de lo que le estaba haciendo a Violet, pues procuró que ella acudiera sola hasta Willesbury; sabía que así no tendría freno para manipularla a su voluntad. El caso de los Smith era parecido. Por lo poco que había visto, Emily se convenció de que si Robert hubiera estado presente las cosas habrían sido muy distintas y quizás no hubieran aceptado esa letra de cambio.

Todo esto se tradujo, de manera inexplicable, en una mueca irónica en los labios de Emily. No había dejado atrás su vida y su país para caer en las redes de un crápula que absorbe cuanto tiene a su alrededor. Ni mucho menos. Ella le pararía los pies al conde de Warrington.

CAPÍTULO 42

La reacción de Kora no se hizo esperar. Como si sus piernas estuvieran integradas por dos poderosos resortes, dio un respingo y señaló hacia Arthur.

—¡Lo sabía! ¡Clifford no pintó los cuadros! ¡Todo no es más que una gigantesca estafa!

Arthur, que parecía salido de un videoclip de rap de los noventa con la ropa de Patrick, levantó las manos.

—Por eso precisamente fui hasta la casa de Henry. No me planteé nada de esto hasta que supe que Violet viajó finalmente hasta Inglaterra.

—Entonces, todo eso de las pinturas, quiero decir, lo que suponíamos hasta ahora se ha quedado en nada —dijo Patrick.

Sophia estaba perpleja. La montaña rusa de sentimientos que se había iniciado con la muerte de su padre continuaba sacudiéndola. Sin dura, era la más afectada.

—¿No tienes nada que decir? —preguntó Kora.

Sophia encogió los hombros.

—Tampoco puedo decir que me extrañe. Lo que me ha dado escalofríos es que dice que Emily quería pararle los pies a Nicholas.

—No me extraña. Ese hombre es la peor persona que...

—No lo entiendes, Kora —dijo Arthur sin retirar la mirada de Sophia—. No lo consiguió.

Kora seguía sin comprender.

—¿De qué estás hablando?

—Que no le paró los pies. Han pasado más de cien años y el autor reconocido de los cuadros sigue siendo Nicholas Clifford —explicó Arthur. Sophia asintió.

Se produjo un silencio tenso, como si todos acabaran de presenciar una desgracia. Sophia permanecía abstraída, pero, de repente, se tapó el rostro con las manos.

—Oh, Dios mío.

—¿Qué sucede? —preguntó Kora. Arthur se alertó.

—El incendio que acabó con Nicholas y su familia... —murmuró Sophia. El resto comprendió el mensaje y se miraron en silencio, tensos. Nadie se atrevía a hablar.

—Eso no lo sabemos —dijo Arthur poniendo sus manos encima de la de Sophia. Esta agradeció el gesto, pero aun así sentía que el corazón se le iba a salir por la boca. La imagen que tenía de su bisabuela hasta ese momento era el de una persona dulce y buena, pero lo escrito en el diario, revelaba una versión totalmente diferente de Emily.

—¿Crees que ella provocó el incendio? —preguntó Kora en voz baja, como si temiese que alguien más le escuchase.

—No entiendo mucho, pero si se abriera una investigación acerca de lo ocurrido en el incendio, las palabras de Emily serían un móvil, ¿no es así? —dijo Patrick. Los demás le miraron por su ocurrencia.

Arthur se incorporó y pidió calma.

—Está claro que Emily estaba molesta con Nicholas, pero si no me equivoco el incendio fue en 1914, es decir, años después de lo que estamos leyendo ahora.

—Pero Emily se marchó justo después del incendio —añadió Sophia.

—Creo que hemos dejado de lado lo verdaderamente importante de la cuestión —señaló Kora queriendo cambiar el tema de la conversación—. Ahora sabemos que Nicholas no fue el autor de las obras. Si es un artista tan venerado, esta información podría acabar con él y mostrar al mundo quién era realmente: un ricachón que se aprovechó del talento de una joven.

Arthur se rio levemente.

—¿Crees que es tan fácil? Hará falta algo más que un diario para demostrar que Nicholas no los pintó.

—Necesito tomar el aire —dijo Sophia de repente. Sin más, se levantó y se dirigió a la puerta. Forcejeó con ella antes de poder abrirla. Kora fue tras ella, pero Arthur le dijo que le convenía estar a solas unos minutos.

La tormenta seguía descargando agua de manera generosa sobre Willesbury. La luz de las farolas parecía perdida en un océano oscuro. Fruto del viento, pequeñas gotas de agua se adhirieron al pelo de Sophia, que caía sobre sus hombros, pero no le importó. La oscuridad que tenía ante sus ojos le reconfortaba. Sacó el teléfono móvil y buscó el número de Daphne en la pestaña de llamadas recientes. En aquel instante había perdido la noción del tiempo y no pensó en qué hora sería al otro lado del océano.

—¡Sophia! ¿Hay novedades?

La voz enérgica de Daphne le hizo saber que la había llamado en buen momento.

—Desde luego que sí. Tengo tantas cosas que contarte que no sé por dónde empezar.

La emoción le hacía temblar la voz y Daphne lo advirtió.

—¿Qué sucede, Sophia?

Esta suspiró. Las lágrimas desbordaron sus ojos.

—¿Recuerdas la última vez que hablamos? Kora nos interrumpió.

—Claro que lo recuerdo.

A partir de aquí Sophia le contó todo lo que había ocurrido hasta ese momento: la llegada de los Smith, el diario y todo lo que en él habían leído. Aunque al principio sus pensamientos iban más rápido que sus palabras, a los pocos minutos se calmó y le dio coherencia a sus palabras. Daphne escuchó con atención, aunque como era comprensible había momentos en los que se encontraba totalmente perdida. No obstante, la conclusión no se le escapó: Emily había descubierto que Nicholas se aprovechaba de Violet para crear su propia fama como pintor, lo que había hecho que Emily prometiera que le pararía los pies al conde.

—Desde luego no se han aburrido —dijo Daphne.

—Tengo que reconocer que estoy un poco en shock. Me preocupa que Emily tuviera algo que ver con el incendio que acabó con la familia Clifford. Nunca tuve una imagen muy nítida de mi bisabuela, pero desde luego no puedo soportar que se tratara de una asesina.

—No te precipites, Sophia. Todavía quedan páginas por leer y también tenemos el diario que encontramos acá. Ya están intentando restaurarlo —indicó Daphne—. Quizás ahí estén algunas explicaciones.

—Así es, aunque yo creo que mi bisabuela contaba con que leyéramos solo ese último diario, y podría haber ocultado toda esta información que nos ha llegado de pura casualidad —respondió Sophia más calmada.

—Puede ser que al final solo quisiera que se sepa que era Violet quien pintaba, no todo lo que tuvieron que pasar.

—Claro que es eso —continuó Sophia—. A eso se refería Emily en su carta, me pedía que dijera la verdad. Todo cobra sentido.

—Entonces no pierdas la esperanza y, sobre todo, ¡no seas tan negativa! Seguro que todo tiene una explicación.

—Eso espero —musitó Sophia.

—Me gustaría estar contigo.

—Lo sé, Daphne.

—Tengo que dejarte, Sophia, pero escríbeme cuando descubras qué ocurrió, ¿de acuerdo? No te llamo porque no quiero molestar.

—Puedes llamar cuando tú quieras. Pasaremos la noche leyendo el diario.

—De acuerdo —dijo Daphne—, pero si sientes que te va a

explotar la cabeza, descansa un poco. Si la verdad ha estado oculta más de cien años, puede estarlo un par de horas más.

Se despidieron y Sophia se quedó con el teléfono en la mano, pese a la lluvia que le golpeaba. El viento se había levantado con furia en los últimos minutos, como si le estuviera advirtiendo de que debía entrar de nuevo y continuar con su labor. Pero por el momento no encontraba las fuerzas para ello.

—Creo que necesitas esto.

Era Arthur, que le ofrecía un paraguas con el que protegerse de la lluvia. Sophia sonrió. ¿Cuánto tiempo hacía que nadie se preocupaba así por ella? Cuando huyó de Nueva Zelanda, porque pese a que no le gustara, lo que hizo fue huir, esperaba formar una nueva vida y encontrar a otra persona que le hiciese olvidar su pasado, pero en vez de eso no halló más que soledad y relaciones que no le aportaban nada. Ella se autoconvencía de que pronto se solucionaría todo, pero los años pasaron y aquel desapego se transformó en una forma de vida. Disfrutaba de su trabajo, pero en su pecho persistía la oscuridad. Sin embargo, Arthur procuraba una extraña influencia sobre ella; le despertaba sensaciones que creía extintas.

—Te lo agradezco —dijo sujetando el paraguas—. Lamento mucho este espectáculo. Te parecerá ridículo.

—No tienes que disculparte.

Sophia asintió y se estremeció por el frío. Arthur se percató y pasó su brazo por encima de su hombro.

—Vas a pillar un resfriado.

Sophia casi no podía hablar. El calor que emanaba del cuerpo de Arthur la había sumido en un placer desconcertante. De repente, la historia de Emily, el diario y los cuadros quedaban a millones de años luz. Aquel manantial de sentimientos le provocó un temblor nervioso en el labio poco antes de que comenzara a llorar. ¿De dónde venía ese llanto? No lo sabía.

—A veces me pregunto qué estoy haciendo aquí —dijo—. ¿Qué sentido tiene todo esto?

Arthur la estrechó con más fuerza y Sophia apoyó la cabeza en su pecho.

—Tiene mucho sentido, Sophia. La gran mayoría de las personas huye del pasado, pero tú te diriges hacia él dispuesta a conocerlo. Mi madre me decía que nuestras vidas no son más que pequeños pasos de una gran historia y que para comprender a dónde vamos, tenemos que conocer de dónde venimos.

Las palabras de Arthur sacaron una sonrisa a Sophia. No porque él tratara de animarla, sino porque le había dado sentido a lo que estaba haciendo, a su propia vida. De golpe, se separó de él y lo miró fijamente a los ojos.

—Conocer de dónde venimos —susurró—, para comprender a dónde vamos.

—Un poco cursi, lo sé —dijo Arthur.

—No, Arthur; es la clave de todo. Conocer de dónde venimos… ¿Sabes por qué vivo en Londres?

Arthur cabeceó.

—Porque un hombre se apoderó de mí, de mi voluntad y no me dejó más remedio que huir. Crucé medio mundo para escapar de él, porque si él estaba cerca yo no podía, siempre volvía a creerle. Sin embargo, ni aun así fui capaz de librarme de su presencia; la sentía conmigo en todo momento. Cada poco sentía como me asfixiaba y…
—En ese momento, Sophia alzó su mano derecha y la detuvo bajo la lluvia. Las gotas impactaban en sus dedos y ella lo observaba totalmente fascinada.

—¿Qué ocurre, Sophia? —preguntó Arthur confuso.

—Antes pintaba. Soñaba con ser pintora y ver mis obras expuestas en los mejores museos. Sé que lo hubiera conseguido de no ser por Terry, pero no fui lo suficientemente fuerte.

Arthur observó la mano de Sophia, que la movía de tal forma que parecía bailar bajo la lluvia.

—¿Qué te pasó?

—Terry pintaba también, pero sus cuadros no valían nada. No podía soportar que la gente reconociera mis obras a la vez que ignoraban las suyas. Había veces que no me dejaba pintar, así como otras en las que me animaba como si le fuera la vida en ello. Él sabía cuál era mi sueño y se aprovechaba de él, hasta que me cansé. —

Cerró los dedos y apretó el puño—. Llegó un momento que detestaba pintar y que él decidiese cuando podía hacerlo, así que me lesioné la mano para no pintar más.

Arthur extendió su mano y cruzó sus dedos con los de Sophia. Con suavidad acarició la palma y sintió una pequeña cicatriz.

—Desde entonces, y pese a que la herida cicatrizó bien, cada vez que recordaba a Terry sentía dolor en la mano. Una amiga dice que se trata de dolor reflejo, algo psicológico.

—¿Te duele ahora? —preguntó Arthur acercando su rostro al de Sophia. Esta movió la cabeza de un lado a otro. Una sensación de calor se extendió por su estómago.

—Ahora no.

Sus labios estaban a punto de rozarse cuando Arthur retrocedió levemente.

—No quiero que pienses que trato de aprovecharme. No soy así.

Sophia se quedó mirándolo y después bajó el rostro para ocultar la sonrisa que brotaba de sus labios y de la que Arthur se contagió de inmediato.

—¿Te estás riendo de mí?

—No, lo siento, es solo que me ha hecho gracia la situación —dijo Sophia a carcajadas.

—¿Demasiado romántico? —dijo Arthur provocando que Sophia soltara una carcajada que se escuchó hasta la recepción. Kora y Patrick acudieron de inmediato a la puerta.

—¿Qué sucede? —preguntó Kora, obteniendo por respuesta las carcajadas de ambos—. ¿Se han vuelto locos?

—Eso parece —dijo Patrick—. No hay que estar muy bien de la cabeza para estar aquí fuera con la que está cayendo. No se fijaron en que Sophia y Arthur seguían cogidos de la mano.

—En eso tienes razón —aseguró Arthur—. Entremos.

Sophia y Arthur continuaron riéndose prácticamente hasta que llegaron a la mesa y vieron de nuevo el diario, como si una amenaza estuviera a punto de abalanzarse sobre ellos. Sophia, más serena, se sentó y cogió aire. Kora, a su lado, miró el reloj.

—Son casi las tres de la madrugada.

—Podemos seguir por la mañana —sugirió Patrick.

Del rostro de Sophia había desaparecido toda hilaridad. Se mostraba tensa. Arthur la observaba expectante. Lo que le había contado Sophia le había impactado, pero no por el hecho de que tuviera que dejar su país por una relación tóxica, sino por las similitudes que había entre el presente de Sophia y Kora con el pasado de Emily y Violet. Era como si lo ocurrido por entonces no hubiera concluido.

—No queda mucho —dijo Sophia pasando sus manos sobre el diario. Un trozo de folio actuaba como marcapáginas.

—Pues ¿por qué esperar? —preguntó Kora ocupando su asiento.

Sophia miró a Arthur y le dedicó una sonrisa que el otro le devolvió. Un gesto de complicidad que no pasó inadvertido para Kora.

—Tienes razón —murmuró Sophia justo antes de abrir el diario.

CAPÍTULO 43

Diario Nº 2 de Emily Brown

Cada día la realidad me golpea la cara y me hace sentir estúpida. Dejé a mi madre por algo que solo me ha traído dolor.

No puedo negar que he encontrado en Robert un gran amigo, en Walter un fortachón que me defendería de un gigante y en Daniel el hermanito que nunca tuve, pero sigo extrañando a mamá y sigo viendo como Violet se aleja. Estoy convencida de que ha enloquecido y está completamente cegada con su idea de una vida junto a Nicholas.

A los pocos días de hablar con Mickey, y saber la verdad, intenté por todos los medios reunirme con ella con la esperanza de que, por fin, viera la realidad.

Cuando lo logré y le comenté lo que me había contado el cochero y cada uno de los motivos por los que debería sospechar, ella lo negó todo y solo me dijo que Nicholas quería lo mejor para los dos.

Discutimos y ya casi no nos vemos.

Nuestra hermosa amistad ha comenzado a romperse.

WILLESBURY, 1912

R obert entró en la casa lentamente, cansado y dolorido, y se dejó caer en la silla. La madera de esta crujió bajo su peso. Fue entonces cuando Bethany, que dormitaba en el butacón, se despertó.

—¿Hijo? —le llamó con una voz débil.

—Estoy aquí —dijo Robert—. ¿Emily no está contigo?

—He ido a prepararle un poco de sopa. Me dijo que tenía hambre —contestó Emily a sus espaldas. Robert se giró hacia ella y le pidió disculpas en silencio—. Le vendrá bien comer un poco.

—¿Le ha bajado la fiebre? —preguntó Robert.

Emily negó en silencio. Robert suspiró.

—Ayer hablé con el conde. Me dijo que dispensaría cuantos cuidados pudiera necesitar, pero ni siquiera ha aparecido el doctor. ¿Cómo te encuentras, madre? —pidió Robert poniéndose a su altura.

—Estoy bien. No tienen que preocuparse por mí. Solo son achaques de la edad.

Robert sonrió con ternura ante los intentos de su madre para que no se preocuparan, pero lo cierto es que hacía días que unas fiebres se habían apresado de ella. Apenas comía ni podía moverse. Walter se había marchado hacía unos meses, porque le dijeron que, en el sur de Gales, había trabajo en la construcción de las líneas del ferrocarril y quienes se sumaran obtendrían algunas tierras a cambio. Les dijo que en cuanto se estableciera, regresaría para sacarlos de los tentáculos del conde. Sin embargo, hacía tiempo que no sabían de él, ni de su destino, y paulatinamente la salud de la madre de Robert comenzó a decaer.

Robert pidió ayuda a Nicholas, y aunque este prometió hacer cuanto estuviese en su mano, al día siguiente partió a un viaje de negocios a Londres. Había un doctor en un pueblo cercano, pero en su situación no podían hacer frente a los costes.

—Deberías avisar a tu hermano, Robert —dijo Emily. Este le hizo un gesto para que lo acompañara a la cocina. Su madre perdía la conciencia por momentos, pero, aun así, no le gustaba que escuchase ciertas cosas.

—Ya lo he hecho. Le dejé un mensaje esta mañana en la oficina del ferrocarril. Pero no sé si le llegan mis mensajes, no hemos tenido respuesta desde hace dos meses. Cuando nos envió las fotos que había sacado antes de marcharse.

Emily recordó ese momento, pues entre las fotos venían unas cuantas que Walter sacó en el campo. Había un par en las que aparecía ella junto a Violet.

—No sé qué más podemos hacer —dijo Emily.

Robert torció el gesto.

—Necesita medicina y cuidados, Emily. Le supliqué al conde que nos ayudara, pero puedes ver el caso que me ha hecho.

Ambos miraron más allá de la puerta y vieron que Bethany había vuelto a quedarse dormida. Estaba muy débil.

—Quizás puedas hablar con tu amiga, con Violet. No sé muy bien qué relación mantiene con Nicholas, pero tal vez ella pueda ayudarnos.

—Hace semanas que no la veo, solo me saluda desde la ventana como una sombra, por eso sé que está viva, pero intentaré hablar con ella.

—No perdemos nada por intentarlo. Toma. Tenía que entregarle estos documentos al conde. Te servirán de excusa si esa arpía de Beatrice te pregunta qué estás haciendo allí. Sin embargo, tendrás que apañártelas para llegar hasta Violet.

—Descuida. Algo se me ocurrirá.

Emily se guardó los papeles en el bolsillo, cogió una chaqueta y se marchó en dirección a la residencia de los Clifford. Llevaba en su bolsillo una foto de ellas en el campo, quizás eso le recordaría que eran amigas. El cielo despejado de la mañana había dejado paso a unas nubes de tormenta que amenazaban con descargar agua en cualquier momento.

A medida que se acercaba a la residencia, observó los solitarios campos que se extendían alrededor, diferentes a los que ella había conocido a su llegada, hacía ya más de un año. Por entonces, gran parte de las tierras eran trabajadas por campesinos o aprovechadas para alimentar los rebaños de la zona —por supuesto, a cambio de un porcentaje—, pero en los últimos meses, la situación había cambiado mucho. Los Smith eran de los pocos que continuaban trabajando para los Clifford, en parte obligados por los elevados intereses de la letra de cambio. Además, el descuido del conde afectaba directamente a Willesbury, cuyo mercado perdía competitividad e iba aislándose de la ruta de los principales mercaderes. A todo esto se añadía el hecho de que el conde no tenía descendencia, lo que también provocaba rumores en el pueblo. Emily no les encontraba mucho sentido, ya que el matrimonio Clifford era joven, pero estos circulaban de una boca a otra.

—La muerte no sabe de edad, niña —le decía un vecino del pueblo, un anciano que vivía en Willesbury desde hacía más de setenta años y había conocido de primera mano la vida de los antepasados del conde—. Antes los Clifford eran toda una estirpe. El bisabuelo, Ronald Clifford, tuvo una caterva de chiquillos; sin embargo, su hijo no tuvo más de cuatro y su hijo, a su vez, tan solo dos: Nicholas y su difunto hermano Eugene, el cual, por otra parte, no concibió ningún hijo. La casa puede tener una fachada preciosa, pero si las vigas que la sustentan están picadas, tarde o temprano, todo se vendrá abajo.

Emily escuchó con atención al anciano, pero no le dio más importancia al asunto. Ignoraba que aquella cuestión iba a convertirse en el punto focal de sus vidas.

Estos pensamientos, junto con la decadencia de la propiedad, le hizo preocuparse por el futuro de Violet. ¿Qué vida le esperaba a su amiga? Nicholas seguía casado con Beatrice y las promesas de una separación próxima se habían difuminado. Emily se daba cuenta de eso, pero a Violet no parecía importarle. Era como la zanahoria que se sitúa delante del asno para que continúe avanzando.

Absorta, advirtió que había llegado hasta la escalinata principal de la casa. No obstante, prefirió dar un rodeo y entrar por la puerta de servicio, que daba a la cocina. Allí se encontraba Margot, una empleada de la casa. La relación entre Emily y ella no se había iniciado con buen pie, principalmente por prejuicios de Margot a toda persona que no fuera inglesa, aunque con el tiempo le cogió incluso cariño hasta el punto de que recordaba con vergüenza lo mal que la había tratado las primeras veces que coincidieron.

—¡Emily! Buenas tardes, querida. No esperaba verte por aquí —saludó Margot mientras fregaba el suelo arrodillada con un cepillo.

—Hola, Margot. He de entregarles unos documentos al conde y he pensado en visitar a Violet. ¿Sabes dónde puedo encontrarla?

Margot soltó el cepillo y se incorporó con el rostro serio.

—Verás, Lady Beatrice está aquí —dijo señalando hacia la puerta que daba al interior de la casa—. No creo que sea una buena idea que te vea merodear por el pasillo.

Emily asintió. Margot tenía razón. Frustrada, se preguntó en qué momento había perdido las riendas de su vida. En cualquier otra situación habría entrado en la casa sin más para ver a su amiga, pero si lo hacía corría el riesgo de que los Clifford no ayudaran a Bethany. Tenía que ser cuidadosa.

—¿Podrías decirle a Violet que estoy aquí fuera? Estaría en deuda contigo.

Margot reflexionó durante unos segundos antes de aceptar. Le pidió a Emily que esperara fuera y fue en busca de Violet.

A Emily la espera se le hizo angustiosa. Trató de pensar el qué decirle a Violet, pero las palabras no venían a su boca; ni siquiera sabía cómo empezar. El paso de los segundos la ponía cada vez más nerviosa hasta que por fin escuchó abrirse la puerta. Margot apareció con el rostro pálido y las manos temblorosas.

—Será mejor que te vayas, Emily.

—¿Qué sucede, Margot? —preguntó preocupada.

—No has venido en buen momento. Déjame los documentos y yo se los entregaré al conde.

—Pero dime qué está pasando —exclamó Emily. Margot solo le puso la mano en la espalda para que saliera por la puerta, lo que hizo, pero sin entregarle los documentos, ya que era su única excusa para volver a intentar hablar con Violet.

Sumida en un mar de dudas, emprendió el regreso a la casa de los

Smith, no obstante, cuando se encaminó por el sendero, vio acercarse una diligencia a cierta velocidad. Emily se situó al borde y observó que en el interior de la diligencia iba Nicholas acompañado de otro hombre. La mirada del conde, fría y despótica, se encontró con la suya. Emily siguió su camino, pero al poco advirtió que la diligencia se había detenido bruscamente.

—¿Se puede saber de dónde viene? —preguntó Nicholas asomado por una de las ventanas de la diligencia. Un trueno lejano sacudió el ambiente.

Emily supo que era el momento de emplear los documentos que Robert le había entregado. Ya pensaría más adelante una excusa para volver a la residencia.

—Robert me dijo que le entregara estos documentos.

Aireado, Nicholas se bajó de la diligencia y se acercó lentamente hacia Emily. Esta percibió algo extraño en su mirada, un sentimiento que no era capaz de descifrar y que la inquietaba. El conde se detuvo delante de ella y se quedó observándola en silencio. Fue entonces cuando Emily se dio cuenta de lo mucho que había cambiado. Su hermosura juvenil y la finura de sus gestos se habían transformado en una delgadez pálida. Los huesos de su rostro exacerbaban su expresión. Seguía dotado de una belleza anómala para un hombre adulto, pero al mismo tiempo, esta parecía consumida, extenuada.

—Entrégame esos documentos —pidió extendiendo los brazos.

—Dígale a Violet que deseo verla cuanto antes.

Los labios de Nicholas esbozaron una media sonrisa.

—Violet… Últimamente está muy ocupada… con sus lienzos. Es una gran artista.

Emily apretó los labios para contenerse. Sentía una mescolanza de rabia y, aunque no quería reconocerlo, temor.

—También quisiera pedirle ayuda. Bethany, está muy enferma y necesita de un doctor. No podemos permitirnos asumir los costes y le rogamos que usted nos brinde una ayuda.

Nicholas permanecía con su peculiar sonrisa y mirando a Emily de una manera extraña.

—Por supuesto, Emily. Asumiré los costes que sean necesarios.

Emily se sorprendió de la actitud del conde.

—Devolveremos el dinero —dijo. Sin embargo, el conde alzó su mano derecha y la movió de un lado para otro.

—No será necesario. ¿Qué sería de nosotros si no nos ayudamos en los momentos difíciles?

Emily no supo qué responder. Lo único que quería era marcharse cuanto antes. Hizo el amago de alejarse cuando, de repente, Nicholas la sujetó de la mano y la llevó hasta sus labios.

—Adiós, Emily.

Esta no dijo nada, sino que se retiró apresurada hacia la casa de los Smith. Encontró a Robert junto a su madre, limpiando con un trapo la suciedad de sus manos.

—¿Has podido hablar con Violet? —preguntó.

—No —contestó lacónica—. Pero sí con el conde. Dice que enviará un médico lo antes posible.

—¿No se había marchado a Londres?

—Acaba de regresar.

Dicho esto, Emily atravesó la casa y llegó hasta la parte trasera, justo donde comenzaban los terrenos que les habían cedido a los Smith. Cerró la puerta tras de sí y comenzó a caminar nerviosa de un lado hacia otro, respirando con fuerza, como si se asfixiara.

—¿Qué está pasando, Violet? —susurró.

Robert, que había visto la preocupación en su rostro, fue tras ella.

—¿Emily?

Esta cabeceó para dejar claro que todo estaba bien. Sin embargo, Robert no se dejó convencer tan fácilmente. Había convivido con ella lo suficiente como para saber que le ocurría algo. Además, desde hacía tiempo venía observándola como algo más que una simple compañera. En varias ocasiones había intentado acercarse a ella, pero Emily siempre se había mostrado en cierto punto fría y lejana, como si tuviera una coraza y no permitiera que nadie se acercara a partir de un punto. Robert intuía que esa personalidad era fruto de un pasado complicado, a lo que se aferraba para establecer con el tiempo una relación con ella.

—No he podido ver a Violet.

—¿Eso te preocupa por algo en especial? —preguntó Robert.

Emily recapacitó antes de contestar.

—Supongo que me había hecho la idea. ¿Bethany continúa dormida?

Robert asintió desanimado.

—La fiebre le hace delirar.

—El doctor vendrá a tiempo. El conde cubrirá todos los gastos.

A Robert no le animó la noticia.

—No creo que se pueda hacer nada. Está muy débil.

La predicción de Robert fue acertada. Esa misma noche, Bethany sufrió una subida de fiebre que la mantuvo inconsciente durante horas. Poco después del anochecer, llegó el doctor prometido por Nicholas, al que Emily reconoció como el otro hombre que iba en la diligencia.

—Me temo que no se puede hacer nada —afirmó el doctor.

Emily tuvo el impulso de preguntarle qué había ido a hacer a casa de los Clifford, ya que le preocupaba que Violet estuviera enferma, pero finalmente se contuvo.

Robert encajó la noticia con serenidad, caso contrario al de Daniel, que sufrió un ataque de ira en cuanto llegó y supo del delicado estado de su madre.

—Será antes del amanecer. Su cuerpo está muy debilitado. Lo siento —dijo el doctor antes de encajarse el sombrero y regresar a la diligencia que lo esperaba frente a la puerta. En ese momento llovía con fuerza. Robert y Daniel, se sentaron junto al lecho de su madre y la acompañaron en sus últimos momentos. Emily observaba la escena con lágrimas en los ojos, pero sin dejar que aquellos sentimientos turbasen su rostro. Recordaba a su madre y el dolor que se originaba en su pecho la torturaba por no saber nada de ella, por haberla dejado sola. Sin embargo, en sus manos todavía estaba que aquel sacrificio hubiera valido la pena. Pese a lo prometido, tenía sus dudas respecto a ver a Betsy de nuevo, pero no iba a permitir que le sucediera lo mismo con Violet. ¿Qué opción le quedaba? ¿Pasarse el resto de sus días trabajando en las propiedades de los Clifford? ¿Acaso ella había elegido eso? Ni mucho menos. Cuando abandonó Los Catlins no esperaba acabar en esa situación.

—¿A dónde vas? —preguntó Robert cuando vio a Emily cubrirse con una chaqueta.

—Tengo que ver a Violet —contestó Emily.

Daniel miró a Robert como si le pidiera explicaciones por lo que estaba sucediendo.

—Son las dos de la madrugada, Emily. Estarán durmiendo. Nos meterás a todos en problemas y no es el mejor momento para hacerlo —expuso Robert señalando a Bethany. En la última media hora había entrado en un sueño profundo y su respiración apenas se percibía. La vida escapaba poco a poco de ella.

—No le buscaré problemas a nadie. Si los encuentro solo serán míos.

Robert dio un paso hacia delante.

—Entonces serán míos también.

La declaración de Robert pilló por sorpresa a Emily. Ella se había dado cuenta de que intentaba agasajarla desde el momento que regresó a Willesbury y aunque era un hombre generoso y atractivo, ella no sentía nada especial por él. Le tenía la estima de un amigo y así se lo había dejado caer cada vez que creía conveniente, con la única intención de no hacerle daño. Por ello, las últimas palabras de Robert indicaron a Emily que este no tenía pensado desistir de su empeño por conquistarla.

—Los problemas no se comparten —indicó Emily mientras abría la puerta. Más allá del umbral se escuchaba el rumor sordo y pesado de la lluvia—. No tardaré mucho.

Dicho esto, avanzó hacia la lluvia y se perdió en la oscuridad.

—Esta chica no está bien de la cabeza —dijo Daniel. Robert asintió mientras afinaba la mirada para seguir viendo la silueta oscura de Emily—. ¿Por qué querrá ver a Violet a estas horas?

—No lo sé. Me preocupa Emily. No me importa lo que le pase a Violet. Cierra la puerta. A madre no le conviene más frío.

Daniel cerró la puerta lentamente mientras lanzaba las últimas miradas a Emily.

CAPÍTULO 44

El teléfono de Arthur interrumpió la lectura del diario. Hasta él hizo un gesto extraño; no era común que lo llamaran a esas horas de la madrugada.

—Apaguen sus teléfonos móviles —bromeó Patrick—. ¿Nunca han ido al cine?

El joven propietario del hotel se estiraba como una lagartija. La mezcla de té, café, cerveza y cigarrillos luchaba difícilmente contra el sueño.

—¿Quién es? —preguntó Sophia al ver que Arthur se quedaba mirando fijamente la pantalla.

—Es Henry.

—¿Y por qué esa cara? —indagó Kora.

—Porque cuando Henry me llama de madrugada no suele ser para darme las buenas noches. Para meterse en todo tipo de problemas es el número uno. Disculpen, voy a ver qué quiere —expuso Arthur levantándose y dirigiéndose al pasillo de las habitaciones para tener más intimidad. Patrick se levantó igualmente y señaló hacia la cocina.

—En estos parones se me viene el cuerpo abajo —comentó Kora.

—¿Más café? —ofreció Patrick.

—Se me revuelve el estómago de solo pensarlo. Estaba pensando en un refresco —respondió Sophia.

—¡Súper! —dijo Kora—. Yo también quiero.

Kora sonrió hasta que Patrick desapareció por la puerta. En ese momento, abordó a Sophia.

—Bueno, ¿puedes contarme qué ha pasado en la puerta entre Arthur y tú? No soy estúpida.

Sophia se hizo la sorprendida.

—¿A qué te refieres?

—Oh, vamos, Sophia. Se estaban riendo como dos adolescentes —dijo Kora.

—Un poco exagerado, ¿no te parece?

—¿Exagerado?

Las dos se mantuvieron la mirada. Estaba claro que se trataba de un duelo. La primera en ceder perdía. Finalmente, Sophia comenzó a reírse y Kora levantó los brazos, victoriosa.

—¡Lo sabía! ¡Lo sabía!

—No te emociones —exclamó Sophia—. No ha pasado nada, solo estuvimos hablando.

—Ya bueno, son mayores y todo eso. Lo entiendo.

—¿Mayores?

Kora suspiró.

—Ya sabes a lo que me refiero. Ahora cuéntame.

—No hay mucho que contar. Estuvimos hablando. Yo estaba un poco afectada por la posibilidad de que Emily hubiera tenido algo que ver en el incendio que acabó con los Clifford y supongo que estaba más sensible de lo normal. No puedo dejar de comparar lo que a mí me pasó, con la historia de Violet.

—¿Y? —preguntó Kora sugerente.

—Nada de lo que piensas. No sé por qué, pero le conté mi historia con Terry, ah, ¿sabes qué? ¿Recuerdas las molestias de mi mano?

Kora asintió.

—Cuando le conté a Arthur todo lo que había pasado con Terry, no me dolió en ningún momento. Era una sensación extraña. Esperaba ese dolor, esa molestia, pero no se produjo.

Kora se pasó la mano por la barbilla y reflexionó durante unos segundos.

—Interesante —dijo al fin.

—¿Qué es interesante? —preguntó Sophia.

—Me dijiste que se trataba de un dolor psicológico o algo así; algo de que tu cabeza estaba conectada con tú expareja, ¿no?

—Más o menos, pero no sé a dónde quieres llegar.

—Bueno, si es cierto que es psicológico y ahora no te duele, quizás Arthur tenga algo que ver.

Sophia miró a Kora como si se hubiera vuelto loca.

—Muy graciosa.

Kora se puso la mano en el pecho.

—No he hablado tan serio en mi vida. Piénsalo; tiene sentido.

El regreso de Patrick interrumpió la conversación, aunque Sophia le dio una patada bajo la mesa a Kora cuando esta le agradeció a Patrick el que le hubiera traído un refresco con una sonrisa de oreja a oreja.

—Interesante —repitió Sophia con una sonrisa, Kora, seria, entendió que le estaba devolviendo la jugada.

Apenas un segundo después, Arthur regresó a la cafetería. Por su rostro resultaba evidente que no había sucedido nada bueno.

—Era Henry —explicó—. Quería saber cómo va la venta.

Kora miró a Sophia con intensidad.

—¿A esta hora? ¿Qué le has dicho? —preguntó Sophia.

—Que qué le hacía pensar que iba a estar a las cuatro de la madrugada trabajando en la venta de sus cuadros. Pero no importa lo que le diga. Está completamente borracho y no entra en razón.

—El demonio de Henry —soltó Patrick—. En alguna ocasión se ha paseado completamente borracho con su coche por Willesbury. Sobre todo, por las noches.

—¿De verdad? —preguntó Kora. Arthur reafirmó lo dicho por Patrick.

—Ya les he dicho que se cree que vive en el siglo XVI y que estas tierras le pertenecen por derecho divino. En fin, no merece la pena dedicarle más tiempo. Quiero saber qué ocurre con Emily.

—Y el desenlace de Bethany. Aunque por lo que pone aquí no es muy halagüeño —comentó Sophia.

—Ahora que lo has mencionado —dijo Arthur—, Emily dice que el doctor era el mismo hombre que viajaba con Nicholas en la diligencia y que fue a casa de los Smith antes o después de anochecer, es decir, que antes estuvo en la residencia de los Clifford.

—Margot no la dejó ver a Violet y Emily escribe que estaba muy pálida —continuó Kora.

Sophia señaló al diario y suspiró.

—Intuyo que a partir de ahora comienzan los problemas.

CAPÍTULO 45

Diario N°2 de Emily Brown

Esa noche tenía dudas, pero mis piernas no se detuvieron, por lo que seguí mi camino a la casa de los Clifford. El viento y la lluvia no ayudaban, parecía como si quisieran doblegar mis intenciones, incluso la chaqueta que me puse ya no servía para protegerme. Estaba completamente empapada, pero poco me importaba el frío o mojarme, por lo que me tomé todo el tiempo del mundo para ver la mejor forma de entrar. No veía luces por ninguna de las ventanas. Tan solo un candil casi apagado bamboleaba en el exterior fruto del viento. Empapada, me quité la chaqueta y me la puse sobre mi cabeza en un intento de que el agua no me molestara la visión.

Entrar por la puerta principal quedaba descartado, por lo que, rápidamente, me dirigí hacia uno de los laterales de la casa y comencé a palpar las puertas que daban acceso al porche, pero todas estaban cerradas. Seguí avanzando y llegué hasta la parte trasera, donde hacía un par de horas había estado hablando con Margot. No tenía muchas esperanzas en que la puerta del servicio estuviese abierta, pero no perdía nada por intentarlo. Puse la mano sobre el picaporte con delicadeza e hice fuerza hacia abajo. En un primer momento, creí que estaba cerrada, pero a los pocos segundos cedió y pude entrar a la cocina.

Desde el refugio de la oscuridad observé que estaba sola. No había ninguna amenaza por el momento. La puerta continuaba abierta, por lo que ya sabía cuál era mi ruta de huida.

El pasillo estaba oscuro y el rumor de la lluvia se entremezclaba con el silencio, por lo que el camino estaba despejado. No quería ni imaginarme qué sucedería si la bruja Beatrice me viera en ese momento deambulando por los pasillos de su casa.

RESIDENCIA DEL CONDE DE WARRINGTON, 1912

E mily avanzó con cuidado por el pasillo hasta llegar a la escalera que conducía al primer piso. No había estado mucho en el interior de la residencia de los Clifford, pero sí sabía que el estudio de Violet se encontraba en el piso superior, en la ventana donde siempre la veía como un fantasma.

Subió las escaleras sin retirar la mirada del punto más alto, temiendo que alguien la descubriera en ese preciso instante. Sin embargo, no fue así y al llegar a la primera planta, se encontró de nuevo con una quietud absoluta. No obstante, el sonido de la lluvia quedaba más lejano y en su lugar sonaba un murmullo apagado. Miró hacia el pasillo y dedujo en qué posición exacta se encontraba cada una de las puertas.

En ese momento recordó que Violet le había comentado que junto a su dormitorio había una estancia que era donde ella pintaba. Antes se trataba de una habitación independiente, pero Nicholas se la había arreglado para disponerla como un pequeño estudio. No obstante, si antes era una habitación, Emily pensó que debía tener una puerta en el pasillo.

Confusa, avanzó en la oscuridad palpando las paredes. Estuvo cerca de descolgar un cuadro que no había visto, pero pudo sujetarlo en el último momento. Mientras tanto, de la que creía que era la habitación de Violet se escuchó un ruido y algunos sonidos que no pudo identificar. A causa de los nervios comenzó a temblar, pero pudo serenarse de nuevo. Una vez se aseguró de que todo estaba en orden, continuó su avance.

Llegó hasta la siguiente puerta y miró hacia atrás. Si recordaba bien, debía estar frente al estudio de Violet, donde pintaba. Todavía recordaba con frustración cómo su amiga se negó a reconocer la realidad cuando ella le contó la verdad y cómo Nicholas, seguramente alertado por algún comentario de ella, evitó desde entonces cualquier encuentro entre ellas.

Cogió aire y se aseguró de que todo seguía tranquilo, al menos en el pasillo. Intentó abrir la puerta casi como si esta se fuera a romper; después, al ver que no cedía, lo intentó con más fuerza y con idéntico resultado. Temerosa de hacer ruido, se echó hacia atrás y miró a su alrededor para pensar las opciones que tenía. Sin embargo, en ese momento, una voz se arrastró desde el otro lado del pasillo.

—¿Qué estás haciendo aquí?

Emily se dio la vuelta rápidamente y miró hacia el lugar de donde provenía la voz, pero no era capaz de ver más que una silueta corpulenta.

—¡Emily! Te puedes meter en muchos problemas. —Esto último la tranquilizó. Había reconocido la voz: se trataba de Margot. Aun así, se acercó a ella con cierta preocupación.

—¿Qué está ocurriendo, Margot? ¿Dónde está Violet?

La empleada de los Clifford la miró con pena y le indicó que la siguiera hasta su habitación.

Bajaron la escalera, hacia el lugar donde dormía el servicio. Margot cerró la puerta después de que entrara Emily y le dio una manta para que se calentara, ya que estaba pálida y temblorosa.

—¿Cómo has entrado? —preguntó.

—La puerta trasera estaba abierta —señaló Emily tiritando. El sentirse a salvo le hizo experimentar el frío de la ropa empapada.

Margot, angustiada, se acercó a la puerta y comprobó que no la habían oído. Ella mejor que nadie sabía que corrían un gran riesgo.

—¿Qué haces aquí?

—He venido a ver a Violet. Sé que el conde ha venido con un médico esta tarde y estoy preocupada por ella. Además, tú tampoco me dejaste verla antes. Quiero saber lo que está pasando.

Margot asintió y se sentó en el borde de la cama. La tensión de su rostro dejó paso a la preocupación y Emily reconoció el gesto que había visto antes, cuando acudió a ella por la tarde.

—¿Qué está pasando, Margot?

La mujer se pasó las manos por el rostro y miró a Emily. Dudaba.

—Margot, te lo suplico: cuéntame la verdad —insistió.

—Lo haré, pero antes de nada quiero que sepas que no estoy involucrada en lo que está ocurriendo entre estas paredes. Me limito a realizar mi trabajo y te juro que si no lo necesitara, me habría marchado de aquí.

Emily se horrorizó.

—¿Por qué dices una cosa así?

—Llevo trabajando en esta casa muchos años, pero nunca he visto nada igual. Antes de que ustedes llegaran, el conde solía pasarse la mayor parte del tiempo encerrado en su habitación, pintando un lienzo tras otro. Estaba iracundo la mayor parte del tiempo y apenas atendía a razones. Tan solo se calmaba cuando le llegaban pinturas desde algún lugar. Al principio no comprendía nada, pero luego supe que el conde se había labrado cierta fama como pintor. Muchos querían comprar sus cuadros.

—Las pinturas de Violet —dijo Emily.

Margot asintió.

—Ese era el motivo de su frustración. Pese a que lo intentaba, no conseguía pintar nada decente y dependía de ella para continuar engrandeciendo su persona. Cuando los lienzos que llegaban fueron insuficientes, le insistió mucho a Edward Campbell para que consiguiera que Violet se trasladara hasta Willesbury. Todo esto lo he sabido después, por lo que he podido escuchar.

—Violet cree que Nicholas va a casarse con ella, que lo está preparando todo para divorciarse de su esposa.

Margot abrió los ojos de par en par.

—No hay nada de cierto en eso —afirmó Margot—. Lady Beatrice está al corriente del papel que juega Violet con las pinturas. Para ella es insignificante, o al menos lo era hasta hace poco.

Emily percibió la preocupación de Margot.

—¿Qué quieres decir? ¿Dónde está Violet? —inquirió.

—No grites, Emily. Mantén la calma, te lo suplico. Desde que el conde y Lady Beatrice contrajeron matrimonio, han intentado concebir un hijo, pero en todo este tiempo no han tenido esa dicha. No sé si lo sabrás, pero la descendencia de los Clifford se ha visto mermada con el paso de las generaciones; no sé bien a qué se debe, pero es así.

Emily recordó las palabras del anciano. Margot continuó:

—Otra obsesión del conde es mantener vivo el título, y sin heredero eso no es posible, y está dispuesto a cualquier cosa con tal de conseguirlo.

—No entiendo nada. ¿Qué tiene que ver Violet en todo esto?

—Es complicado de decir… el conde y Lady Beatrice mantienen relaciones todas las noches, excepto esas en las que la mujer no es fértil, ya sabes a qué me refiero. Pero la frustración de ambos les ha hecho valorar otras opciones; entre ellas, Violet.

—¿Violet?

—Sí, y Lady Beatrice está completamente cegada, Emily. Hasta tal punto que permite que el conde pase las noches con Violet para por fin tener ese hijo.

Emily sintió que no podía respirar. Estaba paralizada.

—No es posible —dijo desesperada—. Lady Beatrice no permitiría una cosa así.

En la mirada de Margot obtuvo su respuesta.

—Dime que no es verdad —sollozó Emily.

Margot tragó saliva.

—Todas las noches los dos se encierran en la habitación de Violet. Ignoro lo que allí ocurre, pero puedo imaginármelo, es como si hubieran enloquecido. Violet no se opone, al menos expresamente. Jamás la he oído quejarse, es más se le ve contenta al día siguiente.

A Emily no le hacía falta saber nada más para tener la certeza de que su amiga haría lo que Nicholas le pidiera; su mente perturbada encontraría la manera de justificarlo.

Sin fuerzas, Emily miró al suelo.

—¿Desde cuándo sucede esto? —preguntó con el llanto roto.

—Desde hace meses. Por eso ha venido el doctor que viste esta tarde. No es la primera vez que acude la residencia.

—¿Para qué viene el doctor?

—Para comprobar si alguna de las dos muestra signos de embarazo.

—¿Y qué ha dicho?

—Que es probable que Violet esté embarazada. Todavía es pronto —dijo Margot.

Emily miró hacia la puerta cerrada de la habitación como si pudiera atravesarla y ver más allá. Ella había escuchado los ruidos cuando estaba frente a la habitación de Violet. Si todo era como Margot decía, ¿qué estaba ocurriendo allí? Su gesto fue tan evidente, que Margot le aclaró sus dudas.

—El matrimonio sigue intentando concebir un hijo propio. Insisten en ello, como te he dicho.

—Pero ¿esa no era la habitación de Violet?

Margot movió la cabeza de un lado a otro.

—La habitación de Violet está en la otra ala de la casa, es la primera puerta.

Emily respiró aliviada. Al menos no era tan sórdido como se pensaba.

—¿Puedes llevarme hasta ella? Necesito verla, Margot. Quiero saber si está bien o incluso convencerla para que abandonemos este lugar.

Margot se mordió los labios. Era evidente que se encontraba en una posición muy delicada, ya que era consciente del riesgo que estaba corriendo.

—Esto puede acabar muy mal si nos descubren, Emily.

—Correré el riesgo y cargaré con toda la responsabilidad, pero tengo que verla.

Arrepintiéndose de su decisión, Margot se incorporó y se acercó a una pequeña mesa con cajones a los lados. De uno de ellos extrajo una pequeña llave.

—El conde encierra a Violet todas las noches, aunque no creo ni que ella lo sepa. Tiene la ventaja de que se queda dormida con facilidad.

Las palabras de Margot no tranquilizaron a Emily. Cogió la llave y se dispuso a salir de la habitación.

—Yo te esperaré aquí. Recuerda que no debes estar mucho tiempo, ya que en ocasiones él pasa frente a la puerta y comprueba que esté cerrada. No lo hace todas las noches, pero como oíste, está despierto y es una posibilidad. ¿Me has escuchado bien?

—Descuida.

Emily abrió la puerta con sigilo y asomó la cabeza para comprobar que todo estaba despejado. Después, subió la escalera y se fue hacia el otro lado, vio la primera puerta e introdujo la llave en la cerradura y la giró lentamente para hacer el menor ruido posible. La puerta se abrió y Emily se internó en la oscuridad de la alcoba. Cerró la puerta y desde allí observó el interior.

Era una habitación corriente, ni mucho menos asociable a la residencia de un conde. Unos pocos muebles antiguos rellenaban la estancia, en cuyo centro se encontraba la cama en la que dormía plácidamente Violet. Pese a la penumbra, Emily advirtió la delgadez del cuerpo de su amiga. Se acercó lentamente, arrastrando los pies y se detuvo junto al lecho. Puso la mano sobre su hombro y lo agitó levemente.

—Violet. Soy Emily —susurró.

Violet abrió los ojos y, tras una primera sorpresa, se quedó mirando fijamente a su amiga.

—Emily, ¿qué haces aquí? ¿Qué hora es?

—Es tarde, no te preocupes. Solo quería verte. Hacía mucho tiempo que no sabía de ti —explicó Emily mirando hacia donde se encontraba la barriga de su amiga. Sin embargo, las sábanas no le permitían ver mucho más allá.

—Me estás asustando, Emily.

—Solo quería asegurarme de que te encuentras bien —dijo Emily.

—¿Cómo no iba a encontrarme bien? Todo va de maravilla.

Emily sintió un escalofrío cuando escuchó a su amiga. Estaba completamente cegada. Lo que más le dolía era que no podía hacer nada por ella. Había jurado que no se separarían y había fracasado estrepitosamente. Ahora estaba ahí, mirándola como una niña que acababa de ver a un fantasma. No podía convencerla de nada en ese momento.

—¿Nicholas te trata bien?

Violet asintió con vehemencia.

—Por supuesto, Emily. No tienes de qué preocuparte. Estoy feliz —afirmó Violet con una sonrisa que estremeció a Emily.

Esta se quedó a expensas de que su amiga continuara hablando, pero no lo hizo. Sintió mucha lástima, tanto por Violet como por ella misma.

—¿No hay nada que quieras contarme? —insistió. Su intención era mencionarle lo del embarazo, pero temía su reacción, por lo que prefirió aguardar. Agradeció que la oscuridad de la habitación ocultara las lágrimas que caían por su rostro.

Violet le contó acerca de las obras en las que había estado trabajando en las últimas semanas, así como en la promesa de Nicholas de llevarla a Londres en un futuro cercano, cuando dispusiera de más tiempo. Emily se limitó a asentir y a alegrarse falsamente, pero a medida que pasaba el tiempo, el aire de aquella habitación se le tornaba irrespirable.

—Tengo que marcharme, Violet. Espero volver a verte pronto. Sabes que puedes visitarme cuando quieras, ¿verdad? —dijo Emily. Violet asintió. Ni siquiera se había incorporado de la cama, seguramente, pensó Violet, para evitar mostrar su incipiente barriga.

—En cuanto me sea posible.

Pasarían muchos días antes de que volvieran a verse.

CAPÍTULO 46

S ophia cerró los ojos y posó la cabeza sobre las manos. A medida que se adentraban en el diario, la historia se volvía más oscura e insoportable. En los rostros de todos se percibía el efecto de las últimas páginas.

—Esto es lo más sádico que visto en mi vida —exclamó Kora—. ¿La violó hasta dejarla embarazada?

—Según Emily —dijo Arthur tímidamente— no se puede hablar de violación, ya que parece que Violet lo consintió. Aunque, claro está, se debería tener en cuenta el estado mental en el que se encontraba la joven. Pero sí que se aprovechó de su vulnerabilidad y la manipuló… En realidad, sí abusó de ella.

—Ese Nicholas era un demonio —expuso Patrick—. Todo cuanto tenía Violet se lo arrebató. Vivía de sus cuadros, la dejó embarazada para poder tener un heredero. No puedo entender como su mujer lo permitía.

—Porque a Lady Beatrice solo le importaba su honor ante los demás, ante la gente de su misma clase. ¿Quién pensaría que el hijo que ellos presentaran ante la sociedad fuera el de una mujer que retenían en su propia residencia? —cuestionó Kora—. Es lo mismo que con los cuadros. ¡Todo era una farsa!

—Da escalofríos —se pronunció al fin Sophia. Arthur la reconfortó con un medio abrazo, como si se hubiera arrepentido de hacerlo. No obstante, nadie le dio importancia.

—Entonces, ¿el hijo de Violet falleció en el incendio junto con los Clifford? ¿Qué fue de Violet entonces?

Todos se miraron sin atreverse a decir lo que pensaban.

Patrick dio el último trago a su refresco, estrujó la lata, levantó el brazo y la lanzó al cubo de la basura, haciendo la misma pose de un jugador de la NBA.

—No quiero ofender a nadie con lo que voy a decir, ¿de acuerdo? Pero Emily describe a Violet como una loca. Prácticamente, no tiene capacidad de elección; no es más que un trapo a manos del conde.

Kora le dio la razón y Arthur parecía también apoyar esa idea.

—La verdad que eso me importa poco en este momento —apuntó Sophia—. Lo único que sabemos con certeza es que Emily regresó a Nueva Zelanda con sus dos hijos y Violet desapareció del mapa. A partir de ahí no sé qué más pensar.

—Según lo que ustedes me contaron, decidió sacar a la luz todo esto cuando naciste y ahí se dio cuenta de que ella estaba mal —añadió Arthur—. Ya sabes, cuando alguien fallece se olvida lo malo y se ensalza lo bueno.

Kora miró a Sophia, cuyo rostro se había transformado por completo. Aquellas palabras la hirieron por la cercanía de la muerte de su padre; el hecho clave que había puesto en marcha toda aquella aventura. Pero, al mismo tiempo, le hicieron reflexionar acerca de las palabras de Arthur. ¿Y si su padre no hizo todo lo que debió hacer por ella? ¿Por qué no salió en su defensa cuando sucedió lo suyo con Terry? Estaban muy unidos, era su padre y no lo hizo.

—Sophia, ¿estás bien? —preguntó Kora.

—Sí, es solo que… Arthur tiene razón. Si Violet falleció en el incendio, es posible que Emily se apiadara de ella y decidiese quedarse con los mejores recuerdos —dijo Sophia.

No obstante, Patrick seguía dándole vueltas a alguna idea. Movía sus labios en silencio y contaba con los dedos como si estuviera haciendo algún cálculo.

—¿En qué año estamos? —preguntó.

—¿Te ha sentado mal el refresco? —bromeó Arthur.

—No sería tan raro con las dosis de cafeína que circulan por mis venas. Pero, no es eso. Me refiero al año del diario. ¿En qué año se supone que se quedó embarazada Violet?

Sophia echó una ojeada al diario.

—1912. No hay fechas concretas. Es posible que Emily escribiese en sus ratos libres o de manera errática.

—Regresó a Nueva Zelanda en el año que comenzó la guerra, ¿verdad? —insistió Patrick.

—¿Vas a cuestionar cada párrafo? —preguntó Kora.

Patrick levantó los brazos sorprendido de que nadie más hubiese advertido lo mismo que él.

—¿De verdad? ¿Nadie? ¿Soy el único? —insistió Patrick.

—¿De qué estás hablando? —exclamó Arthur.

Patrick se llevó las manos a la cabeza.

—¡Por el amor de Dios! Si la narración del diario va por 1912, es casi imposible que para 1914 Emily tuviera dos niños. Ese tal Robert la pretendía, pero hasta el momento estaba soltera.

La reflexión de Patrick sorprendió a todos y de inmediato comenzaron a hacer los cálculos.

—Emily podría haber tenido los dos niños si lo último que hemos leído sucediese a principios de 1912. Un poco apresurado, no lo niego, pero plausible —dijo Sophia.

—Pero ¿y si no es así? ¿Qué podemos pensar si la intromisión de Emily en la residencia de los Clifford tuvo lugar en septiembre de 1912? Ni siquiera había comenzado a verse con Robert y, por lo que sabemos, se casaron. Lo que significa que tendríamos que retrasar la fecha del primer embarazo de Emily uno o dos meses como mínimo, por lo que ya estaríamos casi en 1913. Nueve meses de embarazo y un par más hasta que se quedara embarazada del segundo hijo, estaríamos a las puertas de 1914. Es demasiado forzado.

El aluvión de datos expuestos por Patrick los dejó confusos y haciendo cuentas con los dedos de las manos.

—Tienes razón, Patrick. Pero ¿a dónde quieres llegar con todo esto?

—Es muy simple. ¿Y si Emily se llevó consigo a Nueva Zelanda al hijo de Violet?

Se instauró un silencio absoluto. Kora, Arthur y Sophia estaban cada uno con los ojos muy abiertos, la mirada perdida y el rostro tenso. Solo Patrick se mostraba más relajado.

—¿Hola? —dijo saludando con las dos manos.

—¿Eso significa que una de nosotras es descendiente de Nicholas? Sería la peor noticia del mundo —exclamó Kora—. ¡Menuda mierda!

—No nos precipitemos, Kora —pidió Sophia—. Sigamos leyendo y aclaremos esto. Ella sabía que si así fuera, sería ella, pues era nieta de la hija mayor de Emily.

Arthur soltó una leve carcajada que llamó la atención del resto.

—¿Qué te hace gracia? —preguntó Sophia.

—Disculpa, es solo que, si Emily se llevó al hijo de Violet a Nueva Zelanda, al menos una de las dos es la heredera legal del título. Es cierto que sería casi imposible demostrarlo en un juicio, pero no deja de ser curioso.

Kora y Sophia se miraron fijamente como si intentaran descifrar algún gesto en la otra que la delatara.

—Tú tienes más aires ingleses —dijo Kora—. Además, tu abuela era mayor que mi abuelo.

—¿Perdona? ¿Qué me dices de ti? Tienes la piel blanca como la leche —exclamó Sophia—. Y el pelo casi blanco, ¿no decían que el famoso Nicholas parecía un fantasma?

—¿Me dices que parezco un fantasma? —preguntó Kora ofendida.

—Hey, no te he ofendido, solo te digo de qué color es tu pelo.

—Es un punto para tener en cuenta —dijo Kora.

Kora afinó la mirada y Sophia sonrió orgullosa. Patrick y Arthur se miraron sin saber cómo interrumpir aquel particular duelo.

—No quiero inmiscuirme, pero no creo que eso sea lo más importante en este momento —señaló Arthur.

—¡No, Arthur! —bramó Kora—. Tú eres inglés. Dinos quién de las dos tiene más aspecto de ser nieta del Nicholas ese. ¡Vamos!

—Esto es ridículo —comentó Patrick.

—Tu opinión también nos vale, Patrick —añadió Sophia.

Arthur se incorporó para dejar claro que no iba a participar en aquello.

—Creo que la falta de sueño nos está afectando a todos. Ni siquiera sabemos si Emily se llevó la criatura a Nueva Zelanda, por lo que es probable que todo esto sea en vano.

—Arthur tiene razón. Esto es una tontería —dijo Patrick. Kora y Sophia clavaron sus ojos en él.

—¿Una tontería? —dijeron al unísono. Patrick comprendió el error que había cometido y se acercó a Arthur para unir fuerzas.

—Miren, nosotros tenemos un punto de vista más neutral en todo esto. Sabemos que es complicado, pero todavía no tenemos la certeza de si eso sucedió, por lo que deben mantener la calma, ¿de acuerdo? ¿Lo prometen?

—Prometido —dijo Sophia.

—Prometido —susurró Kora.

—Bien, ahora continuemos leyendo el diario para salir de dudas. Tal vez todo esto no haya sido más que una confusión.

CAPÍTULO 47

Diario Nº 2 de Emily Brown

Ya estamos en enero y desde que comenzó el invierno, el frío y la nieve no han dado tregua y muchos de los campos se han convertido en hielo. Si bien poco se puede hacer en esta época, los escasos cultivos se han visto afectados y los animales no tienen forraje.

Para los Smith no ha sido la excepción, por lo que están a la espera de alguna medida que les pueda ayudar a hacerse cargo de las deudas contraídas con la letra de cambio.

Pero yo tengo otras cosas de las que ocuparme. No puedo describir cómo me siento. Estoy feliz, pero también asustada… desde ahora todo ha cambiado para Violet y para mí.

WILLESBURY, 1913

Los hermanos Smith se encontraban en una reunión para ver si en algo podían ayudarlos. Estaban preocupados y a la vez molestos por las deudas que habían contraído con el conde de Warrington.

—Ese maldito Nicholas está dispuesto a asfixiarnos —dijo Daniel, quien a sus catorce años tuvo que ponerse a trabajar codo a codo con Robert—. ¿Qué diablos vamos a hacer?

—Se nos ocurrirá algo. Sé que es un momento difícil, pero saldremos de esta.

Robert no estaba convencido de sus palabras, pero creía que era mejor eso que lamentarse continuamente.

—Ese maldito Nicholas —espetó Daniel antes de escupir al suelo —. Lo colgaría de un árbol si tuviera unos años más... Si al menos tuviera la decencia de recibirnos.

—No es buen momento. Su hijo no sobrevivió al parto y sabes que llevan varias semanas encerrados en la residencia. Tan solo Emily acude de vez en cuando a ver a su amiga —informó Robert.

—Tal vez ella pueda ayudarnos.

—Lo dudo.

Lejos de allí, en la residencia de los Clifford, Emily acunaba a un bebé en sus brazos. Lo hacía mientras Violet bebía una taza de té junto a la ventana.

Después de la visita nocturna de Emily, los Clifford se trasladaron a la casa de Willesbury definitivamente, lejos de Londres, para vivir allí los últimos meses del supuesto embarazo de Lady Beatrice. Fueron días amargos para Emily, que estaba desesperada por saber de su amiga y saber si realmente ella estaba embarazada. Mientras tanto, por todo Londres se extendió el rumor de que los condes de Warrington esperaban un hijo. A medida que se acercaba la fecha del nacimiento aumentaba la expectación.

Sin embargo, días después de cumplirse la fecha del parto, los Clifford regresaron a Londres en un carruaje negro, anunciando así que la criatura no había sobrevivido. Emily se detuvo junto al camino para verlos pasar. Pudo ver a Nicholas: no había tristeza alguna en el rostro, sino ira; al igual que en el de Lady Beatrice. Eso le dio escalofríos.

Ya con los dueños de la casa fuera del lugar, Emily intentó ver a Violet, pero recibió negativas por parte de Margot.

—Los condes no quieren que te acerques. Será mejor no

provocarlos en este momento —le dijo Margot pese a que ella estaba al tanto de la verdad; una verdad que compartió con Emily.

Lady Beatrice nunca estuvo embarazada, sino Violet. El matrimonio esperaba que el bebé fuera varón, un digno heredero del linaje de los Clifford, pero Violet dio a luz a una niña, por lo que Nicholas optó por anunciar la muerte de su hijo y resignarse a esperar. Lady Beatrice ya aceptaba bastante con criar un niño que no fuera suyo, así es que le advirtió a Nicholas que si era una niña, debía ver como arreglaba el problema. Nicholas no quiso darla en adopción, pues sabía que eso arruinaría sus planes con Violet y la farsa que le había montado respecto a que formarían una familia.

Sin embargo, para sorpresa de Emily, no tuvo que tardar mucho para que los Clifford regresaran y Nicholas le ordenara ir hasta la residencia. Le permitiría visitar a Violet y ayudarla a cuidar a la cría, siempre con la finalidad de que ella pudiera continuar pintando sus obras. Nicholas no dijo ni una sola palabra por el hecho de que su amiga se hubiera quedado embarazada sin más. En aquel ambiente incómodo e irrespirable, Emily prefirió guardar silencio y pensar en lo mejor para Violet y Joanna, que era el nombre que habían elegido para la niña.

—¿Cómo ha pasado la noche? —preguntó Emily.

—Ha dormido unas cuantas horas —respondió Violet mientras miraba hacia el infinito. Emily la observó con preocupación.

—¿Te encuentras bien?

—Nicholas quería un varón. Me dijo muchas veces que si le daba un varón se divorciaría de Beatrice. Le he vuelto a fallar.

Emily se estremeció. No dejaba de sorprenderse por el absoluto control que Nicholas ejercía en ella, quería abrirle los ojos y escapar de aquel lugar que consideraba un infierno, pero, al mismo tiempo, temía las repercusiones tanto para Violet como para el bebé. La situación se había tornado más compleja y tenía que ser cautelosa. Además, si Nicholas se lucraba de los cuadros, estaba convencida de que no dejaría partir a Violet por nada del mundo.

—Es una niña preciosa —dijo.

—¡Pero Nicholas quería un varón! ¡Yo deseo un varón! —gritó

Violet con lágrimas en los ojos. El bebé, alertado por los gritos, comenzó a llorar.

—La has asustado —dijo Emily meciéndola. Violet dejó caer la taza al suelo, que se hizo añicos.

A causa de los gritos, Lady Beatrice acudió a la habitación. En cuanto entró, Violet agachó la cabeza y se puso a recoger los trozos de porcelana.

—¿Es que se creen que siguen en la selva de dónde vienen? —gritó Beatrice. El bebé lloró con más fuerza y esta lo miró con desprecio—. Más te vale que se calle cuanto antes.

Emily la estrechó con fuerza.

—Sería posible que dejen de gritar —pidió Emily.

Esperaba que Lady Beatrice la reprendiese por haberle contestado de esa manera, pero, en vez de eso, la miró altiva y se marchó sin más. Emily se preguntó cómo Violet era capaz de vivir así.

—No puedes dejar que te trate de esa manera —dijo Emily.

Violet se recompuso.

—Me odia porque está al corriente del amor que Nicholas siente por mí y de nuestra pasión. Lo sabe y no puede hacer nada. ¡Que se pudra en el infierno!

El paso de los días no trajo cambios a la residencia. Emily seguía acudiendo por las tardes para asegurarse de que Joanna estuviera bien para después regresar con los Smith y permanecer sin hacerse notar. Años antes, desde que descubriera el horror por el que tenía que pasar su madre para protegerla, Emily se había refugiado en el silencio y había hecho de sus problemas un ente inexistente para los demás. Ni siquiera Violet sabía del martirio de Betsy. Sin embargo, el dolor, lejos de desvanecerse, se hacía cada vez más presente.

El nacimiento de Joanna era en parte el responsable de que el pasado volviera a castigar a Emily. Pensaba en cuando la niña, preguntara quién era su padre. ¿Cuál sería la respuesta idónea? Eso la mantuvo durante muchos días totalmente abstraída. Sus pensamientos se encaminaban hacia su madre y lo que tuvo que soportar, emanando de tal reflexión una cuestión que le provocaba escalofríos. ¿Seré hija de alguno de esos monstruos? Rápidamente, en cuanto la pregunta venía a su cabeza, buscaba cualquier pretexto para hacerla desaparecer, pero el resquemor continuaba ahí, torturándola.

El frío de los primeros meses del año dejó paso a una lluviosa primavera. El verdor de la vegetación recuperó su brío después de las heladas del invierno, renaciendo con ello las esperanzas en lo venidero. Daniel y Robert recuperaron parte de lo perdido y afrontaron el futuro con ánimo renovado.

Una mañana de sol, Robert convenció a Emily para que lo acompañara al cementerio. Ese día hacía siete meses que su madre había fallecido y quería poner unas flores en su lápida. Mientras paseaban hacia el cementerio, Robert se interesó por Violet, a la cual ni siquiera había llegado a conocer de verdad. Lo cierto era que los Smith guardaban muchas dudas respecto a ella, ya que no sabían qué posición ocupaba en la residencia del conde. Emily salió del paso las primeras ocasiones diciendo que se trataba de una pariente lejana de Nicholas, teoría que calmó la curiosidad de los Smith. Daniel, más visceral y práctico, no gastaba su tiempo en elucubrar acerca de las vidas de ellos, pero Robert era más reflexivo y observador. Además, persistía en él su interés por Emily.

—Es una enamorada del estudio —explicó Emily—. Se pasa los días encerrada entre libros. Siempre ha sido igual.

Robert asintió sin mucha convicción.

—Daniel me dijo que era una chica joven. ¿No tiene deseos de casarse ni de formar una familia?

Emily se mordió los labios antes de contestar.

—Tan solo le interesa el conocimiento. Es por eso que para el conde es un honor brindarle todo lo que necesita; actúa como su mecenas. Está convencido de que su ardua dedicación puede traducirse en un beneficio a la larga.

—Típico de Nicholas Clifford —dijo Robert.

—Ustedes lo saben mejor que nadie.

—Cierto. Esa maldita letra de cambio. Las tierras que nos cedió tardarán todavía años en ser fértiles, por lo que de momento dependemos de él. Me arden las entrañas solo de pensarlo.

Emily creyó conveniente cambiar de tema.

—¿No piensas volver al ejército?

Robert encogió los hombros.

—Por el momento, la lesión en la pierna me permite optar a la reserva. Pero tampoco me gustaría marcharme, el ejército es para hombres que quieren ganar mucho y al mismo tiempo están dispuestos a perderlo todo. No entra en mis planes. Pero, aunque así fuera, no puedo dejar a Daniel solo.

—Eso dice mucho de ti.

Robert sonrió.

—¿Y tú? ¿Piensas regresar a tu país?

—Sí, puede que pronto. Todo depende de Violet —contestó Emily.

—Creía que Violet no tenía pensado marcharse.

Emily encogió los hombros. Hablar con la verdad a medias le resultaba agotador.

—Quién sabe. La conozco y puede que pronto quiera cambiar de aires —dijo Emily con un hálito de esperanza. Robert torció el gesto.

Llegaron hasta el cementerio y Emily esperó a que Robert pusiera las flores junto a la lápida de su madre. Después, regresaron en silencio, apresurando el paso para que las nubes que se extendían desde el horizonte no descargaran el agua sobre ellos. Sin embargo, cuando ya les faltaba poco para llegar a la casa, tuvieron que echarse a un lado para evitar ser atropellados por una diligencia que avanzaba a toda velocidad.

—¡Menudo imbécil! —gritó Robert mientras sujetaba a Emily para evitar que cayera al suelo. Fue entonces cuando ella vio a quien iba sentado en la parte trasera de la diligencia. Reconoció al doctor que meses atrás había diagnosticado el embarazo de Violet; el mismo que horas después dijo que no había nada que hacer por Bethany.

Un millón de pensamientos pasaron por su cabeza. No habían pasado muchos meses desde que Violet diera a luz y la idea de que volviera a estar embarazada la horrorizaba. Rápidamente, ignorando la lluvia, salió corriendo tras la diligencia.

—¿A dónde vas? ¡Emily!

—Tengo que ver a Violet. Volveré dentro de poco.

Robert quiso ir tras ella, pero se detuvo al pensar en las posibles consecuencias.

CAPÍTULO 48

Como era de esperar, la diligencia llegó mucho antes que ella a la residencia de los Clifford. Emily, en vez de afrontar la escalinata, se dirigió a la parte trasera, donde por la hora calculó que debía encontrarse Margot. Esta se sobresaltó cuando vio a Emily junto a la puerta, totalmente empapada y jadeando tras la carrera.

—Emily, ¿qué estás haciendo?

—¿Dónde está Violet? ¿Está ocurriendo otra vez? —gritó.

Margot, que no comprendía qué estaba ocurriendo, le pidió que se calmara.

—Vas a conseguir meternos en un buen lío.

—Dime la verdad. Nicholas quiere tener otro hijo, ¿verdad?

Pese a la lluvia, Emily seguía a la intemperie, justo enfrente de la puerta. Margot miró a su espalda para asegurarse de que no había nadie más y contestó:

—Eso no te lo niego. Los condes esperaban un varón. Cada día que pasa están más obsesionados con tener un heredero, por eso no aceptaron el vástago de Violet.

—No le voy a permitir que vuelva a poner la mano sobre ella —dijo Emily intentando entrar. Sin embargo, Margot consiguió retenerla.

—¡No cometas ninguna estupidez! —exclamó.

—He visto al doctor. Recuerdo lo que ocurrió la última vez que lo vi.

Margot aprovechó el peso de su cuerpo y pudo empujar a Emily hacia atrás, de manera que volvió a quedar bajo la lluvia. Del interior de la cocina emanaba un aire caliente y pesado que olía a col.

—No es lo que piensas, al menos en parte.

Emily frunció el ceño.

—No sabes nada, ¿verdad? —le preguntó Margot—. El parto fue complicado, Emily, y hubo momentos en los que se temía por la vida tanto de la madre como de la pequeña. El doctor dejó claro que a Violet le quedarían secuelas y que habría que esperar para saber si podía volver a concebir un hijo.

Aquella noticia cayó bien a los oídos de Emily. Quizás era justo lo que necesitaban para marcharse de una vez por todas.

—¿Por eso ha venido el doctor? —preguntó.

—Así es.

No tuvieron que esperar mucho para conocer la deliberación del doctor. Debido a las secuelas del parto, el cuerpo de Violet no soportaría un nuevo embarazo. Esto provocó la ira de Nicholas y Beatrice, que estaban cada vez más frustrados al no ser capaces de concebir un hijo por sí solos y haber perdido la oportunidad de utilizar a Violet. A Emily no le hacía falta nada más para llegar a esa conclusión.

En ese momento, se produjo una fuerte discusión entre los dos, que se encerraron en su cuarto. Fue entonces cuando Emily aprovechó para subir hasta la habitación de Violet. Estaba sentada en la cama con el bebé en sus brazos. Parecía canturrear una canción. Emily no pudo saberlo porque su amiga calló en cuanto entró.

—¿Ha venido el doctor? —preguntó Emily. Violet asintió.

—No me gusta ese médico. No sabe nada.

Emily se sentó a su lado y extendió los brazos para coger al bebé. La niña extendió los brazos y acarició su rostro con las yemas de los dedos.

—Crece por días —dijo Emily con una sonrisa. En ese momento, con Joanna en brazos, sentía que todos los problemas del mundo se hacían pequeños hasta desaparecer. Joanna tenía ese inmenso poder sobre ella.

Sin previo aviso, Violet comenzó a llorar.

—¿Qué sucede, Violet? —preguntó Emily, aunque al mismo tiempo se sintió estúpida por hacer esa pregunta. La enajenación de su amiga lo hacía todo un poco más fácil, aunque doloroso al mismo tiempo.

—El doctor dice que no puedo tener más hijos. Mi vida correría peligro.

A lo lejos, se escuchaba la discusión que venía de la habitación de Nicholas. Los gritos de Lady Beatrice atravesaban las paredes con suma facilidad.

—Ya no tendré que soportarla mucho más tiempo —dijo Violet—. Pronto podré echarla a patadas de aquí.

Emily asintió con pesar. Aquella extraña relación en la que su amiga se había sumergido le resultaba incomprensible. ¿Cómo era posible que no fuera capaz de ver lo que estaba ocurriendo? ¿Hacia dónde se dirigían sus vidas? Respiró hondo y procuró que ella no advirtiera su preocupación. Lo último que quería era darle explicaciones a Violet. No se sentía con fuerzas.

—¿Puedo hacerte una pregunta, Violet?

Esta asintió. Emily cogió aire.

—¿De verdad quieres tener otro niño? ¿No ves nada de lo que sucede a tu alrededor?

Violet se incorporó.

—¿Qué estás insinuando? —bramó.

—No grites, Violet. Vas a asustar a tu hija.

—Sé lo que estoy haciendo, Emily. Nicholas está haciendo sacrificios por mí y yo los estoy haciendo por él. ¿Es justo? No, pero bien sabemos que la vida no es justa. Me ha costado mucho llegar hasta aquí y no pienso rendirme. Es mi vida y haré lo que quiera con ella.

La exaltación de Violet dejó sin palabras Emily.

—En ese caso, no sé si podré seguir acompañándote.

—No te necesito, Emily.

Emily asintió con lágrimas en los ojos. Con cuidado, dejó a Joanna sobre la cuna y se volvió hacia Violet.

—¿Es lo que quieres?

—Mi vida está aquí, junto a Nicholas.

—Dejé todo por ti, Violet. Incluso a mi propia madre…

—¡Yo no te lo pedí! ¡Vuelve con ella si es lo que deseas!

No insistió más. En cuanto salió de la habitación y cerró la puerta, rompió a llorar sin consuelo. Era tal su agitación que, a los pocos pasos, mientras se acercaba a la escalera, escuchó abrirse una puerta a sus espaldas. En un primer momento pensó que se trataría de Violet, arrepentida de sus palabras, pero no tardó en comprobar que no había sido así. La puerta que se había abierto era la de la habitación del matrimonio y Nicholas, con el torso descubierto, la observaba desde la puerta. De nuevo, Emily sintió un escalofrío al verlo.

—¿Ha sucedido algo? —preguntó Nicholas.

Emily se secó las lágrimas con rabia antes de contestar.

—Me marcho de aquí, Lord Clifford.

—No es un buen momento para dejar sola a Violet, ¿no te parece?

Emily apretó la mandíbula. Fruto de la tensión, sus mejillas se enrojecieron y sus ojos brillaron de odio.

—Algún día pagarás por todo lo que has hecho.

Nicholas se rio y salió de la habitación.

—¿Qué he hecho? —preguntó amenazante. Emily se percató de que se encontraba al borde de la escalera y que, si Nicholas quería, podía empujarla sin más. Lo creía muy capaz y Nicholas lo advirtió—. ¿Qué temes?

—A ti en absoluto —espetó. Dicho esto, Emily se giró y se marchó de la residencia de los Clifford. Regresó a la casa de los Smith todavía con los ojos enrojecidos por el llanto, provocando que todos se preocuparan por ella. Sin embargo, ella los tranquilizó y dijo que el motivo de su llanto no era otro que el haberse despedido de su amiga. También les comunicó la intención de regresar a Nueva Zelanda.

—¿Te marchas? —preguntó Robert desanimado. Emily se percató de la frustración de Robert al no poder acercarse a ella.

—En cuanto me sea posible. Tengo un poco de dinero ahorrado. Estoy segura de que será suficiente para costearme la travesía.

A Robert no le quedó más remedio que aceptar la noticia, pero, por lo general, se quedaron todos muy impactados. En esos años se habían acostumbrado a la presencia de Emily y la consideraban una más de la familia, pese a que ella siempre parecía melancólica y encerrada en su mundo. Solía hablar poco y no conocían mucho de su pasado, pero su dedicación por el trabajo y su predisposición a ayudar en cuanto fuera necesario suplía con creces su escasa sociabilidad.

—Es una mujer dura, hermano. No sé si te conviene —le decía Daniel a Robert cuando el segundo le confesaba su frustración al respecto.

—Algún día me casaré con ella. Estoy seguro —afirmaba Robert confiando en que sus palabras se hiciesen realidad. No obstante, cuando Emily les comunicó su deseo de regresar a Nueva Zelanda, supo que el tiempo se le acababa.

Esa misma noche, dispuso sobre su cama las pocas pertenencias que había recopilado para recapacitar si las llevaba consigo o las dejaba allí como si se trataran de objetos malditos. La opción de regresar a Nueva Zelanda le había surgido tan de repente que todavía no sabía si realmente iba a regresar a Los Catlins o todo aquello no era más que una rabieta.

Mientras lo disponía todo, Robert llamó a la puerta y entró en la habitación.

—Espero no molestar —dijo.

—Tranquilo. Estoy organizando mis cosas un poco.

—Entonces es verdad, ¿no? Te marchas.

Emily expresó sus dudas encogiendo los hombros.

—Es lo más posible, sí.

—¿Violet se queda? —Emily miró a Robert. Cayó en la cuenta

de que no sabían nada de la hija que había tenido Nicholas con Violet ni tampoco la farsa de los cuadros. Para los Smith, Nicholas era simplemente un conde excéntrico, avaricioso y amante del arte. No era de su agrado, pero tampoco podían imaginarse la terrible realidad que se escondía entre las paredes de su residencia.

—Aquí está mucho mejor.

Robert asintió y después hizo el amago de responder. Parecía que dudaba de si pronunciar la siguiente frase o no.

—No quiero inmiscuirme en nada, pero ¿qué está sucediendo, Emily? Hoy has salido corriendo sin más para ver a tu amiga, casi como si te fuera la vida en ello. Eres la única que visita la residencia de los Clifford, sin embargo, sabemos que Lady Beatrice apenas permite que nadie humilde ponga los pies en su casa. Después estás tú, siempre lejana; tu cuerpo está aquí con nosotros, pero tu mente está muy lejos. Te acuestas tarde y te levantas la primera. ¿Qué te atormenta?

—¿Por qué ha de atormentarme algo? —dijo Emily. Su dolor se había convertido en una cueva oscura y solitaria en la que ella era la única moradora.

—No soy como Daniel, ya lo sabes. Él quizás no ve esas cosas, pero yo sí. Cuando te miro a los ojos sé que algo no va bien, Emily. No tienes por qué decírmelo, es cierto, pero al menos ya sabes que no estás sola.

Los labios de Emily comenzaron a temblar. Cuanto más intentaba controlar el llanto, más poder ganaba este.

Finalmente, se derrumbó. Sus sentimientos se quebraron y, por primera vez en mucho tiempo, dejó que estos se mostraran tal cuales eran, sin luchar contra ellos. Poco a poco comenzó a hablar, pero le preocupaba que, si le revelaba la verdad, el conde pudiera tomar represalias contra ellos, por lo que se limitó a contarle la terrible verdad de su madre, de Betsy. Cada frase que pronunciaba le producía un dolor inmenso, pero también había cierto alivio al dejar escapar toda esa información que la había consumido durante años. Robert lo escuchó con atención y no flaqueó en ningún momento, lo cual sorprendió a Emily. Cuando terminó, se limitó a mirar a Robert y esperar una respuesta por su parte.

Este lo miraba con emoción y sujetaba sus manos con tesón.

—No puedo permitir que te vayas, Emily. No ahora que sé esto.

—No va a pasarme nada si regreso.

—No has tomado todavía la decisión, ¿verdad? —preguntó Robert. Emily movió la cabeza sin saber qué contestar.

—Prométeme que lo pensarás —continuó Robert.

Emily sonrió.

—Te lo prometo.

No hablaron mucho más esa noche. Robert estaba feliz y preocupado por cuanto le había contado Emily. Le sorprendía que hubiera sido capaz de aguantar todo ese dolor a solas y también justificó para él su actitud esquiva y desconfiada. No era arisca, simplemente era una manera de protegerse.

Para Robert, el día siguiente trajo consigo buenas noticias. A media mañana, Violet apareció en casa de los Smith, por primera vez en casi tres años; estaba buscando a Emily. Esta acudió de inmediato, sorprendida de que su amiga hubiera venido en su busca. En opinión de Robert, aquello aumentaba las opciones de que Emily no se marchara.

Violet estaba risueña y cariñosa con Emily, tanto que incluso esta se sentía en cierta manera extraña. Le pidió disculpas por su comportamiento el día anterior y la invitó a pasear juntas como solían hacer años antes, aprovechando que Margot se había quedado con Joanna. Emily aceptó sin dudarlo; creía que su amiga había empezado a reaccionar, que quizás el instinto maternal le había hecho abrir los ojos.

—A veces soy un poco obstinada, Emily. Lo sé, pero es un defecto. ¿Quién es perfecto?

Emily le dio la razón a su amiga; no obstante, percibía algo extraño en ella.

—No sabes lo feliz que me haces.

—La dicha es compartida —dijo Violet aún con la sonrisa en los labios. La lucía desde hacía un buen rato—. Sé que has dejado atrás a tu madre, Emily, y comprendo perfectamente que desees regresar con ella. Es perfectamente comprensible.

—Te lo agradezco, Violet. —Emily estaba totalmente desorientada. No podía comprender el repentino cambio en la actitud de su amiga.

—Todo lo que pueda hacer por ti es poco —insistió—. Cada cual ha de vivir su vida, sea cual sea. ¿Quién soy yo para retenerte aquí?

Emily observó algo que no le gustó en absoluto. Había algo preconcebido en el discurso de su amiga. Se había equivocado al pensar que quizás había abierto los ojos.

—Sin embargo, me gustaría que pasaras un tiempo conmigo y con Joanna antes de marcharte. Será por espacio de una semana, a modo de despedida.

Emily reflexionó durante unos segundos. Le había pillado por sorpresa.

—Tengo mis dudas, Violet. ¿Acaso Nicholas permitiría una cosa así? —La pregunta no era tan inocente como parecía. Emily desconfiaba.

—Él sabe lo importante que has sido para mí.

Aquello encendió todas las alarmas de Emily. En seco, se detuvo y se quedó mirando fijamente a Violet.

—¿Qué sucede? —preguntó esta igualmente risueña.

—Dímelo tú.

El viento agitó la hierba de la pradera.

—Solo quiero que nos despidamos como nos merecemos. Después de todo lo que hemos vivido…

—Me temo que no va a poder ser, Violet.

—¿De verdad me dices eso?

Emily frunció el ceño, pero mantuvo la calma.

—Así es. Te agradezco la invitación, pero me gustaría regresar cuanto antes a Nueva Zelanda. Una semana es demasiado tiempo.

Violet agachó el rostro expresando su decepción, aunque la sonrisa permanecía en sus labios.

—Era todo el tiempo que necesitaba… —murmuró.

—¿El tiempo que necesitaba para qué? ¿Quién? —preguntó Emily.

—Nicholas es consciente de lo importante que eres para mí. Está dispuesto a localizar a Betsy y traerla hasta aquí, Emily. Correrá con todos los gastos.

Emily se quedó petrificada. Era incapaz de creer lo que acababa de escuchar. La idea de que Nicholas trajera a su madre a Inglaterra le parecía terrible y maravillosa al mismo tiempo.

—¿Eso es verdad? —dijo al cabo de unos segundos.

—Tan solo te pide un poco de tiempo. Por ello no te costará nada pasar conmigo una semana en la residencia del lago. Después, regresaremos a Willesbury, o a Londres y podrás marcharte si lo deseas.

La desconfianza persistía en Emily, pero la remota posibilidad de reencontrarse con su madre lejos de aquellos demonios le animaba a arriesgar cuanto tuviera para conseguirlo. Violet se mostraba extraña y el ofrecimiento de Nicholas era igualmente desconcertante. Pero ¿qué opciones tenía? ¿Cómo renunciar a la posibilidad de reencontrarse con su madre y empezar una nueva vida?

No se fiaba de Nicholas, pero Emily razonó que su interés por retenerla allí, aunque fuera trayendo a su madre, estaba directamente relacionado con Violet, pues así esta tendría más tiempo para dedicar a las pinturas. No era una teoría disparatada. Después de todo lo que había visto en Willesbury, le pareció que él era capaz de hacer una cosa así. Pero no se dejaba engañar. Aquello no era un acto de bondad por parte del conde, este último no era más que algo colateral; un beneficio ajeno fruto de su egoísmo. Además, ella añadió a esto la ilusión de que su madre se trasladase hasta Inglaterra y pudiese ayudarla a sacar a Violet de las garras de Nicholas.

Movida por aquella recóndita esperanza, Emily aceptó.

CAPÍTULO 49

E sta ocasión fue el teléfono de Patrick el que interrumpió.
—¿Quién llama a estas horas? —preguntó Kora con sarcasmo. Patrick frunció el ceño.

—No suelo recibir muchas llamadas a excepción de mi gestor bancario, y no creo que esté echando horas extras —sacó el teléfono del bolsillo. El vaquero ajustado le complicó un poco la tarea—. ¡Es Molly Smith! —dijo al ver el número reflejado en la pantalla.

—¿Molly? ¿La esposa de Craig? —preguntó Sophia.

—Así es —afirmó Patrick.

—Que por cierto es el hijo de Daniel, ¿no? El hermano de Robert —indicó Arthur.

—¡Quieres contestar de una vez! —exclamó Kora. El cansancio y la tensión de las páginas que abordaban en el diario hacía mella en todos. Patrick le obedeció.

—¿Señora Smith? ¿Se encuentra bien?

—Estupendamente. En estos momentos está dormida en la cama.

—¿Señor Smith? —exclamó Patrick, sorprendido. La reacción de los demás fue inmediata. Lo último que esperaban era una llamada de Craig Smith en plena madrugada—. ¿Va todo bien?

—Me duele un poco la espalda. Esta maldita lluvia tortura mis huesos. En fin, nada que vaya a mejorar en los próximos años. ¿Te he despertado?

—No, para nada, señor Smith. Precisamente estamos leyendo el diario de Emily.

—Lo suponía.

Mientras duró la conversación, Sophia no quitó sus ojos de Patrick, atenta a sus gestos, aunque al mismo tiempo reflexionaba acerca de las últimas páginas leídas del diario. El matiz que estaba tomando la historia no le gustaba en absoluto.

La palidez se fue adueñando del rostro de Sophia.

—¿Qué te pasa? —preguntó Arthur. Patrick continuaba al teléfono con el señor Smith.

—No estoy segura, pero me temo que no vamos a tener un buen final —dijo Sophia señalando hacia el diario. Una hoja redoblada marcaba la página donde se habían quedado. Más allá no quedaban muchas más.

Patrick, confuso, colgó el teléfono y se dejó caer en la silla.

—¿Qué quería Craig? —preguntó Kora.

—Quería saber si habíamos leído todo el diario. Le he dicho que no nos quedaba mucho.

—¿Por qué quería saberlo? —indagó Sophia.

—No me ha dado razones. Lo único que me ha dicho es que vayamos a su casa en cuanto terminemos. No importa la hora que sea. Estará despierto.

Arthur se pasó las manos por la cabeza. Demasiada información en muy poco tiempo. Por inercia, sacó el teléfono del bolsillo y lo desbloqueó sin saber bien qué iba a hacer con él. Fue un acto reflejo. Estaba acostumbrado a vivir con el teléfono pegado en la mano, contestando mensajes y llevando las riendas de sus empresas; lo que no había hecho en las últimas horas.

—Sophia, ¿has hablado con alguien más del tema de las pinturas?

Esta negó de inmediato con la cabeza.

—¿Por qué?

—Mi asistente me ha enviado un par de correos. Pensará que estoy dormido. Me avisa de que ha salido a la luz que próximamente se pondrán a la venta una decena de piezas de Nicholas Clifford. La noticia ha salido en varios portales de internet y los medios digitales de carácter nacional han comenzado a hacer preguntas. Todos saben de mi relación con el conde y lo están acribillando a llamadas.

—¡Yo no he hablado con nadie! —exclamó Sophia—. Ni siquiera tenía la intención de vender.

Aunque no desconfiaba de ellos, Arthur se giró hacia Patrick y Kora.

—¿Qué estás insinuando? —dijo Kora—. No hemos hablado con nadie.

—No hay mucha gente que esté al tanto de la venta de los cuadros —indicó Arthur.

—Henry —señaló Sophia.

Arthur comprendió que esa era la única posibilidad.

—Dios mío, Henry. ¿Qué demonios has hecho? —murmuró Arthur para sí mismo mientras se ocultaba el rostro.

—¿Por qué es tan malo? Con el paso de los días, al no haber lienzos, todo quedará como un rumor y la gente se olvidará de ello —apuntó Kora despreocupada.

—Eso sería en una situación normal, que no es precisamente la de Henry. Lo conozco muy bien y es capaz de vender las piezas antes incluso de haberlas adquirido. Todos los coleccionistas del país se van a lanzar encima de él, saben que necesita el dinero y tratarán de garantizarse la venta. Henry se gastará todo el dinero y aplicarán cargos contra él por estafa. No sería la primera vez.

—Un personaje peculiar, sin duda —dijo Kora.

—¿Todavía les sorprende? En fin, voy a ir a hablar con él para que desmienta la noticia. Es el único que puede evitar su propio desastre.

—¿Está en la residencia de los Baskerville? ¿La que hemos visitado antes? —preguntó Sophia. Arthur asintió.

—La misma.

—¿Puedo acompañarte?

—Por supuesto.

Sophia esbozó una media sonrisa, aunque pronto el gesto se difuminó. No le importaba mucho el futuro del conde, pero, ahora que conocía parte de lo ocurrido en aquel lugar, quería ir hasta allí y verlo con sus propios ojos; caminar por el mismo prado por el que caminaron Emily y Violet años atrás.

—Parece que llueve menos —dijo Patrick.

—¿Cuándo regresarán? —preguntó Kora.

—Eso depende de cuánto tiempo tardemos en convencer a Henry y detener a la prensa. Confío en que sean como mucho un par de horas. Suele hacerme caso.

Mientras tanto, Sophia se echaba el abrigo por lo alto y cogía un paraguas.

—¿Estás listo?

—Cuando quieras. Por cierto, no avanzarán en el diario, ¿verdad? —cuestionó Arthur.

—Por supuesto que no. Tal vez aprovechemos este parón para cerrar los ojos un rato. Nos vendrá bien descansar —dijo Kora.

Sin perder tiempo, Arthur y Sophia salieron del hotel y corrieron hacia la residencia del conde. Al pasar cerca de la casa de Craig vieron, en efecto, como de una de las ventanas emanaba un débil halo de luz, lo que les indicó que el anciano seguía despierto. Eso provocó una sensación de nerviosismo en Sophia, cuya curiosidad le hacía preguntarse qué animaba al anciano a permanecer despierto a aquellas horas.

Dejaron atrás el hogar de los Smith y corrieron como niños hasta la valla que separaba la casa. Un relámpago iluminó la noche brevemente y Sophia pudo ver el emplazamiento de la antigua residencia del conde. Tan solo quedaban en pie parte de los cimientos como si la casa se hubiera hundido en ese mar de hierba verde. Al situarse frente a la puerta principal, Arthur miró a su alrededor y percibió algo extraño, aunque no sabía de qué se trataba. Fue decidido a aporrear la puerta cuando esta se abrió apenas un centímetro antes de que su mano golpeara la madera. Aquello le desequilibró por completo y cayó hacia delante, hacia el interior del umbral. Allí se encontraba Gibson, el mayordomo de Henry, que era quien había abierto en ese preciso momento. Sophia intentó evitar que Arthur cayera, pero el piso húmedo le hizo resbalar y verse arrastrada con él.

En un abrir y cerrar de ojos, Sophia estaba tirada encima de Arthur que, bocarriba, miraba hacia Gibson.

—Pero ¿qué estaban pensando? —exclamó Gibson, que no cayó al poder apoyarse en la maleta que había a su lado—. Por el amor de Dios, Míster Seymour.

Arthur y Sophia se miraron y se levantaron rápidamente.

—Lamento mucho todo esto, Gibson. No era nuestra intención.

El mayordomo frunció el ceño. Además de la sorpresa, resultaba evidente que estaba bastante molesto.

—Las prisas nunca son buenas —exclamó Gibson sacudiendo las maletas—. Ahora, si me permiten.

—¿A dónde va? ¿No está aquí Henry?

Gibson se detuvo en seco y señaló con el dedo a Arthur.

—Pues no, no está aquí ni yo tampoco estaré aquí nunca más. Dios me perdone por mis palabras, pero ese hombre es un completo demente. Lleva semanas hablando de unos cuadros que le van a permitir salir de la desastrosa situación en la que se encuentra. Usted ha venido esta noche, ¿no es cierto?

Sophia no daba crédito. En ese momento, Gibson no se parecía en nada a la imagen que tenía de un mayordomo inglés. Aquel parecía estar a punto de sufrir un ataque de nervios.

—Sí, hace ya un rato. ¿Dónde está?

—Después de su visita, Henry se puso frenético. Me despertó a voces y me exigió que lo llevara hasta Londres. ¡Con este diluvio! ¿A quién se le ocurre? Me negué y amenazó con despedirme. ¡Se ha vuelto loco! ¡Más de lo que estaba!

—Entonces, ¿se ha ido a Londres? —preguntó Arthur.

—Hará una hora; quizás más.

—Pero estaba borracho.

—¿Quién lo controla? He soportado mucho aquí, pero eso se ha terminado. Les deseo suerte. Me vuelvo a Manchester —bramó Gibson mientras salía de la casa y se dirigía a la puerta de la verja.

—¿Va a dejar solo a Henry? —gritó Arthur.

—Siempre ha estado solo. Les deseo suerte.

Arthur se puso las manos sobre la cabeza y miró hacia el interior como si no acabara de creerse lo que acababa de suceder. Sin embargo, ya sabía qué era lo que le había llamado la atención al llegar. El coche de Henry no estaba.

—¿Para qué ha ido al Londres? —preguntó Sophia.

—Si la noticia ya está en internet y en un par de horas saldrá publicada en los periódicos, seguramente quiera estar en Londres para cerrar lo antes posible la venta. Se meterá en los bolsillos todo el dinero que pueda y se lo gastará en cuestión de semanas. El problema será cuando informe que no hay ninguno para vender y no pueda devolver ni un solo penique. Tenemos que hacer algo.

Sophia trató de pensar en una solución, pero en esos momentos estaba sobrepasada.

—¡Nos vamos a Londres! —exclamó Arthur.

—¿Qué? ¿Ahora?

—Sin perder más tiempo. Iremos en mi coche.

Sophia levantó los brazos.

—Pero ¿y el diario? No puedo marcharme sin más.

—No creo que a Kora y Patrick les importe mucho. Seguro que quieren pasar un rato a solas.

Sophia se azoró sin saber por qué. Ella pensaba lo mismo, pero, que lo dijera Arthur, era distinto.

—¿Cuándo volveremos? —preguntó Sophia mientras caminaban hacia el coche.

—Mañana o pasado seguramente. Cuando detengamos al desquiciado de Henry. Dios santo… Estaba completamente borracho cuando lo he visto antes. Puede que ni siquiera haya sido capaz de llegar hasta Londres.

Patrick estaba fregando los vasos y las tazas de café que habían utilizado las horas antes en la lectura del diario. Estaba más cansado de lo que creía en un primer momento y el saber que no iban a leer más por el momento, le hizo relajarse y entornar los ojos como si fuese a dormirse de pie frente al fregadero.

—¿Has hablado con Sophia? —preguntó en cuanto Kora entró a la cocina. La joven tenía la costumbre de caminar de un lado a otro mientras hablaba por teléfono. Mientras tanto, el cielo grisáceo de la noche se aclaraba con los primeros rayos de sol. La lluvia había cesado.

—Sí. Van camino de Londres. Confían en solucionar todo lo antes posible.

Patrick asintió.

—Eso espero, aunque por mí pueden quedarse todo el tiempo que quieran en el hotel.

Kora vio que había cierta lástima en sus palabras. No era algo consciente, sino real.

—De aquí en adelante tendrás más clientes. Ya escuchaste a Arthur, él también puede ayudarte.

—Eso dijo…

Kora se sentó sobre la mesa y comenzó a bailar las piernas como si se tratara de una niña pequeña. Patrick sonrió al verla.

—¿Qué ocurre? ¿Te estás riendo de mí?

—Todo lo contrario —dijo Patrick antes de agachar el rostro—. Es solo que me alegro de que estén aquí. A veces tengo la sensación de que estoy preso entre estas paredes, ¿sabes? Es mi hogar, pero a veces siento que podría ser más feliz en otra parte.

Kora sintió como las palabras de Patrick encajaban a la perfección en sus pensamientos. ¿Cuánto tiempo había pensado ella en marcharse de cada lugar donde estaba? Su vida podría reducirse en la búsqueda de algo, de la felicidad misma.

—A veces huir no soluciona nada. Te lo digo por experiencia.

Patrick dejó el último vaso y se acercó a la mesa.

—Lo sé. Pero ¿qué futuro me espera aquí?

Kora miró a su alrededor y observó la cocina de época. Al fondo del todo había una inmensa parrilla que debió ser utilizada en otro tiempo.

—Mi padre tenía a mi madre y después a mí. Su lucha tenía un sentido. Quizás sea eso lo que me falta.

Kora encogió los hombros. Sus piernas se balanceaban cada vez con más velocidad.

—¿A qué te refieres con un sentido?

—Alguien a mi lado. Una persona con la que poder compartir mi vida, mi trabajo, el futuro. Hasta podría decirse que envidio a los Smith, a Craig y Molly. Se tienen el uno al otro.

Kora no supo qué contestar. La idea que se le pasó por la cabeza la sonrojó.

—¿Sabes por qué me gusta tanto la música? —continuó Patrick—. Porque acaba el silencio, con el sonido de la madera al crujir o con el ruido del viento. La música rellena ese espacio.

—A veces por muy alto que pongas la música solo puedes oírte a ti mismo —dijo Kora. Patrick frunció el ceño.

—Eso es de Kurt Cobain.

Los dos se rieron a carcajadas.

—Venía como anillo al dedo —afirmó Kora.

—Eso es verdad, pero el bueno de Kurt tenía razón. El silencio se acaba acostumbrando a la música —dijo Patrick sentándose junto a Kora. La mesa crujió ante el peso de los dos. Cabizbajo, se secó las manos con un trapo lentamente.

—Espero de corazón que Craig Smith tenga un millón de diarios más —susurró.

—Yo también.

No dijeron nada más. Les bastó mirarse para entender lo que iba a suceder a continuación. El primer beso fue tímido, casi como si ambos no estuvieran seguros de qué hacer. Patrick dejó caer el trapo al suelo y los brazos de Kora rodearon su cuerpo.

—Tardarán en volver, ¿no? —preguntó Patrick.

—Al menos hasta esta noche.

—Hoy, el hotel Davies no abrirá sus puertas.

CAPÍTULO 50

La falta de sueño se había convertido en algo serio para Sophia y Arthur. Ambos estaban sentados en la cafetería del Ritz, aguardando tener noticias de Henry. Arthur le había asegurado que el conde se hospedaría con total seguridad en ese hotel, por lo que era el lugar idóneo para empezar a buscar. Sophia estaba incómoda por el desbordante lujo. Llevaba viviendo en Londres diez años, pero jamás se había fijado en aquel sitio. Se sentía incluso un poco fuera de lugar, mientras que Arthur, por suerte, era un cliente asiduo.

—Por ley, no pueden decirme si está aquí hospedado —farfulló. Estaba ligeramente despeinado y sus ojeras se habían adueñado de su rostro. No ayudaba tampoco su indumentaria, que no era otra que el chándal que le había prestado Patrick. De hecho, el portero no le había permitido el paso en un primer momento y Arthur tuvo que realizar un par de llamadas. Al cabo de unos minutos, el mismo director del hotel salió a la puerta a recibirle y pedirle perdón por las molestias causadas.

—¿No puedes hacer otra llamada de las tuyas? —preguntó Sophia. Él se rio.

—No, si eso significa que otros se salten la ley. Aunque reconozco que lo de la puerta ha sido culpa mía. Parezco un rapero.

Sophia contuvo la carcajada. En el resto de la sala había hombres trajeados y mujeres elegantes que los miraban de reojo.

—¿Hay más noticias? —indagó Arthur.

—Algunos medios se están haciendo eco de la noticia de próxima salida a la venta de obras de Nicholas Clifford. El nombre de Henry aparece en alguna ocasión, pero nada más —dijo Sophia.

—Esperemos que esto se pueda parar. ¿Has conseguido hablar con Bridget?

Sophia asintió.

—Sí, mientras tú estabas en la recepción. Le he pedido que difunda la información de que no habrá más pinturas de Nicholas Clifford a la venta, al menos a corto plazo. Ella sabe moverse, estoy segura de que pronto se extenderá la noticia. Habrá que esperar.

—Tú sabes bien cómo funciona este mundillo. ¿Cómo ves la situación?

—Complicada, cuanto menos. Los periódicos dirán que van a salir a la venta más lienzos, mientras que rumores internos apuntarán todo lo contrario. Es difícil decir si eso juega a nuestro favor.

—Ese imbécil. Lo peor de todo es que esto lo hago para protegerlo.

—¿Sigue sin contestar a tus llamadas? —preguntó Sophia. Apoyaba la cabeza sobre sus manos.

—Nada por el momento. He llamado también a la policía y he dado sus datos por si ha tenido un accidente o lo han arrestado, pero no tienen nada por el momento.

Sophia asintió a la vez que los ojos se le entornaron.

—Nos vendría bien descansar un poco, ¿verdad?

—Pero ¿y Henry? No se nos puede escapar.

De repente, Arthur se llevó las manos a la frente y se mordió los labios.

—¿Cómo he podido ser tan tonto? —dijo sacando de nuevo el teléfono.

—¿Qué sucede?

—Hace tiempo, después de sacar a Henry de problemas, instalé en su teléfono una aplicación que rastrea su posición en todo momento, al menos mientras lo tenga encendido y la localización activa. Es una primera versión, por lo que tan solo podrá ofrecernos una localización aproximada.

—Eso no suena muy legal —comentó Sophia.

—Y no lo es, pero tratar con Henry es así. Es lo mejor para él. Además, ni siquiera lo sabe. Esperemos que no la haya eliminado.

Sophia recuperó un poco de energía y cruzó las manos. Quería volver cuanto antes a Willesbury y leer las pocas páginas que le quedaban al diario. Por primera vez desde que su madre le había anunciado la muerte de su padre, veía el final que, a su vez, era el principio de algo desconocido para ella.

—¿Ha habido suerte?

—La aplicación me dice que está en Londres. Algo es algo —dijo Arthur desanimado.

—Tenemos suerte de que Londres sea tan solo un poco más grande que Willesbury —bromeó Sophia. Arthur asintió entre carcajadas.

—Bueno, no tiene sentido que nos quedemos sentados aquí toda la mañana. Será mejor que descansemos un rato, ¿no te parece?

Sophia fue incapaz de negarse.

—Pero no creo que mi presupuesto alcance para pagar siquiera cinco minutos de una habitación. Mi apartamento no está muy lejos de aquí.

Mientras hablaba, Arthur sacó una tarjeta del bolsillo y se la ofreció.

—Esta es la llave de la suite. Dentro hay como tres habitaciones.

Sophia se quedó con la tarjeta en la mano sin saber qué decir.

—¿Para los dos?

Arthur se mostró confuso.

—Había pensado… Estoy seguro de que Henry estará en la suite de al lado. Siempre elige la misma. Yo… puedo buscarte otra habitación si quieres.

Entonces fue Sophia la que se incomodó.

—Ah, es solo que… no tiene importancia. Sí, claro, si tiene tantas habitaciones dentro…

—Es la habitación más grande del hotel —exclamó Arthur.

—¡Estupendo! Pero, Arthur, ¿cuánto te ha costado esto?

—No tienes que preocuparte del dinero. Ya has visto que en este hotel son muy simpáticos conmigo. Ahora subamos a descansar un poco.

Sophia comprendió que era inútil discutir y aceptó sin más, motivada también por su cansancio. Se dirigieron al elevador y subieron hasta la última planta, donde se encontraba la suite escogida por Arthur.

—No veo el momento de tumbarme en la cama —dijo Sophia—. Me duele todo el cuerpo.

—Yo creo que debería comprarme un poco de ropa, ¿no? —expuso Arthur alzando los brazos.

Sophia bostezó.

—No estaría mal, la verdad. Hay un centro comercial no muy lejos de aquí. ¿Quieres que te acompañe?

Sin embargo, Arthur le dijo que no era necesario.

—Aprovecha y descansa todo lo que puedas. Mientras tanto iré a por la ropa y trataré de dar con Henry. Si no está aquí durmiendo la mona es que debe haberse reunido con alguien.

Se despidieron en la puerta de la habitación, sin embargo, Sophia no atravesó el umbral hasta que Arthur desapareció por el otro lado del pasillo. El porqué se había quedado allí mirando era un misterio para ella. Con Terry, hacía ya más de diez años, fue la última vez que ella sintió que estaba enamorada. Después de aquello, su alma se convirtió en un yermo donde no germinaba sentimiento alguno hacia los hombres. Al final, sus relaciones en Londres se centraban en la atracción física, en lo sexual. No obstante, en ese momento, mientras Arthur se alejaba, descubrió que su interés en él iba mucho más allá de lo físico. No sabía explicarlo ni podía encontrar las palabras idóneas; los sentimientos que experimentaba en aquel momento hablaban en otro idioma, algo totalmente ilógico y poco racional, pues lo conocía desde hacía una semana. Pensó que, seguramente, todos los hechos acontecidos, las emociones que le había provocado la lectura del diario la estaban haciendo confundir sus sentimientos.

Entró en la habitación y se quedó boquiabierta. Ante ella se mostraba un inmenso salón que actuaba como punto focal respecto a las tres habitaciones que había repartidas a ambos lados.

—Esto le ha tenido que costar una fortuna.

Avanzó lentamente, temerosa incluso de que el piso se ensuciara con sus zapatos. Sin embargo, toda aquella majestuosidad no era suficiente para mediar con su cansancio. Abrió la puerta de una de las habitaciones y se sorprendió de nuevo de que su tamaño fuera mayor al de su propio apartamento. Pensaba ducharse antes de tumbarse, pero fue incapaz de resistirse. Se dejó caer sobre la colcha y apenas tardó un par de segundos en quedarse dormida.

Arthur salió del hotel confuso y bostezando. Estaba acostumbrado a un ritmo de vida frenético, a largas jornadas laborales, pero no a que sus sentimientos formaran parte de ello. Mientras caminaba hacia el centro comercial se preguntaba por ello, siempre con la imagen de Sophia en su cabeza. Le hacía feliz pensar en ella.

Al cabo de unos cuarenta minutos iba de regreso al hotel, vestido esta vez con un traje y una larga gabardina que lucía con estilo. En el camino intentó de nuevo hablar con Henry, pero este seguía sin contestar. Buscó información relacionada con las pinturas y vio que varios medios de tirada nacional habían publicado la noticia, por lo que apresuró el paso.

Subió hasta la habitación del hotel y abrió la puerta con cuidado, intuyendo que Sophia se encontraría dormida, como así era. Dormir no era una mala opción, pero optó por continuar su búsqueda. Habló con algunos periodistas, así como con algunos marchantes de arte, pero nadie tenía noticias de Henry. Sin ideas, decidió bajar a recepción para intentar de nuevo que le confirmaran si se encontraba en el hotel. Estaba a punto de marcharse cuando escuchó a Sophia.

—¿Arthur?

—Sophia, ¿te he despertado?

Ella apareció por la puerta de la habitación.

—No, tranquilo. No quiero dormir mucho más. ¿Has averiguado algo?

—Nada por el momento. Es como si se hubiera esfumado.

Sophia torció el gesto.

—¿Qué opciones tenemos?

—Bueno, la verdad es que no debes involucrarte en esto. Henry es cosa mía. Puedes regresar a Willesbury si lo deseas.

En ese instante ambos pensaron el porqué habían acabado juntos en aquel hotel. Lo más lógico hubiera sido que Arthur viajara solo hasta Londres y ella se quedara en Willesbury para finalizar la lectura del diario. Pero algún motivo les hacía estar juntos.

—Es lo mínimo que puedo hacer. Tú nos has ayudado mucho.

Arthur encogió los hombros. Rara vez se quedaba sin palabras. Sophia percibió su incomodidad y sacó el teléfono para sacar un nuevo tema de conversación.

—Kora no ha escrito, por lo que supongo que no habrá novedades. Le he pedido que se acercara a la residencia de los Baskerville, por si regresa.

—Es una buena idea —dijo Arthur.

Sophia asintió con una sonrisa.

—Te sienta bien.

—¿Cómo?

—La ropa.

—Ah, gracias. La verdad es que me siento más apropiado; más yo.

De nuevo se instauró un silencio entre ambos.

—Tú también te ves bien.

—¿Yo? Si no me he cambiado de ropa.

Arthur tensó el rostro.

—Claro, pero… Quería decir, el tiempo que has dormido… Te ha sentado bien.

—Muchas gracias.

Para alivio de los dos, el destino les interrumpió. Desde la puerta de entrada a la suite sonaron voces, como si alguien estuviera discutiendo. Arthur se extrañó y se dirigió corriendo hacia la puerta, seguido de Sophia.

Habían encontrado a Henry.

El sol del mediodía brillaba con fuerza en Willesbury como si la primavera se hubiera presentado en una visita inesperada. Patrick aprovechó el buen tiempo para limpiar las arquetas y limpiar el césped de las hojas caídas durante la tormenta. Kora le había ayudado hasta hacía un par de minutos, pero una llamada de Sophia le hizo retirarse y pasear por el jardín mientras conversaba.

Patrick la observaba con una sonrisa mientras arrastraba el rastrillo sobre el césped. Las últimas horas habían sido un regalo para los dos.

—No te preocupes, Sophia. Te esperamos —dijo Kora antes de colgar.

—¿Todo bien? —preguntó Patrick. Su piel blanquecina brillaba bajo el sol.

Kora le dijo que sí y después le contó todo lo que le había dicho Sophia. Al parecer, habían encontrado a Henry en un hotel de Londres, discutiendo con varios empleados después de que la tarjeta de crédito que había entregado careciera de fondos. Una vez más, Arthur tuvo que salir a su rescate y pagar las deudas contraídas con el hotel. Le costó caro, pero al menos pudo localizarlo y convencerlo para que desmintiera la noticia de la futura venta de los cuadros.

—Ese hotel sí que es rentable —dijo Patrick.

—Este también lo será —apuntó Kora.

—¿Estás segura?

—¿Tú lo estás?

—Por supuesto, pero soy consciente de lo difícil que es.

Kora sonrió, se acercó a Patrick y lo besó.

—Ya te he dicho que solo debes confiar.

Volvieron a besarse y después Patrick continuó retirando las hojas.

—¿Le contarás esto a Sophia?

—No lo sé, creo que se alegrará. ¿Tú qué piensas?

—Que sí, que le parecerá bien. Vienen ya de camino, ¿no es cierto?

—Estarán aquí dentro de un par de horas —dijo Kora—, aunque todo dependerá de Henry, el conde desquiciado.

—Su mayordomo le había abandonado, ¿no? —preguntó Patrick.

—Eso me dijo Sophia, pero creo que Arthur lo ha podido convencer para que regrese. Eso sí, no le habrá salido barato.

Patrick soltó una breve carcajada.

—Vaya. Unas vacaciones caras para Arthur.

Al cabo de tres horas, llegaron con Henry a Willesbury. Lo primero que hicieron fue llevar al conde hasta la residencia, donde ya se encontraba Gibson para cuidar de él gracias al aumento de sueldo prometido por Arthur. Henry, que había estado dormido la mayor parte del trayecto, le agradeció su ayuda y le prometió recompensarlo cuando consiguieran vender las pinturas. Sophia se mantuvo en silencio para no empeorar la situación, aunque en un par de ocasiones Henry se refirió a ella preguntándole cuando iban a estar listas las obras.

—Ya te dijo que en una semana, Henry, así que déjala en paz —mintió Arthur.

Una vez lo dejaron en la residencia a cuidado de Gibson, regresaron al hotel. El trayecto en coche, que no duró más de cinco minutos, supuso un silencio entre ambos. No había pasado nada entre ellos, pero los dos intuían que solo faltaba una chispa que encendiera la mecha. Curiosamente, tanto Sophia como Arthur compartían las dudas de saber cuáles eran los pensamientos del otro y eso les retraía. Le asustaba la idea de cometer un error, se conocían hacía muy poco. Por fin, la llegada al hotel los relajó.

Se pusieron al día de todo lo acontecido en Londres. Arthur había conseguido contactar con los compradores con los que había hablado

Henry, asegurándoles que por el momento ninguna obra iba a salir a la venta y que él era la única persona que tendría capacidad para hacerlo. Con esto último se garantizó que Henry no causara problemas de nuevo, ya que no se fiaba en absoluto de él.

—¿Ustedes qué? ¿Han descansado al menos? —preguntó Sophia.

—Un poco —respondió Kora con una sonrisa que contagió de inmediato a Patrick. Arthur no se percató del detalle, pero Sophia sí lo hizo.

—Ya veo —dijo Sophia con una sonrisa irónica. Kora hizo un mohín con los labios. Sin embargo, Patrick cambió de tema rápidamente.

—Estás muy guapo, Arthur. ¿Y mi chándal?

—En una papelera cerca de Buckingham Palace —contestó—. Espero que no te importe.

—Era de mi padre —soltó Patrick bruscamente. Arthur abrió los ojos de par en par. Kora y Sophia se pusieron tensas.

—No lo sabía, yo… No sé qué decir…

Patrick mantuvo el rostro serio hasta que la risa quebró sus labios y comenzó a reírse a carcajadas.

—Tenías que haber visto tu cara.

—Eso es jugar sucio —exclamó Arthur. Sophia y Kora también se reían.

—Ha merecido la pena. En cuanto al chándal, lo compré hace un par de años en el mercadillo semanal de Willesbury. No creo que su valor supere las dos libras.

La conversación distendida continuó entre los cuatro, hasta que el tema del diario apareció nuevamente, momento en el que desapareció la hilaridad y los silencios se extendieron poco a poco.

Kora y Patrick habían cumplido su promesa. El diario continuaba en la misma mesa que habían ocupado la noche anterior. Incluso Sophia creyó que se encontraba justo como ella lo había dejado.

—Pues ha llegado el momento —dijo Sophia.

—Así es. Por cierto, Craig Smith me pidió que lo avisáramos en cuanto terminemos de leer el diario. Me llamó otra vez esta mañana e insistió mucho en ello —explicó Patrick.

—¿No te dijo por qué? —preguntó Arthur. Patrick movió la cabeza de un lado a otro.

—Puede que sepa algo más. Quién sabe —musitó Kora.

—Terminemos de una vez —dijo Sophia abriendo el diario, preparándose de nuevo para retroceder cien años y saber qué sucedió.

—Estamos de acuerdo en que es prácticamente imposible que Emily tuviera dos hijos con Robert antes de su marcha, ¿no? La última vez nos quedamos en el año 1913 y ni siquiera estaban juntos —dijo Arthur—. Además, ya sabemos que tú, Sophia, eres descendiente de Nicholas.

—Ya lo había notado, pero no quería mencionarlo —corroboró Sophia con la mirada perdida. Kora se rio al haber ganado esa pequeña batalla. Lo peor que le podían decir era que era descendiente de ese hombre.

Patrick señaló el reloj.

—No quedan muchas páginas. Si nos damos prisa, no será muy tarde para avisar al señor Smith.

Sophia asintió e infló sus pulmones.

—Acabemos de una vez.

CAPÍTULO 51

Diario Nº2 de Emily Brown

No sé cuánto tiempo llevo sin escribir este diario. La última vez que lo tomé fue cuando Violet me dijo que Nicholas quería traer a mi madre… y yo le creí.

Al pensar en eso me estremezco y la ira crece en mi interior.

Hace casi un año que los Smith no han sabido de mí, pero ahora que he vuelto me han contado que pensaron en que yo me había vuelto a mi país. Sin despedirme, sin decir nada. Aunque me ha dicho Robert que Daniel no se lo creía, que cada cierto tiempo se asomaba a las ventanas y observaba el interior.

Pero ya estoy de regreso y no sé qué va a pasar conmigo, no sé qué voy a hacer… creo que tendré que quedarme para siempre en este lugar.

WILLESBURY, 1914

Robert y Daniel estaban cerca de la casa preparando la tierra para sembrar, cuando vieron acercarse un coche. Robert había conducido un par de ellos en el ejército, pero Daniel rara vez veía uno, por lo que en cuanto escuchó el ronroneo del motor, tiró la azada y corrió al camino que llevaba hasta la residencia de los Clifford. Robert sonrió al ver la ilusión de su hermano y fue tras él. Sin embargo, cuando llegó a su altura, comprobó que su rostro no expresaba ilusión alguna, sino estupefacción. Miró hacia el coche y vio que en el interior iban Nicholas y Lady Beatrice, la última con un bebé en sus brazos.

Pasaron de largo, sin ni siquiera mirarlos. Daniel hizo el amago de salir corriendo tras ellos, pero su hermano lo evitó sujetándole por el hombro.

Luego, el sonido de otro coche les hizo volverse. En él viajaban Emily, Violet y una niña pequeña. Este se detuvo frente a ellos y Emily se bajó de él con una pequeña maleta. Sin embargo, la alegría de los dos hermanos fue efímera. Emily no era la joven que se había marchado hacía casi un año.

—¡Emily! —dijo Daniel abrazándola. La joven, inexpresiva, le devolvió el gesto. Robert la observaba horrorizado y hasta el muchacho se dio cuenta de su actitud. El coche, con Violet y la niña dentro, retomó la marcha.

—Creíamos que te habías marchado —afirmó Robert sin acercarse.

Emily torció los labios en una sonrisa inexpresiva y después agachó la mirada.

—Violet me pidió que la acompañara —susurró.

Daniel miró a su hermano.

—Nos dijiste que te ibas solo una semana y que después regresarías a casa —dijo Robert. Emily cabeceó levemente sin levantar los ojos del suelo.

—A veces las cosas no van según lo planeado. —En ese momento, Emily pasó sus manos en torno a su barriga. Fue un gesto que duró apenas un segundo, pero que no pasó inadvertido para Robert. Un abismo surgió en su interior, una preocupación tan intensa que sintió como su garganta se cerraba.

—Entonces, ¿te quedas con nosotros? —preguntó Daniel. El

muchacho percibía el comportamiento extraño de Emily, pero su juventud no le permitía ir más allá.

Emily levantó entonces el rostro. Parecía haber envejecido diez años de golpe e incluso, en su melena se asomaban algunas canas.

—Me quedaré un tiempo, si es posible.

—Por supuesto, Emily. Puedes quedarte todo el tiempo que quieras.

Emily asintió y se dirigió al interior de la casa en absoluto silencio, ajena a los cambios que se habían producido durante su ausencia. Los terrenos que les había entregado Nicholas mostraban un cultivo vigoroso que estaba a poco de dar sus frutos y más allá, al otro lado, Robert estaba construyendo un pequeño establo para el caballo que había adquirido hacía poco menos de dos semanas. En definitiva, grandes cambios que le hubieran llamado la atención antes de su marcha.

Daniel fue tras ella enseguida, pero Robert se quedó fuera. Su mirada oscilaba entre la residencia de los Clifford y su propia casa, donde Emily acababa de entrar. Recordó que Lady Beatrice llevaba un bebé consigo y aquel pensamiento se quedó dando vueltas por su cabeza, como el siseo de una serpiente.

—La última vez también se alejaron de Londres para pasar un embarazo… —dijo para sí mismo, refiriéndose al nacimiento sin vida del primer hijo de los condes. El corazón se le aceleró levemente.

Apresurado, se encaminó hacia detrás de la casa y fue en busca de Emily, a la que encontró en la que había sido su habitación y donde todo permanecía tal y como lo había dejado. Al acercarse, Daniel atravesó la puerta y encogió los hombros al ver a su hermano.

—Está muy rara.

Robert le pidió que los dejara a solas y se acercó hasta el umbral. Emily estaba sentada en la cama, cabizbaja, con la mirada perdida y las manos sobre su estómago. Ni siquiera se percató de la presencia de Robert.

—Emily —dijo este a la vez que las palabras desaparecían de su lengua. Tragó saliva e intentó mantener la calma, pero ni él mismo sabía cómo expresar la idea que pasaba por su cabeza en ese momento.

—Discúlpame, Robert. Estoy cansada. Ha sido un viaje muy largo —expuso Emily con voz queda.

—¿Puedo hacer algo por ti? —Emily movió la cabeza ligeramente—. Los Clifford han tenido un hijo, ¿no es así?

Robert se fijó en como la tensión se extendió por el rostro de Emily.

—Un niño —respondió ella.

—Los he…

—Un niño precioso —le interrumpió Emily con la voz rota. Las lágrimas se escurrían por sus mejillas.

—¿Qué ha pasado estos meses, Emily? Dime la verdad —pidió Robert acercándose a ella.

—Solo quiero descansar. Por favor.

Robert no insistió más.

En los siguientes días, el comportamiento de Emily fue errático y silencioso, como si de un fantasma se tratara. Daniel procuró animarla, pero desistió a los pocos días. Además, el joven vio que su hermano Robert también había cambiado desde el regreso de Emily. Muy extraño en él, se pasaba el día ofuscado, murmurando y apenas sin hablar.

Una semana después del regreso de los Clifford, Violet visitó a los Smith. Acudió mientras Emily compraba en el mercado de Willesbury. Robert, que hacía bastante tiempo que no la veía, se sorprendió de su extrema delgadez y de su piel cetrina. Sus ojos, ya grandes de por sí, destacaban en su rostro y añadía un punto desconcertante a su mirada.

—¿Qué le ocurre a esa mujer, hermano? —preguntó Daniel mientras cargaba un saco. Robert le recriminó sus palabras con la mirada, pero al poco comprendió que tenía razón.

—No tengo la menor idea. Es como si todos se estuvieran volviendo locos.

Los dos se giraron y observaron la figura inmóvil de Violet, esperando pacientemente que Emily regresara. En ese momento,

Robert cayó en la cuenta de que Emily no la había visitado desde su regreso a Willesbury. Aquello se sumó a su anterior preocupación, la que había surgido cuando vio el bebé en brazos de Lady Beatrice. Diez meses eran los que habían pasado fuera, casi once. ¿Acaso eso significaba que lo que pasaba por su cabeza tuviera que ser verdad? Desde que Emily regresara, Robert la había observado. El cuerpo de la joven había cambiado. Pese a que continuaba estando delgada, sus curvas se habían acentuado y sus pechos habían aumentado de tamaño. No había lujuria o deseo en esas observaciones, sino la confirmación de sus sospechas, lo que provocaba un sufrimiento real y hasta en cierta medida agónico en Robert. El amor que sentía por Emily se había convertido en una tortura para él.

Los dos hermanos continuaron centrados en su trabajo. Tenían mucho que hacer. Dentro de poco debían cosechar las coles, escarolas y calabacines que había plantados en parte del terreno. Por ello, el tiempo les corrió rápido y pronto vieron a Emily regresar de Willesbury. Violet, que se había quedado frente a la puerta principal, también la vio.

Fue Emily la que tardó más en percatarse de la presencia de Violet, pero cuando la vio, se detuvo al borde del camino. Robert y Daniel se quedaron quietos, conscientes de alguna forma de que lo que iba a suceder no era de su incumbencia.

Violet fue la primera en reaccionar. Sonrió y dio varios pasos hacia Emily mientras la saludaba con las manos.

—Qué bueno verte…

—¿Qué quieres? —dijo Emily con brusquedad. Después miró hacia donde se encontraban los dos hermanos y volvió a centrarse en Violet.

—Estaba preocupada por ti —comentó Violet.

Emily no contestó, sino que se limitó a abrir los ojos de par en par y a apretar sus labios hasta emblanquecerlos.

—Márchate, Violet —dijo sin moverse. Fue tal el tono que empleó que hasta Violet se quedó quieta.

—Solo quiero hablar, Emily.

Violet continuaba empleando un tono dulce y hasta en cierta medida amistoso que chocaba con la actitud de Emily.

—Nunca volveré a hablar contigo, Violet.

—No lo dices en serio —insistió.

Emily respiró profundamente.

—Estás muerta para mí.

En ese momento, Violet comenzó a temblar. Intentó hablar, pero al no conseguir pronunciar ni una sola palabra, se marchó sin decir nada. Emily no se acercó a la casa de los Smith hasta que su amiga se alejó más de cien metros. Daniel golpeó el hombro de su hermano para que se acercara hasta ella, pero este no quiso hacerlo. Lejos de temor, lo que Robert no quería era que Emily reaccionara de la misma manera con él, por lo que prefirió esperar. Ella retomó el paso, entró en la casa sin decir nada y cerró la puerta bruscamente.

—Será mejor que sigamos. Tenemos mucho que hacer —dijo Robert.

—Pero ¿no vas a hablar con ella? Es evidente que le ocurre algo.

Robert movió la cabeza de un lado a otro.

—Hay momentos en los que es mejor estar a solas.

No hablaron de lo sucedido e incluso Robert le prohibió a Daniel que sacara el tema en presencia de Emily, lo que tiñó la casa de los Smith de una incomodidad constante. En cuanto a Violet, esta no regresó en los días siguientes.

No obstante, Robert no le quitó el ojo a Emily. Las ojeras de su rostro le revelaron que apenas conciliaba el sueño y en más de una noche la escuchó trastear por la cocina. Así que esperó alrededor de una semana para que se enfriaran los ánimos. Cuando la escuchó entonces, salió de su habitación y fue a su encuentro. La casa de los Smith era pequeña, por lo que, en cuanto Robert abrió la puerta, se topó con la fantasmagórica presencia de Emily. Le sorprendió encontrarla con un vaso de licor en sus manos, iluminada tristemente por la luz de una vela que se derretía sobre un candelabro oxidado. Las sombras bailoteaban al son de la solitaria llama mientras la oscuridad se recreaba en cada resquicio.

Nada más verla, Robert pensó que Emily trataría de deshacerse de él o que se marcharía a su habitación, pero lo único que hizo ella fue bajar la mirada de nuevo y centrarse en el vaso.

—No sabía que te gustara beber —señaló Robert. Se había detenido junto a la mesa y esperaba la reacción de Emily para dar el siguiente paso.

—No me gusta, pero sí el efecto que provoca. Antes no comprendía a los borrachos o a los que vendían su alma por un trago, pero ahora sí. No son más que desgraciados que buscan evadirse de este mundo —finalizó sus palabras con un sorbo.

—¿Puedo sentarme? —preguntó Robert.

—Es tu casa —respondió Emily. Robert separó una de las sillas y después se dejó caer sobre ella. Emily seguía centrada en el vaso.

—¿Tienes pensado marcharte?

Emily hizo un gesto que Robert no entendió.

—¿Emily?

Esta dio otro trago.

—En este momento no sé qué debo hacer, Robert.

—¿Lo dices por lo que te ocurrió en tu país?

Emily suspiró.

—Han ocurrido muchas cosas.

—¿Qué cosas, Emily?

Los ojos de la joven relucieron con las primeras lágrimas, al igual que sus labios comenzaron a temblar. Intentó contenerse dando otro trago, pero cuando el vaso estaba a punto de rozar sus labios tuvo que dejarlo sobre la mesa.

—¡Emily!

Ella alzó la mano para pedirle que se callara.

—Cuando vi a mi madre en las manos de aquellos monstruos, me juré que ni ella ni yo volveríamos a pasar por algo así. Estaba tan convencida que me creía capaz de matar antes que verme sometida. Pero no lo fui… —Emily cogió aire y quitó el freno a sus palabras—. Violet me engañó. Me dijo que Nicholas quería traer a mi madre a Inglaterra para que viviera conmigo. Yo pensé que era una de sus artimañas, una más para que nosotras nos hiciéramos cargo de la hija de Violet y ella pudiera continuar pintando.

—¿Esa niña es hija de Violet?

—Sí, y también es hija del conde. No sé cómo, pero está totalmente enajenada y es incapaz de ver la realidad. Nicholas la maneja con la promesa de que algún día abandonará a la bruja Beatrice y se casará con ella, y bajo este pretexto hace lo que quiere con ella. Por eso Violet se pasa los días encerrada pintando un lienzo tras otro, que después él firma para hacerse pasar como uno de los artistas más prometedores de Inglaterra. Su fama ha alcanzado cotas que ni siquiera puedes imaginar y sus obras son veneradas por toda Europa. Sin embargo, la otra obsesión que germinó en él fue la de tener un heredero; asegurar el linaje, pero Dios no les concedió tal honor.

Robert la miró horrorizado, sus sospechas se estaban convirtiendo en una realidad, lo que Emily le iba relatando coincidía con sus peores miedos. Emily se veía cansada. Volvió a tomar un trago y continuó.

—Nicholas y su esposa fueron incapaces de concebir un hijo y fanatizados por su propia locura, por la distorsionada imagen que tienen de ellos mismos, se las ingeniaron para convencer a Violet para que ella concibiera a la criatura. El conde le decía que, si daba luz a un niño, ya tendría un heredero y podrían estar juntos.

—Pero la criatura falleció en el parto. Se pasearon vestidos de luto e incluso celebraron misas por su alma —exclamó Robert.

Emily tensó los labios.

—Fue niña, Robert. No les servía, por eso anunciaron que la criatura no había sobrevivido. Pero lo que no pudieron soportar es que un médico advirtió de la delicadeza de la salud de Violet. Fue un parto complicado y Violet se quedó con secuelas. Un nuevo embarazo le habría costado la vida. ¿Lo entiendes?

—Sin Violet, Nicholas no tendría más lienzos.

—Así es. —Emily apretó el vaso con todas sus fuerzas—. Él y Beatrice insistieron para concebir un hijo propio, pero no lo consiguieron.

Robert intuyó el rumbo que iba a tomar la conversación y bebió un trago directamente de la botella. El ardor del alcohol bajó por su garganta y se convirtió en un reconfortante calor.

—Pero Violet no solo les fue útil para pintar sus obras. Cuando anuncié mi marcha sabían que Violet era la única persona que podía evitarlo. No sé cómo la convencieron, pero el hecho es que ella me invitó a acompañarla a la residencia del lago. Me dijo que Nicholas conseguiría traer a mi madre a Inglaterra. Es curioso. Violet no sabe nada acerca de lo que sufrió mi madre, nunca se lo conté. Principalmente porque desde que conoció a Nicholas se obsesionó; poco le importaría que el mundo ardiera con tal de estar con él. No podía soportar el hecho de confesarle todo mi sufrimiento y que ella lo viera como algo insignificante en comparación con sus sentimientos hacia él.

Robert se pasó las manos por el rostro.

—¿Cómo Violet podría hacer caso omiso de esa historia? Todavía recuerdo cuando me la contaste. La tengo grabada a fuego en mi cabeza.

—Sé que a ella no le hubiera afectado, pero eso ya no importa —dijo—. La clave de todo esto es que me convenció para que pasara unos cuantos días con ella antes de mi marcha, los cuales se suponía eran los que necesitaba Nicholas para saber si podía traer a mi madre hasta Inglaterra.

—No lo hizo, ¿verdad?

Emily se estremeció. El vaso escapó de entre sus dedos y golpeó la mesa. Sin embargo, Robert estuvo ágil y pudo sujetarlo antes de que cayera al suelo.

—Todo fue una mentira. Lo único que querían era tener otra mujer a su disposición, otra oportunidad de tener al hijo que tanto ansiaba, y por lo que supe, no solo lo intentaron conmigo y con Violet, hubo otras chicas… pero yo fui la única…

A partir de aquí, la voz de Emily se quebró. El aluvión de recuerdos la convirtió en un ser tembloroso de respiración entrecortada. No obstante, quizás por el alcohol, por compartir su dolor o por ambas, Emily reunió fuerzas de flaqueza y terminó de contarle todo lo que vivió en esos meses. Se lamentó de no prestar atención a sus presentimientos, ya que siempre desconfió de las intenciones de Nicholas, pero la probabilidad, por pequeña que fuese, de reencontrarse con su madre la hizo acercarse a un abismo por el que acabaría cayendo.

Comenzó a relatarle que desde que comenzó el trayecto hacia la residencia ya se sentía extraña, escrutada por los ojos de Nicholas y Beatrice. Pese a que tenía el antecedente de lo ocurrido con Violet, ella confiaba en sí misma para no ser presa de la turbada voluntad del conde. Esa misma tarde, ayudó a Violet y a Joanna a instalarse. La pequeña despertaba en ella ternura y, sobre todo, la esperanza de un futuro mejor, lejos de allí. En la cena, preguntó directamente al conde acerca de sus intenciones de traer a Betsy hasta Inglaterra.

Nicholas fue astuto y le respondió justo lo que ella ansiaba oír. Le aseguró que había movido sus contactos en Dunedin para localizarla lo antes posible y abonar los costes del viaje. Emily intuyó que esos costes a los que se refería el conde tendría que devolvérselos con intereses, pero incluso estaba dispuesta a ello con tal de ver de nuevo a Betsy.

Pasaron dos días y el interés de Emily por saber cómo marchaba el regreso de su madre crecía, aunque encontraba las mismas respuestas. A su vez, Violet le había comenzado a insistir acerca de las bondades de la maternidad y la necesidad imperiosa de toda mujer de concebir un hijo para llegar a su máxima versión. Emily tomaba las palabras de Violet como uno más de sus desvaríos.

La situación fue volviéndose cada vez más extraña. Nicholas mencionó algunas dificultades que retrasarían el regreso de Betsy. Por su parte, Lady Beatrice le regaló a Emily varios vestidos que le precisó debía vestir, en sus palabras «para no lucir como una vulgar sirvienta». Al mismo tiempo, la repentina generosidad de Nicholas se transformaba en algo oscuro y amenazante. Sin saber por qué, los momentos en los que Emily y el conde se quedaban a solas se daban con más frecuencia. En todos ellos él se mostraba cercano y encantador, pero Emily continuaba manteniendo la distancia. Hasta que una noche él se acercó más de lo debido y Emily lo empujó.

—Qué brusquedad —dijo Nicholas con una sonrisa burlona en

sus labios. Emily, con la tez pálida, era incapaz de hablar—. No pones las cosas fáciles, Emily.

Esta, todavía sin hablar, salió del salón y corrió hasta la habitación de Violet, la cual daba los últimos retoques a un lienzo.

—¿Qué te sucede? —preguntó Violet.

—Me marcho ahora mismo —exclamó.

—No puedes hacer eso, Emily. Nicholas está trabajando duro para hacer que Betsy venga hasta Inglaterra.

—¡Malnacido! Contigo hizo lo que quiso, pero a mí no me pondrá las manos encima. ¡Jamás!

—Cálmate, Emily.

—¡No puedo calmarme!

Desde el otro lado de la puerta sonaron pasos que se acercaban. Emily se dirigió hacia la puerta y abrió de golpe. Al otro lado, se encontraba Nicholas.

—¡No te acerques! —gritó Emily. No obstante, él se centró en Violet.

—La mayor ofensa hacia mi persona. La descarada de tu amiga no tiene moral.

Emily se quedó boquiabierta sin comprender nada.

—¿Cómo se puede confundir la simpatía y la bondad con lo carnal? —exclamó Nicholas—. Mi generosidad tiene un límite. ¡Quiero que se marchen ahora mismo! Las dos.

—¡No, Nicholas! ¡Te lo suplico! —gritó Violet. Emily, desconcertada, dio varios pasos hacia atrás.

—En cuanto a tu hija, me desharé de ella en cualquier hospicio de Londres.

—No me separes de ti —dijo Violet tirándose junto a los pies de Nicholas—. Eres mi vida.

—No me han dejado alternativa. Ni siquiera esperaré a mañana. Esta misma noche llevaré a la niña a Londres, si no bien antes la pongo en los brazos de cualquiera que la acepte.

Aquellas palabras hicieron reaccionar a Emily.

—No vas a tocar a Joanna —dijo Emily. La pequeña estaba con Margot. En la habitación de Violet, el olor a pintura era demasiado intenso y le causaba tos.

—¿Cómo te atreves a hablarme de esa manera? Haré lo que me plazca.

Nicholas se giró decidido a cumplir su promesa de desprenderse de Joanna, por lo que Emily se abalanzó sobre él para evitarlo. Sin embargo, Violet, que continuaba agachada, la hizo tropezar. Emily cayó al suelo golpeándose la cabeza contra la puerta. El dolor intenso dejó paso a un leve mareo. De repente sintió que alguien tiraba de ella hacia el interior de la habitación. Pensó que se trataba de Violet, pero no tardó en advertir que no era así.

—¡Desvístela! —La voz de Nicholas la hizo revolverse, pero este le sujetaba con fuerza las manos. En ese momento alguien comenzó a desvestirla.

—¿Violet? —Se sorprendió Emily.

Nadie contestó, solo oía un sollozo débil. Apagaron el candil y cerraron las cortinas.

—Ahora vas a cooperar. ¿Me has escuchado? Vas a entregarme un hijo varón o Joanna se irá a un orfanato. —De pronto escuchó la puerta abrirse y reconoció la voz de Beatrice. Aquello superaba cualquier pesadilla, cualquier tormento que hubiera podido imaginar.

—La indígena es fuerte. Traje el paño para que se lo pongas en la cara y se duerma —dijo Beatrice—. Y tenías razón, esta es más bonita que la otra. Solo espero que no tengamos que esperar mucho tiempo para que se embarace, no pretendo pasar por esto cada noche.

Robert estaba estupefacto. Era incapaz de mover un solo músculo de su cuerpo. En silencio bajó el rostro.

—Tuve la fortuna de quedar embarazada en menos de un mes y que aquel tormento no se prolongara —dijo Emily con la mirada perdida—. Después de esa noche me encerraron en una habitación. Cualquier resistencia por mi parte era contestada con amenazas respecto a Joanna. Nicholas era consciente de que Joanna era mi punto débil y se aprovechó de ello.

—¿Violet no hizo nada?

—Ella sabía cuáles eran las intenciones de Nicholas y Beatrice y, aun así, permitió que yo fuera hasta allí. Su dependencia respecto al él es tal que lo necesita tanto como nosotros el aire para respirar.

—Nació varón…

—Pese al terrible origen, es un niño precioso, pero apenas pude estar con él más que los primeros días y por recomendación del médico. Durante ese tiempo, Beatrice no se separó de mí. Después me lo arrebataron. Pensé que aquello terminaría por matarme, pero no lo hizo. —Emily se había calmado y su voz había adquirido un tono frío y distante—. Pero morir no es una opción. Mi madre soportó mucho y jamás la vi pedir su muerte; yo tampoco voy a hacerlo.

—No sé qué decir, Emily. No hay palabras que valgan después de lo que me has contado.

Sin embargo, Emily continuaba en una especie de trance que la mantenía a mucha distancia de Willesbury.

—A veces he pensado si yo seré fruto de una de esas veces que abusaron de mi madre, como si todo esto no fuera más que una jugarreta del destino.

—No puedes vivir aquí, Emily. No sería justo para ti —dijo Robert.

—Ellos me han dicho que podía volver a mi país, incluso me dieron dinero. —Emily miró la pequeña maleta sobre una silla—. Pero no puedo dejar a mi hijo y menos poner el futuro de ambas criaturas en ellos. Ni me lo planteo, Robert. Es lo único que me queda, pues todo lo demás ya lo he perdido.

Robert asintió. Emily tenía razón.

—¿Cómo puedo ayudarte, Emily?

Esta negó con la cabeza.

—No puedes hacer nada.

Siguieron conversando durante un buen rato. Sus palabras eran susurros que contaban la terrible experiencia de Emily en los últimos meses. Sin embargo, no eran los únicos que estaban despiertos. Sin que ellos lo supiesen, Daniel se había levantado cuando el vaso que

Emily sujetaba golpeó la mesa y se había asomado lentamente. Amparado por la oscuridad, se arrastró hasta quedar oculto por un antiguo butacón. Desde ahí, sofocando los sollozos para no ser descubierto, escuchó en silencio el relato de Emily. Rato después, cuando Emily y Robert se marcharon a sus respectivas habitaciones. Daniel se quedó agazapado. La escasa inocencia de su juventud había sido arrancada de cuajo por una de las pocas personas a las que tenía aprecio.

Incapaz de moverse, consumido por la rabia, se quedó en el mismo sitio, escondido en la oscuridad como un depredador, esperando el momento de abalanzarse sobre su presa. El odio hacia Nicholas Clifford crecía en su interior de manera exponencial. Tal era así que los brazos se le acalambraron por la fuerza con la que apretaba sus puños.

—Van a pagar por todo lo que te han hecho, Emily. —Nadie más oyó el juramento que salió de sus labios. El destino de todos estaba en manos de Daniel Smith.

Tan solo habían pasado unas semanas en que Emily había vuelto y le había contado todo a Robert. Sus vidas continuaron igual, pero el destino quería que una desgracia precipitara todo. Las noticias no eran alentadoras y se cumplía lo que hacía unas semanas se rumoreaba.

Todos estaban en silencio en el vestíbulo del Roadside Inn. Hombres y mujeres se miraban entre sí, mientras que el único ruido que provenía del exterior era el de los niños que jugaban en la calle. Era agosto de 1914 e Inglaterra se había unido a las fuerzas aliadas. El país se preparaba para luchar en la guerra.

—Que a todos se los lleve el diablo —dijo un hombre joven, que no superaba los treinta años—. No es nuestra guerra.

—¿Y dejar a esos alemanes cabeza cuadradas que se cepillen a los franceses? —añadió otro.

Enseguida se montó una discusión al respecto y el Roadside Inn se asimiló a una sesión del parlamento en la que todos gritaban y trataban de imponer su opinión al resto. Robert, que había escuchado el parte de noticias con gravedad, se marchó en cuanto comenzó la disputa. No eran buenos tiempos. Su dicha se vio truncada el día que regresó a Willesbury y supo lo de la letra de cambio aceptada por su hermano Walter, se enamoró de Emily, perdió a su madre y supo después las atrocidades que había cometido el conde. A todo esto, se añadía una guerra que amenazaba con alterar todos sus planes.

La experiencia le decía que más pronto que tarde iba a ser llamado a filas, por lo que se instauró en su interior un agobio permanente; la urgencia de ayudar a Emily antes de verse obligado a dejarla sola en Willesbury. Por ello regresó apresurado a la casa, devorado por la prisa.

Su relación con Emily había cambiado desde aquella noche en la que le relatara lo sucedido durante su ausencia. Se estableció cierta afinidad entre ambos, aunque Robert comprendió que ella no lo amaría jamás. Quizás porque no le gustaba o porque su trágica experiencia le había anulado cualquier posibilidad de intimar con otra persona. Él lo aceptó con resignación.

Al llegar a casa, Emily fue en su busca. Estaba al corriente del tema de la guerra y estaba muy preocupada por el devenir más inmediato.

—¿Hay novedades? —preguntó.

Robert torció el gesto.

—La cosa no pinta nada bien. Los austrohúngaros y los alemanes están dispuestos a cualquier cosa, mientras que los rusos han movilizado a su ejército. Se avecinan tiempos difíciles.

—Hay posibilidades de que no…

—Me reclamarán —le cortó Robert—. Es mi obligación.

Sin ellos saberlo, el destino se había puesto en marcha. Eran sus últimas noches en Willesbury. La desgarradora experiencia de Emily y la preocupación por la guerra hicieron que no prestaran atención alguna a Daniel, el cual…

CAPÍTULO 52

L os cuatro se miraron de súbito antes de fijarse de nuevo en el diario.

—No es posible —exclamó Sophia.

—¡Tiene que ser un error! —gritó Kora.

—¿Por qué no hay más páginas? —insistió Sophia.

—¿Hay señales de que estén arrancadas? —preguntó Arthur. Sophia revisó cada centímetro del diario, pero no había signos de que ninguna página hubiese sido manipulada. Incluso después había varias hojas en blanco.

—Pero la guerra ya había comenzado —apuntó Sophia revisando sus notas—. ¿Qué significa todo esto?

Lo último que habían leído les había afectado tanto que todos se mostraban frenéticos. No ayudaba tampoco el hecho de que Emily no hubiera escrito ni una palabra más, hecho que se corroboraba en las pocas páginas en blanco que se mostraban impolutas, mudas, sin ningún mensaje.

—¡Esto es increíble! Después de todo lo que hemos pasado para llegar hasta aquí —exclamó Sophia. Arthur la miró ceñudo y Kora se agitaba el gorro de un lado a otro.

—Sabemos que Emily regresó a Nueva Zelanda con dos niños, ¿no? —preguntó Kora—. Pero la guerra ya ha empezado y ni siquiera se ha casado con Robert.

Patrick se incorporó de un salto.

—¿Se puede saber qué te ocurre? —gritó Kora.

—¡Craig! Me dijo que le avisara en cuanto termináramos de leer el diario. Es posible que el supiera que la historia se interrumpía en ese punto —dijo Patrick sacando el teléfono del bolsillo.

Mientras tanto, Sophia estaba aislada del resto. Acababa de asimilar la desgarradora confesión y eso le producía un dolor real. Pero más allá de lo que Emily tuvo que soportar, aquello tenía consecuencias inmediatas en el presente. ¿Qué había sido de esos niños? Si no recordaba mal, en el incendio fallecieron Nicholas, su esposa y el hijo de ambos, lo que significaba que el hijo de Emily falleció también en el incendio. Eso aumentaba los interrogantes: ¿Tuvo algo que ver Emily con el incendio? ¿Lo provocó a sabiendas del grave peligro en el que pondría a su hijo? No la creía capaz, pese a que la conociera solo por el contenido de los diarios. Además, si no recordaba mal, Daniel también había oído lo sucedido y quería vengarse de Nicholas. Las posibilidades eran infinitas. Sophia inspiró con fuerza y trató de serenarse, pese a que tuviera que apretar sus puños para evitar el temblor fruto de la tensión. Quedaba la baza de Craig Smith.

—¿Señor Smith? Soy Patrick. ¿Me oye?

—Pues claro que te oigo, no estoy sordo. Por cierto, ¿aprendieron a leer hace un par de días? ¿Por qué han tardado tanto?

La voz de Craig resonaba en la silenciosa cafetería del hotel.

—Ha sido una lectura intensa, señor Smith —dijo Patrick.

—Dile lo del diario. ¿Dónde está la última parte? —susurró Kora a la vez que gesticulaba con sus labios de manera exagerada. Patrick asintió para dejarle claro que pensaba hacerlo en ese mismo momento.

—Señor Smith, hemos leído el diario. Una historia, eh, dramática, podría decirse, pero…

—El final, ¿verdad? —interrumpió Craig—. Eso es lo que quieren saber.

—Así es —respondió Patrick. Sophia, Kora y Arthur se levantaron como si presintieran que algo importante estaba a punto de suceder.

—Lo que sucedió después solo está escrito en mi memoria. Vengan a mi casa y les contaré todo lo que necesitan saber. Los espero.

En apenas un par de minutos lo habían recogido todo y se dirigían a la casa de los Smith. El cielo entre nublado les había dado una tregua y caminaban tranquilos. Avanzaban silenciosos, conscientes de adónde se dirigían. Por ese mismo camino habían estado Robert, Daniel y Emily; y en la zona donde se iniciaba la arboleda había estado años atrás las tierras cedidas por Nicholas a los Smith. En definitiva, todo adquiría un aspecto diferente después de que hubieran conocido a través del diario la Willesbury del pasado, la cual había adquirido cierto toque místico para los cuatro.

La sensación fue en aumento cuando llegaron a la casa de los Smith. Entrar allí era como internarse en la catedral de la memoria, un portal al pasado oculto que escondía aquel lugar. La pareja de ancianos los había observado acercarse desde la ventana y no les hizo falta llamar siquiera a la puerta cuando Molly ya la había abierto.

—Los esperábamos —dijo la anciana con una agradable sonrisa, pero con urgencia en sus gestos.

Sophia se sorprendió de su actitud. No comprendía las prisas.

—Patrick les avisó en cuanto terminamos el diario.

Craig no se levantó de la butaca, pero sí les dio la bienvenida con el bastón agitándolo de un lado para otro.

—Disculpen que no vaya a recibirlos, pero con estos cambios de tiempo mis rodillas son un martirio. Tomen asiento, como si se encontraran en su casa.

Kora y Sophia se miraron rápidamente cuando escucharon las

palabras del anciano, como si hubieran captado algo de ironía en ellas. No obstante, la cosa no fue más allá.

—¿Quieren algo de beber? —ofreció Molly—. Té, café...

La reacción de los cuatro fue la misma.

—Hemos abusado de ambos los últimos días —dijo Patrick—. Estamos bien así.

Molly insistió en invitarlos, por lo que al final accedieron a que les sirviera un vaso de agua. Mientras tanto, Sophia dejó el diario en la mesa y Craig se quedó mirando hacia él ensimismado.

—Ahí está —soltó Craig—. Hay un dicho que afirma que la verdad siempre encuentra la manera de salir a la luz. Lo escuché hace muchos años y, sin embargo, hasta hace poco no comprendí su significado. Como todo, conlleva tiempo.

Kora miró a Sophia. Dudaban de cómo proceder.

—¿De verdad el diario pertenecía a Emily? —preguntó Kora sin más. Su desparpajo rozaba a veces la insolencia. Craig no se lo tomó a mal.

—Lo que en él hay escrito puede generar dudas y más a ustedes. Supongo que se han quedado boquiabiertas.

Molly regresó con los vasos de agua.

—Así que Nicholas no pintó nada. ¿Cómo ha podido mantenerse todo esto durante tanto tiempo? —indagó Arthur.

Craig encogió los hombros.

—Porque no había nadie que le diera voz. Las únicas personas que sabemos la verdad hoy somos Molly y yo. ¿Quién iba a creer a dos ancianos decrépitos?

—¿Los Baskerville sabían algo de todo esto? —insistió Arthur.

—Cada cosa a su debido tiempo —dijo Craig.

—Según todos los datos —explicó Sophia—, Emily regresó a Nueva Zelanda poco después de que comenzara la guerra, en 1914, acompañada de dos niños. ¿Son...?

Craig asintió. Después cogió aire y comenzó a hablar ante el silencio del resto.

—Han leído el diario, por lo que me ahorraré repetir el sufrimiento por el que tuvieron que pasar Emily y Violet, ya lo saben. Lo único que se le daba bien a Nicholas Clifford era corromper y manipular cuanto había a su alrededor —suspiró y apretó con fuerza el bastón. Parecían faltarle las fuerzas. Tragó saliva —. Ya saben que mi padre era Daniel Smith y que por entonces no tenía más de catorce o quince años. Por suerte o desgracia supo lo que le había ocurrido a Emily y prometió vengarse por ella días después de lo sucedido en la última página del diario.

—Pero ¿cómo sabía Emily, que Daniel los había escuchado? —preguntó Sophia.

—Mi padre se lo comentó a Emily a los pocos días, quien le pidió que mantuviera el secreto. También le confesó sus deseos de vengarse del conde, pero Emily le dijo que no hiciera nada. Como era de esperar, no obedeció. Según me contó, por aquellos días todo el mundo estaba preocupado por la guerra. En cuanto a ellos, les afectaba de primera mano, ya que Robert pertenecía a la reserva y tendría que partir. Esto preocupó mucho a mi padre, el cual temía que Emily quedase de nuevo a manos de los Clifford.

—¿Por eso incendió la residencia? —preguntó Kora.

—No fue así como ocurrió. Cuando entramos en la guerra, Robert, a sabiendas de que tendría que marcharse, le pidió a Emily que hiciera lo mismo; que se marchase de este lugar maldito. Pero ella se negó; no quería abandonar a su hijo. Entonces Daniel, mi padre, pensó que lo único que hacía falta para que Emily escapara era recuperar a su niño. Así que hizo lo que ya había hecho muchas veces antes. Una noche, sin decir nada, fue hasta la residencia de los Clifford y se coló en el interior. Él afirmaba que estaban dormidos, lo que habrá que suponer, ya que solo él sabe lo que ocurrió. No me contó muchos detalles, tan solo que todos estaban dormidos y él pudo llevarse al niño sin que nadie lo advirtiese. Regresó corriendo a la casa y despertó a Emily poniéndole a su hijo en brazos. Dijo que ella fue incapaz de reprenderle y que, en vez de eso, le dio las gracias un millón de veces. Robert, que apenas dormía después de que se declarara la guerra, entró en pánico ante las posibles consecuencias, pero fue incapaz de decirle a Emily que devolviera al niño. La única opción que le quedaba era marcharse lo más lejos posible. Sin embargo, el destino traía consigo más sorpresas. No mucho rato después apareció Violet y su hija en la casa de los Smith. Al parecer, había visto a Daniel cuando este salía con el bebé.

Sophia frunció el ceño. El surrealismo de aquella historia superaba cualquier cosa que hubieran visto antes.

—¿Por qué fue con su hija? —preguntó.

—Porque Violet pensó que Emily querría llevarse a su hijo y ella quería evitarlo ofreciéndole a la suya. Algo rocambolesco, pero así fue. Violet no quería que nada la separara de Nicholas; quería evitar cualquier amenaza a su relación.

—Esto es de locos —dijo Kora.

—¿Qué ocurrió después?

Craig asintió y bebió un poco de agua para aclararse la garganta.

—Todo lo que me contó mi padre fue que las dos mujeres se enzarzaron en una fuerte discusión.

—¿Ya está? ¿Así se termina la historia? —preguntó Kora.

Craig levantó las manos para pedirle que se calmara.

—Fue el principio del final, más bien. Emily le dijo a Violet que no era más que una desquiciada y que Violet, la que había sido su amiga, ya no existía y que rogaba para que consiguiera escapar de su propia locura, se avergonzaba de ella y de lo que se había convertido.

Craig se mantuvo en silencio y luego continuó:

—Disculpen mi memoria, pero los años no pasan en vano. La cuestión es que Emily se desahogó de todo lo vivido durante esos años y, especialmente, de los últimos meses. Según mi padre, sus gritos provenían del alma; ni siquiera Robert pudo calmarla hasta que sacó todo su dolor.

Los cuatro observaban boquiabiertos a Craig.

—¿Qué sucedió después?

—Después de ese discurso, Emily abrazó a su hijo y comenzó a llorar, posiblemente porque intuiría que los Clifford la encontrarían tarde o temprano. Pero entonces ocurrió algo que ninguno esperaba. Estas palabras sí las tengo grabadas en mi memoria y aún hoy en día me ponen la piel de gallina; Violet no dijo nada cuando Emily terminó de reprocharle lo mucho que había sufrido, tan solo miró a su hijo y comenzó a llorar. Así permaneció un buen rato hasta que se acercó a Emily y le puso a la pequeña Joanna al lado. «Llévatelos lejos, Emily», le dijo, «para mí es tarde, pese a que ahora soy consciente de todo, mi vida está ligada a la de Nicholas. Ponlos a salvo. Es lo último que te pediré. No les permitas ser como yo. Sé que lo harás». Y se marchó sin más.

»Según las palabras de mi padre. No tuvieron tiempo para reaccionar porque la pequeña Joanna comenzó a llorar y Emily temía la reacción de Nicholas. Mi tío Robert dudó de salir en busca de Violet y al final, simplemente le ordenó a mi padre que cerrara bien la puerta y corriera las cortinas. Así lo hizo.

»Durante la siguiente media hora estuvieron hablando acerca de qué debían hacer. No podía faltar mucho para que los Clifford advirtieran la falta de su ansiado primogénito. Pero eso no ocurrió. La noche se iluminó como si el mismo sol hubiera descendido hasta Willesbury. Los pilló por sorpresa. Aquella extraña claridad entraba por las ventanas sorteando la tela de las cortinas. Mi padre se acercó y vio lo que estaba ocurriendo. La residencia del conde estaba en llamas. Aunque mi padre y mi tío acudieron a ayudar, tan solo pudieron sacar a Margot antes de que el fuego se extendiera por toda la casa. Al rato, cuando vinieron las autoridades y les preguntaron quién se encontraba allí, Robert dijo que en ella se encontraban los Clifford junto con su hijo de pocos meses y una pariente también con su hija pequeña.

Sophia no se lo podía creer.

—Fue Violet la que provocó el incendio.

Craig asintió con solemnidad.

—Supongo que sí. Emily le abrió los ojos y le hizo comprender todo de golpe. Es probable que Violet no viera otra salida que acabar con todo. De pronto, vio la mentira en la que había vivido los últimos años. ¿Quién podría soportarlo? Mi padre también me dijo que cuando investigaron el incendio, achacaron a los óleos y las pinturas la rápida expansión de las llamas.

—La pintura acabó con Violet —dijo Kora.

—Eso no es muy apropiado —le recriminó Arthur.

—No he querido ser sarcástica, pero fue así. Fue por la pintura por la que Nicholas se aprovechó de ella y ella, cuando provocó el incendio, utilizó la propia pintura. A eso me refería.

—«No les permitas ser como yo» —susurró Sophia.

—La dependencia absoluta respecto a Nicholas. Creo que se refería a eso —dijo Arthur. Sophia asintió en silencio mientras la imagen de su padre se le venía a la cabeza. ¿Acaso la relación que su padre había mantenido con su madre no era parecida a la que había mantenido Violet con Nicholas? ¿No es verdad que ella llegó a amar a Terry por encima de su propia vida? Un escalofrío recorrió su espalda.

—Por eso se interrumpe el diario, ¿verdad? —preguntó Kora.

Craig asintió sin dejar de mirar a Sophia, la cual parecía un fantasma.

—Mi padre me contaba lo mucho que le gustaba a Emily escribir, pero no pudo continuar después del incendio.

—¿Cómo pudo marcharse con los dos niños?

—Bueno, según mi padre, no fue tan difícil. Los tres se las ingeniaron para mantener ocultas a las dos criaturas en una cabaña de caza que había en el bosque. Margot estuvo con Emily. Al poco, las autoridades aceptaron la versión de los testigos y no hubo mayores problemas. No obstante, Emily no estaba tranquila y quería marcharse cuanto antes. Por eso contrajo matrimonio con Robert, quien reconoció a los niños como propios, argumentando que, ante la inminente partida de mi tío a la guerra, quería dejar las cosas en orden con su familia. Eso le permitió sacar un pasaje para trasladarse hasta Nueva Zelanda. Emily tenía el dinero que le dieron por su hijo para que desapareciera, no obstante, Robert le entregó también un poco de dinero y al estar casado con ella, parte de su asignación. Después, prometieron reunirse una vez terminada la guerra.

—Pero ¿qué sucedió con las deudas de la letra de cambio? —preguntó Arthur.

—Al no disponer de herederos, nadie solicitó la devolución. El conde estableció el contrato a título privado. Lo más curioso de todo, es que, tras la muerte de Bethany, mi abuela, el contrato quedaba automáticamente extinto, pero Nicholas se aprovechó y siguió cobrando cada pago. Todo esto lo supieron después, cuando los letrados que se hicieron cargo del título analizaron su situación — dijo Craig.

La explicación del anciano era plausible, sin embargo, Arthur se mostraba contrariado.

—Entonces, ¿tú cómo te enteraste de la historia?

Craig carraspeó.

—Mi tío Robert ya se había marchado a la guerra y Margot se quedó cuidando a mi padre y cuando yo tuve la edad suficiente, él comenzó a contarme la historia, la verdad de lo ocurrido esos días, especialmente lo relacionado con la autoría de las obras. Él estaba obsesionado con hacer justicia, ya que quitarle el honor a Nicholas y decir que fue un farsante, sería lo peor para él, aunque ya no estuviera en este mundo, por ello, al poco de que los Baskerville aceptaran el título y se instalaran aquí, mi padre fue a hablar con ellos.

—Quería que se reconociera a Violet como la verdadera autora, ¿verdad? —insistió Arthur. Craig asintió.

—Muchas de las piezas de Nicholas Clifford estaban repartidas por Europa y después de la guerra quedaron en el olvido. Los Baskerville aprovecharon su influencia y su poderío económico para hacerse con ellas y garantizarse así un gran patrimonio. Por ello no aceptaron la versión de los hechos que defendía mi padre. —En las últimas palabras los allí presentes pudieron ver a un Craig herido. Sus ojos cargados de lágrimas brillaban y sus manos temblaban. Al verlo, Molly se acercó a su marido y lo consoló.

—¿Qué sucede? —preguntó Sophia.

—No es fácil. Ha pasado mucho tiempo, pero, aun así, sigue doliendo —musitó Craig.

—Ahora es el momento, Craig. Ahora todos conocerán la verdad —dijo Molly.

El anciano cogió aire y asintió.

—Muchos en Willesbury se han preguntado acerca de la enemistad entre los Smith y los Baskerville. Nos han tachado de locos y de muchas más cosas por el simple hecho de defender la verdad. Nadie jamás nos ha creído.

Sophia extendió sus manos y sujetó las del anciano. Temblaban.

—La verdad saldrá a la luz, Craig.

Este se lo agradeció con un leve gesto.

—Mi padre insistió mucho a los Baskerville y supongo que estos temieron que todo aquello fuese cierto. Primero intentaron comprarle el diario, lo que mi padre rechazó. No quería dinero ni tierras, simplemente que todos conocieran la verdad. Antes de la cosecha mi padre solía hacer una batida de conejos para evitar que estos le destrozaran los brotes. Pero ese año tuvo un accidente. Al parecer una de las balas rebotó y le impactó en el pecho, falleciendo a las pocas horas. Lo más curioso de todo, es que mi padre cazaba con una escopeta de cartuchos. Eso lo puedo garantizar porque a mí me dejaba desmontarla y limpiarla; conocía cada pieza de esa escopeta y les puedo afirmar que la escopeta que disparó a mi padre aquel día no le pertenecía. —Craig se estremeció—. Cuando agonizaba me pidió que me acercase, apenas podía hablar. Me pidió que escondiera el diario y que desconfiara de todos cuanto pretendieran acercarse. Así lo hice hasta que las vi y supe que había llegado el momento.

Después de las palabras del anciano se produjo un silencio sepulcral. Sophia era la más afectada, aunque Arthur también se mostraba especialmente inquieto.

—Esto significa que yo también soy descendiente de Nicholas —explicó Kora—. Se confirma la sospecha.

Había miedo en sus palabras, como si esperara que algo terrible cayera sobre ella en ese momento.

—No puedo decir que me sorprenda —dijo Patrick.

—Me temo que sí —afirmó Craig, que continuaba atento a Sophia.

—De ahí venimos, pese a que sea el hombre más abominable que jamás he conocido. No sé si sirve de algo, Craig, pero quiero pedirte perdón —manifestó Sophia.

El anciano aceptó las disculpas, pero acto seguido se incorporó ayudado por su esposa y dijo:

—En esta historia hemos perdido todos, de una forma u otra. Murieron inocentes y el mundo perdió a una gran artista. No, no tienen que pedir perdón. Estén tranquilas por eso. El simple hecho de que hayan conocido la verdad le da sentido a mi vida y, sobre todo, honra la memoria de mi padre. Además, gracias a estos desafortunados incidentes he compartido mi vida con mi Molly. Ella también sabía toda la verdad desde pequeña, y por eso me entendía. —Craig tomó la mano de su esposa—. Ella es nieta de Margot, ya saben a quién me refiero.

Todos miraron a la anciana que sonreía. Era extraño, porque en ese lugar estaban los descendientes de esa tormentosa historia.

Arthur, que se había mostrado inquieto los últimos minutos, se incorporó.

—Tengo que irme —exclamó. Todos se sorprendieron.

—¿A dónde vas? —preguntó Sophia—. ¿Quieres que te acompañe?

—Tengo que saber si Henry está al corriente de lo que ocurrió con Daniel. Será mejor que vaya solo.

—No es necesario, joven —dijo Craig.

—Sí lo es, señor Smith. Ahora discúlpenme. Les agradezco enormemente su tiempo y quiero que sepan que me tienen a su entera disposición. Es lo mínimo que puedo hacer por todo el dolor causado.

—Usted no tiene nada que ver —aclaró Molly.

Arthur se ajustó la chaqueta.

—No insistan. Debo hacerlo.

—Voy contigo —dijo Sophia.

—Déjame hacer esto solo. No quiero que Henry tenga ninguna excusa para escabullirse.

CAPÍTULO 53

Arthur salió apresurado de la casa de los Smith, pero apenas había avanzado un par de metros cuando corría al máximo que le permitían sus piernas. Había pasado muchos años de su vida junto a los Baskerville, creyendo que eran la aristocrática familia que tanto pregonaban, dando la cara por ellos. Con Henry la situación se había vuelto insostenible, pero, aun así, lo había defendido y ayudado en todo cuanto pudo. Pero el pensar que los Baskerville supieran lo ocurrido por aquellos años cuando Daniel Smith les confesó la verdad, le hacía sentir náuseas.

Por su cabeza pasaban todo tipo de recuerdos de los Baskerville que justificaban esa teoría, lo que le exaltaba más todavía. Atravesó a toda velocidad el jardín y observó el lugar donde un día estuvo la casa de Nicholas; el epicentro de su infinita maldad. Los restos, todavía ennegrecidos de la base de la estructura, le evocaban sentimientos extraños.

Lejos de serenarse, aporreó la puerta y comenzó a llamar a Gibson. Al cabo de un minuto, este abrió la puerta sorprendido por la efusividad de Arthur.

—¿Dónde está Henry? —preguntó. Gibson retrocedió un par de pasos y señaló hacia la escalera.

—Se encuentra en su habitación. ¿Qué sucede, señor? —dijo asustado.

Arthur miró hacia allí con el rostro tenso.

—Tengo que hablar con él de inmediato.

—Antes me dijo...

—Me importa bien poco lo que haya dicho. Voy a hablar con él.

Subió las escaleras dando grandes zancadas, devorado por la urgencia, mientras que Gibson se quedó en la planta inferior, confuso por la actitud que mostraba Arthur. Este llegó hasta la habitación de Henry y abrió la puerta sin más, encontrándose al conde dormido sobre la cama.

—¡Despierta, Henry, tenemos que hablar! —exclamó Arthur al mismo tiempo que prendía la luz—. ¿Es que estás sordo?

Henry se ocultó con las sábanas de inmediato. El exceso de alcohol le castigaba en ese momento. Sin embargo, eso no frenó a Arthur. Se acercó y le arrancó la sábana de las manos.

—¡He dicho que tenemos que hablar!

—¡No es buen momento! ¿Desde cuándo me das órdenes? —gritó Henry. Su rostro se mostraba enrojecido por la ira y por la tremenda resaca que sufría en ese momento.

—Esto se ha terminado, Henry. Olvídate de los cuadros y de que siga salvándote el pellejo una y otra vez ¿Me has escuchado?

Ante estas palabras, el conde reaccionó y se incorporó.

—¿Se puede saber qué te pasa?

—Los Smith. ¿Tienes algo que decirme de ellos?

Henry frunció el ceño.

—Por supuesto. Debían haberlos encerrado en un manicomio hace mucho tiempo.

Arthur tuvo que contenerse para no golpear a Henry. Las palabras del anciano le habían llegado hasta el corazón. Había visto la verdad en ellas.

—Dime la verdad, Henry, ¿qué sucedió con los Smith? —insistió Arthur.

Henry se levantó por completo.

—¿De qué estás hablando? Esos desquiciados llevan dando problemas a mi familia desde que nos instalamos en Willesbury.

Arthur se planteó por un segundo si quizás estaba cometiendo un error, pero salió de dudas cuando vio la ansiedad en los ojos de Henry. Era evidente que le estaba poniendo en una situación muy incómoda. Debía seguir presionando.

—Es la última vez que te lo pregunto, Henry. Cuéntame la verdad acerca de lo sucedido entre los Baskerville y los Smith. Dímelo y cerraré la venta lo antes posible.

Los ojos de Henry brillaron de avaricia e incluso sus labios dibujaron una media sonrisa. Arthur sabía que era jugar sucio, pero no le importaba en absoluto.

—¿Es que has estado hablando con esos vejestorios? —indagó Henry afinando la mirada.

—Digámoslo así —concluyó Arthur.

El conde miró a su alrededor como si reflexionara acerca de lo que debía hacer. Arthur estaba cerca de perder los nervios, pero hizo un esfuerzo por contenerse.

—Bueno, tú sabrás por qué lo has hecho. Lo importante es que consigamos esos lienzos lo antes posible. Tengo a una veintena de compradores esperando mi llamada.

—Eso ya lo sé, Henry. Tuve que conducir a toda velocidad hacia Londres para asegurarme de que no los vendieras sin ni siquiera tenerlos.

—Es cuestión de tiempo… ¿qué más da? —dijo Henry ofuscado. No estaba acostumbrado a que le dijeran lo que tenía que hacer—. Estás muy raro.

Arthur asintió con el rostro serio.

—He dormido poco los últimos días. Ahora dime qué sucedió entre las dos familias. Necesito saberlo.

Henry bostezó y se estiró como si se tratase de un lagarto. Quedaba claro que aquello le importaba poco.

—Esto me lo contó mi padre cuando cumplí los dieciséis años. También me dijo que no me veía lo suficientemente maduro como para saberlo, pero al estar gravemente enfermo no le quedó más remedio.

Arthur sintió una repentina lástima por Henry. Parecía estar predestinado a ser quien era.

—¿Qué, Henry?

—Es una historia muy larga. El padre de Craig, cuyo nombre no recuerdo ahora, le enseñó a mi abuelo, Gregory Baskerville, pruebas de que Nicholas Clifford no era el verdadero autor de los cuadros. ¿Lo puedes creer? Según decía, quién realmente estaba detrás de la autoría era una pariente o una criada de ellos.

Arthur abrió los ojos de par en par.

—¿Qué ocurrió?

—Obviamente, mi abuelo no creyó a ese desgraciado. No obstante, le ofreció algún dinero a cambio de las supuestas pruebas —dijo Henry sin tener conciencia de la relevancia de sus palabras—. La cuestión es que ese burro seguía insistiendo y se metió en problemas. Antes se hacían las cosas de otra manera.

Acompañó sus últimas palabras con un gesto de su dedo pulgar deslizándose por su garganta que provocó asco en Arthur.

—¿Lo mataron? —preguntó con los dientes apretados.

—Se deshicieron de él, Arthur. Cuando mi abuelo supo que andaba un loco difamando al antiguo conde de Warrington, no lo dudó ni un segundo. Además, esos cuadros valían una fortuna. ¿Qué hubiese pasado si al final los pintó una sirvienta?

El puñetazo de Arthur calló a Henry de golpe. Sin embargo, y pese a la sorpresa, el golpe no fue muy contundente.

—¡Te has vuelto loco! ¡Gibson! ¡Gibson!

—En todo este tiempo —dijo Arthur con gravedad— sabías que los Smith tenían razones de sobra para odiarlos y, aun así, lo mantuviste en silencio por esos malditos cuadros.

Henry intentó devolverle el golpe, pero todo lo que consiguió fue enredarse con la sábana y caer al suelo. Temiendo que Arthur le golpeara de nuevo, se cubrió el rostro con las manos. Gibson entró en ese instante.

—¡Santa madre de Dios! ¿Qué está ocurriendo? —gritó el mayordomo.

—Esto se ha terminado, Henry. Olvídate de los cuadros y de que te esté salvando el pellejo constantemente. Me voy a encargar personalmente de que el mundo sepa la verdad —dijo Arthur apuntándole con el dedo—. A partir de ahora estás solo.

—¡Siempre he estado solo! —espetó el conde.

La sorpresa de Gibson dejó paso a la preocupación cuando escuchó el discurso de Arthur. Por su parte, Henry estaba todavía aturdido por el golpe.

—¿Qué significa eso, señor? —preguntó el mayordomo.

Arthur se giró hacia él.

—Significa que no voy a gastar una libra más en el conde.

Gibson frunció el ceño.

—¿Mi sueldo está incluido en esas libras que ha mencionado?

Arthur asintió.

—En ese caso —prosiguió Gibson—, presento mi dimisión.

Arthur regresó a casa de los Smith justo después. Se mostraba serio y ceñudo. Nada más entrar, se dejó caer en una silla y dijo:

—Henry sabía lo de Daniel. Su asesinato se convirtió en una especie de secreto familiar. De nuevo, lo siento, señor Smith —dijo Arthur. El anciano no le dio más importancia, aunque sí le dedicó una sonrisa.

—El tiempo lo cura todo —afirmó Craig—. Pero nada comparado con la sensación de saber que la verdad ha triunfado. Eso es indescriptible.

Sophia se acercó al anciano y le sujetó las manos.

—Jamás podremos agradecerle su ayuda. Sin usted no habríamos averiguado nada.

—Creo, Sophia, que a quien debemos dar gracias es a Emily. Ella ha sido la verdadera artífice de todo esto. Al fin y al cabo, fue ella quien lo dejó por escrito.

Todos se emocionaron. De alguna manera, no solo había una Emily. En la cabeza de cada uno de los que leyó y escuchó su historia, había cobrado vida una Emily particular y que conectaba con ellos de una manera única y especial.

—Esta es la verdad —anunció Kora.

—Así es —dijo Sophia—. Al fin lo hemos conseguido.

—Lo has hecho muy bien, Craig —alabó Molly—. Estoy orgullosa de ti.

El anciano levantó el bastón.

—Tenías razón. Había llegado el momento.

Poco después, se despidieron de los Smith con abrazos y apretones de mano, prometiéndose volver a verse para comunicarle todos los avances.

—El mundo sabrá que fue Violet Clark la autora de los cuadros y que Daniel fue asesinado —dijo Sophia.

—Esa sería la mejor noticia que me podrían dar —afirmó Craig.

—Willesbury sabrá que los Smith no estaban locos; se merecen una disculpa —indicó Arthur con una sonrisa.

Los ancianos los acompañaron a la puerta y vieron como los cuatro se marchaban en dirección al hotel. Craig lucía una sonrisa que expresaba la paz espiritual que experimentaba en ese momento.

—No falla —musitó el anciano.

—¿A qué te refieres? —preguntó Molly.

—He leído muchas veces ese diario, Molly. La primera vez que vi a las dos muchachas supe quiénes eran. No me preguntes el porqué ni el cómo, porque no tengo respuesta. Simplemente lo supe. Eran ellas, ¿lo entiendes?

Molly asintió en silencio y descansó su cabeza sobre el hombro de su marido.

—Eran ellas.

Caminaban despacio, exhaustos, como soldados después de una larga y cruenta batalla. Cada uno avanzaba en silencio, perdido en sus propias reflexiones y sentimientos. Sophia estaba asombrada por la fortaleza de Emily. Pese a que la vida la castigó una y otra vez, había seguido hacia delante. Recordó el diario que habían encontrado en Los Catlins y se acordó también de Daphne. ¿Cuánto tiempo necesitaría para contarle todo lo que había ocurrido en las últimas horas?

—¿En qué piensas? —preguntó Arthur, que caminaba junto a ella. Sophia sonrió.

—No puedo quitarme a Emily de la cabeza. Pasó tanto…

—Aprendió a sufrir —dijo Arthur. Después se produjo un silencio entre ambos. La realidad era que, mientras quedaban páginas del diario por leer, ninguno se planteó qué ocurriría después, qué sería de ellos cuando ya hubieran solucionado todos sus asuntos en Willesbury; las mismas dudas que asaltaban a Kora y Patrick.

Llegaron al hotel y automáticamente se dirigieron a la pequeña cafetería. Era tarde, pero todos compartían la intriga de saber qué sería de ellos en un futuro próximo y ninguno quería irse a dormir sin saberlo. Aunque, por otra parte, ninguno de los cuatro iba a plantear la cuestión abiertamente. La dramática historia de Emily les había dejado sentimientos a flor de piel y les hacía pensar si todo aquello, Willesbury, los cuadros y el hotel Davies no eran más que señales del destino que les indicaban que habían encontrado a la persona adecuada.

Kora y Arthur bostezaron en aquel silencio. Patrick se entretenía con el envoltorio de un caramelo y Sophia miraba fijamente el suelo. Al cabo de unos minutos, la situación rozaba lo ridículo.

—¿Qué vas a hacer con los cuadros? —preguntó Kora sin referirse a nadie en concreto.

—¿Te refieres a demostrar la autoría de Violet? —intervino Arthur.

—Violet… —dijo Sophia—. Las obras pertenecen a Violet Clark.

—Tienes razón —señaló Kora.

Sophia asintió.

—Según nos ha contado Craig, Emily, con su hijo en brazos, renegó de Violet. Eso le hizo abrir los ojos. —La voz de Sophia se quebró por la emoción—. Fue Violet quien le entregó su hija a Emily y fue Violet quien decidió acabar con su dependencia que solo le traía soledad y humillación. Durante años, ella estuvo bajo el control de Nicholas y, cuando al fin fue libre, dio su vida para acabar con él.

Kora y Arthur se estremecieron ante las palabras de Sophia, ya que ambos conocían su pasado con Terry y de alguna manera lo extrapolaron, relacionándolo con lo sucedido entre las jóvenes y Nicholas. El miedo, la rabia y la frustración podían viajar en el tiempo y sentirse tan real que les ponía los pelos de punta.

—Violet Clark —dijo Arthur—. Me tienen a su disposición para ello. Les ayudaré en cuanto pueda.

—Yo les ofreceré grandes descuentos si deciden regresar a Willesbury —soltó Patrick con un toque de humor. Al principio todos se rieron, pero pronto las sonrisas dejaron paso rostros serios. En sus palabras resultaba evidente que muy pronto iban a separarse.

—¿Cómo lo vas a hacer, Sophia? —insistió Kora. El asunto de las pinturas era el tema más fácil en aquel momento.

—Lo vamos a hacer, Kora —recalcó Sophia—. Lo primero será regresar a Los Catlins y hacer inventario de todas las piezas que podamos recuperar. Tenemos los diarios, que serán muy útiles para corroborar nuestra teoría.

—Es cierto. ¿Encontraron otro diario de Emily en Nueva Zelanda? —preguntó Arthur.

—Así es. Mi amiga Daphne está supeditando su restauración —continuó Sophia—. Además, hablaré con Bridget, mi jefa, para que nos ayude.

—¿Volverás a Londres? —preguntó Arthur. Sophia encogió los hombros.

—Creo que es el momento de regresar a casa. Después de todo, tendré mucho trabajo con las obras de Violet. Le comunicaré a Bridget mi decisión en cuanto regresemos a Los Catlins. Además, allí está el museo. Me temo que Mildred tendrá que volver a recibirnos.

Kora lanzó una carcajada.

—¿Mildred? ¿Hablas en serio?

—Solo he hablado con ella por teléfono, pero he de reconocer que es una mujer peculiar —explicó Arthur. No obstante, Sophia se mostraba convencida.

—Se han olvidado de otro detalle —dijo Sophia señalando a Kora—. Esta jovencita es descendiente de Emily y el despreciable conde de Warrington y yo soy bisnieta de Violet Clark. Lo que significa que el museo es en realidad el museo de nuestra familia. Por supuesto, Mildred no se creerá nada de esto, pero cuando consigamos demostrar la autoría de las obras, se mostrará más dispuesta a escucharnos.

Kora se incorporó, tomó una pose distinguida y comenzó a caminar por la cafetería entre las risas de los demás.

—Estas tierras me pertenecen. ¿Dónde están mis criados? —gritó la joven.

—¿Quieren que salga a la luz que son descendientes de Nicholas Clifford? —preguntó Patrick confundido.

—¡Jamás! —respondieron Kora y Sophia al unísono.

—Robert Smith es nuestro bisabuelo —exclamó Kora.

—Así seguirá siendo —dijo Sophia—. La mejor manera de honrar su memoria.

Patrick asintió y retomó su juego con el envoltorio del caramelo. Parecía incómodo.

—¿Se marchan mañana? —preguntó. Kora y Sophia se miraron.

—Es lo más seguro. Siempre que haya vuelos para regresar. Voy a comprobarlo —dijo Sophia sacando su móvil. Patrick, con una sonrisa melancólica, se quedó mirando a Kora.

—Te llamaré para contarte cómo va el hotel.

—Estoy segura de que irá mucho mejor, Patrick. Además, en cuanto pueda tomarme unas vacaciones regresaré a Willesbury, así que cuenta con una reserva —afirmó Kora. Trató de añadir ligereza a sus palabras, pero fue incapaz; aquello era una despedida y los sentimientos que provocaban en ella eran totalmente nuevos.

Arthur, que había escuchado la conversación, se compadeció de ambos y hasta de sí mismo. Pero el mismo destino que los había unido a todos en el hotel Davies ahora parecía querer separarlos lo antes posible.

—No le alquiles una habitación a Henry —dijo Arthur de repente.

—¿A qué viene eso? —preguntó Patrick.

Arthur encogió los hombros.

—No voy a darle ni una libra más ni a mirar por él, por lo que calculo que en cuestión de semanas estará totalmente arruinado y tendrá que vender cuanto tiene, hasta su residencia. Imagino que buscará techo y esto es lo más cerca.

—Comprendido.

Sophia, que había permanecido ajena a la conversación, regresó pálida.

—Hay un vuelo esta noche.

Sus palabras fueron la confirmación de que era el momento de decir adiós.

—Las llevaré al aeropuerto —dijo Arthur con una sonrisa inexpresiva.

La lluvia regresó a Willesbury justo cuando el coche en el que iban Kora, Sophia y Arthur dejaba atrás las últimas casas. Ninguno hablaba, tan solo lo hacía la radio que daba el parte de noticias: una voz gris que no auguraba nada bueno.

En el asiento de atrás, Kora atravesaba la ventanilla con la mirada mientras se secaba continuamente las lágrimas. Pese a que había hablado con Patrick acerca de la posibilidad de quedarse con él en el hotel, sintió que no era lo más indicado en ese momento. Además, ir en contra de sus impulsos se había convertido en su forma de vida y estaba confusa de lo que sentía en ese momento. Tenía miedo.

Cuando llegaron al aeropuerto de Manchester, Arthur estacionó el coche y las acompañó hasta el arco de seguridad, ya que no podía ir más allá. Kora se despidió de él con un abrazo y cruzó para dejarlos solos.

—¿Qué vas a hacer? —preguntó Sophia.

Arthur suspiró.

—Por primera vez en mi vida me estoy planteando tomar un descanso. Tengo un viaje de negocios a Bangladesh en las próximas semanas, pero después desapareceré del mapa por una temporada. Al menos lo suficiente para que Henry no pueda encontrarme.

Ambos se rieron.

—Tú te quedas en Nueva Zelanda por el momento, ¿verdad?

—Sí, quiero solucionar todo el tema de los cuadros. Espero que se pueda restaurar gran parte del otro diario. Nos ayudaría mucho.

Arthur se puso la mano sobre la frente.

—¡Es cierto! Tienes mi número, ¿verdad? Quiero que me llames en cuanto lo hayas leído, no importa la hora que sea. ¿Me lo prometes? —pidió Arthur extendiendo su mano.

—Prometido.

Durante unos segundos se miraron. Parecían buscar en el otro la confirmación de que ambos sentían lo mismo y de que lo último que querían era separarse. Sus manos continuaban estrechadas, reconfortándose del calor del otro. Una chispa hubiera provocado un voraz incendio, pero eso no sucedió. La voz metálica anunciando que la puerta de embarque del vuelo a Londres abriría en los próximos minutos los trajo de vuelta a la realidad.

—Ha llegado el momento —dijo Arthur.

—Te llamaré. Cuenta con ello.

Se abrazaron y se separaron experimentando ambos la agonía de saber que era la última oportunidad; que una palabra podía cambiar sus vidas para siempre. Pero no ocurrió nada de eso. Arthur era solitario, austero en sentimientos y lo que había vivido con Sophia le mantenía desconcertado; sin saber qué hacer. En cuanto a Sophia, temía dar el paso que pudiera significar verse metida de lleno en una relación de dependencia emocional como la que tuvo con Terry, podía ver que Arthur no era así, pero ella tenía miedo. Además, el conocer la historia de Violet le había hecho comprender muchas cosas de su familia, aspectos sobre los que quería reflexionar antes de continuar con su vida.

Sophia dejó atrás el arco de seguridad y se acercó hacia donde estaba Kora, que miraba hacia la fila de la puerta de embarque con los auriculares puestos y la música a todo volumen. Sophia se detuvo junto a ella y miró hacia atrás, pero Arthur ya se había marchado.

—Es una mierda, ¿verdad? —dijo Kora quitándose los auriculares.

Sophia asintió con los ojos vidriosos.

—Pero debemos acabar con lo que empezamos. Es lo que tenemos que hacer.

—Por supuesto —afirmó Kora. Quietas, parecían dos postes en mitad de una marea humana. Las dos miraban fijamente hacia la puerta de embarque, preguntándose si estaban haciendo lo correcto.

—Espero que Patrick pueda reflotar el hotel. Es buen chico —dijo Sophia.

—Seguro que lo consigue. Le escribiré para asegurarme. Es un poco desastre —explicó Kora esbozando una media sonrisa. Sophia se fijó en cómo esta suspiraba y decidió animarla sujetándola de la mano y dando un paso hacia delante.

—Volvamos a casa.

CAPÍTULO 54

Habían pasado un par de días desde el regreso. Ambas se sintieron muy extrañas cuando pusieron sus pies en Auckland. Aunque no lo comentó con nadie, Sophia tuvo la sensación de que con su regreso se había cerrado un ciclo abierto hacía más de cien años. Pensó que quizás eso era lo que debía haber ocurrido: Emily y Violet deberían haber regresado a casa.

Daphne y Mika las recibieron con mucho cariño e incluso las invitaron a pasar unos días con ellas antes de trasladarse a Los Catlins. Fue ahí cuando advirtieron que algo había cambiado para siempre.

El mismo día de su regreso, Kora y Sophia las pusieron al día de todo lo que habían descubierto en Willesbury. Tanto Daphne como Mika se quedaron boquiabiertas al conocer la historia de Emily, el sacrificio de Violet y la maldad de Nicholas, quien siempre les pareció encantador.

—¿Creen que todo estaba escrito en el diario que encontramos, el que están restaurando? —preguntó Daphne. Sophia ladeó la cabeza.

—Es posible —contestó. Daphne se fijó en que tanto ella como

537

Kora estaban ausentes. No se trataba de cansancio ni nada por el estilo; era como si no pudiesen quitarse algún pensamiento de la cabeza.

—¿Están bien? —insistió Daphne. Kora y Sophia asintieron en silencio—. Las noto extrañas.

Sophia suspiró.

—Es muy raro todo, Daphne. A medida que leíamos el diario más claramente veía el paralelismo entre Emily, Violet y nosotras. Hay muchas coincidencias.

Mika intervino.

—Entonces, tú, Sophia, eres descendiente de la hija de Violet y tú, Kora, del hijo de Emily. ¿Es así?

Las dos asintieron.

—Es curioso, pero entiendo lo que quieres decir. No sé si será genética, pero sus vidas las amparan.

Kora y Sophia miraron ceñudas a Mika.

—¿Qué quieres decir? —preguntó Kora.

—Veamos, esto es solo mi opinión en base a lo que sé o me han contado. No se ofendan.

—Tranquila —dijo Sophia.

—Sé buena —añadió Daphne.

—No se preocupen. Miren, la genética es una disciplina apasionante. Se han elaborado multitud de estudios, pero no se puede decir que tengamos un conocimiento extenso de qué genes se transmiten y cómo se manifiestan en las distintas generaciones. Hay puntos oscuros los cuales la ciencia no ha conseguido iluminar. Por ejemplo, Violet amaba la pintura, tú, Sophia, también. Otro punto, por lo que nos han contado, es que la personalidad de Kora es bastante parecida a Emily, lo cual tiene sentido.

Un pensamiento fugaz cruzó la mente de Sophia. Una idea inconexa de la que formaban parte Terry, Rebeca y Nicholas, los integrantes de un siniestro trío. Tras eso iba a añadir unas palabras a la aportación de Mika, pero optó por guardar silencio.

—Se va aclarando todo —dijo Kora.

La conversación continuó girando alrededor de la vida de Emily hasta que Daphne dio el salto al presente.

—Por cierto, Sophia, tu madre me ha llamado una veintena de veces. Quería hablar contigo por el tema de la herencia. Le he dado largas todo este tiempo, pero creo que deberías dejarle clara tu postura. O por lo menos habla con ella para que deje de llamarme —comentó Daphne con ironía.

Sophia recapacitó durante unos segundos.

—Le daré lo que me pida a excepción de la casa de Los Catlins —dijo Sophia con brusquedad. Daphne y Mika se sorprendieron. Pese a que no habían comentado nada de la herencia, Kora comprendía la decisión. No sabía por qué, pero estaba de acuerdo.

—¿Te has vuelto loca? —exclamó Daphne.

—¿Por qué renunciarás al resto? —preguntó Mika.

—Lo último que deseo es soportar a Rebeca. Además, quiero centrarme en la obra de Violet y hacer justicia. Tal y como quería Emily. El resto no me importa en absoluto.

Pese a la insistencia de Daphne, Sophia no se planteó cambiar sus planes. Al día siguiente, más descansadas, junto a Kora, fueron hasta el cementerio y se detuvieron frente a la tumba de Archie, el padre de Sophia. Años de incomprensión y de dudas se habían resuelto en menos de un mes.

—Tantas veces me pregunté qué veía en mi madre, porque hacía todo lo que ella quería —dijo Sophia. Kora, a su lado, escuchaba en silencio—. Y ahora lo comprendo. Lo mismo que Violet vio en Nicholas y lo mismo que durante un tiempo yo vi en Terry. Es curioso. Yo misma tenía muchas de las respuestas.

—No es lo mismo, Sophia. Tú no has seguido el mismo camino. Sea lo que sea, tú lo rompiste cuando dejaste a Terry y te marchaste a Inglaterra. Dices que todo esto comenzó cuando falleció tu padre, pero, en realidad, fuiste tú quien marcó una diferencia.

Las dos miraban fijamente hacia la tumba, decorada con suntuosas rosas blancas que eran suavemente mecidas por el viento.

—Lo importante es que ahora somos dueñas de nuestro destino.

Kora asintió, pero al instante se giró hacia Sophia.

—Acabo de darme cuenta de otra coincidencia —expuso Kora—. Emily no tuvo hogar hasta que regresó a Nueva Zelanda. Hasta donde sabemos vivió en la casa de los Clark y después con los Smith. Me recuerda bastante a mí.

Las palabras de Kora provocaron una reflexión en Sophia; un pensamiento tan evidente que consideró incluso ridículo el que no se le hubiera pasado antes por la cabeza.

—Pese a todo, Emily encontró su propio hogar —dijo Sophia—. Al igual que tú y yo, hemos encontrado el nuestro. Mi padre, sin saberlo, me auguró que encontraría un tesoro y no puedo dejar de pensar que en ti encontré la familia que tanto he necesitado. Es el momento de formar nuestro hogar.

—¿A qué te refieres? —preguntó Kora sorprendida.

—Somos familia, Kora. Por eso quiero decirte que voy a incluirte en la sociedad, a partes iguales conmigo, las dos somos las dueñas de la casa de Los Catlins. Si te parece bien…

Kora abrazó a Sophia e incluso le levantó los pies del suelo. La efusividad de ambas contrastaba con la tranquilidad del cementerio.

—¿Cómo no iba a parecerme bien?

—Desde allí contaremos la verdad al mundo —exclamó Sophia.

—Tendremos que gritar mucho desde el fin del mundo para que nos escuchen.

—Gritaremos, Kora. ¡Gritaremos!

CAPÍTULO 55

E l sol del mediodía golpeaba con fuerza y en torno a la entrada del museo de los Clark, algunos de los visitantes aguardaban su turno en la refrescante sombra que otorgaba el jardín botánico diseñado por Nicholas Clifford cien años antes.

—Esto es demasiado —decía Mildred con desesperación.

—No es demasiado. El museo debe abrir sus puertas seis días a la semana —dijo Sophia—. Los visitantes son la principal fuente de ingresos. Es cuestión de números.

Mildred tensó el rostro y se alejó murmurando.

Kora, esperaba en un lado del jardín, se acercó.

—Vas a conseguir que le dé un ataque al corazón —dijo Kora. Sin gorro, el pelo le caía más allá de los hombros. Eso y unas gafas de sol le daban un aspecto totalmente diferente. Sophia sonrió.

—Oh, vamos. El museo solo abre por las mañanas. Además, se niega a que contratemos a un ayudante.

—¿Le has contado lo de Theresa? —preguntó Kora.

Sophia se puso el dedo índice sobre los labios.

—¡Ni una palabra! Le estoy allanando el terreno. Se lo diré mañana o pasado.

Kora levantó la mano.

—Me pido estar presente.

—¿Cómo podría privarte de un momento así?

Sophia se refería al permiso que había conseguido para abrir una pequeña cafetería dentro de la propiedad de los Clark. En un primer momento, pensaron en ofrecer el puesto al mejor postor, pero después cayeron en la cuenta del perjuicio que sufriría Theresa. La anciana aceptó de inmediato. La única que se echaría las manos a la cabeza sería Mildred, por eso Sophia quería esperar un poco para comentárselo.

Cuando regresaron a Los Catlins, Sophia envió un escrito al Ministerio de Cultura y Patrimonio, alegando la verdadera autoría de las pinturas y poniendo como prueba el diario que les había entregado Craig Smith. No esperaban mucho, pero, por suerte, la posibilidad de realzar a una artista del lugar en detrimento de un tiránico conde inglés se convirtió en un filón. De inmediato, las autoridades contrataron a varios expertos para que estudiaran los cuadros, declarando que efectivamente pertenecían a Violet Clark. Por otra parte, Sophia, después de presentar su dimisión de la galería, le pidió a Bridget el favor de que propagara la noticia, a cambio de una cláusula de privilegio en la exposición de las obras. Bridget aceptó de inmediato y la noticia del hallazgo tardó poco en cruzar de Inglaterra a toda Europa. Luego de algunos papeleos, le concedieron a Sophia el patronazgo del museo de los Clark, que, al mismo tiempo, se convertiría en el museo Violet Clark. El nombre del difamado Nicholas Clifford fue reducido a una pequeña placa conmemorativa junto al jardín botánico, lo que también provocó algo de morbo. La notoriedad dada por los medios atrajo muchos curiosos y amantes del arte que ansiaban conocer a la artista desconocida que, sin saberlo, había conquistado el corazón de los críticos desde hacía más de un siglo.

—Me cuesta aceptar todo lo que ha pasado en los últimos meses —apuntó Kora mientras observaba el océano desde uno de los puntos más elevados de Los Catlins—. Antes no podía ni acercarme al museo y ahora…

—Ahora formas parte de la dirección del patronazgo —dijo Sophia con una sonrisa.

—La cara de Mildred cuando se enteró… El mejor momento de mi vida.

En ese momento sonó el teléfono de Sophia. No esperaba ninguna llamada y el corazón le dio un vuelco pensando en que podía tratarse de Arthur. Sin embargo, era Daphne.

—¿Cómo están mis chicas favoritas? —saludó Daphne.

—Estupendamente.

—Eso es fantástico. Tengo buenas noticias. El diario de Emily está restaurado y he conseguido unos días libres. ¿Qué me dicen? Además, quiero ver con mis propios ojos las reformas de la casa. No me fio mucho de su estilo.

—¡Por supuesto! Te esperamos.

Sophia puso al corriente a Kora mientras se dirigían a la casa y la emoción se desató en ambas, aunque también cierto temor a revivir los peores momentos. No sabían qué había escrito Emily en ese último diario. En cuanto a la casa, ambas coincidían en que mantendrían el estilo de la fachada, mientras que en el interior habían optado por lo diáfano.

Daphne llegó esa misma tarde y comenzó a hacer el análisis de las remodelaciones. El jardín se mantuvo dividido por la reja y cada una sería propietaria de la mitad.

—Cuando ves la fachada te trasladas al siglo XIX, pero en el interior es como si estuvieras en el siglo XXV. Hice bien en no fiarme —dijo Daphne cuando entró en la casa de Sophia.

—Ahora se llevan los contrastes —dijo Sophia. Daphne se rio.

—Eso es cierto. Ah, ¿cómo va tu casa, Kora? —preguntó.

—Por el momento la dejaremos tal y como está. Terminaremos primero con esta, aunque ya tengo todo planeado, será una versión más minimalista, pero con colores oscuros, con un toque de grunge —dijo Kora riendo. Daphne abrió los ojos al imaginarse aquello.

—Bueno, ¿entonces el diario está bien? ¿Se ha podido recuperar toda la información? —interrumpió Sophia.

Daphne asintió.

—Un sesenta por ciento de lo escrito ahora es perfectamente legible. Tuvimos suerte de que ningún ratón con hambre se paseara por la casa.

Dicho esto, Daphne sacó de su mochila un grueso envoltorio de plástico. De su interior extrajo con sumo cuidado otro envoltorio donde ya sí se encontraba el diario.

—Aquí lo tienen. Pese a que han tratado el papel, su estado sigue siendo muy delicado —señaló.

—No es un libro para llevarte a la cama, ¿verdad? —dijo Kora.

—Han transcrito lo que se pudo rescatar, por lo que podemos leerlo desde estas páginas que ya imprimí… por supuesto —dijo Daphne sacando de su mochila unas hojas—. La recomendación es que no lo manipulen mucho si quieren conservarlo.

—Así haremos —aseguró Sophia.

Pusieron el diario sobre la mesa y se sentaron alrededor. El final de la historia, el porqué oculto arrastrado hasta el presente. Kora y Sophia sabían que, al igual que ocurrió en Willesbury, cuando leyeran el diario cambiarían para siempre.

CAPÍTULO 56

Diario Nº3 de Emily Smith

1915

He decidido escribir nuevamente, me doy cuenta de que la memoria es frágil y quizás olvidamos lo importante. *Violet* tenía razón al decir que me gustaba plasmar en el papel todo lo que veía y sentía. Después de todo lo que pasé, creo que me había negado a hacer algo que Violet tanto admiraba. Ahora con los niños no tengo tanto tiempo, pero quiero ir dejando en palabras los recuerdos, y quizás, algún día, este diario servirá para que se conozca la verdad. Aún me duele y puede que esta sea una forma de sacar lo que llevo dentro.

Es verdad que juré callar.

No hacer partícipe a nadie de mi dolor, pero han pasado muchas cosas desde la última vez que escribí y dudo que mi memoria sea capaz de llevar hasta la punta de mis dedos cada detalle, por ello, si alguna vez leen estas líneas, que me perdonen mis faltas.

Desconozco qué fue de todo lo que escribí antes. Posiblemente, el tiempo o las circunstancias acaben por borrar cualquier rastro de *mis recuerdos, pero sé, sin embargo, que el tiempo me dará la razón. Por eso quiero plasmar en unas cuantas líneas lo que no quiero olvidar, ya que quizás al ver los hechos con el pasar de los años, me den la fortaleza para poder perdonar. Porque hoy no puedo.*

¿Perdonar? No es tan fácil. ¿Dónde esconder mi dolor? ¿Cómo acallar el sufrimiento que me desgarra? No puedo perdonar.

No hace mucho que regresé a Los Catlins. Se me hizo extraño. La niña, que se había marchado hacía casi cinco años, volvió con dos hijos, uno en cada mano. Por suerte, no tuvimos problemas al salir de Inglaterra ni al llegar a Nueva Zelanda.

Mi aspecto ha debido cambiar mucho estos últimos años, ya que casi nadie me ha reconocido. No los culpo y, en parte, me reconforta que así sea.

Mi mayor temor era dar explicaciones de mi regreso y de mis hijos. Obviamente, la travesía fue lo suficientemente larga como para poder construir un discurso coherente. La realidad era que estaba casada con Robert Smith y que gracias a su influencia había conseguido un salvoconducto para viajar a Nueva Zelanda con sus hijos y ponerlos a salvo de la guerra. Su bondad me da fuerzas para seguir hacia delante. Aunque por acá la guerra también se siente y parece que no va a terminar pronto. Nueva Zelanda lucha junto a Inglaterra.

Ya casi se cumple un año desde que regresé y no puedo decir que ha sido como esperaba. Mi ilusión al llegar a Los Catlins fue reencontrarme con mi madre. Por ello, renté una pequeña casa no muy lejos de la residencia de los Clark. Ansiaba poder verla de nuevo, pero tampoco quería precipitarme. Por primera vez en mucho tiempo me sentía dueña del tiempo y de mi futuro; hacía las cosas a mi manera.

Tras varias semanas por Los Catlins no hallé rastro de mi madre, por lo que decidí visitar la residencia de los Clark. El recuerdo que tenía de ese lugar distaba mucho de la realidad con la que se encontraron mis ojos. Todo estaba abandonado. El jardín crecía a sus anchas y las enredaderas asfixiaban la fachada.

Un par de pasos me fueron suficientes para saber que mi madre no estaba allí, pues no hubiese permitido jamás que la casa luciera de una manera tan lamentable.

Llamé a la puerta y fui recibida por Elizabeth, a la que el alcohol y el paso del tiempo le complicaron bastante la tarea de reconocerme.

—Esperando una muerte que no llega, querida. —Fue su respuesta a mi interés por ella.

Poco a poco, trabando mucho sus palabras, consiguió explicarme el espiral de dolor y autodestrucción en la que había caído tras el suicidio de Violet. ¿Suicidio de Violet? ¿De qué estaba hablando? Me limité a escuchar y a asentir; discutir no tenía sentido.

Al cabo de unos minutos, le pregunté por mi madre, por Betsy, pero ella me contestó que yo mejor que nadie lo sabría, ya que se marchó conmigo. Después de esto, se retiró y me dejó a solas en una sala hasta que una empleada me anunció que no deseaban hablar más conmigo. Sin embargo, he de reconocer que la empleada era simpática y contestó a todas mis preguntas con total predisposición. Fue ella la que me aseguró que Gilbert apenas salía del despacho tras el suicidio de su hija. Que ella me corroborara la versión de Elizabeth, me alarmó.

Temiendo que mi madre hubiera sido asesinada por su propia familia, acudí en busca de Isaac y su padre. Todavía recordaba aquel horrible lugar donde una noche descubrí la maldad más absoluta. Sin embargo, allí tan solo había una casa abandonada y ruinosa.

Intranquila, pregunté a los vecinos y estos me dijeron que Isaac y su padre fueron asesinados una noche, mientras dormían. He preguntado varias veces a distintas personas cuándo ocurrió eso. La fecha concuerda con nuestra marcha a Inglaterra.

No me hizo falta saber más. Mi madre quería alejarme de ellos y vio la posibilidad. Disfrazó sus ansias de venganza con generosidad hacia Violet y después, una vez se aseguró de que yo estaba a salvo, cumplió su venganza. No le reprocho nada. El supuesto cuerpo de Violet apareció tiempo después entre las rocas de la playa, supongo que era de mi madre. La reconocieron por el vestido.

Descansa en paz, mamá.

Todo esto me ha hecho reflexionar. ¿Quiero esta vida para mis hijos?

Finalmente, dejé la casa que habíamos rentado y con el dinero que me dieron los Clifford he adquirido una, lejos de la residencia de los Clark. Aquel lugar no es más que el pasado. Además, Joanna necesita un jardín por el que correr, al igual que Joseph lo necesitará también. Mensualmente me llega una asignación de Robert, por lo que no les faltará de nada. En cuanto a mí, saco algunos pesos como costurera. No es mucho, pero me permite ahorrar para invertir en un futuro.

Cuando termine la guerra, espero que Robert venga como me prometió y se convierta en el padre que mis hijos tanto necesitan.

1919

Se ha acabado la guerra y hace más de un año que no tengo noticias de Robert. He escrito numerosas cartas, pero no obtengo respuesta. Me dicen que tenga paciencia, que seguramente esté en algún hospital recuperándose, pero no soy optimista. Es imposible sacar nada bueno de estos tiempos aciagos.

Me acuerdo mucho de Daniel. De la noche a la mañana se quedó solo. Es un muchacho fuerte, pero todos necesitamos una mano que nos sirva de apoyo y nos de fuerza. Rezo por él.

Las malas noticias nos inundan. Hace poco supe que Gilbert Clark había fallecido a causa de una enfermedad, que sea extendido por todas partes, le dicen la gripe española. Hay mucha gente enferma.

Por suerte, mis niños son capaces de hacerme sonreír pese a las circunstancias. Joanna se ha convertido en una niña preciosa, muy inteligente, y Joseph es un niño travieso que tiene el jardín lleno de trastos.

1925

¿Qué mal no puede curar el tiempo?

Me hago esta pregunta mientras observo a mis hijos crecer y convertirse en personas con gustos y juicio propio. Joseph no deja de sorprenderme. Se pasa el día jugando con soldaditos de plomo y construyendo castillos. Quizás sea militar como su padre.

Les he hablado mucho de Robert y para ellos es su padre. Es por él por quien estamos a salvo.

He de reconocer que se me saltan las lágrimas cuando veo a Joanna hacer sus dibujos. Su madre estaría orgullosa de ella.

Sin embargo, al mismo tiempo no puedo soportar el hecho de que nadie sepa la verdad acerca de Violet. Su talento permanecerá en el olvido hasta que desvanezca. En ocasiones he tenido el impulso de averiguar cuántas piezas de Violet se quedaron aquí, en Los Catlins, pero procuro no acercarme a la residencia de los Clark. La desgracia está impregnada en el ambiente.

¿Debo contar la verdad?

¿Alguien me creería?

1932

¿Quién diría que Elizabeth cumpliría su sueño?

Hace poco supe que la viuda de Gilbert Clark se marchó a Inglaterra, donde contrajo matrimonio nuevamente. ¿Cuántos años tendrá? Si no calculo mal, más de sesenta. Espero de corazón que sea feliz.

Sin embargo, cuando supe de su marcha, me apresuré y fui hasta la residencia de los Clark. Al parecer ha dejado al cargo de todas sus pertenencias a una sirvienta, con plenos poderes para administrar la propiedad. Fui a buscarla y me presenté con la intención de que me permitiera entrar y echar un vistazo, pero no era una mujer muy agradable y me confundió con una oportunista o algo así.

Insistí varias veces y en una de ellas me comentó que si quería podía comprar algunas de las cosas que Elizabeth no quería que fueran enviadas a Inglaterra. Por supuesto, le dije que sí de inmediato. Me dirigí a la antigua habitación de Violet y compré todos los cuadros y lienzos que encontré por un precio irrisorio; la sirvienta estaba encantada de que me llevase todas esas pinturas. También compré un peinador de caoba precioso, que tengo la intención de legar a Joanna o a alguna nieta.

De casualidad, recordé el diario que había escrito antes de mi marcha a Inglaterra, pero no lo encontré por ninguna parte. Le pregunté a la chica, pero ella me dijo que muchos papeles y documentos sin importancia habían sido tirados a la basura.

¿Sin importancia?

En fin, dejando eso de lado, son todo buenas noticias, ya que al menos he podido recuperar parte de la obra de Violet. En cuanto a Joseph, se ha alistado a la Royal Navy Británica. Está convencido en seguir los pasos de su padre, lo que me asusta mucho. Al menos vivimos en una época de paz.

El otro punto positivo es Joanna, que ha conocido a un chico.

¿Sonarán campanas de boda?

1940

La Gran Guerra fue solo el preludio. El mundo vuelve a estar en llamas y los fantasmas regresan.

Sufro pesadillas desde hace meses, concretamente desde que Joseph fue llamado a las filas. Intento ser positiva, pensar que todo va a salir bien, pero no puedo evitar pensar en mi hijo en cada segundo. He comprado una radio que está encendida la mayor parte del día y apenas sale el sol, salgo a buscar los diarios para estar informada de cuanto sucede. Las cosas no pintan bien.

Cada misiva que recibo de Joseph es un regalo en el que me recreo. Él trata también de animarme y me escribe cartas divertidas que me hacen pensar que se encuentra lejos de los combates. Ojalá sea así, pese a que intuyo que tarde o temprano tendrá que jugarse la vida. Es honorable y estoy muy orgullosa de él, pero al mismo tiempo siento que es mi pequeño y mi corazón late con dolor…

Quiero que estés aquí, Joseph.

Sin embargo, antes de marcharse a la guerra, contrajo matrimonio con su novia, pero esta se ha marchado con su familia, ya que estaba embarazada de pocos meses. Apenas tengo contacto con ella. Le he escrito en un par de ocasiones, pero sus cartas son lacónicas.

Eso me preocupa.

Al menos puedo reconfortarme al ver la felicidad de Joanna. Es fuerte y pese a mi pésimo estado de ánimo se esfuerza por sacarme una sonrisa. Hace no mucho me sorprendió al decirme que deseaba ser escritora. Probablemente, tendrá algo que ver el hecho de que me vea dedicar tanto tiempo a este diario.

Últimamente, también he pensado en Violet, en la chica dulce e ingeniosa con la que crecí.

¿En qué mujer se habría convertido de no haberse cruzado Nicholas en su camino?

No me gusta divagar en imposibles ni perder el tiempo en esperanzas perdidas. No obstante, tengo la certeza de que hubiera sido una gran madre.

1943

Son días tristes. Las noticias que llegan de Europa no son positivas. El avance de los nazis ha sido detenido por los aliados y parece que el curso de la guerra puede cambiar en los próximos meses, pero nadie tiene certeza. Y no tengo noticias de Joseph…

¿Dónde estás?

Estoy preocupada, porque lo último que supe fue que su buque, el Leander, fue bombardeado en la batalla de Kolombara por los japoneses. Finalmente, hundieron al buque japonés, pero las informaciones que llegan del Pacífico son confusas. Se habla de muchas bajas, pero Joseph no puede morir. Su pequeño hijo tiene tres años.

He intentado mediar con Audrey, su esposa, pero esta no quiere saber nada de nosotros y dice que solo regresará si Joseph vuelve de la guerra. ¿Acaso merezco tanto castigo?

Audrey vive lejos, a unos ochocientos kilómetros, en una comunidad aislada. Tiempo después de que diera a luz fui a visitarla con Joanna. Lo que debía haber sido uno de los días más felices de mi vida se convirtió en una pesadilla. Ella lloraba constantemente y le susurraba al pequeño Randall que su padre era un héroe y que se iba a morir. Intenté convencerla de que eso no era cierto, pero no atendía razones.

¿Acaso intuía el destino de mi hijo?

No sé qué será de ella. Pero todos los días pido porque estén bien.

1948

De nuevo he tenido que recurrir al paso del tiempo para que el dolor de la pérdida me permita seguir viviendo.

Hoy hace cuatro años que celebramos un funeral por Joseph. Recuerdo el ataúd, vacío, con una fotografía suya en la tapa. No vertí ni una sola lágrima.

De Randall, el hijo de Joseph sé poco. Calculo que tendrá alrededor de los seis años. Su madre vive en una depresión constante. Lo último que he sabido de ella es que apenas duerme, ya que ahora cree que Joseph vendrá por ella.

Pero no puedo flaquear. Me niego a ser aplastada por este destino cruel e hiriente que se ha cebado con nosotros. ¿Qué hemos hecho? ¿A quién debemos pedir para que nadie más de mi familia sufra? He recordado la supuesta maldición que perseguía a los Clifford, los cuales parecían condenados a desaparecer de la faz de la tierra. ¿Será real? ¿Están mis hijos malditos por la sangre que corre por sus venas?

Los desvaríos se alimentan de mi dolor, pero sigo luchando. Joanna me ha dado un nieto; uno que sí puedo cuidar y ver crecer, se llama Archie. Ha tardado en quedarse embarazada muchos años e incluso llegaron a pensar que jamás tendría hijos, pero no todo ha sido positivo. El parto fue complicado y pese a que ella y el pequeño están bien, los médicos le han prohibido volver a quedarse embarazada.

¿Acaso no fue eso lo que le sucedió a Violet?

¿Por qué el pasado lanza constantemente sus garras hacia nosotros?

¿Qué tenemos que hacer para ser libres?

1955

Todos malditos.

¿Qué esperar cuando la muerte acecha en todo momento?

Mi hija era feliz. Joanna estaba radiante con su familia y verla era contemplar la felicidad en persona. Pero ya no está. La maldición de los Clifford... ¿Por qué ella? ¿Por qué he de vivir deseando la muerte?

A veces pienso que son todos estos secretos que guardo y que debería dejarlos salir de una buena vez, así la maldición se alejará de nuestras vidas.

El consuelo es que el pequeño Archie está junto a mí, jugando con sus juguetes como si nada hubiera sucedido. Los niños son fascinantes en ese aspecto y es la única luz que queda en mi vida.

Un accidente de automóvil me ha convertido en una madre sin hijos.

1978

El dolor se diluye, pero el recuerdo permanece. No dejo de sorprenderme por haber llegado hasta aquí. Supongo que las ganas de vivir pueden enfrentarse en ocasiones a lo que el destino nos tiene deparado.

Veo las cosas de otra manera. La vejez, lejos de mermar mi razonamiento, me permite pensar con claridad y desechar lo inocuo.

He aprendido que no tiene sentido recrearse en el dolor si no es para entregarse a él, lo que jamás haré.

Ahora disfruto del tiempo y me alejo de los problemas. Las inversiones resultaron ser beneficiosas a largo plazo. Quién lo diría, supe invertir bien el capital del que disponía y he podido vivir de manera desahogada con Archie. Le he entregado todo mi cariño y él me ha devuelto un amor inimaginable.

Hace unos años quiso salir de Los Catlins para estudiar en Auckland y yo, temerosa de que le sucediera algo, lo seguí. Le dije que había vendido la casa, pero no sé por qué tengo esa necesidad de mantenerla intacta.

Ahora es arquitecto, pero lo más importante es que se ha convertido en un hombre muy especial. Atento, culto, comprensivo y auguro que pronto formará su familia. Hace no mucho me presentó a una joven, una tal Rebeca. Me dijo que era una muy buena amiga suya, pero intuyo que sus palabras esconden otra realidad. Me pregunto qué se sentirá siendo joven, con el mundo a tus pies y la persona que quieres a tu lado.

Yo no tuve esa opción.

Esto me lleva a pensar en Randall y como Audrey jamás salió de la depresión; su vida se convirtió en una caída en barrena constante. Años después de que Audrey falleciera, Randall contactó conmigo para saber más de su padre, aunque no me tiembla la mano al escribir que lo que realmente buscaba era algún tipo de herencia. No lo traté mucho más, pero la primera vez que posé mis ojos en él pude ver a Nicholas. Más allá de lo físico, trascendía una sensación que reconocí rápidamente.

La misma que durante muchos años me estremeció.

1980

Hace pocos días Archie contrajo matrimonio con Rebeca. Es una joven agradable, pero no me transmite buena sensación. Es posible que sea cosa de la edad. Los ancianos siempre estamos ofuscados y nos cuesta aceptar que las cosas cambian. Pero si todo esto es fruto de mi edad, tengo que decir que Rebeca me recuerda mucho a Beatrice, la esposa de Nicholas. Sé de la falta de argumento de mis palabras, pero considero que la intuición que aporta la edad vale mucho más.

Otra noticia que me ha afectado es que se ha establecido un museo en la residencia de los Clark. Al parecer quieren mostrar cómo era la vida de los ingleses que se asentaron en la región a principios de siglo. Es una buena idea, como si una parte de mi mundo se conservara para siempre.

En cuanto lo supe, viajé hasta ahí, por si encontraba mi diario, ya que supuse que registrarían minuciosamente la propiedad. No obstante, la mujer que me recibió no estaba por la labor y casi no me permitió la entrada. Lo que sí encontraron fue una gran cantidad de lienzos, que tenían expuestos por todas las paredes de la casa. Violet debió esconderlos en alguna parte que yo desconocía.

Me molestó bastante la idea de que todos pensaran que Nicholas Clifford pintó aquellas obras.

¿Qué puedo hacer?

1985

El pasado regresa.

Esta mañana ha nacido mi bisnieta Sophia.

Rebeca estaba muy cansada tras el parto y apenas he podido estar con ella un par de minutos. Pero ese tiempo ha sido suficiente para sentir como el alma se me rompía en pedazos. Cuando la vi me temblaron las piernas y las lágrimas que cayeron por mis mejillas, iban más allá de la emoción por ver a mi pequeño Archie convertido en padre.

Lo supe desde el primer momento.

Era la viva imagen de Violet e incluso siendo tan pequeña sus gestos me recordaban a ella. No soy capaz de poner por escrito lo que he sentido.

«Violet está aquí», pensé.

La imagen de su rostro, la última vez que la vi me estremeció. Me entregó a su hija a sabiendas de que conmigo estaría a salvo.

Oh, Violet. No sabes lo que daría por abrazarte y decirte que te he perdonado. Han tenido que pasar muchos años, pero hoy puedo decirlo sin miedo.

¡Te he perdonado!

Los años me han dado la madurez para entender que a veces las inseguridades y el nulo amor propio se convierten en afilados cuchillos que lanzas a quienes más te quieren, cometiendo errores que te perseguirán por siempre. Hoy intento no juzgar y no quedarme callada cuando las cosas van mal.

Sin embargo, me pregunto, ¿cómo recuperar todo el tiempo perdido? ¿Cómo luchar ahora, en la cuenta atrás de mis días? ¿Cómo contarle al mundo la verdad y que este me escuche?

La ansiedad se ha adueñado de mi pecho.

Podría escribirlo todo y entregárselo a Archie, pero es un hombre débil, siempre atento la voluntad de su esposa. Por eso, no es él quien debe sacar la verdad a la luz, sino ese bebé que disfruta de sus primeras noches en este mundo; ella será la encargada de poner el punto final a esta historia.

Tengo mucho que hacer para hacer realidad este último deseo. Mereces que tu familia se enorgullezca de tu talento.

Que por fin el mundo sepa quién fuiste.

Que por fin dejes de ser una flor marchita... que dejes de ser una flor tras el cristal.

Fin

EPÍLOGO

Kora comprobaba continuamente la hora en la pantalla de su teléfono antes de mirar hacia los paneles que reflejaba la hora de embarque.

—No puedo creer que se haya retrasado el vuelo —dijo histérica.

Sophia levantó las manos para pedirle que se calmara.

—Te entiendo perfectamente. ¿Un vuelo cancelado? ¿Cuándo ha sucedido antes eso? —ironizó Sophia.

—Muy graciosa.

—Perdona. Es normal que estés nerviosa. Vas a dar un paso muy importante.

Kora asintió.

—Es lo que siento. Debo hacerlo. No quiero arrepentirme dentro de un par de años. Me apoyas, ¿verdad?

Sophia le dedicó una cariñosa sonrisa. Desde que Kora había regresado a Nueva Zelanda no había pasado ni un solo día sin que hablara con Patrick. Al principio se excusaba diciéndole a Sophia que lo hacía para ayudarle con la renovación del hotel, pero ni siquiera Kora se lo creía. Finalmente, la felicidad por el regreso y por haber sacado a la luz la verdad de los cuadros fue quedándose arrinconada y Kora comenzó a mostrarse cada vez más incómoda. El desparpajo de los primeros días pronto se transformó en miradas perdidas y suspiros que no pasaron inadvertidos para Sophia. Había pasado el tiempo suficiente con ella para conocer qué había más allá de sus gestos: echaba de menos a Patrick. Separarse de él no había sido tan traumático como el hecho de que, en ese tiempo que mantuvieron el contacto y se conocieron más, se había dado cuenta de que sus sentimientos por él eran reales.

—Te apoyo con toda mi alma.

Kora asintió y se echó a los brazos de Sophia.

—Vendrás a verme, ¿verdad?

—Claro que iré a verte. Estoy deseando conocer las novedades de Willesbury.

—Había pensado que podríamos reunirnos allí los cuatro y tal vez pasar unos días con los Smith. No suena nada mal, ¿no? Por cierto, ¿has hablado últimamente con Arthur?

Sophia movió lentamente la cabeza de un lado a otro.

—Lo último que sé, es lo que tú me contaste. Estaba en Bali, ¿no es cierto?

—Sí, me lo dijo Patrick.

Sophia se quedó ausente por un momento. Como un vahído en el que repasó todo lo que había vivido con Arthur. Le había prometido que lo llamaría en cuanto tuviera el diario restaurado, pero no lo hizo.

Diez minutos después, Kora y Sophia se despidieron por última vez. Fue un momento emotivo, pero aun así ambas sabían que estaba haciendo lo correcto. Kora quería intentarlo con Patrick y no dar el paso sería un error del que se acabaría arrepintiendo.

Sophia regresó a la casa de Los Catlins, la cual ya estaba completamente reformada. Sin embargo, en cuanto atravesó el umbral sintió de nuevo una sensación de vacío en su interior. ¿Por qué no había escrito a Arthur? No se lo había contado a nadie, pero en el fondo tenía miedo de verse absorbida por el destino, obligada a vivir una vida predestinada al sufrimiento. Emily mencionó la maldición de los Clifford en un par de ocasiones y Sophia, pese a que al mismo tiempo era una estupidez, temía reactivarla.

Pero todo esto quedó en un segundo plano cuando se encontró a solas. El silencio le rayaba en los oídos. Sin parar de pensar comenzó a pasear por las habitaciones, mirando de un lado a otro. Admiraba a Kora por su valentía. ¿No era lo que a ella le faltaba?

Sin advertirlo, había sacado el móvil del bolsillo y lo movía entre sus dedos.

—Le prometí hacerlo —dijo como si tratara de convencerse a ella misma.

Buscó el número de Arthur y le escribió:

> **Sophia:**
> «¡Hola! ¿Cómo estás? Espero que todo esté genial. Te escribo para decirte que ya han restaurado el diario de Emily. No pudimos saber todo, pero con lo que se rescató fue suficiente para imaginarnos su vida. ¡Su historia es asombrosa! Puedo mandarte fotos si quieres, aunque seguro que Patrick te habrá comentado algo. Besos».

Este puñado de frases fue el resultado de más de veinte minutos de escribir, borrar, cambiar unas palabras por otras e incluso replantearse dejarlo para más tarde. Aunque finalmente, sí que se lo envió. Nada más hacerlo, arrojó el móvil al sofá como si se tratara de una bomba a punto de estallar.

—No me va a contestar. ¿Cuánto tiempo ha pasado desde la última vez que hablamos? ¿Cinco meses?

Convencida de su reflexión, dejó la habitación cuando de repente escuchó que le habían enviado un mensaje.

—No puede ser.

Se lanzó como un felino encima del teléfono. Era Arthur.

Arthur:
«¡Qué bueno saber de ti, Sophia! Pensaba
que te habías olvidado de mí. Sí, Patrick
me comentó que ya habían restaurado el
diario. La historia coincide con lo que
averiguamos en Willesbury, ¿no es así?»

Sophia estaba histérica. Pero lo peor de todo es que había abierto
la conversación, apenas Arthur envió el mensaje y este seguía
conectado. Debía contestar. Cogió aire y trató de serenarse.

—¿Qué diablos te pasa, Sophia? —se dijo.

Sophia:
«Lamento mucho no haber contactado
contigo antes, pero no hemos parado por
aquí. Sí, las historias coinciden; es
fascinante. ¿Cómo te van las cosas? Me
han contado que estabas de vacaciones
por Bali».

Nada más enviar el mensaje, se arrepintió. Nerviosa, vio que
Arthur lo había leído y ya estaba escribiendo la respuesta.

Arthur:
«Jajaja, veo que Patrick es un excelente
comunicador. La unión Los Catlins-
Willesbury-Bali no falla. La verdad no
puedo quejarme, este lugar es precioso.
Pero no creas que me he olvidado del
diario, estoy deseando conocer todos los
detalles».

En ese momento, Sophia no se percató, pero su sonrisa iba de
oreja a oreja. Pensó una vez más en Kora, en su valentía por confiar
en sus sentimientos y respiró profundamente. ¿Por qué no?

Sophia:
«¡Buena unión! Claro, hace poco escaneamos todo el diario para no perder información. Puedo enviártelo si lo deseas. Por cierto, seguro que Nueva Zelanda te gusta igual o más que Bali. Jaja. Por acá podemos ver la Aurora Austral. No has estado nunca, ¿no?»

Sophia miró la pantalla en un estado de tensión absoluta. La respuesta de Arthur era clave para corroborar si realmente existía alguna posibilidad entre ellos o habían perdido el tren. Arthur había leído el mensaje, pero no escribía. Sophia esperó, pero al poco él se desconectó.

«Estará sin cobertura» fue su primera excusa.

Horas después vino la segunda:

«¿Qué hora será en Bali? Seguro que está durmiendo».

Esta tendencia se repitió a lo largo del día siguiente hasta que, molesta, Sophia le envió un último mensaje.

Sophia:
«Espero que estés bien. Comprendo que no quieras mantener el contacto. Te adjunto el archivo del diario. Saludos».

Estaba decepcionada. Sentía que había dejado escapar la oportunidad de volver a enamorarse y en esta ocasión no podía culpar a nadie de lo ocurrido. No había fantasmas ni nadie que le hubiera impedido enviarle un mensaje mucho antes. No todo se lo podía achacar al destino ni al pasado.

Al otro día, mientras estaba en el museo de los Clark reorganizando la exposición de Violet, Mildred la llamó con cierta urgencia. Era por la tarde y el museo estaba cerrado, momento en el que solían aprovechar para ver qué mejoras podrían hacerse o qué más podían incluir. En cuanto a Mildred, su personalidad continuaba siendo peculiar, pero era mucho más cercana de lo que Sophia podía haber imaginado.

—¿Qué sucede? —preguntó. Mildred señaló al televisor. El último parte de noticias informaba que Henry Baskerville, actual conde de Warrington, conocido en el mundo del arte por ser el heredero legal del denostado Nicholas Clifford había sido acusado de estafa y desvío de capitales. Al parecer, Henry, dispuesto a demostrar la autoría de los cuadros, había solicitado una importante suma a un grupo privado de inversores, poseedores de piezas, que temían el desplome del valor de sus obras. Al mismo tiempo y a escondidas, el conde vendió todas sus propiedades en Willesbury y desapareció a los pocos días con una cantidad estimada de diez millones de libras.

—¿Por qué no me sorprende? —dijo Sophia.

—Ese hombre no tiene honor ninguno. Deberían retirarle el título —apuntó Mildred.

—Eso ocurrirá tarde o temprano. Y, si no, Henry lo venderá por unas cuantas libras.

Cuando ya se encontraba en casa, se pasó horas leyendo noticias acerca de la desaparición de Henry. Era tarde. Un bostezo le hizo plantearse irse a la cama cuando sonó su teléfono. ¡Era un mensaje de Arthur! No hablaban desde que no le contestó.

> **Arthur:**
> «¿Has visto la última de Henry? Puede que sea más listo de lo que pensamos. ¿Se hará pasar en un futuro por pariente de Violet? Con él nunca se sabe».

Sophia no sabía qué hacer, ya que no comprendía la actitud de Arthur. ¿Por qué no le contestó la última vez? ¿Qué quería ahora? Finalmente, decidió que le respondería, por una cuestión de cortesía.

> **Sophia:**
> «¡Hola! Sí, lo he visto. ¿Cómo pueden seguir confiando en él?»

Arthur:
«Sabe ganarse a la gente. Aunque con diez
millones de libras no tendrá para mucho
tiempo. Por cierto, no imaginaba que
hiciese tanto frío aquí. ¿Podrías abrirme la
puerta?»

Sophia se giró de inmediato y releyó en mensaje, gesto que repitió como unas tres veces. Después, se dirigió a la puerta y la abrió lentamente. Al otro lado estaba Arthur, con el móvil en la mano y encogido por el frío.

—Arthur… —Sophia estaba en shock. Feliz y sorprendida al mismo tiempo. Ni siquiera sabía qué decir—. ¿Has venido por el diario?

Arthur hizo una mueca.

—Así es, no podía vivir sin conocer toda historia. Me has pillado —dijo Arthur cerrando la puerta tras de sí—. Por eso he tomado el primer vuelo y he viajado al fin del mundo. He dejado todo botado en Bali en cuanto me preguntaste si quería conocer Nueva Zelanda y ver la Aurora Austral… lo que interpreté como una señal de que querías volver a verme; y todo eso lo hice según tú, solo para leer un diario que ya había leído hace mucho tiempo.

Sophia sonrió y lo abrazó sin pensar en nada, atreviéndose a ser valiente después de mucho tiempo.

EL SECRETO DE LAS AZUCENAS
BILOGÍA SECRETOS I

1925

El Whisper zarpa desde España con destino al sur de América. En el viaje un grupo de jóvenes conocen el amor y la amistad, cambiando para siempre el destino de sus vidas.

En estas tierras, Ferrán y Nina serán protagonistas de un amor marcado por la esperanza, donde las costumbres de la época y los embistes del destino determinarán su futuro, dejando por muchos años una historia sin final.

1999

Azucena Arias no quiere dejar la casa que la vio crecer, pero su vida ha tomado un rumbo inesperado, por lo que se ve obligada a recorrer un camino que no estaba en sus planes.

Sumado a la mala situación económica, los desvaríos de su madre, presa del Alzheimer, son cada vez más frecuentes y reveladores, por lo que comienza a sospechar que los secretos de su familia son más de los que creía.

Azucena, decide conocer su pasado a través de fotos y un misterioso diario, intentando reconstruir la historia de su abuelo y de todos aquellos que llegaron en el Whisper hace más de siete décadas.

EL SECRETO DE MONSIEUR DURAND

BILOGÍA SECRETOS 2

Novela Finalista Premio Literario Amazon 2022

Año 2001

Marcel Durand, es un importante empresario que aprovecha sus últimos días en su residencia en el Valle de Arán.

Con noventa y cinco años y un diagnóstico de cáncer, decide dejar todo en orden y, por fin, revelar los secretos de su vida.

Sin embargo, sus planes toman otro camino al descubrir que el destino de su familia está unido a personas que dejó en Chile hace más de setenta años.

Mientras ve que el tiempo se agota, repasa su vida y recuerda los momentos más oscuros de su existencia. Una que partió en Francia, y que se desarrolló en Nueva York, una ciudad sumida en las tinieblas con el crack de 1929, la ley seca y el auge de las mafias en Estados Unidos… un lugar donde encontró el amor, la amistad y la traición.

"Mi verdadero nombre es Pascal Dubois. Nací en París, pero

nunca tuve más hogar que mis palabras y mis manos. Muy pronto, siendo apenas un niño, tuve que salir a la calle a ganarme la vida. Mi única familia era mi sombra de día y la penumbra de noche. Perdí la inocencia muy pronto y me convertí en un superviviente…"

El Secreto de Monsieur Durand, es una novela independiente, pero que rescata algunos personajes de El Secreto de las Azucenas.

TRES VIDAS POR TI

Jael Schülz, una joven alemana, escapa de su país luego de finalizada la Segunda Guerra Mundial. Ella, junto a su familia, emprende un viaje al fin del mundo donde se labra un futuro, buscando unir ambas culturas. En su intento de surgir, conoce a Román Morales, un joven profesor que compartirá su particular visión del mundo y le enseñará, que en el lugar menos esperado el amor se abre paso.

En esta historia, el amor, las casualidades, los secretos y la fuerza de la naturaleza, se convierten en protagonistas de un intento de vida feliz, donde algunas consecuencias del nazismo se hacen presentes, a pesar del tiempo y la distancia.

Tres vidas por ti, es una novela que rescata un antiguo rumor que se extendió por el sur de Chile, y que aún no se sabe si fue real o parte del imaginario colectivo.

Made in the USA
Coppell, TX
28 February 2025

46528826R00333